Zuilen der Schepping

De Zevende Wet van de Magie

Van Terry Goodkind zijn verschenen:

De Aflossing (Proloog van de Wetten van de Magie)
De Eerste Wet van de Magie
De Tweede Wet van de Magie
De Derde Wet van de Magie
Tempel der Winden (De Vierde Wet van de Magie)
Ziel van het Vuur (De Vijfde Wet van de Magie)
Zuster van de Duisternis (De Zesde Wet van de Magie)
Zuilen der Schepping (De Zevende Wet van de Magie)
Het Weerloze Rijk (De Achtste Wet van de Magie)
Ketenvuur (De Negende Wet van de Magie)
Fantoom (De Tiende Wet van de Magie)
De Ongeschreven Wet (De Elfde Wet van de Magie)

Terry Goodkind

ZUILEN DER SCHEPPING

De Zevende Wet van de Magie

LUITINGH FANTASY

Tiende druk
© 2001 Terry Goodkind
Published in agreement with the author,
c/o Baror International, Inc., Armonk, New York, U.S.A.
All rights reserved
© 2002, 2009 Nederlandse vertaling
Uitgeverij Luitingh ~ Sijthoff B.V., Amsterdam
Alle rechten voorbehouden
Oorspronkelijke titel: *The Pillars of Creation*
Vertaling: Josephine Ruitenberg
Omslagontwerp: Karel van Laar
Omslagillustratie: Keith Parkinson
Kaart: Terry Goodkind

ISBN 978 90 245 5051 7
NUR 334

www.boekenwereld.com & www.dromen-demonen.nl

*Opgedragen aan de medewerkers van de inlichtingendiensten
van de Verenigde Staten, die tientallen jaren lang moedig
hebben gestreden voor het behoud van leven en vrijheid, terwijl
ze werden bespot, veroordeeld en tegengewerkt door de
handlangers van het kwaad.*

Het kwaad denkt ons niet te bekoren door de afschuwelijke waarheid van zijn verderfelijke bedoelingen te onthullen, maar vermomt zich in de ragfijne gewaden van de deugd en fluistert zoete leugens, die bedoeld zijn om ons de donkere rustplaats van ons eeuwige graf in te lokken.

– *vertaald uit het dagboek van Koloblicin*

Toen ze de zakken van de dode man doorzocht, vond Jennsen Daggett iets wat ze allerminst had verwacht. Geschrokken ging ze meer rechtop op haar hurken zitten. De gure wind blies door haar haar terwijl ze met grote ogen naar de woorden staarde, die in regelmatige blokletters op het kleine, vierkante velletje papier waren geschreven. Het velletje was zorgvuldig tweemaal doormidden gevouwen, zodat de randen precies op elkaar lagen. Ze knipperde met haar ogen en verwachtte half dat de woorden zouden verdwijnen, als een akelige hersenschim. Maar ze waren er nog steeds, duidelijk en maar al te echt.

Hoewel ze wist dat het een domme gedachte was, had ze toch het gevoel dat de dode soldaat naar haar keek om te zien hoe ze reageerde. Ze zorgde ervoor dat ze geen reactie toonde en wierp een steelse blik op zijn ogen. Die waren dof en er lag een waas overheen. Ze had mensen weleens over gestorvenen horen zeggen dat ze eruitzagen alsof ze sliepen. Dat gold niet voor hem. Zijn ogen zagen er dood uit. Zijn bleke lippen stonden strak en zijn gezicht was wasachtig. Aan de achterkant van zijn stierennek had hij een paarsblauwe plek.

Natuurlijk keek hij niet naar haar. Hij keek helemaal nergens meer naar. Maar zoals hij met zijn hoofd naar haar toe gedraaid lag, leek het bijna alsof hij haar opnam. Ze kon het zich in elk geval voorstellen.

Op de rotsachtige heuvel achter haar tikten kale takken in de wind tegen elkaar als klepperende botten. Het papiertje in haar bevende vingers leek met ze mee te trillen. Haar hart, dat al snel klopte, begon nog harder te bonken.

Jennsen beriep zich graag op haar nuchterheid. Ze wist dat ze zich nu door haar fantasie liet meeslepen. Maar ze had nooit eerder een dode gezien, iemand die zo roerloos lag. Het was afschuwelijk om iemand te zien die niet ademde. Ze slikte in een poging om haar eigen ademhaling onder controle te krijgen, en daarmee misschien ook haar zenuwen.

Ook al was de man dood, Jennsen vond het toch niet prettig dat hij naar haar keek, dus stond ze op, tilde de zoom van haar lange rok op en liep om het lijk heen. Ze vouwde het stukje papier zorgvuldig tweemaal doormidden, zoals het was gevouwen toen ze het had gevonden, en stopte het in haar zak. Daar zou ze zich later wel mee bezighouden. Jennsen wist hoe haar moeder zou reageren op die twee woorden op het papiertje.

Vastbesloten om haar zoekwerk zo snel mogelijk te voltooien, hurkte ze aan de andere kant van de man neer. Nu zijn gezicht van haar afgewend lag, was het net alsof hij omkeek naar het pad vanwaar hij was gevallen, alsof hij zich afvroeg wat er gebeurd was en hoe hij hier onder aan de steile, rotsachtige berghelling terecht was gekomen, met een gebroken nek.

Zijn mantel had geen zakken. Er hingen twee gordeltassen aan zijn riem. In een daarvan zaten olie, wetstenen en een scheerriem. De andere zat vol repen gedroogd vlees. In geen ervan zat iets met een naam erop.

Als hij beter had geweten, zoals zij, had hij de langere route onder langs de steile rots genomen, in plaats van het pad over de top, dat in deze tijd van het jaar verraderlijk was door plekken hard, doorzichtig ijs. Zelfs als hij via een andere weg terug had willen gaan dan waarlangs hij gekomen was om daarna naar beneden te klimmen, de kloof in, zou het verstandiger zijn geweest om door het bos te gaan, ondanks de dichte doornstruiken tussen het kreupelhout, waardoor het moeilijk was je een weg te banen.

Maar gebeurd was gebeurd. Als ze iets kon vinden waaraan ze kon zien wie hij was, kon ze misschien zijn familie op de hoogte stellen, of iemand die hem kende. Die zouden vast wel willen weten wat er met hem was gebeurd. Ze klampte zich vast aan dat excuus.

Bijna tegen haar zin vroeg Jennsen zich opnieuw af wat hij hier te zoeken had gehad. Ze vreesde dat dat maar al te duidelijk bleek uit het keurig opgevouwen papiertje. Maar er kon een andere reden zijn.

Als ze die nu maar kon vinden.

Ze moest zijn arm een beetje verschuiven om zijn andere zak te kunnen doorzoeken.

'Goede geesten, vergeef me,' fluisterde ze terwijl ze zijn dode arm pakte.

Die was verstijfd en slechts met moeite te verplaatsen. Jennsen trok haar neus op van afschuw. Hij was zo koud als de grond waarop hij lag, zo koud als de sporadische regendruppels die uit de loodgrijze lucht vielen. In deze tijd van het jaar bracht zo'n straffe westenwind bijna altijd sneeuw. De ongebruikelijke afwisseling van mist en motregen had de plekken ijs op het hoger gelegen pad ongetwijfeld nog gladder gemaakt. De dode man vormde het bewijs.

Ze wist dat ze, als ze hier nog veel langer bleef, overvallen zou worden door de naderende winterse regen. Ze was zich ervan bewust dat dat slechte weer levensgevaarlijk was. Gelukkig was Jennsen niet ver van huis. Maar als ze niet snel thuis zou zijn, zou haar moeder zich zorgen gaan maken en haar waarschijnlijk gaan zoeken. Jennsen wilde niet dat haar moeder ook doorweekt raakte.

Haar moeder wachtte op de vis die Jennsen van de lijnen met lokaas in het meer had gehaald. Zowaar hadden de lijnen, die ze door gaten in het ijs hadden geleid, een flinke vangst opgeleverd. De vissen lagen aan de andere kant van de dode man, waar ze ze had laten vallen toen ze haar lugubere vondst had gedaan. Eerder op de dag had hij er nog niet gelegen, want dan zou ze hem op de heenweg naar het meer hebben gezien.

Jennsen ademde diep in om zich te vermannen en dwong zich verder te gaan met zoeken. Ze stelde zich voor dat er ergens een vrouw aan haar grote, knappe soldaat dacht en zich afvroeg of hij veilig, warm en droog was.

Hij was geen van drieën.

Als zij degene was geweest die was gevallen en haar nek had gebroken, zou Jennsen willen dat iemand het haar moeder vertelde. Haar moeder zou er begrip voor hebben als ze wat later thuiskwam omdat ze probeerde de identiteit van de man te achterhalen. Jennsen bedacht zich. Haar moeder zou er misschien wel begrip voor hebben, maar ze zou niet willen dat Jennsen in de buurt van zo'n soldaat kwam. Maar hij was dood. Hij kon niemand kwaad doen, laat staan haar moeder en haar.

Haar moeder zou nog ongeruster zijn als Jennsen haar liet zien wat er op het velletje papier stond.

Jennsen wist dat de eigenlijke reden dat ze bleef zoeken haar hoop was dat ze een andere verklaring zou vinden voor de aanwezigheid van de man. Ze wenste met heel haar hart dat het iets anders was. Vanwege dat vurige verlangen bleef ze bij zijn dode lichaam, terwijl ze niets liever wilde dan naar huis rennen.

Als ze niets kon vinden dat zijn aanwezigheid verklaarde, zou het het beste zijn om hem ergens mee te bedekken en te hopen dat niemand hem ooit zou vinden. Ook al zou ze natregenen, ze moest hem zo snel mogelijk verbergen. Daar mocht ze niet mee wachten. Dan zou niemand ooit te weten komen waar hij was.

Ze dwong zich haar hand in zijn broekzak te duwen, helemaal tot onderin. Zijn dijbeen was verstijfd. Haar vingers sloten zich snel om de paar kleine voorwerpen onder in de zak. Terwijl ze naar lucht hapte van afschuw over wat ze moest doen, trok ze alles in haar vuist naar buiten. Ze boog zich diep voorover in de vallende schemering en opende haar hand om te kijken.

Bovenop lagen een vuursteentje, een paar benen knopen, een bolletje twijndraad en een opgevouwen zakdoek. Met één vinger duwde ze het twijndraad en de zakdoek opzij, waardoor een flinke handvol munten zichtbaar werd, zowel zilveren als gouden. Ze floot zachtjes bij de aanblik van zoveel geld. Ze had nooit gedacht dat soldaten rijk waren, maar deze man had vijf gouden en een nog groter aantal zilveren marken bij zich. Naar vrijwel alle maatstaven een fortuin. Alle zilveren stuivers bij elkaar – geen koperen, maar zilveren – leken daarbij in het niet te vallen, hoewel dat er waarschijnlijk al meer waren dan ze als twintigjarige in haar hele leven had uitgegeven.

Ze bedacht dat het de eerste keer was dat ze gouden of zelfs zilveren marken in haar hand had. De gedachte kwam bij haar op dat het misschien geroofd geld was.

Ze vond geen aandenken aan een vrouw, zoals ze had gehoopt, om haar ongerustheid over wat voor soort man hij was geweest te temperen.

Jammer genoeg maakte niets in zijn zak haar iets wijzer over wie hij zou kunnen zijn. Ze trok vol afkeer haar neus op toen ze zijn bezittingen terugstopte. Er vielen een paar zilveren stuivers uit haar hand. Ze pakte ze allemaal op van de natte, bevroren grond en duwde haar hand weer in zijn zak om ze terug te stoppen op hun rechtmatige plek.

Misschien zou ze iets wijzer worden van zijn ransel, maar daar lag hij bovenop, en ze wist niet of ze de moeite wilde nemen die te doorzoeken, omdat er waarschijnlijk toch alleen proviand in zou zitten. Wat hij als belangrijk had beschouwd, zou hij in zijn zakken hebben gehad.

Zoals het papiertje.

Ze veronderstelde dat al het bewijs dat ze nodig had eigenlijk al voor haar lag. Hij had een stugge, leren wapenrusting aan onder zijn donkere mantel en tuniek. Op zijn heup droeg hij een eenvoudig maar robuust en vlijmscherp soldatenzwaard in een gescheurde, praktische, zwarte leren schede. Het zwaard was doormidden gebroken, ongetwijfeld tijdens de val vanaf het pad.

Haar ogen bleven rusten op het opmerkelijke mes dat in een schede aan zijn riem hing. Het heft van het mes, dat glansde in de schemering, had vanaf het eerste moment haar aandacht getrokken. Bij de aanblik ervan was ze verstijfd, totdat ze had beseft dat de drager ervan dood was. Ze was ervan overtuigd dat een eenvoudige soldaat nooit zo'n prachtig mes zou hebben. Het was ongetwijfeld het kostbaarste mes dat ze ooit had gezien.

Op het zilveren heft stond een sierlijke letter R. Maar toch was het een schitterend voorwerp.

Van jongs af had ze van haar moeder geleerd met een mes om te gaan. Ze wilde dat haar moeder zo'n mooi mes had.

Jennsen.

Jennsen schrok op toen ze haar naam hoorde fluisteren.

Niet nu. Goede geesten, niet nu. Niet hier.

Jennsen.

Er waren maar weinig dingen in het leven waar Jennsen een hekel aan had, maar ze had een grote hekel aan de stem die ze soms hoorde.

Die negeerde ze nu, net als altijd, en ze dwong zich haar vingers te bewegen om te ontdekken of er nog iets anders van belang te vinden was. Ze zocht langs de leren riemen naar verborgen zakken, maar vond die niet. De tuniek was alledaags van model, zonder zakken.

Jennsen, klonk het weer.

Ze tandenknarste. 'Laat me met rust,' zei ze hardop, maar wel zachtjes.

Jennsen.

Het klonk anders dan anders. Bijna alsof de stem deze keer niet in haar hoofd zat.

'Laat me met rust,' grauwde ze.

Geef je over, klonk het doodse geprevel.

Ze keek op en zag de dode ogen van de man naar haar staren.

Het eerste gordijn van koude regen, dat opbolde in de wind, voelde aan als de ijzige vingers van geesten die langs haar gezicht streelden.

Haar hart ging nog sneller hameren. Ze ademde snel en onregelmatig, alsof de lucht zijde was die aan droge huid bleef hangen. Met haar wijd opengesperde ogen strak op het gezicht van de dode soldaat gericht, wankelde ze achteruit over het grind.

Ze gedroeg zich dom. Daar was ze zich van bewust. De man was dood. Hij keek niet naar haar. Dat kon hij niet. Hij staarde alleen omdat hij dood was, dat was alles, net als haar dode vissen; die keken nergens naar. Net zomin als hij. Ze gedroeg zich dom. Het leek alleen maar alsof hij naar haar keek.

Maar ook al staarden de dode ogen in het niets, ze had toch liever gehad dat ze de andere kant op keken.

Jennsen.

Verder weg, boven de steile, granieten rotswand, zwaaiden de pijnbomen heen en weer in de wind en zwiepten de kale esdoorns en eiken met hun skeletachtige takken, maar Jennsen hield haar blik op de dode man gevestigd terwijl ze naar de stem luisterde. De lippen van de man bewogen niet. Dat had ze ook niet verwacht. De stem zat in haar hoofd.

Zijn gezicht lag nog steeds naar het pad gekeerd van waar af hij dood was gevallen. Ze had gedacht dat zijn dode ogen ook die kant op staarden, maar nu leek zijn blik meer op haar gericht te zijn.

Jennsen klemde haar vingers om het heft van haar mes.

Jennsen.

'Laat me met rust. Ik geef niets over.'

Ze had nooit geweten wat de stem wilde dat ze zou overgeven. Hoewel die stem al bijna haar hele leven bij haar was, had die dat nog nooit verteld. In die onduidelijkheid zocht ze haar heil.

Als in antwoord op haar gedachte klonk de stem opnieuw.

Geef je lichaam over, Jennsen.

Jennsen kon niet ademen.

Geef je wil over.

Ze slikte in doodsangst. Dat had de stem nooit eerder gezegd; die had nog nooit iets gezegd dat ze begreep.

Vaak hoorde ze de stem maar zwak, alsof die te ver weg was om verstaanbaar te zijn. Soms dacht ze dat ze de woorden kon horen, maar dan leken ze in een vreemde taal te zijn.

Ze hoorde de stem vaak als ze in slaap viel; dan riep die haar met die verre, doodse fluistering. Ze wist dat de stem ook andere woorden tot haar sprak, maar ze kon nooit meer verstaan dan haar naam en dat beangstigend verleidelijke bevel om zich over te geven. Die woorden waren altijd duidelijker dan alle andere. Die kon ze altijd verstaan, ook al verstond ze verder niets.

Haar moeder zei dat het de stem was van de man die er al zolang Jennsen leefde op uit was haar te doden. Haar moeder zei dat hij haar wilde kwellen.

'Jenn,' zei haar moeder vaak, 'maak je geen zorgen. Ik ben bij je. Zijn stem kan je geen kwaad doen.' Omdat ze haar moeder er niet mee wilde belasten, vertelde Jennsen haar vaak niet dat ze de stem weer had gehoord.

Maar ook al kon de stem haar dan geen kwaad doen, de man kon dat wel, als hij haar vond. Op dat ogenblik verlangde Jennsen hevig naar de beschermende troost van haar moeders armen om zich heen.

Op een dag zou hij haar komen halen. Dat wisten ze allebei. Tot die tijd stuurde hij zijn stem. Tenminste, dat dacht haar moeder. Jennsen vond die verklaring angstaanjagend, maar liever dat dan denken dat ze gek was. Als ze niet over haar gezonde verstand beschikte, had ze niets.

'Wat is hier gebeurd?'

Jennsen slaakte een kreet van schrik terwijl ze zich razendsnel omdraaide en haar mes trok. Ze liet zich half op haar hurken zakken, met haar voeten uiteen en haar mes in een stevige greep.

Dit was geen lichaamsloze stem. Er kwam een man door het ravijn op haar af lopen. Met de wind in haar oren en haar aandacht bij de dode man en de stem, had ze hem niet horen aankomen. Hij was zo groot en zo dichtbij dat ze wist dat hij haar gemakkelijk kon inhalen als ze zou wegrennen.

2

De man ging langzamer lopen toen hij haar reactie en haar mes zag.

'Ik wilde u niet laten schrikken.'

Zijn stem klonk vriendelijk.

'Nou, dat hebt u wel gedaan.'

Hoewel hij de kap van zijn mantel op had en ze zijn gezicht niet goed kon zien, leek hij naar haar rode haar te kijken, zoals de meeste mensen deden als ze haar zagen.

'Dat zie ik. Het spijt me.'

Ze liet haar verdedigende houding niet varen in reactie op de verontschuldiging, maar keek snel naar links en rechts om te controleren of hij alleen was, of dat er iemand bij hem was die haar misschien besloop.

Ze vond het dom van zichzelf dat ze zich zo had laten verrassen. In haar achterhoofd wist ze dat ze nooit echt veilig was. De ander hoefde niet eens heimelijk te doen. Zelfs gewone onoplettendheid van haar kant kon elk moment het eind betekenen. Ze kreeg een wanhopig gevoel van naderend onheil bij het besef hoe gemakkelijk er iets kon gebeuren. Als deze man op klaarlichte dag naar haar toe kon lopen en haar kon laten schrikken, wat zei dat dan over haar hopeloos buitenissige droom dat haar leven op een dag haarzelf zou toebehoren?

De donkere, rotsige bergwand glinsterde van het vocht. In het winderige ravijn was niemand behalve zij en de twee mannen, de een dood en de ander levend. Het lag niet in Jennsens aard om enge gezichten te zien in de schaduwen van het bos, zoals ze als kind had gedaan. De donkere plekken tussen de bomen waren leeg.

De man bleef op een tiental passen van haar staan. Te oordelen naar zijn houding was dat niet uit angst voor haar mes, maar uit angst om haar nog meer te laten schrikken. Hij staarde haar onverholen aan, schijnbaar in gedachten verzonken. Hij herstelde zich snel, wat het ook was aan haar gezicht dat hem zo boeide.

'Ik kan me voorstellen dat een vrouw schrikt als er plotseling een vreemde op haar af komt. Ik zou verder zijn gelopen zonder u aan het schrikken te maken, als ik die man niet op de grond had zien liggen en u over hem heen gebogen had zien staan. Ik dacht dat u misschien hulp nodig had, dus ben ik snel hierheen gekomen.'

De koude wind blies zijn donkergroene mantel tegen zijn gespierde gestalte en tilde de andere punt ervan op, waardoor zijn goed gesneden maar eenvoudige kleding zichtbaar werd. De kap van zijn mantel bedekte zijn hoofd tegen de eerste vlagen regen en overschaduwde zijn gezicht, zodat ze dat niet duidelijk kon zien. Zijn glimlach was hoffelijk, verder niet. Het stond hem goed.

'Hij is dood,' was het enige dat ze kon uitbrengen.

Jennsen was er niet aan gewend met vreemden te praten. Ze was er niet aan gewend met iemand anders dan haar moeder te praten. Ze wist niet precies wat ze moest zeggen en hoe ze moest reageren, vooral niet onder deze omstandigheden.

'O. Dat spijt me.' Hij rekte zijn nek een beetje, zonder dichterbij te komen, om de man op de grond beter te kunnen zien.

Jennsen vond het attent van hem dat hij niet probeerde dichter naar iemand toe te lopen die duidelijk nerveus was. Maar ze vond het vervelend dat haar gemoedstoestand blijkbaar zo goed zichtbaar was. Ze had altijd gehoopt enigszins ondoorgrondelijk over te komen.

Zijn blik ging van de dode man naar haar mes en daarna naar haar gezicht. 'Ik neem aan dat u er een reden voor had.'

Even stond ze perplex, maar toen begreep ze wat hij bedoelde en flapte ze eruit: 'Ik heb het niet gedaan!'

Hij haalde zijn schouders op. 'Sorry. Van hier af kan ik niet zien wat er gebeurd is.'

Jennsen voelde zich opgelaten, zo met het mes in haar hand tegenover de man. Ze liet het wapen zakken.

'Het was niet mijn bedoeling om... om de indruk te wekken dat ik krankzinnig ben. Ik schrok me alleen dood van u.'

Zijn glimlach werd warmer. 'Dat snap ik. Het geeft niets. Wat is er dan gebeurd?'

Jennsen gebaarde met haar vrije hand naar de rotswand. 'Ik denk dat hij van het pad daarboven is gevallen. Zijn nek is gebroken. Tenminste, dat denk ik. Ik heb hem nog maar net gevonden. Ik zie geen andere voetafdrukken. Ik vermoed dat hij door de val is gestorven.'

Terwijl Jennsen haar mes weer in de schede aan haar riem stak, keek de man omhoog naar de rotswand. 'Ik ben blij dat ik onderlangs ben gegaan, in plaats van over het pad daarboven.'

Ze maakte een uitnodigende hoofdbeweging in de richting van de dode man. 'Ik was op zoek naar iets waaruit blijkt wie hij is. Ik dacht dat ik misschien… iemand op de hoogte moest stellen. Maar ik heb niets gevonden.'

De laarzen van de man knerpten over het grove grind toen hij naderbij kwam. Hij knielde aan de andere kant van het lijk neer, en niet naast haar, misschien uit voorzorg om de met een mes zwaaiende krankzinnige de ruimte te gunnen, zodat ze wat minder geagiteerd zou zijn.

'Waarschijnlijk hebt u gelijk,' zei hij nadat hij de vreemde hoek had bekeken waarin het hoofd lag. 'Het ziet ernaar uit dat hij hier al minstens een deel van de dag ligt.'

'Ik ben hier eerder langsgekomen. Dat zijn mijn voetafdrukken, daar. Ik zie geen andere in de buurt.' Ze gebaarde naar haar vangst, die vlak achter haar lag. 'Toen ik eerder op de dag naar het meer ging om mijn vislijnen te controleren, was hij er nog niet.'

Hij hield zijn hoofd schuin om het roerloze gezicht beter te bekijken. 'Enig idee wie hij is?'

'Nee. Ik heb geen flauw vermoeden, behalve dat hij soldaat is.'

De man keek op. 'Enig idee wat voor soldaat?'

Jennsen fronste haar voorhoofd. 'Wat voor soldaat? Een D'Haraanse soldaat.' Ze liet zich op haar hurken zakken om de vreemdeling aan te kunnen kijken. 'Waar komt u vandaan, dat u een D'Haraanse soldaat niet herkent?'

Hij stak zijn hand onder de kap van zijn mantel en wreef over de zijkant van zijn hals. 'Ik ben hier alleen op doorreis.' Hij zag er net zo moe uit als hij klonk.

Het antwoord onthutste haar. 'Ik ben mijn hele leven van de ene plek naar de andere verhuisd en ik heb nog nooit iemand ontmoet

die een D'Haraanse soldaat niet op het eerste gezicht zou her-
kennen. Hoe kan het dat u dat niet doet?'
'Ik ben nog maar pas in D'Hara.'
'Dat kan helemaal niet. D'Hara beslaat het grootste deel van de
wereld.'
Deze keer verraadde zijn glimlach geamuseerdheid. 'O ja?'
Ze voelde haar gezicht warm worden en wist dat ze rood werd,
omdat ze had laten merken hoe weinig ze eigenlijk van de wereld
wist. 'Is dat dan niet zo?'
Hij schudde zijn hoofd. 'Nee. Ik kom van ver in het zuiden. Van
voorbij het land D'Hara.'
Ze staarde hem verwonderd aan en haar ergernis verdween toen
ze besefte wat de implicaties waren van die verbazingwekkende
gedachte. Misschien was haar droom toch niet zo buitenissig.
'En wat doet u hier, in D'Hara?'
'Dat zei ik net. Ik ben op doorreis.' Hij klonk vermoeid. Ze wist
hoe uitputtend reizen kon zijn. Zijn toon werd serieuzer. 'Ik weet
dat hij een D'Haraanse soldaat is. U begreep me verkeerd. Wat ik
bedoelde, was: wat voor soort soldaat? Iemand van een plaatse-
lijk regiment? Iemand die hier gestationeerd was? Een soldaat met
verlof op weg naar huis? Een soldaat die wat wilde gaan drinken
in de stad? Een verkenner?'
Haar verontrusting groeide weer. 'Een verkenner? Wat zou hij in
zijn eigen land te verkennen hebben?'
De man keek in de verte, naar de lage, donkere wolken. 'Ik weet
het niet. Ik vroeg me alleen maar af of u iets over hem wist.'
'Nee, natuurlijk niet. Ik heb hem alleen gevonden.'
'Zijn die D'Haraanse soldaten gevaarlijk? Ik bedoel, vallen ze
mensen lastig? Mensen die op doorreis zijn?'
Haar blik ontvluchtte zijn vragende ogen. 'Ik... ik weet het niet.
Soms wel, misschien.'
Ze durfde niet te veel te zeggen, maar ze wilde ook niet dat hij in
de problemen kwam doordat zij te weinig had gezegd.
'Wat denkt u dat een soldaat in z'n eentje hier te zoeken had? Sol-
daten zijn niet vaak alleen.'
'Ik weet het niet. Waarom denkt u dat een eenvoudige vrouw meer
over een soldaat weet dan een man van de wereld die rondreist?
Hebt u er zelf geen ideeën over? Misschien was hij gewoon op
weg naar huis, voor een bezoekje, of zoiets. Misschien dacht hij

aan een meisje dat hij weer zou zien als hij thuis was, en lette hij niet goed op. Misschien is hij daardoor uitgegleden en gevallen.' Hij wreef weer langs zijn nek, alsof hij pijn had.

'Het spijt me. Ik klink waarschijnlijk niet erg logisch. Ik ben een beetje moe. Misschien denk ik niet helemaal helder. Misschien was ik alleen maar bezorgd om u.'

'Om mij? Hoe bedoelt u?'

'Ik bedoel dat soldaten altijd deel uitmaken van een of andere eenheid. Andere soldaten kennen hen en weten waar ze horen te zijn. Soldaten gaan niet zomaar alleen op stap als ze daar zin in hebben. Het zijn geen eenzame pelsjagers, die kunnen verdwijnen zonder dat iemand het merkt.'

'Of eenzame reizigers?'

Een ongedwongen glimlach verzachtte zijn gelaatsuitdrukking. 'Of eenzame reizigers.' De grijns verdween. 'Het punt is dat andere soldaten waarschijnlijk naar hem zullen gaan zoeken. Als ze zijn lichaam hier vinden, zullen ze troepen laten aanrukken om te voorkomen dat mensen het gebied verlaten. Nadat ze iedereen die ze kunnen vinden hebben verzameld, zullen ze vragen gaan stellen. Wat ik gehoord heb van D'Haraanse soldaten, is dat ze daar goed in zijn. Ze zullen elk kleinigheidje willen weten van iedereen die ze ondervragen.'

Jennsens middel verkrampte van misselijkmakende, kolkende ontzetting. Het laatste dat ze wilde, was dat D'Haraanse soldaten haar of haar moeder vragen gingen stellen. Deze dode soldaat kon ook hun dood betekenen.

'Maar hoe groot is de kans...'

'Ik zeg alleen maar dat ik niet graag zou willen dat de maten van deze kerel langskomen en besluiten dat er iemand voor zijn dood moet boeten. Misschien beschouwen ze die niet als een ongeluk. Soldaten raken snel verontrust door de dood van een kameraad, ook al is het een ongeluk. U en ik zijn de enigen die in de buurt zijn. Ik zou niet willen dat een groep soldaten hem vindt en besluit ons de schuld te geven.'

'U bedoelt dat ze, ook al was het een ongeluk, misschien een onschuldige zullen grijpen en die de schuld zullen geven?'

'Ik weet het niet, maar mijn ervaring is dat soldaten zo zijn. Als ze kwaad zijn, zoeken ze een zondebok.'

'Maar ze kunnen ons niet de schuld geven. U was niet eens hier, en ik ging alleen maar mijn vislijnen controleren.'

Hij zette een elleboog op zijn knie en boog zich over de dode man heen naar haar toe. 'En deze soldaat, die zich nuttig maakte voor het grote D'Haraanse Rijk, zag een mooie vrouw voorbijparaderen en werd daar zo door afgeleid dat hij uitgleed en viel.'

'Ik "paradeerde" niet!'

'Dat wil ik ook niet beweren. Ik wilde alleen maar duidelijk maken dat mensen altijd iemand de schuld kunnen geven als ze dat beslist willen.'

Daar had ze niet aan gedacht. Het waren D'Haraanse soldaten. Zulk gedrag zou absoluut niet uitgesloten zijn.

De rest van wat hij had gezegd, drong tot haar door. Jennsen had nog nooit meegemaakt dat een man haar mooi noemde. Het bracht haar van de wijs, doordat het zo onverwacht en op een vreemd moment was gezegd, midden in zo'n zorgwekkende situatie. Aangezien ze geen idee had hoe ze op het compliment moest reageren en er veel belangrijker dingen waren die haar in beslag namen, negeerde ze het.

'Als ze hem vinden,' zei de man, 'dan zullen ze in elk geval iedereen in de buurt bijeenroepen en langdurig en diepgaand ondervragen.'

Alle akelige implicaties begonnen vorm te krijgen in haar hoofd. De dag van de ondergang leek plotseling dreigend nabij.

'Wat vindt u dat we moeten doen?'

Hij dacht er even over na. 'Nou, als ze hier langskomen maar ze vinden hem niet, dan hebben ze geen enkele reden om hier te blijven en de mensen te ondervragen. Als ze hem niet vinden, zullen ze verder trekken om naar hem te zoeken.'

Hij stond op en keek om zich heen. 'De grond is te hard om een graf te graven.' Hij trok zijn kap verder naar voren om zijn ogen tegen de motregen te beschutten terwijl hij zoekend rondkeek. Hij wees naar een plek dicht bij de onderkant van de rotswand. 'Daar. Daar is een diepe spleet die me groot genoeg lijkt. We kunnen hem erin leggen en bedekken met grind en stenen. Dat is de beste begrafenis die we hem in deze tijd van het jaar kunnen geven.'

En waarschijnlijk beter dan hij verdiende. Ze had hem net zo lief laten liggen, maar dat zou niet verstandig zijn. Ze had hem al willen bedekken voordat de vreemdeling toevallig langsliep. Dit zou een betere manier zijn om het te doen. De kans zou kleiner zijn

dat dieren hem zouden blootleggen, zodat langskomende soldaten hem alsnog zouden vinden.

Omdat hij zag dat ze haastig probeerde de verschillende mogelijkheden af te wegen en dat ten onrechte interpreteerde als aarzeling, zei hij zacht en geruststellend: 'De man is dood. Daar is
niets meer aan te doen. Het was een ongeluk. Waarom zouden
we ons door dat ongeluk in moeilijkheden laten brengen? We hebben niets misdaan. We waren er niet eens bij toen het gebeurde.
Ik vind dat we hem moeten begraven en verder moeten gaan met
ons leven, zonder dat D'Haraanse soldaten zich daar ten onrechte in gaan mengen.'

Jennsen ging staan. De man had misschien gelijk dat soldaten die
een dode kameraad vonden, zouden besluiten mensen te ondervragen. Ze had al reden genoeg om zich zorgen te maken over de
dode D'Haraanse soldaat zonder dat dat er ook nog eens bij
kwam. Ze dacht weer aan het papiertje dat ze in zijn zak had gevonden. Alleen dat was al reden genoeg.

Als het papiertje inderdaad betekende wat ze vermoedde dat het
deed, zou een ondervraging nog maar het begin van de beproeving zijn.

'Goed,' zei ze. 'Als het moet, laten we het dan snel doen.'

Hij glimlachte, meer van opluchting dan van iets anders, dacht ze.
Toen draaide hij zijn gezicht meer naar haar toe en duwde zijn
kap van zijn hoofd, zoals mannen deden uit respect voor een
vrouw.

Jennsen zag met een schok dat zijn gemillimeterde haar sneeuw-
wit was, hoewel hij hoogstens zes of zeven jaar ouder was dan zij.
Ze keek er met ongeveer dezelfde verwondering naar als waarmee
mensen vaak naar haar rode haar keken. Nu de schaduw van de
kap weg was, zag ze dat zijn ogen net zo blauw waren als de hare, zo blauw als die van haar vader waren geweest, volgens mensen die het weten konden.

De combinatie van zijn korte witte haar en die blauwe ogen was
fascinerend. Die twee aspecten, samen met zijn gladgeschoren gezicht, maakten hem bijzonder aantrekkelijk. Ze pasten op de een
of andere manier perfect bij zijn gelaatstrekken.

Hij stak zijn hand uit, over de dode soldaat heen.

'Ik heet Sebastiaan.'

Ze aarzelde een ogenblik, maar legde toen haar hand in de zijne.

Hoewel die van hem groot en ongetwijfeld sterk was, kneep hij niet in haar hand om dat te bewijzen, zoals sommige mannen deden. De onnatuurlijke warmte van de hand verraste haar.

'Vertelt u me ook hoe u heet?'

'Ik ben Jennsen Daggett.'

'Jennsen.' Hij glimlachte tevreden bij de klank ervan.

Ze voelde dat ze weer bloosde. Hij merkte het niet, want hij ging onmiddellijk aan de slag. Hij pakte de soldaat onder zijn armen en trok hard. Het lijk bewoog maar een klein stukje bij elke krachtige ruk die hij eraan gaf. De soldaat was een enorme man geweest. Nu was hij een enorm dood gewicht.

Jennsen pakte de mantel van de soldaat bij de schouder vast om te helpen. Sebastiaan greep de mantel bij de andere schouder en samen sleepten ze de man, die dood net zo angstwekkend voor haar was als hij levend geweest zou zijn, over het grind en de glibberige stukken glad gesteente.

Nog hijgend van de inspanning rolde Sebastiaan de soldaat op zijn buik, voordat ze hem in de spleet duwden die zijn laatste rustplaats zou worden. Jennsen zag nu pas dat hij een kort zwaard aan een riem over zijn schouder droeg, onder zijn ransel. Dat had ze niet eerder gezien, doordat hij erop had gelegen. Aan de wapenriem om zijn middel hing, op zijn rug, een sikkelvormige strijdbijl. Jennsens ongerustheid groeide toen ze zag hoe zwaar bewapend de soldaat was geweest. Gewone soldaten hadden niet zoveel wapens bij zich. En ook geen mes zoals dat van hem.

Sebastiaan trok de riemen van de ransel langs de armen naar beneden. Hij gespte het korte zwaard los en legde het opzij. Hij trok de wapenriem los en gooide die op het zwaard.

'Niets bijzonders in de ransel,' zei hij na een korte inspectie. Hij legde de ransel bij het korte zwaard, de wapenriem en de strijdbijl.

Sebastiaan begon de zakken van de dode te doorzoeken. Jennsen wilde net vragen wat hij deed, toen ze zich herinnerde dat zij hetzelfde had gedaan. Ze was enigszins geschokt toen hij alleen de andere spullen terugstopte, nadat hij het geld ertussenuit had gezocht. Ze vond het nogal respectloos om van de doden te stelen. Sebastiaan stak zijn hand met het geld naar haar uit.

'Wat doe je?' vroeg ze.

'Pak aan.' Hij bood haar opnieuw het geld aan, deze keer met meer aandrang. 'Wat heeft het voor nut om het te begraven? Geld is alleen bruikbaar om het lijden van de levenden te verlichten, niet dat van de doden. Denk je dat de goede geesten hem zullen vragen te betalen voor een mooie en stralende eeuwigheid?'

Hij was een D'Haraanse soldaat. Jennsen verwachtte dat de Wachter van de onderwereld wel iets duisterders in petto zou hebben voor het eeuwige leven van deze man.

'Maar... het is niet van mij.'

Hij fronste berispend. 'Beschouw het als een gedeeltelijke compensatie voor wat je allemaal hebt moeten verduren.'

Ze voelde dat ze kippenvel kreeg. Hoe wist hij dat? Ze waren toch altijd zo voorzichtig.

'Hoe bedoel je?'

'De schrik die deze kerel je vandaag heeft bezorgd kost je jaren van je leven.'

Eindelijk kon Jennsen in een geluidloze zucht haar adem laten ontsnappen. Ze moest ophouden het ergste te vrezen bij alles wat een ander zei.

Ze liet Sebastiaan de munten in haar hand leggen. 'Goed dan, maar ik vind dat jij de helft moet krijgen, omdat je me helpt.' Ze gaf drie gouden marken terug.

Hij pakte haar hand en drukte alle drie de munten in haar handpalm. 'Neem het maar aan. Het is nu van jou.'

Jennsen dacht na over wat dit geld kon betekenen. Ze knikte. 'Mijn moeder heeft een zwaar leven. Ze kan het goed gebruiken. Ik zal het aan mijn moeder geven.'

'Dan hoop ik dat jullie er iets aan hebben. Laat dat de laatste goede daad van deze man zijn: je moeder en jou helpen.'

'Je handen zijn warm.' Aan zijn ogen dacht ze te zien hoe dat kwam. Ze zei niets meer.

Hij knikte en bevestigde haar vermoeden. 'Ik heb een beetje koorts. Die kwam vanochtend opzetten. Als we hiermee klaar zijn, hoop ik de volgende stad te bereiken en een tijdje uit te kunnen rusten in een droge kamer. Ik heb alleen wat rust nodig om weer op krachten te komen.'

'De stad is te ver weg om vandaag nog te bereiken.'

'Weet je dat zeker? Ik reis snel. Ik ben gewend te trekken.'

'Ik ook,' zei Jennsen, 'en het kost me bijna een dag om er te komen. Het blijft nog maar een paar uur licht, en we moeten dit karwei afmaken. Zelfs op een snel paard zou je vandaag niet meer bij de stad komen.'

Sebastiaan slaakte een zucht. 'Nou, dan moet ik me maar zien te behelpen.'

Hij knielde weer neer en rolde de soldaat een stukje om, om het mes los te gespen. De schede van soepel, zwart leer was afgezet met zilver, zodat ze bij het heft paste, en gedecoreerd met hetzelfde sierlijke embleem. Op één knie gezeten stak Sebastiaan het glanzende mes in de schede naar haar op.

'Onzin om zo'n mooi wapen te begraven. Pak aan. Beter dan dat waardeloze ding dat je me daarnet liet zien.'

Jennsen was van haar stuk gebracht. 'Maar jij zou het moeten houden.'

'Ik neem de andere. Die zijn toch meer naar mijn smaak. Het mes is voor jou. De wet van Sebastiaan.'

'De wet van Sebastiaan?'

'Schoonheid hoort bij schoonheid.'

Jennsen bloosde bij het openlijke compliment. Maar dit was geen voorwerp van schoonheid. Hij had geen idee van de lelijkheid waar het voor stond.

'Enig idee wat de R op het heft betekent?'

Jazeker, wilde ze zeggen. Ze wist maar al te goed wat die betekende. Dat was nu juist het lelijke eraan.

'Die staat voor het Huis Rahl.'

'Het Huis Rahl?'

'Meester Rahl... de heerser van D'Hara,' zei ze in een korte samenvatting van een nachtmerrie.

3

Toen ze met veel moeite het grote lijk van de D'Haraanse soldaat hadden afgedekt, waren Jennsens armen slap van vermoeidheid. De klamme wind die door haar kleren sneed, verkilde haar tot op het bot. Haar oren, neus en vingers waren gevoelloos.

Op Sebastiaans gezicht stond een laagje zweet.

Maar de dode was eindelijk begraven, eerst onder een laag grind en daarna onder stenen, die in overvloed voorhanden waren onder aan de rotswand. Het was niet waarschijnlijk dat dieren door die steenlaag zouden graven om bij het lijk te komen. De wormen zouden ongestoord van hun feestmaal kunnen genieten.

Sebastiaan had een paar eenvoudige woorden gezegd waarmee hij de Schepper had gevraagd de ziel van de man in de eeuwigheid te verwelkomen. Hij had niet gevraagd om genade in Zijn oordeel, en Jennsen ook niet.

Nadat ze met een zware tak en haar voeten grind had verspreid om de sporen van hun werk uit te wissen, keek ze kritisch om zich heen en ze was opgelucht toen ze zag dat niemand ooit zou vermoeden dat hier iemand begraven lag. Als hier soldaten langskwamen, zouden ze niet beseffen dat een van hen hier aan zijn einde was gekomen. Ze zouden geen reden hebben om de mensen uit de buurt te ondervragen, behalve misschien om te vragen of iemand hem had gezien. Dan zou het eenvoudig zijn om te liegen en die leugen zou gemakkelijk worden geloofd.

Jennsen drukte haar hand tegen Sebastiaans voorhoofd. Dat bevestigde haar bange vermoeden. 'Je gloeit van de koorts.'

'We zijn nu klaar. Ik zal rustiger slapen nu ik me geen zorgen hoef te maken dat ik gewekt zal worden door soldaten die me onder bedreiging met een zwaard vragen gaan stellen.'

Ze vroeg zich af waar hij zou slapen. De motregen werd dichter. Ze verwachtte dat die snel in echte regen zou overgaan. Gezien de aanhoudende donkere bewolking zou het waarschijnlijk de hele nacht niet meer droog worden. Als hij door de koude regen doorweekt was, zou zijn koorts alleen maar erger worden. Zo'n winterse regen kon gemakkelijk je dood worden, als je geen goede beschutting had.

Ze keek toe hoe Sebastiaan de wapenriem om zijn middel gespte. Hij hing de bijl niet midden op zijn rug, zoals de soldaat had gedaan, maar aan zijn rechterheup. Nadat hij het snijvlak had gecontroleerd en daar tevreden over was, bevestigde hij het korte zwaard aan de linkerzijde van de riem. Beide wapens hingen zo dat hij ze snel kon pakken.

Toen hij klaar was, sloeg hij zijn zware, groene mantel eroverheen. Hij zag er weer uit als een eenvoudige reiziger. Ze vermoedde dat hij meer was. Hij had zijn geheimen. Hij droeg ze achteloos mee, bijna openlijk. Zij droeg de hare ongemakkelijk met zich mee en hield ze verborgen.

Hij hanteerde het zwaard met een soepel gemak dat alleen door veel ervaring ontstond. Dat wist ze, omdat zij een mes met moeiteloze gratie hanteerde, en die vaardigheid had ze alleen bereikt door voortdurende oefening. Sommige moeders leerden hun dochters naaien en koken. Jennsens moeder dacht niet dat naaien haar dochter zou redden. Niet dat een mes dat wel zou doen, maar het was een betere bescherming dan naald en draad.

Sebastiaan tilde de ransel van de dode op en sloeg de flap open. 'We verdelen de proviand. Wil jij de ransel?'

'Hou jij de proviand en de ransel maar,' zei Jennsen terwijl ze haar vissen ging pakken.

Hij stemde daar met een knikje mee in. Hij bestudeerde de hemel terwijl hij de ransel dichttrok. 'Dan kan ik maar het beste op pad gaan.'

'Waarheen?'

Hij knipperde vermoeid met zijn ogen. 'Niet naar een specifieke plek. Verder. Ik denk dat ik nog een tijdje blijf lopen, en dan kan ik waarschijnlijk beter proberen beschutting te vinden.'

'Er komt regen aan,' zei ze. 'Je hoeft geen profeet te zijn om dat te zien.'

Hij glimlachte. 'Nee, daar heb je gelijk in.' In zijn ogen was te lezen dat hij gelaten aanvaardde wat er komen zou. Hij streek met zijn hand over zijn natte, witte stekeltjeshaar en trok toen zijn kap omhoog. 'Nou, pas goed op jezelf, Jennsen Daggett. Doe de groeten aan je moeder. Ze heeft een prachtige dochter grootgebracht.'

Jennsen glimlachte en reageerde met een knikje op zijn woorden. Ze stond met haar gezicht naar de klamme wind terwijl ze toekeek hoe hij zich omdraaide en wegliep over de grindvlakte. Overal om hen heen rezen steile rotswanden op, waarvan de besneeuwde bovenkanten verdwenen in het laaghangende, grijze wolkendek dat het grootste deel van de bergen en de bijna eindeloze rij hoge pieken aan het zicht onttrok.

Het leek zo raar, zo uitzonderlijk, zo zinloos dat hun wegen zich in dit uitgestrekte landschap zo kort hadden gekruist, op dat ene moment, voor zo'n tragische gebeurtenis als het einde van een leven, en dat ze daarna allebei weer hun eigen weg vervolgden, de oneindige vergetelheid van het leven in.

Jennsens hart bonsde in haar oren, terwijl ze hoorde hoe zijn voetstappen knerpten op het onregelmatige grind en toekeek hoe zijn lange passen hem steeds verder weg droegen. Haastig overwoog ze wat haar te doen stond. Moest ze zich altijd afkeren van mensen? Zich verbergen?

Moest ze altijd zelfs de kleinste aspecten van wat het leven inhield opgeven vanwege een misdaad die ze niet had begaan? Durfde ze het risico te nemen?

Ze wist wat haar moeder zou zeggen. Maar haar moeder hield zielsveel van haar, en zou het dus niet uit hardvochtigheid zeggen.

'Sebastiaan?' Hij keek achterom en wachtte totdat ze wat zei. 'Als je geen schuilplaats hebt, haal je de ochtend misschien niet. Ik zou niet graag willen dat je doorweekt raakte, met die koorts.'

Hij stond haar aan te kijken, door de motregen die tussen hen in hing.

'Dat zou ik ook niet graag willen. Ik zal erom denken en mijn best doen om een schuilplaats te vinden.'

Voordat hij zich weer kon omdraaien, stak ze haar hand op en gebaarde de andere kant op. Ze zag dat haar vingers beefden. 'Je zou met mij mee naar huis kunnen komen.'

'Zou je moeder dat niet erg vinden?'

Haar moeder zou panisch zijn. Haar moeder zou een vreemde, hoe behulpzaam hij ook was geweest, nooit toestaan in het huis te slapen. Haar moeder zou de hele nacht geen oog dichtdoen als er een vreemde in de buurt was. Maar als Sebastiaan met zijn koorts buiten bleef, kon hij wel sterven. Dat zou Jennsens moeder deze man niet toewensen. Haar moeder had een goed hart. Die liefdevolle bezorgdheid was juist de reden dat ze zo'n beschermende houding aannam als het om Jennsen ging.

'Het huis is klein, maar er is ruimte in de grot waar we de dieren houden. Als je het niet erg vindt, zou je daar kunnen slapen. Het is niet zo slecht als het klinkt. Ik heb er zelf af en toe ook geslapen, als ik me opgesloten voelde in huis. Ik zal een vuur voor je maken bij de ingang. Dan heb je het lekker warm en kun je goed uitrusten.'

Hij keek aarzelend. Jennsen hield haar snoer vissen omhoog.

'We kunnen eten voor je maken,' zei ze, om het aanbod nog aantrekkelijker te maken. 'Dan zou je in elk geval ook een goede maaltijd hebben, behalve een warme nachtrust. Ik denk dat je beide nodig hebt. Wil je mijn hulp aanvaarden?'

Zijn glimlach, deze keer van dankbaarheid, keerde terug. 'Dat is heel vriendelijk van je, Jennsen. Als je moeder het goedvindt, neem ik je aanbod aan.'

Ze duwde haar mantel opzij om het mooie mes in de schede te laten zien, dat ze achter haar riem had gestoken. 'We zullen haar het mes geven. Dat zal ze op prijs stellen.'

Zijn glimlach, die warm en plotseling geamuseerd was, was de leukste die Jennsen ooit had gezien.

'Ik geloof niet dat twee vrouwen die met messen kunnen omgaan, wakker hoeven te liggen vanwege een koortsige vreemde.'

Dat dacht Jennsen ook, maar ze zei het niet. Ze hoopte dat haar moeder het ook zo zag.

'Dat is dan afgesproken. Kom mee, voordat het echt gaat regenen.'

Sebastiaan kwam op een holletje achter haar aan toen ze op pad ging. Ze pakte de ransel uit zijn hand en hing die over haar schouder. Met zijn eigen ransel en zijn nieuwe wapens had hij al genoeg te dragen in zijn verzwakte toestand.

4

'Wacht hier,' zei Jennsen met zachte stem. 'Ik ga haar vertellen dat we bezoek hebben.'

Sebastiaan liet zich moeizaam op een lage rotspunt zakken die goed als zitplaats dienst kon doen. 'Vertel haar maar wat ik heb gezegd: dat ik het begrijp als ze niet wil dat een vreemde de nacht bij jullie doorbrengt. Ik weet dat het geen onredelijke angst zou zijn.'

Jennsen keek hem kalm en ernstig aan.

'Mijn moeder en ik hebben reden om niet bang te zijn voor een bezoeker.'

Ze zinspeelde niet op gewone wapens, en dat hoorde hij aan haar toon. Voor het eerst sinds ze hem had ontmoet, zag ze een vleugje onzekerheid in Sebastiaans kalme, blauwe ogen, een spoortje van onbehagen dat haar vaardigheid met een mes niet teweeg had gebracht.

Nu verscheen er een zweem van een glimlach om Jennsens lippen. Ze zag hoe hij nadacht over wat voor duister gevaar ze zou kunnen vormen. 'Maak je geen zorgen. Alleen mensen die ons problemen bezorgen, hebben reden om bang te zijn.'

Hij stak zijn handen op in een gebaar van overgave. 'Dan ben ik zo veilig als een baby in zijn moeders armen.'

Jennsen liet Sebastiaan achter op het stuk rots en liep over het kronkelpad tussen de beschutting van sparren omhoog. Ze gebruikte verwrongen boomwortels als treden naar boven, naar haar huis, dat in een eikenbosje op een smalle richel in een bergwand stond. Het vlakke stukje grasland was bij betere weersomstandigheden een zonnige open plek tussen de hoog oprijzende, oude bomen. Er was ruimte genoeg voor hun geit en wat eenden en kippen. Een steile rotswand aan de achterkant voorkwam dat er uit die richting onverwacht bezoek kon verschijnen. Het pad aan de voorkant was de enige begaanbare toegangsweg.

Voor als ze in gevaar waren, hadden Jennsen en haar moeder een goed verborgen reeks steunpunten voor hun voeten gehakt in de rotswand achter het huis, die naar een smalle richel leidde, vanwaar ze via kronkelende hertensporen door een ravijn konden vluchten. De vluchtroute was bijna onbegaanbaar, tenzij je precies de weg kende door de doolhof van rotswanden, kloven en smalle richels, en dan hadden ze er ook nog voor gezorgd dat essentiële doorgangen goed verborgen waren door op strategische plekken dood hout neer te leggen en struiken te planten.

Sinds Jennsens jeugd waren ze vaak verhuisd en ze waren nooit lang op één plek gebleven. Maar hier, waar ze zich veilig voelden, woonden ze al meer dan twee jaar. Hun schuilplaats in de bergen was nog nooit door reizigers ontdekt, zoals soms was gebeurd op andere plekken waar ze hadden gewoond, en de mensen in Briarton, de dichtstbijzijnde plaats, waagden zich nooit zo ver het donkere en onheilspellende bos in.

Het zelden gebruikte pad om het meer, vanwaar de soldaat naar beneden was gevallen, was het dichtstbijzijnde pad bij hun huisje. Jennsen en haar moeder waren maar één keer in Briarton geweest. Het was onwaarschijnlijk dat iemand wist dat zij in dat uitgestrekte, ongerepte berggebied woonden, ver van de bewoonde wereld. Afgezien van de toevallige ontmoeting met Sebastiaan, dichter naar het meer toe, hadden ze nog nooit iemand in de buurt van hun huisje gezien. Dit was de veiligste plek die haar moeder en zij ooit hadden gehad, en dus was Jennsen het langzamerhand als een thuis gaan beschouwen.

Sinds ze zes jaar oud was, werd Jennsen achtervolgd. Hoe voorzichtig haar moeder ook altijd was, ze waren toch een paar keer op een haar na in de val gelopen. Het was geen gewone man die op haar joeg; hij beperkte zich niet tot gewone manieren van zoeken. Voor zover Jennsen wist, kon de uil die vanaf een hoge tak naar haar keek terwijl ze het rotsige pad beklom, wel met zíjn ogen naar haar kijken.

Toen Jennsen bij het huis aankwam, zag ze haar moeder; die wierp net haar mantel om haar schouders en stapte de deur uit. Ze had dezelfde lengte als Jennsen en hetzelfde dikke haar tot net over haar schouders, maar dan meer kastanjebruin dan rood. Ze was nog geen vijfendertig en ze was de mooiste vrouw die Jennsen ooit had gezien, met een figuur waar de Schepper Zelf met bewondering naar zou kijken. Onder andere omstandigheden zou haar moeder talloze bewonderaars hebben gehad, van wie er ongetwijfeld enkelen bereid waren geweest om een fortuin te betalen voor haar hand. Maar haar moeders hart was net zo liefdevol en mooi als haar gezicht, en ze had alles opgegeven om haar dochter te beschermen.

Als Jennsen soms met zichzelf begaan was omdat ze geen normaal leven kon leiden, dacht ze altijd aan haar moeder, die al die dingen en nog meer had opgegeven voor haar dochter. Haar moeder was haar vleesgeworden beschermgeest.

'Jennsen!' Haar moeder rende op haar af en pakte haar bij de schouders. 'O, Jenn, ik begon zo ongerust te worden. Waar heb je gezeten? Ik wilde net naar je op zoek gaan. Ik dacht: er is vast iets gebeurd, en ik wilde...'

'Dat is ook zo, moeder,' vertrouwde Jennsen haar toe.

Haar moeder bleef heel even staan; toen sloeg ze, zonder nog iets te vragen, beschermend haar armen om Jennsen heen. Na die angstige dag was Jennsen dolblij met de troost van haar moeders omhelzing. Ten slotte duwde haar moeder, met een arm geruststellend om haar schouders geslagen, Jennsen in de richting van de deur.

'Kom binnen en droog jezelf. Ik zie dat je een goede vangst hebt. We gaan lekker eten en dan kun je me vertellen...'

Jennsen liet zich niet meevoeren. 'Moeder, ik heb iemand bij me.'

Haar moeder bleef staan en keek haar dochter plotseling onderzoekend aan, speurend naar aanwijzingen over de aard en de omvang van de problemen. 'Hoe bedoel je? Wie kun je dan bij je hebben?'

Jennsen wees naar het pad. 'Hij wacht daarbeneden. Ik heb hem gezegd te wachten. Ik heb hem gezegd dat ik je zou vragen of hij in de grot bij de dieren mag slapen...'

'Wat? Hier blijven slapen? Jenn, wat bezielde je? We kunnen niet...'

'Moeder, alsjeblieft, luister naar me. Er is vandaag iets vreselijks gebeurd. Sebastiaan...'

'Sebastiaan?'

Jennsen knikte. 'De man die ik heb meegebracht. Sebastiaan heeft me geholpen. Ik heb een soldaat gevonden die van het pad was gevallen, het hoge pad om het meer.'

Haar moeders gezicht werd asgrauw. Ze zei niets.

Jennsen ademde diep in om te kalmeren en begon opnieuw. 'Ik heb een dode D'Haraanse soldaat in de kloof onder het hoge pad gevonden. Er waren geen andere sporen; daar heb ik naar gezocht. Het was een heel grote soldaat, en hij had veel wapens: een strijd- bijl, een zwaard aan zijn heup en een zwaard over zijn schouder.'

Haar moeder hield haar hoofd schuin en keek vermanend. 'Wat hou je voor me achter, Jenn?'

Jennsen had erover willen zwijgen en eerst willen uitleggen waar- om Sebastiaan hier was, maar haar moeder zag het in haar ogen en hoorde het in haar stem. Dat dreigende velletje papier met de twee woorden erop leek zijn aanwezigheid uit te schreeuwen van- uit haar zak.

'Moeder, wil je het me alsjeblieft op mijn manier laten vertellen?'

Haar moeder legde een hand om de zijkant van Jennsens gezicht. 'Vertel het me dan maar. Op jouw manier, als je dat per se wilt.'

'Ik doorzocht de zakken van de soldaat om te zien of hij iets be- langrijks bij zich had. En ik heb iets gevonden. Maar toen kwam er een man aanlopen, een reiziger. Het spijt me, moeder, ik was geschrokken doordat de soldaat daar lag en door wat ik had ge- vonden, en ik lette niet goed op. Ik weet dat ik dom ben geweest.'

Haar moeder glimlachte. 'Nee, lieverd, we maken allemaal wel- eens een foutje. Niemand is volmaakt. We maken allemaal ver- gissingen. Dat betekent nog niet dat je dom bent. Dat moet je niet over jezelf zeggen.'

'Nou, ik voelde me in elk geval dom toen hij iets zei, ik me om- draaide en hij voor me stond. Maar ik had wel mijn mes in mijn hand.' Haar moeder knikte met een goedkeurende glimlach. 'Toen zag hij dat de man was doodgevallen. Hij – Sebastiaan, zo heet hij – zei dat als we hem gewoon lieten liggen, andere soldaten hem waarschijnlijk zouden vinden en ons zouden ondervragen en ons misschien de schuld zouden geven van de dood van hun kame- raad.'

'Het klinkt alsof die man, die Sebastiaan, weet waarover hij het heeft.'

'Dat vond ik ook. Ik was al van plan om de dode soldaat met iets te bedekken, om te proberen hem te verbergen, maar hij was groot; ik zou hem nooit alleen naar een spleet hebben kunnen slepen. Sebastiaan bood aan me te helpen. Samen konden we hem verslepen en in een diepe rotsspleet rollen. We hebben hem goed afgedekt. Sebastiaan heeft zware stenen op het grind gelegd dat ik erin had geschept. Niemand zal hem vinden.'

Haar moeder keek enigszins opgelucht. 'Dat was verstandig.'

'Sebastiaan vond dat we, voordat we hem begroeven, alle kostbare spullen van het lijk moesten verwijderen, in plaats van die verloren te laten gaan in de grond.'

Eén wenkbrauw werd opgetrokken. 'O ja?'

Jennsen knikte. Ze haalde het geld uit haar zak, de zak waar het papiertje niet in zat. Ze legde al het geld in haar moeders hand. 'Sebastiaan stond erop dat ik het allemaal nam. Er zijn gouden marken bij. Hij wilde niets voor zichzelf hebben.'

Haar moeder keek naar het fortuin in haar hand en wierp toen een snelle blik naar het pad waar Sebastiaan wachtte. Ze boog zich dichter naar Jennsen toe.

'Jenn, als hij met je mee is gekomen, denkt hij misschien dat hij het geld kan terugpakken wanneer hij maar wil. Zo heeft hij de gelegenheid om genereus te lijken en je vertrouwen te winnen, en tegelijk voldoende dichtbij te blijven om het geld terug te nemen.'

'Daar heb ik ook aan gedacht.'

Haar moeders stem werd zacht van genegenheid. 'Jenn, het is niet jouw schuld – ik heb je zo beschermd opgevoed – maar je weet gewoon niet hoe mannen kunnen zijn.'

Jennsen sloeg haar ogen neer onder haar moeders begrijpende blik. 'Het zou natuurlijk waar kunnen zijn, maar ik denk van niet.'

'En waarom niet?'

Jennsen keek weer op, deze keer vastberadener. 'Hij heeft koorts, moeder. Hij is ziek. Hij wilde weggaan, zonder me te vragen of hij met me mee mocht komen. Hij had al afscheid van me genomen. Maar hij is zo moe en koortsig, dat ik bang was dat hij een nacht in de regen niet zou overleven. Ik heb hem geroepen en gezegd dat hij, als jij het goedvond, in de grot bij de dieren kon slapen, zodat hij in elk geval droog en warm was.'

Na even te hebben gezwegen, vervolgde Jennsen: 'Hij zei dat hij het zou begrijpen als je geen vreemde in de buurt wilde, en dat hij dan verder zou trekken.'

'Zei hij dat? Nou, Jenn, deze man is ofwel erg eerlijk, ofwel erg slim.' Ze keek Jennsen strak aan. 'Welk van de twee denk je dat het is?'

Jennsen strengelde haar vingers in elkaar. 'Ik weet het niet, moeder. Ik weet het echt niet. Ik heb me dezelfde dingen afgevraagd als jij, heus waar.'

Toen herinnerde ze zich iets. 'Hij zei dat hij wilde dat we dit aan jou gaven, zodat je niet bang hoeft te zijn voor een vreemde die in je buurt slaapt.'

Jennsen trok de schede met het mes van achter haar riem en stak die uit naar haar moeder. Het zilveren heft glansde in het flauwe, gele licht dat door het kleine raampje achter haar moeder viel.

Met grote ogen van verbazing tilde haar moeder het wapen langzaam met beide handen op terwijl ze fluisterde: 'Goede geesten...'

'Ik weet het,' zei Jennsen. 'Ik gaf bijna een gil van schrik toen ik het zag. Sebastiaan zei dat het een goed wapen was, te goed om te begraven, en hij wilde dat ik het hield. Hij heeft het korte zwaard en de strijdbijl van de soldaat gehouden. Ik heb hem gezegd dat ik dit aan jou zou geven. Hij zei dat hij hoopte dat je je daardoor veilig zou voelen.'

Haar moeder schudde langzaam haar hoofd. 'Hierdoor voel ik me helemaal niet veilig, door de wetenschap dat een man met dit mes bij ons in de buurt was. Jenn, dit staat me helemaal niet aan. Helemaal niet.'

Aan haar moeders ogen was te zien dat de man die Jennsen mee naar huis had gebracht haar niet de meeste zorgen baarde.

'Moeder, Sebastiaan is ziek. Mag hij in de grot slapen? Ik heb hem doen geloven dat hij meer van ons te vrezen heeft dan wij van hem.'

Haar moeder keek met een geslepen glimlach op. 'Goed zo.' Ze wisten allebei dat ze, om te overleven, moesten samenwerken en ze stapten gemakkelijk in hun goed gerepeteerde rollen zonder dat daar uitgebreid over gesproken hoefde te worden.

Toen slaakte ze een zucht, alsof ze dacht aan alle dingen die haar dochter in het leven moest missen. Ze streek Jennsen liefkozend over haar haar en liet haar hand op Jennsens schouder rusten.

'Goed dan, lieverd,' zei ze ten slotte, 'we zullen hem hier laten slapen.'

'En te eten geven. Ik heb hem gezegd dat hij een warme maaltijd zou krijgen omdat hij me geholpen heeft.'

Haar moeders warme glimlach werd breder. 'En een maaltijd dan.' Eindelijk trok ze het mes uit de schede. Ze bekeek het kritisch, draaide het alle kanten op en inspecteerde het ontwerp. Ze voelde hoe scherp het was en woog het daarna op haar hand. Ze liet het tussen haar slanke vingers draaien om te voelen hoe het gewicht verdeeld was.

Uiteindelijk legde ze het op haar handpalm en bestudeerde de sierlijke letter R. Jennsen kon zich niet voorstellen wat voor vreselijke gedachten en herinneringen er door het hoofd van haar moeder moesten gaan terwijl ze zwijgend naar het embleem van het Huis Rahl keek.

'Goede geesten,' fluisterde haar moeder opnieuw voor zich uit. Jennsen zei niets. Ze begreep het volkomen. Het was een lelijk, afschuwelijk ding.

'Moeder,' fluisterde Jennsen toen haar moeder al een eeuwigheid naar het heft stond te staren, 'het is bijna donker. Mag ik Sebastiaan gaan halen en hem naar de grot brengen?'

Haar moeder liet het mes in zijn schede glijden en leek daar tegelijk een waaier van pijnlijke herinneringen mee weg te steken. 'Ja, je kunt hem maar beter gaan halen. Breng hem naar de grot. Maak maar een vuur voor hem. Ik zal wat vis klaarmaken en wat kruiden meebrengen waar hij beter van zal slapen, met die koorts. Wacht daar bij hem totdat ik naar jullie toe kom. Hou hem in de gaten. Wij zullen daar met hem eten. Ik wil hem niet in het huis hebben.'

Jennsen knikte. Ze raakte haar moeders arm aan en hield haar tegen voordat ze het huis in kon gaan. Jennsen moest haar moeder nog één ding vertellen. Ze wenste met heel haar hart dat ze dat niet hoefde te doen. Ze wilde haar moeder niet nog ongeruster maken, maar ze moest wel.

'Moeder,' zei ze, nauwelijks hoorbaar, 'we zullen hier weg moeten.'

Haar moeder keek gealarmeerd.

'Ik heb iets gevonden in de zak van de D'Haraanse soldaat.' Jennsen trok het papiertje uit haar zak, vouwde het open en legde het in haar open hand.

Haar moeder las de twee woorden op het papiertje.

'Goede geesten…' was alles wat ze zei, alles wat ze kon uitbrengen. Ze draaide zich om, keek naar het huisje en liet het tot zich doordringen. Er stonden plotseling tranen in haar ogen. Jennsen wist dat haar moeder het ook als een thuis was gaan beschouwen.

'Goede geesten,' fluisterde haar moeder weer, en verder was ze sprakeloos.

Jennsen dacht dat haar moeder zou bezwijken onder de zware last en misschien hulpeloos in tranen zou uitbarsten. Jennsen kon zelf ook wel huilen. Ze deden het geen van tweeën.

Haar moeder veegde met een vinger langs haar ogen terwijl ze weer naar Jennsen keek. En toen huilde ze; één korte, hortende snik van wanhoop. 'Het spijt me zo, lieverd.'

Het brak Jennsens hart om haar moeder zo gekweld te zien. Alles wat Jennsen in het leven had gemist, had haar moeder dubbel gemist. Eenmaal voor zichzelf en eenmaal voor haar dochter. Bovendien moest haar moeder altijd sterk zijn.

'We vertrekken bij zonsopgang,' zei haar moeder eenvoudigweg. 'Het heeft geen zin om 's nachts en in de regen te reizen. We zullen een nieuwe schuilplaats moeten zoeken. Hij komt te dicht bij deze in de buurt.'

Jennsens ogen stonden vol tranen en spreken kostte haar grote moeite. 'Het spijt me, mama, dat ik je zoveel last bezorg.' De tranen stroomden nu over haar wangen. Ze verfrommelde het papiertje toen ze haar handen tot vuisten balde. 'Het spijt me, mama. Ik wou dat je van me af was.'

Toen nam haar moeder haar in haar armen en hield Jennsens hoofd tegen haar schouder. 'Nee, nee, lieverd. Dat moet je niet zeggen. Jij bent mijn licht en mijn leven. Deze ellende wordt door anderen veroorzaakt. Trek nooit het boetekleed aan omdat zij slecht zijn. Jij bent mijn alles. Ik zou al het andere met vreugde duizendmaal en nog eens duizendmaal opgeven voor jou.'

Jennsen was blij dat ze nooit kinderen zou krijgen, want ze wist dat zij niet zo sterk zou zijn als haar moeder. Ze klampte zich uit alle macht vast aan de enige ter wereld die haar kon troosten.

Maar toen maakte ze zich los uit de omhelzing van haar moeder. 'Mama, Sebastiaan komt van ver. Dat heeft hij me verteld. Hij zei dat hij uit een land voorbij D'Hara komt. Er zijn andere plekken, andere landen. Hij kent die. Is dat niet geweldig? Dat er een plek is die niet D'Hara is?'

'Maar die plekken liggen achter barrières en grenzen die niet over-gestoken kunnen worden.'

'Hoe kan hij dan hier zijn? Het moet wel mogelijk zijn, anders kan hij hier nooit gekomen zijn.'

'En Sebastiaan komt uit een van die andere landen?'

'In het zuiden, zei hij.'

'Het zuiden? Ik snap niet hoe dat kan. Weet je zeker dat hij dat heeft gezegd?'

'Ja.' Jennsen knikte ferm. 'Het zuiden, zei hij. Het kwam alleen maar zijdelings ter sprake. Ik weet niet hoe het mogelijk is, maar als het nu waar is? Moeder, misschien kan hij ons daarheen bren-gen. Als we het hem vragen, wijst hij ons misschien de weg uit dit land van nachtmerries vandaan.'

Hoe nuchter haar moeder ook was, Jennsen zag dat ze dit wilde idee in overweging nam. Het was niet krankzinnig; haar moeder dacht erover na, dus kon het niet krankzinnig zijn. Plotseling was Jennsen vol hoop dat ze misschien iets had bedacht dat hen kon redden.

'Waarom zou hij dat voor ons doen?'

'Ik weet het niet. Ik weet zelfs niet of hij het ook maar zou over-wegen, of wat hij ervoor in ruil zou willen hebben. Ik heb het hem niet gevraagd. Ik durfde er zelfs niet over te beginnen voordat ik met jou had gepraat. Dat is een van de redenen dat ik wilde dat hij hier bleef; zodat jij hem kon uithoren. Ik wilde deze kans om te ontdekken of het echt mogelijk is niet verspelen.'

Haar moeder keek weer om naar het huisje. Het was piepklein, het had maar één kamer, en het was niet bijzonder mooi – ze hadden het gebouwd van boomstronken en hout dat ze zelf in de juiste vorm hadden gesneden – maar het was warm, knus en droog. Het was een beangstigend idee om midden in de winter weg te trekken. Maar het alternatief, gevonden worden, was veel erger.

Jennsen wist wat er dan zou gebeuren. De dood zou niet snel ko-men. Als ze gepakt werden, zouden er eerst eindeloze martelingen zijn.

Uiteindelijk vermande haar moeder zich en zei: 'Dat heb je goed gedaan, Jenn. Ik weet niet of er iets van terecht kan komen, maar we zullen met Sebastiaan praten en dan zien we het wel. Eén ding is zeker. We moeten hier weg. We kunnen niet tot het voorjaar wachten, niet als ze zo dichtbij zijn. We vertrekken bij het eerste daglicht.'

'Moeder, waar gaan we deze keer heen, als Sebastiaan ons niet D'Hara uit wil brengen?'

Haar moeder glimlachte. 'Lieverd, de wereld is groot. Wij zijn maar twee kleine mensjes. We zullen gewoon weer verdwijnen. Ik weet dat het moeilijk is, maar we hebben elkaar. Het komt wel goed. Zo komen we nog eens ergens, en zien we wat van de wereld.

Ga Sebastiaan nu maar halen en breng hem naar de grot. Ik ga aan het eten beginnen. We kunnen allemaal wel een stevige maaltijd gebruiken.'

Jennsen gaf haar moeder snel een zoen op haar wang voordat ze het pad afrende. Het begon te regenen, en het was zo donker tussen de bomen dat ze bijna niets meer zag. De bomen deden haar denken aan enorme D'Haraanse soldaten, breed, sterk en meedogenloos. Ze wist dat ze nachtmerries zou krijgen nu ze een echte D'Haraanse soldaat van dichtbij had gezien.

Sebastiaan zat nog op de rotspunt te wachten. Hij stond op toen ze naar hem toe holde.

'Mijn moeder zegt dat je in de grot met de dieren mag slapen. Ze maakt de vis voor ons klaar. Ze wil je graag ontmoeten.'

Hij zag er te moe uit om blij te zijn, maar hij slaagde erin haar een glimlachje te schenken. Jennsen pakte hem bij zijn pols en trok hem mee. Hij huiverde al van het natte weer. Maar zijn arm was warm. Zo was dat als je koorts had, wist ze. Je huiverde terwijl je gloeiend heet was. Maar met wat eten en kruiden en een goede nachtrust zou hij morgen vast weer in orde zijn.

Wat ze niet zo zeker wist, was of hij hen zou helpen.

5

Betty, hun bruine geit, keek oplettend toe vanuit haar hok en uitte af en toe haar ongenoegen over het feit dat ze haar huis moest delen, terwijl Jennsen snel wat stro bij elkaar zocht voor de vreemde in Betty's heiligdom. Betty hield pas op met klaaglijk mekkeren toen Jennsen liefkozend achter de oren van de nerveuze geit krabbelde, haar op de stugge vacht van haar middel klopte en haar een halve wortel gaf van de stapel die op een hoge richel lag. Betty's korte, rechtopstaande staartje bewoog snel heen en weer.

Sebastiaan legde zijn mantel en ransel af, maar hield de riem met zijn nieuwe wapens om. Hij gespte zijn rol beddengoed los van onder zijn ransel en rolde het uit over de mat van stro. Hoewel Jennsen erop aandrong, wilde hij niet gaan liggen om uit te rusten terwijl zij bij de ingang van de grot neerknielde en de vuurplaats in orde maakte.

Toen hij haar hielp om droog aanmaakhout op te stapelen, zag ze bij het flauwe licht dat uit het raam van het huis aan de andere kant van de open plek scheen, dat er zweet op zijn gezicht parelde. Hij schraapte steeds opnieuw met zijn mes langs een tak, zodat er snel een berg luchtige krullen ontstond. Hij sloeg een paar maal met een vuurslag tegen een vuursteen, waardoor er vonken door de duisternis naar het tondel vlogen dat hij had gemaakt. Hij kromde zijn handen beschermend om de krullen en blies voorzichtig de beginnende vlammetjes aan, totdat ze aan kracht wonnen, en daarna legde hij het brandende tondel onder het aanmaakhout, waar de vlammen snel groter werden en knetterend tot leven kwamen tussen de droge twijgen. De takken gingen een aangename balsemgeur verspreiden als ze vlam vatten.

Jennsen was van plan geweest om naar het huis te rennen, dat niet ver was, om wat hete kooltjes te halen om het vuur aan te maken, maar het brandde al voordat ze dat kon voorstellen. Aan hoe hij rilde dacht ze te zien dat hij zeer naar de warmte verlangde, ook al gloeide hij van de koorts. Ze rook de geur van de vis die in het huis werd gebakken, en als de wind tussen de pijntakken af en toe ging liggen, hoorde ze het gesis.

De kippen trokken zich terug in de diepe duisternis achter in de grot, weg van het feller wordende licht. Betty's oren stonden recht overeind en ze hield Jennsen nauwlettend in de gaten, voor het geval er misschien nog een wortel zou komen. Van tijd tot tijd kwispelde ze eventjes hoopvol met haar staart.

De bres in de berg was gewoon een plek waar in een ver verleden een stuk gesteente uit was gevallen, als een reusachtige granieten tand die was losgeraakt, van de helling af was gerold en een holte had achtergelaten. Nu groeiden de bomen beneden tussen een hele reeks van dat soort gevallen keien. De grot was slechts een meter of zeven diep, maar door een uitstekende rotsrichel boven de ingang was het een beschutte en droge plek. Jennsen was lang, maar het plafond van de grot was zo hoog dat ze op de meeste plaatsen kon staan, en aangezien Sebastiaan maar een klein stukje groter was dan zij, raakte zijn sneeuwwitte stekeltjeshaar het plafond net niet toen hij de grot dieper inliep om wat van het droge hout te halen dat daar lag opgestapeld. De kippen kakelden angstig omdat ze gestoord werden, maar kwamen snel weer tot rust.

Jennsen ging tegenover Sebastiaan op haar hurken zitten, aan de andere kant van het vuur, met haar rug naar de regen die inmiddels viel, zodat ze zijn gezicht kon zien bij het licht van het vuur terwijl ze allebei hun handen warmden in de hitte van de knetterende vlammen. Na een dag in de koude, vochtige buitenlucht voelde de warmte heerlijk aan. Ze wist dat de winter vroeg of laat nog venijnig terug zou komen. Hoe koud en onaangenaam het nu ook was, het zou nog erger worden.

Ze probeerde er niet aan te denken dat ze hun gezellige huisje moesten verlaten, en dat in dit jaargetijde. Maar ze had vanaf het ogenblik dat ze het papiertje had gezien, geweten dat dat onvermijdelijk was.

'Heb je honger?' vroeg ze.

'Ik rammel,' zei hij, en hij keek net zo verlangend bij de gedachte aan vis als Betty bij die aan een wortel. Jennsens maag begon ook te knorren bij de overheerlijke geuren.

'Mooi zo. Mijn moeder zegt altijd dat als je ziek bent, maar wel eetlust hebt, het nooit heel ernstig kan zijn.'

'Met een dag of twee ben ik weer in orde.'

'Rust zal je goeddoen.'

Jennsen trok haar mes uit de schede. 'We hebben hier nooit eerder iemand laten overnachten. Je begrijpt wel dat we voorzorgsmaatregelen nemen.'

Ze zag aan zijn gezicht dat hij niet wist waar ze het over had, maar hij gaf schouder ophalend te kennen dat hij haar voorzichtigheid begreep.

Jennsens mes leek in de verste verte niet op het mooie wapen dat de soldaat had gedragen. Zoiets konden ze zich niet veroorloven. Het hare had een eenvoudig heft, gemaakt van een geweitak, en het lemmet was niet dik, maar ze zorgde ervoor dat ze het vlijmscherp hield.

Jennsen maakte met het lemmet een ondiepe snee aan de binnenkant van haar onderarm. Met een frons wilde Sebastiaan opstaan om te protesteren. Haar uitdagende, dreigende blik hield hem tegen voordat hij overeind was gekomen. Hij liet zich weer zakken en keek met groeiende bezorgdheid toe hoe ze de zijkanten van het lemmet door de karmozijnrode bloeddruppels haalde die opwelden uit de snee. Ze keek hem nog een keer doordringend aan voordat ze hem haar rug toekeerde en naar de ingang van de grot liep, waar de regen de grond vochtig maakte.

Met het bebloede mes tekende Jennsen eerst een grote cirkel. Terwijl ze Sebastiaans ogen in haar rug voelde, trok ze daarna de punt van het bebloede lemmet in rechte lijnen door de vochtige aarde om een vierkant te maken, waarvan de hoeken precies de binnenkant van de cirkel raakten. Bijna zonder onderbreking ging ze verder met het tekenen van een kleinere cirkel, die de binnenkanten van het vierkant raakte.

Terwijl ze bezig was, mompelde ze zachtjes gebeden waarin ze de goede geesten vroeg haar hand te leiden. Dat leek haar het juiste om te doen. Ze wist dat Sebastiaan haar zachte gemurmel kon horen, maar de woorden niet kon verstaan. Plotseling kwam de gedachte bij haar op dat dat net zoiets moest zijn als de stem die zij in haar hoofd hoorde. Soms hoorde ze, als ze de buitenste cirkel tekende, die doodse stem haar naam fluisteren.

Na het gebed opende ze haar ogen en tekende ze een achtpuntige ster, waarvan de stralen helemaal door de binnenste cirkel, het vierkant en de buitenste cirkel heen staken. Vier van de acht stralen doorsneden de hoeken van het vierkant.

Men zei dat de stralen de gave van de Schepper symboliseerden, dus terwijl ze de achtpuntige ster tekende, fluisterde Jennsen altijd een dankgebed voor de gave die haar moeder was.

Toen ze klaar was en opkeek, stond haar moeder voor haar, alsof ze uit de duisternis was opgerezen of uit de rand van de tekening zelf was gematerialiseerd; ze werd verlicht door de opspringende vlammen van het vuur achter Jennsen. Bij het licht van die vlammen leek haar moeder wel een ongelooflijk mooie geest.

'Weet je waar deze tekening voor staat, jongeman?' vroeg Jennsens moeder met een stem die nauwelijks harder was dan een fluistering.

Sebastiaan staarde naar haar op, zoals mensen vaak naar haar staarden als ze haar voor het eerst zagen, en schudde zijn hoofd.

'Het heet een Gratie. Die wordt al duizenden jaren getekend door mensen met de gave voor magie; sommigen zeggen zelfs sinds de dageraad der Schepping. De buitenste cirkel symboliseert het begin van de eeuwigheid van de onderwereld, de wereld van de doden waar de Wachter heerst. De binnenste cirkel is de wereld van het leven. Het vierkant staat voor de sluier die de twee werelden scheidt, het leven van de dood. Die raakt nu eens de ene en dan weer de andere wereld. De ster is het licht van de gave van de Schepper Zelf – de magie – die zich door het leven uitstrekt en zich voortzet in de wereld van de doden.'

Het vuur knapte en siste terwijl Jennsens moeder, als een soort spookverschijning, boven hen tweeën uittorende. Sebastiaan zei niets. Haar moeder had de waarheid gesproken, maar ze had die waarheid gebruikt om een bepaalde indruk te wekken die niet juist was.

'Mijn dochter heeft deze Gratie getekend als bescherming voor jou, vannacht, en als bescherming voor ons. Er is er nog een voor de deur van het huis.' Ze liet een stilte vallen voordat ze vervolgde: 'Het zou onverstandig zijn om een van die twee zonder onze toestemming over te steken.'

'Ik snap het, mevrouw Daggett.' Bij het licht van het vuur viel er van zijn gezicht niets af te lezen.

Zijn blauwe ogen richtten zich op Jennsen. Er verscheen een zweem van een glimlach om zijn lippen, hoewel zijn gezicht ernstig bleef. 'Je bent een verrassende vrouw, Jennsen Daggett. Met mysteries omgeven. Ik zal vannacht veilig slapen.'

'En goed,' zei Jennsens moeder. 'Behalve het eten heb ik ook wat kruiden meegebracht, waar je beter van zult slapen.'

Haar moeder, die de schaal met gebakken vis in haar ene hand had, legde haar andere hand op Jennsens schouder en leidde haar om het vuur heen om naast haar te komen zitten, tegenover Sebastiaan. Te oordelen naar de serieuze uitdrukking op zijn gezicht had hun actie het gewenste effect gesorteerd.

Haar moeder wierp Jennsen een snelle blik toe en glimlachte naar haar, zonder dat Sebastiaan het zag. Jennsen had het goed gedaan.

Haar moeder reikte Sebastiaan de schaal aan om hem een stuk vis aan te bieden en zei: 'Ik wil je graag bedanken, jongeman, voor de hulp die je Jennsen vandaag hebt geboden.'

'Ik heet Sebastiaan.'

'Dat heeft Jennsen me verteld.'

'Ik was blij om te kunnen helpen. Ik verleende mezelf eigenlijk ook een dienst. Ik heb liever geen D'Haraanse soldaten achter me aan.'

Ze wees. 'Als je deze bovenste wilt, die is door de kruiden gehaald waardoor je beter zult slapen.'

Hij prikte zijn mes in het donkerste stuk vis, dat met een laagje kruiden bedekt was. Jennsen prikte een ander stuk aan haar eigen mes, nadat ze het lemmet eerst had schoongeveegd aan haar rok.

'Jennsen heeft me verteld dat je van buiten D'Hara komt.'

Hij keek kauwend op. 'Dat klopt.'

'Ik vind dat moeilijk te geloven. D'Hara wordt omgeven door ondoordringbare grenzen. Zolang ik leef is niemand erin geslaagd om D'Hara binnen te komen of te verlaten. Hoe is het dan mogelijk dat jij dat wel hebt gedaan?'

Met zijn tanden trok Sebastiaan het stuk gekruide vis van zijn mes. Hij zoog tussen zijn tanden door lucht naar binnen om de

47

hap af te koelen. Al kauwend gebaarde hij met het lemmet om zich heen. 'Hoe lang woont u hier al zo afgezonderd in dit grote bos? Zonder mensen te spreken? Zonder nieuws?'

'Een paar jaar.'

'O. Nou, dan klopt het wel dat u het niet weet, maar nadat u hier bent gekomen, zijn de barrières verdwenen.'

Jennsen en haar moeder verwerkten dit verbijsterende, bijna ongelooflijke nieuws in stilte. In die stilte begonnen ze zich allebei de bedwelmende mogelijkheden voor te stellen. Voor het eerst in Jennsens leven leek een ontsnapping voorstelbaar. De onmogelijke droom van een leven voor henzelf leek plotseling alleen nog maar een kwestie van reizen. Ze waren hun hele leven bezig met rondtrekken en zich verbergen. Nu leek het erop dat de reis eindelijk haar einde naderde.

'Sebastiaan,' zei Jennsens moeder, 'waarom heb je Jennsen vandaag geholpen?'

'Ik help graag mensen. Ze had hulp nodig. Ik kon zien hoe bang ze was van die man, ook al was hij dood.' Hij glimlachte naar Jennsen. 'Ze leek me aardig. Ik wilde haar helpen. Bovendien,' erkende hij ten slotte, 'ben ik niet echt dol op D'Haraanse soldaten.'

Toen ze hem de schaal weer voorhield, prikte hij zijn mes in een tweede stuk vis. 'Mevrouw Daggett, ik val waarschijnlijk zo meteen in slaap. Waarom vertelt u me niet gewoon waar u aan denkt?'

'Wij worden achternagezeten door D'Haraanse soldaten.'

'Waarom?'

'Dat is een verhaal voor een andere avond. Afhankelijk van het verloop van deze avond zul je daar misschien eens achterkomen, maar voorlopig is het alleen belangrijk dat we achternagezeten worden; Jennsen meer dan ik. Als de D'Haraanse soldaten ons te pakken krijgen, zal ze vermoord worden.'

Zo klonk het heel eenvoudig. Híj zou wel zorgen dat het niet zo eenvoudig was. Het zou veel akeliger zijn dan een gewone moord. De dood zou een beloning zijn, die pas na onvoorstelbaar lijden en eindeloos smeken zou worden toegekend.

Sebastiaan keek even naar Jennsen. 'Dat zou ik niet leuk vinden.'

'Dan zijn we het daar alle drie over eens,' mompelde haar moeder.

'Daarom zijn jullie tweeën zo gehecht aan die messen die jullie altijd bij de hand hebben,' zei hij.

'Inderdaad,' bevestigde haar moeder.

'Dus,' zei Sebastiaan, 'jullie zijn bang dat de D'Haraanse soldaten jullie vinden. D'Haraanse soldaten zijn niet bepaald zeldzaam.
Die van vandaag heeft jullie allebei angst aangejaagd. Waarom
zijn jullie nu juist zo bang voor deze ene soldaat?'

Jennsen legde een dikke tak op het vuur, blij dat haar moeder het
woord deed. Betty mekkerde om een wortel, of om op zijn minst
aandacht. De kippen mopperden over de herrie en het licht.

'Jennsen,' zei haar moeder, 'laat Sebastiaan het papiertje eens zien
dat je in de zak van de D'Haraanse soldaat hebt gevonden.'

Jennsen was verrast en wachtte totdat haar moeder haar kant op
keek. Ze wisselden een blik waaruit Jennsen opmaakte dat haar
moeder vastbesloten was deze kans waar te nemen, en dat ze hem
in elk geval íéts moesten vertellen om dat te kunnen doen.

Jennsen trok het verkreukelde papiertje uit haar zak en gaf het
voor haar moeder langs aan Sebastiaan. 'Dit heb ik in de zak van
die soldaat gevonden.' Ze slikte bij de afschuwelijke herinnering
aan de aanblik van een dode. 'Net voordat jij verscheen.'

Sebastiaan trok het propje papier open en streek het tussen duim
en wijsvinger glad terwijl hij hun een wantrouwige blik toewierp.
Hij draaide het papiertje naar het licht van het vuur, zodat hij de
twee woorden kon lezen.

'Jennsen Lindie,' las hij hardop. 'Ik snap het niet. Wie is Jennsen
Lindie?'

'Ik,' zei Jennsen. 'Tenminste, dat ben ik een tijdje geweest.'

'Een tijdje? Ik begrijp het niet.'

'Zo heette ik,' zei Jennsen. 'Dat was de naam die ik een paar jaar
geleden gebruikte, toen we in het hoge noorden woonden. We ver-
huizen vaak, om te voorkomen dat we gepakt worden. We veranderen elke keer onze naam, zodat het moeilijker is om ons op
te sporen.'

'Dus… Daggett is ook niet je echte naam?'

'Nee.'

'Hoe heet je dan wel?'

'Ook dat deel van het verhaal is voor een andere avond.' Aan haar
moeders toon was te horen dat ze niet van plan was erover te dis-
cussiëren. 'Waar het om gaat, is dat de soldaat vandaag die naam
bij zich droeg. Dat kan alleen maar het ergste betekenen.'

'Maar je zei dat het een naam is die jullie niet meer gebruiken.

Hier gebruiken jullie een andere naam: Daggett. Niemand hier kent jullie onder de naam Lindie.'

Haar moeder boog zich naar Sebastiaan toe. Jennsen wist dat haar moeder hem aankeek op een manier die hem een onbehaaglijk gevoel zou bezorgen. Haar moeder kon mensen nerveus maken door hen met die strakke, doordringende blik van haar aan te kijken. 'Het mag dan niet meer onze naam zijn, een naam die we alleen in het hoge noorden hebben gebruikt, maar hij had die naam zwart op wit bij zich, en hij was hier, een paar kilometer van waar we nu zijn. Dat betekent dat hij op de een of andere manier die naam met ons in verband heeft gebracht, met twee vrouwen die hier ergens afgelegen wonen. Op de een of andere manier heeft hij een verband gelegd, of, beter gezegd, de man die achter ons aan zit, heeft een verband gelegd en hem achter ons aan gestuurd. Nu zoeken ze hier naar ons.'

Sebastiaan sloeg zijn ogen neer en zei bedachtzaam: 'Ik begrijp wat u bedoelt.' Hij at weer van het stuk vis dat hij aan de punt van zijn mes had gespietst.

'Die dode soldaat had vast anderen bij zich,' zei haar moeder. 'Door hem te begraven, heb je ons tijd bezorgd. Ze zullen niet weten wat er met hem is gebeurd. Dat is ons geluk. We zijn hun nog een paar stappen voor. We moeten gebruik maken van die voorsprong om te zorgen dat we weg zijn voordat ze de strop aanhalen. We zullen morgenochtend moeten vertrekken.'

'Weet u dat zeker?' Hij gebaarde met zijn mes om zich heen. 'Jullie hebben hier een leven. Jullie wonen afgelegen, verborgen… Ik zou jullie nooit hebben gevonden als ik Jennsen niet bij die dode soldaat had gezien. Hoe zouden ze jullie kunnen vinden? Jullie hebben een huis, een goede plek om te wonen.'

'"Leven" is het sleutelwoord in alles wat je hebt gezegd. Ik ken de man die jacht op ons maakt. Hij heeft een bloedig erfgoed van duizenden jaren als voorbeeld bij zijn jacht op ons. Hij zal niet rusten. Als we blijven, zal hij ons hier vroeg of laat vinden. We moeten ontsnappen nu dat nog kan.'

Ze trok het prachtige mes van de dode D'Haraanse soldaat achter haar riem vandaan. Met schede en al draaide ze het om en ze reikte het Sebastiaan aan, met het heft naar voren.

'De letter R op het heft staat voor het Huis Rahl. Rahl is onze achtervolger. Hij zou zo'n mooi wapen alleen aan een heel speciale soldaat geven. Ik wil geen wapen hebben dat van die slechte man afkomstig is.'

Sebastiaan keek even naar het uitgestoken mes, maar pakte het niet aan. Hij bekeek hen beiden op een manier waar Jennsen het onverwacht koud van kreeg. Het was een blik waarin een meedogenloze vastberadenheid brandde.

'Waar ik vandaan kom, geloven we erin om dat wat de vijand het meest na staat of van hem afkomstig is, als wapen tegen hem te gebruiken.'

Die opvatting had Jennsen nog nooit gehoord. Haar moeder zat doodstil. Het mes lag nog in haar hand. 'Ik zie niet...'

'Kiezen jullie ervoor om gebruik te maken van wat hij jullie per ongeluk heeft gegeven en dat tegen hem in te zetten? Of kiezen jullie ervoor slachtoffers te zijn?'

'Hoe bedoel je?'

'Waarom doden jullie hem niet?'

Jennsens mond viel open. Haar moeder leek minder verbaasd. 'Dat kunnen we niet,' zei ze vol overtuiging. 'Het is een machtig man. Hij wordt door talloze mensen beschermd, van gewone manschappen tot soldaten met een grote vaardigheid in moorden – zoals degene die jullie vandaag hebben begraven – en mensen met de gave, die magie kunnen gebruiken. Wij zijn maar twee eenvoudige vrouwen.'

Sebastiaan liet zich niet vermurwen. 'Hij zal het niet opgeven voordat hij jullie heeft gedood.' Hij stak het papiertje omhoog en keek naar haar ogen. 'Dit is het bewijs. Hij zal het nooit opgeven. Waarom doodt u hem niet voordat hij u doodt, of uw dochter? Of zijn jullie liever lijken die hij alleen nog moet komen ophalen?'

Haar moeder begon boos te klinken. 'En hoe had je gedacht dat we Meester Rahl konden doden?'

Sebastiaan stak zijn mes in een nieuw stuk vis. 'Om te beginnen moet u het mes houden. Het is beter dan het mes dat u nu draagt. Gebruik wat van hem is om tegen hem te vechten. Uw weerstand tegen het aannemen van het mes dient alleen hem, niet u... of Jennsen.'

Haar moeder zat roerloos. Jennsen had nooit eerder iemand zo horen praten. Door zijn woorden zag ze de dingen anders dan ooit tevoren.

'Ik moet toegeven dat daar wel iets in zit,' zei haar moeder. Haar stem was zacht en er klonk een vleugje verdriet in door, of misschien spijt. 'Je hebt me de ogen geopend. Een stukje, in elk geval. Ik ben het niet met je eens dat we moeten proberen hem te doden, want daar ken ik hem te goed voor. Zo'n poging zou op zijn best gewoon zelfmoord zijn, en op zijn slechtst zou zíjn doel ermee in vervulling gaan. Maar ik zal het mes houden en het gebruiken om mezelf en mijn dochter te verdedigen. Dank je, Sebastiaan, dat je verstandig hebt gesproken, ook al wilde ik het niet horen.'

'Ik ben blij dat u in elk geval het mes houdt.' Sebastiaan trok het stuk vis van zijn eigen mes. 'Ik hoop dat u er iets aan hebt.' Met de rug van zijn hand veegde hij het zweet van zijn voorhoofd. 'Als u niet wilt proberen hem te doden om uzelf te redden, wat wilt u dan doen? Blijven vluchten?'

'Je zegt dat de barrières verdwenen zijn. Ik ben van plan D'Hara te verlaten. We zullen proberen een ander land te bereiken, waar Darken Rahl geen jacht op ons kan maken.'

Sebastiaan keek op terwijl hij weer een stuk vis aan zijn mes prikte. 'Darken Rahl? Darken Rahl is dood.'

Jennsen, die sinds ze klein was voor die man op de vlucht was, die talloze malen wakker was geschrokken uit nachtmerries waarin zijn blauwe ogen haar vanuit alle hoeken aankeken of waarin hij te voorschijn sprong om haar te grijpen als ze niet snel genoeg rende, die zich dag in, dag uit had afgevraagd of dit de dag was waarop hij haar uiteindelijk te pakken zou krijgen, die zich ontelbaar vaak had voorgesteld wat voor afschuwelijke, wrede kwellingen hij voor haar in petto zou hebben, die elke dag tot de goede geesten had gebeden om bevrijd te worden van haar genadeloze jager en zijn meedogenloze lakeien, was als door de bliksem getroffen. Pas toen besefte ze dat ze de man altijd als vrijwel onsterfelijk had beschouwd. Net zo onsterfelijk als het kwaad zelf. 'Darken Rahl... dood? Dat kan niet,' zei Jennsen terwijl er tranen van opluchting in haar ogen opwelden en over haar wangen liepen. Ze was vervuld van een wild, opwindend gevoel van verwachtingsvolle hoop... en tegelijk viel er een onverklaarbare schaduw van een duistere vrees over haar heen.

Sebastiaan knikte. 'Het is echt zo. Sinds een jaar of twee, heb ik gehoord.'

Jennsen bracht haar hoop onder woorden. 'Dan vormt hij niet

langer een bedreiging voor ons.' Ze zweeg even. 'Maar als Darken Rahl dood is...'

'Darken Rahls zoon is nu Meester Rahl,' zei Sebastiaan.

'Zijn zoon?' Jennsen voelde hoe haar hoop overschaduwd werd door die duistere vrees.

'De Meester Rahl jaagt achter ons aan,' zei haar moeder, en haar stem, die kalm en geduldig was, verraadde niet het geringste spoortje verrukte hoop. 'De Meester Rahl is de Meester Rahl. Het is zoals het altijd is geweest. Zoals het altijd zal zijn.'

Onsterfelijk als het kwaad zelf.

'Richard Rahl,' vertelde Sebastiaan, 'is de nieuwe Meester Rahl.'

Richard Rahl. Dus nu kende Jennsen de naam van haar nieuwe achtervolger.

Ze werd overvallen door een angstaanjagende gedachte. Ze had de stem nooit iets anders horen zeggen dan 'Geef je over' en haar naam, en af en toe die woorden in een vreemde taal, die ze niet verstond. Nu eiste de stem dat ze haar lichaam en haar wil overgaf. Als het de stem was van degene die achter haar aan zat, zoals haar moeder zei, dan moest die nieuwe Meester Rahl nog machtiger zijn dan zijn verdorven vader. Een kortstondige verlossing had plaatsgemaakt voor een diepe wanhoop.

'Die man, Richard Rahl,' zei haar moeder, die probeerde al het verbijsterende nieuws te bevatten, 'is die dan Meester Rahl geworden toen zijn vader gestorven was?'

Sebastiaan boog zich naar voren en er verscheen onverwacht een bedekte woede in zijn blauwe ogen. 'Richard Rahl werd Meester Rahl van D'Hara toen hij zijn vader had vermoord en de macht had gegrepen. En als u wilt suggereren dat de zoon misschien minder bedreigend is dan zijn vader, laat me u dan uit de droom helpen. Richard Rahl is degene die de barrières heeft weggehaald.'

Jennsen hief in verwarring haar handen. 'Maar dat biedt degenen die vrij willen zijn juist de gelegenheid om D'Hara te ontvluchten, om hem te ontvluchten.'

'Nee. Hij heeft die eeuwenoude, beschermende barrières weggehaald om zijn tirannie te kunnen uitbreiden tot de landen die buiten het bereik van zelfs zijn vader lagen.' Sebastiaan sloeg met een gebalde vuist tegen zijn borst. 'Hij wil mijn land! Meester Rahl is krankzinnig. D'Hara is niet genoeg voor hem. Hij is eropuit om over de hele wereld te heersen.'

Jennsens moeder staarde mistroostig in de vlammen. 'Ik heb altijd gedacht – gehoopt, eigenlijk – dat we misschien een kans zouden hebben als Darken Rahl dood was. Het papiertje met haar naam erop dat Jennsen vandaag heeft gevonden, bewijst dat de zoon nog gevaarlijker is dan zijn vader en dat ik mezelf alleen voor de gek hield. Zelfs Darken Rahl is nog nooit zo dicht bij ons gekomen.'

Jennsen zat als verdoofd, nadat ze heen en weer was geslingerd tussen verschillende heftige emoties, en ze voelde zich uiteindelijk angstiger en wanhopiger dan tevoren. Het deed haar groot verdriet om haar moeder zo vertwijfeld te zien.

'Ik zal het mes houden.' Uit haar moeders besluit bleek hoe bang ze was voor de nieuwe Meester Rahl en hoe benard hun situatie was.

'Goed zo.'

Het flauwe licht vanuit het huis werd weerspiegeld in de plassen water die voor de ingang van de grot stonden, maar de monotoon vallende regen veranderde het licht in duizenden glinsteringen, als de tranen van de goede geesten. Over een dag of twee zouden alle plassen bevroren zijn. Het zou gemakkelijker reizen zijn in die kou dan in deze koude regen.

'Sebastiaan,' vroeg Jennsen, 'denk je, eh... denk je dat we uit D'-Hara zouden kunnen ontsnappen? Dat we misschien naar jouw vaderland kunnen gaan... buiten het bereik van die bloeddorstige kerel?'

Sebastiaan haalde zijn schouders op. 'Misschien. Maar zul je wel ergens buiten zijn bereik zijn, zolang die krankzinnige niet dood is?'

Haar moeder stak het prachtige mes achter haar riem en strengelde haar handen toen om haar opgetrokken knie heen. 'Dank je, Sebastiaan. Je hebt ons geholpen. Doordat we ons moesten schuilhouden, waren we helaas nergens van op de hoogte. Jij hebt ons in elk geval wat informatie gegeven.'

'Het spijt me dat het geen beter nieuws was.'

'De waarheid is de waarheid. Daardoor kunnen we beter beoordelen wat we moeten doen.' Haar moeder glimlachte naar haar. 'Jennsen heeft altijd overal de waarheid over willen weten. Die heb ik nooit voor haar achtergehouden. De waarheid is het enige middel om te overleven; zo eenvoudig is het.'

'Als u niet wilt proberen hem te doden om de bedreiging weg te nemen, misschien kunt u dan een manier bedenken om ervoor te zorgen dat de nieuwe Meester Rahl zijn belangstelling voor Jennsen en u verliest.'

Jennsens moeder schudde haar hoofd. 'Er komt meer bij kijken dan we je vanavond kunnen vertellen; dingen waar jij niets van weet. Die zijn er de reden van dat hij het nooit zal opgeven. Je weet niet hoe ver de Meester Rahl – elke Meester Rahl – zou gaan om Jennsen te doden.'

'Als dat zo is, dan hebt u misschien gelijk. Misschien moeten jullie inderdaad vluchten.'

'En zou jij ons willen helpen – haar willen helpen – om weg te komen uit D'Hara?'

Hij keek van de een naar de ander. 'Als ik dat kan, wil ik het wel proberen. Maar ik zeg jullie van tevoren dat er eigenlijk geen plek is om je te verbergen. Als jullie ooit echt vrij willen zijn, zullen jullie hem moeten doden.'

'Ik ben geen moordenaar,' zei Jennsen, niet om hem tegen te spreken, maar berustend in haar eigen zwakheid tegenover zulke brute kracht. 'Ik wil blijven leven, maar het ligt gewoon niet in mijn aard om een moordenaar te zijn. Ik zal mezelf verdedigen, maar ik geloof niet dat ik met voorbedachten rade iemand zou kunnen doden. Het droevige feit is dat ik er gewoon niet goed in zou zijn. Hij is een geboren moordenaar. Ik niet.'

Sebastiaan beantwoordde haar blik met een ijzige gelaatsuitdrukking. Zijn witte haar, dat een rode gloed had door het licht van het vuur, omlijstte koude, blauwe ogen. 'Je zou verbaasd staan als je wist waartoe een mens in staat is, als hij maar gemotiveerd genoeg is.'

Haar moeder stak haar hand op om een einde te maken aan dit gespreksonderwerp. Ze was een praktische vrouw, die niet graag kostbare tijd verspilde aan wilde plannen. 'Wat nu van belang is, is dat we weg zien te komen. De volgelingen van Meester Rahl zijn te dichtbij. Daar komt het gewoon op neer. Gezien jullie beschrijving en dit mes maakte de dode die jullie vandaag hebben gevonden waarschijnlijk deel uit van een viermanschap.'

Sebastiaan keek met een frons op. 'Een wat?'

'Een team van vier sluipmoordenaars. Af en toe werken er een paar viermanschappen samen, als het doelwit bijzonder moeilijk te vangen of van zeer groot belang is. Jennsen is dat allebei.'

Sebastiaan legde een arm op zijn knie. 'Voor iemand die jarenlang op de vlucht is geweest en zich heeft schuilgehouden, bent u goed op de hoogte van die viermanschappen. Weet u zeker dat u het bij het rechte eind hebt?'

De vlammen dansten in haar moeders ogen. Haar stem werd afstandelijker. 'Toen ik jong was, woonde ik in het Volkspaleis. Ik zag die mannen vaak, die viermanschappen. Darken Rahl stuurde hen achter bepaalde mensen aan. Ze zijn meedogenlozer dan je je kunt voorstellen.'

Sebastiaan leek slecht op zijn gemak. 'Nou, u weet het vast beter dan ik. Dan vertrekken we morgenochtend.' Hij geeuwde en rekte zich uit. 'Uw kruiden werken al, en ik ben uitgeput van de koorts. Eerst een nacht goed slapen, en dan zal ik jullie helpen van D'Hara naar de Oude Wereld te vluchten, als jullie dat willen.'

'Dat willen we.' Haar moeder stond op. 'Eten jullie de rest van de vis maar op.' Terwijl ze langsliep, streek ze met haar vingers liefkozend langs Jennsens achterhoofd. 'Ik ga wat spullen verzamelen en inpakken, zoveel we kunnen dragen.'

'Ik kom zo,' zei Jennsen. 'Nadat ik het vuur heb afgedekt.'

6

Het ging harder regenen. Het water stroomde in een golvend gordijn over de rand boven de ingang van de grot. Jennsen krabde Betty achter haar oren in een poging haar te laten ophouden met mekkeren. De altijd al nerveuze geit was plotseling ontroostbaar. Misschien voelde ze dat ze zouden gaan vertrekken. Of misschien was ze alleen bedroefd omdat Jennsens moeder het huisje in was gegaan. Betty was dol op haar en liep vaak als een hondje achter haar aan over het erf. Betty zou maar al te graag bij hen in het huisje slapen, als ze dat zouden toestaan. Sebastiaan, die zich te goed had gedaan aan de vis, rolde zich in zijn mantel. Zijn oogleden vielen dicht terwijl hij probeerde toe te kijken hoe Jennsen het vuur afdekte. Hij hief zijn hoofd en keek met een frons naar de heen en weer stappende geit.

'Betty wordt wel rustig als ik het huis in ga,' zei Jennsen tegen hem.

Sebastiaan, die al half sliep, mompelde iets over Betty dat Jennsen onmogelijk kon verstaan boven het lawaai van de regen uit. Ze wist dat het niet belangrijk genoeg was om hem te vragen het te herhalen. Hij had slaap nodig. Ze geeuwde. Ondanks haar ongerustheid over alles wat er die dag was gebeurd en haar zorgen over wat de volgende dag zou brengen, werd ook zij slaperig van het geraas van de stortbui.

Ze zou hem van alles willen vragen over wat er buiten D'Hara was, maar ze wenste hem een goede nacht, hoewel ze betwijfelde of hij haar hoorde, boven de regen uit. Ze zou nog tijd genoeg hebben om hem al haar vragen te stellen. Haar moeder zou op haar wachten, zodat Jennsen kon helpen beslissen wat ze moesten inpakken om mee te nemen. Ze hadden niet veel, maar ze zouden toch wat spullen moeten achterlaten.

In elk geval had de onhandige, dode soldaat hun geld bezorgd, net nu ze dat het hardst nodig zouden hebben. Het was genoeg om paarden en proviand te kopen, waarmee ze D'Hara konden ontvluchten. De nieuwe Meester Rahl, de onechte zoon van een onechte zoon in een ononderbroken, lange lijn van onechte zonen, had hen onbedoeld voorzien van de middelen om aan zijn greep te ontsnappen.

Het leven was waardevol. Ze wenste alleen maar dat haar moeder en zij hun eigen leven konden leiden. Ergens aan de andere kant van de verre horizon lag hun nieuwe leven.

Jennsen wierp haar mantel om haar schouders. Ze trok de kap omhoog om zich tegen de regen te beschermen, maar het plensde zo hard dat ze verwachtte toch wel nat te worden als ze naar het huisje rende. Ze hoopte dat het morgenochtend droog zou zijn voor de eerste dag van hun reis, zodat ze hun achtervolgers meteen een flink stuk achter zich konden laten. Ze was blij om te zien dat Sebastiaan helemaal onder zeil leek te zijn. Hij had een goede nachtrust nodig. Ze was dankbaar dat hij, temidden van alle kwelling en onrechtvaardigheid, in hun leven was gekomen.

Jennsen pakte de schaal met de paar overgebleven stukken vis, stak die onder haar mantel, hield haar adem in en dook met gebogen hoofd de bulderende regen in. De schok van de koude stortbui deed haar naar adem happen terwijl ze door de donkere plassen naar het huis rende.

Ze bereikte het huis, en door haar natte wimpers zag ze het flauwe licht van de olielampen en het haardvuur dat door het raam scheen als een wazige schittering. Zonder op te kijken gooide ze de deur open en ging naar binnen.

'Het is zo koud als het hart van de Wachter!' riep ze naar haar moeder terwijl ze naar binnen stormde.

Jennsens adem werd met een grom uit haar longen geperst toen ze tegen een massieve muur opliep die daar eerder niet had gestaan.

Terwijl ze terugveerde na de botsing, keek ze op en zag een brede rug die zich omdraaide en een enorme hand die naar haar greep. De hand kreeg alleen haar mantel te pakken. De zware, wollen

mantel werd van haar schouders gerukt terwijl zij achteruitdeins-
de. De schaal viel met een klap op de vloer en draaide als een tol
in het rond. De deur, die tegen de muur was geslagen, ketste te-
rug en viel met een klap achter haar dicht, zodat haar vluchtweg
was afgesneden, net voordat ze er met haar rug tegenaan sloeg.
Hijgend reageerde Jennsen.
Het was puur instinctief; ze dacht niet bewust na.
Jennsen.
Doodsangst, geen doordacht handelen.
Geef je over.
Vertwijfeling, geen vaardigheid.
Het vierkante gezicht van de man werd helder verlicht door het
haardvuur. Hij dook op haar af. Een monster met nat piekhaar.
Eén bonk pezen en spieren. Het mes in haar hand tolde rond, aan-
gedreven door pure paniek.
Haar kreet was een grauw van uiterste inspanning. Haar mes
drong met een klap de zijkant van zijn hoofd binnen. Het lemmet
brak doormidden toen het zijn jukbeen raakte. Zijn hoofd draai-
de door de klap. Er spatte bloed over zijn gezicht.
Zijn vlezige hand maaide wild door de lucht en gaf haar een op-
lawaai in haar gezicht. Ze sloeg met haar schouder tegen de muur.
Er ging een pijnscheut door haar arm. Ze struikelde ergens over.
Ze verloor haar evenwicht en tuimelde voorover.
Ze smakte met haar gezicht tegen de vloer naast nog zo'n enorme man. Hij leek op de dode soldaat die ze had begraven. Haar
gedachten klampten zich vast aan flarden van wat ze zag en probeerden er een logisch geheel van te maken. Waar kwamen ze vandaan? Hoe kwamen ze in haar huis?
Haar been lag over de beweginglose benen van de man. Ze duwde zichzelf overeind. Hij zat onderuitgezakt tegen de muur. Zijn
dode ogen staarden haar aan. Het heft met de sierlijke R, dat onder zijn oor uit stak, weerkaatste het licht van het vuur. De punt
van het mes stak uit de andere kant van zijn stierennek. Hij had
een nat, rood overhemd aan.
Geef je over.
Bevend van angst zag ze een man op zich afkomen.
Terwijl ze haar gebroken mes greep, krabbelde ze overeind en
keerde zich naar het gevaar. Ze zag haar moeder op de grond zitten. Een man hield haar bij haar haar vast. Overal zat bloed.

Het was onwerkelijk.

Als in een nachtmerrie zag Jennsen haar moeders afgehakte arm op de grond liggen, de slappe vingers gespreid. Rode steekwonden.

Jennsen.

Ze was volkomen in paniek. Ze hoorde haar eigen korte, afgebeten kreten. Vers bloed dat over de grond was gespetterd glinsterde in het licht van het vuur. Een wervelende beweging. Een man drukte haar tegen de muur. Ze hapte naar lucht. Haar borst werd pijnlijk samengedrukt.

Geef je over.

'Nee!' Haar eigen stem klonk onwerkelijk.

Ze haalde uit met haar gebroken mes en sneed de arm van de man open. Hij brulde een grove vloek.

De man die Jennsens moeder vasthield, liet haar los en kwam op Jennsen af. Ze stak woest en uitzinnig in op de mannen om zich heen. Van alle kanten werden handen naar haar uitgestoken. Een grote hand greep haar arm die rondmaaide met het mes.

Geef je over.

Jennsen gilde hijgend. Ze worstelde uit alle macht. Ze trapte. Ze beet. De mannen vloekten. De tweede man greep haar met zijn stalen vingers bij de keel.

Geen adem. Geen adem. Ze probeerde het, maar ze kon niet ademen. Ze deed vreselijk haar best, maar het lukte niet.

Hij grijnsde spottend terwijl hij haar keel dichtkneep. Er trok een pijnscheut door haar slapen. Zijn wang was van oor tot mond opengelegd door haar mes en er stroomde bloed uit. Door de gapende wond zag ze glinsterend rode tanden en kiezen.

Jennsen spande zich tot het uiterste in, maar ze kon geen lucht krijgen. Iemand stompte haar in haar buik. Ze trapte hem. Hij greep haar enkel voordat ze nog een keer kon trappen. Een was er dood. Twee hadden haar vast. Haar moeder was uitgeschakeld. Haar gezichtsveld vernauwde tot een zwarte tunnel. Haar borst brandde. De pijn was vreselijk. Vreselijk.

Geluiden klonken gedempt.

Ze hoorde een ijzingwekkende klap.

De man tegenover haar, die haar keel dichtkneep, verstarde terwijl zijn hoofd schokte.

Ze begreep er niets van. Zijn greep verslapte. Ze hapte wanhopig naar lucht. Zijn hoofd zakte naar voren. Achter in zijn nek stond een sikkelvormige bijl, die zijn ruggengraat had doorgehakt.

Het handvat van de bijl beschreef een boog toen de man viel. Sebastiaan stond achter hem, als een berekenende wraakgeest met wit haar.

De laatste man liet haar arm los. Met zijn andere hand hief hij een zwaard dat glom van het bloed. Sebastiaan was sneller dan de man.

Jennsen was nog sneller dan Sebastiaan.

Geef je over.

Ze gaf een schreeuw, een dierlijk geluid, woest en ongecontroleerd, vol doodsangst en razernij. Ze haalde haar afgebroken lemmet over de zijkant van de nek van de man.

Haar halve mes scheurde hem tot op het bot open, sneed de slagader door en hakte door spieren heen. Hij schreeuwde het uit. Zijn bloed leek te blijven zweven, in de lucht te blijven hangen, terwijl de man in zijn val tegen de tegenoverliggende muur sloeg. Ze had zo hard met haar arm gezwaaid dat ze met hem mee viel. Sebastiaan sloeg met zijn korte zwaard bliksemsnel toe en stak het met een botten brekende kracht door de brede borst van de man.

Jennsen klauterde over de lichamen heen, uitglijdend over het bloed. Ze zag alleen haar moeder op de grond, half zittend tegen de tegenoverliggende muur. Haar moeder keek haar aan. Jennsen kon niet ophouden met gillen en kon nauwelijks ademhalen tussen haar hysterische gekrijs door.

Haar moeder, die onder het bloed zat en haar ogen half gesloten had, zag eruit alsof ze in slaap aan het vallen was. Maar ze had een fonkeling van vreugde in haar ogen omdat ze Jennsen zag. Altijd die fonkeling in haar ogen. Langs de zijkant van haar gezicht liepen bloedsporen, en sporen van grote vingers. Ze glimlachte haar prachtige glimlach toen ze Jennsen zag.

'Lieverd...' fluisterde ze.

Jennsen kon niet ophouden met gillen en beven. Ze keek niet omlaag naar de afschuwelijke, rode wonden.

Ze zag alleen haar moeders gezicht.

'Mama, mama, mama.'

Eén arm omhelsde haar. De andere was weg. De arm waarmee ze haar mes hanteerde, was weg.

De arm die ze om Jennsen heen had geslagen, bracht haar liefde, troost en beschutting.

Haar moeder glimlachte moeizaam. 'Lieverd... je hebt het goed gedaan. Luister nu naar me.'

Sebastiaan zat naast haar en deed verwoede pogingen om iets om het stompje van haar moeders rechterarm te binden, om de stroom bloed te stelpen. Haar moeder had alleen oog voor Jennsen.

'Ik ben hier, mama. Alles komt goed. Ik ben hier. Mama... niet doodgaan... niet doodgaan. Volhouden, mama. Volhouden.'

'Luister.' Haar stem was nauwelijks meer dan een ademtocht.

'Ik luister, mama,' huilde Jennsen. 'Ik luister.'

'Ik ga dood. Ik ga nu de grens over naar de goede geesten.'

'Nee, mama, nee, alsjeblieft niet.'

'Er is niets aan te doen, lieverd... Het is niet erg. De goede geesten zullen goed voor me zorgen.'

Jennsen nam haar moeders gezicht in beide handen en probeerde het door de machteloze vloed van tranen te zien. Jennsen snikte hijgend.

'Mama, laat me niet alleen. Ga niet bij me weg. Alsjeblieft niet. O, mama, ik hou van je.'

'Ik hou van jou, lieverd. Meer dan van wat dan ook. Ik heb je alles geleerd wat ik kon. Luister naar me.'

Jennsen knikte, bang om ook maar één woord te missen.

'De goede geesten nemen me mee. Dat moet je begrijpen. Als ik ga, ben ik dit lichaam niet meer. Snap je? Ik heb het niet meer nodig. Het doet helemaal geen pijn. Helemaal niet. Is dat geen wonder? Ik ben bij de goede geesten. Jij moet nu sterk zijn, en achterlaten wat ik niet meer ben.'

'Mama,' kon Jennsen alleen maar gekweld snikken, terwijl ze het gezicht vasthield waarvan ze meer hield dan van het leven zelf.

'Hij komt achter je aan, Jenn. Ga ervandoor. Blijf niet bij dit lichaam dat ik niet meer ben, nadat ik naar de goede geesten ben gegaan. Begrijp je me?'

'Nee, mama. Ik kan je niet achterlaten. Dat kan ik niet.'

'Het moet. Wees niet zo dom om je leven op het spel te zetten om dit nutteloze lichaam te begraven. Ik ben het niet. Ik ben in je hart en bij de goede geesten. Dit lichaam is niet mij. Begrijp je me, lieverd?'

'Ja, mama. Niet jou. Jij bent bij de goede geesten. Niet hier.'

Haar moeder knikte, tussen Jennsens handen. 'Goed zo. Neem het mes mee. Ik heb er een mee gedood. Het is een goed wapen.'

'Mama, ik hou van je.' Jennsen wilde dat er betere woorden waren, maar die waren er niet. 'Ik hou van je.'

'Ik hou van jou… Daarom moet je vluchten, lieverd. Ik wil niet dat je je leven vergooit voor wat ik niet meer ben. Daarvoor is je leven te veel waard. Laat deze lege huls achter. Vlucht, Jenn. Anders krijgt hij je te pakken. Vlucht.' Haar blik ging naar Sebastiaan. 'Help je haar?'

Sebastiaan, die vlak naast haar zat, knikte. 'Dat zweer ik.'

Ze keek weer naar Jennsen en glimlachte liefdevol. 'Ik zal altijd in je hart blijven, lieverd. Altijd. Ik blijf altijd van je houden.'

'O mama, je weet dat ik van je hou. Voor altijd.'

Haar moeder keek met een glimlach naar Jennsen. Jennsens vingers streelden haar moeders mooie gezicht. Een kortstondige eeuwigheid lang keek haar moeder haar aan.

Totdat Jennsen besefte dat haar moeder niets meer zag in deze wereld.

Jennsen liet zich tegen haar moeder aan zakken en smolt weg in tranen van ontzetting. Ze stikte bijna in haar gesnik. Alles was afgelopen. Dit was het einde van die krankzinnige, idiote wereld.

Ze strekte haar armen uit naar haar moeder, toen ze werd weggetrokken.

'Jennsen.' Hij had zijn mond dicht bij haar oor. 'We moeten doen wat ze wilde.'

'Nee! Alsjeblieft, alsjeblieft niet,' jammerde ze.

Hij trok haar zachtjes mee. 'Jennsen, doe wat ze heeft gevraagd. We moeten wel.'

Jennsen sloeg met haar vuisten tegen de grond, die glad was van het bloed. 'Nee!' Dit was het einde van de wereld. 'O nee, alsjeblieft niet. Nee, het kan niet waar zijn.'

'Jenn, we moeten gaan.'

'Ga jij maar,' bracht ze snikkend uit. 'Het kan mij niet schelen. Ik geef het op.'

'Nee, Jenn, dat doe je niet. Dat kun je niet doen.'

Met zijn arm om haar middel tilde hij haar op en hij zette haar op haar onvaste benen. Jennsen was verstijfd en kon zich niet verroeren. Niets was echt. Alles was een droom. De wereld verging tot as.

Hij had haar bij haar bovenarmen vast en schudde haar door elkaar. 'Jennsen, we moeten maken dat we hier wegkomen.'

Ze draaide haar hoofd om en keek naar haar moeder op de grond. 'We moeten iets doen. Alsjeblieft. We moeten iets doen.'

'Ja, dat klopt. We moeten hier weggaan voordat er nog meer mannen opduiken.'

Zijn gezicht was drijfnat. Ze vroeg zich af of het van de regen was. Het was alsof ze zichzelf van een afstand gadesloeg; haar eigen gedachten leken haar krankzinnig.

'Jennsen, luister naar me.' Dat had haar moeder gezegd. Het was belangrijk. 'Luister naar me. We moeten hier weg. Je moeder had gelijk. We moeten gaan.'

Hij keerde zich naar de ransel die naast de lamp op de tafel lag, in een hoek van de kamer. Jennsen liet zich op de grond zakken. Haar knieën kwamen met een dreun neer. Ze voelde zich helemaal leeg, afgezien van de ondraaglijke kwelling van het verdriet dat ze niet los kon laten. Waarom moest alles zo verkeerd zijn?

Jennsen kroop naar haar slapende moeder toe. Ze mocht niet doodgaan. Dat mocht niet gebeuren. Daarvoor hield Jennsen te veel van haar.

'Jennsen! Bewaar je verdriet voor later! We moeten maken dat we hier wegkomen!'

Buiten goot het van de regen.

'Ik laat haar niet achter!'

'Je moeder heeft een offer voor je gebracht, zodat jij een leven zou hebben. Maak haar laatste moedige daad niet vergeefs.'

Hij stopte alles wat hij kon vinden in een ransel. 'Je moet doen wat ze gezegd heeft. Ze houdt van je en wil dat je blijft leven. Ze heeft je gezegd te vluchten. Ik heb gezworen dat ik je zou helpen. We moeten gaan, voordat ze ons hier te pakken krijgen.'

Ze staarde naar de deur. Die was dicht geweest. Ze herinnerde zich dat ze er met haar rug tegenaan was gevlogen. Nu stond de deur open. Misschien was de klink gebroken...

Er doemde een enorme schaduw op vanuit de regen, die door de deuropening het huis binnensloop.

De gespierde man keek haar strak aan. Er sloeg een dierlijke angst door haar heen. Hij kwam op haar af. Steeds sneller.

Jennsen zag het mes met de sierlijke R uit de nek van een van de dode mannen steken. Het mes dat ze van haar moeder moest meenemen. Het was niet ver bij haar vandaan. Haar moeder had haar arm verloren, en daarmee haar leven, om hem te doden.

De man, die Sebastiaan niet leek op te merken, dook naar Jennsen. Zij dook naar het mes. Haar vingers, die glibberig waren van het bloed, sloten zich om het heft. Het bewerkte metaal bood een goed houvast. Functionele kunst. Levensgevaarlijke kunst. Met haar kiezen op elkaar rukte ze het lemmet los en ze liet zich omrollen.

Voordat de man bij haar was, gromde Sebastiaan van inspanning en dreef zijn bijl in het achterhoofd van de man. De soldaat stortte met een bonk naast haar op de vloer; zijn vlezige arm viel over haar middel.

Jennsen gilde en wrong zich in bochten om onder de arm uit te komen, terwijl er een donkere plas bloed onder zijn hoofd ontstond. Sebastiaan trok haar overeind.

'Pak wat je mee wilt nemen,' beval hij.

Ze liep als een slaapwandelaar door de kamer. De wereld was gek geworden. Of misschien was zij uiteindelijk gek geworden.

De stem in haar hoofd fluisterde tegen haar in die vreemde taal. Ze merkte dat ze ernaar luisterde en er bijna door werd gekalmeerd.

Tu vash misht. Tu vask misht. Grushdeva du kalt misht.

'We moeten gaan,' zei Sebastiaan. 'Pak wat je wilt meenemen.'

Ze kon niet nadenken. Ze wist niet wat ze moest doen. Ze bande de stem uit haar hoofd en hield zichzelf voor te doen wat haar moeder had gezegd.

Ze liep naar de kast en pakte er snel de spullen uit die ze altijd meenamen als ze op reis gingen, spullen die altijd klaarlagen. Haar reiskleding zat in haar ransel, klaar om mee te nemen. Ze stopte er kruiden, specerijen en gedroogde etenswaren bij. Ze haalde andere kleren, een borstel en een klein spiegeltje uit een eenvoudige kist van gevlochten takken.

Haar hand aarzelde toen ze haar moeders kleren bijeen begon te pakken. Ze hield er met trillende vingers mee op en concentreerde zich op de orders van haar moeder. Ze kon niet nadenken, dus bewoog ze als een afgericht dier en deed ze wat ze had geleerd. Ze hadden al eerder moeten vluchten.

Ze liet haar blik door de kamer gaan. Vier dode D'Haranen. Met de ene van die ochtend erbij waren het er vijf. Een viermanschap plus een. Waar waren de andere drie? In het donker buiten? Tussen de bomen? In het dichte bos, wachtend? Wachtend totdat ze haar naar Meester Rahl konden brengen om haar dood te laten martelen?

Met beide handen pakte Sebastiaan haar polsen. 'Jennsen, wat doe je?'

Ze besefte dat ze met haar mes in de lucht stond te steken.

Ze keek toe hoe hij het mes uit haar hand wrikte en het terugstak in de schede. Die stak hij achter haar riem. Hij pakte haar mantel op, die de enorme D'Haraanse soldaat van haar af had getrokken toen ze in de nachtmerrie verzeild was geraakt.

'Schiet op, Jennsen. Pak alles wat je wilt houden.'

Sebastiaan doorzocht de zakken van de dode mannen, haalde het geld eruit dat hij vond en stopte het in zijn eigen zakken. Hij gespte alle vier de messen los, waarvan er geen zo goed was als het exemplaar dat hij achter haar riem had gestoken, dat met de sierlijke letter R op het heft, dat van de man die te pletter was gevallen, dat wat haar moeder had gebruikt.

Sebastiaan liet de vier messen aan de zijkant in de ransel glijden en riep opnieuw naar haar dat ze moest opschieten. Terwijl hij het beste zwaard van de mannen uitzocht, liep Jennsen naar de tafel. Ze pakte kaarsen en stopte die in de ransel. Sebastiaan bevestigde de schede van het zwaard aan zijn wapenriem. Jennsen verzamelde kleine gebruiksvoorwerpen – kookgerei, pannen – en propte die in haar ransel. Ze was zich er niet echt van bewust wat ze meenam. Ze pakte gewoon in wat ze zag.

Sebastiaan tilde haar ransel op, pakte haar pols beet en duwde die door de riem, alsof ze een lappenpop was. Hij stak haar andere arm door de andere riem, die hij voor haar ophield, en hing toen haar mantel om haar schouders. Nadat hij de kap over haar hoofd had getrokken, stopte hij haar rode haar er aan de zijkanten in.

Hij had de ransel van haar moeder in zijn hand. Hij gaf twee keer een ruk aan zijn bijl om die los te trekken uit de schedel van de soldaat. Het bloed liep langs het handvat naar beneden toen hij de bijl aan zijn wapenriem hing. Met zijn rechterhand in haar rug duwde hij haar vooruit.

'Nog iets?' vroeg hij terwijl ze naar de deur liepen. 'Jennsen, wil je nog iets anders uit je huis meenemen voordat we gaan?'

Jennsen keek over haar schouder naar haar moeder op de grond.

'Ze is er niet meer, Jennsen. De goede geesten zorgen nu voor haar. Ze kijkt nu met een glimlach op je neer.'

Jennsen keek naar hem op. 'Echt waar? Denk je?'

'Ja. Ze is nu in een betere wereld. Ze heeft ons gezegd dat we hier weg moesten gaan. We moeten doen wat ze heeft gezegd.'

In een betere wereld. Jennsen klampte zich aan dat idee vast. In haar wereld was alleen lijden.

Ze liep naar de deur, zoals Sebastiaan haar had gezegd. Hij keek speurend in alle richtingen. Zij liep alleen maar achter hem aan; ze stapte over lijken, over bebloede armen en benen heen. Ze was te bang om nog iets te voelen, te verdrietig om zich ergens om te bekommeren. Haar gedachten waren verward. Ze was altijd prat gegaan op haar gezonde verstand. Waar was haar gezonde verstand gebleven?

In de regen trok hij haar bij haar arm naar het pad naar beneden. 'Betty,' zei ze, en ze bleef staan. 'We moeten Betty gaan halen.'

Hij keek naar het pad en toen naar de grot. 'Ik denk niet dat we de geit mee hoeven te nemen, maar ik moet wel mijn ransel halen, mijn spullen.'

Ze zag dat hij zonder zijn mantel in de stromende regen stond. Hij was doorweekt. Blijkbaar was zij niet de enige die niet helder dacht. Hij was er zo op gespitst te ontsnappen, dat hij bijna zijn spullen had achtergelaten. Dat zou zijn dood zijn geworden. Ze kon hem niet laten sterven. Betty zou hen helpen, maar er schoot haar nog iets anders te binnen. Jennsen rende het huis weer in.

Ze negeerde Sebastiaans kreten. Eenmaal binnen verspilde ze geen tijd en rende ze meteen naar een kleine, houten kist vlak achter de deur. Ze keek nergens anders naar en trok er twee opgerolde mantels van schapenvacht uit, een van haar en een van haar moeder. Die bewaarden ze daar, opgerold en bijeengebonden, om ze mee te kunnen pakken als ze ooit overhaast zouden moeten vertrekken. Hij keek vanuit de deuropening toe, ongeduldig, maar zwijgend nu hij zag wat ze deed. Zonder de dood in de ogen te kijken, haastte ze zich voor het laatst haar huis uit.

Samen renden ze naar de grot. Het vuur gaf nog steeds veel warmte af. Betty ijsbeerde trillend heen en weer, maar was tegen haar gewoonte in stil, alsof ze wist dat er iets heel erg mis was.

'Droog jezelf eerst een beetje,' zei ze.

'Daar hebben we geen tijd voor! We moeten maken dat we hier

wegkomen. De anderen kunnen elk moment komen.'

'Je zult doodvriezen als je dat niet doet. En wat heb je er dan aan te vluchten? Dood is dood.' Haar verstandige woorden verrasten haarzelf.

Jennsen trok de twee mantels van schapenvacht onder haar wollen mantel vandaan en begon de knopen in de riempjes los te maken. 'Deze zullen ons tegen de regen beschermen, maar je moet eerst droog zijn, anders blijf je niet warm genoeg.'

Hij knikte terwijl hij huiverde en in zijn handen wreef voor het vuur; ten slotte won de redelijkheid van wat ze zei het van zijn behoefte om te vluchten. Ze vroeg zich af hoe hij erin was geslaagd alles te doen wat hij had gedaan, met koorts en nadat hij die kruiden had ingenomen. Uit angst, vermoedde ze. Pure angst. Dat gevoel kende ze.

Haar hele lijf deed pijn. Ze was bont en blauw geslagen, en bovendien zag ze nu dat haar schouder bloedde. De snee was niet diep, maar bezorgde haar wel een kloppend gevoel. De voortdurende angst had haar afgemat.

Ze wilde gaan liggen en huilen, maar haar moeder had haar gezegd dat ze moest vluchten. Alleen haar moeders woorden zetten haar tot actie aan. Zonder die laatste opdrachten had Jennsen nu niet kunnen functioneren. Nu deed ze gewoon wat haar moeder haar gezegd had te doen.

Betty was buiten zichzelf. De angstige geit probeerde uit het hok te klimmen om bij Jennsen te komen. Terwijl Sebastiaan bij het vuur stond, knoopte Jennsen een touw om Betty's nek. De geit was zo blij als een geit maar kon zijn dat ze mee mocht.

Ze zouden Betty een kans geven iets terug te doen. Als ze hier weg waren en een of andere vorm van beschutting hadden gevonden, zouden ze geen vuur kunnen maken vanwege de regen. Als ze een droge plek konden vinden, een hoekje onder een rotsrand of een plekje onder omgevallen bomen, zouden ze tegen de geit aan kruipen. Betty zou hen beiden warm houden, zodat ze niet dood zouden vriezen.

Jennsen begreep de klaaglijke kreetjes van Betty in de richting van het huis. De oren van de geit waren gespitst. Betty was ongerust over de vrouw die niet meeging. Jennsen pakte alle wortels en eikels van de richel en stopte ze in haar zakken en ransels.

Toen Sebastiaan vond dat hij droog genoeg was, hingen ze hun wollen mantels om, en daaroverheen de schapenvachten. Jennsen nam Betty aan het touw mee en ze stapten de kletsnatte duisternis in. Sebastiaan liep in de richting van het pad aan de voorkant, waarover hij was gekomen.

Jennsen pakte hem bij zijn arm om hem tegen te houden. 'Misschien wachten ze ons daarbeneden op.'

'Maar we moeten hier weg.'

'Ik weet een betere weg. We hebben een vluchtroute voorbereid.'

Hij keek haar even aan door het gordijn van ijskoude regen dat tussen hen hing, en volgde haar toen zonder protest, het onbekende tegemoet.

7

Oba Schalk greep de kip bij de nek en tilde haar uit de nest-kist. De kop van de kip leek klein boven zijn vlezige vuist. Met zijn andere hand viste hij een warm, bruin ei uit het kuiltje in het stro. Voorzichtig legde hij het ei in de mand bij de andere.

Oba zette de kip niet terug.

Hij grijnsde terwijl hij haar dichter naar zijn gezicht bracht en keek hoe het koppetje heen en weer draaide en de snavel open en dicht, open en dicht ging. Hij bracht zijn mond er vlakbij, zodat de snavel zijn lippen raakte, en toen blies hij zo hard hij kon in de open snavel van de kip.

De kip kakelde angstig, klapperde met haar vleugels en probeerde in paniek weg te komen uit de vuist als een bankschroef. Er welde een diepe lach op uit Oba's keel.

'Oba! Oba, waar ben je?'

Toen hij zijn moeder hoorde roepen, liet Oba de kip weer op haar nest vallen. Zijn moeders stem was vanuit de schuur gekomen, vlakbij. Angstig kakelend vluchtte de kip het kippenhok uit. Oba liep achter haar aan de ren uit en ging toen op een drafje naar de schuurdeur.

De week ervoor hadden ze een stortbui gehad zoals die in de winter zelden voorkwam. De volgende dag waren alle plassen bevroren en was de regen in sneeuw veranderd. Het ijs ging nu schuil onder door de wind geteisterde sneeuw, waardoor het verraderlijk glad kon zijn. Ondanks zijn grootte had Oba niet veel problemen met de gladheid. Oba was trots op zijn lichtvoetigheid.

Het was belangrijk dat je je lichaam of geest niet langzaam en sloom liet worden. Volgens Oba was het belangrijk om nieuwe dingen te leren. Hij geloofde dat het belangrijk was om te groeien. Hij vond het belangrijk dat je gebruikte wat je had geleerd. Zo groeide je.

De schuur en het huis vormden samen één klein gebouwtje van tenen en leem; gevlochten takken die bedekt waren met een mengsel van klei, stro en mest. Vanbinnen waren het huis en de schuur van elkaar gescheiden door een stenen muur. Nadat hij het huis had gebouwd, had Oba de muur erin gemaakt door platte, grijze keien op te stapelen, die hij in het veld had gevonden. Die techniek had hij afgekeken van een buurman die keien langs zijn veld had gestapeld. De muur was een luxe die de meeste huizen niet bezaten.

Toen hij zijn moeder nogmaals hoorde roepen, probeerde hij te bedenken wat hij misdaan kon hebben. Hij doorliep in gedachten het lijstje van de karweitjes die ze hem had opgedragen te doen, en hij kon zich niet herinneren dat hij in de schuur iets had overgeslagen. Oba was niet vergeetachtig en bovendien waren het karweitjes die hij vaak deed. In de schuur zou niets moeten zijn om haar aan het schreeuwen te maken.

Maar hoe waar dat ook allemaal was, het beschermde hem niet tegen de toorn van zijn moeder. Ze kon dingen bedenken die gedaan moesten worden, terwijl ze nooit eerder gedaan hadden hoeven worden.

'Oba! Oba! Hoe vaak moet ik je nu nog roepen?'

In gedachten zag hij voor zich hoe ze haar venijnige mondje samenkneep als ze zijn naam riep, verwachtend dat hij zou verschijnen op het ogenblik dat ze om hem krijste. De vrouw had een stem waar een goed touw van zou gaan rafelen.

Oba wrong zich zijwaarts door het kleine zijdeurtje van de schuur. Ratten piepten en schoten voor zijn voeten weg. In de schuur, met een hooizolder erboven, stonden hun melkkoe, twee varkens en twee ossen. De koe was nog in de schuur. De varkens waren losgelaten in het eikenbosje om eikels te zoeken onder de sneeuw. Oba zag de achterwerken van de twee ossen door de grotere schuurdeur, die op het erf uitkwam.

Zijn moeder stond met haar handen in haar zij op het heuveltje bevroren mest, en de koude damp van haar adem steeg op uit haar neusgaten als de hete rook uit die van een draak.

Moeder was een potige vrouw, met brede schouders en heupen. Eigenlijk was ze overal breed. Zelfs haar voorhoofd was breed. Hij had mensen horen zeggen dat zijn moeder een knappe vrouw was geweest toen ze jong was, en toen hij een jongetje was, had ze inderdaad een aantal aanbidders gehad. Maar de strijd om het bestaan, jaar in, jaar uit, had haar schoonheid weggesleten en diepe lijnen en slappe plooien achtergelaten. De aanbidders kwamen al heel lang niet meer langs.

Oba liep over de zwarte, bevroren grond in de schuur naar haar toe tot hij voor haar stond, met zijn handen in zijn zakken. Ze gaf hem met een dikke stok een mep tegen de zijkant van zijn schouder. 'Oba.' Hij kromp ineen toen ze hem nog driemaal sloeg en bij elke mep nadrukkelijk zijn naam zei. 'Oba. Oba. Oba.'

Toen hij klein was, was hij bont en blauw geweest na zo'n pak rammel. Maar nu was hij zo groot en sterk dat haar stok hem geen pijn deed. Dat maakte haar ook weer kwaad.

Hoewel de stok hem niet veel deed nu hij volwassen was, brandde de afkeuring waarmee ze zijn naam uitsprak nog steeds in zijn oren. Ze deed hem denken aan een spin met een gemeen, klein mondje. Een zwarte weduwe.

Hij kromde zich en probeerde minder groot te lijken. 'Wat is er, mama?'

'Waar hing je uit toen je moeder je riep?' Ze verwrong haar gezicht, een pruim die lang geleden gedroogd was. 'Oba het rund. Oba de sufkop. Oba de oen. Waar was je?'

Oba stak afwerend zijn arm op toen ze hem weer een pets met de stok gaf. 'Ik was de eieren aan het halen, mama. De eieren.'

'Kijk eens naar deze troep! Komt het dan nooit bij je op om hier iets te doen, tenzij iemand met hersens je dat opdraagt?'

Oba keek om zich heen, maar hij zag niet wat er gedaan moest worden – afgezien van het gebruikelijke werk – en waar ze zo over tekeer kon gaan. Er was altijd wel iets te doen. Ratten staken hun neus onder planken van de stallen door, en hun snorharen trilden terwijl ze de lucht opsnoven, met zwarte kraaloogjes toekeken en met kleine rattenoortjes luisterden.

Hij keek weer naar zijn moeder, maar had geen antwoord. Er zou er toch geen te verzinnen zijn waarmee ze genoegen nam.

Ze wees naar de grond. 'Kijk eens hoe het er hier uitziet! Komt het dan niet bij je op om die drek weg te scheppen? Zo gauw het gaat dooien, zal het onder de muur het huis inlopen waar ik slaap. Dacht je dat ik je voor niets te eten geef? Dacht je niet dat je de kost moest verdienen, jij luie oen? Oba de oen.'

Dat laatste scheldwoord had ze al gebruikt. Soms verbaasde het Oba dat ze niet creatiever was, dat ze geen nieuwe dingen leerde. Toen hij nog klein was, had hij gedacht dat ze over het raadselachtige vermogen beschikte zijn gedachten te lezen en dat ze goed van de tongriem gesneden was, omdat ze hem er duchtig van langs kon geven met haar uitvallen. Nu hij zoveel groter was geworden dan zij, vroeg hij zich soms af of andere aspecten van zijn moeder ook minder ontzagwekkend waren dan hij eens had gevreesd, vroeg hij zich af of haar macht over hem niet op de een of andere manier... kunstmatig was. Een illusie. Een vogelverschrikker met een gemeen, klein mondje.

Maar ze had nog steeds een manier van doen waarmee ze hem tot nul kon reduceren. En ze was zijn moeder. Je hoorde naar je moeder te luisteren. Dat was het belangrijkste dat je moest doen. Die les had ze hem ingepeperd.

Oba dacht niet dat hij veel meer kon doen om de kost te verdienen. Hij werkte van zonsopkomst tot zonsondergang. Hij was er trots op niet lui te zijn. Oba was een man van actie. Hij was sterk en werkte voor twee. Hij kon elke man die hij kende verslaan. Mannen bezorgden hem nooit problemen. Maar vrouwen zaten hem altijd dwars. Hij wist nooit wat hij moest beginnen als hij in de buurt van een vrouw was. Zo groot als hij was, toch gaven vrouwen hem altijd het gevoel dat hij niets voorstelde.

Hij trapte met zijn laars tegen de donkere, geribbelde, glibberige heuvel aan zijn voeten om in te schatten hoe hard de massa was. De dieren produceerden voortdurend mest, en een groot deel bevroor voordat het naar buiten geschept kon worden, zodat de drek zich gedurende de lange, koude winter in lagen ophoopte. Af en toe strooide Oba er stro overheen om het minder glad te maken. Hij zou niet willen dat zijn moeder uitgleed en viel. Maar het duurde nooit lang voordat de laag stro weer glibberig werd en het tijd was voor een nieuwe laag.

'Maar mama, de grond is hard bevroren.'

In het verleden had hij de troep altijd naar buiten geschept als die begon te ontdooien, zodat je er iets mee kon beginnen. In het voorjaar, als het warmer werd en de vliegen een voortdurend gezoem in de schuur veroorzaakten, zou het spul in lagen loslaten op de plekken waar het stro zat. Maar nu niet. Nu was het samengekoekt tot een compacte massa.

'Altijd een uitvlucht, hè, Oba? Altijd een uitvlucht voor je moeder. Jij waardeloze bastaard.'

Ze sloeg haar armen over elkaar en keek hem dreigend aan. Hij kon zich niet afschermen van de waarheid, kon niet doen alsof het niet zo was, en dat wist ze.

Oba tuurde om zich heen in de donkere schuur en zag de zware, stalen schop tegen de muur staan.

'Ik zal de viezigheid wegscheppen, mama. Ga jij maar weer spinnen, dan zal ik de schuur leegscheppen.'

Hij wist niet precies hoe hij die stijf bevroren mest ging wegscheppen, alleen dat hij het moest doen.

'Begin meteen maar,' zei ze snuivend. 'Maak gebruik van het beetje daglicht dat er nog is. Als het donker wordt, wil ik dat je naar het dorp gaat om een medicijn voor me te halen bij Lathea.'

Nu wist hij waarom ze naar de schuur was gekomen, op zoek naar hem.

'Ik heb weer last van mijn knieën,' klaagde ze, alsof ze mogelijke tegenwerpingen van hem voor wilde zijn, hoewel hij die nooit maakte. Maar in gedachten wel. Ze leek altijd te weten wat hij dacht. 'Vandaag kun je in de schuur beginnen, en morgen kun je verdergaan met het wegschrapen van de mest totdat je die er helemaal uit hebt. Maar ik wil dat je voor het eind van de dag mijn medicijn gaat halen.'

Oba trok aan zijn oor en sloeg zijn blik neer. Hij vond het niet leuk om naar Lathea te moeten, de vrouw met de geneesmiddelen. Hij mocht haar niet. Ze keek altijd naar hem alsof hij een worm was. Ze was ingemeen. Bovendien was ze een tovenares.

Als Lathea iemand niet mocht, dan zou diegene het weten ook. Iedereen was bang van Lathea, dus Oba voelde zich wat dat betreft geen uitzondering. Maar toch vond hij het niet leuk om naar haar toe te moeten.

'Dat zal ik doen, mama, ik zal je medicijn gaan halen. En maak je geen zorgen, ik zal de mest weg gaan schrapen, zoals je me hebt gezegd.'

'Ik moet je ook alles voorkauwen, hè, Oba?' Haar boze blik boorde zich in hem. 'Ik snap niet waarom ik de moeite heb genomen zo'n waardeloze bastaard op te voeden,' vervolgde ze, voor zich uit mompelend. 'Ik had moeten doen wat Lathea me meteen al heeft gezegd.'

Dat hoorde Oba haar vaak zeggen, als ze medelijden had met zichzelf omdat er geen aanbidders meer langskwamen, omdat niemand met haar had willen trouwen. Oba was een gesel die ze met bittere spijt verdroeg. Een bastaard die haar vanaf het eerste moment problemen had bezorgd. Als Oba er niet was geweest, had ze misschien een man kunnen krijgen om voor haar te zorgen.

'En haal geen rare dingen uit als je in het dorp bent.'

'Dat zal ik niet doen, mama. Het spijt me dat het vandaag slecht gaat met je knieën.'

Ze gaf hem een mep met de stok. 'Het zou niet zo slecht met ze gaan als ik niet achter een groot, dom rund aan hoefde te lopen om ervoor te zorgen dat hij doet wat hij moet doen.'

'Ja, mama.'

'Heb je de eieren gehaald?'

'Ja, mama.'

Ze nam hem argwanend op en diepte toen een muntstuk op uit haar schort van vlas. 'Zeg tegen Lathea dat ze ook een drankje voor jou maakt, tegelijk met mijn medicijn. Misschien kunnen we het kwaad van de Wachter nog uit je bannen. Als we het kwaad uit je konden bannen, zou je misschien niet zo waardeloos zijn.'

Van tijd tot tijd trachtte zijn moeder hem te zuiveren van wat ze beschouwde als zijn slechte aard. Ze probeerde allerlei drankjes uit. Toen hij klein was, had ze hem vaak gedwongen een brandend poeder te drinken dat ze oploste in zeepwater; dan sloot ze hem op in een hok in de schuur, in de hoop dat het bovennatuurlijke kwaad het niet prettig zou vinden om tegelijk te worden verbrand en opgesloten, en het beperkende aardse lichaam zou ontvluchten.

Zijn hok bestond niet uit latten met spleten ertussen, zoals de hokken voor de dieren. Het was van brede planken gemaakt. In de zomer was het een oven. Als ze hem dwong brandend poeder te drinken en hem dan bij zijn arm meesleurde en opsloot in het hok, stierf hij bijna van angst dat ze hem nooit meer vrij zou laten en hem nooit meer een slok water zou geven. Hij was blij met de afranselingen die ze hem gaf om hem te laten ophouden met schreeuwen, want dan was hij er tenminste uit.

'Koop mijn medicijn bij Lathea, en een drankje voor jou.' Zijn moeder stak hem het kleine, zilveren muntstuk toe en kneep haar ogen tot spleetjes om hem boosaardig aan te kijken. 'En haal het niet in je hoofd om iets hiervan aan vrouwen te verkwisten.'

Oba voelde dat zijn oren warm werden. Elke keer dat zijn moeder hem op pad stuurde om iets te kopen, of het nu medicijnen of lederwaren waren, aardewerk of proviand, waarschuwde ze hem om het geld niet te verspillen aan vrouwen.

Hij wist dat ze de spot met hem dreef als ze dat zei.

Oba durfde nauwelijks iets tegen vrouwen te zeggen. Hij kocht altijd wat zijn moeder hem had opgedragen. Hij verspilde nooit geld aan wat dan ook; hij was veel te bang om de toorn van zijn moeder te wekken.

Hij verafschuwde het dat ze hem altijd vertelde het geld niet te verspillen terwijl hij dat nooit deed. Het gaf hem het gevoel dat ze dacht dat hij kwaad in de zin had terwijl dat niet zo was. Het bezorgde hem een schuldgevoel terwijl hij niets verkeerds had gedaan. Het maakte zijn gedachten, zelfs al had hij ze niet eens, tot een zonde.

Hij trok aan een van zijn brandende oren. 'Ik zal het niet verkwisten, mama.'

'En kleed je netjes, niet als een dom rund. Je maakt me al genoeg te schande.'

'Dat zal ik doen, mama. U zult het zien.'

Oba rende buitenom naar het huis en haalde zijn vilten pet en zijn bruine wollen jasje voor zijn reis naar Gretton, een paar kilometer naar het noordwesten. Ze keek toe hoe hij ze zorgvuldig aan een haak hing, zodat ze schoon zouden blijven totdat hij klaar was om naar het dorp te gaan.

Met de schop ging hij de keiharde drek te lijf. De stalen schop gaf een rinkelende klap, elke keer dat Oba die in de bevroren grond probeerde te rammen. Hij gromde bij iedere krachtige slag. Er vlogen schilfers zwart ijs rond, die tegen zijn broek spatten. Maar dat waren slechts piepkleine stukjes van de donkere berg drek. Het zou veel tijd en moeite kosten. Maar hij vond het niet erg om hard te werken. En tijd had hij in overvloed.

Moeder keek vanuit de deuropening van de schuur een paar minuten toe om zich ervan te vergewissen dat hij zich genoeg inspande bij het afbikken van de bevroren berg. Toen ze tevreden was, verdween ze om weer aan haar eigen werk te gaan, zodat hij kon nadenken over zijn komende bezoekje aan Lathea.

Oba.

Oba bleef staan. De ratten, in hun hoeken en gaten, zaten roerloos. Ze keken met hun kleine, zwarte rattenoogjes hoe hij naar hen keek. De ratten zochten weer verder naar voedsel. Oba luisterde of hij de bekende stem hoorde. Hij hoorde de deur van het huis dichtgaan. Moeder was spinster en ging verder met het spinnen van haar wol. Meneer Tuchmann bracht haar wol, die ze tot draad spon, dat hij op zijn weefgetouw gebruikte. Met het karige loon kon ze in het levensonderhoud voorzien van zichzelf en haar bastaardzoon.

Oba.

Oba kende de stem goed. Die hoorde hij al zo lang als hij zich kon herinneren. Hij had zijn moeder er nooit over verteld. Ze zou boos worden en denken dat het het kwaad van de Wachter was, dat hem riep. Ze zou hem dwingen nog meer drankjes en medicijnen te nemen. Hij was te groot om nog in het hok te worden opgesloten. Maar hij was niet te groot om Lathea's drankjes te drinken.

Toen een van de dikke ratten langs hem kwam rennen, zette Oba zijn voet op zijn staart, zodat het dier niet weg kon.

Oba.

De rat liet een piepje horen. Zijn rattenpootjes krabbelden over de vloer in zijn pogingen om weg te komen. Kleine rattenklauwtjes schraapten over het zwarte ijs.

Oba bukte en pakte het dikke, harige lijf. Hij tuurde naar het besnorde snuitje. De kop draaide vergeefs heen en weer. Zwarte kraaloogjes keken hem aan.

Die oogjes stonden vol angst.

Geef je over.

Oba vond het van essentieel belang om nieuwe dingen te leren. Zo snel als een vos beet hij de kop van de rat af.

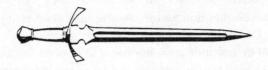

8

Vanuit wat haar de minst drukke hoek van het vertrek leek, hield Jennsen zowel de deur als de luidruchtige menigte in de gaten. Een flink stuk verderop stond Sebastiaan tegen de dikke houten bar geleund met de waardin te praten. Dat was een grote vrouw, met een strenge, stuurse blik die de indruk wekte dat ze gewend was aan problemen, en bereid er iets aan te doen. De mensen in het lokaal, voornamelijk mannen, waren vrolijk. Sommigen zaten te dobbelen of andere spelletjes te doen. Anderen deden een potje armpjedrukken. De meesten zaten te drinken en moppen te tappen waar hele groepen bulderend om moesten lachen terwijl ze met hun vuisten op tafel sloegen.

Jennsen vond het gelach aanstootgevend klinken. Er was geen vreugde in haar wereld. Die kon er niet zijn.

De voorbije week was een vage vlek in haar hoofd. Of was het meer dan een week? Ze kon zich niet herinneren hoe lang ze precies onderweg waren. Wat deed het ertoe? Niets deed er meer toe. Jennsen was niet gewend aan mensen om zich heen. Mensen hadden voor haar altijd gevaar betekend. Van groepen mensen werd ze zenuwachtig; voor mensen in een herberg, die dronken en gokten, gold dat nog sterker.

Toen de mannen haar zagen staan aan het einde van de bar, vlak bij de muur, vergaten ze de moppen of lieten ze hun dobbelstenen even liggen, en bleven ze naar haar kijken. Ze beantwoordde hun blik en duwde de kap van haar mantel naar achteren, zodat er dikke krullen van haar rode haar over haar schouders naar voren vielen. Dat was genoeg om ervoor te zorgen dat ze hun aandacht weer bij hun eigen zaken hielden.

Veel mensen schrokken van Jennsens rode haar, vooral mensen die bijgelovig waren. Rood haar was zo zeldzaam dat het achterdocht wekte. Men vermoedde dat ze de gave had, of dat ze misschien zelfs een heks was. Door hen recht in de ogen te kijken, maakte Jennsen misbruik van die angst. Dat had haar in het verleden vaak beter beschermd dan een mes had kunnen doen.

Maar in haar eigen huis had het haar niet geholpen.

Toen de mannen zich van haar hadden afgewend en zich weer bezighielden met hun dobbelstenen en glazen, keek Jennsen naar de bar. De gezette waardin staarde naar haar, naar haar rode haar. Toen Jennsen haar blik beantwoordde, keek de vrouw snel weer naar Sebastiaan. Hij stelde haar nog een vraag. Ze boog zich dichter naar hem toe terwijl ze tegen hem praatte. Jennsen kon hen niet verstaan boven de herrie uit van al die mannen die zaten te praten, moppen te tappen, te wedden, juichen, vloeken en lachen. Sebastiaan knikte in reactie op de woorden van de vrouw, die dicht bij zijn oor werden gesproken. Ze wees over de hoofden van haar klanten heen; blijkbaar gaf ze aanwijzingen.

Sebastiaan richtte zich op, pakte een muntstuk uit zijn zak en schoof dat over de bar naar de vrouw toe. Nadat ze het muntstuk had gepakt, gaf ze hem in ruil een sleutel uit een doos achter haar. Sebastiaan pakte de sleutel van de bar, die was uitgesleten door talloze kroezen en handen. Hij pakte zijn eigen kroes op en wenste de vrouw goedendag.

Toen hij bij het einde van de bar aankwam, boog hij zich dicht naar Jennsen toe, zodat ze hem kon verstaan, en gebaarde met zijn kroes. 'Wil je echt niets te drinken?'

Jennsen schudde haar hoofd.

Hij wierp een blik door de ruimte vol mensen. Ze hielden zich allemaal weer met hun eigen zaken bezig. 'Het was een goed idee om je kap naar achteren te duwen. Totdat de waardin dat rode haar van je zag, speelde ze stommetje. Daarna werd ze wat mededeelzamer.'

'Kent de vrouw haar? Woont ze nog hier in Gretton, zoals mijn moeder zei? Weet de waardin dat zeker?'

Sebastiaan nam een flinke teug en keek hoe een worp met een dobbelsteen gejuich voor de winnaar opleverde. 'Ze heeft me de weg erheen verteld.'

'En heb je kamers voor ons genomen?'

'Maar één kamer.' Terwijl hij nog een teug nam, zag hij haar reactie. 'Het is beter als we samen zijn, voor het geval er problemen komen. Ik dacht dat het veiliger zou zijn als we samen één kamer namen.'

'Ik zou liever bij Betty slapen.' Toen ze besefte hoe dat moest klinken, keek ze gegeneerd de andere kant op en vervolgde: 'Dan in een herberg, bedoel ik. Ik zou liever alleen zijn dan met zoveel mensen om me heen. Ik zou me veiliger voelen in het bos dan ingesloten in een kamer, hier. Ik bedoelde niet...'

'Ik weet wat je bedoelde.' Sebastiaans blauwe ogen lichtten op en hij glimlachte. 'Het zal je goed doen om binnen te slapen; het wordt een koude nacht. En Betty zal lekker beschut in de stal staan.'

De eigenaar van de stal was een beetje verrast geweest door het verzoek een geit te stallen voor de nacht, maar paarden hadden graag gezelschap van geiten, dus vond hij het geen probleem.

Die eerste nacht had Betty waarschijnlijk hun leven gered. Sebastiaan had het met zijn koorts misschien niet overleefd als Jennsen geen droge plek onder een uitstekende rotsrichel had gevonden. De smalle spleet onder de richel liep naar achteren in een punt toe, maar was groot genoeg voor hen tweeën. Jennsen had takken van balsemdennen en sparren gesneden om de kuil mee te bekleden, zodat het koude gesteente geen warmte aan hun lichaam zou onttrekken. Daarna waren Sebastiaan en zij zo diep mogelijk in de spleet gekropen. Met aansporingen en met behulp van het touw had Jennsen Betty overgehaald achter de pijntakken die voor de opening stonden te komen liggen, dicht bij hen. Zo hield Betty de kou buiten en gaf ze warmte af, zodat ze een droog, warm bed hadden.

Jennsen had die hele, ellendige nacht geluidloos liggen huilen. Maar ze was opgelucht dat de koortsige Sebastiaan kon slapen. De volgende ochtend was zijn koorts verdwenen. Die ochtend was het begin van de eerste dag van Jennsens sombere nieuwe leven zonder haar moeder.

Het feit dat ze haar moeders lichaam in het huis had achtergelaten, helemaal alleen, bleef Jennsen dwarszitten. De herinnering aan die afschuwelijke, bloedige aanblik bezorgde haar nachtmerries. Dat haar moeder er niet meer was, zorgde voor een eindeloze stroom tranen en verpletterde Jennsen van verdriet. Het leven leek troosteloos en zonder betekenis.

Maar Sebastiaan en Jennsen waren ontsnapt. Ze leefden nog. Dat overlevingsinstinct, en het besef van alles wat haar moeder had gedaan om Jennsen het leven te geven, hielden haar op de been. Soms wenste ze dat ze niet zo'n angsthaas was en er gewoon een einde aan kon maken. Andere keren zorgde de vrees voor haar achtervolgers ervoor dat ze de ene voet voor de andere bleef zetten. En er waren ook momenten dat ze vastbesloten was te blijven leven, om ervoor te zorgen dat al haar moeders opofferingen niet voor niets waren geweest.

'We moesten maar iets eten,' zei Sebastiaan. 'Ze hebben lamsstoofschotel. En dan moet jij misschien maar eens een nacht lekker gaan slapen in een warm bed, voordat we die oude kennis van je opzoeken. Ik hou de wacht wel terwijl jij slaapt.'

Jennsen schudde haar hoofd. 'Nee. Laten we nu meteen naar haar toe gaan. We kunnen later ook nog slapen.' Ze had mensen een dikke stoofpot zien eten uit houten kommen. De gedachte aan voedsel trok haar niet aan.

Sebastiaan keek haar onderzoekend aan en zag dat hij haar niet van gedachten kon doen veranderen. Hij dronk de kroes leeg en zette die op de bar. 'Het is niet ver. We zijn aan de goede kant van de stad.'

Buiten, in de invallende schemering, vroeg ze: 'Waarom wilde je hier blijven slapen, in deze herberg? Er waren andere die veel prettiger waren, waar de mensen niet zo... onbehouwen leken.'

Zijn blik gleed langs de huizen, de donkere deuropeningen en de steegjes, terwijl hij met zijn vingers zijn mantel betastte, op zoek naar de geruststelling van het gevest van zijn zwaard. 'Die onbehouwen lui stellen minder vragen, en al helemaal niet het soort vragen waarop wij geen antwoord willen geven.'

Hij maakte op haar de indruk een man te zijn die eraan gewend was vragen te vermijden.

Ze liep langs het smalle spoor van een bevroren voor in de weg naar het huis van de vrouw, een vrouw die Jennsen zich nog maar vaag herinnerde. Ze klampte zich vast aan de hoop dat de vrouw haar misschien zou kunnen helpen. Haar moeder moest er een reden voor hebben gehad om niet opnieuw naar de vrouw toe te gaan, maar Jennsen kon niets anders bedenken dan haar om hulp te vragen.

Nu ze haar moeder niet meer had, had Jennsen hulp nodig. De overgebleven drie leden van het viermanschap maakten ongetwijfeld jacht op haar. Dat er vijf mannen dood waren, zei haar dat er minstens twee viermanschappen waren. Dat betekende dat er nog minstens drie van die moordenaars achter haar aan zaten. Het was heel goed mogelijk dat het er meer waren. En als het er niet meer waren, was het waarschijnlijk dat dat binnenkort wel het geval zou zijn.

Ze waren gevlucht over het verborgen pad vanaf haar huis, wat de mannen waarschijnlijk niet hadden verwacht, dus Sebastiaan en zij hadden voorlopig enige voorsprong op hun achtervolgers. De regen zou hun sporen hebben uitgewist. Het was mogelijk dat ze hun achtervolgers helemaal hadden afgeschud en dat ze voorlopig veilig waren. Maar aangezien Meester Rahl zelf achter haar aan zat, was het ook mogelijk dat de moordenaars op een of andere duistere en mysterieuze manier steeds dichter bij haar kwamen.

Na de afschuwelijke confrontatie met de grote soldaten in haar huis, voelde Jennsen voortdurend een vage angst voor die mogelijkheid.

Op een verlaten hoek wees Sebastiaan naar rechts. 'Deze straat in.'

Ze liepen langs donkere gebouwen, vierkant en zonder ramen, waardoor ze vermoedde dat ze alleen als opslagruimte werden gebruikt. Er leek niemand in de straat te wonen. Al snel lieten ze de gebouwen achter zich. Bomen, kaal in de bitter koude wind, stonden in groepjes bijeen. Toen ze bij een smal weggetje kwamen, wees Sebastiaan.

'Volgens de aanwijzingen moet het het huis aan het einde van dit weggetje zijn, in dat bosje daar.'

De weg leek niet veel gebruikt te worden. Uit een raam in de verte scheen flauw licht tussen kale takken van eiken en elzen door. Het licht leek niet zozeer een warme uitnodiging te zijn, als wel een heldere waarschuwing om uit de buurt te blijven.

'Wil je niet liever hier wachten?' vroeg ze. 'Misschien is het beter als ik alleen ga.'

Ze verschafte hem een excuus. De meeste mensen wilden niets met een tovenares te maken hebben. Jennsen wilde zelf ook dat ze een andere keuze had.

'Ik ga met je mee.'

Hij had een duidelijk wantrouwen getoond jegens alles wat met magie te maken had. Te oordelen naar de manier waarop hij naar het huisje tussen de takken en het struikgewas keek, had hij misschien geprobeerd moediger te klinken dan hij was.

Jennsen berispte zichzelf voor die gedachte. Sebastiaan had tegen D'Haraanse soldaten gevochten die niet alleen veel groter waren geweest dan hij, maar ook veruit in de meerderheid. Hij had gewoon in de grot kunnen blijven, zonder zijn leven op het spel te zetten. Hij had dat bloedbad achter zich kunnen laten en gewoon verder kunnen gaan met zijn leven. Dat hij bang was van magie, bewees alleen dat hij verstandig was. Als íemand een angst voor magie kon begrijpen, was zij dat wel.

De sneeuw knerpte onder hun laarzen toen ze, nadat ze het einde van de weg hadden bereikt, over het smalle paadje tussen de bomen door liepen. Sebastiaan keek naar links en rechts, terwijl haar aandacht vooral op het huis was gevestigd. Achter het kleine woninkje rezen lage, beboste heuvels op. Jennsen veronderstelde dat alleen degenen die er echt de noodzaak toe hadden, het paadje naar deze deur durfden af te lopen.

Jennsen redeneerde dat als de tovenares zo dicht bij het dorp woonde, ze iemand moest zijn die mensen hielp, iemand in wie de mensen vertrouwen hadden. Het was heel goed mogelijk dat de vrouw een gewaardeerd en gerespecteerd lid van de gemeenschap was; een genezeres die zich wijdde aan het helpen van anderen. Niet iemand om bang voor te zijn.

Terwijl de wind door de bomen huilde die dreigend om haar heen oprezen, klopte Jennsen op de deur. Sebastiaan keek aandachtig naar het bos aan weerszijden. Achter hen zouden de lampen van huizen en bedrijven hun in elk geval voldoende licht verschaffen om de weg terug te vinden.

Terwijl ze stond te wachten, werd ook Jennsens blik naar de onheilspellende duisternis om hen heen getrokken. Ze stelde zich voor dat er ogen vanuit het donker naar haar keken. Haar nekhaar ging overeind staan.

Eindelijk ging de deur naar binnen open, op een kier ter breedte van het gezicht van de vrouw die erdoor naar buiten tuurde. 'Ja?' Jennsen kon de gelaatstrekken niet duidelijk onderscheiden in de schemering, maar bij het licht dat vanuit de gedeeltelijk geopen-

de deur naar buiten viel, kon de vrouw Jennsen duidelijk zien.
'Bent u Lathea?' vroeg ze. 'Lathea de… tovenares?'
'Waarom?'
'We hebben ons laten vertellen dat Lathea de tovenares hier woont. Als u dat bent, mogen we dan binnenkomen?'
Nog steeds ging de deur niet verder open. Jennsen trok haar mantel dichter om zich heen, zowel tegen de koude nachtlucht als tegen de kille ontvangst. Onverstoorbaar nam de vrouw Sebastiaan op, en daarna Jennsens gestalte, die schuilging onder de zware mantel.
'Ik ben geen vroedvrouw. Als je je wilt ontdoen van het probleem dat jullie je op de hals hebben gehaald, kan ik daar niet bij helpen. Ga maar naar een vroedvrouw.'
Jennsen was gekrenkt. 'Dat is niet de reden waarom we hier zijn!'
De vrouw tuurde even peinzend naar buiten, naar de twee vreemden aan haar deur. 'Wat voor medicijn heb je dan nodig?'
'Geen medicijn. Een… betovering. Ik heb u eerder ontmoet, lang geleden. Ik heb een toverformule nodig zoals u die ooit voor me hebt uitgesproken… toen ik klein was.'
Het gezicht in het schemerdonker fronste. 'Wanneer? Waar?'
Jennsen schraapte haar keel. 'In het Volkspaleis. Toen ik daar woonde. U hebt me geholpen toen ik klein was.'
'Geholpen met wat? Zeg op, meisje.'
'Geholpen… me te verbergen. Met een soort toverformule, geloof ik. Ik was nog klein, dus ik herinner het me niet precies.'
'Je te verbergen?'
'Voor Meester Rahl.'
Er viel een diepe stilte.
'Weet u het nog? Ik heet Jennsen. Ik was nog heel klein in die tijd.' Jennsen duwde haar kap naar achteren, zodat de vrouw haar rode krullen kon zien in de wigvormige bundel licht die door de deuropening viel.
'Jennsen. De naam herinner ik me niet, maar het haar wel. Zulk haar zie je niet vaak.'
Dit luchtte Jennsen zo op dat ze weer hoop vatte. 'Het is een tijd geleden. Ik ben zo blij om te horen dat…'
'Ik doe geen zaken met jouw soort,' zei de vrouw. 'Nooit gedaan ook. Ik heb geen toverformule voor je uitgesproken.'
Jennsen was sprakeloos. Ze wist niet wat ze moest zeggen. Ze wist

zeker dat de vrouw ooit een toverformule had uitgesproken om haar te helpen.

'Wegwezen nu. Jullie allebei.' De deur ging langzaam dicht.

'Wacht! Alstublieft... ik kan betalen.'

Jennsen stak haar hand in een zak en haalde snel een muntstuk te voorschijn. Pas nadat ze het door de smalle deuropening had aangegeven, zag ze dat het van goud was.

De vrouw bleef even naar de gouden mark kijken, misschien overwegend of die het waard was om weer betrokken te raken bij wat ongetwijfeld een ernstig misdrijf was, ook al was het een klein fortuin.

'Herinnert u het zich nu weer?' vroeg Sebastiaan.

De blik van de vrouw ging naar hem. 'En wie ben jij?'

'Gewoon een vriend.'

'Lathea, ik heb uw hulp weer nodig. Mijn moeder...' Jennsen kon zich er niet toe zetten het te zeggen en begon opnieuw, deze keer met een andere benadering. 'Ik herinner me dat mijn moeder me over u heeft verteld, en hoe u ons eens hebt geholpen. Ik was toen nog heel klein, maar ik weet nog dat de toverformule over me werd uitgesproken. Die is jaren geleden uitgewerkt geraakt. Ik heb diezelfde hulp weer nodig.'

'Nou, je hebt de verkeerde voor je.'

Jennsen balde haar vuisten en kneep in haar wollen mantel. Ze had geen andere ideeën. Dit was het enige dat ze kon bedenken. 'Lathea, alstublieft, ik ben ten einde raad. Ik heb hulp nodig.'

'Ze heeft u een flinke som gegeven,' bracht Sebastiaan naar voren. 'Als u zegt dat we de verkeerde voor ons hebben en u ons niet wilt helpen, dan moeten we dat geld maar bewaren voor de juiste persoon.'

Lathea glimlachte geslepen naar hem. 'Ik heb wel gezegd dat ze de verkeerde voor zich had, maar ik heb niet gezegd dat ik de geboden betaling niet kon verdienen.'

'Dat begrijp ik niet,' zei Jennsen, terwijl ze haar mantel dichthield bij haar keel en huiverde van de kou.

Lathea keek haar een ogenblik strak aan, alsof ze wachtte totdat ze zeker wist dat ze aandachtig naar haar luisterden. 'Je bent op zoek naar mijn zus, Althea. Ik heet La-thea. Zij heet Al-thea. Zij is degene die je heeft geholpen, ik niet. Je moeder heeft onze namen waarschijnlijk door elkaar gehaald, of je herinnert je het niet goed. Het was een veel gemaakte vergissing toen we nog bij elkaar woonden. Althea en ik beschikken over verschillende aspecten van de gave. Zij was degene die jou en je moeder heeft geholpen, niet ik.'

Jennsen was verbijsterd en teleurgesteld, maar niet helemaal wanhopig meer. Er was nog een sprankje hoop. 'Alstublieft, Lathea, zou u me deze keer kunnen helpen? In plaats van uw zuster?'

'Nee. Ik kan niets voor je doen. Ik ben blind voor jouw soort. Alleen Althea kan de gaten in de wereld zien. Ik niet.'

Jennsen wist niet wat ze bedoelde met gaten in de wereld. 'Blind... voor mijn soort?'

'Ja. Ik heb je verteld wat ik kan. Maak nu maar dat je wegkomt.' De vrouw wilde zich verwijderen van de deur.

'Wacht! Alstublieft! Kunt u me dan tenminste vertellen waar uw zus woont?'

Ze keek naar Jennsens verwachtingsvolle gezicht. 'Dit zijn gevaarlijke zaken...'

'Het zijn zaken,' zei Sebastiaan, met een stem die zo koud was als de nacht. 'Ter waarde van een gouden mark. Voor die prijs zouden we toch tenminste van u te horen moeten krijgen waar we uw zuster kunnen vinden.'

Lathea overwoog wat hij had gezegd, en zei toen met een stem die net zo koud was als de zijne tegen Jennsen: 'Ik wil niets met jouw soort te maken hebben. Begrepen? Niets. Dat Althea dat wel wil, is haar zaak. Vraag maar naar haar bij het Volkspaleis.'

Jennsen dacht zich te herinneren dat ze naar een vrouw waren gegaan die niet erg ver van het paleis woonde. Ze had gedacht dat het Lathea was, maar het moest haar zus Althea zijn geweest. 'Maar kunt u me niet meer vertellen? Waar ze woont, hoe ik haar kan vinden?'

'De laatste keer dat ik haar zag, woonde ze met haar man daar in de buurt. Je kunt daar naar de tovenares Althea vragen. De mensen zullen haar kennen... als ze nog leeft.'

Sebastiaan legde zijn hand tegen de deur voordat de vrouw die dicht kon duwen. 'Dat is wel erg mager. U mag ons wel wat meer geven voor die prijs.'

'Vergeleken bij wat ik jullie heb verteld, was het maar een schamel bedrag. Ik heb jullie de informatie gegeven die jullie nodig hebben. Als mijn zus het lot wil tarten, moet ze dat zelf weten.

Wat ik niet wil, tot geen enkele prijs, is ellende.'

'We willen u geen ellende bezorgen,' zei Jennsen. 'We hebben alleen de hulp van een toverformule nodig. Als u ons daar niet mee kunt helpen, dan bedanken we u voor de naam van uw zuster. We zullen haar opzoeken. Maar ik moet nog een paar belangrijke dingen weten. Als u me zou kunnen vertellen...'

'Als je enig fatsoen had, zou je Althea met rust laten. Van jouw soort hebben we niets dan ellende te verwachten. En maak nu dat je wegkomt, voordat ik je een nachtmerrie bezorg.'

Jennsen staarde naar het gezicht in het schemerdonker.

'Dat heeft iemand anders al gedaan,' zei ze, terwijl ze zich omdraaide.

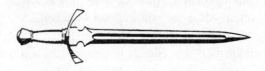

9

Oba, die zich deftig voelde met zijn pet en zijn bruine wollen jasje, liep door de smalle straten, een liedje neuriënd dat hij in een herberg waar hij langs was gekomen op een fluitje had horen spelen. Hij moest wachten op een ruiter die langsreed voordat hij de weg naar Lathea kon inslaan. De oren van het paard draaiden naar hem toe toen het dier langsliep. Oba had ooit een paard gehad en hij hield van paardrijden, maar zijn moeder had besloten dat ze het zich niet konden veroorloven om er een paard op na te houden. Ossen waren nuttiger en verzetten meer werk, maar ze waren minder vriendelijk.

Toen hij het donkere weggetje afliep, zijn laarzen knerpend op de korst van sneeuw, passeerde hem een stel vanuit de tegenovergestelde richting, de richting van Lathea's huis. Hij vroeg zich af of ze voor een geneesmiddel bij de tovenares waren geweest. De vrouw wierp hem een behoedzame blik toe. Op een donkere weg was dat geen uitzonderlijke reactie, en bovendien wist Oba dat hij sommige vrouwen angst aanjoeg doordat hij zo groot was. Ze ging voor hem opzij. De man die bij haar was, keek Oba recht aan; veel mannen deden dat niet.

De manier waarop ze hem aanstaarden, deed Oba denken aan de rat. Hij grijnsde bij die herinnering, bij de gedachte aan het leren van nieuwe dingen. De man en de vrouw dachten dat hij naar hen grijnsde. Oba lichtte zijn pet een klein stukje voor de dame. Ze beantwoordde zijn gebaar met een flauwe glimlach. Het was zo'n lege glimlach die Oba vaak gezien had bij vrouwen. Die gaf hem het gevoel dat hij een idioot was. Het stel verdween in de donkere straten.

Oba stak zijn handen in de zakken van zijn jasje en keerde zich weer in de richting van Lathea's huis. Hij had er een hekel aan daar in het donker heen te gaan. De tovenares was van zichzelf al afschrikwekkend genoeg, zonder dat je ook nog haar donkere pad moest aflopen. Hij zuchtte bedrukt in de frisse winterlucht.

Hij was niet bang voor de spierkracht van mannen, maar hij wist dat hij machteloos stond tegenover de raadselen van de magie. Hij wist hoeveel ellende haar drankjes hem bezorgden. Ze brandden als ze naar binnen gingen en als ze weer naar buiten kwamen. En ze bezorgden hem niet alleen pijn, maar ze deden hem ook de controle over zichzelf verliezen, waardoor hij net een dier leek. Het was vernederend.

Maar hij had verhalen gehoord over anderen, die de tovenares boos hadden gemaakt en een erger lot hadden ondergaan: koorts, blindheid, een langzame dood. Eén man was gek geworden en naakt een moeras in gerend. Men zei dat hij de tovenares op de een of andere manier de voet dwars moest hebben gezet. Ze vonden hem helemaal opgezet en paars, ronddrijvend tussen het slijmerige wier, gestorven door een slangenbeet. Oba kon zich niet voorstellen wat de man de tovenares aangedaan kon hebben om zo'n lot te verdienen. Hij had beter moeten weten en voorzichtiger moeten zijn met die ouwe feeks.

Soms had Oba nachtmerries over wat ze hem kon aandoen met haar magie. Hij stelde zich voor dat Lathea hem met haar toverkracht duizenden sneetjes kon toebrengen of zelfs het vlees van zijn botten kon doen vallen. Dat ze zijn ogen in zijn hoofd kon koken. Of zijn tong kon doen zwellen totdat hij geen lucht meer kon krijgen en een langzame en pijnlijke verstikkingsdood stierf. Hij haastte zich over het pad. Hoe sneller hij eraan begon, des te eerder was het weer voorbij. Dat had Oba geleerd.

Toen hij bij het huis aankwam, klopte hij. 'Oba Schalk hier. Mijn moeder heeft me om haar medicijn gestuurd.'

Hij keek hoe zijn adem wolkjes vormde in de lucht, terwijl hij stond te wachten. Eindelijk ging de deur op een kiertje open, zodat ze naar hem kon gluren. Hij vond dat ze, als tovenares, hem eigenlijk zou moeten kunnen zien zonder dat ze daar eerst de deur een stukje voor open moest doen. Als hij bij Lathea was en wachtte tot ze het medicijn had gemengd, kwam er soms iemand voor wie ze gewoon de deur opendeed. Maar altijd als Oba kwam, gluurde ze eerst naar buiten om te zien of hij het was.

'Oba.' Haar stem klonk al net zo nors als haar gezicht stond toen ze hem herkende.

De deur ging open, zodat hij erdoor kon. Behoedzaam en eerbiedig stapte Oba naar binnen. Hij tuurde om zich heen, ook al kende hij het huis goed. Hij zorgde ervoor zich niet te brutaal te gedragen bij haar. Zonder enige angst voor hem te koesteren, gaf ze hem een duw tegen zijn schouder om hem aan te sporen verder door te lopen, zodat ze de ruimte had om de deur dicht te doen.

'Je moeders knieën weer?' vroeg de tovenares, terwijl ze de deur dichtduwde om de koude lucht buiten te houden.

Oba knikte en staarde naar de vloer. 'Ze zegt dat ze er weer pijn aan heeft, en ze wil graag wat van uw medicijn hebben.' Hij wist dat hij haar de rest ook moest vertellen. 'Ze vroeg of u... ook iets voor mij wilde meegeven.'

Lathea glimlachte op die sluwe manier van haar. 'Iets voor jou, Oba?'

Oba wist dat ze heel goed begreep wat hij bedoelde. Er waren maar twee geneesmiddelen die hij ooit bij haar kwam halen: het ene voor zijn moeder en het andere voor hemzelf. Maar ze hoorde het hem graag zeggen. Lathea was zo gemeen als kiespijn.

'Ook een drankje voor mij, zei mama.'

Haar gezicht kwam dichterbij. Ze gluurde naar hem omhoog, en de slangachtige glimlach speelde nog over haar gezicht. 'Een drankje tegen slechtheid?' siste ze. 'Is dat het, Oba? Is dat wat moeder Schalk je heeft gevraagd mee te nemen?'

Hij schraapte zijn keel en knikte. Hij voelde zich miezerig tegenover haar zuinige glimlach, dus keek hij maar weer naar de vloer. Lathea bleef hem aankijken. Hij vroeg zich af wat er in dat slimme hoofd van haar omging, welke sluwe gedachten, welke lugubere plannen. Uiteindelijk liep ze weg om de ingrediënten te halen, die ze in de hoge kast bewaarde. De deur van ruw vurenhout piepte toen ze die opentrok. Ze klemde met haar andere arm, die ze gebogen hield, flesjes tegen zich aan en bracht ze naar de tafel in het midden van de kamer.

'Ze blijft het proberen, hè, Oba?' Haar stem was toonloos geworden, alsof ze in zichzelf praatte. 'Ze blijft het proberen, ook al verandert er nooit iets.'

Oba.

Het licht van een olielamp, die op de schragentafel stond, viel op de flesjes die ze daar een voor een neerzette. Haar blik bleef op elk flesje even rusten. Ze dacht ergens over na. Misschien over wat voor afschuwelijk brouwsel ze deze keer voor hem zou mengen, in wat voor akelige toestand ze hem deze keer zou brengen om te proberen hem te zuiveren van zijn immer aanwezige, niet nader omschreven kwaad.

De blokken eikenhout in de haard gaven een flakkerende, geeloranje gloed en straalden zowel warmte als licht uit, de kamer in. Oba en zijn moeder hadden een vuurplaats in het midden van hun kamer. De manier waarop de rook van Lathea's open haard rechtstreeks via de schoorsteen het huis verliet, in plaats van in de kamer te blijven hangen alvorens uiteindelijk door een klein gat in het dak te ontsnappen, beviel hem wel. Oba hield van een echte haard, en vond dat hij er een moest maken voor zichzelf en zijn moeder. Elke keer dat hij bij Lathea was, bekeek hij aandachtig hoe haar haard was gemaakt. Het was belangrijk om dingen te leren.

Hij hield ook Lathea's rug in de gaten, terwijl ze vloeistof uit flesjes in een stopfles met een wijde hals goot. Ze roerde met een glazen staafje in het mengsel, terwijl ze de nieuwe ingrediënten er langzaam bij schonk. Toen ze tevreden was, goot ze het medicijn in een klein flesje en sloot dat met een kurk af.

Ze gaf hem het flesje. 'Voor je moeder.'

Oba gaf haar het muntstuk dat zijn moeder hem had gegeven. Ze keek hem aan terwijl ze met haar knokige vingers de munt in een zak van haar jurk liet glijden. Nadat ze zich weer had omgedraaid naar de tafel, naar haar werk, durfde Oba eindelijk adem te halen. Ze tilde een paar flesjes op en bekeek ze aandachtig bij het licht van het vuur, voordat ze zijn drankje begon te mengen. Zijn vervloekte drankje.

Oba praatte niet graag met Lathea, maar als ze zweeg, voelde hij zich vaak nog ongemakkelijker; dan kreeg hij echt de kriebels. Hij kon eigenlijk niets bedenken dat het waard was gezegd te worden, maar uiteindelijk besloot hij dat hij toch iets moest zeggen.

'Mama zal blij zijn met het medicijn. Ze hoopt dat het haar knieën goed zal doen.'

'En ze hoopt dat haar zoon genezen kan worden?'

Oba haalde zijn schouders op en had alweer spijt van zijn poging een praatje aan te knopen. 'Ja, mevrouw.'

De tovenares wierp een blik over haar schouder. 'Ik heb tegen moeder Schalk gezegd dat ik niet geloof dat het iets zal uithalen.'

Dat geloofde Oba ook niet, omdat hij niet echt dacht dat er iets te genezen viel. Toen hij klein was, dacht hij dat zijn moeder het het beste wist, en dat ze hem het drankje niet zou geven als hij het niet nodig had, maar later was hij daaraan gaan twijfelen. Ze leek hem nu niet meer zo slim als hij vroeger had gedacht.

'Blijkbaar geeft ze om me. Ze blijft het proberen.'

'Misschien hoopt ze dat ze door het drankje van je afkomt,' zei Lathea op bijna afwezige toon, zonder haar werk te onderbreken. *Oba.*

Oba keek op. Hij keek strak naar de rug van de tovenares. Daar had hij nog nooit aan gedacht. Misschien hoopte Lathea wel dat ze door het drankje allebei van de bastaard af zouden komen. Zijn moeder ging soms bij Lathea langs. Misschien hadden ze het besproken.

Had hij in zijn onschuld gedacht dat de twee vrouwen probeerden hem te helpen, terwijl het tegendeel waar was? Misschien hadden de twee vrouwen een plan beraamd. Misschien hadden ze al die tijd samengezworen om hem te vergiftigen.

Als hem iets overkwam, zou zijn moeder niet langer in zijn levensonderhoud hoeven te voorzien. Ze klaagde er vaak over dat hij zoveel at. Steeds weer vertelde ze hem dat ze harder moest werken voor zijn eten dan voor het hare, en dat ze door hem nooit wat geld opzij kon leggen. Als ze al het geld opzij had gelegd dat ze in de loop der jaren aan zijn drankjes had besteed, had ze nu misschien een appeltje voor de dorst gehad.

Maar als hem iets overkwam, zou zijn moeder zelf al het werk moeten doen.

Misschien wilden de vrouwen het gewoon uit gemeenheid doen.

Misschien hadden ze het niet goed overdacht, zoals Oba zou doen. Zijn moeder verbaasde hem vaak met haar onnadenkendheid. Misschien hadden de vrouwen gewoon op een dag bij elkaar gezeten en besloten gemeen te zijn.

Oba keek hoe het flakkerende licht over het dunne, steile haar van de tovenares speelde. 'Vandaag zei mama dat ze had moeten doen wat u haar altijd al had gezegd, van het begin af aan.'

Terwijl ze een dikke, bruine vloeistof in de stopfles goot, wierp Lathea weer een blik over haar schouder. 'O ja?'

Oba.

'Wat hebt u van het begin af aan gezegd dat mama zou moeten doen?'

'Is dat niet voor de hand liggend?'

Oba.

Een ijzig besef bezorgde hem kippenvel.

'U bedoelt dat ze me had moeten doden.'

Hij had nooit eerder zoiets vrijpostigs gezegd. Hij had de tovenares nooit eerder het hoofd durven bieden; daarvoor was hij te bang voor haar. Maar deze keer waren de woorden zomaar bij hem opgekomen, net zoals hij de stem hoorde, en hij had ze uitgesproken voordat hij tijd had gehad om te overwegen of dat verstandig was of niet.

Hij had Lathea nog meer verrast dan zichzelf. Ze aarzelde bij haar flesjes en keek hem aan alsof hij voor haar ogen was veranderd. Misschien was dat ook wel zo.

Toen besefte hij dat het hem een goed gevoel had gegeven om te zeggen wat hij dacht.

Hij had Lathea nooit eerder zien weifelen. Misschien kwam dat doordat ze zich veilig voelde als ze om het onderwerp heen draaide, veilig in de schaduw van de woorden, zonder dat de waarheid aan het licht kwam.

'Was dat wat u altijd hebt gewild dat ze zou doen, Lathea? Was dat het? Haar bastaardzoon vermoorden?'

Er verscheen langzaam een glimlach op haar magere gezicht. 'Het was niet zoals jij het doet klinken, Oba.' Heel die gemene, langzame, hooghartige intonatie van haar was uit haar stem verdwenen. 'Helemaal niet.' Ze sprak hem meer als een man toe dan ze ooit eerder had gedaan, in plaats van als een slechte bastaard die ze slechts tolereerde. Ze klonk bijna lief. 'Vrouwen zijn soms beter af zonder een pasgeboren baby'tje. Het is niet zo heel erg als het baby'tje klein is. Dan is het nog geen echte... echte persoonlijkheid.'

Oba. Geef je over.

'U bedoelt dat het dan makkelijker is.'

'Precies,' zei ze, gretig op zijn woorden ingaand. 'Dan is het makkelijker.'

Zijn eigen stem werd langzamer en kreeg een scherpte waarvan hij niet wist dat hij die in zich had. 'U bedoelt dat het makkelijker is... voordat ze groot genoeg zijn om zich te verweren.'

De reikwijdte van zijn verborgen talenten verbaasde hem. Het was een avond van nieuwe wonderen.

'Nee, nee, dat bedoel ik helemaal niet.' Maar volgens hem bedoelde ze dat wel. Haar stem, waarin een nieuw respect voor hem doorklonk, werd sneller, bijna paniekerig. 'Ik bedoel alleen dat het makkelijker is voordat een vrouw van haar kind gaat houden. Voordat het kind een eigen persoonlijkheid ontwikkelt en echt iemand wordt, met eigen gedachten. Dan is het makkelijker, en soms is het het beste voor de moeder.'

Oba leerde iets nieuws, maar hij kon nog niet alles in elkaar passen. Hij had het gevoel dat alle nieuwe dingen die hij leerde erg belangrijk waren, dat hij op het punt stond een groot inzicht te verwerven.

'Hoe kan dat nu het beste zijn?'

Lathea hield op met het overschenken van de vloeistof en zette de fles neer. 'Nou, soms is het een lijdensweg om een baby te krijgen. Een lijdensweg voor allebei. Soms is het echt voor allebei het beste om...'

Ze liep kwiek naar de kast. Toen ze met een nieuwe fles terugkwam, liep ze naar de andere kant van de tafel, zodat ze niet meer met haar rug naar hem toe stond. De meeste ingrediënten voor zijn medicijn waren poeders of vloeistoffen, maar hij wist niet welke. In de fles die ze droeg, zat een van de weinige dingen die hij herkende, de gedroogde bloembodems van bergkoortsrozen. Ze zagen eruit als bruine, verschrompelde rondjes met een ster in het midden. Ze deed er vaak een door zijn drankje. Deze keer schudde ze er een bergje van in haar handpalm, maakte een vuist om ze te verpulveren en liet de fijne, bruine korreltjes in het drankje vallen dat ze aan het mengen was.

'Voor allebei het beste?' vroeg Oba.

Haar vingers leken op zoek te zijn naar een bezigheid. 'Ja, soms wel.' Ze wekte de indruk dat ze er niet meer over wilde praten, maar geen manier kon vinden om het onderwerp af te sluiten. 'Soms is het een ergere lijdensweg dan een vrouw kan verdragen, dat is alles; een lijdensweg die haar en haar andere kinderen alleen maar in gevaar brengt.'

'Maar mama had geen andere kinderen.'

Lathea zweeg even.

Oba. Geef je over.

Hij luisterde naar de stem, die op de een of andere manier anders was geworden. Op de een of andere manier veel belangrijker.

'Nee, maar toch was jij een lijdensweg voor haar. Het is moeilijk voor een vrouw om in haar eentje een kind op te voeden. Vooral een kind...' Ze slikte haar woorden in en begon opnieuw. 'Ik bedoel alleen maar dat het soms moeilijk is.'

'Maar ze heeft het gedaan. Blijkbaar had u dus ongelijk. Is dat niet zo, Lathea? U had ongelijk. Niet mama, maar u. Mama wilde me houden.'

'En ze is nooit getrouwd,' beet Lathea hem toe. Door haar woede laaide de vlam van de hooghartige autoriteit weer op in haar ogen. 'Als ze... als ze getrouwd was, had ze misschien een heel gezin kunnen hebben, in plaats van alleen...'

'Een bastaardzoon?'

Deze keer gaf Lathea geen antwoord. Ze leek er spijt van te hebben dat ze zo duidelijk stelling had genomen. De vonk van woede verdween uit haar ogen. Met enigszins bevende vingers schudde ze nog een bergje gedroogde bloembodems in haar handpalm, verpulverde ze haastig in haar vuist en liet ze in het drankje vallen. Ze draaide zich om en keek door een vloeistof in een blauwe glazen fles naar de vlammen in de haard.

Oba deed een stap naar haar toe. Ze keek op en haar blik ontmoette de zijne.

'Goede Schepper...' fluisterde ze, terwijl ze hem in de ogen keek. Hij besefte dat ze niet tegen hem praatte, maar tegen zichzelf. 'Soms, als ik in die blauwe ogen kijk, zie ik hem...'

Oba fronste zijn voorhoofd.

De fles gleed uit haar hand, viel op de tafel en vervolgens op de vloer, waar ze aan gruzelementen viel.

Oba. Geef je over. Geef je wil over.

Dat was nieuw. Dat had de stem nooit eerder gezegd.

'U wilde dat mama me zou vermoorden, hè, Lathea?'

Hij zette nog een stap naar de tafel.

Lathea verstijfde. 'Blijf waar je bent, Oba.'

Er stond angst in haar ogen. Kleine rattenoogjes. Dit was beslist nieuw. Hij leerde nu zoveel nieuwe dingen dat hij moeite had ze allemaal in zich op te nemen.

95

Hij zag haar handen, de wapens van een tovenares, omhooggaan. Oba bleef staan. Hij was op zijn hoede.

Geef je over, Oba, en je zult onoverwinnelijk zijn.

Dit was niet alleen nieuw, dit was opzienbarend.

'U wilt me vermoorden met uw drankjes, hè, Lathea? U wilt me dood hebben.'

'Nee. Nee, Oba. Dat is niet waar. Ik zweer dat het niet waar is.'

Hij deed nog een stap, om te beproeven wat de stem had beloofd. Haar handen gingen omhoog en er lichtte een gloed op om haar gebogen vingers heen. De tovenares ging magie gebruiken.

'Oba,' – haar stem was nu krachtiger, zekerder – 'blijf waar je bent.'

Geef je over, Oba, en je zult onoverwinnelijk zijn.

Oba voelde zijn dijen tegen de tafel stoten toen hij naar voren liep. De stopflessen rammelden en sloegen tegen elkaar. Een ervan wankelde. Lathea keek hoe die heen en weer zwaaide en bijna haar evenwicht hervond, om toch nog om te vallen en de rode, dik vloeibare inhoud over de tafel uit te storten.

Plotseling vertrok Lathea's gezicht van haat, woede en inspanning. Ze stak haar tot klauwen gekromde handen naar voren, naar hem toe, en slingerde haar magische vermogens uit alle macht in zijn richting.

Er volgden een donderende klap en een lichtflits, die alles in de kamer een ogenblik lang wit kleurden.

Hij zag een geelwit licht opvlammen en door de lucht op hem af schieten; een bliksemflits die bedoeld was om te doden.

Oba voelde niets.

Achter hem sloeg het licht een mansgroot gat in de houten muur en vlogen brandende splinters de nacht in. Al het vuur doofde sissend in de sneeuw.

Oba voelde aan zijn borst, waar de volle kracht van haar magie op gericht was geweest. Geen bloed. Geen wond. Hij was ongeschonden.

Hij had de indruk dat dat Lathea nog meer verraste dan hemzelf. Haar mond hing open van verbazing. Ze staarde hem met grote ogen aan.

Zijn hele leven was hij bang geweest voor deze vogelverschrikster. Lathea vermande zich snel, en opnieuw vertrok haar gezicht van inspanning en hief ze haar handen. Deze keer vormde zich een griezelig, blauw, sissend licht. Het rook naar verschroeid haar. Lathea draaide haar handpalmen naar boven en stuurde haar levensgevaarlijke magie weg, stuurde de dood op hem af. Een kracht waartegen niemand bestand was, kwam gierend op hem af.

Het blauwe licht schroeide de muren achter hem, maar weer voelde hij niets. Oba grijnsde.

Weer beschreef Lathea een cirkel met haar handen, maar deze keer fluisterde ze ook een gezang van afgebeten woorden die hij niet verstond; ze dreunde een of ander magisch dreigement op. Er groeide een pulserende zuil van licht in de lucht voor hem, een slang van ongekende kracht. Die was ongetwijfeld bedoeld om hem te doden.

Oba stak zijn handen uit om te voelen aan het kronkelende koord van knetterend gevaar dat ze had geproduceerd. Hij ging er met zijn vingers doorheen, maar voelde niets. Het was alsof hij naar iets in een andere wereld keek. Het was er, maar toch ook weer niet.

Het was alsof hij... onoverwinnelijk was.

Met een brul van razernij hief ze haar handen weer.

Vliegensvlug greep Oba haar bij de keel.

'Oba!' krijste ze. 'Oba, nee! Alsjeblieft!'

Dit was nieuw. Hij had Lathea nooit eerder alsjeblieft horen zeggen.

Met zijn vlezige handen om haar nek sleurde hij haar over de tafel naar zich toe. Flesjes vielen om en rolden op de grond. Sommige kwamen met een klap neer en rolden verder, andere braken als eieren.

Oba sloot een vuist om Lathea's vlassige haar. Ze klauwde naar hem en riep wanhopig haar talenten aan. Ze sprak woorden die vermoedelijk een mystieke smeekbede waren aan haar magie, haar gave, haar toverkracht. Hoewel hij de woorden niet herkende, begreep hij hun dodelijke bedoeling.

Maar Oba had zich overgegeven en was onoverwinnelijk geworden.

Hij had toegekeken hoe zij haar razernij de vrije loop had gelaten, en nu deed hij dat met de zijne.

Hij smeet haar met een klap tegen de kast. Haar mond opende zich in een geluidloze schreeuw.

'Waarom wilde u dat mama zich van me ontdeed?'

Haar ogen, groot en rond, waren op het voorwerp van haar angst gericht: Oba. Zijn hele leven had ze ervan genoten anderen angst aan te jagen. Nu was al die angst teruggekomen om haar te kwellen.

'Waarom wilde u dat mama zich van me ontdeed?'

Een reeks korte, hijgende kreetjes was haar enige antwoord.

'Waarom? Waarom?'

Oba scheurde haar jurk van haar lijf. Er regenden munten uit de zak neer op de vloer.

'Waarom?'

Hij greep de witte onderjurk die ze onder de jurk droeg.

'Waarom?'

Ze probeerde de onderjurk tegen zich aan te drukken, maar hij rukte die weg en smakte haar op de grond, zodat haar magere armen en benen alle kanten op staken. Haar lege borsten hingen als verschrompelde uiers opzij. Deze machtige tovenares lag nu naakt voor hem, en ze was niets.

Eindelijk begonnen haar kreten, vol en rond, meer vorm te krijgen. Met zijn kiezen op elkaar greep hij haar bij het haar en sleurde haar overeind. Oba ramde haar tegen de kast. Hout versplinterde. Flesjes tuimelden naar buiten. Hij greep een fles toen die naar buiten rolde en sloeg die stuk tegen de kast.

'Waarom, Lathea?' Hij duwde de hals van de gebroken fles tegen haar lijf. 'Waarom?' Ze ging harder gillen. Hij draaide de hals tegen haar zachte middel. 'Waarom?'

'Nee, alsjeblieft... o, goede Schepper... alsjeblieft niet.'

'Waarom, Lathea?'

'Omdat,' jammerde ze, 'jij de bastaardzoon van dat monster bent, van Darken Rahl.'

Oba aarzelde. Dit was verbluffend nieuws... als het waar was.

'Mama werd ertoe gedwongen. Dat heeft ze me verteld. Ze zei dat mijn vader een man was die ze niet kende.'

'O, maar ze kende hem wel degelijk. Ze werkte in het paleis toen ze jong was. Je moeder had grote borsten en nog grotere ideeën, in die tijd. Ondoordachte ideeën. Ze was niet slim genoeg om te beseffen dat ze niet meer was dan een pleziertje voor één nacht voor een man die over een onbegrensd aantal vrouwen kon beschikken: zij die gewillig waren, zoals je moeder, en zij die dat niet waren.'

Dit was beslist nieuw. Darken Rahl was de machtigste man ter wereld geweest. Kon dat nobele Rahlbloed door zijn aderen stromen? De bedwelmende implicaties daarvan deden hem duizelen. Als de tovenares tenminste de waarheid vertelde.

'Mijn moeder zou in het Volkspaleis zijn gebleven als ze de zoon van Darken Rahl droeg.'

'Jij bent geen nakomeling met de gave.'

'Maar als ik zijn zoon was...'

Ondanks haar pijn slaagde ze erin hem die glimlach te schenken die zei dat hij een stuk vuil voor haar was. 'Jij hebt de gave niet. Hij beschouwde jouw soort als ongedierte. Dat roeide hij genadeloos uit. Hij zou jou en je moeder hebben doodgemarteld als hij van je bestaan had geweten. Toen ze dat hoorde, is je moeder gevlucht.'

Oba werd overstelpt met nieuwe dingen. Het begon hem te duizelen.

Hij trok de tovenares naar zich toe. 'Darken Rahl was een machtige tovenaar. Als wat je zegt waar is, zou hij jacht op ons hebben gemaakt.' Hij smeet haar weer tegen de kast. 'Hij zou jacht op me hebben gemaakt!' Hij schudde haar door elkaar om een antwoord te krijgen. 'Dat zou hij hebben gedaan!'

'Dat heeft hij ook gedaan, maar hij kon de gaten in de wereld niet zien.'

Haar ogen rolden omhoog. Haar breekbare lijf was geen partij voor Oba's kracht. Er liep bloed uit haar rechteroor.

'Wat?' Oba dacht dat Lathea nu onzin uitkraamde.

'Alleen Althea kan...'

Ze sprak geen zinnige taal meer. Hij vroeg zich af hoeveel van wat ze had gezegd waar was.

Haar hoofd rolde opzij. 'Ik had... ons allemaal moeten verlossen... toen ik er de kans voor had. Althea had ongelijk...'

Hij schudde haar door elkaar om haar ertoe te bewegen meer te zeggen. Er borrelde rood schuim op uit haar neus. Hoewel hij schreeuwend eiste dat ze hem meer zou vertellen en haar door elkaar rammelde, kwamen er geen woorden meer. Hij hield haar dicht tegen zich aan en zijn zware, warme adem deed dunne strengen haar opwaaien terwijl hij dreigend in haar niets ziende ogen keek.

Meer zou hij niet van haar kunnen leren.

Hij dacht aan al het brandende poeder dat hij had moeten drinken, de drankjes die ze voor hem had gemengd en de dagen die hij in het hok had doorgebracht. Hij dacht aan alle keren dat hij zijn maag had geledigd en dat zijn ingewanden desondanks waren blijven branden.

Oba tilde de magere vrouw grommend op. Met een brul van woede smeet hij haar tegen de muur. Haar kreten waren olie op het vuur van zijn wraakzucht. Hij genoot van haar machteloze lijden. Hij kwakte haar neer op de zware schragentafel, en zowel van de tafel als van haar braken onderdelen. Bij elke klap werd ze slapper, raakte ze meer onder het bloed en verder van de wereld.

Maar Oba's wraak op haar was nog maar net begonnen.

Jennsen wilde niet terug naar de herberg, maar het was donker en koud en ze hadden geen alternatief. Het was ontmoedigend dat Lathea hun vragen niet wilde beantwoorden. Jennsen had haar hoop op de hulp van deze vrouw gevestigd.

'Wat zullen we morgen doen?' vroeg Sebastiaan.

'Morgen?'

'Nou, wil je nog steeds dat ik je help D'Hara te ontvluchten, zoals je moeder en jij me hebben gevraagd?'

Daar had ze nog niet echt over nagedacht. Nu Lathea haar zo weinig had verteld, wist Jennsen niet precies wat ze moest doen. Ze staarde afwezig voor zich uit in de lege nacht terwijl ze door de sneeuw ploeterden.

'Als we naar het Volkspaleis gaan, zou ik daar misschien antwoorden kunnen krijgen,' zei ze, hardop denkend. 'En hopelijk de hulp van Althea.'

Naar het Volkspaleis gaan was verreweg de gevaarlijkste optie. Maar waarheen ze ook vluchtte, waar ze zich ook schuilhield, Meester Rahls magie zou haar achtervolgen. Althea zou haar misschien kunnen helpen. Misschien was ze op de een of andere manier in staat om Jennsen voor hem te verbergen, zodat ze haar eigen leven kon leiden.

Sebastiaan leek serieus na te denken over haar woorden; er dreef een langgerekte wolk van zijn ademhaling weg op de wind. 'Dan gaan we naar het Volkspaleis. Op zoek naar die Althea.'

Het bezorgde haar een enigszins onbehaaglijk gevoel dat hij helemaal geen tegenwerpingen maakte en niet probeerde haar dit uit het hoofd te praten. 'Het Volkspaleis is het hart van D'Hara. En niet alleen het hart van D'Hara, maar ook de residentie van de Meester Rahl.'

'Dan zal hij waarschijnlijk niet verwachten dat je daarheen gaat, denk je wel?'

Verwacht of niet, ze zouden recht in het hol van de leeuw lopen. Geen enkel roofdier zou een prooi die zo dichtbij was lang over het hoofd zien. Ze zouden absoluut geen verweer hebben tegen zijn kaken.

Jennsen keek opzij naar de gestalte die in het donker naast haar liep. 'Sebastiaan, wat doe je in D'Hara? Ik heb niet de indruk dat je van dit land houdt. Waarom reis je naar een plek die je niet aanstaat?'

Onder zijn kap zag ze zijn glimlach. 'Is dat zo duidelijk?'

Jennsen haalde haar schouders op. 'Ik heb wel vaker reizigers ontmoet. Ze praten over de plaatsen waar ze geweest zijn en de bijzondere dingen die ze hebben gezien. Wonderen. Prachtige valleien. Adembenemende bergen. Fascinerende steden. Jij praat nooit over waar je bent geweest of wat je hebt gezien.'

'Wil je de waarheid weten?' vroeg hij, en nu was zijn gezicht ernstig.

Jennsen wendde haar blik af. Plotseling voelde ze zich lomp en bemoeiziek, vooral gezien alles wat zij hem niet vertelde.

'Het spijt me. Ik heb het recht niet om je zoiets te vragen. Vergeet maar dat ik het heb gezegd.'

'Ik vind het niet erg.' Hij keek haar met een laconieke glimlach aan. 'Ik denk niet dat jij me bij D'Haraanse soldaten zou aangeven.'

Het idee alleen al ontstelde haar. 'Natuurlijk niet.'

'Meester Rahl en zijn D'Haraanse Rijk willen over de wereld heersen. Ik probeer dat te voorkomen. Ik kom uit een land ten zuiden van D'Hara, zoals ik je al heb verteld. Ik ben gestuurd door onze leider, de keizer van de Oude Wereld, Jagang de Rechtvaardige. Ik ben keizer Jagangs strateeg.'

'Dan ben je iemand met veel gezag,' fluisterde ze verbaasd. 'Een hooggeplaatst man.' Haar verbazing maakte snel plaats voor een gevoel van intimidatie. Ze durfde niet te raden naar zijn importantie, zijn rang. In haar gedachten werden die geleidelijk aan steeds hoger. 'Hoe moet ik iemand als jij aanspreken?'

'Als Sebastiaan.'

'Maar jij bent een belangrijk man. Ik ben onbetekenend.'

'O, je bent zeker niet onbetekenend, Jennsen Daggett. Meester Rahl maakt niet persoonlijk jacht op mensen die onbetekenend zijn.'

Jennsen voelde zich plotseling eigenaardig verontrust. Ze koesterde natuurlijk geen liefde voor D'Hara, maar ze voelde zich toch ongemakkelijk bij het idee dat Sebastiaan hier was om te helpen bij het verslaan van haar land.

Die onverwachte loyaliteit verwarde haar. Per slot van rekening had de Meester Rahl de mannen gestuurd die haar moeder hadden vermoord. De Meester Rahl maakte jacht op Jennsen en wilde haar laten doden.

Maar het was de Meester Rahl die haar wilde laten doden, niet de inwoners van haar land. De bergen, de rivieren, de uitgestrekte vlakten, de bomen en de planten hadden haar altijd beschutting en voedsel geboden. Ze had er eigenlijk nog nooit op die manier over nagedacht: dat ze van haar vaderland kon houden en tegelijk een hekel kon hebben aan degenen die het bestuurden.

Aan de andere kant, als die Jagang de Rechtvaardige zijn doel bereikte, zou ze bevrijd zijn van haar achtervolger. Als D'Hara verslagen werd, zou Meester Rahl verslagen zijn, en dan zou er een einde komen aan de heerschappij van die slechte dynastie. Dan zou ze eindelijk vrij zijn om haar eigen leven te leiden.

In het licht van zijn openhartigheid tegenover haar voelde ze zich ook een beetje belachelijk en zelfs beschaamd dat ze Sebastiaan niet vertelde wie zij was en waarom Meester Rahl jacht op haar maakte. Ze wist het zelf ook niet precies, maar ze wist wel dat Sebastiaan haar lot zou delen als hij samen met haar werd opgepakt. Toen ze erover nadacht, begon ze in te zien waarom hij er geen bezwaar tegen had om naar het Volkspaleis te gaan en waarom hij bereid was om zo'n gevaarlijke tocht te ondernemen. Als strateeg van keizer Jagang wilde Sebastiaan misschien wel niets liever dan stiekem een kijkje nemen in het hol van de leeuw.

'We zijn er,' zei hij.

Ze keek op en zag de witte, houten gevel van de herberg. Een metalen kroes die aan een haak boven hun hoofd hing, zwaaide piepend heen en weer in de wind. Het geluid van gezang en dansende voeten drong door in de besneeuwde stilte van de nacht. Toen ze door de grote ruimte liepen, beschermde Sebastiaan haar met een arm om haar schouders tegen de nieuwsgierige blikken, en hij nam haar mee naar de trap achter in de zaak. Het was er zo mogelijk nog drukker en lawaaiiger dan het eerder op de avond was geweest.

Zonder te blijven staan, haastten de twee zich de trap op. Een stukje verderop in de schemerige gang maakte hij een deur aan de rechterkant open. Binnen draaide Sebastiaan het kousje hoger van de olielamp die op een tafeltje stond. Naast de lamp stonden een waskom en een lampetkan, en bij de tafel stond een houten bank. In een hoek van de kamer tekende zich flauw een hoog bed af, waar een donkerbruine deken scheef overheen lag.

De kamer was comfortabeler dan het huisje dat ze had verlaten, maar Jennsen vond het er niet prettig. Een van de muren was behangen met vaalbruin geschilderd linnen. De gepleisterde muren zaten vol vlekken en vliegendrek. Aangezien de kamer op de eerste verdieping lag, was de enige weg naar buiten de trap af en door de herberg heen. Ze vond de stank in de kamer afschuwelijk: een zuur mengsel van pijptabak en urine. De nachtspiegel onder het bed was niet geleegd.

Jennsen trok een paar dingen uit haar ransel en liep naar de tafel om haar gezicht te wassen. Sebastiaan liet haar alleen en ging weer naar beneden. Toen ze zich had gewassen en haar haar had geborsteld, kwam hij terug met twee kommen lamsstoofpot. Hij had ook bruin brood en kroezen bier bij zich. Ze aten dicht naast elkaar gezeten op de smalle bank, diep over de tafel gebogen, bij het flakkerende licht van de olielamp.

De lamsstoofpot smaakte niet zo goed als hij eruitzag. Ze at de stukken vlees eruit, maar liet de kleurloze, flauwe, zachte groenten staan. Ze sopte wat van het vocht op met het harde brood. Ze gaf haar bier aan Sebastiaan en dronk zelf water. Ze was er niet aan gewend om bier te drinken en vond het net zo onaangenaam ruiken als de lampolie. Sebastiaan leek het lekker te vinden. Toen ze klaar was met eten, ijsbeerde Jennsen heen en weer door de benauwde kamer zoals Betty dat had gedaan door haar hok. Sebastiaan ging met een been aan weerszijden van de bank tegen de muur geleund zitten. Met zijn blauwe ogen volgde hij haar van het bed naar de muur met het linnen en weer terug, bezig een pad uit te slijten in de plankenvloer.

'Waarom probeer je niet wat te slapen?' zei hij met zachte stem. 'Ik waak wel over je.'

Ze voelde zich als een gekooid dier. Ze keek hoe hij een lange teug van zijn bier nam. 'En wat gaan we morgen doen?'

Het was niet alleen haar afkeer van de herberg, van de kamer. Ze had last van haar geweten. Ze wachtte niet af totdat hij antwoord gaf.

'Sebastiaan, ik moet je vertellen wie ik ben. Jij bent eerlijk tegen mij geweest. Ik kan niet bij je blijven en je opdracht in gevaar brengen. Ik weet niets van de belangrijke dingen die je doet, maar het feit dat je in mijn gezelschap bent, brengt veel risico voor je mee. Je hebt me al meer geholpen dan ik had kunnen hopen, meer dan ik ooit had kunnen verlangen.'

'Jennsen, ik loop toch al risico hier. Ik ben in het land van mijn vijand.'

'En je bent een hooggeplaatste persoon. Een belangrijk man.' Ze wreef in haar handen in een poging haar ijskoude vingers wat te warmen. 'Als ze jou gevangennemen omdat je bij mij bent... dan zou ik dat niet kunnen verdragen.'

'Ik heb het risico genomen hier te komen.'

'Maar ik ben niet eerlijk tegen je geweest. Ik heb niet tegen je gelogen, maar ik heb je niet verteld wat ik je al veel eerder had moeten vertellen. Jij bent een te belangrijk man om het risico te nemen in mijn gezelschap te verkeren terwijl je niet eens weet waarom ik achtervolgd word of waar die aanval bij mij thuis om te doen was.' Ze slikte het pijnlijke brok in haar keel weg. 'Waarom mijn moeder haar leven heeft verloren.'

Hij zei niets, maar gunde haar de tijd om zich te herstellen en het hem op haar eigen manier te vertellen. Vanaf het eerste moment dat ze hem had ontmoet, toen hij niet dichterbij was gekomen omdat ze bang was, had hij haar altijd de ruimte gegeven die ze nodig had om zich veilig te voelen. Hij verdiende meer dan ze hem had gegeven.

Jennsen hield eindelijk op met ijsberen en keek hem aan, in zijn blauwe ogen, ogen die net zo blauw waren als de hare en die van haar vader.

'Sebastiaan, Meester Rahl – de vorige Meester Rahl, Darken Rahl – was mijn vader.'

Hij incasseerde het nieuws zonder zichtbare reactie. Ze had geen idee wat hij dacht. Toen hij zo naar haar opkeek, zo kalm alsof ze hem iets heel gewoons had verteld, voelde ze zich veilig in zijn gezelschap.

'Mijn moeder werkte in het Volkspaleis. Ze maakte deel uit van het paleispersoneel. Darken Rahl... Hij kreeg haar in de gaten. Het is het voorrecht van de Meester Rahl om elke vrouw te bezitten die hij wil.'

'Jennsen, je hoeft niet...'

Ze stak een hand op om hem het zwijgen op te leggen. Ze wilde alles vertellen voordat ze de moed verloor. Doordat ze altijd bij haar moeder was geweest, was ze nu bang om alleen te zijn. Ze was bang dat hij haar in de steek zou laten, maar ze moest hem alles vertellen wat ze wist.

'Ze was veertien,' zei Jennsen, die zo kalm mogelijk aan het verhaal begon. 'Te jong om echt te begrijpen hoe de wereld in elkaar zit, hoe mannen in elkaar zitten. Je hebt gezien hoe mooi ze was. Zo jong als ze was, was ze al beeldschoon, en ze zag er volwassen en vrouwelijk uit voor haar leeftijd. Ze had een vrolijke glimlach en een onschuldige levenslust.

Maar ze was een onbetekenend iemand, en in zekere zin wond het haar op dat ze werd opgemerkt en begeerd door zo'n machtige man, een man die elke vrouw kon krijgen die hij wilde. Dat was natuurlijk dom, maar voor iemand van haar leeftijd en positie was het vleiend, en in haar onschuld leek het waarschijnlijk zelfs romantisch.

Ze werd gebaad en verzorgd door oudere vrouwen van het paleispersoneel. Haar haar werd opgestoken alsof ze een echte dame was. Ze kreeg een prachtige avondjurk aan voor haar ontmoeting met de grote man zelf. Toen ze bij hem werd gebracht, boog hij en gaf hij haar een zachte handkus, háár, een bediende in zijn grote paleis. Volgens iedereen die hem gekend heeft, was hij zo knap dat de mooiste marmeren beelden bij hem in het niet vielen.

Ze dineerde met hem in een grote zaal en at zeldzame en exotische etenswaren die ze nooit eerder had geproefd. Ze zaten met zijn tweeën aan een lange eettafel en ze werd voor het eerst in haar leven bediend.

Hij was charmant. Hij complimenteerde haar met haar schoonheid en haar gratie. Hij schonk wijn voor haar in; de Meester Rahl zelf.

Toen ze uiteindelijk alleen met hem was, werd ze geconfronteerd met de werkelijke reden waarom ze daar was. Ze was te bang om verzet te bieden. Als ze zich niet gedwee had onderworpen, had hij natuurlijk ook wel gedaan wat hij wilde. Darken Rahl was een machtige tovenaar. Hij was minstens net zo wreed als hij charmant was. Geen enkele vrouw had tegen hem op gekund. Hij hoefde maar een bevel te geven, en degenen die verzet boden, zouden worden doodgemarteld.

Maar ze dacht er niet eens aan om zich te verzetten. Ondanks haar angst had die wereld, met al haar pracht en praal en al die macht, haar waarschijnlijk toch voor korte tijd opwindend geleken. Toen die voor haar in een verschrikking veranderde, verdroeg ze dat in stilte.

Het was geen verkrachting in de zin dat ze tegen haar wil, met een mes op haar keel, werd genomen, maar toch was het misdadig. Wreed en misdadig.'

Jennsen wendde haar blik af van Sebastiaans blauwe ogen. 'Hij nam mijn moeder een zekere periode mee naar zijn bed, totdat hij genoeg van haar kreeg en overstapte op andere vrouwen. Hij had de beschikking over zoveel vrouwen als hij maar wilde. Zelfs op die leeftijd koesterde mijn moeder niet de domme illusie dat ze iets voor hem betekende. Ze wist dat hij gewoon nam wat hij wilde, zolang hij dat wilde, en dat ze snel vergeten zou zijn als hij met haar klaar was. Ze deed wat een bediende deed. Een gevleide bediende misschien, maar ook een angstige, onschuldige, jonge bediende die wel beter wist dan zich te verzetten tegen een man die boven de wet stond.'

Ze kon het niet opbrengen om naar Sebastiaan te kijken. Met een klein stemmetje voltooide ze haar verhaal.

'Ik ben het resultaat van die korte beproeving in haar leven, en ik was het begin van een veel langduriger lijdensweg.'

Jennsen had het vreselijke verhaal, de afschuwelijke waarheid, nooit eerder aan iemand verteld. Ze had het koud en voelde zich smerig. Ze was misselijk. Maar vooral voelde ze een groot verdriet om wat haar moeder moest hebben doorgemaakt, om haar jonge leven dat bedorven was.

Haar moeder had het verhaal nooit van begin tot eind verteld zoals Jennsen net had gedaan. Jennsen had in de loop van haar leven stukjes en beetjes aaneengepast totdat ze uiteindelijk een volledig beeld had. Ze vertelde Sebastiaan ook niet al die stukjes, niet de ware omvang van de verschrikking van hoe haar moeder door Darken Rahl was behandeld. Jennsen voelde een brandende schaamte over het feit dat zij geboren was en haar moeder elke dag herinnerde aan die afschuwelijke ervaring, waarover ze nooit in één keer alles had kunnen vertellen.

Toen Jennsen door haar tranen heen opkeek, stond Sebastiaan vlak voor haar. Hij streelde met zijn vingertoppen zacht over haar wang. Het was het tederste gebaar dat ze ooit had gevoeld.

Jennsen veegde de tranen onder haar ogen weg. 'De vrouwen en hun kinderen betekenden niets voor hem. De Meester Rahl vernietigde alle nakomelingen die de gave niet hadden. Doordat hij zoveel vrouwen nam, werden er regelmatig kinderen geboren uit die relaties. Maar hij had alleen belangstelling voor een van hen, zijn opvolger, het enige kind dat uit zijn zaad is voortgekomen en de gave heeft.'

'Richard Rahl,' zei Sebastiaan.

'Richard Rahl,' bevestigde ze. 'Mijn halfbroer.'

Richard Rahl, haar halfbroer, die jacht op haar maakte zoals zijn vader had gedaan. Richard Rahl, haar halfbroer, die de viermanschappen had gestuurd om haar te doden. Richard Rahl, haar halfbroer, die de viermanschappen had gestuurd die haar moeder hadden vermoord.

Maar waarom? Ze had geen enkele bedreiging gevormd voor Darken Rahl, en vormde die nog minder voor de nieuwe Meester Rahl. Hij was een machtige tovenaar die aan het hoofd stond van legers, legioenen mensen met de gave en talloze andere trouwe aanhangers. En zij? Zij was slechts een eenzame vrouw die weinig mensen kende en rustig haar eigen, eenvoudige leven wilde leiden. Ze vormde niet bepaald een bedreiging voor zijn heerschappij.

Zelfs bij het horen van haar ware verhaal zou niemand een wenkbrauw optrekken. Iedereen wist dat elke Meester Rahl volgens zijn eigen wetten leefde. Niemand zou ook maar de neiging hebben om haar verhaal niet te geloven, maar het zou ook niemand veel kunnen schelen. Ze zouden hoogstens knipogen of elkaar in de ribben porren vanwege het leven dat machtige mannen leidden, en Darken Rahl was de machtigste man geweest die er bestond.

Plotseling leek Jennsens hele leven om die ene vraag te draaien:

waarom was het voor haar vader, een man die ze nooit had gekend, zo vreselijk belangrijk geweest om haar te doden? En waarom zou zijn zoon, Richard Rahl, haar eigen halfbroer en de nieuwe Meester Rahl, ook zo vastbesloten zijn om haar te doden? Ze begreep er niets van.

Wat kon zij mogelijkerwijze doen om een van hen te schaden? Welke bedreiging kon zij vormen voor mannen met zoveel macht? Jennsen controleerde of het mes aan haar riem – haar mes met het embleem van het Huis Rahl – goed hing. Ze tilde het mes op om zich ervan te vergewissen dat het vrij in de schede hing. Het staal gaf een aangename, metalige klik toen ze het weer op zijn plaats duwde. Ze pakte haar mantel van het bed en wierp die om haar schouders.

Sebastiaan streek met een hand over zijn witte stekeltjeshaar terwijl hij toekeek hoe ze snel de mantel dichtknoopte. 'Wat ga jij doen?'

'Ik ben zo weer terug. Ik ga naar buiten.'

Hij stak zijn hand uit naar zijn wapens en mantel. 'Goed, ik ga...'

'Nee. Laat dit aan mij over, Sebastiaan. Je hebt al genoeg risico genomen voor mij. Ik wil alleen gaan. Ik kom terug als ik klaar ben.'

'Klaar waarmee?'

Ze liep haastig naar de deur. 'Met wat ik moet doen.'

Hij stond midden in de kamer met zijn vuisten in zijn zij, blijkbaar besluiteloos of hij tegen haar expliciete wens zou ingaan of niet. Jennsen trok de deur snel achter zich dicht, zodat ze hem niet meer zag. Ze liep met twee treden tegelijk de trap af, vastbesloten om snel de herberg te verlaten en weg te zijn voordat hij van gedachten veranderde en haar achternakwam.

Beneden was de menigte nog steeds even luidruchtig. Ze negeerde de mannen, hun gegok, hun gedans en hun gelach, en ging recht op de deur af. Maar voordat ze daar aankwam, haakte een man met een baard zijn arm om haar middel en trok haar terug in de drukte. Ze slaakte een kreetje, dat verloren ging in de algemene vrolijkheid. Haar linkerarm zat tegen haar middel geklemd. Hij liet haar ronddraaien, pakte haar rechterhand en danste met haar over de vloer.

Jennsen probeerde een hand op te steken om haar kap naar achteren te duwen, zodat hij haar rode haar zou zien en zou schrikken, maar ze kon haar arm niet loskrijgen. Hij hield haar andere hand in een ijzeren greep. Niet alleen kon ze haar rode haar niet laten zien, maar ze kon ook niet bij haar mes om zich te verdedigen. Ze hijgde van angst.

De man lachte met zijn maten en liet haar rondwervelen op de muziek; hij hield haar stevig vast om deze dans met haar niet te verliezen. Zijn ogen fonkelden vrolijk, niet dreigend, maar ze wist dat dat alleen kwam doordat ze zich nog niet met kracht had verzet. Ze wist zeker dat zijn vriendelijke manier van doen zou veranderen als hij ontdekte dat ze onwillig was.

Hij liet haar middel los en liet haar ronddraaien. Met nog maar één hand tussen zijn eeltige vingers, hoopte ze dat ze zijn greep kon verbreken. Met haar linkerhand tastte ze naar haar mes, maar dat zat onder haar mantel, en ze kreeg het niet te pakken met haar verkeerde hand. De menigte klapte op de maat van de muziek van de fluitjes en de trommels. Toen ze zich omdraaide en weg wilde lopen, pakte een andere man haar om haar middel en botste zo hard tegen haar aan dat de lucht met een grommend geluid uit haar longen werd geperst. Hij trok haar hand uit die van de eerste man. Ze had haar kans voorbij laten gaan om haar kap naar achteren te duwen, doordat ze had geprobeerd haar mes te pakken.

Ze dobberde op een zee van mannen. De paar andere vrouwen, voornamelijk barmeisjes, dansten ofwel gewillig mee of lachten en slaagden erin om één rondje mee te draaien en zich dan snel uit de voeten te maken, als insecten die over water konden lopen. Jenssen wist niet hoe ze het voor elkaar kregen; zij verdronk bijna tussen de golven mannen die haar aan elkaar doorgaven.

Toen ze de deur in het oog kreeg, rukte ze zich onverwachts los, waarmee ze de greep verbrak van de man die haar toevallig als laatste vasthield. Hij had niet verwacht dat ze zich plotseling zou losrukken. Hij werd uitgelachen door alle anderen en zijn vrolijkheid verdween, zoals ze had verwacht. De andere mannen vatten het blijmoediger op dan ze had gedacht, en juichten haar toe omdat ze had weten te ontsnappen.

In plaats van boos te worden, boog de man van wie ze zich had losgerukt. 'Dank u, schone dame, voor de heerlijke dans. U hebt deze lompe, ouwe kerel een grote gunst verleend.'

Zijn grijns kwam terug en hij knipoogde naar haar voordat hij zich omdraaide om met zijn vrienden mee te klappen op de maat van de muziek.

Jennsen was perplex, en het drong tot haar door dat ze niet in zulk groot gevaar had verkeerd als ze had gedacht. De mannen maakten plezier en hadden geen kwaad in de zin. Niemand had haar op een onbetamelijke manier aangeraakt of zelfs maar iets grofs tegen haar gezegd. Ze hadden alleen geglimlacht, gelachen en met haar gedanst. Toch baande Jennsen zich snel een weg naar de deur.

Voordat ze naar buiten stapte, werd er opnieuw een arm om haar middel geslagen. Jennsen wilde zich verzetten en zich lostrekken. 'Ik wist niet dat je graag wilde dansen.'

Het was Sebastiaan. Ze ontspande zich en liet zich door hem mee-voeren de herberg uit.

Buiten, in de donkere nacht, voelde de koude lucht heerlijk aan. Ze ademde diep in, blij om weg te zijn van de onbekende lucht van bier, rook en zwetende mannen, blij om weg te zijn van het lawaai van zoveel mensen.

'Ik heb gezegd dat je dit aan mij moest overlaten,' zei ze.

'Wat moet ik aan jou overlaten?'

'Ik ga naar Lathea's huis. Blijf jij alsjeblieft hier, Sebastiaan.'

'Als je me vertelt waarom je niet wilt dat ik meega.'

Ze stak een hand op, maar liet die weer langs haar zijde vallen. 'Sebastiaan, jij bent een belangrijk man. Ik voel me vreselijk schul-dig over al het gevaar dat je vanwege mij al hebt gelopen. Dit is mijn probleem, niet het jouwe. Mijn leven is… Ik weet het niet. Ik heb geen leven. Jij wel. Ik wil niet dat je verstrikt raakt in mijn knoeiboel.'

Ze liep weg door de sneeuw. 'Wacht nou maar hier.'

Hij stak zijn handen in zijn zakken en beende met haar mee. 'Jenn-sen, ik ben een volwassen man. Beslis niet voor mij wat ik wel of niet moet doen, goed?'

Ze gaf geen antwoord en sloeg een hoek om, een verlaten straat in.

'Wil je me alsjeblieft vertellen waarom je naar Lathea toe wilt?'

Toen bleef ze langs de kant van de weg staan, vlak bij een onbe-woond gebouw niet ver van de weg die naar Lathea's huis leid-de.

'Sebastiaan, ik ben mijn hele leven al op de vlucht. Mijn moeder is het grootste deel van haar leven bezig geweest met vluchten voor Darken Rahl en mij verbergen. Ze is gestorven terwijl ze op de vlucht was voor zijn zoon, Richard Rahl. Ik was degene achter wie Darken Rahl aan zat, degene die hij wilde doden, en nu zit Richard Rahl achter me aan, nu wil hij me doden, zonder dat ik weet waarom.

Ik heb er schoon genoeg van. Mijn leven bestaat uit niets anders dan vluchten, me verschuilen en bang zijn. Dat is alles wat ik doe. Alles waar ik aan denk. Daaruit bestaat mijn leven: vluchten voor een man die me wil doden. Proberen hem één stap voor te blijven om in leven te blijven.'

Hij sprak haar niet tegen. 'Maar waarom wil je nou naar de tovenares?'

Jennsen stak haar handen onder haar mantel, onder haar armen, om ze te warmen. Ze keek de donkere weg af in de richting van het huis van Lathea, en het luchtige gewelf van kale takken die bewogen in de wind. Sommige dikke takken kraakten en kreunden terwijl ze langs elkaar wreven.

'Ik ben zelfs weggerend voor Lathea, vandaag. Ik weet niet waarom Meester Rahl me achtervolgt, maar zij wel. Ik was bang om erop aan te dringen dat ze het me vertelde. Ik wilde helemaal naar het Volkspaleis reizen om haar zus te vinden, Althea, in de hoop dat zij zich misschien verwaardigt om het me te vertellen, om me te helpen, als ik deemoedig voor haar deur sta.

Maar als ze dat nu eens niet doet? Als zij me ook wegstuurt? Wat dan? Wat kan er voor mij gevaarlijker zijn dan daarheen te gaan, naar het Volkspaleis? En waarvoor? Voor de ijdele hoop dat iemand eindelijk zo vriendelijk zal zijn een eenzame vrouw te helpen die achterna wordt gezeten door het machtige leger van een natie, geleid door de moordzuchtige bastaardzoon van een onmens?

Snap je het dan niet? Als ik haar "nee" niet langer accepteer en erop sta dat Lathea het me vertelt, kan ik me misschien een gevaarlijke tocht naar het nog gevaarlijker hart van D'Hara besparen en in plaats daarvan weggaan. Dan zou ik voor het eerst in mijn leven vrij kunnen zijn. Maar ik stond op het punt die kans te vergooien omdat ik ook bang was voor Lathea. Ik ben het spuugzat om altijd bang te zijn.'

In de schemering stond hij hun mogelijkheden af te wegen.

'Laten we dan gewoon vertrekken. Laat me je meenemen D'Hara uit, als dat is wat je wilt.'

'Nee. Niet voordat ik erachter ben waarom Meester Rahl me wil doden.'

'Jennsen, wat maakt het nou uit...'

'Nee!' Ze balde haar vuisten. 'Niet voordat ik erachter ben waarom mijn moeder moest sterven!'

Ze voelde de bittere tranen ijskoud worden terwijl ze over haar wangen liepen.

Ten slotte knikte Sebastiaan. 'Ik begrijp het. Laten we naar Lathea gaan. Ik zal je helpen om een antwoord van haar los te krijgen. Misschien sta je me daarna toe je mee te nemen D'Hara uit, naar een plek waar je veilig zult zijn.'

Ze veegde de tranen weg. 'Dank je, Sebastiaan. Maar heb jij hier niet een of andere opdracht te vervullen? Ik wil je niet langer hinderen met mijn problemen. Dit is mijn narigheid. Jij moet je eigen leven leiden.'

Hij glimlachte. 'De geestelijk leider van ons volk, broeder Narev, zegt dat onze belangrijkste taak in dit leven het helpen van mensen is die hulp nodig hebben.'

Die opvatting beurde haar op, op een moment dat ze niet had gedacht dat dat mogelijk was. 'Het klinkt alsof hij een geweldige man is.'

'Dat is hij ook.'

'Maar jij bent toch in dienst van je leider, Jagang de Rechtvaardige?'

'Broeder Narev is ook een goede vriend en de geestelijk leidsman van keizer Jagang. Ze zouden allebei willen dat ik je hielp, dat weet ik zeker. Per slot van rekening is Meester Rahl ook onze vijand. Meester Rahl heeft ons volk onvoorstelbare ontberingen gebracht. Zowel broeder Narev als keizer Jagang zou erop staan dat ik je hielp. Heus waar.'

Ze was verstikt van emotie en kon geen woord uitbrengen. Ze liet toe dat hij zijn arm om haar middel legde en haar meenam de weg af. Samen met hem in de stille duisternis luisterde Jennsen naar het zachte geluid van hun laarzen, die knerpten op de harde sneeuwkorst.

Lathea moest haar helpen. Jennsen was van plan daarvoor te zorgen.

Oba vond het jammer om er een einde aan te maken, maar hij wist dat het moest. Hij moest naar huis. Zijn moeder zou boos zijn als hij te lang in het dorp bleef. Bovendien was er niet veel plezier meer aan Lathea te beleven. Ze had hem alle voldoening geschonken die hij van haar zou krijgen.

Het was fascinerend geweest, zolang het duurde. Grenzeloos fascinerend. En hij had veel nieuwe dingen geleerd. Dieren bezorgden een mens toch niet dezelfde gevoelens als die hij van Lathea had gekregen. Kijken naar een mens die stierf leek in veel opzichten weliswaar op kijken naar een dier dat stierf, maar tegelijkertijd was het eigenlijk ook weer heel anders. Dat had Oba geleerd.

Wie wist wat een rat dacht, en of ratten eigenlijk wel konden denken? Maar mensen konden denken. Je kon hun gedachten in hun ogen zien. De wetenschap dat ze echte mensengedachten dachten, en geen kippen-, konijnen- of rattengedachten, achter die mensenogen, achter die blik die alles verraadde, was bedwelmend. Het was een genot geweest om Lathea's lijdensweg gade te slaan. Vooral omdat hij wachtte op dat ene inspirerende ogenblik van doodsangst, toen haar ziel haar menselijke gedaante verliet en de Wachter van de doden haar opnam in zijn eeuwige rijk.

Toch vond hij dieren ook heel opwindend, al ontbeerden ze dat menselijke aspect. Er was enorm veel plezier te beleven aan het vastspijkeren van een dier tegen een hek of de muur van een schuur, en het dan te villen terwijl het nog leefde. Maar hij geloofde niet dat ze een ziel hadden. Ze... gingen gewoon dood.

Lathea was ook doodgegaan, maar dat was een volkomen nieuwe ervaring geweest.

Lathea had hem doen grijnzen als nooit tevoren.

Oba schroefde het glas van de lamp los, trok het geweven kousje eruit en druppelde lampolie over de grond, over de resten van de schragentafel en om Lathea's medicijnkast heen, die met de voorkant naar beneden midden in de kamer lag.

Hoe hij er ook van zou genieten, hij kon haar niet zomaar laten liggen, zodat ze gevonden zou worden. Er zouden vragen worden gesteld als ze op deze manier werd gevonden. Hij wierp een blik op haar. Vooral als ze op deze manier werd gevonden.

De gedachte fascineerde hem in zekere zin wel. Hij zou ervan genieten om naar alle hysterische praatjes te luisteren. Hij zou zich dolgraag alle macabere details laten vertellen van de onmenselijke dood die Lathea was gestorven. Alleen al het idee dat een man de machtige tovenares op zo'n weerzinwekkende manier kon hebben uitgeschakeld zou voor grote opschudding zorgen. De mensen zouden willen weten wie het gedaan had. Voor sommigen zou hij een wrekende held zijn. Overal zouden de mensen erover praten. Naarmate het bericht over Lathea's beproeving en gruwelijke einde zich verspreidde, zou het geroddel een verhit hoogtepunt bereiken. Dat zou leuk zijn.

Terwijl hij de laatste olie uit de lamp goot, zag hij zijn mes liggen waar hij het had achtergelaten, naast de omgevallen kast. Hij gooide de lege lamp op de hoop rommel en bukte zich om zijn mes te pakken. Het was een rotzooi geworden. Maar je kon geen omelet bakken zonder eieren te breken, zei zijn moeder altijd. Dat zei ze heel vaak. In dit geval vond Oba haar afgezaagde gezegde toepasselijk.

Met één hand pakte hij Lathea's favoriete stoel en smakte die in het midden van de kamer neer, en daarna begon hij zijn lemmet zorgvuldig schoon te vegen aan de doorgestikte sprei over de stoel. Zijn mes was een waardevol stuk gereedschap, en hij hield het vlijmscherp. Hij was blij toen hij de glans zag terugkomen nadat het bloed en het vuil eraf waren geveegd. Hij had gehoord dat magie buitengewoon vervelende effecten kon hebben. Oba had zich er even zorgen over gemaakt dat de tovenares misschien vreselijk zuur tovenaressenbloed zou hebben, dat staal wegvrat als het werd vergoten.

Hij keek om zich heen. Nee, heel gewoon bloed. Wel erg veel.
Ja, de opschudding die dit zou veroorzaken, zou opwindend zijn.
Maar het idee van soldaten die langskwamen om vragen te stellen stond hem niet aan. Dat was een achterdochtig zootje, soldaten. Ze zouden hun neus erin steken, zo zeker als koeien melk gaven. Ze zouden alles bederven met hun achterdocht en vragen. Hij dacht niet dat soldaten van omelet hielden.

Nee, het was het beste als Lathea's huis afbrandde. Dat zou lang niet zoveel genoegen bieden als al het gepraat en het schandaal zouden doen, maar het zou ook minder verdacht zijn. Er brandden zo vaak huizen af, vooral in de winter. Houtblokken rolden uit de open haard en sleurden brandende kooltjes mee; vonken vlogen in gordijnen en zetten huizen in vuur en vlam; kaarsen smolten en vielen om, waardoor brand ontstond. Dat gebeurde zo vaak. Niet echt verdacht, een brand in hartje winter. Met alle bliksemflitsen en vonken die de tovenares in het wilde weg om zich heen afschoot, was het een wonder dat het huis niet eerder was afgebrand. De vrouw was een gevaar voor haar omgeving.

Iemand zou de vuurzee aan het eind van het weggetje natuurlijk kunnen zien, maar tegen die tijd zou het te laat zijn. Dan zou het vuur zo warm zijn dat niemand er meer bij in de buurt kon komen. En als niemand de brand zag, zou er morgen alleen nog maar as over zijn.

Hij slaakte een bedroefde zucht over het geroddel dat niet zou komen, over wat er had kunnen gebeuren als Lathea's einde niet aan de tragische brand zou worden geweten.

Oba had verstand van brand. In de loop der jaren waren verscheidene van zijn huizen afgebrand. Hun dieren waren levend verbrand. Dat was toen ze nog in andere dorpen hadden gewoond, voordat ze waren verhuisd naar de plek waar ze nu woonden.

Oba hield ervan om een huis te zien branden en om dieren te horen krijsen. Hij hield ervan om mensen in paniek aan te zien komen rennen. Ze staken altijd zo miezerig af bij wat hij had gecreëerd. De mensen waren bang als er brand was. De verwarring die veroorzaakt werd door een brandend gebouw deed hem altijd zwellen van een gevoel van macht.

Soms gooiden mannen, terwijl ze om meer hulp riepen, emmers water op het vuur of ze sloegen met dekens naar de brullende vlammen, maar daarmee was nog nooit een vuur gedoofd dat Oba had aangestoken. Hij was niet slordig. Hij leverde altijd goed werk. Hij wist wat hij deed.

Toen hij ten slotte klaar was met het schoonvegen en poetsen van zijn mes, gooide hij de bloederige, doorgestikte sprei op het met olie doordrenkte hout naast de omgevallen kast.

Wat er over was van Lathea, had hij tegen de achterkant van de kast gespijkerd, die met zijn voorkant naar beneden op de grond lag. Ze staarde naar het plafond.

Oba grijnsde. Binnenkort zou er geen plafond meer zijn om naar te staren. Zijn grijns werd breder. En geen ogen om mee te staren.

Oba zag iets schitteren op de vloer naast de kast. Hij bukte zich en pakte het voorwerpje op. Het was een gouden munt. Vóór die avond had Oba nog nooit een gouden mark gezien. Die moest uit de zak van Lathea's jurk zijn gevallen, samen met de rest. Hij liet de gouden munt in zijn eigen zak glijden, waar hij ook de andere munten in had gestopt die hij van de grond had opgeraapt. Hij had ook een dikke beurs onder haar stromatras gevonden.

Lathea had hem rijk gemaakt. Wie had kunnen denken dat de tovenares zo rijk was? Een deel van dat geld was door zijn moeder verdiend met spinnen en was gebruikt voor zijn gehate drankjes, en kwam nu weer bij Oba terug. Eindelijk gerechtigheid.

Toen Oba naar de haard wilde lopen, hoorde hij buiten het zachte maar onmiskenbare geknerp van voetstappen in de sneeuw. Hij verstijfde midden in een pas.

De voetstappen kwamen naderbij. Ze gingen naar de deur van Lathea's huis.

Wie zou er zo laat op de avond naar Lathea komen? Dat was ronduit onbehoorlijk. Konden ze niet tot morgenochtend wachten op hun medicijnen? Konden ze de arme vrouw niet een beetje rust gunnen? Sommige mensen dachten ook alleen maar aan zichzelf.

Oba greep de pook die naast de haard stond en duwde snel de brandende blokken eikenhout uit de haard over de met olie doordrenkte vloer. De olie, het versplinterde hout, het beddengoed en de doorgestikte sprei vatten met een luid gesis vlam. Er kolkte dikke, witte rook op rond Lathea's brandstapel.

Razendsnel haastte Oba zich naar buiten door het gat dat de lastige tovenares zo handig in de achtermuur had geblazen toen ze had geprobeerd hem met haar magie te doden.

Ze had niet geweten dat hij onoverwinnelijk was geworden.

Jennsen bleef abrupt staan toen Sebastiaan haar bij de arm pakte. Ze draaide zich om en keek hem aan bij het flauwe licht dat door het enige raam naar buiten scheen. Die oranje gloed danste in zijn ogen. Aan zijn ernstige uitdrukking zag ze meteen dat ze stil moest zijn.

Sebastiaan trok geruisloos zijn zwaard terwijl hij langs haar glipte op weg naar de deur. In die vloeiende, geoefende beweging herkende ze de vakman, een man die gewend was dit soort dingen te doen.

Hij boog opzij in een poging door het raam te kijken zonder in de diepe sneeuw eronder te hoeven stappen. Hij draaide zich om en fluisterde: 'Brand!'

Jennsen rende naar hem toe. 'Snel. Ze slaapt misschien. We moeten haar waarschuwen.'

Sebastiaan aarzelde maar een ogenblik en trapte toen de deur in. Jennsen kwam vlak achter hem aan. Ze had er moeite mee om wijs te worden uit wat ze binnen zag. Overal om haar heen was wervelend oranje licht dat spookachtige schaduwen op de muren wierp. In dat flakkerende licht leek alles surrealistisch, buiten proporties en onwerkelijk.

Toen ze de hoop troep in het midden van de kamer zag liggen, werd alles maar al te werkelijk. Ze zag de open hand van een vrouw boven de rand uitsteken van wat een omgevallen, grote houten kast leek te zijn. Jennsen ademde de verstikkende rook en de lucht van lampolie in. Omdat ze dacht dat de kast misschien was gekanteld en de tovenares had verwond, rende ze erheen om te helpen.

Toen ze om de versplinterde kast heen stormde, zag ze de overblijfselen van Lathea pas goed.

Ze verstijfde van schrik. Ze kon zich niet verroeren en kon niet met haar opengesperde ogen knipperen. Ze kokhalsde van de misselijkmakende stank van opengehakt vlees en bloed. Terwijl ze ernaar staarde, ging haar ontzette kreet verloren in het aanzwellende gebulder van de vlammen en het geknetter van brandend hout.

Sebastiaan wierp een korte blik op de resten van Lathea, die tegen de achterkant van de kast gespijkerd waren, slechts een van de vele details die hij in zich opnam toen hij de kamer afspeurde. Uit zijn afgemeten bewegingen maakte ze op dat hij dit soort dingen al zo vaak had gezien dat hij zich niet meer liet afleiden door het menselijke aspect, zoals zij deed.

Jennsen.

Jennsens vingers sloten zich om het heft van haar mes. Ze voelde de sierlijk bewerkte randen van metaal in haar handpalm drukken, de metalen uitsteeksels en krullen die de letter R vormden. Terwijl ze moeizaam ademde en probeerde de misselijkheid te onderdrukken die in haar opwelde, trok ze het mes.

Geef je over.

'Ze zijn hier geweest,' fluisterde ze. 'De D'Haraanse soldaten zijn hier geweest.'

Wat ze in zijn ogen zag, leek nog het meest op verrassing of verwarring.

Hij fronste en keek weer om zich heen. 'Denk je dat echt?'

Jennsen.

Ze negeerde de echo van de levenloze stem in haar hoofd en dacht terug aan de man die ze op het weggetje waren tegengekomen nadat ze de eerste keer bij de tovenares waren geweest. Hij was groot, blond en knap geweest, zoals de meeste D'Haraanse soldaten. Toen ze hem zagen lopen, had ze niet gedacht dat hij een soldaat was. Zou hij er toch een geweest zijn?

Nee, hij had eerder geïntimideerd door hen geleken dan andersom. Soldaten gedroegen zich niet zoals die man had gedaan.

'Wie anders? We hebben ze niet allemaal gezien, de vorige keer. Het moet de rest van het viermanschap van bij mij thuis zijn geweest. Toen we via het achterpad zijn ontsnapt, moeten ze ons toch op de een of andere manier zijn gevolgd.'

Hij tuurde nog steeds om zich heen terwijl de vlammen groeiden en nu aan het plafond likten. 'Je zou gelijk kunnen hebben.'

Geef je over.

'Sebastiaan, we moeten maken dat we hier wegkomen, anders zijn wij de volgenden.' Jennsen greep hem bij de schouder aan zijn mantel en trok hem achteruit. 'Ze zijn misschien nog hier.'

'Maar hoe konden ze het weten?'

'Goede geesten, Meester Rahl is een tovenaar! Hoe doet hij alles wat hij doet? Hoe heeft hij mijn huis gevonden?'

Sebastiaan keek nog steeds om zich heen en porde met zijn zwaard in de berg troep. Jennsen trok weer aan zijn mantel en probeerde hem mee te krijgen naar de open deur.

'Jouw huis...' zei hij met een frons. 'Ja, ik begrijp wat je bedoelt.'

'We moeten maken dat we wegkomen, voordat ze ons te pakken krijgen!'

Hij knikte om haar gerust te stellen. 'Waar wil je heen?'

Ze keken allebei van de donkere deuropening achter hen naar de groeiende vuurzee aan de andere kant.

'We hebben nu geen keus meer,' zei Jennsen. 'Lathea was onze enige hoop om een antwoord te krijgen. We moeten nu wel naar het Volkspaleis gaan. Haar zus opzoeken, Althea. Zij is de enige die antwoorden heeft. Ze is ook tovenares, en de enige die de gaten in de wereld kan zien... Wat dat ook moge betekenen.'

'Weet je zeker dat je dat wilt?'

Ze dacht aan de stem. Die klonk zo koud en levenloos in haar hoofd. Ze was erdoor verrast, want ze had de stem niet meer gehoord sinds de moord op haar moeder.

'Wat hebben we verder nog voor keus? Als ik ooit te weten wil komen waarom Meester Rahl me wil doden, waarom hij mijn moeder heeft vermoord, waarom ik achterna word gejaagd, en misschien hoe ik aan zijn klauwen kan ontsnappen, moet ik die vrouw vinden, die Althea. Ik kan niet anders!'

Hij haastte zich samen met haar door de deur naar buiten, de bitterkoude nacht in. 'We kunnen het beste teruggaan en onze spullen inpakken. Dan kunnen we vroeg op pad gaan.'

'Nu ze zo dichtbij zijn, ben ik bang dat ze ons in de herberg omsingelen terwijl we slapen. Ik heb het geld van mijn moeder. Jij hebt wat je van de mannen hebt meegenomen. We kunnen paarden kopen. We moeten vannacht nog vertrekken en hopen dat niemand ons eerder op de avond of nu, de tweede keer, hierheen heeft zien gaan.'

Sebastiaan stak zijn zwaard in de schede. Zijn adem vormde wolkjes in de lucht terwijl hij hun mogelijkheden naging.

Hij keek achterom door de deur. 'Met die brand blijft er hier in elk geval geen enkel bewijs over van wat er is gebeurd. Dat is in ons voordeel. Niemand heeft ons eerder op de avond hierheen zien komen, dus niemand zal reden hebben om ons vragen te stellen. Niemand zal weten dat we hier opnieuw zijn geweest. Ze zullen geen reden hebben om de soldaten over ons te vertellen.'

'Als we hier maar weg zijn voordat de brand wordt ontdekt en iedereen achterdochtig wordt,' zei Jennsen. 'Voordat soldaten gaan rondvragen over vreemdelingen in de stad.'

Hij pakte haar bij de arm. 'Goed. Laten we voortmaken.'

Wel had je ooit! Het werd steeds vreemder. Deze nacht was vol nieuwe dingen, het een na het ander.

Vanuit zijn schuilplaats vlak achter het huis had Oba een groot deel van het gesprek tussen de twee kunnen verstaan. In eerste instantie was hij er zeker van geweest dat ze weg zouden rennen om hulp te halen. Oba dacht niet dat het vuur geblust zou kunnen worden, maar hij had zich toch even zorgen gemaakt, omdat hij bang was dat de man en de vrouw Lathea uit het huis zouden slepen, haar zouden redden uit de vuurzee zodat mensen haar konden zien. Het zou echt iets voor die lastige tovenares zijn om een manier te vinden om terug te komen om hem te kwellen, na al het werk dat hij aan haar had gehad.

Maar de man en de vrouw wilden Lathea laten verbranden. Ook zij hoopten dat het vuur het bewijs zou uitwissen van de manier waarop de tovenares aan haar einde was gekomen. Ze klonken bijna als dieven, zoals de vrouw praatte over geld dat ze van haar moeder had en geld dat hij van mannen had meegenomen. Het klonk verdacht.

Als ze daar goud en zilver hadden gevonden, zouden ze het misschien wel hebben meegenomen. Hadden zij hun hele leven keihard gewerkt, zoals hij, om eindelijk het geld in handen te krijgen dat hun toekwam? Waren zij gedwongen geweest om hun hele leven de mishandeling te verdragen van het moeten drinken van Lathea's vervloekte drankjes? Oba dacht het niet. Voor hem was het anders. Hij had gewoon geld teruggepakt dat zijn rechtmatige eigendom was. Hij was een beetje verontwaardigd dat hij bijna in het gezelschap verkeerde van ordinaire dieven.

De avond was een aaneenschakeling van opzienbarende gebeurtenissen. Hij vond het verbazend dat zijn leven tot dan toe zijn gangetje was gegaan, dag in, dag uit, maand in, maand uit, jaar in, jaar uit, altijd hetzelfde, dezelfde karweitjes, hetzelfde werk, alles hetzelfde. En nu leek dat in één nacht allemaal te zijn veranderd.

Eerst was hij onoverwinnelijk geworden en daarmee had hij zijn werkelijke, verborgen ik de vrije loop gegeven, daarna had hij ontdekt dat er Rahlbloed door zijn aderen stroomde, en nu was dit rare stel opgedoken om hem te helpen Lathea's doodsoorzaak verborgen te houden. Het werd steeds vreemder.

Hij was nog steeds niet bekomen van het opzienbarende nieuws dat hij de zoon van Darken Rahl was. Hij, Oba Schalk, bleek een belangrijk man te zijn, iemand met adellijk bloed, van adellijke geboorte.

Hij vroeg zich af of hij nu eigenlijk niet over zichzelf zou moeten denken als Oba Rahl. Hij vroeg zich af of hij in feite een prins was.

Dat was een intrigerend idee. Helaas had zijn moeder hem eenvoudig opgevoed, zodat hij niet veel wist van zulke zaken, van welke status of titel hem eigenlijk toekwam.

Hij besefte ook dat zijn moeder een leugenaarster was. Ze had zijn ware identiteit voor hem verborgen gehouden, voor haar eigen zoon, haar vlees en bloed. Darken Rahls vlees en bloed. Ze koesterde waarschijnlijk wrok, was afgunstig en wilde niet dat Oba wist hoe belangrijk hij was. Dat zou echt iets voor haar zijn. Ze probeerde hem altijd klein te houden. Het kreng.

De rook die door de deuropening naar buiten kwam, rook niet meer naar lampolie, maar naar geroosterd vlees. Oba grijnsde toen hij naar binnen gluurde en Lathea's hand boven de kast zag uitsteken, geblakerd door de vlammen, naar hem zwaaiend vanuit de wereld van de doden.

Oba sloop door de sneeuw om zich achter de dikke stam van een eik te verbergen en keek toe hoe het stel zich over het pad haastte, tussen de bomen door naar de weg. Toen ze uit het gezicht waren verdwenen, volgde hij in hun voetsporen, maar zorgde ervoor dat hij verscholen bleef. Hij was nogal een grote man om zich achter een boom te verschuilen, maar in het donker was het niet moeilijk.

Bepaalde aspecten van de ontmoeting verbaasden en verontrustten hem. Hij was verrast geweest dat het stel geen hulp wilde gaan halen en er in plaats daarvan vandoor ging. Vooral de vrouw was erop gespitst te vluchten, want vanwege Lathea's dood dacht ze dat er iemand achter hen aan zat. Een viermanschap, had ze gezegd. Dat was een van de verontrustende dingen.

Oba had weleens van viermanschappen gehoord. Een soort moordenaars. Moordenaars die door de Meester Rahl zelf werden gestuurd. Moordenaars die achter belangrijke mensen aan gingen. Of achter mensen die heel gevaarlijk waren. Misschien was dat het, misschien waren het gevaarlijke mensen en toch geen ordinaire dieven.

Oba had haar naam gehoord: Jennsen.

Maar wat hem echt de oren had doen spitsen, was dat Lathea een zus had die Althea heette – ook zo'n vervloekte tovenares – en dat Althea de enige was die de gaten in de wereld kon zien. Dat was het meest verontrustende, want dat was hetzelfde als wat Lathea tegen hem had gezegd. Op dat moment had hij gedacht dat de oude tovenares al met de geesten sprak in de wereld van de doden, of misschien met de Wachter van de onderwereld zelf, maar ze bleek de waarheid te hebben gesproken.

Op de een of andere manier waren die Jennsen en Oba allebei wat Lathea 'gaten in de wereld' noemde. Dat klonk belangrijk. Die Jennsen had iets met hem gemeen. Ze hadden iets met elkaar te maken. Dat fascineerde hem.

Hij wenste dat hij haar beter had gezien. Hun eerste ontmoeting was in het donker geweest. De tweede keer dat hij haar had gezien, nu net, had het vuur net genoeg licht gegeven om haar vaag te kunnen zien. Omdat ze zich had omgedraaid, had hij maar een korte glimp van haar opgevangen. In dat korte ogenblik had hij gezien dat ze een bijzonder mooie, jonge vrouw was.

Hij bleef even achter een boom staan voordat hij over een open stuk sneeuw naar de beschutting van een volgende boom liep. De mensen zoals Jennsen en Oba, die gaten in de wereld waren, waren belangrijk. Er werden viermanschappen achter belangrijke mensen aan gestuurd, mensen die heel gevaarlijk waren voor de Meester Rahl. Lathea had gezegd dat de Meester Rahl, als hij van Oba's bestaan zou weten, hem zou willen vermoorden.

Oba wist niet of hij Lathea geloofde. Ze was vast jaloers geweest op iedereen die belangrijker was dan zijzelf. Maar hij zou zonder het te weten in gevaar kunnen verkeren, achternagezeten omdat hij een belangrijk man was. Dat leek nogal vergezocht, maar gezien alle andere nieuwe dingen die hij die avond had gehoord, leek het hem niet helemaal uitgesloten. Een belangrijk man, een man die erin geïnteresseerd was om nieuwe dingen te leren, bande zulke nieuwe informatie niet uit zijn gedachten zonder die goed in overweging te nemen.

Oba probeerde nog steeds een verband te leggen tussen alle dingen die hij had gehoord. Het was allemaal erg ingewikkeld, dat was zeker. Hij moest overal rekening mee houden als hij alle stukjes in elkaar wilde passen.

Terwijl hij zich naar de volgende boom haastte, besloot hij dat het misschien het beste was als hij naar de herberg ging om Jennsen en Sebastiaan, de man die bij haar was, wat beter te bekijken. Hij keek hen na toen ze de weg bereikten die weer het dorp in liep.

Hoewel het stel steeds om zich heen keek, was het in deze duisternis niet moeilijk voor Oba om hen te volgen zonder gezien te worden. Toen ze eenmaal weer tussen de huizen liepen, was het nog gemakkelijker. Van om de hoek van een huis zag Oba het licht de straat op schijnen toen ze een deur openden onder een metalen kroes, die heen en weer zwaaide in de wind. Er kwam geluid van gelach en muziek naar buiten, alsof er een feest werd gegeven vanwege de dood van de tovenares. Het was jammer dat niemand wist dat Oba de held was die de nagel aan hun doodskist uit de weg had geruimd. Als de mensen hadden geweten wat hij had gepresteerd, zou hij waarschijnlijk het ene drankje na het andere aangeboden hebben gekregen. Hij keek toe hoe Jennsen en Sebastiaan naar binnen gingen. De deur viel met een bonk dicht. De stilte van de winternacht keerde terug.

Oba had nooit de gelegenheid gehad om naar een herberg te gaan om iets te drinken. Hij had nooit geld gehad. Nu had hij geld. Hij had een zware avond gehad, maar hij was er als een nieuw man uitgekomen. Een rijk man. Terwijl hij zijn neus aan de mouw van zijn jasje afveegde, liep hij naar de deur. Het was tijd dat hij eens naar een gezellige herberg ging om iets te drinken. Als iemand dat verdiende, was het Oba Rahl wel.

Jennsen keek argwanend om zich heen in de herberg, op zoek naar iemand wiens gezicht moordzuchtige bedoelingen verraadde. Ze was nog steeds ontdaan van wat er met Lathea was gebeurd. Er waren monsters op pad, vanavond. Er keken wel mannen haar kant op, maar de schittering in hun ogen leek vrolijk, niet moordzuchtig. Maar hoe kon ze dat zeker weten, voordat het te laat was?

Ze zou dolgraag met twee treden tegelijk de trap op rennen.

'Rustig aan,' fluisterde Sebastiaan, die blijkbaar de indruk had dat ze op het punt stond in paniek te vluchten. Misschien was dat ook wel zo. Zijn greep op haar arm werd steviger. 'Laten we geen achterdocht wekken.' Ze beklommen de trap tree voor tree, in een kalm tempo, als een stel dat gewoon naar hun kamer ging.

In hun kamer ging Jennsen meteen druk aan de slag; ze verzamelde de weinige spullen die ze uit hun ransels hadden gehaald, stopte ze terug en maakte de riemen en gespen dicht. Zelfs Sebastiaan, die zijn wapens onder zijn mantel controleerde, leek uit zijn doen te zijn door wat er met Lathea was gebeurd. Jennsen vergewiste zich ervan dat haar mes vrij in de schede hing.

'Weet je zeker dat je niet eerst wat wilt slapen? Lathea kan ze niets verteld hebben; ze wist niet dat we in deze herberg sliepen. Misschien is het beter om bij zonsopgang uitgerust op pad te gaan.'

Ze wierp hem een snelle blik toe terwijl ze haar ransel over haar schouders hees.

'Goed dan,' zei hij. Hij pakte haar bij de arm. 'Jennsen, doe wat rustiger aan. Als je rent, willen de mensen weten waarom je dat doet.'

Hij was in vijandig gebied. Hij wist hoe je je moest gedragen om geen argwaan te wekken. Jennsen knikte.

'Wat moet ik dan doen?'

'Doe gewoon alsof we naar beneden komen om iets te drinken of om naar de muziek te luisteren. Als je erop staat om direct naar buiten te gaan, doe dat dan in een kalm tempo. Vestig de aandacht niet op ons door te rennen. Misschien gaan we gewoon op bezoek bij een vriend of een familielid, wie zal het zeggen? Maar we willen niet dat mensen zich gaan afvragen of er iets aan de hand is. Mensen vergeten het normale. Ze herinneren het zich als er iets mis lijkt te zijn.'

Beteuterd knikte ze opnieuw. 'Ik geloof dat ik hier niet erg goed in ben. Vluchten als je in de gaten wordt gehouden, bedoel ik. Ik ben mijn hele leven al bezig met vluchten en me verschuilen, maar niet zoals nu, nu ze zo dichtbij zijn dat ik hun hete adem in mijn nek voel.'

Hij glimlachte die warme glimlach van hem, die hem zo knap maakte. 'Jij bent hier niet in getraind. Ik verwacht niet van je dat je weet hoe je je moet gedragen. Desondanks geloof ik niet dat ik ooit een vrouw heb ontmoet die zich onder zware druk zo goed hield als jij. Je doet het fantastisch, heus waar.'

Jennsen vond het prettig om te weten dat ze zich niet als een idioot aanstelde. Hij had een manier van doen waarmee hij haar zelfvertrouwen gaf, haar op haar gemak stelde en haar in staat stelde dingen te doen waarvan ze niet had gedacht dat ze die kon. Hij liet haar zelf beslissen wat ze wilde doen, en steunde haar dan in dat besluit. Er waren niet veel mannen die dat voor een vrouw zouden doen.

Toen ze de trap weer afliep, voor de laatste keer, werd ze naar de deur aan de andere kant van het vertrek getrokken alsof ze verdronk en daar nog lucht was. Al die mensen zo dicht om haar heen, die rakelings langs haar streken, gaven haar nog steeds een ongemakkelijk gevoel en deden haar wanhopig verlangen naar die lucht.

Maar ze had eerder op de avond gemerkt dat de mannen niet de bedreiging vormden die ze in hen had gezien. Ze voelde zich een beetje deemoedig over hoe verkeerd ze hen had beoordeeld. Waar ze eerst dieven en moordenaars had gezien, zag ze nu boeren, ambachtslieden en arbeiders, die samen waren gekomen voor de gezelligheid en voor wat onschuldig vermaak.

Maar toch waren er die avond moordenaars op pad. Nadat ze Lathea had gezien, twijfelde ze daar niet meer aan. Jennsen had nooit kunnen denken dat iemand zo verdorven kon zijn. Ze wist dat ze, als ze haar te pakken kregen, uiteindelijk ook dat soort dingen met haar zouden doen voordat ze haar zouden laten sterven.

Ze voelde haar maag rommelen van misselijkheid bij de levendige herinnering aan wat ze had gezien. Ze bedwong haar tranen, maar ze had behoefte aan frisse lucht en de eenzaamheid van de nacht.

Toen Sebastiaan en zij zich door de menigte een weg baanden naar buiten, botste ze tegen een grote man op, die de andere kant op ging. Nadat ze tot stilstand was gebracht door de menselijke muur, keek ze op naar het knappe gezicht. Ze herkende hem. Het was de man die ze eerder op de avond op de weg naar Lathea's huis hadden gezien.

Hij tilde zijn pet op ter begroeting. 'Avond.' Hij grijnsde naar haar.

'Goedenavond,' zei ze. Ze dwong zichzelf te glimlachen en probeerde dat geloofwaardig, normaal, te doen. Ze wist niet zeker of dat lukte, maar hij leek het overtuigend te vinden.

Hij gedroeg zich niet zo verlegen als hij eerder had geleken. Zelfs zijn houding en zijn bewegingen waren zelfverzekerder. Misschien had haar glimlach de gewenste uitwerking gehad.

'Jullie zien eruit alsof jullie wel iets te drinken kunnen gebruiken.' Toen Jennsen fronste, omdat ze niet begreep wat de man bedoelde, gebaarde hij naar haar gezicht en toen naar Sebastiaan. 'Jullie neuzen zijn rood van de kou. Mag ik jullie een biertje aanbieden op deze kille avond?'

Voordat Sebastiaan het aanbod kon accepteren – en ze was bang dat hij dat inderdaad zou doen – zei ze: 'Nee, dank u. We moeten gaan... om wat zaken te regelen. Maar het was heel vriendelijk aangeboden van u.' Ze dwong zich opnieuw te glimlachen. 'Dank u wel.'

De manier waarop de man haar aanstaarde, werkte op haar zenuwen. Het punt was dat ze merkte dat ze zelf net zo strak terugstaarde in zijn blauwe ogen, en ze wist niet waarom. Uiteindelijk knipperde ze met haar ogen, en nadat ze de grote man met een knikje goedenavond had gewenst, liep ze verder naar de deur.

'Zag jij ook iets bekends aan hem?' fluisterde ze tegen Sebastiaan.

'Ja. We hebben hem eerder gezien, op straat, toen we op weg waren naar Lathea's huis.'

Ze keek over haar schouder tussen de mensenmassa door. 'Dan is dat het misschien.'

Voordat ze de deur uit stapte, draaide de man zich om, alsof hij voelde dat ze naar hem keek. Toen hun blikken elkaar kruisten en hij glimlachte, was het alsof er om hen heen niets anders bestond. Zijn glimlach was beleefd, meer niet, maar ze kreeg er kippenvel van over haar hele lijf, zoals ze dat soms van de levenloze stem in haar hoofd kreeg. Er was iets beangstigend bekends aan het gevoel dat ze kreeg als ze naar hem keek, en aan de manier waarop hij naar haar keek. Iets aan de blik in zijn ogen deed haar aan de stem denken.

Het was alsof ze zich hem herinnerde uit een diepe droom die ze tot op dat moment volkomen vergeten was. Dat ze hem nu zag terwijl ze wakker was, gaf haar een schok.

Ze was blij toen ze eenmaal buiten waren, in de verlaten nacht, en op weg konden gaan. Ze trok de kap van haar mantel dicht om haar gezicht tegen de bitter koude wind, en ze haastten zich door de sneeuw de straat uit. Haar dijbenen tintelden van de kou. Ze was blij dat de stal niet ver weg was, maar ze wist dat die maar een kort respijt zou bieden. Het zou een lange, koude nacht worden, maar er zat niets anders op. De mannen van Meester Rahl waren te dichtbij. Ze moesten vluchten.

Terwijl Sebastiaan de stalhouder wakker ging maken, piepte Jennsen door de schuurdeur naar binnen. Een lantaarn die aan een balk hing, gaf genoeg licht om haar weg te vinden naar het hok waar Betty voor de nacht was neergezet. De beschutting tegen de wind, de warme lijven van de paarden en de zoete lucht van hooi en droog hout maakten van de stal een behaaglijk toevluchtsoord. Betty mekkerde klaaglijk toen ze Jennsen zag, alsof ze bang was geweest dat ze voorgoed in de steek gelaten was. Betty's rechtopstaande staartje kwispelde zo hard dat het een vage vlek leek te zijn toen Jennsen zich op één knie liet zakken en haar arm om de nek van de geit sloeg. Jennsen kwam weer overeind en aaide de zijdezachte oren, een liefkozing die Betty heerlijk vond. Terwijl het paard in de stal ernaast haar hoofd over het schot stak om naar haar stalgenote te kijken, ging Betty op haar achterpoten staan, dolblij om herenigd te zijn met haar levenslange vriendin en vol verlangen om nog dichter bij haar te zijn.

Jennsen klopte Betty op haar stug behaarde flank. 'Brave meid.' Ze duwde de aanhalige geit naar beneden. 'Ik ben ook blij om jou te zien, Betty.'

Toen Jennsen tien jaar oud was, was ze aanwezig geweest bij Betty's geboorte en had ze haar haar naam gegeven. Betty was Jennsens enige vriendinnetje geweest en had geduldig al Jennsens zorgen en angsten aangehoord. Toen haar korte hoorntjes waren gaan groeien, had Betty op haar beurt verlichting gezocht bij haar trouwe vriendin door met haar kop tegen Jennsen te wrijven. Afgezien van haar vrees om door haar levenslange metgezellin in de steek te worden gelaten, kende Betty weinig angsten.

Jennsen zocht in haar ransel totdat haar vingers een wortel vonden voor de immer hongerige geit. Betty trippelde opgewonden rond toen ze dat zag, en kwispelde enthousiast met haar staart terwijl ze de traktatie aannam. Na de kwelling van de ongebruikelijke scheiding wreef ze ter geruststelling met de bovenkant van haar kop tegen Jennsens dij terwijl ze op de wortel kauwde.

Het paard in de stal ernaast keek met een heldere, intelligente blik toe en schudde haar hoofd. Jennsen glimlachte, en gaf het paard ook een wortel en een aai over haar witte bles.

Jennsen hoorde het gerinkel van tuig toen Sebastiaan terugkwam, samen met de stalhouder, allebei met een zadel in hun handen. De mannen legden hun last om beurten over de omheining van Betty's stal. Betty, die nog steeds een beetje bang was voor Sebastiaan, deed een paar pasjes achteruit.

'Ik vind het jammer om het gezelschap van jullie vriendin hier alweer te moeten missen,' zei de man terwijl hij op de geit wees en naast Sebastiaan kwam staan.

Jennsen krabde Betty achter haar oren. 'Bedankt dat u voor haar hebt gezorgd.'

'Het was geen moeite. De nacht is nog niet voorbij.' De man keek van Sebastiaan naar Jennsen. 'Waarom willen jullie trouwens midden in de nacht vertrekken? En waarom willen jullie paarden kopen? En dat op dit uur?'

Jennsen verstijfde van paniek. Ze had niet verwacht dat iemand haar vragen zou stellen en dus had ze geen antwoord bij de hand.

'Vanwege mijn moeder,' zei Sebastiaan op vertrouwelijke toon. Hij slaakte een overtuigende zucht. 'We hebben net gehoord dat ze ziek is geworden. Ze weten niet of ze in leven zal blijven totdat we er zijn. Ik zou het mezelf nooit vergeven als ik niet... Nou, we moeten er gewoon op tijd zijn, daar komt het op neer.'

De achterdochtige uitdrukking van de man werd zacht van medeleven. Jennsen was verrast dat Sebastiaan zo geloofwaardig had geklonken. Ze probeerde net zo bezorgd te kijken als hij.

'Ik snap het, jongen. Het spijt me, ik had geen idee. Waarmee kan ik jullie van dienst zijn?'

'Welke twee paarden kunt u ons verkopen?' vroeg Sebastiaan.

De man krabde aan zijn bakkebaard. 'Laten jullie de geit achter?'

Sebastiaan zei 'ja' op hetzelfde ogenblik dat Jennsen 'nee' zei.

De grote, donkere ogen van de man gingen van de een naar de ander.

'Betty zal ons niet ophouden,' zei Jennsen. 'Ze kan ons wel bijbenen. We zullen net zo snel bij je moeder zijn.'

Sebastiaan leunde met zijn heup tegen de omheining. 'Dan zullen we de geit maar meenemen.'

Met een zucht van teleurstelling wees de man naar het paard dat Jennsen achter de oren krabde. 'Rusty kan goed met die geit van jullie opschieten. Ik kan haar net zo goed verkopen als een van de andere. Je bent lang van stuk, dus ze zou geschikt voor je moeten zijn.'

Jennsen knikte om haar instemming te betuigen. Alsof ze elk woord had verstaan, mekkerde Betty om hetzelfde te doen.

'Ik heb een sterke kastanjebruine ruin die jouw gewicht beter zal kunnen dragen,' zei de man tegen Sebastiaan. 'Pete staat een stukje verderop, daar, aan de rechterkant. Ik wil je hem wel verkopen, samen met Rusty.'

'Waarom heet ze Rusty?' vroeg Jennsen.

'Het is hier zo donker dat je het niet goed kunt zien, maar ze is een rode vos, roder zie je ze zelden, afgezien van die witte bles op haar voorhoofd.'

Rusty snuffelde aan Betty. Betty likte Rusty over haar snoet. Het paard snoof zachtjes bij wijze van antwoord.

'Dan wordt het Rusty,' zei Sebastiaan, 'en die andere.'

De stalhouder krabde weer aan zijn stoppels en knikte om de overeenkomst te bezegelen. 'Ik ga Pete halen.'

Toen ze terugkwamen, zag Jennsen tot haar plezier dat Pete met zijn neus tegen Rusty's schouder wreef om haar te begroeten. Nu het gevaar hen zo dicht op de hielen zat, wilde ze zich geen zorgen hoeven maken over nukkige paarden, maar deze twee waren heel vriendelijk tegen elkaar. De mannen deden haastig hun werk. Per slot van rekening lag er een moeder op sterven.

Paardrijden met een deken over haar benen beloofde een welkome afwisseling te zijn van het lopen. Op een paard zou ze warmer blijven en zou de voor hen liggende nacht draaglijker zijn. Ze hadden een lang touw voor Betty, die de neiging had zich te laten afleiden door dingen die ze onderweg zag, vooral eetbare dingen.

Jennsen wist niet wat Sebastiaan voor de paarden en het tuig moest betalen, en het kon haar ook niet schelen. Het was geld dat afkomstig was van de moordenaars van haar moeder, en het zou hen helpen te ontkomen. Ontkomen was het enige dat telde.

Wuivend naar de stalhouder, die de grote deur voor hen openhield, reden ze de koude nacht in. De twee paarden leken ondanks het late uur blij te zijn met het vooruitzicht op activiteit en stapten energiek over straat. Rusty draaide haar hoofd om om zich ervan te vergewissen dat Betty, die links van hen liep, hen bijhield. Al snel passeerden ze het laatste gebouw op hun weg het dorp uit. Er dreven dunne wolken voor de opkomende maan langs, maar er bleef genoeg licht over om de besneeuwde weg te veranderen in een zijden lint temidden van de dichte duisternis van de bossen aan weerszijden.

Plotseling stond Betty's touw strak gespannen. Jennsen keek over haar schouder in de verwachting dat de geit probeerde aan een jonge tak te knabbelen. In plaats daarvan had Betty zich met kaarsrechte poten schrap gezet en weigerde ze nog een stap te doen.

'Betty,' fluisterde Jennsen op strenge toon, 'kom mee! Wat is er met je? Kom mee.' Het gewicht van de geit was geen partij voor het paard, dus werd ze tegen haar wil over de besneeuwde weg getrokken.

Toen Sebastiaans paard haar kant op stapte en bijna tegen Rusty aan kwam lopen, zag Jennsen wat het probleem was. Ze haalden een man in die langs de weg liep. Door zijn donkere kleding hadden ze hem niet zien lopen aan de rechterkant van de weg, tegen de donkere achtergrond van de bomen. Wetende dat paarden niet van verrassingen hielden, klopte Jennsen Rusty op haar hals om haar gerust te stellen en te verzekeren dat er geen reden was om bang te zijn. Maar Betty was daar niet van overtuigd en gebruikte de hele lengte van het touw om met een wijde boog om de man heen te lopen.

Toen zag Jennsen dat het de grote blonde man uit de herberg was, de man die hun iets te drinken had aangeboden; de man van wie ze om de een of andere reden vond dat hij in haar droomleven thuishoorde en niet in de realiteit.

Jennsen bleef naar de man kijken terwijl ze hem passeerden. Hoe koud ze het ook had, het was net alsof ze een deur voelde opengaan naar de oneindig veel koudere, eeuwige nacht van de onderwereld.

Sebastiaan en de vreemde wisselden een korte groet in het voorbijgaan. Toen ze de man eenmaal voorbij waren, draafde Betty vooruit, trekkend aan haar touw, om zoveel mogelijk afstand te creëren tussen haar en de man.

'Grushdeva du kalt misht.'

Jennsens adem stokte en ze draaide zich om en staarde met grote ogen naar de man die achter hen langs de weg liep. Het had geklonken alsof hij die woorden had gezegd. Dat was onmogelijk; het waren de vreemde woorden die ze in haar hoofd hoorde.

Sebastiaan merkte het niet, dus zei ze niets, uit angst dat hij zou denken dat ze gek was.

Tot Betty's voldoening spoorde Jennsen haar paard aan wat sneller te gaan lopen.

Vlak voordat ze een bocht om zouden gaan, keek Jennsen nog een laatste keer om. Bij het maanlicht zag ze de man naar haar grijnzen.

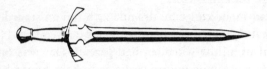

13

Oba gooide een hooibaal van de zolder naar beneden, toen hij de stem van zijn moeder hoorde.

'Oba! Waar ben je? Kom onmiddellijk hier!'

Oba haastte zich de ladder af. Hij klopte het hooi van zich af en richtte zich op onder haar afwachtende, dreigende blik.

'Wat is er, mama?'

'Waar is mijn medicijn? En jouw drankje?' Haar boze blik dwaalde over de vloer. 'Ik zie dat je die troep nog steeds niet uit de schuur hebt. Ik heb je gisteravond niet thuis horen komen. Waar heb je gezeten? Kijk eens naar die koestijl! Heb je die nou nog niet gerepareerd? Wat heb je al die tijd gedaan? Moet ik je dan altijd alles voorkauwen?'

Oba wist niet precies welke vraag hij het eerst zou moeten beantwoorden. Dat deed ze nou altijd, hem in de war brengen voordat hij antwoord kon geven. Als hij dan hakkelde, beschimpte ze hem en maakte hem belachelijk. Na alles wat hij de voorgaande avond had gehoord en na alles wat er was gebeurd, had hij gedacht dat hij misschien wat meer zelfvertrouwen zou hebben tegenover zijn moeder.

Maar in het daglicht, achter in de schuur, met zijn moeder dreigend als een donderwolk tegenover zich, voelde hij zich eigenlijk net als altijd onder haar gekijf: beschaamd, klein en onbetekenend. Toen hij thuiskwam, had hij zich groot gevoeld. Belangrijk. Nu had hij het gevoel dat hij kromp. Haar woorden deden hem verschrompelen.

'Nou, ik was...'

'Je was aan het lanterfanten! Dat is wat je hebt gedaan: lanterfanten! Terwijl ik hier op mijn medicijn zit te wachten, met pijn in mijn knieën, loopt mijn zoon Oba de oen rond te lummelen en vergeet hij waarvoor ik hem heb gestuurd.'

'Ik was niet vergeten…'

'Waar is mijn medicijn dan? Waar is het?'

'Mama, ik heb het niet…'

'Ik wist het wel! Ik wist dat je het geld dat ik je heb gegeven hebt verkwist. Ik werk me kapot om genoeg wol te spinnen om het te verdienen, en jij verkwist het aan vrouwen! Aan hoeren! Dat heb je gedaan, je hebt het naar de hoeren gebracht!'

'Nee, mama, ik heb het niet aan vrouwen verkwist.'

'Waar is mijn medicijn dan? Waarom heb je het niet gehaald, zoals ik je had gezegd?'

'Dat kon ik niet, want…'

'Je bedoelt dat je het niet wilde, waardeloze oen! Je hoefde alleen maar naar Lathea te gaan…'

'Lathea is dood.'

Zo, hij had het gezegd. Nu was het eruit en wist ze het.

Zijn moeders mond ging open, maar er werden geen woorden op hem afgevuurd. Hij had haar nooit eerder zo zien verstommen, haar nooit eerder zo geschokt gezien dat haar mond ervan openhing. Het beviel hem wel.

Oba viste een muntstuk uit zijn zak dat hij apart had gehouden om terug te geven, zodat ze niet zou denken dat hij haar geld had verkwist. In die dramatische, zeldzame stilte gaf hij haar het muntstuk.

'Dood… Lathea?' Ze staarde naar de munt in haar hand. 'Hoe bedoel je, dood? Is ze ziek geworden?'

Oba schudde zijn hoofd; hij voelde zijn zelfvertrouwen groeien toen hij dacht aan wat hij met Lathea had gedaan, hoe hij met die lastige tovenares had afgerekend.

'Nee, mama. Haar huis is afgebrand. Ze is omgekomen in de brand.'

'Haar huis afgebrand…' Zijn moeder fronste haar voorhoofd. 'Hoe weet je dat ze gestorven is? Het is niet erg waarschijnlijk dat Lathea wordt overvallen door een brand. De vrouw is een tovenares!'

Oba haalde zijn schouders op. 'Nou, het enige dat ik weet, is dat ik een hoop tumult hoorde toen ik naar het dorp ging. Er renden mensen naar haar huis. Toen we er aankwamen, bleek het in vuur en vlam te staan. Er verzamelde zich een grote menigte, maar het vuur was zo heet dat er geen kans was om het huis te redden.'

Dat was in zekere zin waar. Hij had het dorp willen verlaten en naar huis willen gaan, omdat hij dacht dat als niemand de brand in de gaten had, de mensen het misschien pas de volgende ochtend zouden merken. Hij wilde niet degene zijn die 'brand' riep. Gezien de voorgeschiedenis zou dat misschien argwaan wekken, vooral bij zijn moeder. Ze was een argwanende vrouw, een van haar vele onaangename karaktertrekken. Oba was van plan geweest zijn moeder gewoon datgene te vertellen waarvan hij zeker wist dat het zou gebeuren: dat de resten van het huis gevonden waren, en het verkoolde lichaam.

Maar toen hij na zijn bezoekje aan de herberg naar huis liep, niet lang nadat die Jennsen en haar metgezel, Sebastiaan, hem waren gepasseerd op weg het dorp uit om op reis te gaan naar Althea, hoorde hij mensen schreeuwen dat er brand was bij Lathea. Oba was met de andere mensen de lange, donkere weg afgerend naar de oranje gloed tussen de bomen in de verte. Hij was gewoon een omstander geweest, net als alle anderen. Er was geen reden om hem ergens van te verdenken.

'Misschien is Lathea aan de vlammen ontsnapt.' Zijn moeder klonk meer alsof ze zichzelf daarvan wilde overtuigen dan hem.

Oba schudde zijn hoofd. 'Ik ben blijven wachten, omdat ik hetzelfde hoopte als u, mama. Ik wist dat u zou willen dat ik haar hielp als ze gewond was. Ik ben gebleven om te doen wat ik kon. Daardoor was ik zo laat.'

Ook dat was gedeeltelijk waar: hij was met de rest van de menigte naar de brand blijven staan kijken en had de mensen horen praten. Hij had genoten van het gespeculeer van de mensen. De roddels en de vermoedens.

'Ze is tovenares. Een brand kan zo'n vrouw toch niet fataal worden.'

Zijn moeder begon wantrouwig te klinken. Daar had Oba op gerekend. Hij boog zich een stukje naar haar toe.

'Toen het vuur genoeg was uitgeraasd, hebben een paar mannen er sneeuw op gegooid, zodat we over het rokende puin naar binnen konden. Daar vonden we Lathea's geraamte.'

Oba trok een zwartgeblakerd vingerbotje uit zijn zak. Hij stak het naar zijn moeder uit. Ze keek strak naar het lugubere bewijsstuk, maar sloeg haar armen over elkaar zonder het aan te pakken. Tevreden met het bereikte effect, stak Oba zijn schat ten slotte weer in zijn zak.

'Ze lag in het midden van de kamer, met één hand boven haar hoofd gestoken, alsof ze had geprobeerd naar de deur te lopen maar door de rook was overmand. De mannen zeiden dat mensen buiten bewustzijn raken door de rook van een brand, en daarna ten prooi vallen aan het vuur. Dat moet ook met Lathea zijn gebeurd. De rook heeft haar te pakken gekregen. Daarna, toen ze op de grond lag, met haar hand uitgestoken naar de deur, is ze verbrand.'

Zijn moeder keek hem boos aan; haar gemene mondje was afkeurend dichtgeknepen, maar ze zei niets. Deze ene keer was ze sprakeloos. Maar hij merkte dat haar boze blik net zo erg was. Aan die vernietigende blik zag hij dat ze dacht dat hij niet deugde. Haar bastaardzoon.

Darken Rahls bastaardzoon. Bijna van koninklijken bloede.

Ze liet haar armen langs haar zij vallen en wendde zich van hem af. 'Ik moet weer gaan spinnen voor meneer Tuchmann. Zorg dat je die troep van de vloer schept, hoor je me?'

'Dat zal ik doen, mama.'

'En je kunt die koestijl maar beter repareren voordat ik terugkom en zie dat je de hele dag hebt lopen verlummelen.'

Oba was een paar dagen bezig met de bevroren drek op de grond, maar boekte weinig resultaat. Het was bitter koud gebleven, dus de bevroren hoop was alleen maar harder geworden. Er leek nooit een einde te komen aan zijn pogingen om hem kleiner te maken, net zomin als wanneer je probeerde een granieten rotsrand weg te bikken. Of zijn moeders keiharde karakter.

Hij had natuurlijk ook zijn andere karweitjes, en die mocht hij niet verwaarlozen. Hij had de koestijl gerepareerd, en een kapot scharnier van de schuurdeur. De dieren moesten verzorgd worden, en zo waren er nog talloze andere klusjes.

Onder zijn werk dacht hij na over de constructie van hun open haard. Hij zou de achtermuur tussen het huis en de schuur gebruiken, omdat die er al stond. In gedachten stapelde hij er stenen tegenaan in de vorm van een haard. Hij had zijn oog al laten vallen op een lange steen, die hij als latei wilde gebruiken. Hij zou alles stevig aan elkaar metselen. Als Oba zich eenmaal had voorgenomen iets te doen, zette hij zich daar ook helemaal voor in. Als hij aan een klus begon, leverde hij geen half werk.

Hij stelde zich voor hoe verrast en blij zijn moeder zou zijn als ze zag wat hij voor hen had gebouwd. Dan zou ze hem op waarde schatten. Dan zou ze eindelijk erkennen dat hij iets kon. Maar hij had ander werk te doen voordat hij kon beginnen aan een haard. Eén karwei in het bijzonder lag als een berg voor hem. Aan het oppervlak van de hoop bevroren drek in de schuur waren de sporen van de strijd te zien. Het was nu pokdalig doordat hij op sommige plaatsen een zachte plek had weten te vinden, waar lucht of droog stro onder zat, zodat hij er een stuk uit kon breken. Elke keer dat er een stuk met een knal loskwam, had hij zeker geweten dat hij eindelijk een weg door de enorme berg ijs had gevonden, maar elke keer was dat valse hoop gebleken. Het afbikken van de drek met de schop ging vreselijk langzaam, maar Oba was er niet de man naar om het op te geven.

Hij had zich bezorgd afgevraagd of een zo belangrijk man als hij zijn tijd wel moest verdoen met zulk nederig werk. Bevroren mest leek nauwelijks het werkterrein van een man die naar alle waarschijnlijkheid een soort prins was. In elk geval wist hij nu dat hij een belangrijk man was. Een man met Rahlbloed in de aderen. Een rechtstreekse afstammeling – een zoon – van de man die over D'Hara had geheerst, Darken Rahl. Er was waarschijnlijk niemand te vinden die nooit van Darken Rahl had gehoord. Oba's vader.

Vroeg of laat zou hij zijn moeder met de waarheid confronteren die ze voor hem had achtergehouden, de waarheid wie hij werkelijk was. Hij had alleen nog niet bedacht hoe hij dat kon doen zonder dat ze ontdekte dat Lathea dat nieuws had verraden voordat ze het leven had gelaten.

Hijgend van een zeer energieke aanval op de bevroren hoop, legde Oba zijn onderarmen op het handvat van de schop om even op adem te komen. Ondanks de kou liep het zweet van tussen zijn verwarde, blonde haar over zijn voorhoofd.

'Oba de oen,' zei zijn moeder terwijl ze de schuur in beende. 'Staat maar een beetje te staan, doet niets, denkt niets, is niets waard.

Dat ben jij, hè? Oba de oen?'

Ze kwam glibberend tot stilstand, met haar kleine, gemene mondje helemaal samengetrokken, en keek hem hooghartig aan.

'Mama, ik kwam alleen even op adem.' Hij wees om zich heen naar de schilfers ijs die overal op de grond lagen, het bewijs van zijn inspanningen. 'Ik ben heel hard bezig geweest, mama. Heus waar.'

Ze keek niet. Ze hield haar dreigende blik op hem gericht. Hij wachtte af, want hij wist dat ze meer op haar lever had dan de hoop bevroren drek. Hij wist het altijd als ze aanstalten maakte om hem eens flink de les te lezen, om hem het gevoel te geven dat hij net zo waardeloos was als de drek waarin hij stond. Overal vanuit de donkere hoeken en gaten in de schuur keken de ratten met hun kleine, zwarte rattenoogjes toe.

Met haar kritische blik strak op hem gevestigd stak zijn moeder hem een muntstuk toe. Ze hield het tussen haar duim en wijsvinger, niet gewoon om hem het muntstuk te geven, maar om hem te doordringen van het belang ervan.

Oba was een beetje van zijn stuk gebracht. Lathea was dood. Voor zover hij wist, woonde er geen andere tovenares in de buurt die zijn moeders medicijn zou kunnen leveren, of zijn drankje. Toch hield hij gehoorzaam zijn hand op.

'Kijk hier eens naar,' commandeerde ze, terwijl ze het muntstuk in zijn hand liet vallen.

Oba hield het in het licht dat door de deuropening scheen en bekeek het nauwkeurig. Hij wist dat ze van hem verwachtte dat hij iets zou vinden; wat, dat wist hij niet. Hij draaide het om, terwijl hij behoedzaam een tersluikse blik op haar wierp. Hij inspecteerde ook de andere kant zorgvuldig, maar zag nog steeds niets bijzonders.

'Ja, mama?'

'Zie je er iets ongebruikelijks aan, Oba?'

'Nee, mama.'

'Er loopt geen kras langs de rand.'

Oba dacht daar even diep over na en keek toen opnieuw naar de munt. Deze keer controleerde hij de rand nauwkeurig.

'Nee, mama.'

'Dat is de munt die je me hebt teruggegeven.'

Oba knikte, want hij had geen reden om aan haar woorden te

twijfelen. 'Ja, mama. De munt die u me had gegeven voor Lathea. Maar ik heb u al verteld dat Lathea bij de brand is omgekomen, dus kon ik uw medicijn niet kopen. Daarom heb ik u uw munt teruggegeven.'

Haar blik was moordzuchtig, maar haar toon was verbazend koel en beheerst. 'Dit is niet dezelfde munt, Oba.'

Oba grijnsde. 'Jawel, mama.'

'De munt die ik je heb gegeven, had een merkteken langs de rand. Een merkteken dat ik zelf had aangebracht.'

Oba's grijns verflauwde terwijl hij koortsachtig nadacht. Hij probeerde te bedenken wat hij moest zeggen – wat hij kon zeggen – dat ze zou geloven. Hij kon niet beweren dat hij de munt in zijn zak had gestopt en er een andere uit had gehaald om aan haar terug te geven, want hij had zelf nooit geld. Ze wist heel goed dat hij geen geld had, want dat stond ze hem niet toe. Ze vond dat hij niet deugde en dat hij het waarschijnlijk zou verkwisten.

Maar nu had hij wel geld. Hij had al het geld van Lathea, een fortuin. Hij herinnerde zich dat hij haastig alle munten had opgeraapt die uit Lathea's zakken waren gevallen, waaronder de munt die hij zijn moeder net had gegeven. Toen hij later een munt apart had gelegd om terug te geven aan zijn moeder, had hij niet geweten dat ze haar munt had gemerkt. Oba had de pech gehad dat hij een andere munt had teruggegeven dan de oorspronkelijke.

'Maar mama... weet u dat zeker? Misschien dacht u alleen maar dat u het muntstuk had gemerkt. Misschien was u het vergeten.'

Ze schudde langzaam haar hoofd. 'Nee. Ik heb het gemerkt zodat ik zou weten wat je had gedaan als je het zou verkwisten aan drank of vrouwen, omdat ik er dan, als het moest, naar kon gaan zoeken.'

Het achterbakse kreng. Ze vertrouwde haar eigen zoon niet eens. Wat was ze eigenlijk voor moeder?

Wat had ze voor bewijs, afgezien van het ontbreken van een piepklein krasje op de rand van een muntstuk? Niets. De vrouw was krankzinnig.

'Maar mama, u moet het mis hebben. Ik heb helemaal geen geld, dat weet u. Hoe zou ik aan een andere munt moeten komen?'

'Dat zou ik ook weleens willen weten.' Haar ogen waren angstaanjagend. Hij kon nauwelijks ademhalen onder die verzengende, kritische blik. Maar haar toon was nog steeds beheerst. 'Ik had je gezegd medicijn te kopen van dat geld.'

'Maar dat kon ik toch niet? Lathea is dood. Ik heb u uw munt teruggegeven.'

Ze zag er breed en sterk uit, zoals ze daar voor hem stond, als een vleesgeworden wrekende geest die namens de doden sprak. Misschien was Lathea's geest teruggekeerd om hem te verraden. Aan die mogelijkheid had hij nog niet gedacht. Dat zou echt iets voor die lastige tovenares zijn. Ze was geniepig. Misschien had ze dat wel gedaan, vastbesloten om hem zijn status, zijn welverdiende aanzien te ontzeggen.

'Weet je waarom ik je Oba heb genoemd?'

'Nee, mama.'

'Het is een oude D'Haraanse naam. Wist je dat, Oba?'

'Nee, mama.' Zijn nieuwsgierigheid kreeg de overhand. 'Wat betekent het?'

'Het betekent twee dingen. Dienaar en koning. Ik heb je Oba genoemd in de hoop dat je op een dag een koning zou zijn, en zo niet, dan zou je in elk geval een dienaar van de Schepper zijn. Stommelingen worden zelden tot koning gekroond. Je zult nooit koning worden. Dat was alleen een dwaze droom van een jonge moeder. Dan blijft er "dienaar" over. Wie dien je, Oba?'

Oba wist heel goed wie hij diende. Door dat te doen, was hij onoverwinnelijk geworden.

'Hoe kom je aan deze munt, Oba?'

'Mama, ik heb u al verteld dat ik uw medicijn niet kon halen omdat Lathea bij de brand in haar huis is omgekomen. Misschien is het merkteken op uw munt afgesleten door iets anders dat in mijn zak zat.'

Ze leek over zijn woorden na te denken. 'Weet je dat zeker, Oba?'

Oba knikte, in de hoop dat hij haar aandacht eindelijk kon afleiden van de verwisseling van de munten. 'Natuurlijk, mama. Lathea is gestorven. Daarom heb ik u uw munt teruggegeven. Ik kon uw medicijn niet halen.'

Zijn moeder trok een wenkbrauw op. 'Heus waar, Oba?'

Langzaam trok ze haar hand uit de zak van haar jurk. Hij kon niet zien wat ze in haar hand had, maar hij was opgelucht dat ze eindelijk een beetje bijdraaide.

'Ja, mama. Lathea was dood.' Hij merkte dat hij dat graag zei.

'Echt waar, Oba? Kon je het medicijn niet halen? Je zou toch niet tegen je moeder liegen, hè, Oba?'

Hij schudde nadrukkelijk zijn hoofd. 'Nee, mama.'

'Wat is dit dan?' Ze draaide haar hand om en stak het flesje met het medicijn naar hem uit dat Lathea hem had gegeven voordat hij met haar had afgerekend. 'Dit heb ik in de zak van je jasje gevonden, Oba.'

Oba staarde naar het vervloekte flesje, naar de wraak van de lastige tovenares. Hij had dat mens meteen moeten vermoorden, voordat ze hem dat flesje medicijn had gegeven dat hem nu verraadde. Hij was helemaal vergeten dat hij het in zijn jaszak had gestoken, met het plan het op weg naar huis die avond ergens in het bos weg te gooien. Met al die belangrijke, nieuwe dingen die hij had gehoord, was hij het vervloekte medicijnflesje volkomen vergeten.

'Nou, ik denk... Ik denk dat het een oud flesje moet zijn...'

'Een oud flesje? Het is vol!' Haar stem was weer vlijmscherp. 'Hoe ben je erin geslaagd een flesje met medicijn te krijgen van een vrouw die dood in haar afgebrande huis lag? Hoe, Oba? En hoe kan het dat je me een andere munt hebt teruggegeven dan het exemplaar dat ik je heb gegeven om mee te betalen? Hoe?' Ze kwam een stap naderbij. 'Hoe, Oba?'

Oba deinsde achteruit. Hij kon zijn blik niet losmaken van het vervloekte medicijn. Hij kon niet opkijken in de felle ogen van zijn moeder. Als hij dat deed, wist hij dat ze hem in tranen zou doen uitbarsten met haar vernietigende blik.

'Nou, ik...'

'Nou ik wat, Oba? Nou ik wat, jij smerige bastaard? Jij waardeloze, luie, leugenachtige bastaard. Jij verachtelijke, sluwe, ellendige bastaard, Oba Schalk.'

Oba sloeg zijn ogen op. Hij had gelijk, ze had hem te pakken met haar vernietigende blik.

Maar hij was onoverwinnelijk geworden.

'Oba Rahl,' zei hij.

Ze vertrok geen spier. Toen besefte hij dat ze hem had uitgelokt om toe te geven dat hij het wist. Het maakte allemaal deel uit van haar plan. Die naam, Rahl, schreeuwde gewoon uit hoe hij die te weten was gekomen en verraadde alles aan zijn moeder. Oba stond verstijfd, zijn gedachten een kolkende chaos, als een rat met iemands voet op zijn staart.

'Mogen de geesten me vervloeken,' zei ze zacht. 'Ik had moeten doen wat Lathea me van het begin af aan heeft gezegd. Ik had ons allemaal moeten verlossen. Jij hebt haar vermoord. Jij weerzinwekkende bastaard. Jij verachtelijke, leugenachtige...'

Razendsnel zwaaide Oba de schop door de lucht. Hij gebruikte zijn hele gewicht en al zijn kracht. De stalen schop raakte haar schedel met een galmende klap.

Ze viel als een zak graan die van de zolder werd geduwd: pfoeff. Oba deed snel een stap achteruit, bang dat ze als een spin naar hem toe zou schieten en hem met haar gemene, kleine mondje in zijn enkel zou bijten. Hij was ervan overtuigd dat ze daar volledig toe in staat was. Het achterbakse kreng.

Bliksemsnel sprong hij naar voren en gaf haar opnieuw een mep met de schop, precies op dezelfde plaats op haar brede voorhoofd, en trok zich toen terug buiten het bereik van haar tanden, voordat ze hem als een spin kon bijten. Hij dacht vaak aan haar als aan een spin. Een zwarte weduwe.

De echo van het staal tegen haar schedel hing in de diepe stilte in de schuur en stierf heel, heel langzaam weg. De stilte sloot zich als een zware lijkwade om hem heen.

Oba stond met zijn schop over zijn schouder klaar om opnieuw toe te slaan. Hij hield haar behoedzaam in de gaten. Er druppelde een bijna doorzichtige, rozige vloeistof uit allebei haar oren over de bevroren drek.

In een vlaag van angst en razernij rende hij naar voren en hakte keer op keer met de schop in op haar hoofd. De galmende klappen van staal op bot echoden door de schuur en vormden één ononderbroken ritme. De ratten, die met hun kleine, zwarte rattenoogjes hadden toegekeken, renden naar hun holen.

Oba wankelde achteruit, naar adem happend na de hevige inspanning om haar het zwijgen op te leggen. Hij stond hijgend te kijken naar haar roerloze gestalte, die languit op de hoop bevroren drek lag. Haar armen lagen uitgespreid, alsof ze om een knuffel vroeg. Het gemene kreng. Ze kon iets in haar schild voeren. Waarschijnlijk wilde ze het goedmaken. Bood ze hem een knuffel aan, alsof dat al die keren kon compenseren dat hij in het hok had gezeten.

Haar gezicht zag er anders uit. Het vertoonde een rare uitdrukking. Hij sloop op zijn tenen naderbij om haar beter te bekijken.

Haar schedel was helemaal misvormd, als een rijpe meloen die op de grond kapot was gevallen.

Dit was zo nieuw dat hij zijn gedachten niet op een rijtje kon krijgen.

Mama met haar meloenenhoofd helemaal opengebarsten.

Voor de zekerheid gaf hij haar zo snel mogelijk nog drie meppen, en toen trok hij zich op veilige afstand terug, met zijn schop in de aanslag, voor het geval dat ze plotseling zou opspringen om tegen hem te gaan schreeuwen. Dat zou echt iets voor haar zijn. Geniepig. De vrouw was krankzinnig.

Het bleef stil in de schuur. Hij zag zijn adem wolkjes vormen in de koude lucht. Zijn moeder ademde niet. Haar borst bewoog niet. De karmozijnrode plas om haar hoofd liep weg langs de hoop drek. Sommige gaten die hij erin had geslagen vulden zich met de vloeibare inhoud van haar eigenaardige meloenenhoofd, dat helemaal opengebarsten op de grond lag.

Toen begon Oba er wat meer vertrouwen in te krijgen dat zijn moeder geen hatelijke dingen meer tegen hem zou zeggen. Aangezien zijn moeder niet al te slim was, had ze zich waarschijnlijk door Lathea's gesar laten beïnvloeden en had ze zich laten overhalen hem, haar enige zoon, te haten. De twee vrouwen hadden zijn leven beheerst. Hij was slechts een machteloze dienaar geweest van die twee harpijen.

Gelukkig was hij uiteindelijk onoverwinnelijk geworden en had hij zich van hen beiden bevrijd.

'Wilt u weten wie ik dien, mama? Ik dien de stem die me onoverwinnelijk heeft gemaakt. De stem die me van u af heeft geholpen!'

Zijn moeder zei niets meer terug. Eindelijk zei ze niets meer terug.

Toen grijnsde Oba.

Hij trok zijn mes te voorschijn. Hij was een ander mens. Een man die zich in intellectuele vraagstukken verdiepte als die zich voordeden. Hij bedacht dat hij eens moest bekijken wat er verder nog voor vreemde en eigenaardige dingen te vinden waren in zijn krankzinnige moeder.

Oba leerde graag nieuwe dingen.

Oba zat een smakelijke lunch te eten van eieren die hij had gekookt in de haard die hij voor zichzelf aan het bouwen was, toen hij een wagen ratelend het erf op hoorde rijden. Het was meer dan een week geleden dat zijn geniepige moeder voor het laatst haar gemene mondje had opengedaan.

Oba liep naar de deur, opende die op een kiertje en at verder van zijn eieren terwijl hij naar buiten gluurde, waar hij de achterkant van een wagen zag, die vlak bij het huis was blijven staan. Er klom een man vanaf.

Het was meneer Tuchmann, die regelmatig wol bracht. Oba's moeder spon die wol tot garen voor meneer Tuchmann. Hij gebruikte het garen op zijn weefgetouw. Doordat er de laatste tijd zoveel nieuwe dingen waren gebeurd die zijn aandacht hadden gevraagd, was Oba meneer Tuchmann helemaal vergeten. Oba wierp een vluchtige blik in de hoek om te zien hoeveel garen zijn moeder klaar had. Niet veel. Er lagen nog balen wol te wachten om tot garen te worden gesponnen. Het minste wat zijn moeder had kunnen doen, was zorgen dat haar werk af was geweest voordat ze problemen was komen maken.

Oba wist niet wat hij moest doen. Toen hij weer naar de deuropening keek, stond meneer Tuchmann voor de deur naar binnen te kijken. Hij was een lange, magere man met een grote neus en grote oren. Zijn haar was grijzend en net zo krullerig als de wol die hij altijd bracht. Hij was sinds kort weduwnaar. Oba wist dat zijn moeder meneer Tuchmann graag mocht. Misschien had hij haar wat minder giftig kunnen maken. Wat zachtmoediger. Het was een interessante theorie om te overpeinzen.

'Middag, Oba.' Zijn ogen, die Oba altijd eigenaardig waterig had gevonden, gluurden door de kier en zijn blik zocht het huis af. 'Is je moeder in de buurt?'

Oba, die zich een beetje stoorde aan de zoekende blik van de man, stond daar met het bord eieren en probeerde te bedenken wat hij moest doen, wat hij moest zeggen. Meneer Tuchmann liet zijn blik rusten op de open haard.

Oba, die slecht op zijn gemak achter de deur stond, herinnerde zichzelf eraan dat hij een ander mens was. Een belangrijk man. Belangrijke mannen waren niet onzeker. Belangrijke mannen grepen de gelegenheid aan en creëerden hun eigen grootsheid.

'Mama?' Oba zette zijn bord neer terwijl hij een blik op de open haard wierp. 'O, die is wel ergens in de buurt.'

Meneer Tuchmann met zijn wollige haar keek de grijnzende Oba een tijdje strak en met onbewogen gezicht aan.

'Heb je het gehoord, van Lathea? Wat ze in haar huis hebben gevonden?'

Oba vond dat de man net zo'n soort mond als zijn moeder had. Gemeen. Geniepig.

'Lathea?' Oba zoog aan een sliertje ei dat tussen zijn tanden zat. 'Die is dood. Wat kunnen ze gevonden hebben?'

'Eigenlijk kun je beter spreken van wat ze niet gevonden hebben. Geld. Lathea had geld, dat wist iedereen. Maar ze hebben er niets van teruggevonden in haar huis.'

Oba haalde zijn schouders op. 'Dat is vast verbrand. Gesmolten.'

Meneer Tuchmann bromde sceptisch. 'Misschien. Misschien ook niet. Sommige mensen zeggen dat het misschien al weg was voordat de brand uitbrak.'

Oba dacht verbolgen dat mensen ook nooit eens iets konden laten rusten. Konden ze zich niet met hun eigen zaken bemoeien? Waarom moesten ze altijd overal hun neus in steken? Ze zouden blij moeten zijn dat ze geen last meer hadden van de tovenares en het daarbij moeten laten. Maar ze bleven er maar over doorzeuren, ze gaven het niet op. Pik, pik, pik, als een troep snaterende ganzen bij het graan. Bemoeials, dat waren het.

'Ik zal mama zeggen dat u bent geweest.'

'Ik heb het garen nodig dat ze heeft gesponnen. Ik heb een nieuwe lading wol voor haar. Ik moet zo weer verder. Er wachten nog meer mensen op me.'

De man had een hele groep vrouwen die wol voor hem sponnen. Gaf hij die arme spinsters van hem dan nooit een kans om bij te komen?

'Nou, ik ben bang dat mama geen tijd heeft gehad om...'

Meneer Tuchmann staarde opnieuw naar de open haard, maar deze keer aandachtiger. De uitdrukking op zijn gezicht was nu eerder boos dan nieuwsgierig. De man, die eraan gewend was orders te geven en altijd vrijpostiger was dan Oba lief was, stapte door de deur het huis in, naar het midden van de kamer, terwijl hij nog steeds naar de haard staarde. Hij hief zijn arm en wees.

'Wat is... wat is dat? Goede Schepper...'

Oba keek waar hij naar wees: de nieuwe open haard, die hij aan het bouwen was tegen de stenen muur die het huis van de schuur scheidde. Oba vond dat hij goed werk had geleverd: de haard was stevig en recht. Hij had andere haarden bekeken en onthouden hoe die waren gemaakt. Hoewel de schoorsteen nog niet helemaal tot boven aan toe doorliep, gebruikte hij de haard al wel. Hij had er zelfs zeer nuttig gebruik van gemaakt.

Toen zag Oba waar meneer Tuchmann precies naar wees.

Mama's kaakbeen.

Wel had je ooit. Oba had geen bezoek verwacht, en zeker geen bemoeiziek bezoek. Wat gaf deze man het recht om zijn neus in andermans zaken te steken, ook al sponnen ze dan wol voor hem? Meneer Tuchmann wilde weer naar de deur lopen. Oba wist dat meneer Tuchmann zou gaan praten over wat hij had gezien. De man was een roddelaar; hij verkocht nu al aan iedereen die het wilde horen kletspraatjes over Lathea's vermiste geld, wat per slot van rekening eigenlijk van Oba was, als je in aanmerking nam wat hij zijn leven lang had moeten verduren om het te verdienen. Wie waren al die mensen, die nu ineens uit alle hoeken en gaten te voorschijn kwamen om het op te nemen voor die lastige tovenares?

Als meneer Tuchmann ging lopen kletsen over wat hij in de haard had gezien, zouden er zeker vragen worden gesteld. Iedereen zou zich ermee gaan bemoeien en willen weten van wie het bot was. Ze zouden waarschijnlijk net zo gaan kniezen over zijn moeder als over de tovenares.

Oba, een ander mens, een man van de daad, kon dat eigenlijk niet laten gebeuren. Oba was een belangrijk man, daar was hij nu achter. Per slot van rekening stroomde er Rahlbloed door zijn aderen. Belangrijke mannen traden handelend op en losten problemen op als die zich voordeden. Snel. Efficiënt. Afdoend.

Oba greep meneer Tuchmann in zijn nek, waardoor die niet kon wegkomen. De man verzette zich hevig. Hij was lang en pezig, maar legde het af tegen Oba's kracht en snelheid.

Met een grom van inspanning stootte Oba zijn mes in het middel van meneer Tuchmann. De mond van de man ging wijd open. Zijn ogen, die altijd zo waterig en zo nieuwsgierig waren, werden groot van ontzetting.

Oba liet zich met de verfoeilijke meneer Tuchmann mee op de grond zakken. Ze hadden werk te doen. Oba schrok nooit terug voor hard werken. Eerst moest hij afrekenen met de worstelende bemoeial met de wollige haardos. Dan was er ook nog zijn wagen. Er zouden waarschijnlijk mensen naar hem komen zoeken. Oba's leven begon ingewikkeld te worden.

Meneer Tuchmann riep om hulp. Oba ramde zijn mes opwaarts door het zachte vlees onder meneer Tuchmanns kin. Oba boog zich over hem heen en keek toe hoe de man zich verzette, in de wetenschap dat hij zou sterven.

Oba had eigenlijk niets tegen meneer Tuchmann, ook al was de man vrijpostig en bazig. Dit was allemaal de schuld van die lastige tovenares. Ze maakte Oba het leven nog steeds zuur. Waarschijnlijk had ze vanuit de onderwereld een of andere boodschap aan zijn moeder gestuurd, en daarna aan meneer Tuchmann. Het kreng. Toen moest zijn moeder zo nodig geniepig en achterdochtig worden. En nu deze ergerlijke lastpost weer, meneer Tuchmann. Het leek wel een zwerm sprinkhanen, die uit het niets was gekomen om hem te kwellen.

Het was omdat hij belangrijk was, dat wist hij zeker.

Het was waarschijnlijk tijd voor verandering. Oba kon hier niet blijven en steeds mensen over de vloer krijgen die hem kenden en hem met vragen kwamen lastig vallen. Hij was trouwens toch te belangrijk om in zo'n onbetekenend plaatsje te blijven.

Meneer Tuchmann gromde in zijn vergeefse poging om te ontkomen. Het was tijd voor de ongelukkige weduwnaar om zich bij Oba's krankzinnige moeder en de lastige tovenares te voegen, bij de Wachter van de onderwereld, de wereld van de doden.

En voor Oba was het moment gekomen om zijn belangrijke leven als een ander mens te beginnen en weg te trekken naar een betere plek.

Net toen het tot hem doordrong dat hij nooit meer de schuur in hoefde te gaan en de hoop bevroren drek hoefde te zien die hij met de schop niet had kunnen verwijderen, ondanks de tirades van zijn krankzinnige moeder, schoot hem te binnen dat hij het pikhouweel had kunnen gebruiken en dat het dan een stuk gemakkelijker zou zijn gegaan.

Wel had je ooit.

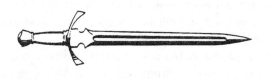

14

Met een moeiteloze maar uiterst precieze polsbeweging tilde Friedrich Vergulder met de fijne haartjes van zijn borstel een blad goud op en legde het op de juiste plek. Het goud, dat zo licht was dat het op het zachtste briesje zou wegzweven, werd als bij toverkracht tegen de natte goudverf aan getrokken. Friedrich boog zich geconcentreerd over zijn werkbank om met een kussentje van schapenwol voorzichtig te wrijven over het zojuist vergulde oppervlak van het kleine, gestileerde houtsnijwerkje van een vogel, en het op onvolkomenheden te controleren.

Buiten tikte de regen van tijd tot tijd tegen het raam. Hoewel het midden op de dag was, leek het alsof de schemering was ingevallen als de donkere wolken met hun regenbuien overjoegen.

Friedrich sloeg zijn ogen op en keek vanuit de achterkamer waar hij werkte door de deuropening de zitkamer in, naar de vertrouwde bewegingen van zijn vrouw, die haar stenen over de Gratie wierp. Vele jaren geleden had hij de lijnen van haar Gratie verguld, de achtpuntige ster in een cirkel in een vierkant in een grotere cirkel, nadat zij die helemaal volgens de regels had getekend natuurlijk. De Gratie zou onbruikbaar zijn geweest als hij die had getekend. Om echt te zijn, moest een Gratie worden getekend door iemand met de gave.

Hij beleefde er plezier aan om te doen wat hij kon om de dingen in haar leven wat mooier te maken. Zij was degene die zijn leven mooi maakte. Hij meende dat haar glimlach verguld was door de Schepper Zelf.

Friedrich zag ook dat de vrouw die naar hun huis was gekomen voor een voorspelling zich verwachtingsvol naar voren boog en geboeid toekeek hoe haar lot zou uitpakken. Als ze dat echt zelf konden zien, zouden de mensen niet naar Althea komen voor een voorspelling, maar toch keken ze altijd gespannen toe als de stenen uit de lange, slanke vingers van zijn vrouw over het bord rolden waarop de Gratie was getekend.

Deze vrouw, van middelbare leeftijd en weduwe, was een vriendelijk type, en ze was tweemaal eerder bij Althea geweest, maar dat was alweer een paar jaar geleden. Terwijl hij met zijn eigen werk bezig was, had hij haar op de achtergrond aan Althea van alles horen vertellen over haar volwassen kinderen, die getrouwd waren en dicht bij haar woonden, en dat haar eerste kleinkind onderweg was. Maar nu was het het vallen van de stenen, en niet haar aanstaande kleinkind, dat de aandacht van de vrouw opeiste.

'Alweer?' vroeg ze. Het was niet zozeer een vraag als wel een uiting van verbazing. 'Ze doen het weer.'

Althea zei niets. Friedrich poetste het zojuist aangebrachte goud terwijl hij naar de vertrouwde geluiden luisterde van zijn vrouw die haar stenen van het bord pakte.

'Doen ze dat vaak?' vroeg de vrouw, terwijl ze met grote ogen van de Gratie naar Althea keek. Althea gaf geen antwoord. De vrouw wreef zo hard over haar knokkels dat Friedrich dacht dat ze het vel eraf zou wrijven. 'Wat betekent het?'

'Ssst,' mompelde Althea terwijl ze de stenen in haar hand schudde.

Friedrich had nog nooit meegemaakt dat zijn vrouw zo zwijgzaam was tegen een klant. De stenen, die tegen elkaar klikten in Althea's half geopende vuist, leken een indringende klank te leggen in hun getik van been op been. De vrouw wreef over haar knokkels en wachtte af wat haar lot zou zijn.

Opnieuw rolden de zeven stenen over het bord om de heilige geheimen van de schikgodinnen te onthullen.

Van waar hij zat, kon Friedrich de stenen niet zien vallen, maar hij hoorde het vertrouwde geluid van hun onregelmatige vormen als ze over het bord rolden. Na al die jaren keek hij nog maar zelden toe als Althea haar vak uitoefende, dat wil zeggen, hij keek niet naar de stenen zelf. Want ondanks al die jaren genoot hij er nog steeds van om naar Althea te kijken. Toen hij naar haar keek en haar profiel zag, met haar sterke kaaklijn en haar haar dat als een nog steeds grotendeels gouden sluier langs die kaak hing en als zonlicht over haar schouder viel, glimlachte hij.

De adem van de vrouw stokte. 'Alweer!' Als om het woord van de vrouw kracht bij te zetten, rolde in de verte de donder. 'Mevrouw Althea, wat kan dat betekenen?' In haar stem klonk onmiskenbaar ongerustheid door.

Althea, die op haar kussen op de grond op één arm geleund zat, met haar verschrompelde benen naar de andere kant, duwde zich met haar arm wat verder omhoog. Eindelijk keek ze de vrouw aan.

'Het betekent, Margery, dat je een vrouw met een sterk karakter bent...'

'Is dat een van die twee stenen? Ben ik dat? Een sterk karakter?'

'Dat klopt,' bevestigde Althea met een knikje.

'En die andere dan? Dat kan niets goeds betekenen. Niet daar. Het kan alleen het ergste betekenen.'

'Ik wilde je net vertellen dat de andere steen, die de eerste bij elke worp volgt, ook een sterk karakter is. Een man met een sterk karakter.'

Margery tuurde weer naar de stenen op het bord. Ze wreef over haar knokkels. 'Maar, maar ze gaan allebei...' Ze gebaarde. 'Ze gaan allebei... steeds daarheen. Voorbij de buitenste cirkel. Naar de onderwereld.' Ze keek Althea ongerust en onderzoekend aan.

Althea trok aan haar knieën om haar benen voor zich te leggen, zodat ze die over elkaar kon vouwen. Hoewel haar benen verschrompeld en praktisch onbruikbaar waren, kon ze beter rechtop zitten als ze in kleermakerszit zat.

'Nee, nee, m'n beste. Helemaal niet. Dit is juist goed, zie je dat niet? Twee sterke karakters die samen door het leven gaan en daarna voor eeuwig bijeenblijven. Het is de beste voorspelling die je maar kunt krijgen.'

Margery wierp weer een ongeruste blik op het bord. 'Heus waar? Heus waar, mevrouw Althea? Dus u denkt dat het goed is dat ze... dat steeds weer doen?'

'Natuurlijk, Margery. Het is heel goed. Twee sterke karakters die zich bij elkaar aansluiten.'

Margery legde een vinger tegen haar onderlip en keek naar Althea

op. 'Wie is het dan? Wie is die mystieke man die ik ga ontmoeten?'
Althea haalde haar schouders op. 'Het is te vroeg om dat te zeggen. Maar de stenen zeggen dat je een man zult ontmoeten' – ze stak haar hand op met haar wijs- en middelvinger nadrukkelijk tegen elkaar gedrukt – 'en dat jullie een hecht stel zullen zijn. Gefeliciteerd, Margery. Het ziet ernaar uit dat je binnenkort het geluk zult vinden waar je naar zoekt.'
'Wanneer? Hoe snel?'
Opnieuw haalde Althea haar schouders op. 'Dat is nog niet te zeggen. De stenen zeggen alleen dat het zal gebeuren, niet wanneer. Misschien morgen, misschien volgend jaar. Maar het belangrijkste is dat je een man zult ontmoeten die goed bij je past, Margery. Je moet zelf je ogen openhouden. Sluit jezelf niet op in je huis, want dan loop je hem misschien mis.'
'Maar als de stenen zeggen...'
'De stenen zeggen dat hij sterk is en voor je openstaat, maar ze geven geen garantie dat het iets wordt. Dat is helemaal afhankelijk van jou en die man. Sta voor hem open als hij in je leven komt, anders verdwijnt hij misschien weer zonder je op te merken.'
'Dat zal ik doen, mevrouw Althea.' Haar stem begon wat overtuigder te klinken. 'Dat zal ik doen. Ik zal erop voorbereid zijn, zodat ik hem zal zien als hij toevallig in mijn leven komt, en hij mij zal zien, precies zoals de stenen voorspellen.'
'Mooi zo.'
De vrouw zocht in de leren beurs die aan haar riem hing totdat ze een muntstuk had gevonden. Ze gaf het enthousiast aan Althea, blij met de uitkomst van haar voorspelling.
Friedrich had Althea bijna vier decennia lang voorspellingen zien doen. In al die tijd had hij haar nooit eerder tegen iemand zien liegen.
De vrouw stond op en stak haar hand uit. 'Kan ik u helpen, mevrouw Althea?'
'Dank je, m'n beste, maar Friedrich zal me straks wel helpen. Ik wil nog even bij mijn bord blijven zitten.'
De vrouw glimlachte, misschien dagdromend van het nieuwe leven dat haar wachtte. 'Nou, dan ga ik maar weer eens, voordat het erg laat wordt... voor het donker. En het is nog een lange rit terug.' Ze boog zich opzij en zwaaide door de deuropening. 'Goedendag, meester Friedrich.'

De regen kletterde nu echt tegen de ruit. Hij zag dat de hemel donker was geworden en dat er een mistroostig grijs licht over hun huis in het moeras hing. Friedrich stond op van zijn bank en zwaaide. 'Ik zal je even uitlaten, Margery. Er wacht toch wel iemand op je om je terug te brengen?'

'Mijn schoonzoon wacht bij de rand van het ravijn, waar het pad begint, met onze paarden.' Ze bleef even staan in de deuropening en gebaarde naar zijn werk op de bank. 'Dat is een mooi dingetje dat u hebt gemaakt.'

Friedrich glimlachte. 'Ik hoop dat ik in het paleis een klant vindt die er net zo over denkt.'

'Dat zal wel lukken. U maakt mooi werk. Dat zegt iedereen. De mensen die iets van u hebben, zijn daar heel blij mee.'

Margery maakte vrolijk een revérence naar Althea en bedankte haar nogmaals, voordat ze haar mantel van lamsvacht van de haak bij de deur pakte. Ze glimlachte naar de boze lucht, sloeg de mantel om en trok de kap over haar hoofd, verlangend om te gaan uitkijken naar haar nieuwe man. Ze had een lange terugreis voor de boeg. Voordat hij de deur dichtdeed, drukte Friedrich Margery op het hart dat ze op het pad moest blijven en voorzichtig moest zijn op haar weg het ravijn uit. Ze zei dat ze zich de instructies herinnerde en ze beloofde die zorgvuldig uit te voeren.

Hij keek haar na en zag haar haastig verdwijnen in de schemering en de mist, voordat hij de deur stevig sloot om het akelige weer buiten te houden. De stilte daalde weer neer over het huis. Buiten rommelde de donder met een diepe stem, alsof hij ergens boos over was.

Friedrich ging achter zijn vrouw staan. 'Kom, ik zal je in je stoel helpen.'

Althea had haar stenen opgepakt. Opnieuw klikten ze in haar hand als de botten van geesten. Ze was altijd heel attent en het was dan ook niets voor haar om niet op hem te reageren als hij iets zei. Het was nog minder iets voor haar om haar stenen opnieuw te werpen nadat een klant was vertrokken. Het werpen van haar stenen voor een voorspelling deed een beroep op haar gave op een manier die hij niet helemaal begreep, maar hij wist wel dat ze er heel moe van werd. Als ze haar stenen had geworpen voor een voorspelling, kostte haar dat zoveel energie dat ze daarna in zichzelf gekeerd was, en het laatste wat ze dan wilde, was ze nog eens werpen.

Maar nu was ze in de ban van een onuitgesproken noodzaak.

Ze draaide haar pols, opende haar hand en wierp de stenen net zo moeiteloos en gracieus op haar bord als hij zijn flinterdunne bladgoud hanteerde. De gladde, donkere, onregelmatig gevormde stenen vielen op het bord en rolden over de vergulde Gratie.

Gedurende hun leven samen had Friedrich haar de stenen tienduizenden keren zien werpen. Soms had hij, net als haar klanten, geprobeerd een patroon te ontwaren in het vallen van de stenen. Dat was hem nooit gelukt.

Althea zag het altijd.

Ze zag betekenis waar geen enkele gewone sterveling dat kon. Ze zag in het willekeurige vallen van de stenen een obscuur voorteken dat alleen een tovenares kon ontcijferen. Patronen van magie.

Het patroon werd niet bepaald door de worp; het was het vallen van de stenen dat door krachten werd beïnvloed waarover hij maar liever niet nadacht, krachten die alleen tot de tovenares spraken door middel van haar gave. Aan dat willekeurige, wanordelijke motief kon zij de krachtenstroom door de wereld van het leven aflezen, en zelfs, vreesde hij, door de wereld van de doden, hoewel ze daar nooit over praatte. Ondanks hun geestelijke en lichamelijke verbondenheid konden ze dit ene niet delen.

De stenen rolden en zwalkten over het bord, en deze keer bleef er een precies in het midden liggen. Twee bleven liggen op tegenover elkaar liggende hoeken van het vierkant, daar waar het de buitenste cirkel raakte. Twee stopten op tegenover elkaar liggende punten waar het vierkant en de binnenste cirkel elkaar raakten. De laatste twee stenen rolden verder en bleven buiten de buitenste cirkel liggen, in de ruimte die stond voor de onderwereld.

De bliksem flitste, en een paar seconden later was er een donderslag.

Friedrich staarde ongelovig naar de stenen. Hij vroeg zich af hoe groot de kans was dat de stenen op die specifieke plaatsen van de Gratie tot stilstand kwamen. Hij had ze nooit eerder in een herkenbaar patroon zien liggen.

Ook Althea staarde naar het bord.

'Heb je ooit eerder zoiets gezien?' vroeg hij.

'Ik vrees van wel,' zei ze zacht terwijl ze de stenen met haar gracieuze vingers bijeenharkte.

'Heus waar?' Hij wist zeker dat hij zich zoiets onwaarschijnlijks zou herinneren, zo'n verbluffende regelmaat. 'Wanneer dan?'

Ze rammelde met de stenen in haar open vuist. 'Bij de vorige vier worpen. Dit was de vijfde en ze waren allemaal hetzelfde; iedere steen bleef elke keer op exact dezelfde plaats liggen als de keer ervoor.'

Opnieuw wierp ze de stenen op het bord. Tegelijkertijd leek de hemel zich te openen en viel de regen bulderend neer op het dak. De herrie galmde door het huis. Onwillekeurig wierp hij even een blik op het plafond voordat hij samen met Althea naar de stenen keek, die over het bord rolden en stuiterden.

De eerste steen kwam precies in het midden van de Gratie tot stilstand. De bliksem flitste. De andere stenen, die volkomen natuurlijk leken te rollen, bleven ook op een ogenschijnlijk heel normale manier liggen, behalve dat ze precies op dezelfde plekken lagen als daarnet.

'Zes,' zei Althea zacht. De donder rolde.

Friedrich wist niet of ze tegen hem of tegen zichzelf praatte.

'Maar de eerste vier worpen waren voor die vrouw, Margery. Je wierp ze voor haar. Dit is haar voorspelling.'

Zelfs in zijn eigen oren klonk het meer als een smeekbede dan als een argument.

'Margery kwam voor een voorspelling,' zei Althea. 'Dat betekent niet dat de stenen haar die ook gegeven hebben. De stenen hebben besloten dat deze voorspelling voor mij is.'

'Wat betekent het dan?'

'Niets,' zei ze. 'Nog niet, in elk geval. Op dit moment is het alleen nog maar een mogelijkheid, een donderwolk aan de horizon. De stenen kunnen nog zeggen dat deze storm aan ons voorbijgaat.'

Terwijl hij toekeek hoe ze haar stenen verzamelde, werd hij bevangen door een angstig gevoel. 'Zo is het wel genoeg... Je moet rusten. Zal ik je nu maar overeind helpen, Althea? Dan maak ik iets te eten voor je.' Hij zag hoe ze de laatste steen, die in het midden lag, van het bord pakte. 'Laat je stenen nu maar even. Ik ga lekkere, warme thee voor je zetten.'

Hij had de stenen nooit eerder als onheilspellend beschouwd. Nu had hij het gevoel dat ze op de een of andere manier gevaar in hun leven brachten.

Hij wilde niet dat ze de stenen nog een keer wierp.

Hij liet zich naast haar zakken. 'Althea...'

'Sst, Friedrich.' Ze zei het op vlakke toon, niet boos of verwijtend, maar eenvoudigweg uit noodzaak. De regen roffelde razend op het dak. Het water stroomde bulderend over de dakranden. De duisternis buiten werd doorkliefd met bliksemflitsen.

Hij luisterde naar het rammelen van de stenen, dat klonk alsof de botten van de doden tegen haar spraken. Voor het eerst gedurende hun leven samen voelde hij een soort vijandschap jegens de zeven stenen in haar hand, alsof ze een minnaar waren die haar van hem kwam stelen.

Gezeten op haar rood met gouden kussen op de vloer, wierp Althea de stenen op de Gratie.

Terwijl ze over het bord rolden, wachtte hij gelaten af hoe ze, ogenschijnlijk volkomen natuurlijk, op precies dezelfde plaatsen tot stilstand kwamen. Hij zou verrast zijn geweest als ze anders waren gevallen.

'Zeven,' fluisterde ze. 'Zeven maal zeven stenen.'

De donder rommelde diep en vol, als een uiting van misnoegen van de geesten in de onderwereld.

Friedrich legde een hand op de schouder van zijn vrouw. Er was iets hun huis en hun leven binnengedrongen. Hij kon het niet zien, maar hij wist dat het er was. Hij was heel erg moe, alsof zijn leeftijd plotseling als een last op zijn schouders drukte en hem het gevoel gaf heel oud te zijn. Hij vroeg zich af of dit in afgezwakte vorm net zoiets was als wat zij altijd voelde als ze moe was na het doen van een voorspelling. Hij huiverde bij de gedachte dat hij altijd in zulke emotioneel onstuimige wateren zou moeten zwemmen. Zijn wereld, die van het vergulden, leek zo eenvoudig en zalig onwetend van de stormachtig rondwervelende krachten overal om hem heen.

Maar het ergste was dat hij haar niet kon beschermen tegen dit onzichtbare gevaar. Hierin stond hij machteloos.

'Althea, wat betekent het?'

Ze had zich niet verroerd. Ze staarde naar de gladde, donkere stenen die op haar Gratie bleven liggen.

'Er komt iemand die de stemmen hoort.'

Er was een verblindende, ziedende bliksemflits, die de kamer in een wit licht zette. Het scherpe contrast tussen het felle licht en de verstikkende duisternis was duizelingwekkend. De helle bliksemschicht flikkerde nog toen er een donderklap klonk waar de grond van schudde. Direct daarna volgde nog een hevige klap, waardoor het lawaai net zo chaotisch was als de lichtflitsen.

Friedrich slikte. 'Weet je wie?'

Ze hief haar hand en klopte op de zijne, die op haar schouder lag. 'Thee, zei je? De regen bezorgt me koude rillingen. Ik zou wel een kopje lusten.'

Hij keek van de lachrimpeltjes om haar ogen naar de stenen op de Gratie. Om de een of andere reden wilde ze die vraag nu niet beantwoorden. In plaats daarvan vroeg hij iets anders.

'Waarom vielen je stenen op die manier, Althea? Wat betekent zoiets?'

De bliksem sloeg ergens vlakbij in. De klap van de donder was zo hard dat het leek alsof de lucht die erdoor gespleten werd van massief steen was. De regen beukte woedend tegen het raam.

Eindelijk wendde Althea haar blik af van het raam, van de razernij van de Schepping, en keek ze weer naar het bord. Ze stak haar hand uit en legde haar wijsvinger op de steen in het midden.

'De Schepper?' giste hij voordat ze hem kon benoemen.

Ze schudde haar hoofd. 'Meester Rahl.'

'Maar de ster in het midden symboliseert de Schepper; Zijn gave.'

'Dat is ook zo, in de Gratie. Maar je moet niet vergeten dat dit een voorspelling is. Daarbij is het anders. Bij een voorspelling is de Gratie alleen maar een hulpmiddel, en bij deze voorspelling staat de steen in het midden voor degene met Zijn gave.'

'Dan kunnen het allerlei mensen zijn,' zei Friedrich. 'Iedereen met de gave.'

'Nee. De lijnen die van de acht punten van de ster naar buiten lopen, symboliseren de gave zoals die door het leven gaat, door de sluier tussen de werelden en door de buitenste cirkel heen tot in de onderwereld. Daarmee symboliseren ze de gave op een dusdanige manier dat het alleen de gave voor magie van beide werelden kan zijn, van de wereld van het leven en die van de doden: Additieve en Subtractieve Magie. Deze steen in het midden raakt die allebei.'

Hij keek weer naar de steen in het midden van de Gratie. 'Maar waarom is dat dan Meester Rahl?'

'Omdat hij de enige in drieduizend jaar is die is geboren met beide aspecten van de gave. In al die jaren voordat hij zijn gave ontwikkelde, is geen enkele steen die ik wierp daar ooit blijven liggen. Dat kon niet.

Hoe lang is het geleden sinds hij zijn vader is opgevolgd? Twee jaar nu? En het is nog korter geleden dat de gave in hem tot leven kwam... Wat op zich al vragen oproept waar alleen verontrustende antwoorden op te geven zijn.'

'Maar ik herinner me dat je me jaren geleden hebt verteld dat Darken Rahl beide aspecten van de gave gebruikte.'

Althea staarde voor zich uit naar haar akelige herinneringen en schudde haar hoofd. 'Hij gebruikte ook Subtractieve kracht, maar hij was er niet mee geboren. Hij heeft de Wachter van de onderwereld in ruil voor zijn gunsten de zuivere zielen van kinderen gegeven. Darken Rahl moest onderhandelen voor het beperkte gebruik van die kracht. Maar deze man, deze Meester Rahl, is met beide aspecten van de gave geboren, net als de tovenaars van heel lang geleden.'

Friedrich wist niet precies wat hij daarvan moest denken, wat het gevaar kon zijn dat hij zo sterk voelde. Hij herinnerde zich de dag waarop de nieuwe Meester Rahl aan de macht was gekomen nog heel goed. Friedrich was in het paleis geweest om zijn kleine, vergulde houtsnijwerkjes te verkopen toen de grote gebeurtenis had plaatsgevonden. Die dag had hij de nieuwe Meester Rahl, Richard, gezien.

Het was een van die momenten in zijn leven geweest die hij nooit zou vergeten; pas de derde Rahl die regeerde sinds Friedrich was geboren. Hij herinnerde zich de nieuwe Meester Rahl nog heel goed: groot, sterk en met een roofvogelblik liep hij met grote passen door het paleis. Hij leek daar volkomen misplaatst en tegelijk helemaal op zijn plaats. En dan was er het zwaard dat hij droeg, een legendarisch zwaard dat niet meer in D'Hara was gezien sinds Friedrich een jongetje was geweest, lang voordat de grenzen in het leven waren geroepen waarmee D'Hara was afgesneden van de rest van de Nieuwe Wereld.

De nieuwe Meester Rahl had door de gangen van het Volkspaleis gelopen in gezelschap van een oude man – een tovenaar, zei men

– en een heel bijzondere vrouw. Bij de vrouw, die lang, weelderig haar had en een witte satijnen jurk droeg, stak de pracht en praal van het paleis saai en gewoontjes af.

Richard Rahl en die vrouw leken goed bij elkaar te passen. Friedrich herkende de speciale manier waarop ze naar elkaar keken. De toewijding, de loyaliteit en de verbondenheid in de grijze ogen van die man en de groene ogen van die vrouw waren diep en onmiskenbaar.

'En de andere stenen?' vroeg hij.

Althea gebaarde naar de grootste cirkel van de Gratie, waar alleen de vergulde stralen van de gave van de Schepper zich waagden, en naar de twee donkere stenen die in de wereld van de doden lagen.

'Zij die de stemmen horen,' zei Althea.

Hij knikte, want ze bevestigde zijn vermoedens. Bij dit soort dingen, die met magie te maken hadden, gebeurde het niet vaak dat hij de waarheid kon raden uit wat voor de hand liggend leek.

'En de andere?'

Ze staarde naar de vier stenen die op de raakpunten van lijnen lagen, en haar stem klonk zacht en mengde zich met het geluid van de regen. 'Dat zijn beschermers.'

'Beschermen ze Meester Rahl?'

'Ze beschermen ons allemaal.'

Toen zag hij de tranen over haar verweerde wangen rollen.

'Bid maar,' fluisterde ze, 'dat het er genoeg zijn, anders zal de Wachter ons allemaal krijgen.'

'Bedoel je dat alleen deze vier ons beschermen?'

'Er zijn anderen, maar deze vier zijn essentieel. Zonder hen is alles verloren.'

Friedrich bevochtigde zijn lippen; hij was niet gerust op het lot van de vier schildwachten die stand moesten houden tegen de Wachter van de doden. 'Althea, weet je wie het zijn?'

Toen draaide ze zich om, sloeg haar armen om hem heen en drukte haar wang tegen zijn borst. Het was het kinderlijkste gebaar dat hij zich kon voorstellen, en het raakte hem diep en vervulde hem met liefde voor haar. Zachtjes sloeg hij zijn armen beschermend om haar heen en troostte haar, ondanks het feit dat hij in werkelijkheid niets kon doen om haar te beschermen tegen dingen die ze terecht vreesde.

'Wil je me naar mijn stoel dragen, Friedrich?'

Hij knikte en tilde haar op terwijl zij haar armen om zijn hals hield. Haar verschrompelde, onbruikbare benen bungelden naar beneden. Haar kracht was zo groot dat die ervoor kon zorgen dat er in de winter een warm en regenachtig moeras om hen heen lag, maar toch had ze hem nodig om haar naar haar stoel te dragen. Hem, Friedrich, een gewone man van wie ze hield, een man zonder de gave. Een man die van haar hield.

'Je hebt geen antwoord op mijn vraag gegeven, Althea.'

Ze sloeg haar armen nog wat steviger om zijn nek.

'Een van de vier beschermende stenen,' fluisterde ze, 'ben ik.'

Friedrich keek met grote ogen om naar de Gratie met de stenen erop. Zijn mond viel open toen hij zag dat een van de vier stenen tot stof was vergaan.

Zij hoefde niet te kijken. 'Een ervan was mijn zus,' zei Althea. Doordat hij haar in zijn armen had, voelde hij haar snik van verdriet. 'En nu zijn er nog maar drie.'

15

Jennsen week uit voor de stroom mensen die vanuit het zuiden over de weg golfde. Ze ging dicht tegen Sebastiaan aan staan om beschutting te zoeken tegen de wind en overwoog even om gewoon langs de kant van de weg op de bevroren grond te gaan liggen slapen. Haar maag rammelde van de honger. Toen Rusty opzij stapte, pakte Jennsen de teugels wat hoger beet, dichter bij het bit. Betty drukte zich met alerte ogen, oren en staart tegen Jennsens dijbeen aan, op zoek naar geruststelling. De geit, die het lopen moe was, snoof af en toe geërgerd naar de voorbijtrekkende menigte. Toen Jennsen haar op haar dikke middel klopte, veranderde Betty's rechtopstaande staartje onmiddellijk in een kwispelende vlek. Ze keek even op naar Jennsen, gaf Rusty een snelle lik over haar snoet, vouwde haar poten onder zich en ging aan Jennsens voeten liggen.

Met zijn arm beschermend om haar schouders geslagen, stond Sebastiaan te kijken naar de wagens, handkarren en mensen die langskwamen op weg naar het Volkspaleis. Het geluid van de ratelende wagens, pratende en lachende mensen, schuifelende voeten en klepperende paardenhoeven versmolt tot een constant rumoer, dat af en toe werd onderbroken door kletterend metaal en het ritmische gepiep van assen. De stofwolken die werden opgeworpen door al die beweging voerden de geur van eten mee, en de stank van mensen en dieren, en lieten een vieze smaak achter op Jennsens tong.

'Wat denk je?' vroeg Sebastiaan met zachte stem.

De zonsopgang op deze koude ochtend zette de steile rotswanden van het enorme plateau in de verte in een stralend, lavendelblauw licht. De rotswanden zelf leken wel duizend meter omhoog te rijzen vanaf de Vlakten van Azrith, maar wat er door mensenhanden op was gebouwd, rees nog hoger op. Achter een imposante ommuring vormden talloze daken tezamen op het plateau een indrukwekkend geheel, een stad. De laagstaande winterzon verleende de hoge marmeren muren en pilaren een warme gloed.

Jennsen was nog maar klein geweest toen haar moeder haar hier mee vandaan had genomen. Haar vroege herinneringen aan het leven hier hadden haar volwassen oog niet voorbereid op de pracht van het paleis. Het hart van D'Hara stak nobel, trots en triomfantelijk boven een dor landschap uit. Haar ontzag werd alleen getemperd door de smet dat dit ook het voorouderlijk huis van de Meester Rahl was.

Jennsen streek met een hand over haar gezicht en sloot haar ogen even tegen haar bonzende hoofdpijn, tegen de gedachte aan wat het betekende om de prooi van Meester Rahl te zijn. Het was een moeizame en afmattende reis geweest. Elke avond nadat ze een plek hadden gevonden om te overnachten, gebruikte Sebastiaan de dekking van de duisternis om de omgeving te verkennen terwijl zij hun kamp begon op te slaan. Een aantal keren was hij terug komen rennen met het schokkende nieuws dat hun achtervolgers dichterbij kwamen. Ondanks haar uitputting en tranen van frustratie moesten ze dan hun spullen weer inpakken en verder vluchten.

'Ik denk dat we een reden hadden om hier te komen,' antwoordde ze uiteindelijk. 'Dit is een slecht tijdstip om de moed op te geven.'

'Dit is de laatste kans om de moed op te geven.'

Ze keek maar heel even naar de waarschuwende blik in zijn blauwe ogen, voordat ze hem antwoord gaf door de stroom mensen weer in te lopen. Betty sprong overeind en tuurde omhoog naar de vreemdelingen terwijl ze zich dicht tegen Jennsens linkerbeen aan drukte. Sebastiaan kwam aan de andere kant vlak naast haar lopen.

Een oudere vrouw in een wagen naast hen glimlachte naar Jennsen. 'Zou je je geit willen verkopen, kind?'

Jennsen, die Betty's touw en Rusty's teugels in haar ene hand had en met de andere de kap van haar mantel omhooghield tegen een koude windvlaag, glimlachte, maar schudde vastberaden haar hoofd. Toen de vrouw in de door paarden getrokken wagen teleurgesteld naar haar glimlachte en de wagen van hen weg begon te rijden, zag Jennsen op de wagen reclame staan voor worstjes.

'Mevrouw? Verkoopt u vandaag ook worstjes?'

De vrouw draaide zich half om, duwde een deksel opzij en stak haar hand in een van de ketels die warm verpakt was in dekens en doeken. Ze tilde er een dikke tros worstjes uit.

'Vanochtend vers gemaakt. Wil je er een? Ze kosten maar één zilveren stuiver, en dat zijn ze dubbel en dwars waard.'

Toen Jennsen gretig knikte, gaf Sebastiaan de vrouw het gevraagde muntje. Hij sneed de worst in tweeën en gaf de helft aan Jennsen. De worst was heerlijk warm. Ze at er snel een paar happen van en nam nauwelijks de tijd om te kauwen. Het was een opluchting om haar knagende honger te stillen. Pas nadat ze die happen had doorgeslikt, begon ze de smaak te waarderen.

'Verrukkelijk,' riep ze naar de vrouw op de wagen. De vrouw glimlachte en leek in het geheel niet verrast door het compliment.

Jennsen ging naast de wagen lopen en vroeg: 'Kent u misschien toevallig een vrouw die Althea heet?'

Sebastiaan wierp een steelse blik om zich heen op de mensen die binnen gehoorsafstand liepen. De vrouw reageerde niet verbaasd op de vraag, en boog zich naar Jennsen toe.

'Dus je bent voor een voorspelling gekomen?'

Hoewel ze het niet zeker wist, kon Jennsen gemakkelijk gissen wat de vrouw bedoelde. 'Ja, dat klopt. Weet u misschien waar ik haar kan vinden?'

'Nou, kind, ik ken haar niet, maar ik heb haar man weleens gezien, Friedrich. Hij komt naar het paleis om zijn vergulde houtsnijwerk te verkopen.'

Veel van de mensen die om hen heen liepen, kwamen zo te zien hun waren verkopen. Jennsen herinnerde zich vaag uit haar vroege kindertijd dat het paleis altijd gonsde van de bedrijvigheid, dat er elke dag massa's mensen naartoe kwamen om van alles te verkopen, van levensmiddelen tot juwelen. Veel plaatsen waar Jennsen later bij in de buurt had gewoond, hadden een marktdag. Maar het Volkspaleis was een stad waar de handel in goederen dag in, dag uit doorging. Ze herinnerde zich dat haar moeder haar vaak meenam naar stalletjes om eten te kopen, en eenmaal hadden ze stof voor een jurk gekocht.

'Weet u misschien waar we die man kunnen vinden, die Friedrich, of iemand anders die de weg weet?'

De vrouw wees naar het paleis. 'Friedrich heeft een klein kraampje op de markt. Helemaal bovenaan. Je moet worden uitgenodigd om bij Althea op bezoek te kunnen gaan, heb ik gehoord. Ik raad je aan om met Friedrich te praten, helemaal boven.'

Sebastiaan legde een hand op Jennsens rug en boog zich voor haar langs. 'Helemaal boven?' vroeg hij de vrouw.

Ze knikte. 'Je weet wel. Helemaal boven, in het paleis. Ik ga zelf niet naar boven.'

'Waar verkoopt u uw worsten dan?' vroeg hij.

'O, ik heb mijn paard en wagen, dus ik blijf ergens langs de weg staan om mijn waren te verkopen aan de mensen die naar het paleis gaan en ervandaan komen. Je mag die paarden van jullie niet mee naar boven nemen, als jullie op zoek willen gaan naar Althea's man. En jullie geit ook niet. Er zijn binnen wel plaatsen om paarden te stallen voor de soldaten en mensen die voor officiële aangelegenheden komen, maar wagens met goederen gebruiken meestal de weg naar boven aan de oostkant. Ze laten niet zomaar iedereen met zijn paarden naar boven rijden. Alleen de soldaten hebben hun paarden boven.'

'Nou,' zei Jennsen, 'dan moeten we ze ergens stallen, als we naar boven willen gaan om Althea's man te zoeken.'

'Friedrich komt niet zo vaak. Je hebt geluk als je hem treft. Maar het is toch het beste als je met hem praat.'

Jennsen slikte een hap worst door. 'Weet u of hij er vandaag is? Of op welke dagen hij naar het paleis komt?'

'Het spijt me, kind, maar dat weet ik niet.' De vrouw trok een grote, rode sjaal over haar hoofd en knoopte die onder haar kin vast. 'Ik zie hem af en toe, dat is alles wat ik weet. Ik heb hem een paar keer worstjes verkocht om mee naar huis te nemen voor zijn vrouw.'

Jennsen wierp een blik op het hoog oprijzende Volkspaleis. 'Dan moeten we maar gewoon gaan kijken.'

Ze waren nog niet eens binnen en Jennsens hart ging al als een razende tekeer. Ze zag Sebastiaans vingers over zijn mantel glijden en het gevest van zijn zwaard aanraken. Ze kon zich er niet van weerhouden met haar onderarm langs haar zij te strijken om de geruststellende aanwezigheid van haar mes onder haar eigen mantel te voelen. Jennsen hoopte dat ze niet veel tijd kwijt zouden zijn in het paleis. Als ze er eenmaal achter waren waar Althea woonde, konden ze op weg gaan. Hoe eerder, hoe beter.

Ze vroeg zich af of Meester Rahl in het paleis was, of dat hij oorlog aan het voeren was tegen Sebastiaans vaderland. Ze voelde erg mee met zijn volk, dat was overgeleverd aan Meester Rahl, een man van wie ze wist dat hij geen genade kende.

Op hun reis naar het Volkspaleis had ze Sebastiaan naar zijn vaderland gevraagd. Hij had haar een paar meningen en overtuigingen van de mensen in de Oude Wereld verteld, hoe begaan ze waren met de benarde positie van hun medemensen en hoe ze verlangden naar de zegen van de Schepper. Sebastiaan had geestdriftig gesproken over de geliefde geestelijk leider van de Oude Wereld, broeder Narev, en zijn discipelen van het Genootschap van Orde, die verkondigden dat de zorg voor het welzijn van anderen niet alleen de verantwoordelijkheid maar ook de heilige plicht was van iedereen. Ze had nooit gedacht dat er een plek bestond waar de mensen zo barmhartig waren.

Sebastiaan zei dat de Imperiale Orde zich moedig verzette tegen de invallende troepen van Meester Rahl. Als iemand begreep wat het was om bang te zijn voor die man, was zij het wel. Door die angst zag Jennsen er ook tegen op om het paleis in te gaan. Ze was bang dat Meester Rahl, als hij er was, op de een of andere manier door zijn gave zou weten dat ze vlakbij was.

Een ordelijke colonne soldaten in maliënkolders en donkere leren harnassen kwam naar buiten rijden en zette koers in de tegenovergestelde richting. Hun wapens – zwaarden, bijlen en lansen – schitterden dreigend in de ochtendzon. Jennsen hield haar blik op de grond voor zich gericht en deed haar best niet naar de soldaten te staren. Ze was bang dat ze haar uit de menigte zouden pikken als ze haar zagen, alsof ze een lichtgevend merkteken droeg dat alleen zij konden zien. Ze hield de kap van haar mantel op om haar rode haar te verbergen, uit angst dat dat de aandacht zou trekken.

Hoe dichter ze bij de grote toegangspoorten tot het inwendige van het plateau kwamen, hoe drukker het werd. Op de Vlakten van Azrith, ten zuiden van de rotswanden, hadden verkopers hun kramen zodanig opgezet dat er geïmproviseerde straten ontstonden. Degenen die aankwamen, installeerden zich op de plekken waar nog ruimte was. Ondanks de kou leken de mensen die hun waren uitstalden in een goede bui te zijn. Velen hadden al heel wat klanten.

Overal waar je keek, zag je D'Haraanse soldaten. Het waren allemaal grote mannen en ze droegen allemaal dezelfde keurige uniformen van leer, maliën en wol. Ze waren allemaal op zijn minst met een zwaard gewapend, maar de meesten droegen meer wapens: een bijl, een goedendag of messen. De soldaten waren waakzaam en alert, maar leken de kooplieden niet lastig te vallen of te storen bij het drijven van hun handel.

De vrouw die worst verkocht, wenste Jennsen en Sebastiaan het beste en zwaaide voordat ze haar wagen van de weg af stuurde, naar een lege plek naast drie mannen die vaten wijn op een lage tafel aan het zetten waren. De mannen, die alle drie een krachtige kaaklijn, brede schouders en verward, blond haar hadden, waren duidelijk broers.

'Pas op bij wie jullie je dieren achterlaten,' riep ze hen achterna. Veel mensen die hun kraam beneden op de vlakte opzetten, hadden dieren en het leek geen slecht idee om handel te drijven waar zij stonden, in plaats van helemaal omhoog te gaan, naar het paleis. Andere mensen zwierven door de menigte en probeerden zo hun waren uit te venten. Misschien dat hun eenvoudige goederen beter verkochten op de openluchtmarkt. Sommigen, zoals de vrouw met de wagen, kwamen etenswaren verkopen die ze zelf hadden gemaakt, en aangezien er beneden ruim voldoende mensen waren, hoefden ze niet naar binnen en naar boven te gaan. Jennsen vermoedde dat anderen het wel aangenaam vonden om afstand te bewaren tot het ongetwijfeld strenger toezicht van functionarissen en het grotere aantal bewakers in het paleis zelf.

Sebastiaan nam alles onopvallend in zich op. Ze vermoedde dat hij inschatte hoeveel soldaten er waren. Anderen zouden denken dat hij alleen om zich heen naar de kooplui keek, verlokt door het grote assortiment aan koopwaar, maar Jennsen zag dat hij verder keek, naar de grote poorten tussen hoog oprijzende, stenen pilaren.

'Wat zullen we met de paarden doen?' vroeg ze. 'En met Betty?' Sebastiaan gebaarde naar een van de omheinde stukken land waar paarden werden vastgezet. 'We zullen ze moeten achterlaten.' Behalve dat ze vlak bij het huis was van de man die haar probeerde om te brengen, voelde Jennsen zich in het gedrang ook niet prettig. Ze had zo sterk het gevoel dat ze gevaar liepen, dat ze niet helder kon denken. Betty in een stal in een dorp achterlaten was tot daaraan toe, maar haar trouwe vriendin hier achterlaten, tussen al die mensen, was een heel andere zaak.

Ze wees met haar kin naar de sjofele mannen die op de dieren binnen de omheining pasten. Ze werden geheel in beslag genomen door een dobbelspelletje.

'Vind je dat we de dieren aan zulke lieden kunnen toevertrouwen? Het kunnen wel dieven zijn. Misschien kun jij bij de paarden blijven terwijl ik op zoek ga naar Althea's man.'

Sebastiaan keerde zich weer naar haar, klaar met zijn inspectie van de soldaten bij de ingang. 'Jenn, het lijkt me geen goed idee om in deze omgeving uiteen te gaan. Bovendien wil ik niet dat je alleen naar binnen gaat.'

Ze peilde de bezorgdheid in zijn ogen. 'En als we in moeilijkheden komen? Denk je dan echt dat we ons een weg naar buiten kunnen vechten?'

'Nee. Je moet je verstand gebruiken en alert blijven. Ik heb je tot hier gebracht; nu wil ik je niet in de steek laten en je alleen naar binnen laten gaan.'

'En als ze hun zwaarden trekken?'

'Als het zover komt, zal vechten ons hier niet redden. Het is belangrijker om mensen iets te geven om zich zorgen over te maken, zodat ze zich gaan afvragen hoe gevaarlijk je misschien bent en je daardoor helemaal niet hoeft te vechten. Je moet bluffen.'

'Ik ben niet goed in dat soort dingen.'

Hij lachte kort. 'Dat valt wel mee. Je hebt het bij mij ook gedaan, die eerste avond, toen je de Gratie tekende.'

'Maar toen was ik alleen met jou, en met mijn moeder. Dat is anders dan hier, met zoveel mensen.'

'Je hebt het in de herberg gedaan, door de waardin je rode haar te laten zien. Daardoor ging ze praten. En je hebt louter met je houding en je blik de mannen op een afstand gehouden. Je bent er helemaal alleen in geslaagd die mannen zo te verontrusten dat ze je met rust lieten.'

Zo had ze het nog nooit bekeken. Zij zag het meer als pure vertwijfeling dan als opzettelijk bedrog.

Toen Betty met de bovenkant van haar kop tegen Jennsens been wreef, aaide ze de geit afwezig over haar oren terwijl ze toekeek hoe de mannen hun dobbelstenen in de steek lieten om paarden aan te nemen van reizigers. De ruwe manier waarop de mannen met de paarden omgingen, stond haar niet aan; ze gebruikten zweepjes in plaats van een straffe hand.

Jennsen liet haar blik over de menigte gaan totdat ze de rode sjaal zag. Ze rolde Betty's touw wat verder op en liep erheen, Rusty met zich meevoerend. Verrast haastte Sebastiaan zich achter haar aan.

De vrouw met de rode sjaal was haar kookpotten met worstjes aan het uitstallen toen Jennsen kwam aanlopen. 'Mevrouw?'

Ze kneep haar ogen halfdicht tegen het zonlicht. 'Ja, kind? Nog wat worstjes?' Ze tilde een deksel op. 'Ze zijn lekker, hè?'

'Heerlijk, maar ik vroeg me af of u geld zou willen aannemen om op onze paarden te passen, en op mijn geit.'

De vrouw legde het deksel terug. 'De dieren? Ik ben geen stalhouder, kind.'

Jennsen had het touw en de teugels in één hand en legde haar onderarm op de zijkant van de wagen. Betty vouwde haar poten onder zich en ging naast het wiel liggen. 'Ik dacht dat u het misschien gezellig zou vinden om mijn geit een tijdje hier te hebben. Betty is een lief dier en zal u geen problemen bezorgen.'

De vrouw tuurde glimlachend over de rand van haar wagen naar beneden. 'Heet ze Betty? Nou, ik kan wel op je geit passen, lijkt me.'

Sebastiaan gaf de vrouw een zilveren munt. 'Als we onze paarden bij de uwe mogen zetten, zouden we gerust zijn in de wetenschap dat ze in goede handen zijn en dat u een oogje op ze houdt.'

De vrouw bekeek de munt nauwkeurig en nam Sebastiaan toen wat kritischer op. 'Hoe lang blijven jullie weg? Want als ik al mijn worstjes heb verkocht, wil ik eigenlijk naar huis.'

'Niet lang,' zei Jennsen. 'We willen alleen de man opzoeken over wie u ons vertelde, Friedrich.'

Sebastiaan wees met een nonchalant gebaar naar het muntstuk dat de vrouw nog in haar hand had. 'Als we terugkomen, geef ik u er nog een, om u te bedanken voor het oppassen. Als we pas terugkomen nadat al uw worstjes verkocht zijn, geef ik u er twee voor de moeite van het wachten.'

Ten slotte knikte de vrouw. 'Goed dan. Ik blijf hier om mijn worstjes te verkopen. Bind je geit maar aan het wiel, daar, dan houd ik haar in de gaten totdat jullie terug zijn.' Ze gebaarde over haar schouder. 'En jullie kunnen je paarden bij het mijne zetten, daar. Dat zal die ouwe meid van mij best gezellig vinden.'

Betty nam gretig een stukje wortel van Jennsen aan. Rusty duwde zachtjes tegen haar schouder om duidelijk te maken dat ze niet buitengesloten wilde worden, dus gaf Jennsen het paard ook een stukje van de traktatie en gaf daarna een stuk aan Sebastiaan, zodat de altijd gretige Pete niet zou worden overgeslagen.

'Als je niet meer weet waar ik sta, vraag dan maar naar Irma, de worstverkoopster.'

'Dank je, Irma.' Jennsen aaide Betty over haar oren. 'Ik waardeer je hulp. Voor je het weet, zijn we weer terug.'

Toen ze zich in de menigte begaven die door de poorten naar het grote plateau stroomde, legde Sebastiaan zijn arm om haar middel om haar dicht naast zich te houden terwijl hij met haar de gapende muil van het paleis van Meester Rahl binnenging.

In de verte hoorde Jennsen Betty klaaglijk mekkeren omdat ze in de steek werd gelaten.

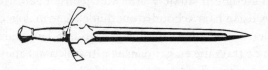

16

Soldaten met glanzende borstplaten, die allemaal een piek rechtop naast zich hadden staan, met vlijmscherpe randen die glinsterden in het zonlicht, sloegen zwijgend de mensen gade die tussen de grote pilaren door liepen. Toen hun kritische blik zich op Jennsen en Sebastiaan vestigde, zorgde ze ervoor dat ze hen niet aankeek. Ze hield haar hoofd gebogen en liep met dezelfde snelheid als de andere mensen die langs de geledeen soldaten schuifelden. Ze wist niet of ze speciale aandacht aan hen tweeën besteedden, maar niemand stak een hand uit om haar beet te pakken, dus liep ze door.

De enorme, spelonkachtige ingang was vanbinnen van lichtgekleurde steen, waardoor Jennsen eerder het gevoel kreeg dat ze een grote gang binnenliep dan dat ze door een tunnel een plateau ter grootte van een berg in wandelde. De ruimte werd verlicht door sissende toortsen in ijzeren houders aan de muren, die een stippellijn van licht vormden. Het rook naar brandende pek, maar het was lekker warm binnen, weg van de winterse wind.

Langs de zijkanten waren rijen kamers uitgehouwen. De meeste waren eenvoudige nissen met een laag muurtje aan de voorkant, waarachter kooplui hun waren verkochten. De muren van veel vertrekjes waren behangen met vrolijk gekleurde doeken of beschilderde planken, wat een aangename sfeer uitstraalde. Buiten kon schijnbaar iedereen zijn kraam neerzetten en goederen verkopen. Jennsen vermoedde dat de kooplui hierbinnen huur moesten betalen voor hun winkelnissen, maar in ruil daarvoor hadden ze een warme en droge plek om handel te drijven, waar klanten eerder geneigd zouden zijn een tijdje te blijven staan.

Er stonden groepjes pratende mensen te wachten bij de schoen-maker om hun schoenen te laten repareren, terwijl anderen in de rij stonden om bier, brood of kommen dampende stoofpot te kopen. Een man die de mensen met monotone aanprijzingen naar zijn stalletje lokte, verkocht vleespasteitjes. In een overvolle, la-waaierige inham lieten vrouwen hun haar opsteken, krullen of versieren met stukjes gekleurd glas die in dunne kettinkjes waren gezet. In een andere nis lieten ze hun gezicht opmaken of hun na-gels verven. Andere zaken verkochten prachtige linten, soms zo geknipt dat ze op bloemen leken, om als versiering op een jurk te dragen. Uit dit alles maakte Jennsen op dat veel mensen er op hun best wilden uitzien voordat ze naar het paleis gingen, waar ze evenzeer gezien wilden worden als zelf rond wilden kijken.

Sebastiaan leek het allemaal net zo verbazingwekkend te vinden als zij. Jennsen bleef bij een kraam zonder klanten staan, waar een klein mannetje met een permanente glimlach tinnen kroezen aan het uitstallen was.

'Meneer, kunt u me misschien vertellen of u een vergulder kent die Friedrich heet?'

'Hier beneden is niemand die zo heet. Dat soort fijner werk wordt meestal boven verkocht.'

Terwijl ze dieper de ondergrondse gang inliepen, legde Sebastiaan zijn arm weer om haar middel. Ze vond zijn nabijheid, zijn knap-pe gezicht en de glimlach die hij haar van tijd tot tijd toewierp ge-ruststellend. Met zijn witte stekeltjeshaar was hij anders dan alle anderen, uniek, speciaal. In zijn blauwe ogen leken de antwoor-den te liggen op vele mysteries van de wijde wereld, die zij nooit had gezien. Hij deed haar haar verdriet om het gemis van haar moeder bijna vergeten.

Er stond een reeks zware, ijzeren deuren open om de oprukken-de menigte toe te laten. Het was angstaanjagend om door die deu-ren te gaan, omdat ze wist dat ze binnen opgesloten zou zitten als die dicht zouden gaan. Erachter waren brede marmeren trappen, lichter van kleur dan stro en wit dooraderd, die omhoogleidden, naar grote bordessen met zware, stenen balustrades eromheen. Fijn bewerkte houten deuren, die een contrast vormden met de immense ijzeren deuren waar ze net door waren gekomen, sloten sommige vertrekken af. Doordat de gangen wit waren geverfd en goed werden verlicht door lampen met reflectoren erachter, had je nauwelijks het gevoel dat je je in het binnenste van een bergplateau bevond.

De trappen leken eindeloos door te lopen, met hier en daar vertakkingen in andere richtingen. Sommige bordessen gingen over in brede gangen, en daar liepen veel mensen heen. Het leek wel een stad die in eeuwige duisternis was gehuld, verlicht door de muurlantaarns met reflectoren en honderden lampen op palen. Onderweg passeerden ze prachtige stenen banken waarop je kon uitrusten. Op sommige niveaus waren winkeltjes die brood, kaas of vlees verkochten en soms tafeltjes en banken buiten hadden staan. Het was hierbinnen eerder gezellig, misschien zelfs romantisch, dan donker en onheilspellend.

Sommige gangen, die waren afgesloten door enorme deuren en werden bewaakt door wachters, leken naar kazernes te leiden. Op één plek ving Jennsen een glimp op van een naar beneden spiralende loopbrug waar soldaten te paard over reden.

Jennsen had aan haar kindertijd slechts een vage herinnering overgehouden aan de stad onder het paleis. Nu zag ze steeds weer iets nieuws en was het een wonderbaarlijke plek.

Toen haar benen moe begonnen te worden van het beklimmen van trappen en het lopen door gangen, begon ze te begrijpen waarom veel mensen ervoor kozen beneden te blijven, op de vlakte, om hun handel te drijven; het was een hele tocht naar boven, zowel in afstand als in tijd, en het was tamelijk inspannend. Uit de gesprekken die ze om zich heen hoorde, maakte ze op dat veel mensen wat langer in het paleis, dat een stad was, zouden blijven en een kamer zouden huren.

Jennsen en Sebastiaan werden uiteindelijk beloond voor hun moeite toen ze het daglicht weer in stapten. Drie balkons boven elkaar, met gedraaide pilaren en boogvormige openingen ervoor, keken uit over een marmeren gang. Boven hen viel het daglicht door glazen ramen naar binnen, waardoor er een bijzondere, lichte galerij werd gecreëerd zoals ze nog nooit had gezien. Jennsen was getroffen door de schoonheid van het geheel, maar Sebastiaan leek verbijsterd.

'Hoe kan een volk zoiets bouwen?' fluisterde hij. 'En waarom zouden ze dat willen?'

Jennsen had geen antwoord op die vragen. Maar hoezeer ze de

heersers over haar land ook haatte, het paleis vervulde haar met ontzag. Dit was een bouwwerk dat was gemaakt door mensen met een grotere visie en fantasie dan ze zich had kunnen voorstellen. 'Met alle ontberingen die er in de wereld worden geleden,' mompelde hij bij zichzelf, 'bouwt het Huis Rahl dit marmeren monument voor zichzelf.'

Ze dacht dat er behalve de Meester Rahl zelf nog vele duizenden anderen leken te zijn die voordeel hadden van het Volkspaleis, alle mensen die in hun levensonderhoud konden voorzien doordat het paleis allerlei soorten mensen bijeenbracht, tot Irma de worstverkoopster aan toe, maar op dat ogenblik wilde Jennsen de betovering van haar verbazing niet verbreken om te proberen dat uit te leggen.

Langs de galerij, die zich in twee richtingen uitstrekte, waren rijen winkels in nissen onder de balkons. Sommige waren open, en daar zat dan vaak één ambachtsman te werken, maar veel hadden een glazen gevel met een deur en uithangborden, en daar werkten vaak meerdere mensen. De verscheidenheid was overweldigend. Kooplieden knipten haar, trokken kiezen, schilderden portretten, maakten kleding en verkochten alles wat je je maar kon voorstellen, van alledaagse levensmiddelen en kruiden tot kostbare parfums en juwelen. De geuren van alle uiteenlopende etenswaren waren wonderbaarlijk. De aanblik was duizelingwekkend.

Terwijl ze om zich heen keek op zoek naar de zaak van de vergulder, zag Jennsen twee vrouwen in bruine leren uniformen. Ze droegen hun lange blonde haar allebei in één vlecht. Ze greep Sebastiaan bij de arm en trok hem een zijgang in. Zonder iets te zeggen nam ze hem haastig mee; ze probeerde niet zo snel te lopen dat het achterdocht zou wekken, maar wilde er tegelijk voor zorgen dat ze zo vlug mogelijk buiten het gezichtsveld van de vrouwen waren. Toen ze de eerste van de enorme zuilen bereikte die in de zijgang stonden, dook ze erachter en trok Sebastiaan met zich mee. Toen er mensen hun kant op keken, gingen ze op de stenen bank tegen de muur zitten en probeerden ze zich zo gewoon mogelijk te gedragen. Tegenover hen stond een beeld van een naakte man die op een speer leunde hen aan te staren.

Behoedzaam en terloops gluurden ze net langs de zuil. Jennsen zag de twee in het leer geklede vrouwen over de kruising wandelen; met hun koele, doordringende, intelligente blikken namen ze de mensen aan weerszijden op. Het waren de blikken van vrouwen die in een oogwenk en zonder wroeging de keuze konden maken tussen leven en dood. Toen een van de vrouwen de zijgang in keek, liet Jennsen zich weer achter de zuil zakken en drukte ze zich tegen de muur. Ze was blij toen ze de twee eindelijk op de rug zag, nadat ze waren doorgelopen door de hoofdgang.

'Wat was er aan de hand?' vroeg Sebastiaan toen ze een zucht van verlichting slaakte.

'Mord-Sith.'

'Wat?'

'Die twee vrouwen, dat waren Mord-Sith.'

Sebastiaan gluurde voorzichtig langs de zuil om ze nog eens te zien, maar de twee waren verdwenen. 'Ik weet eigenlijk alleen maar dat dat een soort bewakers zijn.'

Toen besefte ze dat hij, doordat hij uit een ander land kwam, niet veel over die vrouwen wist. 'Ja, in zekere zin wel. Mord-Sith zijn heel speciale bewakers. Het zijn de lijfwachten van de Meester Rahl, zou je kunnen zeggen. Ze beschermen hem, maar dat is niet alles. Ze martelen mensen met de gave totdat die vertellen wat ze weten.'

Hij keek haar onderzoekend aan. 'Je bedoelt mensen die over een eenvoudige vorm van magie beschikken.'

'Elke vorm van magie. Zelfs een tovenares of een tovenaar.'

Hij keek sceptisch. 'Een tovenaar heeft de beschikking over krachtige magie. Die kan gewoon zijn kracht gebruiken om die vrouwen te verpulveren.'

Jennsens moeder had haar over Mord-Sith verteld; hoe gevaarlijk ze waren en dat Jennsen hen tot elke prijs moest mijden. Haar moeder had nooit geprobeerd om dingen die gevaarlijk waren voor haar verborgen te houden.

'Nee. Mord-Sith kunnen zich de magie van een ander toe-eigenen, zelfs die van een tovenaar of tovenares. Ze overmannen niet alleen de persoon, maar eigenen zich ook zijn of haar magie toe. Je kunt niet ontsnappen aan een Mord-Sith, tenzij ze besluit je vrij te laten.'

Sebastiaan leek alleen maar meer in de war gebracht. 'Wat bedoel je daarmee: zich de magie van een ander toe-eigenen? Dat slaat nergens op. Wat zouden ze met die magie kunnen doen als het de kracht van een ander is? Dat is net zoiets als iemands tanden uittrekken en proberen er zelf mee te eten.'

Jennsen streek onder haar kap met haar hand over het haar om de rode krullen terug te duwen die naar voren waren gevallen. 'Ik weet het niet, Sebastiaan. Ik heb gehoord dat ze iemands magie tegen die persoon gebruiken om hem te kwellen, om hem pijn te doen.'

'Waarom moeten wij dan bang voor hen zijn?'

'Ze martelen de vijanden van Meester Rahl met de gave om informatie los te krijgen, maar ze kunnen iedereen kwaad doen. Heb je het wapen gezien dat ze dragen?'

'Nee. Ik heb geen wapen gezien. Ze hadden alleen een rood leren staafje.'

'Dat is hun wapen. Het heet een Agiel. Die dragen ze aan een kettinkje om hun pols, zodat ze hem altijd bij de hand hebben. Het is een magisch wapen.'

Hij dacht na over wat ze had gezegd, maar begreep het duidelijk nog niet helemaal. 'Wat doen ze daar dan mee, met hun Agiel?' Zijn houding was veranderd van ongelovig in kalm, analytisch en weetgierig. Hij deed weer datgene waarvoor Jagang de Rechtvaardige hem had gestuurd.

'Ik ben geen deskundige op dit gebied, maar ik heb gehoord dat alleen de aanraking van een Agiel van alles kan doen, van onvoorstelbare pijn bezorgen tot botten breken of ogenblikkelijk doden. De Mord-Sith bepaalt hoeveel pijn ze je wil doen, of je botten moeten breken en of je wel of niet moet sterven door de aanraking.'

Hij keek naar de kruising terwijl hij haar woorden overdacht. 'Waarom ben je zo bang voor hen? En als je die dingen alleen maar van horen zeggen hebt, waarom maak je je dan zoveel zorgen over hen?'

Nu was het haar beurt om ongelovig te zijn. 'Sebastiaan, Meester Rahl maakt al mijn hele leven jacht op me. Deze vrouwen zijn zijn persoonlijke moordenaressen. Denk je niet dat ze me dolgraag aan de voeten van hun meester zouden willen werpen?'

'Dat zal wel, ja.'

'Gelukkig droegen ze hun bruine leren pak. Als ze denken dat er gevaar dreigt of als ze iemand martelen, dragen ze rood leer. Daarop zie je het bloed niet zo goed.'

Hij sloeg zijn handen voor zijn ogen en liet ze naar achteren over zijn witte stekeltjeshaar glijden. 'Dit land van jou is een nachtmerrie, Jennsen Daggett.'

Jennsen Rahl, wilde ze hem bijna corrigeren, uit zelfmedelijden. De naam die haar moeder haar had gegeven, Jennsen, en de naam van haar vader, Rahl.

'Dacht je dat ik dat niet wist?'

'En als die tovenares je nou niet wil helpen, wat dan?'

Ze plukte een draadje van haar knie. 'Ik weet het niet.'

'Hij zal achter je aan komen. Meester Rahl zal je nooit met rust laten. Je zult nooit vrij zijn.'

... tenzij je hem doodt, waren de woorden die hij erbij dacht.

'Althea móét me helpen... Ik ben het beu om bang te zijn,' zei Jennsen, bijna in tranen. 'Ik ben het beu om steeds te vluchten.'

Hij legde zacht zijn hand op haar schouder. 'Dat snap ik.'

Niets had op dat moment meer voor haar kunnen betekenen. Ze kon alleen maar dankbaar knikken.

Zijn toon werd geestdriftiger. 'Jennsen, wij hebben ook vrouwen met de gave zoals Althea. Ze horen bij een orde, de Zusters van het Licht, en vroeger woonden ze in het Paleis van de Profeten in de Oude Wereld. Toen Richard Rahl de Oude Wereld binnenviel, heeft hij hun paleis verwoest. Naar verluidt was het een prachtig, bijzonder gebouw, maar hij heeft het verwoest. Nu hebben de Zusters zich bij keizer Jagang aangesloten om hem te helpen. Misschien zouden onze tovenaressen je ook kunnen helpen.'

Ze keek in zijn ogen en zag zijn meelevende blik. 'Heus waar? Zouden de vrouwen bij de keizer misschien een manier weten om me te behoeden voor de tovenarij van mijn moordzuchtige halfbroer? Maar hij zit me altijd vlak op de hielen en wacht gewoon tot ik een fout maak, zodat hij kan toeslaan. Sebastiaan, ik denk niet dat ik daar helemaal kan komen. Althea heeft al eens geholpen me te verbergen voor Meester Rahl. Ik moet haar zien over te halen me nog eens te helpen. Als ze dat niet wil, ben ik bang dat ik geen kans meer heb en dat ze me te pakken krijgen.'

Hij boog zich weer wat naar voren om langs de zuil te kunnen kijken en glimlachte haar daarna vol vertrouwen toe. 'We zullen Althea vinden. Haar magie zal je verbergen en dan kun je ontsnappen.'

Opgebeurd glimlachte ze terug.

Toen ze zeker wisten dat de Mord-Sith weg waren en van oordeel waren dat de kust veilig was, liepen ze terug naar de brede galerij om naar Friedrich te zoeken. Ze wonnen elk bij verschillende winkels inlichtingen in voordat Jennsen iemand vond die de vergulder kende. Met hernieuwde hoop begaven Sebastiaan en zij zich volgens de gegeven aanwijzingen dieper het paleis in, tot ze bij een kruising van brede gangen kwamen.

Daar, midden op het kruispunt van twee belangrijke gangen, zag ze tot haar verrassing een rustig pleintje met een vierkante vijver met donker water. Om de vijver heen lagen tegels, in plaats van het gebruikelijke marmer. Langs de buitenrand van de tegels stonden op de hoeken vier pilaren, en daarboven was een opening naar de buitenlucht, die vanwege de winterse kou was afgedekt met glas-in-loodramen. Het afgeschuinde glas gaf het licht dat over de tegels viel een glinsterend, waterig aanzien.

In de vijver stond, een stukje uit het midden, maar zodanig dat het Jennsen precies de juiste plaats leek zonder dat ze wist waarom, een donker, pokdalig rotsblok met een klok erop. Het was een opmerkelijk rustig heiligdom midden in zo'n drukke omgeving.

Toen ze het plein met de klok zag, riep dat herinneringen op aan gelijksoortige plekken. Als de klok luidde, herinnerde ze zich, kwamen de mensen naar die pleinen toe om te knielen en in koor de zogenaamde devotie voor de Meester Rahl op te dreunen. Ze veronderstelde dat dat huldeblijk de prijs was die je moest betalen voor de eer om te worden toegelaten tot zijn paleis.

Op het lage muurtje langs de rand zaten mensen zacht te praten en te kijken naar de oranje vissen die door het donkere water gleden. Zelfs Sebastiaan bleef er een paar minuten naar staan staren voordat hij verder liep.

Overal waren waakzame soldaten. Sommigen leken op vaste plaatsen gestationeerd te zijn, maar er liepen ook eenheden bewakers door de gangen die iedereen in de gaten hielden en sommige mensen aanhielden om met hen te praten. Wat de soldaten vroegen, wist Jennsen niet, maar het verontrustte haar zeer.

'Wat zeggen we als ze ons ondervragen?' vroeg ze.

'Je kunt beter maar helemaal niets zeggen, tenzij het echt moet.'

'Maar als het echt moet, wat dan?'

'Vertel hun dat we op een boerderij in het zuiden wonen. Boeren leven geïsoleerd en weten niet veel van de buitenwereld, dus dan klinkt het niet verdacht als we zeggen dat we verder nergens van weten. We zijn gekomen om het paleis te bezichtigen en misschien een paar kleine dingen te kopen, kruiden en zo.'

Jennsen had wel boeren ontmoet, en dacht niet dat die zo onwetend van de wereld om hen heen waren als Sebastiaan leek te denken. 'Boeren kweken of zoeken hun eigen kruiden,' zei ze. 'Ik denk niet dat ze naar het paleis hoeven te komen om die te kopen.'

'Nou... dan zijn we gekomen om een mooie lap stof te kopen zodat jij kleren kunt maken voor de baby.'

'Baby? Welke baby?'

'Jouw baby. Jij bent mijn vrouw en je hebt nog maar net ontdekt dat je zwanger bent. Je verwacht een kind.'

Jennsen voelde dat ze rood aanliep. Ze kon niet zeggen dat ze in verwachting was; dat zou alleen maar tot meer vragen leiden.

'Goed dan. We zijn boeren en we zijn hier om wat kleine aankopen te doen, kruiden en zo. Zeldzame kruiden die we zelf niet kweken.'

Zijn enige antwoord was een zijdelingse blik en een glimlach. Hij legde zijn arm weer om haar middel, alsof hij haar gêne wilde verdrijven.

Na een volgend kruispunt van brede gangen sloegen ze een andere gang naar rechts in, zoals hun was verteld te doen. Ook daar waren winkeltjes langs de zijkanten. Jennsen zag onmiddellijk een nis waar een vergulde ster voor hing. Ze wist niet of het opzet was, maar de vergulde ster was achtpuntig, als de ster in een Gratie. Ze had de Gratie vaak genoeg getekend om dat te weten.

Samen met Sebastiaan rende ze naar het kraampje toe. De moed zonk haar in de schoenen toen ze zag dat er alleen een lege stoel in de nis stond, maar het was pas ochtend en ze bedacht dat hij misschien nog moest komen. De aangrenzende winkeltjes waren ook nog niet open.

Ze bleef een paar stalletjes verderop staan bij een zaak waar leren kroezen werden verkocht. 'Weet u of de vergulder vandaag komt?' vroeg ze aan de man die aan de werkbank stond.

'Het spijt me, maar dat weet ik niet,' zei hij zonder op te kijken van zijn werk. Hij sneed met een kleine guts versieringen uit. 'Ik ben hier pas begonnen.'

Ze haastte zich naar het volgende zaakje dat open was. Daar werden wandtapijten verkocht, geborduurd met kleurrijke taferelen. Ze draaide zich om om iets tegen Sebastiaan te zeggen, maar zag dat hij bij een ander winkeltje inlichtingen inwon.

De vrouw achter de lage toonbank zat een blauw beekje te borduren, dat tussen bergen doorliep die op een opgespannen stuk grove, geweven stof waren geborduurd. Van sommige taferelen waren kussens gemaakt, die op een rek achterin lagen uitgestald.

'Mevrouw, weet u misschien of de vergulder vandaag komt?'

De vrouw keek met een glimlach naar haar op. 'Het spijt me, maar voor zover ik weet, komt hij vandaag niet.'

'O, wat jammer.' Van de wijs gebracht door het teleurstellende nieuws aarzelde Jennssen, want ze wist niet wat ze nu moest beginnen. 'Weet u dan misschien wanneer hij wel komt?'

De vrouw duwde haar naald door de stof en voegde een blauw steekje aan het water toe. 'Nee, ik zou het niet weten. De vorige keer dat ik hem zag, meer dan een week geleden, zei hij dat hij misschien een tijdje weg zou blijven.'

'Waarom? Weet u dat?'

'Ik zou het niet weten.' Ze trok de lange draad van het water strak. 'Soms blijft hij een tijdje weg om voldoende spullen te maken, zodat de reis naar het paleis de moeite waard is.'

'Weet u misschien toevallig waar hij woont?'

De vrouw keek met gefronst voorhoofd op. 'Waarom wil je dat weten?'

Jennssen dacht razendsnel na. Ze zei het enige dat ze kon bedenken: wat ze had gehoord van Irma, de worstverkoopster die op Betty paste. 'Ik wil erheen gaan voor een voorspelling.'

'Aha,' zei de vrouw, en haar achterdocht verdween terwijl ze een nieuw steekje maakte. 'Dus eigenlijk wil je Althea spreken?'

Jennssen knikte. 'Mijn moeder heeft me meegenomen naar Althea toen ik nog klein was. Omdat mijn moeder... is overleden, zou ik Althea graag weer bezoeken. Ik dacht dat het me misschien zou troosten als ik voor een voorspelling naar haar toe ging.'

'Het spijt me van je moeder, meisje. Ik begrijp hoe je je voelt. Toen ik mijn moeder verloor, maakte ik ook een moeilijke tijd door.'

'Kunt u me vertellen hoe ik Althea's huis kan vinden?'

De vrouw legde haar borduurwerk neer en kwam naar het lage muurtje toe dat voor haar nis langs liep. 'Het is een flink eind naar Althea's huis. Naar het westen, door een verlaten gebied.'

'De Vlakten van Azrith.'

'Dat klopt. Naar het westen wordt het landschap woest en bergachtig. Als je hiervandaan naar het westen gaat, om de hoogste berg met sneeuw op de top heen, en aan de andere kant daarvan naar het noorden, vlak langs de rotsen die je daar zult vinden, en je volgt het laagland, dat dan nog lager wordt, kom je bij een akelige plek. Een moerassige plek. Daar wonen Althea en Friedrich.'

'In een moeras? Maar dat is er in de winter toch niet?'

De vrouw boog zich naar voren en dempte haar stem. 'Ja, zelfs in de winter, zeggen de mensen. Althea's moeras. Het is een afschuwelijke plek. Sommigen zeggen dat het niet natuurlijk is, als je begrijpt wat ik bedoel.'

'Haar... magie, bedoelt u?'

Ze haalde haar schouders op. 'Dat wordt gezegd.'

Jennsen knikte om haar te bedanken en herhaalde de aanwijzingen. 'Langs de andere kant van de hoogste berg met sneeuw op de top ten westen van hier, onder aan de rotsen blijven en naar het noorden gaan. Een moerassig, laagliggend gebied.'

'Een akelig, gevaarlijk, moerassig gebied.' De vrouw krabde zich met een lange vingernagel op de schedel. 'Maar je moet er niet heen gaan als je niet bent uitgenodigd.'

Jennsen keek even om zich heen om Sebastiaan te wenken, maar ze zag hem zo snel niet. 'Hoe word je uitgenodigd?'

'De meeste mensen vragen het aan Friedrich. Ik zie ze hierheen komen om met hem te praten en vertrekken zonder ook maar een blik op zijn werk te werpen. Ik denk dat hij aan Althea vraagt of ze hen wil ontvangen, en de volgende keer dat hij hier komt met zijn verguldwerk nodigt hij hen uit. Soms geven mensen hem een brief mee voor zijn vrouw.

Sommige mensen reizen erheen en wachten. Ik heb gehoord dat hij soms het moeras uit komt om die mensen te ontmoeten en hun Althea's uitnodiging door te geven. Sommige mensen komen terug van de rand van het moeras zonder ooit uitgenodigd te zijn, en dan hebben ze voor niets zo lang gewacht. Maar niemand durft onuitgenodigd het moeras in te gaan. Tenminste, niemand die dat heeft gedaan is ooit teruggekeerd om het na te vertellen, als je begrijpt wat ik bedoel.'

'Wilt u zeggen dat ik erheen moet gaan en gewoon moet afwachten? Wachten totdat zij of haar man ons komt uitnodigen?'

'Eigenlijk wel. Maar het zal niet Althea zijn die naar buiten komt. Ze komt nooit uit haar moeras, heb ik gehoord. Je zou ook elke dag hierheen kunnen komen totdat Friedrich terug is om zijn verguldwerk te verkopen. Hij is nog nooit langer dan een maand weggebleven. Ik denk dat hij binnen een paar weken weer naar het paleis komt.'

Weken. Jennsen kon niet wekenlang op één plek blijven terwijl de mannen van Meester Rahl jacht op haar maakten en elke dag dichterbij kwamen. Als ze zo dichtbij waren als Sebastiaan zei, duurde het waarschijnlijk niet eens dagen, laat staan weken, voordat ze haar te pakken kregen.

'Dank u voor al uw hulp. Ik denk dat ik het beste op een andere dag kan terugkomen om te zien of Friedrich hier is en hem te vragen of ik voor een voorspelling naar hun huis mag komen.'

De vrouw glimlachte terwijl ze weer ging zitten en haar borduurwerk oppakte. 'Dat lijkt mij ook het beste.' Ze keek op. 'Het spijt me van je moeder, meisje. Het is hard, dat weet ik.'

Jennsen knikte. Haar ogen waren vochtig en ze vertrouwde haar stem niet. Ze zag alles weer voor zich. De mannen, overal bloed, de schrik dat ze haar kwamen halen, haar moeder ineengezakt op de vloer, vol steekwonden, haar arm afgehakt. Met moeite zette Jennsen de herinnering van zich af, om niet verteerd te worden door verdriet en woede.

Ze had nu andere zorgen. Ze hadden midden in de winter een lange en zware reis gemaakt om Althea te vinden en haar om hulp te vragen. Ze konden niet blijven rondhangen in de hoop te worden uitgenodigd voor een bezoek aan Althea; daarvoor zaten de mannen van Meester Rahl hen te dicht op de hielen. De vorige keer dat Jennsen had geaarzeld, had ze haar kans laten lopen en was Lathea vermoord. Hetzelfde zou opnieuw kunnen gebeuren. Ze moest eerder bij Althea zien te komen dan die mannen, al was het maar om haar over haar zus te vertellen en haar te waarschuwen.

Jennsen keek rond in de uitgestrekte galerij, op zoek naar Sebastiaan. Hij kon niet ver zijn. Toen zag ze hem, met zijn rug naar haar toe, aan de overkant van de brede gang; hij keerde zich net om van een winkel die zilveren sieraden verkocht.

Voordat ze twee stappen had kunnen doen, zag ze van alle kanten soldaten aan komen zwermen en hem omsingelen. Jennsen stond als aan de grond genageld. Sebastiaan ook. Een van de soldaten gebruikte zijn zwaard om Sebastiaans mantel voorzichtig op te tillen, waardoor zijn hele reeks wapens zichtbaar werd. Ze was te bang om zich te verroeren, om nog een stap te zetten.

Een stuk of zes soldaten lieten hun glanzende, vlijmscherpe piek in Sebastiaans richting zakken. Er werden zwaarden getrokken. De mensen in de buurt deinsden achteruit, en andere draaiden zich om om te kijken. Omringd door D'Haraanse soldaten, die boven hem uittorenden, stak Sebastiaan in overgave zijn armen opzij.

Geef je over.

Precies op dat ogenblik luidde er een klok; het was die op het plein.

17

De enkele, lange toon van de klok die de mensen opriep de devotie af te leggen galmde door de brede gangen terwijl twee van de grote mannen Sebastiaan bij zijn armen pakten en meenamen. Jennsen keek machteloos toe hoe de rest van de D'Haraanse soldaten met getrokken wapens dicht om hem heen ging lopen, niet alleen om hun gevangene in bedwang te houden, maar ook om mogelijke pogingen hem te bevrijden af te weren. Het was haar ogenblikkelijk duidelijk dat deze bewakers op elke eventualiteit waren voorbereid en geen risico's namen, omdat ze niet wisten of deze ene gewapende man misschien deel uitmaakte van een grotere groep die op het punt stond het paleis te bestormen.

Jennsen zag dat er andere mannen waren die net als Sebastiaan het paleis bezochten en een zwaard droegen. Misschien was de achterdocht van de soldaten gewekt doordat Sebastiaan een heel assortiment strijdwapens had en die verborgen had gedragen. Maar hij deed helemaal niets. Het was winter, dus het was logisch dat hij een mantel droeg. Hij deed niemand kwaad. Jennsen had de neiging om naar de soldaten te roepen dat ze hem met rust moesten laten, maar ze was bang dat ze haar dan ook zouden meenemen.

De mensen die opzij waren gegaan voor eventuele moeilijkheden begonnen samen met alle anderen die door de gangen wandelden in de richting van het plein te lopen. De winkeliers legden hun werk neer om zich bij hen aan te sluiten. Niemand besteedde veel aandacht aan de soldaten. In reactie op die enkele klank van de klok, die nog in de lucht hing, stierven het gelach en gepraat weg tot een eerbiedig gefluister.

Jennsen dreigde in paniek te raken toen ze zag dat de soldaten Sebastiaan meevoerden, een zijgang in. Ze zag zijn witte haar tussen de donkere uniformen. Ze wist niet wat ze moest doen. Hier had ze niet op gerekend. Ze waren alleen maar gekomen om een vergulder te bezoeken. Ze wilde naar de soldaten schreeuwen dat ze moesten blijven staan. Maar dat durfde ze niet.

Jennsen.

Jennsen bleef staan in de stroom van lichamen en probeerde Sebastiaan en zijn overweldigers niet uit het oog te verliezen. De Meester Rahl zat achter haar aan, en nu hadden ze Sebastiaan te pakken. Haar moeder was vermoord, en nu namen ze Sebastiaan mee. Het was niet eerlijk.

Terwijl ze stond te kijken, te bang om de soldaten tegen te houden, schaamde ze zich voor haar eigen angst. Sebastiaan had zoveel voor haar gedaan. Hij had zoveel voor haar opgeofferd. Hij had zijn leven op het spel gezet om het hare te redden.

Jennsens ademhaling was snel en onregelmatig. Maar wat kon ze beginnen?

Geef je over.

Wat ze met Sebastiaan, met haar, met onschuldige mensen deden, was niet eerlijk. Door haar angst heen begon er een gevoel van woede in haar op te wellen.

Tu vash misht.

Hij was hier alleen maar vanwege haar. Zij had hem gevraagd mee te komen.

Tu vask misht.

Nu zat hij in moeilijkheden.

Grushdeva du kalt misht.

De woorden klonken zo waar. Ze vlamden in haar op, aangestoken door een ontbrandende woede.

Mensen botsten tegen haar op. Ze gromde met haar kiezen op elkaar terwijl ze zich een weg baande door het gedrang om de soldaten te volgen die Sebastiaan meenamen. Het was niet eerlijk. Ze wilde dat ze bleven staan. Gewoon bleven staan.

Haar machteloosheid frustreerde haar. Ze was het zat. Toen ze niet bleven staan en gewoon doorliepen, maakte dat haar nog razender.

Geef je over.

Jennsen liet haar hand in haar mantel glijden. Het koude staal voelde aangenaam aan. Haar vingers sloten zich om het heft van haar mes. Ze voelde het opgewerkte metaal van het symbool van het Huis Rahl in haar handpalm drukken.

Een soldaat duwde haar zachtjes in de richting waarin de rest van de menigte liep. 'Het devotieplein is die kant op, mevrouw.'

Het werd gebracht als een suggestie, maar in wezen was het een bevel.

Razend keek ze op in zijn half geloken ogen. Ze zag de ogen van de dode man. Ze zag de soldaten in haar huis: mannen dood op de vloer, mannen die op haar afkwamen, mannen die haar vastgrepen. Ze zag flitsen van beweging door een karmozijnrood gordijn van bloed.

Terwijl de soldaat en zij elkaar strak in de ogen keken, voelde ze het mes aan haar middel uit de schede komen.

Er trok iemand aan haar arm. 'Deze kant op, meisje. Ik zal je wel laten zien waar het is.'

Jennsen knipperde met haar ogen. Het was de vrouw die haar had verteld hoe ze bij Althea kon komen. De vrouw die in het paleis van de moorddadige smeerlap Meester Rahl vredige taferelen van bergen en beekjes zat te borduren.

Jennsen staarde naar de vrouw, naar haar onverklaarbare glimlach, en probeerde te begrijpen wat ze van haar wilde. Jennsen vond alles om zich heen vreemd en onbegrijpelijk. Ze wist alleen dat ze haar hand om het heft van haar mes had en dat ze er wanhopig naar verlangde dat te trekken.

Maar om de een of andere reden bleef het mes koppig waar het was.

Jennsen was er eerst van overtuigd dat ze in de ban was van een of andere boosaardige magie, maar toen zag ze dat de vrouw haar arm stevig en moederlijk om haar heen had geslagen. Zonder het te beseffen hield de vrouw Jennsens mes in de schede. Jennsen zette zich schrap en liet zich niet meetrekken.

Nu kreeg de blik van de vrouw iets waarschuwends. 'Niemand mist een devotie, meisje. Niemand. Laat me je erheen brengen.'

De soldaat keek met een grimmig gezicht toe hoe Jennsen toegaf en zich weg liet leiden door de vrouw. Jennsen en de vrouw werden opgenomen in de stroom mensen die zich naar het plein begaven en lieten de soldaat achter zich. Ze keek op in het glimlachende gezicht van de vrouw. Voor Jennsen leek de hele wereld in een vreemd licht te baden. De stemmen om haar heen vormden een gemurmel dat in haar geest werd overstemd door de echo's van gegil uit haar huis.

Jennsen.

Boven het geroezemoes uit trok de stem, scherp en duidelijk, haar aandacht. Jennsen luisterde goed om te horen wat die haar zou vertellen.

Geef je wil over, Jennsen.

Intuïtief had ze het gevoel dat dat redelijk klonk.

Geef je lichaam over.

Niets anders leek er nog toe te doen. Niets van alles wat ze haar hele leven had geprobeerd, had haar verlossing, veiligheid of rust gebracht. Integendeel, alles leek verloren te zijn. Ze leek niets meer te verliezen te hebben.

'We zijn er, meisje,' zei de vrouw.

Jennsen keek om zich heen. 'Wat?'

'We zijn er.'

Jennsen voelde dat haar knieën de tegelvloer raakten toen de vrouw haar naar beneden duwde. Overal om haar heen waren mensen. Vóór hen lag het plein met in het midden de vijver met het roerloze water. Ze verlangde alleen naar de stem.

Jennsen. Geef je over.

De stem was streng geworden, bevelend. Die wakkerde het vuur van haar woede, haar razernij, haar toorn aan.

Jennsen boog zich bevend naar voren, in de greep van de razernij. Ergens in de uithoeken van haar geest schreeuwde een verre angst. Ondanks dat vage, akelige voorgevoel werd haar wil meegevoerd op de razernij.

Geef je over!

Ze zag draden speeksel naar beneden hangen, druipen, terwijl ze met open mond hijgde. Vlak onder haar gezicht vielen tranen op de tegels. Haar neus liep. Ze haalde hijgend adem. Haar ogen waren zo wijd opengesperd dat het pijn deed. Ze rilde van top tot teen, alsof ze alleen was in de koudste, donkerste winternacht. Het lukte haar niet daarmee op te houden.

De mensen bogen zich diep voorover, met hun handen op de tegels. Ze wilde haar mes pakken.

Jennsen hunkerde naar de stem.

'*Meester Rahl leidt ons.*'

Dat was de stem niet. Het waren de mensen om haar heen, die in koor de devotie opzeiden. Toen ze daarmee begonnen, bogen ze zich allemaal nog dieper naar voren totdat hun voorhoofd de tegelvloer raakte. Een soldaat liep vlak achter hen langs te patrouilleren, en hij keek hoe ze knielde en zich vooroverboog met haar handen op de grond, onbeheersbaar bevend.

Centimeter voor centimeter bracht Jennsen hortend haar hoofd naar beneden terwijl ze hijgde en schokte, totdat haar voorhoofd de grond raakte.

'*Meester Rahl leert ons.*'

Dat was niet wat ze wilde horen.

Ze wilde de stem. Ze was buiten zinnen. Ze wilde haar mes. Ze wilde bloed.

'*Meester Rahl beschermt ons,*' zeiden alle mensen in koor.

Jennsen, die onregelmatig en met stootjes ademde, werd verteerd door haat en wilde alleen de stem, en haar mes in haar hand. Maar haar handen lagen plat op de tegels.

Ze luisterde of ze de stem hoorde, maar ze hoorde alleen de devotie.

'*In uw licht gedijen we. In uw genade zijn we beschut. In uw wijsheid zijn we nederig. Wij leven slechts om te dienen. Ons leven behoort u toe.*'

In eerste instantie had Jennsen zich de devotie slechts vaag herinnerd uit haar jeugd, uit de tijd dat ze in het paleis had gewoond. Maar nu ze die hoorde, kwam de herinnering eraan in alle hevigheid terug. Ze had de woorden gekend. Ze had die opgedreund toen ze klein was. Toen ze het paleis waren ontvlucht om te ontkomen aan Meester Rahl, had ze de woorden van de devotie voor de man die haar en haar moeder wilde doden uit haar geheugen gewist.

Nu, terwijl ze hunkerde naar de stem die wilde dat ze zich overgaf, begonnen haar trillende lippen bijna onbewust, bijna alsof iemand anders het deed, mee te bewegen met de woorden.

'*Meester Rahl leidt ons. Meester Rahl leert ons. Meester Rahl beschermt ons. In uw licht gedijen we. In uw genade zijn we beschut. In uw wijsheid zijn we nederig. Wij leven slechts om te dienen. Ons leven behoort u toe.*'

De cadans van die gemompelde woorden vulde de grote ruimte; er waren veel mensen, maar er weerkaatste één stem tegen de muren. Ze spitste haar oren of ze de stem hoorde die bijna zolang ze zich kon herinneren haar metgezel was geweest, maar die was er niet.

Nu werd Jennsen hulpeloos meegevoerd met alle anderen. Ze hoorde zichzelf de woorden duidelijk zeggen.

'*Meester Rahl leidt ons. Meester Rahl leert ons. Meester Rahl beschermt ons. In uw licht gedijen we. In uw genade zijn we beschut. In uw wijsheid zijn we nederig. Wij leven slechts om te dienen. Ons leven behoort u toe.*'

Steeds opnieuw zei Jennsen zacht de woorden van de devotie, tegelijk met alle anderen. Steeds opnieuw, zonder adempauze. Steeds opnieuw, maar zonder haast.

De hymne verzadigde haar geest, lonkte naar haar, sprak tot haar. Er was niets anders in haar gedachten terwijl ze de devotie steeds opnieuw opzei. Ze werd er zo door vervuld dat er voor niets anders meer ruimte was.

Op de een of andere manier werd ze er kalmer van.

De tijd verstreek, maar dat was bijzaak, onopvallend en onbelangrijk.

De geprevelde hymne bezorgde haar een vredig gevoel. Het deed haar denken aan hoe Betty kalmeerde als je haar over de oren streek. Jennsens razernij werd weggestreken. Ze verzette zich ertegen, maar stukje bij beetje werd ze naar binnen gezogen, de hymne en haar belofte in, en gekalmeerd en gesust.

Toen begreep ze waarom het een devotie werd genoemd.

Ondanks alles werd ze er leeg van, en daarna raakte ze vervuld van een diepe kalmte, een sereen gevoel dat ze thuis was.

Ze verzette zich niet langer tegen de woorden. Ze stond zichzelf toe die te fluisteren en liet ze de scherpte van haar pijn wegnemen. Zolang ze daar geknield lag, met haar voorhoofd tegen de tegels, en ze alleen die woorden hoefde te zeggen, was ze vrij van alles en iedereen.

Terwijl ze samen met alle anderen de woorden zei, schoof de schaduw op de vloer van de stijlen van de glas-in-loodramen boven haar hoofd over haar heen en kwam ze in het volle zonlicht te zitten. Dat gaf haar een warm, beschermd gevoel. Net als de warme omhelzing van haar moeder. Ze voelde zich licht. De zachte gloed om haar heen deed Jennsen denken aan hoe ze zich de goede geesten voorstelde.

Even later was de devotietijd voorbij.

Jennsen duwde zich langzaam omhoog van de vloer om samen met de anderen rechtop te gaan zitten. Volkomen onverwacht snikte ze.

'Is hier iets aan de hand?'

Er torende een soldaat boven haar uit.

De vrouw naast haar legde een arm om Jennsens schouders.

'Haar moeder is kort geleden gestorven,' verklaarde de vrouw met zachte stem.

De soldaat stond erbij alsof hij zich geen houding wist te geven.

'Dat spijt me, mevrouw. Mijn innige deelneming met u en uw familie.'

Jennsen zag in zijn blauwe ogen dat hij ieder woord meende.

Sprakeloos zag ze hoe hij zich omdraaide, groot en gespierd, in leer gehuld, de moordenaar in dienst van Meester Rahl die zijn patrouille voortzette. Geharnast medeleven. Als hij wist wie ze was, zou hij haar uitleveren aan mensen die ervoor zouden zorgen dat ze een langzame en akelige dood stierf.

Jennsen duwde haar gezicht tegen de schouder van de vreemde vrouw en huilde om haar moeder, wier omhelzing haar altijd zo'n fijn gevoel had gegeven.

Het gemis van haar moeder was meer dan ze kon verdragen. En nu stond ze doodsangsten uit om Sebastiaan.

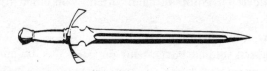

18

Jennsen bedankte de vrouw die landelijke taferelen borduurde en haar had verteld waar Althea woonde. Pas nadat Jennsen de gang in was gelopen, besefte ze dat ze niet eens wist hoe de vrouw heette. Het maakte ook niet echt uit. Ze hadden allebei een moeder gehad. Ze deelden dezelfde gevoelens.

Nu de devotie voorbij was, weerkaatste het rumoer van alle mensen in het paleis weer tegen de marmeren muren en pilaren. Er schalde gelach door de gang. De mensen waren teruggekeerd naar hun eigen bezigheden; ze kochten en verkochten, en bespraken wat ze graag wilden hebben of nodig hadden. Bewakers patrouilleerden en personeelsleden van het paleis, de meesten in een lichtgekleurd gewaad, brachten berichten over of hielden zich bezig met zaken waarnaar Jennsen alleen maar kon raden. Op één plek zag ze mensen bezig met het repareren van de scharnieren van een enorme dubbele eikenhouten deur naar een zijgang.

Ook de schoonmakers waren terug en hadden het druk met stoffen, dweilen en poetsen. Ooit was Jennsens moeder een van die vrouwen geweest, maar zij had gewerkt in de delen van het paleis die waren gesloten voor het publiek, ambtelijke vertrekken waar regeringszaken werden afgehandeld, de delen waar de functionarissen en de paleisstaf gehuisvest waren en waar natuurlijk ook de vertrekken van Meester Rahl waren.

Nadat ze urenlang de devotie had opgezegd, was Jennsens geest zo helder alsof ze lange tijd had gerust. In die kalme maar verfriste en alerte toestand was haar een oplossing te binnen geschoten. Ze wist wat ze moest doen.

Ze liep snel de weg terug die ze gekomen was. Ze had geen tijd te verliezen. Op de hoger gelegen balkons hadden mensen die in het Volkspaleis woonden uitzicht op de passage terwijl ze hun werk deden, en ze keken naar degenen die waren gekomen om zich aan het fantastische bouwwerk te vergapen. Terwijl ze door de menigte liep, concentreerde Jennsen zich erop haar zelfbeheersing niet te verliezen.

Sebastiaan had haar gewaarschuwd dat ze niet mocht rennen, want dan zouden mensen zich afvragen of er iets aan de hand was. Hij had haar op het hart gedrukt zich normaal te gedragen, zodat de mensen geen reden hadden om aandacht aan haar te schenken. Maar het was zo gevaarlijk gebleken in het paleis, dat hij, ondanks het feit dat hij wist hoe hij zich moest gedragen, toch gevangen was genomen. Als ze argwaan wekte, zou ze ongetwijfeld door soldaten worden aangehouden. Als de soldaten haar te pakken kregen en ontdekten wie ze was...

Jennsen verlangde er hevig naar om Sebastiaan weer bij zich te hebben. Uit ongerustheid over hem haastte ze zich door de passage. Ze moest hem uit handen van de D'Haraanse soldaten zien te krijgen voordat ze hem iets vreselijks aandeden. Ze wist dat hij elke minuut dat hij in hun handen was in levensgevaar verkeerde.

Als ze hem martelden, zou hij misschien doorslaan. Als hij bekende wie hij was, zouden ze hem ter dood brengen. Bij de gedachte aan Sebastiaans executie knikten haar knieën. Als ze gemarteld werden, bekenden mensen van alles, of het nu waar was of niet. Als ze besloten hem te martelen om hem iets te laten bekennen, was hij ten dode opgeschreven. Toen ze voor zich zag hoe Sebastiaan zou worden gemarteld, werd ze misselijk en duizelig. Ze moest hem redden.

Maar daarvoor had ze de hulp van de tovenares nodig. Als Althea haar wilde helpen en een beschermende betovering over Jennsen wilde uitspreken, kon ze proberen Sebastiaan terug te krijgen. Althea moest haar helpen. Jennsen zou haar overhalen. Sebastiaans leven hing ervan af.

Ze kwam bij de trap die ze hadden beklommen. Er stroomden nog steeds mensen de passage in, sommige puffend en zwetend van de inspannende klim. Er gingen er nog maar weinig naar beneden. Toen ze boven aan de trap stond, met haar hand op de marmeren leuning, keek ze voorzichtig om zich heen om zich ervan te vergewissen dat ze niet werd gevolgd of in de gaten gehouden. Ondanks haar neiging om te rennen, dwong ze zichzelf om achteloos rond te kijken. Sommige mensen keken naar haar, maar niet nadrukkelijker dan ze naar anderen keken. Er waren geen patrouillerende soldaten in de buurt. Jennsen ging op weg naar beneden.

Ze liep zo snel als mogelijk was zonder de indruk te wekken dat ze rende voor haar leven... voor Sebastiaans leven. Maar dat deed ze wel. Zonder haar zou hij nu niet in moeilijkheden zitten.

Ze dacht dat de weg naar beneden gemakkelijk zou zijn, maar na honderden treden merkte ze dat de afdaling vermoeiend was voor haar benen. Die brandden van inspanning. Maar ze hield zichzelf voor dat ze, omdat ze niet kon rennen, dan toch in elk geval moest blijven doorlopen zonder te pauzeren om op die manier tijd te winnen.

Op de bordessen sneed ze de hoeken af om minder passen te hoeven nemen. Als er niemand keek, daalde ze de trap met twee treden tegelijk af. Toen ze een gang moest oversteken, probeerde ze zich te verbergen achter groepjes mensen wanneer ze langs waakzame wachters kwam. Mensen die op banken brood en vleespasteitjes zaten te eten, bier dronken of met vrienden praatten, zagen haar als een gewone bezoeker van het paleis langskomen tussen alle andere voorbijgangers.

Ze hadden geen idee dat een van hen Meester Rahls halfzuster was.

Toen ze de trappen weer bereikte, liep ze die snel af; haar benen trilden van de voortdurende inspanning. Haar spieren brandden van de behoefte aan rust, maar die gunde ze ze niet. Ze ging juist sneller lopen als ze daar gelegenheid toe had. Op een verlaten trap tussen twee bordessen, die aan het gezicht was onttrokken doordat de gangen uit verschillende richtingen kwamen, stormde Jennsen roekeloos naar beneden. Ze ging weer langzamer lopen toen op het bordes onder haar een gearmd stel verscheen, met de hoofden dicht bijeen fluisterend en giechelend, en naar boven kwam. Het werd kouder naarmate ze verder naar beneden kwam. Op een verdieping waar het wemelde van de bewakers keek een van de soldaten haar recht aan en glimlachte naar haar. Ze was zo verbluft dat ze even bleef staan en besefte toen dat hij naar haar glimlachte zoals een man naar een vrouw glimlacht, niet als een moordenaar naar zijn slachtoffer. Ze beantwoordde de glimlach beleefd en hartelijk, maar ook weer niet zo hartelijk dat ze de indruk wekte hem aan te moedigen. Jennsen trok haar mantel om zich heen en liep de volgende trap af. Toen ze, voordat ze op een bordes de hoek omsloeg, een blik over haar schouder wierp, stond hij haar boven aan de trap met één hand op de leuning na te kijken. Hij glimlachte weer en zwaaide haar gedag voordat hij zich omdraaide om weer aan het werk te gaan.

Niet in staat haar angst te onderdrukken, haastte Jennsen zich de trap met twee treden tegelijk af en rende de gang door, langs kraampjes met levensmiddelen, broches en fijn bewerkte dolken, en langs bezoekers die op stenen banken zaten die voor de marmeren balustrade stonden, naar de volgende trap toe, totdat ze besefte dat de mensen naar haar staarden. Ze hield op met rennen en ging met nonchalante en verende tred lopen, om de indruk te wekken dat ze zomaar een stukje had gerend uit jeugdige levenslust. De tactiek werkte. Ze zag dat de mensen die naar haar hadden gekeken haar nu beschouwden als een vrolijk meisje dat voorbij kwam stuiven. Ze wijdden zich weer aan hun eigen zaken. Omdat het werkte, gebruikte Jennsen hetzelfde trucje nog een paar maal, zodat ze tijd kon winnen.

Buiten adem van de lange afdaling kwam ze uiteindelijk aan bij de spelonkachtige ingang met de sissende toortsen. Omdat er veel soldaten waren bij de toegangspoort tot het grote plateau, minderde ze haar snelheid en ging ze dicht achter een ouder echtpaar lopen om de indruk te wekken dat ze hun dochter was. Het echtpaar voerde een verhitte discussie over de kansen van een vriend van hen om een succes te maken van zijn nieuwe pruikenwinkel, boven in het paleis. De vrouw dacht dat het een goedlopende zaak zou worden. De man dacht dat zijn vriend al snel geen vrouwen meer zou kunnen vinden die hun haar wilden verkopen en dat hij dan te veel tijd zou moeten besteden aan het zoeken naar haar.

Jennsen kon zich geen onbenulliger gesprek voorstellen, en dat terwijl er een man gevangen was genomen, gemarteld zou gaan worden en waarschijnlijk ter dood zou worden gebracht. Voor Jennsen was het D'Haraanse paleis niets anders dan een akelige, dodelijke valstrik. Ze moest zorgen dat ze Sebastiaan hieruit kreeg. Ze zou hem eruit krijgen.

Geen van de echtelieden merkte dat Jennsen vlak achter hen liep en zich met gebogen hoofd had aangepast aan hun tempo. Bewakers lieten hun blik over de drie dwalen. Bij de ingang van het plateau woei een koude wind naar binnen, die Jennsen de adem benam. Nadat ze zo lang in de door lampen verlichte duisternis was geweest, moest ze haar ogen half dichtknijpen tegen het felle daglicht. Toen ze de onoverdekte markt bereikte, sloeg ze onmiddellijk een van de geïmproviseerde straten in om zo snel mogelijk Irma te vinden, de worstverkoopster.

Ze keek alle kanten op, op zoek naar de rode sjaal, terwijl ze langs de rijen stalletjes rende. De kramen die ze eerder op de dag zo schitterend had gevonden, leken sjofel nadat ze in het paleis was geweest. In haar hele leven had Jennsen nog nooit zoiets gezien als het Volkspaleis. Ze kon zich niet voorstellen hoe zo'n mooie plek de residentie kon zijn van zoiets afschuwelijk lelijks als het Huis Rahl.

Een venter kwam dicht naast haar lopen. 'Een amulet voor de dame? Geluk verzekerd.' Jennsen liep door. Zijn adem stonk. 'Speciale amuletten met magie. Voor een zilveren stuiver, daar kunt u zich geen buil aan vallen.'

'Nee, bedankt.'

Hij liep zijwaarts, schuin voor haar. 'Een zilveren stuiver maar, dame.'

Ze was bang dat ze over de voeten van de man zou struikelen. 'Nee, dank u. Laat u me alstublieft met rust.'

'Een koperen stuiver dan.'

'Nee.' Elke keer dat hij tegen haar aan botste en over zijn amuletten zanikte, duwde Jennsen hem weg. Hij bracht steeds opnieuw zijn gezicht bij het hare en keek dan grijnzend schuin naar haar op terwijl hij voorovergebogen voortschuifelde.

'Het zijn goede amuletten, dame.' Hij bleef tegen haar opbotsen terwijl ze probeerde door te lopen en om zich heen keek op zoek naar de rode sjaal. 'Hij zal u geluk brengen.'

'Nee, zei ik.' Toen ze bijna over de man struikelde, gaf ze hem een flinke duw. 'Laat me alstublieft met rust!'

Jennsen zuchtte opgelucht toen ze een oudere man passeerden die in de tegenovergestelde richting liep en de venter zich tot hem wendde. Ze hoorde zijn stem achter zich wegsterven toen hij probeerde de man voor een zilveren stuiver een magische amulet te verkopen. Ze bedacht hoe ironisch het was dat deze man haar iets magisch aanbood en zij dat afsloeg omdat ze haast had om bij iemand anders te komen die haar misschien met magie kon helpen.

Voorbij een lege plek en voor een tafel met wijnvaten bleef Jennsen abrupt staan. Ze keek op en zag de drie broers. Een van hen schonk voor een klant wijn in een leren drinkbeker terwijl de andere twee een vol vat van hun wagen tilden.

Jennsen draaide zich om en staarde naar de lege plek. Daar had Irma gestaan. Haar hart klopte in haar keel. Irma had hun paarden. Irma had Betty.

In paniek greep ze de arm van de man achter de tafel toen de klant vertrok.

'Kunt u me alstublieft vertellen waar Irma is?'

Hij keek op en kneep zijn ogen half dicht tegen het zonlicht. 'De worstverkoopster?'

Jennsen knikte. 'Ja. Waar is ze? Ze kan nog niet weg zijn. Ze moest al haar worstjes verkopen.'

De man grijnsde. 'Ze zei dat ze, doordat ze naast ons stond en wij wijn verkopen, haar worstjes sneller had verkocht dan ze ooit had meegemaakt.'

Jennsen kon hem alleen maar aanstaren. 'Is ze weg?'

'Jammer genoeg wel. Doordat er vlak naast ons worstjes werden verkocht, ging onze wijn ook harder. De mensen die die kruidige geitenworstjes van haar aten, wilden daar graag een beker wijn bij.'

'Haar wat?' fluisterde Jennsen.

De glimlach van de man verflauwde. 'Haar worstjes. Wat is er aan de hand, mevrouw? U ziet eruit alsof u een geest uit de onderwereld hebt gezien.'

'Wat zei u dat ze verkocht? Geitenworstjes?'

Hij knikte met een bezorgde blik. 'Onder andere. Ik heb ze allemaal geprobeerd, maar ik vond de kruidige geitenworstjes het lekkerst.' Hij stak een duim op en gebaarde over zijn schouder naar zijn twee broers. 'Joe vond haar runderworstjes het lekkerst, en Clayton die van varkensvlees, maar ik gaf de voorkeur aan haar geitenworstjes.'

Jennsen huiverde, en dat kwam niet door de kou. 'Waar is ze? Ik moet haar vinden!'

De man krabde op zijn hoofd met warrig, blond haar. 'Het spijt me, maar dat weet ik niet. Ze komt hier om worstjes te verkopen. De meeste mensen hier hebben haar wel vaker gezien. Het is een aardige dame, altijd met een glimlach en een vriendelijk woord voor iedereen.'

Jennsen voelde ijskoude tranen over haar wangen lopen. 'Maar waar is ze? Waar woont ze? Ik moet haar vinden.'

De man pakte Jennsen bij de arm alsof hij bang was dat ze zou vallen. 'Het spijt me, mevrouw, maar dat weet ik niet. Waarom? Wat is er mis?'

'Ze heeft mijn dieren. Mijn paarden. En Betty.'

'Betty?'

'Mijn geit. Zij heeft ze. We hebben haar betaald om op ze te passen totdat we terug waren.'

'O.' Het leek hem verdriet te doen dat hij geen beter nieuws voor haar had. 'Het spijt me. Haar worstjes gingen snel van de hand en raakten op. Meestal kost het haar de hele dag om te verkopen wat ze maakt, maar soms gaan de zaken gewoon wat beter. Toen haar worstjes op waren, is ze nog een tijd hier gebleven en heeft ze met ons zitten praten. Ten slotte zuchtte ze diep en zei dat ze naar huis moest.'

Jennsens gedachten buitelden over elkaar heen. Ze had het gevoel dat de wereld om haar heen draaide. Ze wist niet wat ze moest beginnen. Ze was versuft en in de war. Jennsen had zich nog nooit zo alleen gevoeld.

'Alstublieft,' zei ze met een door tranen verstikte stem, 'zou ik alstublieft een van uw paarden kunnen huren?'

'Onze paarden? Hoe moeten we onze wagen dan thuis krijgen? Bovendien zijn het trekpaarden. We hebben geen zadel of tuig bij ons om ze te berijden...'

'Alstublieft! Ik heb goud.' Jennsen tastte naar haar riem. 'Ik kan betalen.'

Ze liet haar hand rond haar middel gaan, maar kon het leren beursje met haar gouden en zilveren munten niet vinden. Jennsen wierp haar mantel naar achteren en keek. Daar, aan haar riem, naast haar mes, vond ze alleen een stukje van het leren riempje, keurig afgesneden.

'Mijn beurs... mijn beurs is weg.' Ze hapte naar lucht. 'Mijn geld...'

Het gezicht van de man betrok van medeleven toen hij haar het restant van het koordje van haar riem zag trekken. 'Er hangen hier smeerlappen rond die eropuit zijn om mensen te bestelen...'

'Maar ik heb het nodig.'

Hij zweeg. Ze keek achterom, op zoek naar de venter die amuletten verkocht. In een flits besefte ze wat er was gebeurd. Hij was tegen haar opgebotst en had tegen haar aan geduwd. Onderwijl had hij haar beurs losgesneden. Ze kon zich zelfs niet herinneren hoe hij eruitzag, alleen dat hij sjofel en vuil was. Ze had niet naar zijn gezicht gekeken, omdat ze hem niet had willen aankijken. Ze leek geen lucht te kunnen krijgen en keek in paniek van links naar rechts, in een poging de man te vinden die haar geld had gestolen.

'Nee...' jammerde ze, te verslagen om te weten wat ze moest zeggen. 'Nee, o, nee, alsjeblieft niet.' Ze liet zich op de grond zakken en ging naast de tafel zitten. 'Ik heb een paard nodig. Goede geesten, ik heb een paard nodig.'

De man schonk snel een beker wijn in en kwam op zijn hurken naast haar zitten terwijl ze zat te snikken. 'Hier, drink maar.'

'Ik heb geen geld,' bracht ze huilend uit.

'Van het huis,' zei hij met een sympathieke, scheve glimlach waarbij hij zijn rechte, witte tanden ontblootte. 'Het helpt. Drink maar op.'

Zijn twee blonde broers, Joe en Clayton, stonden met gebogen hoofd en hun handen in hun zakken achter de tafel, vol medeleven met de vrouw die door hun broer werd opgevangen.

De man hield de beker schuin in een poging haar te laten drinken terwijl ze huilde. Er liep wat langs haar kin, maar ook wat in haar mond, en dat moest ze wel doorslikken.

'Waar hebt u een paard voor nodig?' vroeg de man.

'Ik moet naar Althea toe.'

'Althea? De oude tovenares?'

Jennsen knikte terwijl ze wijn van haar kin en tranen van haar wangen veegde.

'Bent u daar uitgenodigd?'

'Nee,' gaf Jennsen toe. 'Maar ik moet erheen.'

'Waarom?'

'Het is een zaak van leven en dood. Ik heb Althea's hulp nodig, anders zal het iemand waarschijnlijk het leven kosten.'

Hij zat naast haar gehurkt, nog steeds met de beker waaruit hij haar had laten drinken. Zijn blik ging van haar ogen naar haar rode krullen onder haar kap.

De grote man legde een hand op zijn knie, stond op en liep terug naar zijn broers, zodat zij in alle rust kon proberen haar tranen van radeloosheid te onderdrukken, wat haar niet lukte. Jennsen huilde ook van ongerustheid om Betty. Betty was Jennsens maatje en metgezellin, en een laatste verbinding met haar moeder. De arme geit voelde zich waarschijnlijk in de steek gelaten en onbemind. Jennsen had er op dat ogenblik alles voor willen geven om Betty's rechtopstaande staartje te zien kwispelen.

Ze hield zichzelf voor dat ze hier niet huilend als een klein kind kon blijven zitten. Daar zou ze niets mee bereiken. Ze moest iets doen. Ze zou geen hulp vinden in de schaduw van het paleis van Meester Rahl, en ze had geen geld tot haar beschikking. Ze kon niemand vertrouwen, behalve Sebastiaan, en hij had niemand die hem kon helpen, behalve zij. Zijn leven hing volledig af van wat zij ondernam. Ze kon haar tijd niet verdoen met zelfmedelijden. Als haar moeder haar íéts had geleerd, was het dat wel.

Ze had geen idee wat ze kon doen om Betty te redden, maar ze wist wel wat ze moest proberen om Sebastiaan te helpen. Dat was het belangrijkste, en dat was wat ze moest doen. Ze verspilde kostbare tijd.

Jennsen kwam overeind, veegde met een boos gebaar de tranen van haar gezicht en hield een hand boven haar ogen om die te beschermen tegen de zon. Ze was lang in het paleis geweest, dus het was moeilijk in te schatten, maar ze vermoedde dat het laat in de middag was. Rekening houdend met de positie van de zon in deze tijd van het jaar, schatte ze waar het westen moest zijn. Had ze Rusty nu maar, dan zou ze tijd winnen. Had ze haar geld nog maar, dan kon ze een ander paard huren of kopen.

Maar het had geen zin om te verlangen naar wat geweest was en niet meer terug zou komen. Ze zou moeten lopen.

'Dank u voor de wijn,' zei Jennsen tegen de blonde man, die onhandig stond te draaien terwijl hij naar haar keek.

'Geen dank,' zei hij, en hij sloeg zijn ogen neer.

Toen ze weg wilde lopen, leek hij moed te verzamelen. Hij stapte de stoffige weg op en pakte haar bij de arm. 'Wacht even, mevrouw. Wat bent u nu van plan?'

'Er staat een mensenleven op het spel als ik Althea niet bereik. Ik heb geen keuze. Ik zal moeten lopen.'

'Wiens leven? Hoe komt het dat dat leven afhangt van het feit of u Althea bereikt?'

Jennsen keek op in de hemelsblauwe ogen van de man en trok zachtjes haar arm weg. Groot en blond als hij was, met een krachtige kaaklijn en een gespierde bouw, deed hij haar denken aan de mannen die haar moeder hadden vermoord.

'Het spijt me, maar dat kan ik niet vertellen.'

Jennsen hield de kap van haar mantel stevig vast vanwege een koude windvlaag en ging weer op pad. Voordat ze tien stappen had gezet, had hij een paar lange passen gedaan en haar opnieuw voorzichtig bij haar bovenarm gepakt om haar tot staan te brengen.

'Hoor eens,' zei hij met kalme stem toen ze hem boos aankeek, 'hebt u wel proviand?'

Jennsens boze blik verdween en ze moest vechten tegen de tranen van frustratie. 'Alles is bij onze paarden. De worstverkoopster, Irma, heeft alles. Behalve mijn geld, dat heeft de beurzensnijder.'

'Dus u hebt niets.' Het was niet zozeer een vraag als wel een constatering om haar te wijzen op de onbezonnenheid van haar plan.

'Ik heb mezelf en ik weet wat me te doen staat.'

'En u bent van plan om midden in de winter, te voet, zonder proviand naar het huis van Althea te lopen?'

'Ik heb mijn hele leven in het bos gewoond. Ik red me wel.'

Ze wilde zich lostrekken, maar met zijn grote hand hield hij haar arm stevig vast. 'Dat zal wel, maar de Vlakten van Azrith zijn geen bos. Er is daar geen enkele beschutting. Nog geen twijgje om een vuur te maken. Na zonsondergang wordt het er zo koud als het hart van de Wachter. U hebt helemaal geen proviand. Wat moet u dan eten?'

Deze keer rukte ze haar arm met meer kracht naar achteren en slaagde erin die los te trekken. 'Ik heb geen keuze. Dat begrijpt u misschien niet, maar er zijn dingen die je gewoon moet doen, ook al houdt dat in dat je je eigen leven op het spel zet, anders betekent het leven helemaal niets en is het het niet waard om geleefd te worden.'

Voordat hij haar opnieuw kon tegenhouden, rende Jennsen de mensenstroom in die zich door de geïmproviseerde straten bewoog. Ze drong zich tussen de mensen door, langs verkopers van levensmiddelen die ze niet kon kopen. Dat deed haar eraan denken dat ze sinds het worstje van die ochtend niets meer had gegeten. De wetenschap dat er voor Sebastiaan misschien wel nooit meer een volgende maaltijd zou zijn, maakte dat ze nog haastiger ging lopen.

Ze sloeg de eerste weg in die naar het westen ging. Met de winterzon, die in het zuiden stond, op de linkerkant van haar gezicht dacht ze aan het zonlicht in het paleis, bij de devotie, en hoeveel dat had geleken op de omhelzing van haar moeder.

19

Jennsen liep onder aan het plateau tussen de mensen door, door de lukraak ontstane straten, en stelde zich voor dat ze tussen bomen door liep, door de bossen waar ze zich het meest thuisvoelde. Daar zou ze het liefst zijn, in een stil bos, beschut tussen de bomen, samen met haar moeder, en dan zouden ze toekijken hoe Betty aan jonge scheuten knabbelde. Sommige mensen die bij een kraampje stonden, kooplui achter een tafel of voorbijgangers wierpen een blik in Jennsens richting, maar ze hield haar hoofd gebogen en stapte flink door.

Ze maakte zich vreselijke zorgen om Betty. De worstverkoopster, Irma, verkocht geitenvlees. Dat was ongetwijfeld de reden dat ze Betty had willen kopen. De arme geit was waarschijnlijk bedroefd en doodsbang omdat ze door een vreemde was meegenomen. Maar hoeveel zorgen Jennsen zich ook maakte over Betty en hoe ze er ook naar verlangde om haar te gaan zoeken, ze kon dat verlangen niet boven Sebastiaans leven stellen.

Elke keer dat ze langs een kraam met levensmiddelen kwam, werd ze eraan herinnerd dat ze rammelde van de honger, vooral na het beklimmen van al die trappen naar het paleis. Ze had sinds die ochtend niets meer gegeten en wilde dat ze nu iets te eten kon kopen, maar daar was geen kans op. Mensen maakten eten klaar boven vuurtjes die ze stookten met hout dat ze ongetwijfeld zelf hadden meegebracht. Boter, knoflook en kruiden sisten in pannen. Er dreef rook van geroosterd vlees langs. De geuren waren bedwelmend en maakten haar honger bijna ondraaglijk.

Toen haar gedachten afdwaalden naar haar honger, dacht Jennsen aan Sebastiaan. Elk ogenblik dat zij treuzelde, kon een extra klap met een zweep voor hem betekenen, of een messteek, een verdraaide arm of een gebroken bot. Een extra ogenblik van vreselijke pijn. Bij die gedachte kreeg ze een galsmaak achter in haar keel. Geen wonder dat hij hier was om te helpen in de strijd tegen D'Hara.

Een nog angstaanjagender gedachte kwam met een schok bij haar op: Mord-Sith. Waar Jennsen op de reizen met haar moeder door D'Hara ook was geweest, nergens werd iets of iemand meer gevreesd dan de Mord-Sith. Hun vermogen om anderen pijn en lijden toe te brengen was legendarisch. Men zei dat een Mord-Sith aan deze zijde van de hand van de Wachter haar gelijke niet vond. Stel je voor dat de D'Haranen een van die vrouwen gebruikten om Sebastiaan te martelen. Hij had wel geen magie, maar dat maakte niet uit. Met die Agiel van hen – en wie weet met wat nog meer – konden de Mord-Sith iedereen folteren. En daarbij hadden ze dan nog het vermogen om iemand die over magie beschikte in hun macht te krijgen. Iemand zonder magie, zoals Sebastiaan, zou voor een Mord-Sith een tussendoortje zijn.

Hoe dichter ze bij de rand van de onoverdekte markt kwam, hoe rustiger het werd. De geïmproviseerde straat waardoor ze liep, hield plotseling op na het laatste stalletje, waarin een slungelige man leren tuig en bergen gebruikte wagenonderdelen verkocht. Achter zijn zwaar beladen wagen vol onderdelen was alleen nog maar verlaten, open land. Een onafzienbare rij mensen bewoog zich over de weg naar het zuiden. In de verte zag ze stofwolken in de lucht boven de weg naar het zuiden en boven afslagen naar het zuidwesten en het zuidoosten hangen. Er ging geen weg naar het westen.

Een paar mensen aan de rand van de markt keken even naar haar toen ze alleen op pad ging, in de richting van de ondergaande zon. Maar niemand kwam haar achterna de woestenij van de Vlakten van Azrith in. Jennsen was blij dat ze alleen was. De nabijheid van al die mensen was precies zo gevaarlijk gebleken als ze altijd al had gevreesd. Ze liet de markt snel achter zich en liep met flinke tred naar het westen.

Jennsen liet haar hand onder haar mantel glijden en voelde de geruststellende aanwezigheid van haar mes. Doordat het tegen haar lichaam hing, voelde het warm aan, alsof het een levend wezen was in plaats van een voorwerp van zilver en staal.

Gelukkig had de dief haar geld gestolen en niet haar mes. Als ze tussen die twee moest kiezen, had ze liever het mes. Ze had in haar leven nooit veel geld gehad, want haar moeder en zij hadden altijd voor hun eigen voedsel gezorgd. Maar een mes was essentieel om op die manier te overleven. Als je in een paleis woonde, had je geld nodig. Als je in de openlucht woonde, had je een mes nodig, en ze had nog nooit een beter mes gezien dan dit, ondanks de herkomst ervan.

Haar vingers gingen doelloos over de sierlijke letter R op het zilveren heft. Sommige mensen hadden zelfs een mes nodig als ze in een paleis woonden, vermoedde ze.

Ze keek om en zag tot haar opluchting dat niemand haar volgde. Het bergplateau was steeds kleiner geworden in de verte, totdat alle mensen eronder op langzaam bewegende miertjes waren gaan lijken. Het was fijn om die plek achter zich te laten, maar ze wist dat ze ernaar zou moeten terugkeren nadat ze bij Althea was geweest, om Sebastiaan te kunnen redden.

Toen ze een stukje achteruitliep om even respijt te hebben van de ijskoude wind in haar gezicht, werd haar aandacht getrokken door een weg die slingerend over de steile rotswand naar boven liep, naar de zware stenen muur om het paleis zelf heen. Doordat ze uit het zuiden was gekomen, had ze de weg niet eerder gezien. Op één plek liep de weg over een brug, die een bijzonder verraderlijke kloof in de rotsen overspande. De brug was opgehaald. Als de rotswand zelf nog niet afschrikwekkend genoeg was, zouden de hoge stenen muren om het Volkspaleis heen ongewenste bezoekers buiten houden.

Ze hoopte dat het minder moeilijk zou zijn om bij Althea binnen te komen.

Ergens in dat uitgestrekte complex werd Sebastiaan gevangengehouden. Ze vroeg zich af of hij dacht dat hij volkomen in de steek gelaten was, zoals Betty waarschijnlijk deed. Ze bad fluisterend tot de goede geesten dat hij de moed niet zou opgeven, en dat de goede geesten hem op de een of andere manier zouden laten weten dat ze hem vrij zou krijgen.

Toen ze het beu werd om achteruit te lopen en om het Volkspaleis te zien, draaide ze zich om. Toen moest ze wel verdragen dat de wind haar geselde en soms de adem afsneed. Met harde vlagen woei de droge, zanderige grond in haar ogen.

Het landschap was vlak, droog en eentonig en de bodem was grotendeels hard, met hier en daar een strook grove zandgrond. Op sommige plekken was het taankleurige landschap donkerder bruin, alsof er sterke thee was gemorst. Er was sporadisch wat begroeiing, een lage, armoedige plant, die nu bruin en dor was.

In het westen lag een getande bergketen. De berg in het midden zou sneeuw op de top kunnen hebben, maar het was moeilijk te zien tegen de zon in. Ze had geen idee hoe ver die was. Doordat ze onbekend was met dit vlakke landschap, vond ze het moeilijk afstanden te schatten. Het kon wat haar betreft net zo goed uren als dagen lopen zijn. Maar ze hoefde in elk geval niet door de sneeuw te ploeteren, zoals ze zo vaak hadden moeten doen op weg naar het Volkspaleis.

Jennsen besefte dat ze, ook al was het winter, water nodig zou hebben. Ze nam aan dat er in een moeras water in overvloed was. Ze besefte ook dat de vrouw die haar de aanwijzingen had gegeven wel had gezegd dat het ver weg was, maar niet duidelijk had gemaakt wat zij ver weg vond. Misschien bedoelde zij met 'ver weg' wat Jennsen slechts als een flinke wandeling van een paar uur beschouwde. Misschien had de vrouw een tocht van dagen bedoeld. Jennsen bad zachtjes dat ze geen dagen onderweg zou zijn, ook al verheugde ze zich allerminst op het idee om een moeras in te moeten gaan.

Toen ze boven de wind uit een ratelend geluid hoorde, draaide ze zich om en zag achter zich in de verte een stofwolkje oprijzen. Ze kneep haar ogen tot spleetjes en zag uiteindelijk dat het een wagen was, die haar kant op kwam.

Jennsen draaide helemaal om haar as en zocht het kale land af naar een plek waar ze zich kon verbergen. Ze vond het niet prettig om in het open land met vreemden te worden geconfronteerd. Ze bedacht dat er misschien mannen op de onoverdekte markt waren geweest die haar hadden zien vertrekken en hadden gewacht tot ze helemaal alleen was, met niemand in de buurt, om haar achterna te komen en aan te vallen.

Ze begon te rennen. Aangezien de wagen uit de richting van het paleis kwam, rende ze in de richting waarin ze ook al had gelopen, naar het westen, naar de donkere bergketen. Al rennend ademde ze hijgend de ijskoude lucht in, die pijn deed aan haar keel. De vlakte strekte zich voor haar uit zonder ook maar een spleetje om zich in te verbergen. Ze concentreerde zich op de donkere rij bergen en rende daar zo hard ze kon naartoe, maar ze wist eigenlijk al dat die te ver weg waren.

Na een tijdje dwong Jennsen zich te blijven staan. Ze gedroeg zich dwaas. Ze kon een stel paarden niet voorblijven. Ze ging gebukt staan, met haar handen op haar dijen, om uit te hijgen, en zag de wagen naderbij komen. Als iemand haar wilde aanvallen, dan was rennen en daarmee haar energie verbruiken wel het domste dat ze kon doen.

Ze draaide zich weer om naar de zon en liep verder, maar in een tempo dat haar niet zou afmatten. Als ze moest vechten, mocht ze in elk geval niet buiten adem zijn. Misschien was het gewoon iemand die naar huis ging en sloeg de wagen zo meteen af in een andere richting. Ze had hem alleen opgemerkt door het geluid dat hij maakte en het stof dat hij opwierp. De mensen die erop zaten, hadden haar waarschijnlijk niet eens zien lopen.

Er ging een huiveringwekkende gedachte door haar heen: misschien was een van de Mord-Sith er al in geslaagd Sebastiaan zo te martelen dat hij was doorgeslagen. Misschien had een van die meedogenloze vrouwen hem al gebroken. Ze durfde er niet aan te denken wat ze zou doen als iemand systematisch al haar botten doormidden brak. Jennsen zou echt niet kunnen zeggen hoe ze zou reageren als ze vreselijk gemarteld werd.

Misschien had hij hun in ondraaglijke pijn Jennsens naam gegeven. Hij wist alles over haar. Hij wist dat Darken Rahl haar vader was. Hij wist dat Richard Rahl haar halfbroer was. Hij wist dat ze de tovenares om hulp wilde gaan vragen.

Misschien hadden ze Sebastiaan beloofd dat ze zouden ophouden hem te folteren als hij haar verraadde. Kon ze hem dat onder die omstandigheden kwalijk nemen?

Misschien zat de wagen die op haar af kwam stuiven wel vol met grote, wrede D'Haraanse soldaten die haar gevangen kwamen nemen. Misschien begon de nachtmerrie nu pas goed. Misschien was dit de dag die ze altijd had gevreesd.

Terwijl er tranen van angst in haar ogen prikten, liet Jennsen haar hand onder haar mantel glijden en controleerde ze of haar mes vrij in zijn schede hing. Ze tilde het een stukje op en duwde het toen weer naar beneden, tot ze de geruststellende, metalige klik hoorde.

De minuten kropen om terwijl ze verder liep, wachtend totdat de wagen haar zou inhalen. Ze deed haar uiterste best om haar angst onder controle te houden en probeerde in gedachten alles te repeteren wat haar moeder haar had geleerd over het hanteren van een mes. Jennsen was wel alleen, maar niet weerloos. Ze wist wat ze moest doen. Dat hield ze zichzelf steeds weer voor.

Maar als er te veel mannen zouden zijn, zou niets haar helpen. Ze herinnerde zich maar al te goed hoe de mannen in haar huis haar hadden vastgegrepen en hoe machteloos ze was geweest. Ze hadden haar verrast, maar dat deed er eigenlijk niet eens toe; ze hadden haar te pakken gekregen. Dat was het enige dat telde. Als Sebastiaan er niet was geweest...

Toen ze zich weer omdraaide, was de wagen vlak bij haar. Ze plantte haar voeten stevig neer en hield haar mantel een stukje open, zodat ze haar hand erin kon steken en het mes kon grijpen om haar aanvaller te verrassen. Verrassing kon haar waardevolle bondgenoot zijn, en de enige waar ze een beroep op kon doen.

Toen zag ze een stralende, scheve grijns en rechte tanden. De grote, blonde man zette zijn wagen vlak voor haar stil, waardoor er grind in het rond spatte en stof opvloog. Terwijl hij de wagen op de rem zette, dreef het stof weg. Het was de man van de markt, de man naast Irma's plek, de man die haar wijn te drinken had gegeven. Hij was alleen.

Omdat ze onzeker was over zijn bedoelingen, was Jennsen kortaf en hield ze haar hand klaar om haar mes te grijpen. 'Wat doet u hier?'

Hij grijnsde nog steeds. 'Ik ben gekomen om u een lift te geven.'

'En uw broers dan?'

'Die heb ik bij het paleis achtergelaten.'

Jennsen vertrouwde hem niet. Hij had geen reden om haar een lift te geven. 'Dank u, maar ik denk dat u beter terug kunt gaan naar uw eigen bezigheden.' Ze liep weg.

Hij sprong van de wagen en kwam met een plof neer. Ze draaide zich om, zodat ze klaar zou staan als hij op haar af kwam.

'Hoor eens, het zou me niet lekker zitten,' zei hij.

'Wat niet?'

'Ik zou het mezelf nooit vergeven als ik niets zou doen en u gewoon uw dood tegemoet zou laten gaan, want daar komt het wel op neer, zonder eten, water of wat dan ook. Ik heb nagedacht over wat u zei, dat er dingen zijn die je gewoon moet doen, omdat het leven anders niets betekent en het niet waard is geleefd te worden. Ik zou niet met mezelf kunnen leven als ik wist dat u hier uw dood tegemoet ging.' Zijn standvastigheid wankelde en zijn stem kreeg iets smekends. 'Kom, klim in de wagen en laat me u een lift geven.'

'Maar hoe zit het dan met uw broers? Voordat ik ontdekte dat ik mijn geld kwijt was, wilde u me geen paard verhuren omdat u zei dat u naar huis moest.'

Hij haakte een duim achter zijn riem en legde zich erbij neer dat hij dat moest uitleggen. 'Nou, we hebben vandaag zoveel wijn verkocht dat we flink hebben verdiend. Joe en Clayton wilden toch al bij het paleis blijven en voor de verandering eens een beetje plezier maken. Het kwam door die Irma, die haar kruidige worstjes vlak naast ons verkocht.' Hij haalde zijn schouders op. 'Doordat zij ons heeft geholpen veel te verdienen, heb ik de kans om u te komen helpen. Aangezien ze uw paarden en proviand heeft meegenomen, vind ik dat ik u op z'n minst een lift kan geven. Dat trekt het weer een beetje recht. Het is maar een lift. Ik zet mijn leven niet op het spel of zoiets. Ik bied gewoon aan om iemand te helpen van wie ik weet dat die hulp nodig heeft.'

Jennsen kon zeker hulp gebruiken, maar ze durfde deze vreemde niet te vertrouwen.

'Ik ben Tom,' zei hij, alsof hij haar gedachten had gelezen. 'Ik zou dankbaar zijn als u me toestond u te helpen.'

'Hoe bedoelt u?'

'Zoals u al zei: sommige dingen moet je gewoon doen om het leven wat meer zin te geven.' Hij wierp een korte blik op haar rode krullen onder de kap van haar mantel voordat hij ernstig werd. 'Dat gevoel zou het me geven: dankbaar om zoiets te kunnen doen.'

Zij sloeg haar ogen het eerste neer. 'Ik heet Jennsen. Maar ik wil niet...'

'Kom dan maar mee. Ik heb wijn bij me...'

'Ik hou niet van wijn. Daar krijg ik alleen maar dorst van.'

Hij haalde zijn schouders op. 'Ik heb ruim voldoende water. En ik heb een paar vleespasteitjes meegenomen. Ik denk dat ze nu nog warm zijn, dus neem er maar snel een van.'

Ze keek aandachtig in zijn blauwe ogen, net zo blauw als die van haar vader. Maar toch stond er in de ogen van deze man een eenvoudige oprechtheid te lezen. Zijn glimlach was niet verwaand, maar bescheiden.

'Moet u niet terug naar uw vrouw?'

Deze keer was het Tom die zijn ogen het eerste neersloeg. 'Nee, mevrouw. Ik ben niet getrouwd. Ik reis veel. Ik denk niet dat een vrouw zo'n leven erg zou waarderen. Bovendien heb ik daardoor niet veel kans om iemand goed genoeg te leren kennen om aan trouwen te denken. Maar op een dag hoop ik een vrouw te vinden die mijn leven met me wil delen, een vrouw die me gelukkig maakt, een vrouw die ik kan geven wat ze verdient.'

Jennsen was verrast toen ze zag dat haar vraag hem had doen blozen. Ze had de indruk dat hij in zijn doortastendheid om haar aan te spreken en haar een lift aan te bieden misschien brutaler was geweest dan zijn gewoonte was. Hij was weliswaar zeer innemend, maar leek ook heel verlegen te zijn. Dat een zo grote en sterke man als hij geïntimideerd werd door haar, een vrouw alleen midden in een verlaten woestenij, doordat ze hem naar hartsaangelegenheden had gevraagd, stelde haar op haar gemak.

'Als ik u niet verhinder uw brood te verdienen...'

'Nee,' onderbrak hij haar. 'Nee, dat doet u niet... helemaal niet.' Hij gebaarde achter zich naar het plateau. 'We hebben vandaag goed verdiend en we kunnen ons een korte rustperiode veroorloven. Mijn broers vinden het helemaal niet erg. We reizen altijd rond en kopen wat we maar aan goederen tegenkomen voor een redelijke prijs, van wijn tot vloerkleden of piepkuikens, en dan brengen we dat hierheen om te verkopen. Ik doe mijn broers juist een plezier door ze een dagje vrij te geven.'

Jennsen knikte. 'Ik zou de lift wel kunnen gebruiken, Tom.'

Hij werd ernstig. 'Dat weet ik. Er staat een leven op het spel.'

Tom klom op de wagen en stak een hand naar haar uit. 'Voorzichtig, mevrouw.'

Ze pakte zijn grote hand en zette een laars op de ijzeren sport. 'Ik heet Jennsen.'

'Dat zei u al, mevrouw.' Hij trok haar langzaam omhoog op de bok.

Toen ze zat, pakte hij een deken en legde die opgevouwen op

haar schoot; blijkbaar wilde hij niet zo aanmatigend zijn om die over haar uit te spreiden. Ze vouwde de deken uit en glimlachte waarderend om de warmte die de wol bood. Hij reikte weer achter zich, rommelde wat rond onder een stapel versleten pakdekens en haalde een klein pakje te voorschijn. Tom grijnsde zijn scheve glimlach toen hij haar het vleespasteitje overhandigde, verpakt in een witte doek. Hij had gelijk gehad: het was nog warm. Hij pakte ook een waterzak en zette die op de bank tussen hen in.

'Als u dat liever wilt, kunt u ook achterin gaan zitten. Ik heb genoeg dekens meegenomen om u warm te houden, en die zijn misschien gerieflijker om op te zitten dan een houten bank.'

'Voorlopig zit ik hier prima,' zei ze. Ze tilde het vleespasteitje op. 'Als ik mijn spullen en mijn geld terug heb, wil ik u alles terugbetalen. Hou maar bij wat ik u schuldig ben, dan betaal ik het allemaal terug.'

Hij haalde de wagen van de rem en sloeg met de teugels. 'Als u dat per se wilt, maar het hoeft niet van mij.'

'Van mij wel,' zei ze terwijl de wagen met een sprongetje in beweging kwam.

Zo gauw ze vertrokken waren, veranderde hij van richting en zette koers naar het noordwesten in plaats van naar het westen.

Ze werd ogenblikkelijk weer wantrouwig. 'Wat doet u nu? Waar gaat u heen?'

Hij keek een beetje geschrokken bij haar hernieuwde argwaan. 'U zei toch dat u naar Althea wilde?'

'Ja, maar ik heb aanwijzingen gekregen om naar het westen te gaan totdat ik bij de hoogste berg met sneeuw op de top kwam, en dan aan de andere kant daarvan naar het noorden af te slaan en de rotswand te volgen...'

'O,' zei hij, toen hij haar argwaan begreep. 'Maar dat is de weg die je moet nemen als je er een dag langer over wilt doen.'

'Waarom zou die vrouw me voorstellen een route te nemen die me extra tijd zou kosten?'

'Waarschijnlijk omdat dat de route naar Althea is die iedereen neemt en ze niet wist dat u haast had.'

'Maar waarom gaan de mensen dan zo, als het meer tijd kost?'

'Omdat ze bang zijn voor het moeras. Via die route kom je uiteindelijk het dichtst bij het huis van Althea uit, dus dan hoef je maar een klein stukje door het moeras. Het was waarschijnlijk de enige weg die ze kende.'

Jennsen moest zich aan de reling vastgrijpen om haar evenwicht te bewaren toen de wagen over een richel in de rotsachtige grond hotste. Hij had gelijk, de houten bank was hard om op te zitten en een wagen die gemaakt was om zware vrachten te vervoeren, hotste meer als hij leeg was.

'Maar zou ik dan ook niet bang moeten zijn voor het moeras?' vroeg ze ten slotte.

'Waarschijnlijk wel.'

'Waarom zou ik dan via een andere weg moeten gaan?'

Hij keek weer even haar kant op en wierp een snelle blik op haar haar. Daar was ze aan gewend. De meeste mensen konden de neiging ernaar te kijken niet onderdrukken.

'Je zei dat er een leven op het spel stond,' zei hij, en zijn verlegenheid was verdwenen. 'Op deze manier kost het veel minder tijd; we snijden een hoek af door aan deze kant langs die hoge berg te gaan waarover ze je heeft verteld, en niet helemaal door dat kronkelende ravijn onder de rotswand door te hoeven rijden. Het probleem is dat je dan vanaf de andere kant het moeras in moet, dus moet je een groter stuk moeras doorkruisen voordat je bij Althea bent.'

'En kost dat niet meer tijd, dat grotere stuk moeras?'

'Ja, maar zelfs dan durf ik te wedden dat je een dag heen en een dag terug wint. Dat is twee dagen winst.'

Jennsen hield niet van moerassen. Of eigenlijk hield ze vooral niet van de dieren die in moerassen huisden.

'Is het veel gevaarlijker?'

'Je zou niet alleen op pad gaan zonder proviand als het niet erg belangrijk was, van levensbelang zelfs. Als je bereid bent om je leven ervoor op het spel te zetten, dacht ik dat je wel zoveel mogelijk tijd zou willen winnen. Maar als je dat liever hebt, kan ik je ook via de lange route brengen, zodat je minder ver door het moeras hoeft te reizen. Jij mag het zeggen, maar als tijd een belangrijke factor is, hou er dan rekening mee dat het twee dagen langer duurt via die andere route.'

'Nee, je hebt gelijk.' Het vleespasteitje op haar schoot was warm. Het was een lekker gevoel om haar handen eromheen te hebben. Het was attent van hem om dat mee te brengen. 'Dank je, Tom, dat je eraan hebt gedacht tijd te winnen.'

'Wiens leven is het dat op het spel staat?'

'Dat van een vriend,' zei ze.

'Dat moet wel een goede vriend zijn.'

'Ik zou er niet meer zijn zonder hem.'

Hij zweeg terwijl ze in de richting van het donkere lint van bergen in de verte reden. Ze tobde over wat er in het moeras zou kunnen huizen. Bovendien maakte ze zich zorgen over wat er met Sebastiaan zou gebeuren als ze niet snel genoeg hulp van Althea zou krijgen.

'Hoe lang duurt het?' vroeg Jennsen. 'Voordat we bij het moeras zijn?'

'Dat is afhankelijk van hoeveel sneeuw er in de pas ligt, en van nog een paar factoren. Ik neem deze route niet vaak, dus ik weet het niet precies. Maar als we de hele nacht doorrijden, ben ik er vrij zeker van dat we morgenochtend bij de rand van het moeras zijn.'

'Hoe lang duurt het dan nog voordat ik bij Althea ben? Door het moeras heen, bedoel ik?'

Hij keek haar een ogenblik onzeker aan. 'Het spijt me, Jennsen, maar ik weet het niet precies. Ik ben nooit eerder in Althea's moeras geweest.'

'Heb je enig idee?'

'Uitgaande van de ligging denk ik niet dat het meer dan een dag zou moeten kosten, heen en terug, maar het blijft gissen. En dan hou ik geen rekening met de tijd die je bij Althea zult doorbrengen.' Zijn onzekerheid kwam terug. 'Ik zal je zo snel mogelijk bij Althea brengen.'

Jennsen moest met Althea over de Meester Rahl praten, zowel over haar vader als over de huidige Meester Rahl, Richard, haar halfbroer. Het zou niet verstandig zijn om Tom erachter te laten komen wie ze was en wat haar doel was. Op z'n minst zou zijn behulpzaamheid kunnen verdwijnen. Ze bedacht dat ze hem een reden moest geven waarom hij beter kon achterblijven, omdat hij anders misschien argwaan zou krijgen.

Ze schudde haar hoofd. 'Ik denk dat jij het beste bij de wagen en de paarden kunt blijven. Als je de hele nacht doorrijdt, heb je rust nodig om weer klaar te staan als ik uit het moeras kom. Dat zal ons tijd besparen.'

Hij knikte terwijl hij nadacht over haar woorden. 'Daar zit wel wat in. Maar ik zou toch...'

'Nee. Ik ben je heel dankbaar voor de lift, het eten en drinken en de warme deken, maar ik wil niet dat jij je leven ook op het spel zet in het moeras. Je zou je het nuttigst maken door bij de wagen te wachten en klaar te staan om terug te rijden als ik eruit kom.'

Ze keek hoe de wind door zijn blonde haar speelde terwijl hij erover nadacht. 'Goed dan, als je dat wilt. Ik ben blij dat je me de kans geeft te helpen. Waar gaan we heen nadat je bij Althea bent geweest?'

'Terug naar het paleis,' zei ze.

'Dan kun je met een beetje geluk overmorgen terug zijn in het paleis.'

Dat was drie dagen voor Sebastiaan. Ze wist niet of hij drie dagen had, of maar drie uur. Of misschien zelfs maar drie minuten. Maar zolang er een kans was dat hij nog leefde, moest ze het moeras ingaan.

Ondanks Jennsens bange voorgevoelens smaakte het vleespasteitje haar uitstekend. Ze had zo'n honger dat ze bijna alles lekker gevonden zou hebben. Ze trok met duim en wijsvinger een groot stuk vlees uit het omhulsel van deeg en voerde dat aan Tom.

Toen hij het op had, zei hij: 'Kort na zonsondergang zal de maan opkomen, dus tegen de tijd dat ik de bergpas bereik, zou ik genoeg moeten kunnen zien om door te kunnen rijden. Er zijn ruim voldoende dekens achterin. Als het nacht wordt, kun je misschien het beste achterin kruipen en proberen te slapen. Je hebt je rust nodig. Dan doe ik morgenochtend een dutje terwijl jij naar Althea bent. Als je terugkomt, zal ik de hele nacht doorrijden en je weer bij het paleis afleveren. Ik hoop dat we op die manier genoeg tijd kunnen winnen om je vriend te helpen.'

Ze wiegde op de bank heen en weer naast de grote man die ze nog maar pas geleden had ontmoet en die dit allemaal voor een vreemde deed.

'Bedankt, Tom. Je bent een goed mens.'

Hij grijnsde. 'Dat zei mijn moeder ook altijd.'

Toen ze weer een hap nam, vervolgde hij: 'Ik hoop dat Meester Rahl dat ook vindt. Je vertelt het hem toch wel als je hem ziet?'

Ze had geen idee wat hij bedoelde en durfde het hem niet te vragen. Terwijl ze razendsnel nadacht, kauwde ze op haar hap en gebruikte ze haar volle mond als een excuus om niet meteen te hoeven antwoorden. Alles wat ze zei, zou haar onbedoeld in moeilijkheden kunnen brengen. Sebastiaans leven stond op het spel. Jennsen besloot te glimlachen en het spelletje mee te spelen. Eindelijk slikte ze haar hap door.

'Natuurlijk.'

Te oordelen naar het kleine maar tevreden glimlachje dat zijn mond deed opkrullen terwijl hij de teugels vasthield en voor zich uit keek, was dat het juiste antwoord geweest.

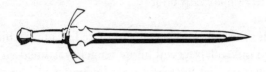

20

Plotseling prikte er licht in haar ogen. Jennsen hield een hand op tegen het felle licht en zag dat Tom de dekens van haar af trok. Ze rekte zich uit en geeuwde, maar toen ze besefte waarom ze in een wagen lag, waar ze waren en waarom, onderbrak ze haar geeuw. Ze ging zitten. De wagen stond aan de rand van een grazige weide.

Jennsen legde een hand tegen de zijkant van de wagen, tegen de ruwe plank die langs de bovenrand glad was gesleten, en keek knipperend met haar ogen om zich heen. Achter hen rees een steile, grijze rotswand op, waartegen in barsten en scheuren kleine robuuste struikjes groeiden, knoestig en laag, alsof ze voortdurend in de wind stonden. Haar blik ging omhoog langs het verweerde gesteente tot waar het in de mist verdween. Aan de voet van de rotswanden, achter de rand van de weide en langs de smalle kloof die door het gesteente sneed, groeide een wirwar van kreupelhout. Op de een of andere manier had Tom de wagen tussen die steile rotswanden door gemanoeuvreerd. De twee grote trekpaarden, die nog ingespannen waren, stonden in het ruige gras te grazen.

Voor hen uit, voorbij de weide, daalde de grond tussen brede bomen, ranken van klimplanten en hangend mos de diepte en het donker in. Van onder de groene deken klonken vreemde kreten, geklik en gefluit.

'Midden in de winter...' was het enige dat ze kon uitbrengen.

Tom tilde de haverzakken uit de wagen. 'Het zou misschien ook best een aangename plek zijn om de winter door te brengen' – hij knikte in de richting van de aflopende heuvel, onder de wirwar van begroeiing – 'afgezien van wat de mensen beweren dat daaruit komt. Als het niet waar zou zijn, zou er vast al wel iemand zijn geweest die had geprobeerd hier te gaan wonen. Maar als iemand dat al heeft gedaan, is hij of zij daar naar binnen getrokken door een of ander griezelig wezen en nooit meer te voorschijn gekomen.'

'Bedoel je dat je echt denkt dat er daar... monsters of zoiets zijn?'

Hij legde zijn onderarmen op de zijkant van de wagen en boog zich naar voren, met zijn gezicht boven haar. 'Jennsen, ik hou er niet van om dames de stuipen op het lijf te jagen. Toen ik klein was, waren er jongetjes die het leuk vonden om een kronkelende slang voor de neus van een meisje te houden, alleen om haar te horen gillen. Dat heb ik nooit gedaan. Ik wil je niet bang maken. Maar ik zou niet met mezelf kunnen leven als ik je daar gewoon in liet wandelen alsof het een pleziertripje betrof, en je er nooit meer uit zou komen. Misschien zijn het alleen maar praatjes, ik weet het niet. Ik ben er nooit in geweest. Ik ken niemand die zich erin heeft gewaagd zonder te zijn uitgenodigd, en als je dat wel bent, kom je van de andere kant. Men zegt dat je het niet zult kunnen navertellen als je er aan deze kant ingaat. Als iemand het toch zou willen proberen, zou jij het zijn. Ik weet dat je hier met een belangrijke reden bent, dus ik verwacht niet dat je hier dagenlang wilt rondhangen om op een uitnodiging te wachten.'

Jennsen slikte. Ze had een zure smaak in haar mond. Ze knikte dankbaar, maar wist niet wat ze moest zeggen.

Tom streek zijn blonde haar naar achteren. 'Ik wilde je alleen maar vertellen wat ik weet.' Hij pakte de haverzakken op en liep naar de paarden.

Wat er huisde, huisde er. Ze moest er toch in, dat was het enige dat erop zat. Ze had geen keuze; als ze Sebastiaan vrij wilde krijgen, moest ze het moeras in. Als ze ooit verlost wilde worden van Meester Rahl, moest ze het moeras in.

Ze stak haar hand onder haar mantel en raakte het heft van haar mes aan. Ze was geen stadsmeisje dat schrok van haar eigen schaduw en zich niet kon verdedigen.

Zij was Jennsen Rahl.

Jennsen duwde de dekens verder van zich af en klom uit de wagenbak, waarbij ze een spaak van een achterwiel als voetsteun gebruikte. Tom kwam net teruglopen met een waterzak.

'Wil je iets drinken? Het is water. Ik had het aan een haambeugel gehangen, zodat het door de warmte van de paarden niet zou bevriezen.'

Ze was uitgedroogd geraakt van de kou en ze dronk gretig. Pas toen ze Tom het zweet van zijn voorhoofd zag wissen, besefte ze hoe warm het eigenlijk was. Een zichzelf respecterend moeras vol monsters kon natuurlijk ook niet toestaan dat het zou bevriezen. Tom trok een doek weg van iets dat hij in één hand hield. 'Ontbijt?'

Ze glimlachte toen ze een vleespasteitje zag. 'Behalve een goed mens, ben je ook een attent mens.'

Hij grijnsde terwijl hij haar het pasteitje gaf en draaide zich toen om om de strengen van de paarden los te maken. 'Denk erom, je hebt beloofd dat aan Meester Rahl te vertellen,' riep hij over zijn schouder naar haar.

Om te voorkomen dat ze iets moest zeggen over haar achtervolger, gaf ze het gesprek een andere wending. 'Dus jij bent hier? Als ik terugkom, bedoel ik? Wacht je op me, zodat we samen terug kunnen gaan?'

Hij tuurde achterom terwijl hij de broek van een van de paarden over de romp naar boven tilde. 'Op mijn erewoord, Jennsen. Ik zal je hier niet in de steek laten.'

Aan zijn gezicht te zien was het een plechtige belofte. Ze glimlachte dankbaar. 'Je moet maar wat uitrusten. Je hebt de hele nacht gereden.'

'Ik zal het proberen.'

Ze nam nog een hap van het vleespasteitje. Het was koud maar lekker, en het vulde. Al kauwend keek ze naar de muur van groen voorbij de weide, naar de duisternis daarbinnen, en daarna naar de loodgrijze lucht.

'Heb je enig idee hoe laat het is?'

'De zon is hoogstens een uur op,' zei hij terwijl hij de verbindingsstukken van de leren riemen controleerde. Hij gebaarde in de richting waar ze vandaan waren gekomen. 'Voordat we afzakten naar dit lage terrein, reden we boven die mist. Daar scheen de zon.'

Het was zo grauw onder de donkere nevel, dat ze het zich nauwelijks kon voorstellen. Het was alsof de dag nog moest aanbreken. Het was moeilijk te geloven dat vlakbij de zon scheen, maar ze had wel eerder zulke dikke dekens van mist zien hangen, als ze vanaf een hoge plek naar beneden keek.

Toen ze het vleespasteitje op had en de kruimels van haar handen had geslagen, stond Jennsen te wachten totdat Tom zich omdraaide, nadat hij de zadelriem had losgegespt van de brede, sterke borst van een van zijn paarden. Allebei de grote, goed onderhouden dieren waren grijs met zwarte manen en een zwarte staart. Ze had nog nooit zulke grote paarden gezien. Ze leken buiten proporties, totdat ze Tom naast hen bezig zag. Door hem leken ze minder indrukwekkend, vooral doordat hij ze liefkozend aaide. Ze leken zijn vertrouwde aanraking aangenaam te vinden.

De twee paarden keken af en toe achterom naar Tom terwijl hij al hun tuig verwijderde, of lieten een donker oog in de richting van Jennsen rollen, maar ze hadden veel meer aandacht voor de schaduwen voorbij de rand van de weide. Hun oren waren gespitst en naar het moeras gedraaid.

'Ik kan maar beter gaan. Er is geen tijd te verliezen.' Hij knikte kort. 'Bedankt, Tom. Als ik geen gelegenheid meer krijg om het te zeggen, bedankt dat je me hebt geholpen. Niet veel mensen zouden gedaan hebben wat jij hebt gedaan.'

Zijn verlegen grijns verscheen weer en hij ontblootte zijn tanden. 'Bijna iedereen zou je hebben geholpen. Maar ik ben blij dat ik degene was die dat kon doen.'

Ze was er zeker van dat hij iets bedoelde dat ze niet helemaal begreep. Wat het ook was, ze had nu andere dingen om zich druk over te maken.

Haar blik ging in de richting van de weergalmende kreten die opstegen uit het moeras. Het was onmogelijk te zeggen hoe hoog de bomen waren, omdat de toppen verdwenen in de mist. Aan hun omvang te zien moesten de stammen enorm zijn. Er hingen ranken omlaag vanuit de nevel, en allerlei andere kronkelende klimplanten die om de takken van de gigantische bomen hingen alsof ze die mee wilden trekken de donkere diepte in.

Jennsen zocht langs de rand van het moeras en vond een richel die van de weide naar beneden liep, als de ruggengraat van een enorm ondergronds dier. De richel liep onder de dikke takken door naar beneden het moeras in. Het was niet echt een pad, maar een plek om te beginnen. Ze had haar hele leven in bossen gewoond en kon een pad vinden waar anderen niet eens vermoedden dat er een was. Maar hier was geen pad. Blijkbaar ging er nooit een levend wezen het moeras in. Ze zou haar eigen weg moeten zoeken.

Jennsen liep terug de weide op en keek de grote man lang in zijn blauwe ogen.

Hij schonk haar een glimlachje; respect voor wat ze deed. 'Mogen de goede geesten bij je zijn en over je waken.'

'En over jou, Tom. Zorg dat je wat slaap krijgt. Als ik terugkom, moeten we in volle vaart terug naar het paleis.'

Hij boog. 'Zoals je wenst.'

Ze glimlachte om zijn verrassende manier van doen, draaide zich toen om naar de duisternis en stapte erin.

Het moeras hield hitte vast onder zijn bladerdak. De vochtigheid was als een tastbare aanwezigheid die op de loer lag om indringers terug te jagen. Bij elke stap werd het donkerder. De stilte was zo dicht als de vochtige lucht, en de weinige kreten die door de duisternis weerklonken, deden de verlatenheid en de grote afstand die voor haar lag alleen maar sterker uitkomen.

Jennsen volgde de richel, die via een kronkelige route steeds verder naar beneden liep. Aan weerszijden van haar bogen takken van bomen diep door onder het gewicht van mossen en klimplanten die eroverheen hingen. Lopend over het kale gesteente van de richel, moest ze zich op sommige plaatsen bukken om onder de grote takken door te duiken. Op andere plekken moest ze ranken opzijduwen om erlangs te kunnen. De stank van rotting dreef door de roerloze lucht naar haar op.

Toen ze zich omdraaide en achter zich keek, zag ze een tunnel van licht terugleiden naar de weide. Midden in de cirkel van flauw licht aan het einde ervan zag ze het silhouet van een grote man, die met zijn handen in zijn zij in haar richting stond te kijken. Het was zo donker dat het uitgesloten was dat hij haar kon zien. Zij kon hem alleen maar zien omdat hij zich aftekende tegen het licht. Maar hij stond haar toch na te kijken.

Jennsen wist niet precies wat ze van hem moest denken. Hij was moeilijk te peilen. Hij leek een goedhartige man, maar ze vertrouwde niemand. Behalve Sebastiaan.

Toen haar ogen gewend waren aan de schemering, zag ze, achterom kijkend, dat de weg die zij gekomen was de enige weg naar binnen was, tenminste, voor zover ze kon zien. Verder was de rotswand steil en liep hij loodrecht naar beneden. De weide was alleen een soort terras geweest in de bergwand, die verder recht afdaalde naar het moeras. De wanden onder de weide waren bedekt met een rijkdom aan planten die het gesteente als houvast gebruikten op hun klim vanuit het moeras naar boven. De richel waarlangs zij afdaalde, was niet meer dan een plooi in het gesteente die haar een manier bood om naar beneden te klimmen. Zonder die plooi waren de wanden te steil.

Jennsen keek om zich heen, ademde diep in om moed te verzamelen en zette toen haar afdaling voort; ze volgde de rotsrichel in haar kronkelige weg naar beneden, steeds dieper tussen de bomen door. Op sommige plekken waren aan weerszijden van waar ze liep angstaanjagende dieptes. Op één plek was er aan beide kanten alleen maar duisternis onder haar, alsof ze over een koord van steen liep dat over een scheur in de wereld was gespannen. Nadat ze in die diepte had getuurd en zich had voorgesteld dat de Wachter van de onderwereld daar beneden op de onvoorzichtigen wachtte, zette ze haar voeten voorzichtiger neer.

Ze besefte al snel dat veel bomen die ze vanaf de weide had gezien alleen maar de toppen waren geweest van hoog oprijzende, oeroude eiken die op uitspringende rotsranden groeiden. Ze had hun bovenste takken aangezien voor stammen. Jennsen had nog nooit zulke grote bomen gezien. Haar angst maakte bijna plaats voor ontzag. Ze keek vol verwondering naar alle lagen enorme takken die ze passeerde terwijl ze naar beneden klom. In de verte zag ze nesten, grote kluiten van twijgjes en ranken, bekleed met zacht mos, in de oksels van grote takken liggen. Als de nesten al in gebruik waren, kon ze in elk geval niet zien wat voor vogels zulke imposante huizen hadden gebouwd, maar ze vermoedde dat het roofvogels waren.

Terwijl ze zich bukte om over een hobbel in het gesteente te klimmen en zichzelf onder een dicht geweven net van takken door te wringen, dat tot vlak boven de richel hing, kreeg ze plotseling uitzicht op een uitgestrekt landschap dat verborgen lag onder de lagen dicht gebladerte waar ze inmiddels doorheen was gedrongen. Het leek wel een heel nieuwe, verborgen wereld, waar nog nooit iemand was geweest. Bundels zacht licht konden maar nauwelijks zo diep doordringen. Hier en daar hingen klimplanten naar beneden vanuit het donkere gebladerte boven haar. Vogels zweefden geluidloos door de spelonkachtige schemering. Een dier dat ze nooit eerder had gehoord riep uit de verte. Van nog verder weg en uit een andere richting klonk een antwoord.

Hoe onherbergzaam en onheilspellend het landschap ook was, ze vond het toch ook een geheimzinnige schoonheid hebben. Het deed haar denken aan een tuin in de onderwereld, waar planten zich in een eeuwig halfduister koesterden. De onderwereld mocht dan het koude terrein van de Wachter zijn, maar goede zielen werden gekoesterd en verwarmd door het eeuwige licht van de Schepper.

Ze zag zekere overeenkomsten tussen het moeras en D'Hara: duister, bedreigend en gevaarlijk, maar tegelijkertijd schrijnend mooi. Zo was haar mes de belichaming van de lelijkheid van het Huis Rahl, maar toch ontegenzeglijk prachtig.

De bomen om haar heen klampten zich met klauwachtige wortels aan de rotsachtige helling vast, alsof ze bang waren naar beneden te worden gesleurd door wat er misschien in de lager gelegen delen op de loer lag. Sommige oeroude pijnbomen, die allang dood waren, waren omgevallen maar opgevangen door hun broeders voordat ze de grond konden raken. De bomen eromheen hadden hun armen als takken eromheen geslagen, alsof ze ze overeind wilden helpen. Onder de groene laag klimplanten die langs de scheef gezakte stammen omhoogklommen, was hier en daar dood grijs hout te zien. Maar er waren ook veel oude bomen die de grond wel hadden bereikt. Een lag er over haar pad en zag eruit alsof hij hier gesmolten was, zo volgde hij elke vorm, elke stijging en daling van de rotsrichel. Het hout, dat aan het vergaan was, voelde sponzig aan als je erover liep en wemelde van de insecten. Hoog tussen de takken keek een uil toe hoe ze steeds verder naar beneden klauterde. Er marcheerden mieren over de grond met allerlei schatten die ze in het vochtige bos hadden gevonden. Grote, harde, glanzend bruine kakkerlakken renden over de resten van dood blad. In het dichte kreupelhout bewogen takken, doordat er dieren voor haar wegschoten.

Jennsen had haar hele leven in bossen doorgebracht en van alles gezien, van enorme beren tot pasgeboren reekalfjes, van vogels tot insecten, vleermuizen en watersalamanders. Er waren dieren waarvoor ze op haar hoede was, zoals slangen en beren met jongen, maar ze kende de dieren goed. De meeste waren bang voor mensen en wilden alleen maar met rust gelaten worden, dus over het algemeen joegen ze haar geen angst aan. Maar ze wist niet wat voor dieren in deze donkere, klamme omgeving op de loer konden liggen, dieren met giftanden misschien. Ze wist niet wat voor magische beesten er misschien rondslopen door de diepten van dit tovenaressendomein, beesten die geen vrees kenden.

Ze zag dikke, donkere, harige spinnen, die met hun poten langzaam door de bedompte lucht harkten terwijl ze zich vlot lieten zakken aan draden die ergens boven haar hoofd waren vastgezet. Ze verdwenen tussen de varens die in dikke, onregelmatig gevormde matten op de bosbodem groeiden. Hoe warm en vochtig het ook was, Jennsen hield haar mantel dicht om zich heen en de kap over haar hoofd om zichzelf te beschermen tegen spinnen en dat soort dieren.

De beet van een spin kon net zo goed dodelijk zijn als die van een groter dier. Dood was dood, ongeacht de oorzaak. De Wachter van de doden verleende geen dispensatie omdat het dodelijke gif afkomstig was van iets kleins en schijnbaar onbetekenends. De Wachter van de doden sloot iedereen die naar zijn land kwam, om welke reden dan ook, in zijn armen van eeuwige duisternis. Er werd geen gratie verleend op grond van de doodsoorzaak.

Hoezeer Jennsen zich ook thuis voelde in de wildernis en hoe schitterend het moeras ook was, ze hield haar ogen wijd open en haar hart bonsde. Elke rank of groene sliert die ze aanraakte, leek bedreigend en ze schrok er meer dan eens van.

De omgeving gaf haar het gevoel dat ze werd beslopen door de dood.

En toen eindigde de rotsrichel, haar enige weg naar beneden, in een roerloze, vlakke, stinkende, rottende, bemoste poel met een oppervlak van een wirwar van wortels. Het leek alsof de bomen het donkere water vreesden en probeerden hun wortels eruit te houden. Langs de oevers was de grond begroeid met allerlei soorten kruipplanten.

Ze zag de onmiskenbare vorm van een bot van een been of poot omhoogsteken uit de modderpoel. Het bot was overdekt met pluizige groene schimmel, maar de vorm was nog goed herkenbaar. Ze wist niet van wat voor dier het kon zijn. Ze hoopte maar dat het van een dier was.

Tot haar verrassing zag ze plassen modder die eruitzagen alsof de modder kookte. In de donkerbruine modder borrelden langzaam luchtbellen op, alsof de drab zachtjes stond te pruttelen, en er ontsnapten klodders dikke modder en stoom. Er groeide niets in die lage poelen met pruttelende modder. Op sommige plekken was de modder verhard tot groepjes kegeltjes waaruit een gelige damp opsteeg.

Toen Jennsen zich voorzichtig een weg baande door de wirwar van wortels, tussen stoom afgevende luchtgaten en kokende modder door, en langzaam steeds dieper doordrong in de schemering, zag ze dat de modderpoelen plaats begonnen te maken voor stilstaand water. Eerst waren er poelen en plassen die kookten en sisten en pluimpjes scherp ruikende damp afgaven. Toen ze de warmwaterbronnen achter zich liet, werden de plassen groter en veranderden ze in vijvers, omringd door hoge riethalmen die zich uitstrekten naar wolken kleine insectjes die in zwermen boven het water hingen.

Uiteindelijk kreeg het stilstaande water de overhand; de bosbodem was donker en vochtig. Er stonden dode stammen in het zwarte water, schildwachten die een land bewaakten dat naar verrotting stonk. Vanuit nog donkerder plekken klonken de kreten en het gekras van dieren. Langs de kanten, onder bladerrijke oevers, groeide hier en daar kroos, dat onoplettenden met het uiterlijk van groene grond verleidde om daar hun voeten neer te zetten om het water over te steken. Jennsen zag dat er ogen tussen het kroos naar boven staken, die haar volgden toen ze passeerde.

De bemoste grond werd sponzig, totdat ook die langzamerhand afliep in het roerloze water. Aanvankelijk kon ze de bodem zien, slechts een paar centimeter onder het glazige oppervlak, maar het water werd steeds dieper, totdat ze alleen nog maar duisternis zag. In die duisternis zag ze nog donkerder vormen langsglijden.

Jennsen stapte van wortel naar wortel en probeerde haar evenwicht te bewaren zonder haar handen tegen de vaak glibberige boomstammen te hoeven leggen. Door van de ene gekromde wortel op de andere te stappen, hoefde ze niet door het water te lopen. Ze was bang dat het water een plotselinge diepte kon verbergen die haar zou verzwelgen.

Bij elke stap lagen de wortels die boven het wateroppervlak uitstaken verder uiteen en werd de knoop in haar maag strakker. Ze aarzelde, bang dat ze te ver zou gaan en een plek zou bereiken vanwaar ze niet meer kon terugkeren. Het had geen zin zich af te vragen of ze wel de beste weg naar binnen had genomen, want er was geen gelegenheid geweest om een keuze te maken; dit was de enige weg geweest. Ze bukte zich en tuurde ingespannen het donker in, langs strengen mos en bebladerde ranken. Door de nevel, de schemering en het kreupelhout heen dacht ze te zien dat de grond niet ver voor haar uit weer hoger werd en meer plekken zou bieden om haar voeten neer te zetten.

Jennsen ademde de bedompte lucht diep in en stak haar been uit om over te stappen naar de volgende dikke wortel, maar ze kon er niet bij. Ze zakte een beetje door haar knieën en rekte zich verder uit in een poging de plas stilstaand water te overbruggen, maar het was gewoon te ver. Ze richtte zich op en dacht na.

Ze zou naar de volgende dikke wortel moeten springen. Het was eigenlijk maar een klein sprongetje, maar ze wilde beslist niet uitglijden en vallen. Ze vond het ook geen prettig idee om haar evenwicht te moeten hervinden op die ene wortel midden in het water. Als ze met genoeg kracht sprong en op de juiste plek op de wortel neerkwam, kon ze daarvandaan meteen verder springen naar een drogere plek.

Ze legde haar vingertoppen tegen een gladde, kleverige boomstam voor wat steun. Hij was gelukkig niet slijmerig, want dan zou haar hand op precies het verkeerde moment kunnen wegglijden. Ze schatte de afstand. Het was een flink stuk, maar die wortel was de dichtstbijzijnde droge plek waar ze haar voet kon neerzetten. Als ze genoeg vaart had, kon ze verder springen naar de volgende wortel, die in een drogere omgeving lag.

Jennsen ademde diep in en duwde zich toen met een grom van inspanning weg van de boom om over het water heen te springen. Precies op het moment dat ze op de boomwortel zou neerkomen, bewoog die. Maar ze had haar afzet al gedaan en kon niet meer van richting veranderen.

De wortel, die dikker was dan haar enkel, maakte plotseling een kronkelende beweging en verdween. Bijna op hetzelfde moment draaide een dikke kabel zich weer omhoog en greep haar kuit, terwijl er een ander koord met koude schubben omhoogschoot om zich rond haar knie te slingeren.

Het ging allemaal zo snel dat een deel van haar nog steeds op weg was naar de wortel die haar had vastgegrepen, terwijl een ander deel daar juist voor terug wilde deinzen. Ze bevond zich tussen de plek waar ze vandaan kwam en de plek waar ze heen wilde, en had niets om zich mee overeind te houden.

Intuïtief greep Jennsen naar haar mes, maar terwijl ze dat deed, kronkelde het ding woest en wierp het haar plat voorover. Ze stak haar armen uit om haar val te breken. Het water schuimde onder haar. Ze kon nog net de verre wortels aan de rand van het water grijpen, de echte wortels, die nat waren, maar ruw en houtig onder haar tastende vingers.

Op het moment dat ze haar val brak door wanhopig de wortels vast te grijpen waar ze net bij kon, voelde ze dat een enorme slang, die achter haar in het kolkende water bovenkwam, zich om haar heen sloeg.

21

Jennsen verzette zich uit alle macht en gebruikte de wortels om te proberen zich los te rukken. Ze schreeuwde toen een levende kabel zich rond haar wrong, zodat ze haar greep op de wortels verloor, en haar op haar rug draaide. Ze tastte radeloos achter zich, spetterend en blindelings op zoek naar een houvast. Ze rekte zich uit en kreeg dikke wortels te pakken, eerst met één hand en daarna ook met de andere, net op tijd om te voorkomen dat ze onder water werd getrokken.

De kop kwam uit de diepte naar boven en gleed over haar buik naar boven, alsof hij zijn weerspannige prooi kwam inspecteren. Het was de grootste slang die Jennsen ooit had gezien. Zijn lijf was overdekt met iriserende, groene schubben en glinsterde in het zwakke licht als zijn sterke spieren zich spanden. Er speelden glanzende lichtvlekken overheen. Doordat er zwarte strepen rond de felgele ogen liepen en vandaar naar opzij, leek het alsof hij een masker droeg. Zijn rode tong flitste zijn bek in en uit en de donkergroene kop gleed tussen haar borsten naar boven en kwam op haar gezicht af.

Gillend duwde ze de kop opzij. In reactie daarop kronkelde en trok het gespierde lijf; het worstelde met haar en trok haar dieper het water in. Jennsen hield zich met haar vingertoppen vast aan de wortels. Ze probeerde zichzelf uit alle macht uit het water te trekken, maar de slang was te zwaar en te sterk.

Ze wilde met haar benen trappen, maar de slang had die nu allebei vast. De windingen trokken strakker om haar heen en sleurden haar dieper het water in. Hoestend en proestend vocht Jennsen tegen de paniek, die zo fel en hardnekkig naar haar klauwde dat het ook wel een levend wezen leek.

Ze had haar mes nodig. Maar om bij haar mes te kunnen, moest ze de wortels loslaten. Als ze die losliet, zou het beest haar onder het zwarte water trekken en zou ze verdrinken.

Eén hand, dacht ze. Meer had ze niet nodig, één hand maar. Ze kon haar mes pakken als ze met één hand de wortels losliet. Maar doordat de meedogenloze slang zich langzaam maar zeker langs haar lichaam omhoogkronkelde en haar inmiddels bij haar middel had, verstevigde ze uit paniek de greep op de wortel.

Toen de brede, platte kop van de slang omhoogkwam uit het water en opnieuw langs haar lijf naar boven begon te glijden, klemde Jennsen zich met haar linkerhand zo stevig mogelijk aan de wortel vast. Met een vertwijfelde vastberadenheid liet ze met haar rechterhand de wortel los en tastte onder haar mantel. Haar natte kleren verfrommelden tot een prop. Ze kon haar hand er niet tussen krijgen. De onderkaak van de slang drukte tegen haar borst, alsof hij haar wilde laten weten dat hij nu haar longen zou gaan samendrukken, zodat ze niet meer zou kunnen ademen.

Ze hield haar buik in en probeerde haar vingers onder de slang door te duwen, maar het zware lijf drukte met een verlammende kracht in de volle lengte tegen haar romp, zodat ze haar hand niet onder haar mantel kon krijgen om haar mes te pakken.

Terwijl ze zich hevig inspande om bij het wapen te komen en haar vingers onder haar mantel probeerde te wurmen, kwam de slang plotseling een stuk omhoog, zodat nu ook haar arm tegen haar lichaam werd gedrukt.

Met haar ene hand hield ze zich nog steeds stevig vast aan de wortel achter zich. Maar het beest was zo zwaar, dat ze het gevoel had dat haar arm uit de kom zou worden gerukt als ze niet losliet. Ze was ervan overtuigd dat loslaten het slechtste was dat ze kon doen. Maar het gewicht was te groot. De slang trok zo hard aan haar dat ze vreesde dat de huid van haar vingertoppen gestroopt zou worden.

Hoe ze ook haar best deed, ze voelde de wortel uit haar vingers glippen. Tranen van pijn sprongen in haar ogen en ze had geen keuze meer. Ze liet de wortel los.

Ze ging kopje-onder in het donkere, diepe water. Uiteindelijk raakte ze met haar voeten de bodem. Ze gebruikte de vaart waarmee ze naar beneden werd getrokken, boog haar knieën, en zette zich toen met een door angst gedreven kracht af tegen de wortels op de bodem van het water. Ze draaide zich om haar as en greep de wortels aan de overkant, die ze eerder ook vast had gehad.

De slang rolde met haar mee en draaide haar weer op haar rug. Ze gaf een kreet toen haar schouder werd verdraaid. Maar door al die bewegingen, het gespetter, het gerol en het geproest, was er een moment dat de greep van de slang op haar iets verslapte. Die kans liet ze niet voorbijgaan. Ze greep het zilveren heft.

Toen de brede kop met de smalle rode tong, die steeds naar buiten schoot, weer op haar gezicht afkwam, hief ze haar hand en bracht de punt van het mes onder de onderkaak van de slang. De slang verstijfde; hij leek de vlijmscherpe punt te herkennen als een bedreiging. Ze keken elkaar strak aan, allebei roerloos. Ze was vreselijk opgelucht dat ze eindelijk haar mes in haar hand had, ook al bevonden ze zich in een patstelling.

Ze lag op haar rug in het water met de zware slang om zich heen gewonden. Ze kon haar evenwicht niet bewaren en haar gewicht niet gebruiken om iets te ondernemen. Haar arm was verzwakt van de worsteling en deed pijn doordat hij verdraaid was. Ze was uitgeput. Met al die nadelen zou het niet gemakkelijk zijn om zo'n groot en sterk dier te doden. Zelfs als ze zich op het droge zouden bevinden, zou het nog moeilijk zijn.

De gele ogen keken haar aan. Ze vroeg zich af of het een gifslang was. Ze had zijn tanden nog niet gezien. Als hij op haar gezicht af schoot, zou ze dan snel genoeg zijn om hem tegen te houden? 'Het spijt me dat ik op je ben gaan staan,' zei ze. Ze geloofde niet echt dat de slang haar kon verstaan; eigenlijk praatte ze tegen zichzelf, redeneerde ze hardop. 'We hebben elkaar flink laten schrikken.'

De slang bleef haar roerloos aankijken. De tong bleef in de bek. Zijn kop werd een paar centimeter opgetild door de punt van het mes, dus hij kon die scherpe punt waarschijnlijk voelen. Misschien interpreteerde hij die bedreiging als die van een giftand. Jennsen wist het niet; ze wist alleen dat het beter zou zijn om niet met dit beest te hoeven vechten.

Ze lag in het water, in het element van de slang en buiten het hare. Mes of geen mes, de uitkomst van een gevecht was onzeker. Zelfs als ze hem doodde, kon het gewicht van het dier, dat nog steeds in een dodelijke greep om haar heen was gewonden, haar onder water trekken, waardoor ze zou verdrinken. Het was beter om een gevecht te vermijden, als dat mogelijk was.

'Ga weg,' fluisterde ze op serieuze toon. 'Anders moet ik proberen je te doden.' Ze hief de punt van het mes nog wat hoger om haar bedoeling duidelijk te maken in een taal waarvan ze de kans groter achtte dat de slang die verstond.

Haar benen begonnen te tintelen toen ze de greep voelde verslappen. Centimeter voor centimeter trok de kop zich terug. De geschubde windingen werden losser en gleden weg van haar romp en benen, zodat ze zich plotseling licht ging voelen. Jennsen volgde de zich terugtrekkende kop met haar mes en hield de punt onder de onderkaak van het beest, klaar om bij het minste teken van dreiging met al haar kracht toe te steken. Ten slotte gleed de slang weer het water in.

Zodra ze het gewicht kwijt was, krabbelde ze de vaste wal op. Ze bleef op handen en knieën zitten, met haar mes in haar vuist, hapte naar lucht om op adem te komen en probeerde te kalmeren. Ze had geen idee wat de slang had gedacht, of waarom, en of dezelfde truc op een andere tijd en plaats ook gewerkt zou hebben, maar vandaag had hij dat gedaan en ze fluisterde een dankgebed tot de goede geesten. Als die soms iets te maken hadden met haar bevrijding uit de schubbige greep van de dood, wilde ze niet nalaten haar dankbaarheid uit te spreken.

Met de rug van haar bevende hand streek Jennsen de tranen van angst van haar wangen voordat ze wankel overeind kwam. Ze draaide zich om en keek uit over het bewegingloze, zwarte water onder de overhangende bladeren en mossen. Achteraf herinnerde ze zich dat ze met haar voeten onder water wortels had gevoeld. Nu ze naar het water keek dat ze was overgestoken, zag ze dat het water hooguit driekwart meter boven de grond stond. Misschien was het land gezakt. Hoe dan ook, als ze gewoon voorzichtig door het ondiepste deel was gewaad, in plaats van naar de wortel te springen die een slang bleek te zijn, had ze waarschijnlijk veel minder problemen gehad.

Ze bedacht dat ze voor de terugweg een tak zou versnijden tot wandelstok om door het water te waden, zodat ze daarmee voor zich uit kon voelen, en goed zou uitkijken dat ze niet op een slang ging staan.

Nog steeds hijgend draaide Jennsen zich om naar de donkere weg die voor haar lag. Ze moest het huis van de tovenares zien te bereiken, en ze stond hier tijd te verspillen met zelfmedelijden. Sebastiaan had haar hulp nodig, en hij had er niets aan als ze zo met zichzelf begaan was.

Druipnat ging ze weer op pad. Hoewel het winter was, was het gelukkig warm in het moeras. Ze zou in elk geval niet bevriezen. Ze herinnerde zich hoe nat ze was geweest toen Sebastiaan en zij waren gevlucht nadat het viermanschap haar moeder had vermoord.

De grond lag maar een paar centimeter boven de plassen stilstaand water, maar door de grote hoeveelheid wortels die erdoorheen liep, was hij stevig genoeg om haar gewicht te dragen. Waar het water over de grond liep, was dat steeds maar een klein stukje en bleef het ondiep. Desondanks zette Jennsen haar voeten voorzichtig neer om er zeker van te zijn dat de wortels net onder het oppervlak geen op de loer liggende slangen waren. Ze wist dat waterslangen zeer gevaarlijk konden zijn. Ook een gifslang van slechts dertig centimeter lang kon een mens doden. Net als bij spinnen waren de afmetingen onbelangrijk als het gif dodelijk was.

Ze kwam weer bij een gebied waar stoom oprees uit gaten in de grond. Rond de openingen waaruit de damp opsteeg, hadden zich gekleurde korsten gevormd, voornamelijk geel. De lucht deed haar kokhalzen en ze moest er met een wijde boog omheen lopen, zodat ze adem kon blijven halen. Het kreupelhout was stekelig en dicht.

Ze kon met haar mes sommige dikkere takken afsnijden en zich op die manier een weg banen naar een vooruitstekende rand tegen een rotswand. Die smalle richel volgend, kwam ze vlak langs een donkere poel. Er gingen langzame rimpelingen over het wateroppervlak doordat iets daaronder met haar mee zwom. Ze hield haar mes bij de hand, lette goed op waar ze haar voeten zette en was op haar hoede voor iets dat haar vanuit het water kon bespringen. Toen ze zich aan de rotswand wilde vasthouden en er een stuk gesteente losraakte, waardoor ze bijna haar evenwicht verloor, gooide ze de steen in het water naar het wezen dat ze niet kon zien. Dat bleef haar volgen totdat ze de andere oever bereikte, waar ze op hoger gelegen grond kon klimmen en tussen dichte begroeiing van hoog opgeschoten planten met brede bladeren terechtkwam.

Het deed haar denken aan een veld met maïsstengels. Tussen de stengels door zag ze iets langzaam bewegen. Ze wist niet wat het kon zijn, maar de afmetingen leken dusdanig te zijn dat ze er ook niet achter wilde komen, dus ging ze sneller lopen. Even later rende ze tussen de dichte begroeiing door, om stengels heen springend en onder takken door duikend.

De bomen stonden hier weer dichter bij elkaar, en al snel moest ze weer voorzichtig tussen de wirwar van wortels door lopen. Er leek geen einde aan te komen en ze kwam maar langzaam vooruit. De dag vorderde. Als ze bij open stukken kwam, of in elk geval min of meer open, holde ze om tijd te winnen. Ze was al uren in het moeras. Het zou waarschijnlijk al tegen het middaguur lopen.

Volgens Tom was het ongeveer een dag reizen, het moeras in en weer uit. Maar ze was hier al zo lang dat ze zich bezorgd begon af te vragen of ze het huis van de tovenares misschien had gemist. Per slot van rekening had ze geen idee hoe breed het moeras was. Ze kon er best langs zijn gekomen zonder het te zien. Ze werd bang dat dat inderdaad was gebeurd.

Wat moest ze doen als ze het huis niet kon vinden? Wat moest ze dan beginnen? Ze verheugde zich er niet op om de nacht in het moeras door te moeten brengen. Er konden 's nachts wel allerlei wezens te voorschijn komen. Ze dacht niet dat het mogelijk zou zijn een kampvuur te maken. De gedachte om hier in het donker te verblijven, zonder dat het licht van de maan of de sterren er zou doordringen, beangstigde haar.

Toen ze uiteindelijk de oever van een groot meer bereikte, bleef Jennsen staan om op adem te komen. Dikke boomstammen staken uit het water omhoog en leken op een reeks palen die een laag groen dak ondersteunden. Boven het meer was het iets lichter. Rechts van haar zag ze een rotswand die geen enkel houvast bood, laat staan een manier om erlangs te komen. Hij liep steil het water in, waardoor de indruk werd gewekt dat dat aan die kant van het meer heel diep was.

Toen ze de oever naar links af keek, zag ze tot haar verbazing voetafdrukken. Jennsen rende erheen en liet zich op één knie zakken om de afdrukken in de zachte grond te bekijken. Aan de afmeting te zien leken ze afkomstig van een man, maar ze waren niet nieuw. Ze volgde de voetafdrukken langs de oever en vond op een paar plekken schubben van gevangen vis die ter plekke was schoongemaakt. Verderop was de begroeiing dicht en verward, maar het gras en de droge grond aan de oever van het meer vormden een goed pad, en de voetafdrukken gaven hoop.

Ze volgde de sporen naar de andere kant van het bewegingloze meer, langs een uitgesleten pad, door een dicht wilgenbosje en omhoog naar hoger gelegen grond. Toen ze door een opening in de begroeiing gluurde, zag ze in de verte, tussen de bomen, achter een wirwar van kreupelhout en een sluier van klimplanten, op een heuveltje een huis staan. Uit een schoorsteen kringelde houtrook, die zich vermengde met de mist die erboven hing, bijna alsof de rook zelf die asgrauwe nevel veroorzaakte.

In de grijze schemering van het donkere moeras blonk het licht dat uit een raam aan de zijkant van het huis viel als een gouden juweel, een baken dat de verlorenen, de vertwijfelden, de verlatenen en de weerlozen welkom heette. Toen ze zag dat haar reis bijna ten einde was, na alle angst en beproevingen, sprongen er tranen in haar ogen van opluchting. Het hadden tranen van blijdschap kunnen zijn, ware het niet dat ze haar doel nog lang niet bereikt had.

Jennsen haastte zich over het pad tussen de wilgen en eiken door, omhoog door de wirwar van kreupelhout, langs gordijnen van klimplanten, en kwam al snel bij het huis aan. Het stond op een fundering van nauwkeurig op elkaar gestapelde stenen zonder mortel. De muren waren van blokken cederhout gemaakt. Het dak stak over tot boven een smalle veranda die om het huis heen liep, met aan de achterkant een paar treden naar het pad dat naar het meer leidde waar ze vandaan was gekomen.

Ze nam de treden met twee tegelijk naar de smalle veranda en nadat ze die om het huis heen had gevolgd, kwam ze bij een deur met aan weerszijden pilaren van dikke boomstammen, die een eenvoudige maar vriendelijke zuilengang vormden. Vanaf de deur leidde een brede trap naar een ruim en goed onderhouden pad dat voor het huis het moeras in liep. Dat was het pad waarover de mensen kwamen die waren uitgenodigd om de tovenares te bezoeken. Vergeleken bij de manier waarop zij hier gekomen was, leek dit wel een echte weg.

Zonder tijd te verspillen, klopte Jennsen aan. Ongeduldig sloeg ze nog eens met haar knokkels tegen de deur. Haar geklop werd onderbroken toen de deur naar binnen openzwaaide. Een oudere man keek haar verrast aan. Zijn donkerbruine haar was al flink aan het grijzen en leek iets te wijken, maar het was nog steeds vol. Hij was niet mager maar ook niet dik, en van gemiddelde lengte. Zijn kleding was niet die van een vallenzetter of een man die veel tijd in het moeras doorbracht, maar die van een ambachtsman; zijn bruine broek, die schoon en netjes was, was niet van een grove stof gemaakt, maar van een duurder, fijner weefsel. Er glinsterden spikkeltjes goud op zijn groene overhemd. Het was de vergulder, Friedrich.

Met zijn scherpe blik nam hij haar kritisch op en hij zag ook het rode haar onder haar kap. 'Wat doet u hier?' vroeg hij. Zijn diepe stem paste goed bij zijn uiterlijk, maar klonk niet erg vriendelijk.

'Ik ben gekomen om met Althea te praten, als dat mag.'

Zijn blik ging naar het pad en daarna weer naar haar. 'Hoe bent u hier gekomen?'

Uit zijn argwanende gelaatsuitdrukking maakte ze op dat hij een manier had om te weten of iemand over het pad was gekomen. Jennsen kende dat soort trucjes; haar moeder en zij gebruikten die altijd om zich ervan te vergewissen dat niemand hen ongezien had beslopen.

Jennsen gebaarde om het huis heen. 'Ik ben van de andere kant gekomen. Van de achterkant. Van de andere kant van het meer.'

'Niemand kan in het gebied aan de andere kant van het meer komen, zelfs ik niet.' Hij fronste zijn borstelige, zwart met grijze wenkbrauwen zonder haar woorden serieus te nemen of verdere vragen te stellen. 'U liegt.'

Jennsen was verbluft. 'Niet waar. Ik ben van de achterkant gekomen. Ik moet uw vrouw, Althea, erg dringend spreken.'

'U bent niet uitgenodigd. U moet gaan. En deze keer zult u niet van het pad afdwalen, als u weet wat goed voor u is. Gaat u nu, alstublieft!'

'Maar het is een zaak van leven of dood. Ik moet...'

De deur sloeg in haar gezicht dicht.

22

Jennsen stond als aan de grond genageld met de plotseling gesloten deur op een paar centimeter van haar gezicht. Ze wist niet wat ze moest doen. Ze was zo verbijsterd dat er nog geen plaats was voor andere emoties.

Binnen hoorde ze de stem van een vrouw. 'Wie is het, Friedrich?'

'Je weet best wie het is.' De stem van Friedrich klonk heel anders dan toen hij tegen Jennsen had gepraat. Zijn toon was nu liefdevol, eerbiedig en vertrouwelijk.

'Nou, laat haar dan binnen.'

'Maar, Althea, je kunt niet...'

'Laat haar binnen, Friedrich.' Haar stem klonk berispend, maar niet nors.

Jennsen voelde een last van haar schouders glijden. Alle argumenten die ze had verzameld terwijl ze aanstalten maakte om opnieuw te kloppen, smolten weg. De deur ging weer open, deze keer wat langzamer.

Friedrich keek haar aan, niet als een verslagen of terechtgewezen man, maar als iemand die waardig het lot tegemoet trad.

'Kom alsjeblieft binnen, Jennsen,' zei hij op rustiger, vriendelijker toon.

'Dank u,' zei Jennsen met een klein stemmetje, want ze was enigszins verbaasd en verontrust dat hij haar naam kende.

Terwijl ze achter hem aan naar binnen liep, nam ze alles in zich op. Ondanks de warmte in het moeras knetterde er toch een klein vuur in de stenen open haard, dat lekker rook en een aangenaam, droog gevoel gaf. Dat was eigenlijk belangrijker dan warmte:

droogte. Het meubilair was eenvoudig maar goed gemaakt en verfraaid met houtsnijwerk. De zitkamer had maar twee kleine ramen, in de tegenover elkaar liggende zijmuren. Er waren een paar achterkamers en in een daarvan stond voor een derde raam een werkbank met ordelijk gerangschikt gereedschap erop.

Jennsen herkende het huis niet en wist niet meer of ze hier ooit was geweest. Haar herinnering aan het bezoek aan Althea was meer een indruk van vriendelijke gezichten dan een echt duidelijke herinnering aan een plek. De muren, die volhingen met voorwerpen waar haar ogen zich aan konden verlustigen, kwamen haar bekend voor. Dat soort dingen zou haar vroeger als kind ook zeker zijn opgevallen. Er waren overal houtsnijwerkjes van vogels, vissen en andere dieren. Sommige hingen los aan de muur en andere stonden in groepjes op planken. Een klein kind zou erdoor gefascineerd zijn.

Sommige houtsnijwerkjes waren beschilderd en andere niet, maar de veren, schubben en vacht waren zo fijn uitgesneden dat ze eruitzagen als dieren die op wonderbaarlijke wijze in hout waren veranderd. Andere sculpturen waren gestileerder en prachtig verguld. Aan een van de muren hing, laag boven de grond, een ronde spiegel waarvan de lijst de stralen van de zon voorstelde, die afwisselend verguld en verzilverd waren.

Voor de open haard lag een groot rood met gouden kussen op de grond. Jennsens oog viel op een vierkant bord met een vergulde Gratie erop, dat op de grond voor het kussen lag. Het was precies de Gratie die zij vaak tekende, maar deze, wist ze, was echt. Er lag een stapeltje steentjes naast.

In een prachtige stoel, met een hoge rugleuning en met houtsnijwerk versierde armleuningen, zat een tengere vrouw met grote, donkere ogen die extra opvielen door haar goudblonde haar, met hier en daar wat grijs ertussen. Haar haar viel rond haar gezicht en reikte tot op haar schouders. Haar polsen rustten op de armleuningen van de stoel terwijl haar lange, slanke vingers sierlijk de spiralen natrokken die in het uiteinde waren uitgesneden.

'Ik ben Althea.' Haar stem was vriendelijk, maar had een duidelijke ondertoon van gezag. Ze ging niet staan.

Jennsen maakte een revérence. 'Mevrouw, neemt u mij alstublieft niet kwalijk dat ik onuitgenodigd en onverwacht kom binnenvallen.'

'Onuitgenodigd misschien, maar niet onverwacht, Jennsen.'

'Weet u hoe ik heet?' Jennsen besefte te laat hoe dom die vraag klonk. De vrouw was een tovenares. Jennsen had geen idee wat de vrouw met haar magische kracht allemaal kon waarnemen.

Althea glimlachte, en dat gaf haar een sympathieke uitstraling. 'Ik herinner me jou. Een ontmoeting met iemand als jij vergeet je niet snel.'

Jennsen wist niet precies wat dat betekende, maar zei toch maar 'dank u'.

De glimlach op Althea's gezicht werd breder en veroorzaakte rimpeltjes bij haar ogen. 'Lieve help, wat lijk jij op je moeder. Als je dat rode haar niet had, zou ik denken dat ik was teruggereisd in de tijd naar de laatste keer dat ik haar zag, toen ze ongeveer net zo oud was als jij nu.' Ze stak haar hand recht voor zich uit. 'En toen was jij nog maar zó.'

Jennsen voelde dat haar gezicht net zo rood werd als haar haar. Haar moeder was mooi geweest, niet alleen verstandig en liefdevol. Jennsen geloofde niet dat ze de vergelijking met zo'n aantrekkelijke vrouw kon doorstaan of ooit het voorbeeld kon evenaren dat haar moeder haar had gesteld.

'En hoe is het met haar?'

Jennsen slikte. 'Mijn moeder... mijn moeder is er niet meer.' Ze sloeg verdrietig haar ogen neer. 'Ze is vermoord.'

'Dat spijt me vreselijk,' zei Friedrich, die achter haar stond. Hij legde meelevend een hand op haar schouder. 'Dat meen ik echt. Ik heb haar wel gekend, in het paleis. Het was een goede vrouw.'

'Hoe is het gebeurd?' vroeg Althea.

'Ze hebben ons uiteindelijk toch gevonden.'

'Jullie gevonden?' Althea trok haar wenkbrauwen op. 'Wie?'

'Nou, de D'Haraanse soldaten. De mannen van Meester Rahl.' Jennsen trok haar mantel open en liet hun het heft van het mes zien. 'Dit is van een van hen afkomstig.'

Althea's blik ging naar het mes en toen weer naar Jennsens gezicht. 'Dat spijt me vreselijk, meisje.'

Jennsen knikte. 'Maar ik moet u waarschuwen. Ik ben bij uw zus geweest, bij Lathea...'

'Heb je haar nog gesproken, voordat ze stierf?'

Jennsen staarde haar verrast aan. 'Ja.'

Althea schudde met een droevige glimlach haar hoofd. 'Arme La-

thea. Hoe ging het met haar? Ik bedoel, had ze een goed leven?'
'Dat weet ik niet. Ze had een leuk huis, maar ik heb haar maar
heel kort gesproken. Ik had de indruk dat ze alleen woonde. Ik
ben naar haar toe gegaan omdat ik hulp nodig had. Ik herinnerde me dat mijn moeder de naam van een tovenares had genoemd
die ons had geholpen, maar blijkbaar heb ik de naam verhaspeld.
Zo kwam ik bij uw zus terecht. Ze wilde niet eens met me praten. Ze zei dat ze niets kon doen en dat u degene was geweest die
me had geholpen, vroeger. Daarom moest ik hierheen komen.'
'Hoe ben je hier gekomen?' vroeg Friedrich terwijl hij naar het
pad aan de voorkant gebaarde. 'Je moet van het pad zijn ge-
dwaald.'
'Niet van die kant. Ik ben achterom gekomen.'
Nu fronste zelfs Althea. 'Er is geen achterom.'
'Nou ja, er was geen echt pad, maar ik heb me een weg gebaand.'
'Niemand kan van die kant hier komen,' hield Althea vol. 'Er zijn
wezens die die kant bewaken.'
'Dat weet ik. Ik ben een enorme slang tegengekomen...'
'Heb je de slang gezien?' vroeg Friedrich.
Jennsen knikte. 'Ik ging er per ongeluk op staan. Ik dacht dat het
een boomwortel was. We hebben een partijtje geworsteld en hij
heeft me een nat pak bezorgd.'
Ze keken haar allebei doordringend aan, op een manier die Jennsen nerveus maakte.
'Ja, ja,' zei Althea op een toon alsof de slang haar onverschillig
liet, en ze wapperde met haar hand alsof ze zulk onbelangrijk
nieuws weg wilde wuiven, 'maar je hebt toch zeker de andere wezens wel gezien?'
Jennsen keek van Friedrichs grote ogen naar Althea's frons. 'Behalve de slang heb ik niets gezien.'
'De slang is gewoon een slang,' zei Althea, en ze deed het ontzaglijke beest opnieuw met een ongeduldig handgebaar af. 'Er zijn
daar gevaarlijke wezens. Wezens die niemand doorlaten. Niemand. Hoe ben je daar in de naam der Schepping langs gekomen?'
'Wat voor wezens?'
'Magische wezens,' zei Althea op barse toon.
'Het spijt me, maar het enige dat ik u kan vertellen is dat ik er-
door ben gekomen, en dat ik behalve de slang niets heb gezien.'
Ze keek met een frons naar het plafond terwijl ze nog eens na-

dacht. 'Hoewel, ik heb wel dingen in het water gezien; donkere dingen onder water.'

'Vissen,' zei Friedrich smalend.

'En in de bosjes... Ik heb dingen in de bosjes gezien. Nou ja, niet echt gezien, maar ik zag de struiken bewegen en ik wist dat er iets in zat. Maar het kwam niet te voorschijn.'

'Deze wezens,' zei Althea, 'verbergen zich niet in de bosjes. Ze kennen geen vrees. Ze verbergen zich nergens voor. Ze zouden te voorschijn zijn gekomen en je aan stukken hebben gescheurd.'

'Ik weet niet waarom ze dat niet hebben gedaan,' zei Jennsen. Haar blik dwaalde door het zijraam naar de stilstaande poelen donker water onder een schemerige wirwar van klimplanten, en ze voelde een steek van bezorgdheid over haar terugreis. Sebastiaans leven stond op het spel, en het frustreerde haar dat de tovenares maar doorging met haar nutteloze gepraat over wat zich in het moeras bevond. Per slot van rekening was ze erdoorheen gekomen, dus het was niet zo onmogelijk als die twee haar wilden doen geloven. 'Waarom woont u hier? Ik bedoel, als u zo wijs en verstandig bent, waarom woont u dan in een moeras met slangen?'

Althea trok een wenkbrauw op. 'Ik geef de voorkeur aan slangen zonder armen en benen.'

Jennsen ademde diep in en begon opnieuw. 'Althea, ik ben gekomen omdat ik ten einde raad ben en uw hulp nodig heb.'

Althea schudde haar hoofd alsof ze het niet wilde horen. 'Ik kan je niet helpen.'

Jennsen was overrompeld dat haar verzoek zo snel van de hand werd gewezen. 'Maar u moet me helpen.'

'Het gaat echt niet.'

'Alstublieft, u hebt me al eerder geholpen. Ik heb uw hulp opnieuw nodig. Meester Rahl komt steeds dichterbij. Ik heb het er al meer dan eens ternauwernood levend afgebracht. Ik ben ten einde raad en weet niet wat ik anders nog moet beginnen. Ik weet niet eens waarom mijn vader me eigenlijk wilde vermoorden.'

'Omdat je een nakomeling zonder de gave bent.'

'Precies. Maar dat is nu juist de reden waarom het niet logisch is: ik heb de gave niet, dus welke bedreiging kon ik voor hem vormen? Als hij een machtige tovenaar was, wat kon ik hem dan voor kwaad doen? Wat had hij van mij te duchten? Waarom wilde hij me zo graag laten doden?'

'De Meester Rahl vernietigt alle nakomelingen zonder de gave die hij ontdekt.'

'Maar waarom? Dat hij dat doet, is een feit, maar er moet een reden voor zijn. Als ik die nu maar kende, kon ik er misschien iets tegen doen.'

Althea schudde opnieuw haar hoofd. 'Ik weet het niet. De Meester Rahl maakte er niet bepaald een gewoonte van om zijn zaken hier met me te komen bespreken.'

'Nadat ik bij uw zus was geweest en zij had geweigerd me te helpen, ben ik naar haar teruggegaan om haar diezelfde vraag te stellen, maar ze was vermoord door dezelfde mannen die achter mij aan zitten. Ik vermoed dat ze bang waren dat ze me iets zou kunnen vertellen en dat ze haar daarom vermoord hebben.' Jennsen streek haar haar naar achteren. 'Ik vind het heel erg van uw zus, echt waar. Maar u bent ook in gevaar, vanwege de dingen die u weet, snapt u?'

'Ik kan me niet voorstellen waarom ze haar kwaad wilden doen.' Althea keek met gefronst voorhoofd nadenkend in de verte. 'Wat jij zegt, dat ze misschien iets wist, klopt niet. Zij heeft er nooit iets mee te maken gehad. Lathea wist minder dan ik. Ze zou geen idee hebben gehad waarom Darken Rahl jou uit de weg wilde ruimen. Ze had je niets kunnen vertellen.'

'Maar zelfs als hij vond dat zijn nakomelingen zonder de gave minderwaardig waren en geen bestaansrecht hadden – als hij de slechtsten uit het nest wilde uitroeien, bij wijze van spreken – waarom zou zijn zoon, mijn halfbroer, er dan ook op gebrand zijn me te doden? Ik kon mijn vader geen kwaad doen en ik kan zijn zoon geen kwaad doen, en toch stuurt ook Richard viermanschappen achter me aan.'

Althea leek nog steeds niet overtuigd. 'Weet je zeker dat het de mannen van Meester Rahl zijn die dit doen? Ik zie gewoon niet in de stenen...'

'Ze zijn mijn huis binnengedrongen. Ze hebben mijn moeder vermoord. Ik heb ze gezien; ik heb tegen ze gevochten. Het waren D'Haraanse soldaten.' Ze trok het mes uit de schede aan haar riem en stak het heft omhoog om het aan de vrouw te laten zien. 'Een van hen had dit bij zich.'

Althea keek er behoedzaam naar, zoals je naar iets levensgevaarlijks kijkt, maar ze zei niets.

'Waarom laat Meester Rahl mijn moeder doden? Waarom wil het Huis Rahl mij dood hebben?'

'Ik weet het niet.' Althea hief haar handen en liet ze weer in haar schoot vallen. 'Het spijt me, maar het is de waarheid.'

Jennsen liet zich voor de vrouw op haar knieën zakken. 'Althea, alstublieft, ook al weet u de reden niet, ik heb uw hulp toch nodig. Uw zus wilde me niet helpen en ze zei dat alleen u dat kon. Ze zei dat alleen u de gaten in de wereld kunt zien. Ik weet niet wat dat betekent, maar ik weet dat het hier iets mee te maken heeft, en met magie. Alstublieft, ik heb uw hulp nodig.'

De tovenares leek verbaasd. 'En wat zou je dan willen dat ik deed?'

'Me verbergen. Zoals u hebt gedaan toen ik klein was. Een toverformule over me uitspreken, zodat ze niet weten wie ik ben en waar ze me kunnen vinden; zodat ze me niet meer kunnen volgen. Ik wil alleen maar met rust gelaten worden. Ik heb de betovering nodig die me voor Meester Rahl zal verbergen.

Maar het is niet alleen voor mijzelf. Ik heb die ook nodig om een vriend te helpen. Ik heb de betovering nodig om mijn ware identiteit te verbergen, zodat ik terug kan gaan naar het Volkspaleis en hem vrij kan krijgen.'

'Hem vrij krijgen? Hoe bedoel je? Wie is die vriend?'

'Hij heet Sebastiaan. Hij heeft me geholpen toen de mannen ons huis binnenvielen en mijn moeder vermoordden. Hij heeft mijn leven gered. Hij heeft me meegenomen hierheen, zodat ik u kon bezoeken. Uw zus had gezegd dat we bij het paleis moesten vragen waar we u konden vinden. Hij is dat hele eind met me meegekomen en heeft me geholpen hier te komen, zodat ik u kon vragen om de hulp die ik nodig heb. We zijn naar het paleis gegaan om Friedrich te zoeken, omdat ik niet wist waar u woonde, en toen we daar waren, hebben de bewakers Sebastiaan gevangengenomen. Snapt u? Hij heeft me geholpen, en daardoor zit hij nu gevangen. Ze zullen hem vast en zeker martelen. Hij hielp me; het is mijn schuld dat hij in moeilijkheden zit. Alstublieft, Althea, ik heb uw hulp nodig om hem vrij te krijgen. Ik heb een betovering nodig om me te verbergen, zodat ik het paleis in kan gaan en hem kan redden.'

Althea staarde haar ongelovig aan. 'Waarom denk je dat je dat met een betovering voor elkaar kunt krijgen?'

'Dat weet ik niet. Ik weet absoluut niet hoe magie werkt. Ik weet alleen dat ik magie nodig heb, dat ik een betovering nodig heb om mijn ware identiteit te verbergen.'

De vrouw schudde haar hoofd alsof ze van doen had met een volkomen krankzinnige. 'Jennsen, zoals jij je dat voorstelt, werkt magie niet. Denk je dat ik een betovering kan uitspreken zodat jij ongestoord het paleis kunt binnenlopen en de bewakers spontaan de deuren voor je opendoen?'

'Nou, ik weet niet...'

'Natuurlijk weet je dat niet. Daarom vertel ik je dat het niet op die manier werkt. Magie is geen sleutel die deuren voor je opent. Magie is niet iets dat – poef – in één klap je problemen oplost. Magie zou de problemen alleen maar ingewikkelder maken. Als je een beer in je tent hebt, vraag je er niet nog een binnen. Twee beren zijn niet beter dan één beer.'

'Maar Sebastiaan heeft mijn hulp nodig. En ik heb magie nodig om hem te kunnen helpen.'

'Aangenomen dat je daar naar binnen zou stappen, zoals jij denkt, en een of ander' – ze wapperde met haar hand alsof ze een woord probeerde te bedenken om het te omschrijven – 'weet ik veel, een of ander magisch stof of zo zou gebruiken om de deuren van de gevangenis te openen en je vriend vrij te krijgen, wat denk je dan dat er zou gebeuren? Dat jullie tweeën vrolijk konden wegwandelen en dat het daarbij bleef?'

'Dat weet ik niet precies...'

Althea boog zich naar voren, op een elleboog steunend. 'Denk je niet dat de mensen die in het paleis de leiding hebben, zouden willen weten hoe dat was gebeurd, zodat ze konden voorkomen dat het nog eens zou gebeuren? Denk je niet dat een aantal volkomen onschuldige mensen wier werk het is daar de deuren te bewaken grote problemen zou krijgen doordat ze een gevangene hadden laten ontsnappen, en dat ze daar misschien zwaar onder zouden lijden? Denk je niet dat de hoge functionarissen van het paleis hun ontsnapte gevangene terug zouden willen hebben? Denk je niet dat ze, gezien de wijze waarop hij was bevrijd, zouden denken dat die vriend van jou nog gevaarlijker is dan ze hadden vermoed, waar ze hem dan ook van verdachten? Denk je niet dat er volkomen onschuldige mensen slachtoffer kunnen worden van de drastische maatregelen die genomen zullen worden om zo'n ontsnapte gevangene aan te houden? Denk je niet dat ze een leger en een groep mensen met de gave op pad zouden sturen om het omlig-gende land uit te kammen voordat jullie erg ver konden komen? En denk je bovendien niet,' zei de tovenares ten slotte op zeer ern-stige toon, 'dat een zo machtige tovenaar als de Meester Rahl van heel D'Hara misschien een of andere zeer onaangename, pijnlijke en langdurige, fatale verrassing in petto heeft voor iemand die de betovering van een armzalige, oude tovenares tegen hem durft te gebruiken, en dat nog wel binnen de muren van zijn eigen paleis?'

Jennsen staarde in de donkere ogen die op haar gevestigd waren. 'Daar heb ik helemaal niet aan gedacht.'

'Daar hoor ik niet van op.'

'Maar... hoe moet ik Sebastiaan dan vrij krijgen? Hoe kan ik hem helpen?'

'Je zult een manier moeten bedenken om hem vrij te krijgen – als dat tenminste mogelijk is – maar daarbij zul je rekening moeten houden met alles wat ik heb gezegd, en meer. Een gat in de muur hakken waar hij doorheen kan stappen, zou nogal de aandacht trekken, denk je niet? Het zou je net zoveel problemen bezorgen als magie. In plaats daarvan moet je een manier bedenken om hen ervan te overtuigen dat ze hem vrijwillig laten gaan. Dan zullen ze later geen jacht op jullie maken om hem terug te krijgen.'

Dat klonk heel zinnig. 'Maar hoe krijg ik dat voor elkaar?'

De tovenares haalde haar schouders op. 'Als het mogelijk is, durf ik te wedden dat jij het kunt. Per slot van rekening ben je er tot nu toe in geslaagd in leven te blijven en op te groeien tot een mooie, jonge vrouw, aan viermanschappen te ontkomen, mij te vinden en door het moeras hierheen te komen. Je hebt al veel voor elkaar gekregen. Je moet je er alleen op concentreren. Maar het is geen goed idee om een stok te pakken en daarmee tegen een wespennest te slaan.'

'Maar ik zie niet in hoe ik het kan doen zonder magie. Ik ben zelf een nul, een onbeduidende persoon.'

'Een nul,' zei Althea schimpend terwijl ze naar achteren leunde. Ze leek op een lerares die ongeduldig werd omdat een leerling haar les niet kende. 'Je bent wel degelijk iemand: je bent Jennsen, een slimme meid met hersens. Je moet niet voor me neerknielen en onwetendheid voorwenden, me vertellen wat je niet kunt en anderen vragen dingen voor je te doen.

Als je als een slaaf wilt leven, moet je vooral doorgaan met anderen te vragen dingen voor je te doen. Ze zullen doen wat je vraagt, maar je zult merken dat je dat betaalt met jouw keuzemogelijkheden, jouw vrijheid, jouw leven zelf. Ze zullen dingen voor je doen, en als gevolg daarvan zul je voorgoed hun lijfeigene zijn, en dan heb je je identiteit opgegeven in ruil voor een schamele prijs. Dan, pas dan, zul je een nul zijn, een slaaf, omdat jij, en niemand anders, jezelf tot slaaf hebt gemaakt.'

'Maar misschien is het in dit geval anders...'

'De zon komt in het oosten op; daar zijn geen uitzonderingen op omdat jij dat zou willen. Ik weet waarover ik het heb en ik zeg je dat magie niet het antwoord is. Wat dacht je? Dat ze, als je over een betovering zou beschikken waardoor ze niet zouden weten dat je Darken Rahls dochter bent, zich zouden uitsloven om deuren voor je te openen? Ze zullen de deur van de cel van je vriend voor niemand openen, tenzij ze vinden dat die geopend moet worden. Het maakt niet uit of er een toverformule zou bestaan om je in een konijn met zes poten te veranderen; ze zouden nog steeds geen deuren openen die jij open wilt hebben, alleen omdat je door een toverspreuk plotseling een konijn met zes poten bent.'

'Maar magie...'

'Magie is een werktuig, geen oplossing.'

Jennsen dwong zichzelf kalm te blijven, ook al had ze zin om de vrouw bij haar schouders te pakken en haar door elkaar te schudden totdat ze ermee instemde haar te helpen. Ze was niet van plan hetzelfde te laten gebeuren als bij Lathea en deze kans op hulp te verspelen. 'Hoe bedoelt u, magie is geen oplossing? Magie is invloedrijk.'

'Jij hebt een mes. Dat heb je me laten zien.'

'Dat klopt.'

'En als je honger hebt, zwaai je dan met je mes voor iemands neus en eis je een brood? Nee. Je haalt iemand over om je een brood te geven door hem in ruil daarvoor een muntstuk te geven.'

'Bedoelt u dat u denkt dat ze omkoopbaar zijn?'

Opnieuw een zucht. 'Nee. Ik kan je met zekerheid zeggen dat ze niet omkoopbaar zijn, althans, niet in de gebruikelijke betekenis. Maar er zijn toch wel parallellen te vinden.

Als Friedrich een brood wil hebben, gebruikt hij zijn mes niet om brood te krijgen van degenen die het bakken, tenminste, niet op de manier zoals jij magie wilt gebruiken. Hij gebruikt zijn mes als een werktuig om figuren mee uit te snijden, die hij daarna verguldt. Hij verkoopt wat hij met zijn mes heeft gemaakt en ruilt dat dan in voor brood.

Begrijp je? Als hij het mes – het werktuig – rechtstreeks zou gebruiken om het probleem van het verkrijgen van brood op te lossen, zou hij daar uiteindelijk alleen maar slechter van worden. Hij zou een dief zijn en als zodanig worden vervolgd. In plaats daarvan denkt hij na en gebruikt hij het mes als werktuig om iets te maken waarbij hij zijn verstand nodig heeft, en zo slaagt hij erin brood te verkrijgen met zijn mes.'

'Bedoelt u dan dat ik de magie indirect moet gebruiken? Dat ik de magie op de een of andere manier als werktuig moet gebruiken om mijn doel te bereiken?'

Althea zuchtte diep. 'Nee, kind. Vergeet die magie. Je moet je hersens gebruiken. Magie levert je alleen maar narigheid op. Gebruik je verstand.'

'Dat heb ik gedaan,' zei Jennsen. 'Het was niet gemakkelijk, maar ik heb mijn verstand gebruikt om bij u te komen om hulp te vragen. Nu heb ik een betovering nodig als werktuig om me te helpen, om me te verbergen. Dan zal de magie een werktuig zijn, zoals u bepleit.'

Althea keek naar de open haard, in de flakkerende vlammen. 'Ik kan je daar niet mee helpen.'

'Ik geloof niet dat u het begrijpt. Ik word door machtige mannen achternagezeten. Ik heb alleen een toverformule nodig om mijn identiteit te verhullen, zoals u die voor me hebt uitgesproken toen ik klein was en met mijn moeder in het paleis woonde.'

De oude vrouw staarde nog steeds in de vlammen. 'Dat kan ik niet. Dat ligt niet binnen mijn vermogen.'

'Jawel. U hebt het al eens eerder gedaan.' Levenslange frustratie, angst, verlies en doelloosheid uitten zich in bittere tranen. 'Ik ben niet dat hele eind gekomen en heb niet al die ontberingen doorstaan om me nu met een weigering te laten afschepen! Lathea weigerde ook me te helpen, en zij vertelde me dat alleen u de gaten in de wereld kunt zien en dat alleen u me kon helpen. Ik heb uw hulp, uw toverformule, nodig om me te verbergen. Alstublieft, Althea, ik smeek u om mijn leven.'

Althea keek haar niet aan. 'Zo'n toverformule kan ik niet voor je uitspreken.'

Jennsen drong haar tranen terug. 'Alstublieft, Althea, ik wil alleen maar met rust gelaten worden. U hebt de macht me te helpen.'

'Ik heb niet voor je wat je hebt bedacht. Ik heb je geholpen op de enige manier waarop ik dat kan.'

'Hoe kunt u hier zitten in de wetenschap dat andere mensen lijden en sterven, en geen hulp bieden? Hoe kunt u zo zelfzuchtig zijn, Althea? Hoe kunt u mij uw hulp onthouden terwijl ik die nodig heb?'

Friedrich stak een hand onder Jennsens arm en trok haar overeind. 'Het spijt me, maar je hebt gevraagd wat je wilde vragen. Je hebt gehoord wat Althea te zeggen had. Als je verstandig bent, gebruik je wat je hebt gehoord om jezelf te helpen. Nu is het tijd dat je gaat.'

Jennsen trok zich los. 'Ik wil alleen maar de hulp van een toverformule! Hoe kan ze zo zelfzuchtig zijn?'

Friedrichs ogen schoten vuur van woede, ook al was zijn toon rustig. 'Je hebt het recht niet om zo tegen ons te spreken. Je weet er helemaal niets van, van de offers die ze heeft gebracht. Het is tijd dat je...'

'Friedrich,' zei Althea met zachte stem, 'wil je een pot thee voor ons zetten?'

'Althea, er is geen enkele reden waarom je het zou moeten uitleggen... en al helemaal niet aan haar.'

Althea keek met een glimlach naar hem op. 'Het geeft niet.'

'Wat uitleggen?' vroeg Jennsen.

'Mijn man maakt misschien een hardvochtige indruk, maar dat is omdat hij niet wil dat ik je met nare dingen belast. Hij weet dat sommige mensen hier ongelukkig weggaan door wat ik hun vertel.' Ze sloeg haar donkere ogen op naar haar man. 'Zet je thee voor ons?'

Friedrichs gezicht kreeg een lankmoedige uitdrukking en hij knikte gelaten.

'Hoe bedoelt u?' vroeg Jennsen. 'Wat vertelt u hun dan? Wat houdt u voor me achter?'

Terwijl Friedrich naar een kast liep, een ketel en kopjes pakte en de kopjes op tafel zette, gebaarde Althea naar Jennsen dat ze op het kussen tegenover haar moest gaan zitten.

23

Jennsen maakte het zich gemakkelijk op het rood met gouden kussen op de grond tegenover de tovenares.

'Heel lang geleden,' begon Althea, en ze vouwde haar handen ineen in de schoot van haar zwart met wit gedessineerde jurk, 'langer geleden dan je misschien kunt geloven, reisde ik met mijn zus naar de Oude Wereld, aan de andere kant van de grote barrière naar het zuiden.'

Jennsen besloot dat ze voorlopig misschien beter haar mond kon houden en luisteren naar wat ze allemaal te weten kon komen, in plaats van te beginnen over wat ze al wist: dat de nieuwe Meester Rahl, gebrand op veroveringen, de grote barrière naar het zuiden had vernietigd om de Oude Wereld binnen te kunnen vallen, en dat Sebastiaan uit de Oude Wereld naar het noorden was gekomen om een manier te zoeken om keizer Jagang de Rechtvaardige te helpen de binnenvallende D'Haranen tegen te houden. Ze dacht dat ze, als ze het zelf allemaal wat beter begreep, misschien een manier kon verzinnen om Althea over te halen haar te helpen.

'Ik ging naar de Oude Wereld omdat ik naar een plek wilde die het Paleis van de Profeten heette,' zei Althea. Ook daar had Jennsen Sebastiaan over horen spreken. 'Ik heb een gave voor een zeer primitieve vorm van profetie. Ik wilde er zoveel mogelijk over leren, en mijn zus wilde meer leren over geneeswijzen en dat soort dingen. Ik wilde ook meer te weten komen over mensen als jij.'

'Mensen als ik?' zei Jennsen. 'Hoe bedoelt u?'

'De voorvaderen van Darken Rahl waren niet anders dan hij. Allemaal elimineerden ze nakomelingen, als ze ontdekten dat die zonder de gave geboren waren. Lathea en ik waren jong en brandden van verlangen om de behoeftigen te helpen, en degenen van wie we vonden dat ze ten onrechte werden vervolgd. We wilden onze gave gebruiken om de wereld te verbeteren. Hoewel we alle twee verschillende onderwerpen wilden bestuderen, gingen we er om ongeveer dezelfde redenen heen.'

Jennsen vond dat die redenen aardig aansloten bij haar gevoelens en dat dat nu juist het soort hulp was waar ze om vroeg, maar ze wist ook dat het niet het geschikte moment was om dat te zeggen. In plaats daarvan vroeg ze: 'Waarom moest u helemaal naar het Paleis van de Profeten reizen om die dingen te leren?'

'De tovenaressen daar staan erom bekend dat ze met veel zaken ervaring hebben, met tovenaars, met magie en bovendien met kwesties die te maken hebben met deze wereld en de werelden daarbuiten.'

'De werelden daarbuiten?' Jennsen gebaarde naar de ruimte buiten de buitenste vergulde cirkel van de Gratie, die niet ver bij haar vandaan lag. 'Bedoelt u de wereld van de doden?'

Althea leunde nadenkend naar achteren. 'Niet helemaal. Begrijp je de Gratie?' Althea wachtte tot Jennsen had geknikt. 'De tovenaressen in het Paleis van de Profeten beschikken over kennis over de wisselwerking tussen de gave en de sluier tussen de werelden, en over hun onderlinge samenhang; hoe alles in elkaar past. Ze heten de Zusters van het Licht.'

Jennsen herinnerde zich met een schok dat Sebastiaan had gezegd dat de Zusters van het Licht zich bij keizer Jagang hadden aangesloten. Sebastiaan had aangeboden Jennsen mee te nemen naar de Zusters van het Licht. Hij had gezegd dat hij dacht dat ze haar misschien konden helpen. Dat was waarschijnlijk omdat ze iets te maken hadden met het Licht van de Schepper, en in het bijzonder met de gave, in het midden van de Gratie.

Er kwam nog een gedachte bij haar op. 'Heeft dit iets te maken met wat Lathea zei? Dat u de... gaten in de wereld kunt zien, zoals ze dat noemde?'

Althea glimlachte met het plezier van een lerares die ziet dat een leerlinge iets bijna doorheeft. 'Dat is het topje van de ijsberg. De nakomelingen van de Meester Rahl – van elke Meester Rahl, tot duizenden jaren terug – die niet over de gave beschikken, zijn anders dan alle andere mensen. Jullie zijn gaten in de wereld voor ons, mensen met de gave.'

'Wat betekent dat precies: gaten in de wereld?'

'We zijn blind voor jullie.'

'Blind? Maar u ziet me. Lathea kon me ook zien. Ik begrijp het niet.'

'Niet blind met onze ogen. Blind met onze gave.' Ze gebaarde met haar arm naar Friedrich, die met een ijzeren ketel bij het vuur stond, en toen naar het raam. 'Overal om ons heen zijn levende wezens. Jij ziet ze met je ogen – Friedrich, de bomen, enzovoort – net zoals ik ze zie, net zoals ieder ander ze ziet.' Ze stak een vinger op om haar woorden te benadrukken. 'Maar ik zie ze ook via mijn gave. Hoewel we je met onze ogen zien, kunnen wij mensen met de gave je niet met dat aspect van onszelf zien. Darken Rahl kon je net zomin zien als ik. En de nieuwe Meester Rahl ook niet. Voor ons ben je een gat in de wereld.'

'Maar, maar,' stamelde Jennsen verward, 'dat kan toch niet? Hij maakt jacht op me. Hij heeft mannen achter me aan gestuurd; ze hadden mijn naam op een papiertje.'

'Ze kunnen wel jacht op je maken, maar alleen op de conventionele manier. Ze kunnen je niet met behulp van magie vinden. Zijn gave is blind voor jou. Hij moet gebruik maken van spionnen, omkoping en bedreiging om uit te vinden waar je bent, en natuurlijk van zijn vernuft en geslepenheid. Als dat niet zo was, zou hij wel een of ander magisch beest sturen om je botten uit je lijf te rukken en er een einde aan te maken, in plaats van mannen op pad te sturen met je naam op een papiertje.'

'Bedoelt u dat ik al onzichtbaar voor hem ben?'

'Nee. Ik herken je. Ik herinner me je rode haar. Ik herkende je doordat ik me je moeder herinner en jij op haar lijkt. Zo herken ik je, zoals iedereen iemand herkent. Als Darken Rahl nog leefde, zou hij je ook kunnen herkennen als hij zich je moeder herinnerde. Anderen die hem hebben gekend, zien misschien iets van hem in jou, net als ik, nog los van de gelijkenis met je moeder. De nieuwe Meester Rahl zou je kunnen herkennen zoals iedereen zonder de gave dat kan. Hij kan je met alledaagse middelen vinden. En als hij of iemand anders met de gave je toevallig zou zien, zou die beseffen dat je een Rahl-nakomeling zonder de gave bent, omdat ze je kunnen zien.

Maar hij kan je niet met behulp van magie vinden. Onmogelijk. Voor ons, mensen met de gave, ben je in veel opzichten net als iedereen, behalve dat je een gat in de wereld bent.'

Jennsen fronste. Dat besefte ze pas toen Althea in gedachten verzonken met haar duimen tegen elkaar tikte, in een reactie op die gelaatsuitdrukking.

'Toen ik in het Paleis van de Profeten was,' zei Althea uiteindelijk, 'heb ik daar een vrouw leren kennen, een tovenares, net als ik, die Adie heette. Ze was in haar eentje vanuit een ver land naar de Oude Wereld gereisd om daar zoveel mogelijk te leren. Maar Adie was blind.'

'Blind? Kon ze dan wel alleen reizen?'

Althea glimlachte bij de herinnering aan de vrouw. 'Jazeker. Ze gebruikte haar gave in plaats van haar ogen. Alle tovenaressen, alle mensen met de gave, hebben hun eigen, unieke vermogens. Bovendien is bij sommigen de gave sterker, net zoals gespierde mensen sterker zijn dan ik. Zoals Friedrich. Hij heeft meer spierkracht. Jij hebt haar, net als andere mensen, maar het jouwe is rood. Anderen hebben blond, zwart of bruin haar. Ondanks het feit dat mensen veel gemeen hebben, heeft ieder individu verschillende eigenschappen.

Zo is het met de gave ook. Die heeft niet alleen verschillende aspecten, maar de sterkte van die aspecten kan ook variëren. Bij sommigen is de gave heel sterk en bij anderen zwak. Elk van ons is een individu. We zijn allemaal uniek in onze talenten, in onze gave, zoals jij in andere opzichten uniek bent.'

'En wat was er nou met uw vriendin, Adie?'

'O ja, Adies ogen waren helemaal wit en ze was blind, maar ze had geleerd om met haar gave te zien. Met behulp van de gave kwam ze meer te weten over de wereld om haar heen dan ik met mijn ogen. Ongeveer zoals mensen die de gave niet hebben en die blind worden, afhankelijker van hun gehoor zijn en daardoor ook meer gaan horen dan jij of ik doen.

Dat deed Adie met haar gave. Ze zag de wereld door het piepkleine sprankje van de gave van de Schepper te voelen dat in alles aanwezig is; in het leven zelf en in de hele Schepping.

Het punt is dat jij voor mij, voor Darken Rahl of voor Adie niet bestaat. Jij bent een gat in de wereld.'

Om redenen die Jennsen eerst niet begreep, werd ze overmand

door ontzetting. En toen begon de reden voor die ontzetting vorm te krijgen. Ze voelde dat er tranen in haar ogen sprongen.

'Heeft de Schepper mij dan niet het leven geschonken, zoals alle anderen? Ben ik op een andere manier ontstaan? Ben ik een soort... misbaksel? Wilde mijn vader me dood hebben omdat ik een of ander wanproduct van de natuur ben?'

'Nee, nee, kindje,' zei Althea terwijl ze zich vooroverboog en Jennsen troostend over haar haar streek, 'dat is helemaal niet wat ik bedoel.'

Jennsen deed haar best om zich te beheersen na deze nieuwe schrik. Door haar tranen heen zag ze dat Althea bezorgd naar haar keek.

'Ik maak niet eens deel uit van de Schepping. Daarom kan de gave me niet voelen. De Meester Rahl wilde de wereld alleen bevrijden van een speling van de natuur, een slecht ding.'

'Jennsen, je moet me geen woorden in de mond leggen. Luister naar me.'

Jennsen knikte en veegde haar ogen af. 'Ik luister.'

'Dat je anders bent, betekent nog niet dat je slecht bent.'

'Maar wat ben ik dan, als ik geen misbaksel ben dat niet is aangeraakt door de Schepping?'

'Mijn beste kind, je bent een zuil der Schepping.'

'Maar u zei...'

'Ik zei dat mensen met de gave je met die gave niet kunnen zien. Ik heb niet gezegd dat je niet bestaat of dat je niet net als iedereen een deel van de Schepping bent.'

'Maar waarom ben ik dan een van die... dingen? Een van die gaten in de wereld?'

Althea schudde haar hoofd. 'Dat weet ik niet, kind. Maar ons gebrek aan kennis bewijst niet dat er sprake is van slechtheid. Een uil kan in het donker zien. Ben je slecht omdat mensen je niet kunnen zien terwijl de uil dat wel kan? De beperkingen van de een maken de ander nog niet slecht. Die bewijzen maar één ding: het bestaan van beperkingen.'

'Maar zijn alle nakomelingen van de Meester Rahl zo?'

Ze woog haar woorden zorgvuldig voordat ze antwoord gaf. 'Degenen die echt helemaal niet over de gave beschikken wel, ja. Degenen die met een spoortje van de gave worden geboren, niet. Dat spoortje kan zo oneindig klein en onbruikbaar zijn dat het bestaan ervan op geen enkele manier opgemerkt zou worden, behalve hierdoor. In de praktijk worden die nakomelingen als mensen zonder de gave beschouwd, behalve dat ze nét dat beetje hebben waardoor ze niet zijn zoals jij: gaten in de wereld. Dat maakt ze kwetsbaar. Dit soort nakomelingen kan met behulp van magie worden gevonden en geëlimineerd.'

'Kan het zijn dat de meeste nakomelingen van de Meester Rahl zo zijn en dat degenen zoals ik, de gaten in de wereld, zeldzamer zijn?'

'Ja,' erkende Althea met zachte stem.

Jennsen bespeurde een ondertoon van spanning in dat ene woord. 'Suggereert u dat er meer aan vastzit dan dat we gaten in de wereld zijn voor mensen met de gave?'

'Ja. Dat was een van de redenen dat ik naar de Zusters van het Licht ben gegaan om daar te studeren. Ik wilde het verband tussen de gave en het leven zoals we dat kennen, de Schepping, beter begrijpen.'

'Hebt u iets ontdekt? Konden de Zusters van het Licht u helpen?'

'Helaas niet.' Althea keek in gedachten verzonken in de verte. 'Weinigen of geen van hen zouden het met me eens zijn, maar ik ben gaan vermoeden dat alle mensen, met uitzondering van degenen zoals jij – nakomelingen van een Meester Rahl die helemaal zonder de gave zijn geboren – beschikken over dat nauwelijks waarneembare sprankje magie dat hen, hoewel het in elk ander opzicht onmerkbaar is, verbindt met degenen die de gave wel bezitten en daardoor met de Schepping in het algemeen.'

'Ik begrijp niet wat dat voor mij te betekenen heeft, of voor anderen.'

Althea schudde langzaam haar hoofd. 'Er zit meer aan vast dan ik weet, Jennsen. Ik vermoed dat er iets veel belangrijkers bij komt kijken.'

Jennsen kon zich niet voorstellen wat dat kon zijn. 'Hoeveel nakomelingen worden er zonder een spoortje van de gave geboren?'

'Voor zover ik weet, komt het vrijwel nooit voor dat er van een Meester Rahl meer dan één nakomeling met de gave wordt geboren, in de gebruikelijke zin van het woord; zijn zaad produceert maar één ware opvolger.' Althea stak haar wijsvinger op en boog zich naar voren. 'Maar hoewel de anderen niet over de gave in de conventionele betekenis van het woord beschikken, is het mogelijk dat veel van hen dat verder onzichtbare en onbruikbare sprankje van de gave hebben, zodat ze worden ontdekt en vernietigd voordat anderen, zoals ik, van hun bestaan op de hoogte zijn.

Het is heel goed mogelijk dat mensen zoals jij zeer zeldzaam zijn, net als die ene werkelijk begiftigde opvolger, en dat je daardoor in leven bent gebleven, zodat mensen zoals ik je kunnen opmerken en een verkeerd idee kunnen krijgen over welke soort zeldzaam is en welke vaker voorkomt. Zoals ik al zei, denk ik dat hier veel meer aan vastzit dan ik weet of kan bevatten. Maar degenen die net als jij zijn en zelfs niet over dit nauwelijks waarneembare spoortje van de gave beschikken, zijn allemaal...'

'Zuilen der Schepping,' zei Jennsen sarcastisch.

Althea grinnikte. 'Dat klinkt misschien wel beter.'

'Maar voor degenen met de gave zijn wij gaten in de wereld.'

Althea's glimlach verdween. 'Dat is waar. Als Adie hier was, met haar blinde ogen en alleen in staat te zien met haar gave, en jij stond voor haar, zou ze alles zien behalve jou. Voor jou zou ze blind zijn. Voor Adie, die alleen met de gave kan zien, zou je echt een gat in de wereld zijn.'

'Dat vind ik geen prettig idee.'

Althea's glimlach kwam terug. 'Maar kindje, zie je dan niet dat dat alleen de beperking aantoont? Voor iemand die blind is, is iedereen een gat in de wereld.'

Jennsen dacht hierover na. 'Dan is het alleen een kwestie van waarneming. Sommige mensen beschikken gewoon niet over het vermogen om me op die bepaalde manier waar te nemen.'

Althea knikte. 'Zo is het. Maar omdat degenen met de gave dat vermogen vaak onbewust gebruiken, net als jij met je gezichtsvermogen doet, is het voor hen heel verwarrend om iemand zoals jij tegen te komen.'

'Verwarrend? Waarom is het verwarrend?'

'Het is verontrustend als wat je verschillende zintuigen waarnemen niet overeenstemt.'

'Maar ze kunnen me toch gewoon zien, dus waarom ben ik dan verontrustend voor hen?'

'Nou, stel je voor dat je een stem hoorde, maar je zag niemand van wie die afkomstig kon zijn.'

Dat hoefde Jennsen zich niet voor te stellen. Ze wist heel goed hoe verontrustend dat was.

'Of stel je voor,' zei de tovenares, 'dat je me kon zien, maar als je je hand uitstak om me aan te raken, ging die door me heen alsof ik er niet was. Zou je dat niet verontrustend vinden?'

'Waarschijnlijk wel,' gaf Jennsen toe. 'Is er verder nog iets aan ons dat anders is? Afgezien van het feit dat we gaten in de wereld zijn voor mensen met de gave?'

'Dat weet ik niet. Het is heel bijzonder om iemand als jij tegen te komen. Hoewel het mogelijk is dat er meer bestaan, en ik heb eens een gerucht gehoord dat er zo iemand zou wonen bij de genezers die ze de Raug'Moss noemen, weet ik het alleen van jou zeker.'

Toen Jennsen heel klein was, was ze eens met haar moeder bij die genezers, de Raug'Moss, geweest. 'Weet u hoe hij heet?'

'Drefan was de naam die werd gefluisterd, maar ik weet niet of dat klopt. Zelfs als het zo is, is het zeer onwaarschijnlijk dat hij nog in leven is. De Meester Rahl is per slot van rekening de Meester Rahl. Hij bepaalt zijn eigen wetten. Darken Rahl heeft waarschijnlijk, net als zijn voorvaderen, vele kinderen verwekt. Het is gevaarlijk om de afkomst van zo'n kind verborgen te houden. Weinigen nemen dat risico, dus de meesten van jouw soort waren bekend en werden onmiddellijk ter dood gebracht. De rest wordt op den duur gevonden.'

Hardop nadenkend vroeg Jennsen: 'Zou het kunnen dat wij zo zijn als vorm van bescherming? Er zijn dieren die met bepaalde eigenschappen worden geboren waardoor ze een grotere overlevingskans hebben. Reekalfjes hebben bijvoorbeeld vlekken, waardoor ze minder opvallen en roofdieren hen minder snel zien; zij zijn ook een soort gaten in de wereld.'

Althea glimlachte bij die gedachte. 'Dat kan net zo'n goede verklaring zijn als elke andere. Maar omdat ik iets van magie weet, vermoed ik dat het ingewikkelder ligt. De natuur streeft naar evenwicht. Het bestaan van herten en wolven is in evenwicht: door de vlekken hebben de reekalfjes een grotere overlevingskans, maar dat bedreigt het bestaan van de wolven, die voedsel nodig hebben. Er moet altijd een middenweg gevonden worden. Als de wolven alle reekalfjes opaten, zouden de herten uitsterven en dan zouden de wolven, als ze geen andere voedselbron hadden, ook uitsterven doordat ze het evenwicht tussen henzelf en de herten hadden verstoord. Ze leven in een evenwicht, waardoor beide soorten kunnen overleven, maar ten koste van sommige individuen.

Bij magie is het evenwicht essentieel. Wat op het eerste gezicht eenvoudig lijkt, blijkt vaak veel ingewikkelder oorzaken te hebben. Ik vermoed dat er bij mensen zoals jij een of ander gecompliceerd evenwicht wordt bewerkstelligd, en dat het feit dat jullie gaten in de wereld zijn slechts een bijkomstigheid is.'

'Ligt het evenwicht er dan misschien in dat, zoals sommige reekalfjes ondanks hun vlekken toch gevangen worden, sommigen met de gave me wel kunnen zien? Uw zus zei dat u de gaten in de wereld kon zien.'

'Nee, dat kan ik niet echt. Ik heb gewoon een paar trucjes met de gave geleerd, ongeveer op dezelfde manier als Adie dat heeft gedaan.' Jennsen fronste, want ze begon weer in verwarring te raken, dus vroeg Althea: 'Kun je een vogel zien in een maanloze nacht?'

'Nee. Als er zelfs geen licht van de maan is, is dat onmogelijk.'

'Onmogelijk? Nee, niet helemaal.' Althea wees omhoog en bewoog haar hand als iets dat over hun hoofden vloog. 'Je ziet de sterren donker worden op de plek waar de vogel overvliegt. Als je naar de gaten in de hemel kijkt, zie je in zekere zin de vogels overvliegen.'

'Het is alleen een andere manier van zien.' Jennsen glimlachte bij dat slimme idee. 'Dus dat is de manier waarop u mensen zoals ik ziet?'

'Met die vergelijking kan ik het het beste aan je uitleggen. Maar er kleven beperkingen aan die methode. Je ziet de vogel in het donker alleen als die tegen een achtergrond van sterren vliegt, als er geen wolken zijn, enzovoort. Bij degenen zoals jij werkt dat ongeveer net zo. Ik heb gewoon een trucje geleerd waarmee ik mensen als jij enigszins kan waarnemen, maar het blijft zeer beperkt.'

'Hebt u in het Paleis van de Profeten meer geleerd over uw talent voor profetie? Misschien kan dat op een of andere manier van nut zijn bij wat ik moet doen?'

'Niets dat met profetie te maken heeft, kan jou van nut zijn.'

'Waarom niet?'

Althea hield haar hoofd schuin naar voren, alsof ze wilde vragen of Jennsen eigenlijk wel had opgelet. 'Waar komen profetieën vandaan?'

'Van profeten.'

'En profeten hebben een sterke gave. Profetie is een vorm van magie. Maar mensen die over magie beschikken, kunnen jou met hun gave niet zien, weet je nog? Voor hen ben jij een gat in de wereld. En aangezien profetieën afkomstig zijn van profeten, houden die ook geen rekening met jouw bestaan.

Ik heb een zwak talent voor profetie, maar ik ben geen profeet. Omdat ik belangstelling had voor het onderwerp, heb ik bij de Zusters van het Licht decennialang in hun gewelven profetieën zitten bestuderen. Die profetieën waren in de loop der eeuwen door grote profeten op papier gezet. Ik kan je zowel uit mijn eigen ervaring als uit alles wat ik heb gelezen vertellen dat de profetieën net zo blind voor jou zijn als Adie. Voor de profetieën heeft jouw soort nooit bestaan, bestaat ze nu niet en zal ze nooit bestaan.'

Daar had Jennsen niet van terug. 'Dat kun je met recht een gat in de wereld noemen.'

'In het Paleis van de Profeten heb ik een profeet leren kennen, Nathan, en hoewel ik niets heb geleerd over mensen zoals jij, heb ik wel iets geleerd over mijn talent. Voornamelijk hoe beperkt het is. Uiteindelijk hebben de dingen die ik daar heb geleerd me nooit meer losgelaten.'

'Hoe bedoelt u?'

'Het Paleis van de Profeten is vele duizenden jaren geleden gebouwd en het lijkt op geen enkel ander paleis dat ik ken. Het hele paleis en de bijbehorende tuin zijn omgeven door een unieke betovering. Die vervormt de manier waarop degenen in het paleis ouder worden.'

'Bent u er dan op de een of andere manier door veranderd?'

'O, zeker. Iedereen verandert erdoor. De mensen die onder invloed van de betovering in het Paleis van de Profeten wonen, worden langzamer oud. In de tijd dat de mensen buiten het paleis ruwweg tien tot vijftien jaar ouder werden, werden wij, in het paleis, maar één jaar ouder.'

Jennsen trok een sceptisch gezicht. 'Hoe is zoiets mogelijk?'

'Niets blijft eeuwig hetzelfde. De wereld verandert voortdurend. In de grote oorlog van drieduizend jaar geleden was de wereld heel anders dan nu. Sinds die tijd is de wereld veranderd. Toen de grote barrière langs de zuidkant van D'Hara werd opgetrokken, waren de tovenaars anders. In die tijd hadden ze een enorme macht.'

'Darken Rahl had een enorme macht.'

'Nee. Hoe machtig Darken Rahl ook was, hij was niets in vergelijking met de tovenaars uit die tijd. Die konden krachten uitoefenen waar Darken Rahl slechts van kon dromen.'

'Dus zulke tovenaars, met zo'n grote macht, zijn allemaal uitgestorven? Sinds die tijd zijn dergelijke tovenaars niet meer geboren?'

Althea staarde in de verte terwijl ze op ernstige toon antwoordde: 'Sinds die grote oorlog is er heel lang niet een meer geboren. Er worden toch al steeds minder tovenaars geboren. Maar voor het eerst in drieduizend jaar is er weer een. Je halfbroer, Richard Rahl, is zo'n man.'

Haar achtervolger bleek dus nog veel gevaarlijker te zijn dan Jennsen zelfs in haar bangste dromen had vermoed. Geen wonder dat haar moeder vermoord was en dat de mannen van Meester Rahl haar zo dicht op de hielen zaten. Deze Meester Rahl was nog veel machtiger en gevaarlijker dan zijn vader was geweest.

'Doordat het zo'n buitengewoon belangrijke gebeurtenis was, wisten sommigen in het Paleis van de Profeten al lang voordat hij geboren werd van Richards komst. Er heerste van tevoren al grote opwinding over de geboorte van deze oorlogstovenaar.'

'Oorlogstovenaar?' Dat klonk Jennsen niet geruststellend in de oren.

'Ja. Er heerste grote verdeeldheid over de betekenis van de profetie van zijn geboorte, zelfs over de betekenis van de term "oorlogstovenaar". Toen ik in het paleis woonde, heb ik tweemaal kort kunnen spreken met de profeet over wie ik het had, Nathan. Nathan Rahl.'

Jennsens mond viel open. 'Nathan Rahl? Een echte Rahl, bedoelt u?'

Althea glimlachte niet alleen bij de herinnering, maar ook om Jennsens verrassing. 'Jazeker, een echte Rahl. Imponerend, invloedrijk, intelligent, charmant en onvoorstelbaar gevaarlijk. Ze hielden hem opgesloten achter ondoordringbare magische schilden, waar hij geen kwaad kon doen, maar soms slaagde hij daar toch nog in. Ja, een echte Rahl. Hij was meer dan negenhonderd jaar oud.'

'Dat kan niet,' flapte Jennsen eruit.

Friedrich, die naast haar stond, schraapte zijn keel. Hij gaf zijn vrouw een dampende kop thee aan en gaf Jennsen er daarna ook een, die hij op de grond zette. Met de vraag in haar ogen keek Jennsen weer naar Althea.

'Ik ben bijna tweehonderd jaar oud,' zei Althea.

Jennsen staarde haar alleen maar aan. Althea zag er wel oud uit, maar niet zo oud.

'Die kwestie van mijn leeftijd en hoe de betovering ervoor zorg-de dat ik langzamer oud werd, is er ten dele de oorzaak van dat ik met je moeder en jou in contact kwam toen jij nog klein was.' Althea zuchtte diep en nam een slokje thee. 'En dat brengt me weer bij het verhaal dat je wilde horen: waarom ik je niet kan hel-pen met magie.'

Jennsen nam een slokje en keek toen op naar Friedrich, die er on-geveer net zo oud uitzag als Althea. 'Bent u ook zo oud?'

'Nee, Althea heeft me uit de wieg geplukt,' grapte hij.

Jennsen zag de blikken die ze wisselden, de vertrouwelijke blik-ken tussen twee mensen die elkaar na stonden. Jennsen kon aan hun ogen zien dat deze twee de kleinste verandering van ge-zichtsuitdrukking bij elkaar konden lezen. Haar moeder en zij waren ook zo geweest, hadden elkaars gedachten kunnen afle-zen aan de geringste bewegingen van de ogen. Het was een ma-nier van communiceren die volgens haar niet alleen werd be-vorderd door vertrouwdheid met elkaar, maar ook door liefde en respect.

'Ik heb Friedrich ontmoet toen ik terugkwam uit de Oude We-reld. Ik had lichamelijk toen pas ongeveer dezelfde leeftijd als Friedrich. Ik had natuurlijk al veel langer geleefd, maar mijn li-chaam was niet in dezelfde mate verouderd, doordat ik onder de betovering van het Paleis van de Profeten was geweest.

Toen ik terugkwam, ging ik me met een aantal zaken bezighou-den, en een daarvan was de kwestie hoe ik mensen zoals jij zou kunnen helpen.'

Jennsen hing aan haar lippen. 'Hebt u toen mijn moeder ontmoet?'

'Ja. De betovering van het paleis, de betovering die het tijdsver-loop veranderde, had me namelijk op een idee gebracht over hoe ik mensen zoals jij zou kunnen helpen. Ik wist dat het weven van een conventioneel web van magie rond mensen zoals jij nooit leek te werken. Anderen hadden het geprobeerd, maar hadden gefaald: de nakomelingen waren gedood. Ik kreeg het idee om het web niet rond jou te weven, maar rond degenen die met je moeder en jou in contact kwamen.'

Jennsen boog zich verwachtingsvol naar voren, ervan overtuigd dat ze eindelijk bij de kern kwam van wat misschien de hulp zou kunnen zijn die ze zocht. 'Wat hebt u gedaan? Wat voor soort magie hebt u gebruikt?'

'Magie die de manier verandert waarop de mensen het verloop van de tijd waarnemen.'

'Ik snap het niet. Wat gebeurde er dan?'

'Nou, de enige manier waarop Darken Rahl naar jou kon zoeken, was met behulp van conventionele middelen, zoals ik heb uitgelegd. En met die conventionele middelen heb ik geknoeid. Ik heb ervoor gezorgd dat de mensen die van jouw bestaan wisten, de tijd anders waarnamen.'

'Ik snap het nog steeds niet. Wat namen ze dan waar? Tijd is tijd.'

Althea boog zich met een listige glimlach naar voren. 'Ik heb ervoor gezorgd dat ze dachten dat je pas geboren was.'

'Wanneer?'

'De hele tijd. Elke keer dat ze een flardje nieuws over je hoorden, over het kind dat verwekt was door Darken Rahl, dachten ze dat je pasgeboren was en rapporteerden ze dat ook. Toen je twee maanden oud was, tien maanden, vier jaar, vijf jaar, zes jaar, waren ze allemaal nog steeds op zoek naar een pasgeboren baby, ondanks het feit dat ze al jarenlang van je bestaan op de hoogte waren. Door de betovering werd hun waarneming van de tijd, alleen met betrekking tot jou, vertraagd, zodat ze altijd op zoek waren naar een pasgeboren baby in plaats van een opgroeiend meisje. Op die manier heb ik je vlak onder hun neus verborgen weten te houden tot je zes was. Daardoor zat iedereen die wilde berekenen hoe oud je was er zes jaar naast. Tot op de dag van vandaag zou iedereen die je bestaan vermoedde, geloven dat je een jaar of veertien bent, terwijl je in werkelijkheid over de twintig bent, omdat zij dachten dat je pas geboren was toen de betovering op je zesde was uitgewerkt. Toen zijn ze pas begonnen je leeftijd bij te houden.'

Jennsen ging op haar knieën zitten. 'Maar dat zou kunnen werken. U hoeft het alleen opnieuw te doen. Als u nu een dergelijke toverformule voor me zou uitspreken, net zoals u hebt gedaan toen ik klein was, zou die toch hetzelfde werken? Dan zouden ze niet weten dat ik volwassen ben. Ze zouden niet achter me aan komen. Ze zouden zoeken naar een pasgeboren baby. Alstublieft, Althea, doe dat opnieuw. Doe wat u vroeger al eens hebt gedaan.'

Uit haar ooghoek zag Jennsen dat Friedrich, die nu in een achterkamer aan zijn werkbank zat, zich afkeerde. Aan Althea's gezicht zag Jennsen dat ze op de een of andere manier iets verkeerds had gezegd, en precies datgene wat de tovenares had verwacht dat ze zou zeggen.

Jennsen besefte dat dit een soort valstrik was geweest en dat ze zichzelf er regelrecht in had gepraat.

'Ik was jong en vakkundig op het gebied van mijn magie,' zei Althea. Haar donkere ogen glinsterden bij de herinnering aan die mooie tijd in haar leven. 'In duizenden jaren waren er maar weinigen aan de andere kant van de grote barrière geweest en weer teruggekomen. Mij was het gelukt. Ik had bij de Zusters van het Licht gestudeerd, ik had gesprekken gevoerd met hun priores en met de grote profeet. Ik had dingen gedaan die maar weinig anderen vergund waren. Ik was over de honderd jaar oud en nog steeds jong, en had een knappe en charmante man die dacht dat ik alles kon wat ik maar wilde.

Ik was ver over de honderd, maar nog steeds jeugdig, met een heel leven voor me; wijzer geworden, maar nog steeds jong. Ik was slim, heel erg slim, en ik kon veel doen met mijn gave. Ik was ervaren, goed geïnformeerd en aantrekkelijk, en had veel vrienden en een kring van mensen die aan mijn lippen hingen en veel waarde hechtten aan alles wat ik zei.'

Met een sierlijk gebaar van haar lange vingers trok Althea de rand van haar rok omhoog, zodat haar benen zichtbaar werden.

Jennsen deinsde terug toen ze die zag.

Toen snapte ze waarom Althea niet eerder was opgestaan: haar benen waren verschrompelde, misvormde, gerimpelde botten met een dor, vaal vel eroverheen, alsof ze jaren geleden waren afgestorven, maar nooit waren begraven omdat de rest van haar nog leefde. Jennsen begreep niet hoe het kon dat de vrouw het niet voortdurend uitkrijste van pijn.

'Jij was zes,' zei de tovenares op vreselijk kalme toon, 'toen Darken Rahl uiteindelijk ontdekte wat ik had gedaan. Hij was een zeer vindingrijk man. Veel sluwer, zou blijken, dan een jonge tovenares van honderd-en-nog-wat jaar oud.

Ik had nog maar net genoeg tijd om mijn zus te vertellen dat ze je moeder moest waarschuwen, voordat hij me te pakken kreeg.'

Jennsen herinnerde zich dat ze op de vlucht waren geslagen. Toen ze klein was, waren haar moeder en zij het paleis ontvlucht. Het was nacht geweest. Kort daarvoor was er iemand aan hun deur gekomen. In de donkere gang had ze gefluister gehoord. En toen waren ze gevlucht.

'Maar hij... hij heeft u niet gedood.' Jennsen slikte. 'Hij heeft u genade geschonken; hij heeft uw leven gespaard.'

Althea grinnikte zonder vrolijkheid. Het was een holle lach vanwege Jennsens zeer naïeve gedachte.

'Darken Rahl geloofde er niet altijd in degenen die zijn toorn wekten gewoon te doden. Hij gaf er de voorkeur aan hen flink lang te laten leven; de dood zou namelijk een bevrijding zijn geweest. Als ze dood waren, hoe konden ze dan spijt hebben, hoe konden ze lijden, hoe konden ze als voorbeeld voor anderen dienen?

Je kunt je niet voorstellen, en ik kan het je ook niet uitleggen, hoe gruwelijk het was om gevangen te worden genomen, om dat hele eind te lopen en naar hem geleid te worden, hoe het was om in de greep van die man te zijn, om op te kijken in zijn kalme gezicht, zijn kille blauwe ogen, en te weten dat ik was overgeleverd aan een man die geen genade kende. Je kunt je niet voorstellen hoe het was om op dat ene moment te beseffen dat alles wat ik was, alles wat ik had, alles waar ik in het leven op had gehoopt, voor altijd zou veranderen.

De pijn was zoals je zou kunnen verwachten, neem ik aan. Misschien dat mijn benen daar gedeeltelijk van kunnen getuigen.'

'Ik vind het zo vreselijk voor u,' fluisterde Jennsen door haar tranen heen, terwijl ze haar handen tegen haar hartstreek drukte.

'Maar de pijn was niet het ergste. Bij lange na niet. Hij heeft me alles afgenomen wat ik had, maar vanzelfsprekend vond. Hij heeft met mijn kracht, mijn gave, ergere dingen gedaan dan met mijn benen. Dat kun jíj alleen niet zien; jij bent er blind voor. Maar ik zie het elke dag. En ik kan je verzekeren dat je je die pijn in de verste verte niet kunt voorstellen.

Maar dat was allemaal nog niet genoeg voor Darken Rahl. Hij begon nog maar net met het uitleven van zijn toorn over wat ik had gedaan om jou te verbergen. Hij verbande me hierheen, naar dit laaggelegen, stinkende moeras van hete bronnen en weerzinwekkende dampen. Hij heeft me hier opgesloten en een moeras met monsters erin om me heen gecreëerd met behulp van de magische kracht die hij me heeft afgenomen. Hij wilde me in de buurt hebben, snap je. Hij is een paar keer op bezoek geweest, gewoon om mij in mijn gevangenis te zien.

Ik ben overgeleverd aan de wezens daarbuiten, die in het leven zijn geroepen door mijn eigen gave, een gave waar ik geen toegang meer toe heb. Ik zou mezelf hier nooit uit kunnen slepen, doordat ik alleen mijn armen kan gebruiken, maar zelfs als ik dat zou proberen of de hulp van een ander had, zouden de beesten die met mijn eigen kracht zijn geschapen me aan stukken scheuren. Ik kan ze zelfs niet terugroepen om mijn eigen leven te redden.

Hij heeft aan de voorkant een pad vrijgelaten, zodat er levensmiddelen en andere noodzakelijke dingen aangevoerd konden worden. Friedrich moest hier een huis voor ons bouwen, want ik kan hier nooit meer weg. Darken Rahl heeft me een lang leven gewenst, zodat ik lang zal boeten voor het wekken van zijn toorn.'

Jennsen luisterde bevend toe en was niet in staat iets te zeggen.

Althea wees met een lange, sierlijke vinger naar de achterkamer. 'Die man, die van me houdt, heeft dat allemaal moeten aanzien. Zo was Friedrich dus veroordeeld tot het levenslang verzorgen van een verminkte vrouw van wie hij hield, en die niet langer een vrouw voor hem kon zijn in de lichamelijke zin van het woord.'

Ze liet haar hand over haar knokige benen gaan, bijna teder, alsof ze ze zag zoals ze eens waren geweest. 'Ik heb nooit meer de vreugde gekend om met mijn man samen te zijn zoals man en vrouw samen zijn. Mijn man heeft nooit meer kunnen genieten van de intieme omgang met de vrouw van wie hij houdt.'

Ze zweeg even om tot zichzelf te komen voordat ze verder vertelde. 'Als deel van mijn straf heeft Darken Rahl me wel het vermogen laten behouden om mijn gave te gebruiken op die ene manier die elke dag een kwelling zou zijn: profetie.'

Jennsen, die dacht dat dat de vrouw toch enige troost moest bieden, kon zich er niet van weerhouden te vragen: 'Dat is een deel van uw gave; brengt dat u niet wat vreugde?'

De donkere ogen vestigden zich weer op haar. 'Heb je plezier beleefd aan de laatste dag met je moeder, de dag voordat ze stierf?'

'Ja,' zei Jennsen ten slotte.

'Heb je met haar gelachen en gepraat?'

'Ja.'

'En als je had geweten dat ze de volgende dag vermoord zou worden? Als je het allemaal al had zien aankomen, lang voordat het gebeurde? Dagen, weken of zelfs jaren van tevoren? Als je had geweten wat er zou gebeuren en wanneer, tot in de gruwelijke details? Als je het door middel van je magische kracht allemaal al had gezien, de verschrikking, het bloed, de doodsstrijd, het sterven? Zou je daar blij mee zijn geweest? Zou je dan die vreugde, die lach van de dag ervoor nog hebben gekend?'

Jennsen antwoordde met een klein stemmetje: 'Nee.'

'Nu begrijp je, Jennsen Rahl, dat ik je niet kan helpen, niet omdat ik zelfzuchtig ben, zoals jij zegt, maar omdat ik, zelfs als ik het zou willen, geen kracht meer heb om een toverformule voor je uit te spreken. Je moet de kracht om jezelf te helpen in jezelf vinden, de wil om voor elkaar te krijgen wat je moet doen. Alleen op die manier kun je echt slagen in het leven.

Ik kan je geen toverformule geven om je problemen op te lossen. Ik lijd al een groot deel van mijn leven onder de gevolgen van de vorige formule die ik voor je heb uitgesproken. Als het alleen om mij ging, zou ik dat lijdzaam verdragen, want ik deed waar ik in geloofde; dit is de schuld van een slechte man, niet van een onschuldig kind. Maar ik lijd elke dag onder het feit dat ik niet alleen *mijn* leven verspeeld heb, maar ook dat van Friedrich. Anders had hij misschien...'

'Ik had helemaal niets.' Hij was achter Jennsen komen staan. 'Ik heb elke dag van mijn leven als een voorrecht beschouwd omdat jij er deel van uitmaakt. Jouw glimlach is de zon, verguld door de Schepper Zelf, en die verlicht mijn kleine leventje. Als dit de prijs is voor alles wat ik heb verworven, betaal ik die graag. Je moet mijn vreugde niet onderschatten en onbetekenend doen lijken, Althea.'

Althea keek weer naar Jennsen. 'Snap je? Dat is mijn dagelijkse kwelling: het besef van wat ik niet heb kunnen zijn en niet heb kunnen doen voor deze man.'

Jennsen zakte snikkend ineen aan de voeten van de vrouw.

'Magie,' fluisterde Althea boven haar hoofd, 'is een probleem erbij waar je niet op zit te wachten.'

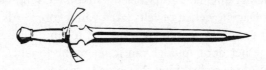

24

Jennsens gedachten waarden rond in een mist van vertwijfeling. Het moeras was er voor haar alleen doordat het onder haar voeten, om haar heen en boven haar hoofd was, maar haar geest verkeerde in een grotere chaos dan alle wanordelijke vegetatie om haar heen. Veel van haar overtuigingen waren niet juist gebleken. Dat betekende dat niet alleen een groot deel van haar hoop verloren was, maar ook van haar voornemens.

En wat Jennsen nog erger vond, was de confrontatie met de ellende, de ontberingen en het hartzeer dat haar bestaan anderen had bezorgd die hadden geprobeerd haar te helpen.

Door haar tranen heen kon ze nauwelijks zien waar ze liep. Ze bewoog zich bijna blindelings door het moeras.

Af en toe struikelde ze. Ze kroop verder toen ze viel en ze snikte het uit van verdriet toen ze even pauzeerde, leunend tegen de stam van een oude, knoestige boom. Het voelde weer net als de dag dat haar moeder was vermoord: de diepe smart, de verwarring, de waanzin van alles, de bittere wanhoop... maar deze keer was het om Althea's gekwelde leven.

Terwijl ze huilend tussen de dichte begroeiing door wankelde, greep Jennsen zich hier en daar aan ranken vast om steun te zoeken. Na de dood van haar moeder had haar voornemen de tovenares te vinden en haar hulp te vragen Jennsens leven een richting gegeven, een doel. Nu wist ze niet meer wat ze moest beginnen. Ze voelde zich verloren in haar eigen leven.

Jennsen baande zich zigzaggend een weg door een gebied waar stoom oprees uit gaten in de grond. Overal om haar heen werd de kwalijke damp in grote wolken van onder de grond omhooggeblazen. Ze ploeterde door de stank van de kolkende luchtopeningen en werkte zich daarna weer de dichte begroeiing in. Ze haalde haar handen open aan doornstruiken en brede bladeren striemden haar in het gezicht. Toen ze bij een donkere poel aankwam die ze zich vaag herinnerde, schuifelde Jennsen over de rotsrand en greep naar het gesteente naast zich om zich vast te houden. Huilend zocht ze zich een weg over de richel. Het gesteente verpulverde en brak af onder haar handen. Ze deed haar uiterste best om haar evenwicht te bewaren terwijl ze naar houvast zocht, en dat vond ze net op tijd om te voorkomen dat ze viel.

Ze keek door een waas van tranen over haar schouder naar het donkere wateroppervlak. Jennsen vroeg zich af of het misschien beter zou zijn als ze zou vallen, als ze zou worden opgeslokt in de diepte en alles voorbij zou zijn. Het leek haar een aangename omhelzing, een zacht einde. Het leek haar de rust die ze zocht. Eindelijk rust.

Als ze daar, ter plekke, zou kunnen sterven, zou de onmogelijke strijd voorbij zijn. Het verdriet en het leed zouden over zijn. Dan kon ze misschien bij haar moeder zijn, en bij de andere goede geesten in de onderwereld.

Maar ze betwijfelde of de goede geesten mensen zouden opnemen die zelfmoord pleegden. Het was verkeerd om een leven te nemen, behalve als het nodig was om een leven te verdedigen. Als Jennsen het zou opgeven, zou alles wat haar moeder had gedaan, alle offers die ze had gebracht, voor niets zijn geweest. Haar moeder, die in de eeuwigheid op haar wachtte, zou het Jennsen misschien niet vergeven als ze haar leven vergooide.

Ook Althea had bijna alles verloren om haar te helpen. Hoe kon Jennsen die moed negeren, niet alleen die van Althea, maar ook die van Friedrich? Hoe afschuwelijk verantwoordelijk ze zich ook voelde, ze kon het enige leven dat ze had niet vergooien.

Ze had het gevoel dat ze Althea de kans op een leven had ontnomen. Ondanks wat de vrouw had gezegd, voelde ze een brandende schaamte om het lijden van de tovenares. Althea zou voor altijd in dit akelige moeras gevangenzitten en dag in, dag uit de prijs betalen voor haar poging om Jennsen te verbergen voor Darken Rahl. Jennsens gezonde verstand kon haar nog zo hard vertellen dat dat te wijten was aan Darken Rahl, maar haar hart zei iets anders. Althea zou haar eigen leven nooit meer terugkrijgen, ze zou nooit meer vrij zijn om te lopen, om te gaan en te staan waar ze wilde, om te genieten van haar gave.

Wat gaf Jennsen eigenlijk het recht om van anderen te verwachten dat ze haar hielpen? Waarom zouden anderen hun leven en hun vrijheid voor haar opgeven? Wat gaf haar het recht om zo'n offer van hen te vragen? Jennsens moeder was niet de enige die vanwege haar had geleden. Althea en Friedrich zaten aan het moeras vastgekluisterd, Lathea was vermoord en Sebastiaan werd nu gevangengehouden. Zelfs Tom, die op haar wachtte in de weide, had zijn broodwinning opzijgezet om haar te hulp te komen.

Heel veel mensen hadden geprobeerd haar te helpen en hadden daar een vreselijke prijs voor moeten betalen. Waar haalde ze het idee vandaan dat ze anderen kon opzadelen met haar wensen? Waarom zouden zij hun levens en verlangens voor haar moeten opgeven? Maar hoe kon ze verdergaan zonder hun hulp?

Voorbij de rotsrand en de diepe plas sleepte Jennsen zich voort door een oneindige wirwar van wortels. Ze leken zich opzettelijk om haar enkels te winden. Tweemaal viel ze languit. Beide keren stond ze op en liep ze verder.

De derde keer dat ze viel, stootte ze haar gezicht zo hard dat de pijn haar verdoofde. Jennsen ging met haar vingers over haar jukbeen en haar voorhoofd, ervan overtuigd dat er iets gebroken moest zijn. Ze vond geen bloed en geen uitstekende botten. Ze lag daar tussen de wortels, die als slangen opgerold om haar heen lagen, en schaamde zich voor alle ellende die ze anderen had bezorgd.

En toen werd ze kwaad.

Jennsen.

Ze herinnerde zich wat haar moeder had gezegd: 'Trek nooit de mantel der schuld aan omdat zij slecht zijn.'

Jennsen duwde zich met haar armen overeind. Hoeveel anderen hadden misschien geprobeerd om iemand als Jennsen te helpen, een nakomeling van een Meester Rahl, en hadden daar met hun leven voor betaald? Hoeveel zouden er nog volgen? Waarom zouden zij, net als Jennsen, geen recht hebben op hun eigen leven?

De Meester Rahl was verantwoordelijk voor die verwoeste levens.

Jennsen. Geef je over.

Zou het dan nooit ophouden?

Grushdeva du kalt misht.
Sebastiaan was slechts het meest recente slachtoffer. Werd hij misschien op dat ogenblik gemarteld vanwege haar? Moest ook hij het met de dood bekopen omdat hij haar had geholpen?
Geef je over.
Arme Sebastiaan. Ze voelde een steek van verlangen naar hem. Het was zo lofwaardig van hem geweest om haar te helpen. Zo moedig. Zo knap.
Tu vash misht. Tu vask misht. Grushdeva du kalt misht.
De stem weerklonk vasthoudend en gebiedend door haar hoofd, en fluisterde woorden die haar niets zeiden. Ze krabbelde overeind. Zou ze dan nooit over haar eigen leven kunnen beschikken, zelfs niet over haar eigen geest? Moest ze altijd achtervolgd worden, door Meester Rahl, door de stem?
Jenn...
'Laat me met rust!'
Ze moest Sebastiaan helpen.
Ze liep door, zette de ene voet weer voor de andere, duwde ranken, bladeren en takken opzij en worstelde zich door het kreupelhout. Door de dichte nevel en het dikke bladerdak was het zo donker alsof de schemering was ingevallen. Ze had geen idee hoe laat het was. Het had haar veel tijd gekost om bij Althea's huis te komen. Ze was daar lang geweest. Voor zover Jennsen wist, werd het misschien al bijna donker. Het moest in elk geval al laat in de middag zijn. En het zou nog uren duren voordat ze terug was bij de weide waar Tom wachtte.
Ze was gekomen om hulp te vragen, maar die hulp was een illusie geweest die alleen in haar hoofd bestond. Ze had haar hele leven op haar moeder vertrouwd en daarna had ze verwacht dat Althea haar zou helpen. Ze moest aanvaarden dat ze voortaan voor zichzelf moest zorgen.
Jennsen. Geef je over.
'Nee! Laat me met rust!'
Ze was het allemaal zo zat. En nu was ze bovendien kwaad.
Jennsen banjerde verder door het moeras, plaste door poelen en stapte op wortels en keien als die er waren. Ze moest Sebastiaan helpen. Ze moest bij hem terug zien te komen. Tom wachtte op haar. Tom zou haar terugbrengen.
Maar wat dan? Hoe zou ze Sebastiaan vrij kunnen krijgen? Ze

had erop gerekend dat Althea haar met een of andere vorm van magie zou helpen. Nu wist ze dat ze die hulp niet zou krijgen.

Hijgend van het rennen door het moeras bleef ze staan toen ze bij de waterplas kwam waar ze op de heenweg de slang was tegengekomen. Jennsen keek uit over het roerloze wateroppervlak, maar zag niets. Er stak geen wortel boven het water uit die eigenlijk een slang was. Het begon nu echt donkerder te worden. Ze kon niet zien of er iets op de loer lag in de diepe schaduwen onder de bladeren die over de oever hingen.

Sebastiaans leven lag in haar handen. Jennsen waadde het water in.

Toen ze halverwege was, herinnerde ze zich dat ze zich had voorgenomen op de terugweg door het open water een stok mee te nemen om haar te helpen haar evenwicht te bewaren. Ze bleef staan, overwegend of ze terug moest gaan om een tak af te snijden of niet. Ze was al op de helft, dus ging ze verder. Ze voelde steeds met haar voet voorzichtig voor zich en vond een stevige bodem van wortels, echte wortels, waar ze behoedzaam op ging staan. Tot haar verrassing kwam het water, zolang ze op de wortels bleef, maar tot haar knieën. Ze kon haar rok omhooghouden, zodat die droog bleef, terwijl ze door het donkere water waadde.

Er botste iets tegen haar been op. Jennsen kromp ineen. Ze zag een glimp van schubben. Haar voet gleed weg. Toen zag ze met grote opluchting dat het alleen een vis was, die wegschoot.

In een poging haar evenwicht te hervinden en steun te vinden voor haar voeten, stapte Jennsen in één keer de bodemloze zwarte diepte in. Ze had alleen nog maar tijd om snel naar adem te happen voordat ze onder water gleed.

Het was donker om haar heen. Ze zag een werveling van luchtbellen toen ze kopje-onder ging. Geschrokken trapte ze om zich heen in een poging de bodem te vinden, of iets anders dat zou kunnen voorkomen dat ze verder zonk. Er was niets. Ze lag in diep water en werd naar beneden getrokken door haar natte kleren. In plaats van haar te dragen, sleurden haar zware laarzen haar nu naar beneden.

Jennsen maaide met haar armen en kwam zo net lang genoeg aan de oppervlakte om naar adem te happen voordat ze weer kopje-onder ging. De schok was ontstellend. Uit alle macht bewoog ze haar armen om naar het oppervlak te zwemmen, maar haar kleren hingen als een net om haar heen en belemmerden elke effectieve actie. Met grote ogen van angst en haar rode haar drijvend op het water, zag ze bundels flauw licht die doordrongen tot in de donkere diepte om haar heen.

Het gebeurde allemaal zo schrikbarend snel. Hoe ze ook haar best deed om het leven te grijpen, het glipte tussen haar vingers door. Het leek onwerkelijk.

Jennsen.

Er bewogen vormen dicht om haar heen. Haar longen brandden van verlangen naar lucht. Althea had gezegd dat er niemand achterlangs door het moeras kon komen. Er waren daar beesten die mensen in stukken scheurden. Jennsen had éénmaal geluk gehad. Ten prooi aan angst zag ze een donkere vorm naderbij komen. Ze zou niet nog eens zoveel geluk hebben.

Ze wilde niet doodgaan. Ze had wel gedacht dat ze dat wilde, maar nu wist ze dat dat niet zo was. Dit was het enige leven dat ze had. Haar kostbare leven. Dat wilde ze niet kwijt.

Ze probeerde naar het oppervlak te zwemmen, naar het licht, maar alles leek zo langzaam en zo zwaar te gaan.

Jennsen.

De stem had een dringende klank.

Jennsen.

Er botste iets tegen haar aan. Ze zag flitsen van iriserend groen. Het was de slang.

Als ze had gekund, had ze gegild. Spartelend, maar niet in staat om weg te komen, kon ze alleen maar toekijken hoe het donkere, lange wezen zich van onderaf om haar heen wikkelde.

Jennsen was te uitgeput om zich te verzetten. Haar longen brandden van zuurstoftekort en ze zag zichzelf door de bundels licht naar beneden zinken, steeds verder weg van het oppervlak, van het leven. Ze probeerde naar dat leven en die lucht te zwemmen, maar haar loodzware armen wuifden alleen maar als ronddrijvend wier door het water. Dat verraste haar, want ze kon zwemmen.

Jennsen.

Nu zou ze verdrinken.

Ze was omgeven door een donkere spiraal.

Door haar kleren, haar zware mantel, haar mes en haar laarzen, het feit dat ze moe was geweest, en bovendien haar schrik en de onvolledige inademing voordat ze kopje-onder ging, was er niet veel overgebleven van haar zwemvermogen.

Het deed pijn.

Ze had gedacht dat verdrinken een aangename omhelzing van het liefkozende water zou zijn. Dat was het niet. Het deed meer pijn dan ze ooit had gevoeld. Het gevoel machteloos te stikken was afschuwelijk. De pijn die haar borst leek te pletten, was scherp en ondraaglijk. Ze wilde alleen maar dat die zou ophouden. Ze worstelde in het water tegen de pijn en de paniek, verteerd door de dringende behoefte aan lucht. Ze zorgde ervoor dat ze haar mond stijf dichthield, want ze was doodsbang dat ze water naar binnen zou happen omdat ze zo'n behoefte aan lucht had.

Het deed pijn.

Jennsen voelde de windingen van de slang zacht langs zich heen glijden. Ze vroeg zich af of ze had moeten proberen hem te doden toen ze daar de kans voor had. Ze kon nu natuurlijk ook haar mes trekken. Maar ze was zo zwak.

Het deed pijn.

De windingen drukten tegen haar aan. In de geluidloze duisternis was ze opgehouden zich te verzetten. Er was geen reden voor.

Jennsen.

Ze vroeg zich af waarom de stem haar niet vroeg zich over te geven, zoals anders. Omdat ze nu eindelijk berustte, vond ze het ironisch dat de stem dat niet vroeg, maar alleen haar naam riep.

Jennsen voelde haar schouder ergens tegenaan stoten. Tegen iets hards. Haar hoofd stootte tegen iets anders. Daarna haar dij.

Ze werd tegen de oever geduwd waarvandaan de wortels onder water verdwenen. Bijna zonder te beseffen wat ze deed, greep ze de wortels en trok met een plotselinge, wanhopige kracht. Het ding onder haar bleef haar zachtjes omhoogduwen.

Jennsen brak door het oppervlak. Het water stroomde met veel lawaai van haar hoofd. Met wijd open mond hapte ze wanhopig naar lucht. Ze trok zichzelf zo ver omhoog dat ze met haar schouders op de knoestige wortels bleef liggen. Ze kon zichzelf niet verder uit het water hijsen, maar in elk geval was haar hoofd boven water en kon ze ademhalen. Haar benen bungelden in het water. Hijgend en met gesloten ogen klampte Jennsen zich met trillende vingers vast aan de wortels om ervoor te zorgen dat ze niet teruggleed in het water. De teugen lucht die ze inademde, vulden haar longen en dat voelde heerlijk aan. Bij elke ademhaling voelde ze haar kracht terugkomen.

Ten slotte slaagde ze erin zich centimeter voor centimeter, handje voor handje, aan de wortels de oever op te trekken. Ze liet zich hijgend, hoestend en bevend op haar zij vallen en zag het water een paar centimeter bij haar vandaan kabbelen. Ze was duizelig van het eenvoudige genoegen om lucht in te ademen.

Toen zag ze de kop van de slang door het wateroppervlak breken, vloeiend, gracieus en geluidloos. De gele ogen in de zwarte band keken naar haar. Ze staarden elkaar een tijdje aan.

'Bedankt,' fluisterde Jennsen.

Toen de slang gezien had dat ze op de oever lag, dat ze ademde en leefde, liet hij zich terugglijden in het water.

Jennsen had geen idee wat hij had gedacht en waarom hij niet opnieuw had geprobeerd haar te doden, nu hij dat gemakkelijk had kunnen doen. Misschien dacht hij na hun eerste ontmoeting dat ze te groot was om op te eten, of dat ze plotseling verzet zou gaan bieden.

Maar waarom had hij haar geholpen? Kon het een teken van respect zijn? Misschien zag hij haar gewoon als voedselconcurrent en wilde hij haar zijn territorium uit hebben, maar wilde hij niet opnieuw met haar vechten. Jennsen had geen idee waarom hij haar naar boven had geduwd, maar de slang had haar leven gered. Ze had een hekel aan slangen, maar deze had haar van de verdrinkingsdood gered.

Een van de dingen die ze het meest vreesde, was haar redding geweest.

Ze was nog steeds niet helemaal op adem, laat staan dat ze alweer helder kon denken, nadat ze bijna door de sluier naar de dood was gegaan, maar ze begon weer te bewegen en kroop op handen en knieën hoger de oever op. Er droop water uit haar kleren en haar haar. Ze kon niet overeind komen, want ze vertrouwde haar benen nog niet, dus kroop ze verder. Het was een fijn gevoel om weer te kunnen bewegen. Al snel was ze genoeg bijgekomen om overeind te krabbelen. Ze moest doorgaan. De tijd drong.

Door het lopen knapte ze verder op. Ze had altijd graag gelopen. Ze ging zich er weer levendig door voelen, werd weer zichzelf. Ze wist nu dat ze wilde blijven leven. Ze wilde ook dat Sebastiaan bleef leven.

Ze haastte zich door de wirwar van ranken en doornstruiken, over de kronkelige wortels en tussen de bomen door, en kalmeerde wat toen ze eindelijk bij de plek kwam waar het gesteente oprees van de bemoste grond. Ze begon de rotsrichel te beklimmen, opgelucht dat ze dit herkenningspunt in het uitgestrekte moeras had gevonden en dat ze weg kon klimmen van de vochtige, drassige grond. Het werd met de minuut donkerder en ze herinnerde zich dat het nog een heel eind was, naar boven. Jennsen wilde per se niet de nacht in het moeras doorbrengen, maar ze wilde ook niet in het donker over de rotsrichel klauteren.

Die angsten gaven haar vleugels. Zolang het nog licht genoeg was, moest ze doorgaan. Toen ze struikelde, dacht ze eraan dat er op sommige plekken aan weerszijden een diepe afgrond was. Ze maande zichzelf om voorzichtiger te zijn. Als ze in het donker van een steile rotswand viel, zou er geen behulpzame slang zijn om haar op te vangen.

Terwijl ze zich een weg naar boven zocht, bleef ze in gedachten bezig met alles wat Althea haar had verteld, in de hoop iets te vinden dat haar kon helpen. Jennsen wist niet hoe ze Sebastiaan vrij kon krijgen, maar ze wist dat ze het moest proberen; zij was zijn enige hoop. Hij had haar leven gered en nu moest zij proberen het zijne te redden.

Ze verlangde er hevig naar zijn glimlach te zien, zijn blauwe ogen, zijn witte stekeltjeshaar. Ze kon de gedachte niet verdragen dat hij gemarteld werd. Ze moest hem redden.

Maar hoe kon ze zo'n onmogelijke opdracht vervullen? Eerst moest ze zien dat ze weer bij het paleis kwam, besloot ze. Hopelijk zou haar tegen die tijd een manier te binnen zijn geschoten.

Tom zou haar terugbrengen naar het paleis. Tom zou ongerust op haar wachten. Tom. Waarom had Tom haar geholpen? Die vraag bleef maar door haar hoofd spoken, alsof het de sleutel tot haar probleem was, zoals de rotsrichel haar het moeras uit leidde. Ze wist alleen niet waar de vraag toe leidde.

Tom had haar geholpen. Waarom?

Ze concentreerde zich op die vraag terwijl ze de steile helling beklom. Hij had gezegd dat hij niet met zichzelf zou kunnen leven als hij haar alleen de Vlakten van Azrith in zou laten gaan, zonder proviand. Hij had gezegd dat dat haar dood zou worden en dat hij dat niet kon laten gebeuren. Dat leek een aanvaardbare reden.

Maar ze wist dat er meer achter zat. Hij leek vastbesloten haar te helpen, bijna alsof het zijn plicht was. Hij stelde geen kritische vragen over wat ze wilde doen, alleen over de methode die ze koos, en deed daarna wat hij kon om haar bij te staan.

Tom had gezegd dat ze Meester Rahl moest vertellen dat hij haar had geholpen, dat hij een goed mens was. Die uitspraak bleef maar door haar hoofd spoken. Hoewel het een achteloze opmerking was geweest, had hij het wel gemeend. Maar wat bedoelde hij?

Ze bleef erover piekeren terwijl ze tussen de bomen, de takken en de bladeren door over de richel naar boven liep. In de verte riepen onbekende dieren door de vochtige lucht. Van nog verder weg antwoordden andere met hetzelfde echoënde gekras en gefluit. De geur van het moeras dreef op warme luchtstromen naar haar omhoog.

Jennsen herinnerde zich dat Tom haar mes had gezien toen ze naar haar gestolen beurs zocht. Ze had haar mantel opengetrokken en ontdekt dat het leren riempje van haar beurs was doorgesneden. Toen had hij het mes gezien.

Jennsen bleef even staan en rechtte haar rug. Kon het zijn dat Tom dacht dat ze een of andere... een of andere vertegenwoordiger of agent van de Meester Rahl was? Zou Tom denken dat ze een belangrijke opdracht moest uitvoeren voor Meester Rahl? Zou Tom denken dat ze Meester Rahl kende?

Dacht hij vanwege het mes dat ze een belangrijke persoon was? Misschien was het haar vastbeslotenheid geweest om een schijnbaar onmogelijke tocht te ondernemen. Hij wist in elk geval wel hoe belangrijk ze de zaak vond. Misschien kwam het doordat ze hem had verteld dat die van levensbelang was.

Jennsen liep verder en dook onder dikke takken door die laag boven de richel hingen. Aan de andere kant richtte ze zich op en ze keek om zich heen, beseffend dat het snel donkerder werd. Met hernieuwde haast klauterde ze de steile helling op.

Ze herinnerde zich hoe Tom naar haar rode haar had gekeken. Mensen voelden zich vaak slecht op hun gemak bij haar vanwege haar rode haar. Velen maakten eruit op dat ze de gave had. Ze was vaak mensen tegengekomen die bang voor haar waren vanwege haar rode haar. Van die angst had ze gebruik gemaakt om zichzelf te beschermen. Die eerste avond met Sebastiaan had ze opzettelijk de indruk gewekt dat ze over magische kracht beschikte om zich te beschermen, voor het geval hij kwade bedoelingen had. Ze had de angst van de mensen gebruikt om de mannen in de herberg op een afstand te houden.

Al die dingen gingen door Jennsens hoofd terwijl ze steeds verder omhoogklom, hijgend van inspanning. Om haar heen viel de duisternis. Ze wist niet of ze het nog zou halen, maar ze wist dat ze het moest proberen. Ze moest doorgaan, voor Sebastiaan.

Op dat ogenblik vloog er iets donkers in haar gezicht. Jennsen slaakte een korte kreet en viel bijna, terwijl het donkere ding wegfladderde. Vleermuizen. Ze legde een hand tegen haar bonzende hart. Het sloeg net zo snel als hun vleugels. De kleine dieren waren te voorschijn gekomen om op insecten te jagen, daar wemelde het van.

Toen besefte ze dat ze in haar schrik heel goed een stap naar achteren had kunnen doen en had kunnen vallen. Het was een beangstigende gedachte dat ze door haar aandacht te laten verslappen, door ergens van te schrikken, op een losliggende steen te stappen of uit te glijden, in een diepte kon vallen waaruit ze nooit meer terug zou kunnen komen. Maar ze wist dat overnachten in het moeras net zo fataal kon zijn.

Vermoeid van de inspanningen van de dag en de momenten van schrik klom ze verder, rondstommelend in het donker, tastend naar het gesteente en pogend op de richel te blijven en niet af te dwalen naar een van de steile afgronden aan weerszijden. Ze maakte zich ook zorgen over wat voor wezens er misschien nog in het donker te voorschijn zouden komen om haar te grijpen terwijl ze dacht bijna het moeras uit te zijn.

Althea had gezegd dat niemand vanaf deze kant door het moeras kon komen. Ze viel ten prooi aan een nieuwe angst: misschien was Tom in het donker wel in gevaar. In de duisternis zou een van de wezens zich misschien het moeras uit wagen om hem te grijpen. Stel je voor dat ze bij de weide aankwam en Tom en zijn paarden daar vond, verscheurd door de monsters die uit Althea's magie waren geschapen. Wat moest ze dan beginnen?

Ze had al zorgen genoeg. Ze hield zich voor er niet steeds nieuwe bij te verzinnen.

Plotseling wankelde Jennsen een open plek op. Er brandde een vuur. Ze staarde ernaar en probeerde te begrijpen wat ze zag.

'Jennsen!' Tom sprong op en kwam naar haar toe rennen. Hij legde zijn grote arm om haar schouders om haar overeind te houden. 'Goede geesten, is alles goed met je?'

Ze knikte, te uitgeput om iets te zeggen. Hij zag haar niet knikken, want hij was al naar de wagen gerend. Jennsen liet zich zakken en ging zwaar in het gras zitten, buiten adem, verbaasd dat ze er eindelijk was en onuitsprekelijk opgelucht dat ze het moeras uit was.

Tom kwam terugrennen met een deken. 'Je bent doorweekt,' zei hij terwijl hij de deken om haar heen sloeg. 'Wat is er gebeurd?'

'Ik ben een stukje gaan zwemmen.'

Hij wreef haar gezicht droog met een hoek van de deken en stopte even om haar fronsend aan te kijken. 'Ik wil me niet met jouw zaken bemoeien, maar dat lijkt me geen goed idee.'

'De slang zou het met je eens zijn.'

Zijn frons werd dieper terwijl hij zijn gezicht dichter bij het hare bracht. 'De slang? Wat is er daar in dat moeras gebeurd? Hoe bedoel je, dat de slang het met me eens zou zijn?'

Nog steeds naar adem happend maakte Jennsen een handgebaar om het onderwerp weg te wuiven. Ze was zo bang geweest dat ze daarbeneden in het donker vast zou komen te zitten, dat ze het laatste uur praktisch tegen de steile helling op was gerend, en dat na alle andere inspanningen. Ze was doodop.

De angsten die ze eerder had uitgestaan kwamen nu terug. Haar schouders begonnen te schokken. Toen besefte ze dat ze zich uit alle macht aan Toms gespierde arm vastklampte. Hij leek het niet te merken, en anders zei hij er in elk geval niets over. Ze week terug, ook al had het haar goed gedaan om zijn kracht te voelen, zijn stevige, betrouwbare gestalte, zijn oprechte bezorgdheid.

Tom trok de deken nog wat dichter om haar heen. 'Is het je gelukt bij Althea te komen?'

Ze knikte en toen hij haar een waterzak gaf, dronk ze gretig.

'Ik zweer je dat ik nooit eerder heb gehoord dat iemand is teruggekomen uit dat moeras, behalve als ze uitgenodigd waren en er aan de andere kant in waren gegaan. Heb je de beesten gezien?'

'Er heeft zich een slang om me heen gewonden die dikker was dan je been. Ik heb hem goed kunnen bekijken; beter dan me lief was, eigenlijk.'

Hij floot laag. 'Heeft de tovenares je geholpen? Heb je van haar gekregen wat je nodig had? Is alles nu in orde?' Hij zweeg abrupt en leek zijn nieuwsgierigheid te bedwingen. 'Sorry. Je bent doorweekt en verkleumd. Ik moet je niet zoveel vragen stellen.'

'Althea en ik hebben lang gepraat. Ik kan niet direct zeggen dat ik heb gekregen wat ik nodig had, maar de waarheid kennen is beter dan achter illusies aanjagen.'

Zijn bezorgdheid was zichtbaar in zijn ogen en bleek uit de manier waarop hij ervoor zorgde dat de warme deken haar helemaal bedekte. 'Als je niet de hulp hebt gekregen die je nodig had, wat ga je dan nu doen?'

Jennsen trok haar mes en haalde diep adem om moed te verzamelen. Ze pakte het mes bij het lemmet en hield het voor Toms gezicht, zodat het licht van het vuur op het heft viel. Het opgewerkte metaal van de sierlijke letter R glinsterde alsof het met juwelen bezet was. Ze hield het voor zich als een talisman, als een officiële proclamatie die in zilver was gegoten, als een verzoek van hogerhand dat niet geweigerd kon worden.

'Ik moet terug naar het paleis.'

Zonder aarzelen tilde Tom haar op in zijn sterke armen, alsof ze niet zwaarder was dan een lammetje, en droeg haar naar de wagen. Hij tilde haar over de zijkant en legde haar voorzichtig achterin, tussen de dekens.

'Maak je geen zorgen; ik breng je terug. Jij hebt het moeilijkste deel gedaan. Rust nu maar lekker uit onder die warme dekens terwijl ik je terugbreng.'

Jennsen was blij dat haar vermoedens waren bevestigd. Maar in zekere zin voelde ze zich ook smerig, alsof ze weer in het moeras was gevallen. Ze loog tegen hem, gebruikte hem. Dat was niet rechtvaardig, maar ze wist niet wat ze anders moest doen.

Voordat hij zich omdraaide, pakte ze hem bij de arm. 'Tom, ben je niet bang om me te helpen, omdat ik betrokken ben bij zoiets...'

'Gevaarlijks?' maakte hij haar zin af. 'Wat ik doe, stelt niet veel voor in vergelijking met het risico dat jij hebt genomen.' Hij gebaarde naar haar verwarde rode haar. 'Ik ben niets bijzonders, zoals jij, maar ik ben blij dat je me de kans hebt gegeven het weinige te doen dat ik kon doen.'

'Ik ben lang niet zo bijzonder als jij denkt.' Plotseling voelde ze zich heel klein. 'Ik doe alleen maar wat ik moet doen.'

Tom trok dekens uit de wagenbak naar haar toe. 'Ik ontmoet heel wat mensen. Ik heb de gave niet nodig om te weten dat jij bijzonder bent.'

'Je weet dat dit een geheime aangelegenheid is en dat ik je niet kan vertellen wat ik aan het doen ben. Het spijt me, maar dat kan ik echt niet.'

'Natuurlijk niet. Alleen bijzondere mensen hebben zo'n bijzonder wapen. Ik verwacht niet van je dat je er iets over zegt en ik zal je er ook niet naar vragen.'

'Dank je, Tom.' Jennsen, die zich nu nog walgelijker voelde omdat ze hem gebruikte, en dat terwijl het zo'n oprechte man was, kneep hem dankbaar in zijn arm. 'Ik kan je wel vertellen dat het belangrijk is en dat je een enorme hulp bent.'

Hij glimlachte. 'Wikkel jezelf maar in die dekens en zorg dat je droog wordt. Zo meteen zijn we weer op de Vlakten van Azrith. Voor het geval dat je het vergeten was: daar is het winter. Als je dan nog zo nat bent, zul je bevriezen.'

'Bedankt, Tom. Je bent een goed mens.' Jennsen liet zich achteroverzakken in de dekens, te uitgeput van de beproeving om nog langer rechtop te blijven zitten.

'Ik reken erop dat je Meester Rahl dat vertelt,' zei hij met zijn ongedwongen lach. Hij doofde snel het vuur en klom toen op de bok.

Argeloos hielp hij haar, terwijl hij toch wist dat hij in elk geval enig risico liep. Ze durfde er niet aan te denken wat ze met hem zouden doen als hij erop werd betrapt dat hij Darken Rahls dochter hielp. En hij dacht nog wel dat hij de Meester Rahl hielp, terwijl hij het tegenovergestelde deed zonder enig besef van hoeveel gevaar hij liep.

En voordat het voorbij was, zou ze hem in nog groter gevaar brengen.

Ondanks haar angst over het feit dat ze terugstoven naar het paleis van de man die haar wilde doden, de misselijkmakende ongerustheid over wat er voor haar lag, de teleurstelling dat ze niet de hulp had gekregen waarop ze had gehoopt, het verdriet over wat ze allemaal van Althea had gehoord, de kou, waardoor haar natte kleren ijskoud aanvoelden, en het gehots van de wagen, viel Jennsen al snel in een diepe slaap.

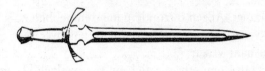

25

Heen en weer wiegend op de bok van de wagen, zag Jennsen het immense plateau naderbij komen. De ochtendzon verlichtte de hoog oprijzende stenen muren van het Volkspaleis en zette die in een pastelkleurige gloed. Hoewel de wind was gaan liggen, was de ochtendlucht nog steeds ijskoud. Na de stank van verrotting in het moeras, vond ze de schrale, droge, ijzige lucht van de open vlakte aangenaam.

Met haar vingertoppen wreef Jennsen over haar voorhoofd in een poging haar doffe, bonzende hoofdpijn te verlichten. Tom had de hele nacht doorgereden en zij had in de bak van de hotsende wagen liggen slapen, maar niet diep en bij lange na niet lang genoeg. Maar in elk geval had ze een beetje geslapen en waren ze terug.

'Jammer dat Meester Rahl er niet is.'

Jennsen schrok op uit haar eigen gedachten en deed haar ogen open. 'Wat?'

'Meester Rahl.' Tom gebaarde naar rechts, naar het zuiden. 'Jammer dat hij niet hier is om je te helpen.'

Hij had naar het zuiden gewezen, in de richting van de Oude Wereld. Jennsens moeder had af en toe gesproken over de band die het D'Haraanse volk met de Meester Rahl had. Door die oeroude en mysterieuze vorm van magie konden de D'Haranen op de een of andere manier voelen waar de Meester Rahl was. Hoewel de kracht van die band onder de D'Haranen varieerde, beschikten ze er allemaal in enige mate over.

Wat de Meester Rahl voor voordeel had van die band, wist Jennsen niet. Ze beschouwde die als een extra greep van de heerser over zijn volk. Maar in het geval van haar moeder had de band hen geholpen om uit de klauwen van Darken Rahl te blijven.

Jennsen was dus bekend met de band uit de beschrijvingen van haar moeder, maar zelf had ze er nooit iets van gevoeld. Misschien was hij in haar zo zwak, net als bij sommige andere D'Haranen, dat ze hem gewoon niet kon voelen. Haar moeder had gezegd dat de band niets te maken had met hoe toegewijd je aan de Meester Rahl was, dat het zuiver een magische verbinding was, waarvan de kracht werd bepaald door andere criteria dan door haar gevoelens jegens de man.

Jennsen herinnerde zich dat haar moeder soms in de deuropening van hun huisje stond, of bij een raam, of stil bleef staan in het bos, en naar de horizon staarde. Op die momenten wist Jennsen dat haar moeder Darken Rahl voelde via de band, dat ze voelde waar hij was en hoe dichtbij. Het was jammer dat ze alleen kon voelen waar de Meester Rahl zelf was, niet waar de bruten waren die hij achter hen aan had gestuurd.

Als D'Haraan beschouwde Tom die band met de Meester Rahl als vanzelfsprekend, en hij had Jennsen zojuist waardevolle informatie verschaft: Meester Rahl was niet in zijn paleis. Dat nieuws bemoedigde haar. Het was één hindernis minder, één ding waar ze zich geen zorgen over hoefde te maken.

Meester Rahl was ergens in het zuiden, waarschijnlijk in de Oude Wereld, om oorlog te voeren tegen de mensen daar, zoals Sebastiaan haar had verteld.

'Ja,' zei ze uiteindelijk, 'jammer.'

Op het marktterrein onder aan het plateau was het al druk. Er dreven stofwolken boven de menigte die zich daar had verzameld en boven de weg naar het zuiden. Ze vroeg zich af of Irma de worstverkoopster er was. Jennsen miste Betty. Ze verlangde er vreselijk naar om het staartje van de geit razendsnel te zien kwispelen en om haar opgetogen te horen mekkeren vanwege de hereniging met haar levenslange vriendin.

Tom liet zijn span koers zetten in de richting van de markt, naar de plek waar hij gestaan had om zijn lading wijn te verkopen. Misschien zou Irma ook weer naar dezelfde plaats gaan. Dan zou Jennsen Betty weer moeten achterlaten om naar boven te gaan, de ingang door en het plateau in. Het zou een lange klim zijn, al die trappen op, en daarna moest ze zien uit te vinden waar Sebastiaan gevangen werd gehouden.

Terwijl de wagen over de harde grond van de Vlakten van Azrith ratelde, staarde Jennsen naar de lege weg die langs de zijkant van het plateau naar boven kronkelde.

'Neem de weg,' zei ze.

'Wat?'

'Neem de weg naar het paleis.'

'Weet je het zeker, Jennsen? Het lijkt me niet verstandig. Die is alleen voor officiële aangelegenheden.'

'Neem de weg.'

Daarop dreef hij de paarden naar links, weg van hun koers naar de markt en in de richting van het begin van de weg. Vanuit haar ooghoek zag ze hem steelse blikken werpen op zijn ondoorgrondelijke passagier.

Soldaten die onder aan het plateau stonden, waar de weg begon te stijgen, zagen hen naderen. Terwijl de wagen naar hen toe reed, trok Jennsen haar mes.

'Niet stoppen,' zei ze tegen Tom.

Hij staarde haar aan. 'Wat? Ik moet wel. Weet je wel dat ze pijl en boog hebben?'

Jennsen bleef strak voor zich uit kijken. 'Gewoon doorrijden.'

Toen ze bij de soldaten kwamen, stak Jennsen het mes naar hen uit; ze pakte het bij het lemmet, zodat het heft boven haar vuist uitstak. Ze hield haar arm roerloos uitgestrekt in de richting van het groepje mannen, zodat ze konden zien wat ze te melden had. Ze keek hen niet aan, maar bleef naar de weg vóór zich kijken en liet hun het mes zien alsof ze niet de moeite wilde nemen om met hen te praten.

Alle ogen waren op het mes met de sierlijke letter R gericht toen ze langs hen stoven. Geen van hen deed een poging om de wagen tegen te houden of een pijl op een boog te zetten. Tom floot laag. De wagen reed schuddend en ratelend verder.

De weg slingerde van links naar rechts en beklom gestaag het plateau. Op sommige stukken was er ruimte in overvloed, maar soms werd de weg smal en moest de wagen vlak langs de duizelingwekkende afgrond rijden. Na elke scherpe bocht openbaarde zich een nieuw vergezicht, een nieuw uitzicht over de Vlakten van Azrith, die zich ver onder hen uitstrekten. In de verte werden de vlakten omzoomd door donkerblauwe bergen.

Toen ze bij de brug aankwamen, moesten ze wel stilhouden: de brug was opgehaald. Haar vertrouwen in zichzelf en in haar plan wankelde toen ze besefte dat dit, en niet haar doortastende optreden, waarschijnlijk de reden was dat de soldaten onder aan de weg haar zo gemakkelijk hadden doorgelaten. Ze wisten dat ze niet over de kloof kon komen, tenzij de bewakers de brug lieten zakken. Ze wisten dat ze niet zomaar het paleis kon binnenvallen, en tegelijk hoefden ze haar niet aan te houden, een vrouw die iets had dat misschien wel een soort officiële vrijgeleide was van de Meester Rahl zelf. En wat erger was, ze zag nu ook hoe de soldaten mensen die ze als mogelijke indringers beschouwden, isoleerden op een plek zonder kans op ontsnapping of redding door versterkingen. Elke vijandelijke inval zou hier tot staan worden gebracht, en de invallers werden waarschijnlijk gevangengenomen of ter plekke gedood.

Geen wonder dat Tom haar had ontraden de weg naar boven te gebruiken.

Opgewonden door de inspanning van de klim wierpen de grote paarden hun hoofd in de nek bij de hindernis. Een van de mannen stapte naar voren en pakte de paarden bij hun bit om ze te kalmeren. Er liepen soldaten naar de zijkant van de wagen. Jennsen zat aan de kant van de afgrond, en hoewel ze zag dat er mannen de achterzijde van de wagen aan haar kant bewaakten, liepen de meeste mannen naar Toms kant.

'Goedendag, sergeant,' riep Tom.

De man wierp een kritische blik in de wagenbak en nadat hij had gezien dat die leeg was, keek hij op naar de twee op de bok. 'Goedendag.'

Jennsen wist dat dit niet het moment was om timide te worden. Als ze hier faalde, zou alles verloren zijn. Niet alleen zou er dan geen hoop meer zijn voor Sebastiaan, maar waarschijnlijk zou zij dan ook in de kerkers verdwijnen. Ze kon het zich niet veroorloven om nu de moed te verliezen. Toen de soldaten dicht genoeg bij hen waren, reikte ze met haar arm langs Tom om het mes uit te steken naar de sergeant, en liet hem het heft zien alsof ze met een koninklijke vrijgeleide zwaaide.

'Laat de brug zakken,' zei ze voordat hij de kans had om iets te vragen.

De sergeant keek eerst naar het heft van het mes en zag toen haar dreigende blik. 'Wat komt u doen?'

Sebastiaan had haar verteld dat ze moest bluffen. Hij had haar duidelijk gemaakt dat ze dat al haar hele leven had gedaan, dat ze een natuurtalent was. Nu moest ze het opzettelijk doen om hem te redden en het er zelf levend af te brengen. Haar hart bonsde in haar keel, maar ze keek de man streng en ondoordringbaar aan. 'Ik kom in opdracht van Meester Rahl. Laat de brug zakken.'

Ze had de indruk dat hij een beetje overdonderd was door haar toon, of misschien maakte hij zich zorgen over haar onverwachte woorden. Ze zag aan het verstrakken van zijn gezicht dat hij behoedzamer werd. Desondanks hield hij voet bij stuk.

'Ik heb wat meer informatie nodig, mevrouw.'

Jennsen liet het mes snel tussen haar vingers door draaien en het glanzende metaal in het zonlicht schitteren, totdat het weer abrupt tot stilstand kwam met het heft rechtop boven haar vuist uit, zodat de sierlijke letter R zichtbaar was voor de soldaat. Ze duwde doelbewust de kap van haar mantel naar achteren en stelde haar lange, rode haar bloot aan de ochtendzon en de starende blikken van de mannen. Ze zag in hun ogen dat haar onuitgesproken suggestie duidelijk begrepen was.

'Ik weet dat u uw werk moet doen,' zei Jennsen uiterst kalm, 'maar dat moet ik ook. Ik ben hier met een officiële opdracht van Meester Rahl. U kunt zich vast wel voorstellen hoe ontstemd Meester Rahl zou zijn als ik zijn aangelegenheden besprak met iedereen die ernaar vroeg, en daarom ben ik dat ook niet van plan, maar ik kan u wel vertellen dat ik hier niet zou zijn als het niet om een zaak van levensbelang zou gaan. U verspilt mijn kostbare tijd, sergeant. En laat nu die brug maar zakken.'

'En wat is uw naam, mevrouw?'

Jennsen boog zich wat verder langs Tom heen om de sergeant van dichterbij dreigend aan te kunnen kijken.

'Als u die brug niet laat zakken, sergeant, en wel onmiddellijk, zult u zich me altijd blijven herinneren als Sores, gestuurd door Meester Rahl zelf.'

De sergeant, die werd bijgestaan door enkele tientallen manschappen met pieken, kruisbogen, zwaarden en strijdbijlen, gaf geen krimp. Hij keek Tom aan.

'Wat is uw aandeel hierin?'

Tom haalde zijn schouders op. 'Ik men alleen de wagen. Als ik u was, sergeant, dan zou ik deze dame niet willen ophouden.'

'O nee?'

'Zeker niet,' sprak Tom met overtuiging.

De sergeant keek Tom lang en strak aan. Uiteindelijk nam hij Jennsen nog eens op, draaide zich om en gebaarde naar een van de mannen dat hij de brug moest laten zakken.

Jennsen wees met haar mes in de richting van het paleis boven aan de weg. 'Waar vind ik de plaats waar we gevangenen opsluiten?'

Toen het raderwerk ging ratelen en de brug begon te zakken, draaide hij zich terug naar Jennsen.

'Vraagt u dat maar aan de wachters bovenaan. Die kunnen u dat vertellen, mevrouw.'

'Dank u,' zei Jennsen op besliste toon; ze ging weer rechtop zitten en keek strak voor zich uit terwijl ze wachtte totdat de brug helemaal gezakt was. Toen die met een dreun op haar plaats was gevallen, gebaarde de sergeant dat ze door konden rijden. Tom bedankte hem met een knikje en gaf de paarden de teugels.

Jennsen moest haar rol tot het eind toe blijven spelen als ze kans van slagen wilde hebben. Ze merkte dat ze dat des te overtuigender deed door haar echte woede. Maar het stoorde haar dat Tom ook een rol had gespeeld bij het slagen van haar bedrog. Ze wilde zijn hulp hier niet bij hebben. Ze besloot dat het verstandig zou zijn om haar woede niet te onderdrukken en zichtbaar te houden voor de andere bewakers.

'Wil je de gevangenen bezoeken?' vroeg Tom.

Ze besefte dat ze hem nooit had verteld waarom ze terug moest naar het paleis. 'Ja. Ze hebben een man ten onrechte gevangengenomen. Ik ga ervoor zorgen dat hij wordt vrijgelaten.'

Tom stuurde de paarden bij met de teugels en hield ze ver van de kant om de wagen een scherpe bocht om te manoeuvreren. 'Vraag naar kapitein Lerner,' zei hij ten slotte.

Jennsen wierp hem een zijdelingse blik toe, verrast dat hij een naam had genoemd in plaats van tegenwerpingen te maken. 'Een vriend van je?'

De teugels bewogen heel lichtjes, met vakkundige precisie, om de paarden de bocht om te leiden. 'Ik weet niet of ik hem een vriend zou noemen. Ik heb een paar keer met hem te maken gehad.'

'In verband met wijn?'

Tom glimlachte. 'Nee. Andere dingen.'

Hij was blijkbaar niet van plan te vertellen welke andere dingen. Jennsen keek naar de uitgestrekte Vlakten van Azrith en de bergen in de verte terwijl ze hoger het plateau op reden. Ergens achter die vlakten en achter die bergen lag de vrijheid.

Bovenaan liep het laatste stuk van de weg tot vlak voor een grote poort in de dikke buitenste muur van het paleis. De wachters die voor de poort stonden, gebaarden dat ze door konden rijden en bliezen toen een paar korte tonen op fluitjes voor anderen, die onzichtbaar aan de andere kant van de muren stonden. Jennsen besefte dat ze niet onaangekondigd kwamen.

Haar adem stokte bijna toen ze door de korte tunnel aan de andere kant van de dikke buitenmuur kwamen. Binnen de muren strekte zich een groot terrein voor hen uit. Gazons en heggen omzoomden de weg, die met een bocht naar een heuvel van treden liep, bijna een kilometer verderop. Het wemelde er van de soldaten in keurige uniformen van leer en maliën met een wollen tuniek erover. Velen stonden, met hun pieken onder precies dezelfde hoek rechtop, langs de weg. Deze mannen stonden niet te lanterfanten. Ze waren niet het soort dat zich liet verrassen door wat er over de weg aan kwam.

Tom nam het allemaal terloops in zich op. Jennsen probeerde recht voor zich uit te blijven kijken. Ze wilde de indruk wekken dat al die pracht en praal haar koud liet.

Voor de brede treden de heuvel op stond een ontvangstcomité van wachters van meer dan honderd man sterk. Tom hield de wagen stil toen ze bij die blokkade waren aangekomen. Op de trap zag Jennsen drie mannen in gewaden staan, die uitkeken over de soldaten. Twee droegen er een zilverkleurig gewaad. Tussen hen in, een tree hoger, stond een oudere man die in het wit was gekleed en zijn handen in mouwen had gestoken die waren afgezet met goudkleurige tressen die glinsterden in het zonlicht.

Tom zette de wagen op de rem terwijl een soldaat zich over de paarden ontfermde om ze stil te houden. Voordat Tom van de wagen kon klimmen, legde Jennsen een hand op zijn arm om hem tegen te houden.

'Verder ga jij niet.'

'Maar je...'

'Je hebt genoeg gedaan. Je hebt me geholpen toen ik dat nodig had. Hiervandaan kan ik het alleen.'

De bedachtzame blik in zijn blauwe ogen gleed over de wachters die om de wagen stonden. Hij leek het niet met haar eens te zijn.

'Ik denk niet dat het kwaad kan als ik meega.'

'Ik heb liever dat je teruggaat naar je broers.'

Hij keek even naar haar hand op zijn arm voordat hij zijn ogen opsloeg en haar aankeek. 'Als je dat wilt.' Hij dempte zijn stem tot nauwelijks meer dan een fluistering. 'Zal ik je weerzien?'

Het klonk meer als een verzoek dan als een vraag. Jennsen kon zich er niet toe zetten om hem zoiets eenvoudigs te ontzeggen, na alles wat hij voor haar had gedaan.

'We zullen naar de markt moeten gaan om paarden te kopen. Dan kom ik eerst bij jou langs, als ik mijn vriend binnen vrij heb gekregen.'

'Beloofd?'

Zachtjes zei ze: 'Ik wil je betalen voor je diensten, weet je nog?'

Zijn scheve grijns verscheen weer. 'Ik heb nog nooit iemand als jij ontmoet, Jennsen. Ik…' Hij zag de soldaten, herinnerde zich weer waar hij was en schraapte zijn keel. 'Ik ben blij dat u me mijn kleine bijdrage hebt laten leveren, mevrouw. Wat betreft de rest, ik hou u aan uw woord.'

Hij had genoeg geriskeerd door haar hierheen te brengen, en dat zonder dat hij wist hoeveel gevaar hij liep. Jennsen hoopte vurig dat hij aan haar korte glimlach zou zien dat ze hem oprecht dankbaar was voor zijn hulp, want ze dacht niet dat ze het zich zou kunnen veroorloven om haar belofte na te komen en bij hem langs te gaan voordat ze vertrokken.

Terwijl hij haar met zijn sterke hand bij haar arm pakte om haar voor een laatste opmerking staande te houden, zei hij zacht maar op plechtige toon: 'Staal tegen staal, dat hij de magie tegen magie moge zijn.'

Jennsen had geen flauw idee wat hij bedoelde. Ze beantwoordde zijn doordringende blik en knikte hem nadrukkelijk toe.

Jennsen, die niet wilde dat de soldaten het vermoeden kregen dat ze in werkelijkheid heel vriendelijk was, draaide zich om en klom de wagen af om tegenover de man te gaan staan die de leiding leek te hebben. Ze liet hem het mes vluchtig zien voordat ze het weer in de schede aan haar riem stak.

'Ik moet de man spreken die verantwoordelijk is voor de gevangenen hier. Kapitein Lerner, als ik het me goed herinner.'

Hij fronste zijn voorhoofd. 'Wilt u de commandant van de gevangenbewaarders spreken?'

Jennsen kende zijn rang niet. Ze had niet veel verstand van militaire zaken, behalve dat dit soort soldaten het grootste deel van haar leven had geprobeerd haar te doden. Hij kon net zo goed een generaal als een korporaal zijn, wat haar betrof. Toen ze de man goed opnam, zijn uniform, zijn leeftijd en zijn houding, concludeerde ze dat hij vast hoger was dan een korporaal. Maar ze was bang om zich in zijn rang te vergissen en besloot dat het verstandiger was iets dergelijks maar helemaal te negeren.

Jennsen deed de vraag af met een kort handgebaar. 'Ik heb niet de hele dag de tijd. Ik zal uiteraard een escorte nodig hebben. U en een paar van uw manschappen lijkt me voldoende.'

Voordat ze de treden besteeg, wierp ze een blik over haar schouder en ze zag Tom naar haar knipogen. Dat deed haar goed. De soldaten waren opzijgegaan om zijn wagen door te laten, dus hij sloeg met de teugels en zijn grote paarden zetten zich in beweging. Jennsen vond het akelig om zijn geruststellende gestalte te zien vertrekken. Ze bande haar angsten uit haar gedachten.

'U,' zei ze terwijl ze gebaarde naar de man in het witte gewaad, 'breng me naar de plek waar de gevangenen zitten.'

De man, wiens kruin zichtbaar was door zijn dunner wordende grijze haar, stak een vinger op en stuurde de meeste rondlopende wachters terug naar hun post. De officier van onbekende rang en een stuk of tien van zijn soldaten bleven achter haar staan.

'Mag ik het mes zien?' vroeg de man met het witte gewaad op vriendelijke toon.

Jennsen vermoedde dat deze man, die wachters met een hoge rang kon wegsturen, een belangrijke persoon was. Belangrijke mensen in het paleis van Meester Rahl zouden weleens over de gave kunnen beschikken. Ze bedacht dat hij, als hij de gave had, haar als een gat in de wereld zou zien. Ze bedacht ook dat dit een heel slecht moment was om een bekentenis eruit te flappen, en een nog slechter moment om het op een lopen te zetten naar de poort. Ze moest maar hopen dat hij een paleisfunctionaris was die niet beschikte over de gave.

Veel soldaten keken nog steeds toe. Jennsen trok achteloos haar mes uit de schede aan haar riem. Zonder een woord te zeggen, maar met een gezicht waar duidelijk van af te lezen viel dat haar geduld begon op te raken, stak ze het mes voor de ogen van de man omhoog zodat hij de sierlijke letter R op het heft kon zien. Hij keek even naar het wapen voordat hij zijn aandacht weer op haar richtte. 'En is dit echt?'

'Nee,' snauwde Jennsen, 'ik heb het gisteravond zelf gesmeed toen ik toch bij het kampvuur zat. Brengt u me nog naar uw gevangenenverblijf, of hoe zit dat?'

De man vertoonde geen reactie op haar felle toon en stak minzaam zijn hand uit. 'Als u zo vriendelijk zou willen zijn me te volgen, mevrouw?'

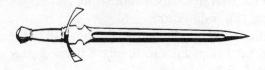

26

Het witte gewaad van de paleisfunctionaris wapperde achter hem aan toen hij de trap tegen de heuvel besteeg, geflankeerd door de twee mannen in zilveren gewaden. Jennsen bewaarde een naar haar oordeel majesteitelijke afstand tot de mannen. Toen de man in het wit merkte hoe ver ze achter was geraakt, ging hij langzamer lopen om haar de kans te geven hem in te halen. Zij paste haar tempo aan het zijne aan en handhaafde de afstand. Hij keek nerveus over zijn schouder en ging nog langzamer lopen. Zij deed hetzelfde, totdat de drie mannen in hun gewaden, Jennsen en de soldaten achter haar allemaal op iedere tree langdurig bleven staan.

Toen ze het volgende bordes van de brede, zonovergoten marmeren trap bereikten, keek de man opnieuw over zijn schouder. Jennsen gebaarde ongeduldig. Eindelijk begreep hij dat ze niet van plan was om naast hem te komen lopen, maar van hem verwachtte dat hij de stoet zou aanvoeren. De man legde zich neer bij haar wens en ging sneller lopen, zodat ze de afstand kon aanhouden die ze eiste, en berustte erin min of meer de rol van haar nederige dienaar te spelen.

De officier van onbekende rang en zijn tiental soldaten beklommen de trap met kleine stapjes, in een poging de afstand die zij tot degenen voor zich bewaarde ook achter haar in acht te nemen. Het was onverwacht en lastig voor haar begeleiders. Dat was ook haar bedoeling; net als haar rode haar gaf ook dit hun iets om over na te denken, om over te piekeren.

Van tijd tot tijd werd de gelijkmatige stijging van de marmeren trap onderbroken door brede bordessen, zodat de benen even rust kregen voordat je verder omhoog moest. Boven aan de trap bevond zich een rij kolossale zuilen met hoge deuren van gedreven geelkoper erachter. De hele voorzijde van het paleis, die imposant voor hen oprees, was een van de mooiste dingen die Jennsen ooit had gezien, maar haar aandacht ging niet uit naar de bijzondere bouwstijl van de ingang. Ze dacht aan wat haar binnen wachtte.

Ze liepen door de schaduwen van de hoge zuilen en stapten statig door de deuropening. De soldaten volgden haar nog steeds op de voet, en hun wapens, riemen en maliën rinkelden. Hun voetstappen op de gladde marmeren vloer weerkaatsten tegen de muren van een grote hal die was omzoomd met gecanneleerde pilaren.

Dieper in het paleis bleven mensen die daar hun werk deden, in groepjes van twee of drie stonden te praten of over de galerijen wandelden, staan om te kijken naar de ongebruikelijke stoet, naar de functionarissen in hun witte of zilveren gewaad en het tiental wachters, die op eerbiedige afstand een vrouw met rood haar escorteerden. Aan haar kleding was duidelijk te zien dat ze zojuist was aangekomen, vooral door het contrast met het keurige en schone tenue van de anderen. In plaats van zich opgelaten te voelen door haar kleding, was Jennsen tevreden dat die bijdroeg aan de indruk van mysterieuze urgentie. De reactie van de mensen zou invloed hebben op haar escorte.

Nadat de man in het wit iets had gefluisterd tegen de twee in de zilveren gewaden, knikten die. Ze gingen op een drafje vooruit en verdwenen om een hoek. De wachters volgden haar nog steeds op de door haar aangegeven afstand.

De stoet zocht zich een weg door een doolhof van smalle gangen en dromde een smalle diensttrap af. Jennsen en haar begeleiders sloegen een paar maal een hoek om door brede, elkaar kruisende gangen en schemerige, smallere gangetjes naar deuren die uitkwamen op brede galerijen, en daalden met tussenpozen allerlei trappen af, totdat ze niet meer kon onthouden hoe ze waren gelopen. Zo te zien aan het stof op sommige groezelige trappen en in de muf ruikende, blijkbaar weinig gebruikte gangen, bracht de man in het witte gewaad haar via de kortste weg door het paleis naar de plek waar ze heen wilde.

Ook dat was geruststellend; het betekende dat ze haar serieus namen. Dat gaf haar meer zelfvertrouwen bij het spelen van haar rol. Ze hield zichzelf voor dat ze belangrijk was, ze was een persoonlijke afgezant van Meester Rahl zelf, en ze zou zich door niemand laten wegsturen. Ze waren hier alleen maar om haar te helpen. Dat was hun werk. Hun plicht.

Aangezien het onbegonnen werk was om de bochtige route die ze namen te onthouden, dacht ze in plaats daarvan na over wat er komen ging, over wat ze zou zeggen en doen, en ze repeteerde alles in gedachten.

Jennsen drukte zichzelf op het hart dat ze zich aan haar plan moest houden, in welke toestand Sebastiaan ook verkeerde. Ze zouden er geen van beiden iets mee opschieten als ze verrast reageerde, in tranen uitbarstte of hem jammerend om de hals viel. Ze hoopte dat ze daaraan zou denken als ze hem zag.

De man in het wit vergewiste zich ervan dat ze hem nog volgde, voordat hij een stenen trap afdaalde. Op plekken waar de verf van de ijzeren leuning was afgebladderd, was dofrood roest zichtbaar. De onaangenaam steile trap wentelde zich naar beneden en eindigde ten slotte in een lager gelegen gang, die werd verlicht door spookachtig flakkerende toortsen in lage vloerstandaards, in plaats van de lampen met reflectoren die boven werden gebruikt om de gangen te verlichten.

De twee mannen in de zilveren gewaden die vooruit waren gegaan, wachtten hen beneden op. Vlak onder de lage balken van het plafond hing een rokerige nevel, en het rook er naar brandende pek. Jennsen zag haar adem in de koude lucht. Ze voelde instinctief hoe diep ze in het Volkspaleis waren. Even kwam de onaangename herinnering bij haar boven aan het gevoel weg te zinken in het donkere, diepe water van het moeras. Als ze aan het onvoorstelbare gewicht boven haar hoofd dacht, voelde ze een soortgelijke druk op haar borst, hier in de krochten van het paleis.

Toen ze door de donkere stenen gang naar rechts keek, dacht ze een rij deuren te zien, op gelijke afstand van elkaar. Bij sommige deuren leek het alsof er vingers om de randen van kleine openingen waren geslagen. Vanaf die kant klonk uit de duisternis een droge, echoënde hoest. Toen ze in de richting van de onzichtbare bron van het geluid keek, kreeg ze het gevoel dat mensen hier niet naartoe werden gestuurd om te worden bestraft, maar om te sterven.

Voor een met ijzer beslagen deur die de gang naar links afsloot, stond een breed gebouwde man met zijn voeten een stuk uiteen, zijn handen achter zijn rug en zijn kin in de lucht. Zijn houding, zijn grote gestalte en de manier waarop hij zijn doordringende blik op haar vestigde, deden Jennsens adem stokken.

Ze zou wel willen wegrennen. Hoe kwam ze erbij dat ze dit voor elkaar kon krijgen? Wie was zij, per slot van rekening? Een onbeduidende persoon.

Althea had gezegd dat dat niet waar was, behalve als ze daar zelf voor koos. Jennsen wenste dat ze zoveel vertrouwen in haar eigen kunnen had als Althea in haar leek te hebben.

Terwijl hij Jennsen aankeek, stak de man met het witte gewaad zijn hand uit. 'Kapitein Lerner. Zoals u verzocht.' Hij wendde zich tot de kapitein en gebaarde met zijn andere hand in de richting van Jennsen. 'Een persoonlijke afgezant van Meester Rahl. Zegt ze.'

De kapitein wierp de man in het wit een barse glimlach toe.

'Dank u,' zei ze tegen de mannen die haar escorte hadden gevormd. 'U kunt gaan.'

De man in het wit deed zijn mond open om iets te zeggen, maar bedacht zich toen hij haar blik zag, en boog. Met zijn armen wijd voerde hij de andere twee mannen in het zilver en de soldaten met zich mee als een kip die haar kuikens voor zich uit drijft.

'Ik ben op zoek naar een man die naar verluidt gevangen is genomen,' zei ze tegen de grote man die voor de deur stond.

'Waarom?'

'Iemand heeft een fout gemaakt. Hij is bij vergissing gevangengenomen.'

'Wie zegt dat het een vergissing was?'

Jennsen tilde het mes uit de schede aan haar riem en hield het bij het lemmet vast, terwijl ze de man achteloos het heft liet zien. 'Ik.'

Zijn staalblauwe ogen gleden even over het heft. Hij stond nog steeds in dezelfde ontspannen houding voor de ijzeren deur naar de gang erachter. Jennsen liet het mes snel tussen haar vingers door draaien, pakte het bij het heft en stak het in een vloeiende beweging terug in de schede aan haar riem.

'Zo een heb ik er ook gehad,' zei hij met een knikje naar het mes, dat ze weer in de schede had gestoken. 'Een paar jaar geleden.'

'Maar nu niet meer?' Ze duwde zachtjes tegen de dwarsplaat totdat ze het mes met een klik op zijn plaats voelde glijden. Het zachte geluid echode vanuit het donker achter haar naar haar terug.
Hij haalde zijn schouders op. 'Het is slopend om je leven voortdurend op het spel te zetten voor Meester Rahl.'
Jennsen was bang dat hij haar iets over de Meester Rahl zou vragen, iets waar ze geen antwoord op had terwijl ze dat wel zou moeten hebben. Die mogelijkheid wilde ze uitsluiten.
'Dan hebt u onder Darken Rahl gediend. Dat was voor mijn tijd. Het moet een grote eer zijn om hem te hebben gekend.'
'U hebt de man duidelijk niet gekend.'
Ze vreesde dat ze zojuist voor haar eerste test was gezakt. Ze had gedacht dat iedereen die voor hem had gewerkt een trouwe volgeling was. Ze dacht dat ze dat veilig kon aannemen. Dat was niet zo.
Kapitein Lerner draaide zijn hoofd af en spoog. Hij keek haar uitdagend aan. 'Darken Rahl was een gestoorde schoft. Ik zou graag mijn mes tussen zijn ribben hebben gezet en dat flink hebben ronddgedraaid.'
Ondanks haar onrust bleef ze hem onbewogen aankijken. 'Waarom hebt u dat dan niet gedaan?'
'Als de hele wereld krankzinnig is, heeft het geen nut om als enige bij je verstand te zijn. Ik heb hun uiteindelijk gezegd dat ik te oud werd en een baantje hier beneden genomen. Ten slotte heeft een veel beter mens dan ik Darken Rahl naar de Wachter gestuurd.'
Jennsen was van haar stuk gebracht door zo'n onverwachte opvatting. Ze wist niet of de man echt een hekel aan Darken Rahl had gehad of dat hij dat alleen maar tegen haar zei om duidelijk te maken dat hij loyaal was jegens de nieuwe Meester Rahl, Richard, die zijn vader had gedood en de macht had overgenomen. Ze probeerde haar gedachten te ordenen zonder dat te laten merken.
'Tom zei al dat u niet dom was. Ik neem aan dat hij wist waar hij het over had.'
De kapitein lachte, een spontaan, diep, bulderend geluid dat Jennsen onverwacht een glimlach ontlokte, door de ongerijmdheid dat het afkomstig was van een man die verder zo'n angstaanjagende indruk maakte.

'Tom zal het wel weten.' Hij sloeg met zijn vuist tegen zijn hartstreek bij wijze van saluut. Zijn gezicht stond nu vriendelijk, met een ongedwongen glimlach. Tom had haar opnieuw geholpen.

Jennsen beantwoordde het saluut door op haar beurt haar vuist tegen haar hartstreek te slaan. Dat leek haar de juiste reactie. 'Ik heet Jennsen.'

'Aangenaam kennis te maken, Jennsen.' Hij zuchtte. 'Als ik de nieuwe Meester Rahl had gekend, zoals jij, dan werkte ik misschien nog bij jullie. Maar toen had ik het al opgegeven en was ik hier al begonnen. De nieuwe Meester Rahl heeft alles veranderd, alle regels... Hij heeft de hele wereld op zijn kop gezet, zou je kunnen zeggen.'

Jennsen vreesde dat ze op gevaarlijk terrein kwam. Ze wist niet wat de man bedoelde en durfde geen antwoord te geven. Ze knikte alleen maar en besloot verder te gaan op de reden dat ze hier was.

'Ik snap nu waarom Tom zei dat u degene was met wie ik moest praten.'

'Waar gaat het om, Jennsen?'

Jennsen ademde onopvallend maar diep in om haar moed te verzamelen. Ze had het op wel honderd verschillende manieren overdacht, van voor naar achter en van achter naar voor. Het was aan alle kanten waterdicht.

'U weet dat wij, die Meester Rahl in deze hoedanigheid dienen, niet altijd iedereen kunnen laten weten wat we precies doen of wie we zijn.'

Kapitein Lerner knikte. 'Natuurlijk.'

Jennsen sloeg haar armen over elkaar in een poging er ontspannen uit te zien, hoe hard haar hart ook bonsde. De gevaarlijkste veronderstelling was juist gebleken, dus dat had ze goed geraden. 'Nou, er werkte een man voor me,' vervolgde Jennsen, 'en ik heb gehoord dat hij gevangen is genomen. Dat zou me niet verbazen. Hij valt nogal op, maar voor wat we moesten doen, was dat nodig. Helaas hebben de wachters hem ook opgemerkt. Vanwege onze opdracht en de mensen met wie we te maken hebben, was hij goed bewapend, dus dat zal de mannen die hem hebben aangehouden nerveus hebben gemaakt. Hij is hier nooit eerder geweest, dus hij weet niet wie hij kan vertrouwen, en bovendien speuren we naar verraders.'

De kapitein fronste peinzend zijn voorhoofd en wreef over zijn kaak. 'Verraders? In het paleis?'

'We weten het niet zeker. We vermoeden dat er infiltranten aan het werk zijn – achter hen zitten we aan – dus hij zal niemand hier durven vertrouwen. Als de verkeerde hoort wie hij eigenlijk is, zou dat de rest van ons in gevaar brengen. Ik betwijfel zelfs of hij jullie zijn ware naam heeft gegeven, hoewel dat wel mogelijk is: Sebastiaan. We lopen veel risico en hij weet dat hoe minder hij zegt, des te kleiner het gevaar is voor de anderen van onze groep.'

Hij staarde in de verte en leek na te denken over haar verhaal. 'Nee... er is geen gevangene die heeft toegegeven zo te heten.' Hij fronste oprecht peinzend zijn voorhoofd. 'Hoe ziet hij eruit?'

'Een paar jaar ouder dan ik. Blauwe ogen. Kort, wit haar.'

De kapitein herkende de beschrijving onmiddellijk. 'O, die.'

'Dus mijn informatie was juist? Jullie hebben hem?'

Ze wilde de man wel bij zijn leren uniform pakken en door elkaar rammelen. Ze wilde hem vragen of ze Sebastiaan hadden mishandeld. Ze wilde tegen hem krijsen dat hij Sebastiaan vrij moest laten.

'Ja, we hebben hem. Als het tenminste de man is over wie je het hebt. Hij komt in elk geval overeen met je beschrijving.'

'Mooi. Ik heb hem nodig. Ik heb een dringende opdracht voor hem. Ik kan me geen uitstel veroorloven. We moeten onmiddellijk vertrekken, voordat het spoor afkoelt. Het zou het beste zijn als we er niet te veel ruchtbaarheid aan geven dat hij wordt vrijgelaten. We moeten zo onopvallend mogelijk wegglippen, zo weinig mogelijk contact met soldaten hebben. Misschien hebben er infiltranten kans gezien het leger binnen te komen.'

Kapitein Lerner sloeg zijn armen over elkaar, zuchtte en boog zich een beetje naar haar toe, waarbij hij haar aankeek zoals een grote broer naar zijn jongere zusje zou kunnen kijken. 'Jennsen, weet je zeker dat hij een van jouw mannen is?'

Jennsen was bang om haar bluf te overdrijven. 'Hij is speciaal voor deze opdracht gekozen omdat soldaten niet zouden vermoeden dat hij een van ons was. Als je hem ziet, zou je dat nooit denken. Sebastiaan heeft bewezen dat hij er handig in is om dicht bij de infiltranten te komen zonder dat ze er lucht van krijgen dat hij een van ons is.'

'Maar ben je zeker van zijn bedoelingen? Weet je echt zeker dat hij Meester Rahl niet in gevaar zal brengen?'

'Sebastiaan is een van mijn mannen, dat weet ik wel, maar ik weet niet zeker of de man die jullie hier hebben mijn Sebastiaan is. Ik zou hem moeten zien om het zeker te weten. Hoezo?'

De kapitein staarde voor zich uit en schudde zijn hoofd. 'Ik weet het niet. Ik heb het mes dat jij nu draagt heel wat jaartjes gedragen en ben naar plekken geweest waar je het mes niet kunt dragen omdat niet bekend mag worden wie je eigenlijk bent. Ik hoef je niet te vertellen dat je, als je vaak in gevaar verkeert, een neus voor mensen krijgt. Er is iets aan die kerel met dat witte haar waarvan het mijne recht overeind gaat staan.'

Jennsen wist niet wat ze moest zeggen. De kapitein was tweemaal zo groot als Sebastiaan, dus het was niet Sebastiaans fysieke verschijning die de man dwarszat. Nu was grootte natuurlijk geen gegrond criterium voor mogelijk gevaar. Het was best mogelijk dat Jennsen een gevecht met messen van de kapitein zou kunnen winnen. Misschien had kapitein Lerner gevoeld hoe bedreven Sebastiaan was met wapens. De blik van de kapitein was oplettend geweest toen zij met het mes manipuleerde.

Misschien kon de kapitein aan allerlei kleine dingetjes merken dat Sebastiaan niet D'Haraans was. Dat kon lastig zijn, maar Jennsen had ook daar een verklaring voor verzonnen, voor het geval dat nodig was.

'Is Tom nog steeds met zijn zaakjes bezig?' vroeg de man.

'Ach, u kent Tom. Hij verkoopt wijn, samen met Joe en Clayton.'

De kapitein keek haar ongelovig aan. 'Tom… en zijn broers? Verkopen ze wijn?' Hij schudde zijn hoofd en grijnsde breed. 'Ik zou weleens willen weten wat hij werkelijk in zijn schild voert.'

Jennsen haalde haar schouders op. 'Nou ja, dat is natuurlijk maar wat hij op dit ogenblik verkoopt. Ze reizen met zijn drieën rond, kopen goederen en brengen die naar de markt om te verkopen.'

Hij lachte en sloeg haar op de schouder. 'Dat klinkt zoals hij het graag verteld zou willen hebben. Geen wonder dat hij jou vertrouwt.'

Jennsen snapte er niets van en wilde absoluut niet dieper verwikkeld raken in een conversatie over Tom, anders zou haar bedrog snel aan het licht komen. Ze wist eigenlijk niet veel van Tom, en deze man blijkbaar wel.

'Ik denk dat ik maar beter kan gaan kijken naar die man die jullie hier vasthouden. Als het Sebastiaan is, moet ik hem een schop onder zijn kont geven en aan het werk zetten.'

'Goed,' zei kapitein Lerner ferm knikkend. 'Als hij jouw man is, weet ik in elk geval eindelijk hoe hij heet.' Hij draaide zich naar de deur met ijzerbeslag terwijl hij in zijn zak naar een sleutel zocht. 'Als hij het inderdaad is, mag hij blij zijn dat je hem bent komen halen voordat een van die vrouwen in het rood hier opduikt om hem vragen te stellen. Dan zou hij meer dan alleen zijn naam hebben moeten prijsgeven. Hij zou zichzelf en jou heel wat moeite hebben bespaard als hij ons meteen had verteld hoe de vork in de steel zat.'

Jennsen was enorm opgelucht om te horen dat Sebastiaan niet door een Mord-Sith was gemarteld. 'Als je voor Meester Rahl werkt, hou je je kaken op elkaar,' zei ze. 'Sebastiaan kent de tol die ons werk eist.'

De kapitein bromde instemmend terwijl hij de sleutel omdraaide. Het slot sprong met een holle, metalige klank open. 'Voor deze Meester Rahl zou ik ook mijn kaken op elkaar houden, zelfs als een Mord-Sith de vragen stelde. Maar jij kent de nieuwe Meester Rahl vast beter dan ik, dus dat hoef ik jou niet te vertellen.'

Jennsen begreep hem niet, maar vroeg niets. Toen de kapitein aan de deur trok, zwaaide die langzaam open en erachter werd een lange gang zichtbaar, verlicht door hier en daar een kaars. Aan weerszijden waren deuren met kleine getraliede vensters. Toen ze langs een paar van die vensters liepen, werden er wel een stuk of zes armen uitgestrekt, smekend, reikend en tastend. Uit de duisternis achter andere vensters klonk hevig gevloek. Uit de uitgestrekte handen en de verschillende stemmen kon ze opmaken dat er in elke ruimte een groep mannen zat.

Jennsen liep achter de kapitein aan dieper de gevangenis van het paleis in. Nadat er ogen naar buiten hadden gegluurd en hadden gezien dat er een vrouw langsliep, riepen de mannen schunnige opmerkingen naar haar. Ze was geschokt door de obscene en grove dingen die naar haar werden geschreeuwd en door het hoongelach. Maar ze verborg haar gevoelens, haar angsten, en bleef uiterlijk kalm.

Kapitein Lerner zorgde ervoor dat hij in het midden van de gang liep en sloeg af en toe een hand weg. 'Pas op,' waarschuwde hij. Jennsen wilde net vragen waarvoor, toen iemand iets smerigs naar haar gooide. Het miste haar en spatte tegen de muur aan de andere kant. Tot haar ontsteltenis zag ze dat het ontlasting was. Een paar andere mannen deden hetzelfde. Jennsen moest opzijspringen en wegduiken om niet geraakt te worden. Plotseling gaf de kapitein een trap tegen de deur van een man die op het punt stond ook iets te gooien. De klap echode door de gang en was voldoende waarschuwing voor de mannen om zich diep in hun cellen terug te trekken. Pas toen de boos om zich heen kijkende kapitein er zeker van was dat zijn dreigement begrepen was, liep hij verder.

Jennsen kon het niet laten fluisterend te vragen: 'Waar worden al die mannen van beschuldigd?'

De kapitein keek even over zijn schouder. 'Verschillende dingen. Moord, verkrachting, dat soort zaken. Er zijn een paar spionnen bij, het soort mannen waar jij jacht op maakt.'

De stank die er hing, maakte haar misselijk. De ongepolijste haat van de gevangenen was begrijpelijk, vermoedde ze, maar hoeveel sympathie ze ook had voor gevangenen van de soldaten van Meester Rahl, voor mannen die zich tegen zijn brute heerschappij verzetten, hun gedrag maakte de beschuldigingen van perversiteiten alleen maar geloofwaardiger. Jennsen bleef vlak achter kapitein Lerner lopen toen hij een zijgang insloeg.

Van een rand die in de stenen muur was uitgehakt, pakte hij een lamp, en die stak hij aan met een kaars die vlakbij stond. De lamp bracht maar een klein beetje meer licht in de nachtmerrie en maakte die nog angstaanjagender. Ze had afschuwelijke visioenen over hoe ze betrapt zou worden en hier terecht zou komen. Ze stelde zich onwillekeurig voor hoe het zou zijn om in één ruimte opgesloten te zitten met dit soort mannen. Ze wist wat die met haar zouden doen. Jennsen moest zichzelf manen langzamer adem te halen.

Er moest nog een deur van het slot worden gedraaid, en daarachter lag een lage gang met deuren dichter naast elkaar. Ze vermoedde dat hier cellen waren waar maar één man in zat. Een vuile hand, overdekt met open zweren, schoot uit een opening te voorschijn om haar mantel te grijpen. Ze schudde de hand af en bleef lopen.

Aan het eind van de gang ontsloot kapitein Lerner opnieuw een deur, en ze stapten een nog smallere ruimte binnen, nauwelijks breder dan zijn schouders. Het kronkelende, nauwe gangetje, als een barst in het gesteente, bezorgde Jennsen koude rillingen. Hier werden geen handen door de openingen in de deuren naar buiten gestoken. De kapitein bleef staan en hield de lamp omhoog om door het gat in een deur aan de rechterkant te kijken. Tevreden met wat hij zag, gaf hij de lamp aan haar en deed de deur van het slot. 'Speciale gevangenen zetten we in dit deel,' legde hij uit.

Hij had beide handen en zijn hele gewicht nodig om de deur open te trekken. Die kwam vervaarlijk knarsend in beweging. Erachter zag Jennsen tot haar verbazing alleen een kleine, lege ruimte met een tweede deur. Daarom werden er hier geen handen de gang in gestoken. De cellen hadden dubbele deuren, zodat ontsnappen nog onwaarschijnlijker werd. Nadat hij ook de tweede deur van het slot had gedaan, nam hij de lamp weer van haar over.

De kapitein dook door de lage deuropening met de lamp voor zich uit, zodat zij even in het donker stond. Toen hij binnen was, stak hij een hand uit om haar te helpen, zodat ze niet over de hoge drempel zou struikelen. Jennsen pakte de grote hand van de man en stapte de cel in. Die was groter dan ze had verwacht en leek uit het massieve gesteente van het plateau te zijn gehouwen. De groeven die de werktuigen in de rotswanden hadden achtergelaten, getuigden ervan hoe zwaar dat werk was geweest. Geen enkele gevangene zou zich van hieruit een gang naar de vrijheid kunnen graven.

Op een bank die uit de tegenoverliggende muur was gehouwen, zat Sebastiaan. Zijn blauwe ogen waren op haar gevestigd vanaf het moment dat ze binnenstapte. In die ogen dacht ze te zien hoe graag hij daar weg wilde. Toch toonde hij geen enkele emotie, en hij zei niets. Niemand die hem zo zag, zou ook maar vermoeden dat hij haar kende.

Hij had zijn mantel netjes opgevouwen en gebruikte hem als kussen op het koude steen. Vlak bij hem stond een beker met water. Zijn kleren zagen er fatsoenlijk uit en vertoonden er geen sporen van dat hij mishandeld was.

Het was zo fijn om zijn gezicht, zijn ogen, zijn witte stekeltjeshaar weer te zien. Hij bevochtigde zijn lippen, zijn mooie lippen, die zo vaak naar haar hadden geglimlacht. Maar nu durfde hij niet te glimlachen. Jennsen had gelijk gehad. Ze wilde hem inderdaad om de hals vallen, haar armen om hem heen slaan, jammeren van opluchting dat ze hem levend en ongedeerd aantrof.

De kapitein gebaarde met zijn lamp. 'Is dit hem?'

'Ja, kapitein.'

Sebastiaan bleef haar aankijken terwijl ze naar voren stapte. Ze moest even wachten totdat ze zeker wist dat ze haar stem onder controle had. 'Het is in orde, Sebastiaan. Kapitein Lerner hier weet dat je in mijn team zit.' Ze klopte op het heft van haar mes. 'Je kunt erop vertrouwen dat hij je identiteit geheim zal houden.'

Kapitein Lerner stak zijn hand uit. 'Aangenaam kennis te maken, Sebastiaan. Het spijt me van het misverstand. We wisten niet wie je was. Jennsen heeft ons uitgelegd wat je opdracht was. Ik heb dat werk ook gedaan, dus ik begrijp de noodzaak tot geheimhouding.'

Sebastiaan stond op en schudde de man de hand. 'Het geeft niets, kapitein. Ik kan onze mannen niet kwalijk nemen dat ze hun werk doen.'

Sebastiaan kende haar plan niet. Hij leek te wachten op een hint van haar. Ze maakte een ongeduldig gebaar en stelde een vraag waarvan ze wist dat hij die niet zou kunnen beantwoorden, maar waarmee ze hem wel kon laten weten wat hij moest zeggen.

'Heb je nog contact gelegd met een van de infiltranten voordat je door de bewakers werd aangehouden? Ben je te weten gekomen wie het zijn en heb je hun vertrouwen gewonnen? Of heb je op z'n minst wat namen?'

Sebastiaan begreep de hint en zuchtte overtuigend. 'Nee, het spijt me. Ik was nog maar net aangekomen en had daar nog geen kans voor gehad toen de bewakers...' Hij sloeg zijn ogen neer. 'Het spijt me.'

De blik van kapitein Lerner ging van de een naar de ander.

Jennsen zei op toegeeflijke toon: 'Nou ja, ik kan het de bewakers niet kwalijk nemen dat ze geen risico's willen nemen in het paleis. Maar we moeten nu wel op pad gaan. Ik ben wat verder gekomen met ons onderzoek en heb een paar belangrijke nieuwe contacten gelegd. Die kunnen niet wachten. Die mannen zijn op hun hoede en ik heb jou nodig om hen te benaderen. Ze zullen van een vrouw niet zo snel een drankje aannemen, en bovendien krijgen ze dan verkeerde ideeën, dus laat ik dat aan jou over. Ik moet andere valstrikken gaan zetten.'

Sebastiaan knikte alsof hij volledig bekend was met het denkbeeldige werk. 'Begrepen.'

De kapitein strekte een arm uit. 'Laten we dan zorgen dat jullie kunnen gaan.'

Sebastiaan, die achter Jennsen de cel uit stapte, wierp een blik achterom. 'Ik zal mijn wapens nodig hebben, kapitein. En alle munten die in de beurs zaten. Dat is het geld van Meester Rahl, en ik heb het nodig om zijn opdrachten uit te voeren.'

'Ik heb alles nog. Er is niets verdwenen, mijn woord erop.'

Buiten, in de smalle gang, trok kapitein Lerner de deur van de cel dicht. Hij had de lamp, dus Jennsen en Sebastiaan wachtten op hem. Toen ze wilde gaan lopen, stak de kapitein voorzichtig zijn hand langs Sebastiaan heen om haar arm te pakken en hield haar tegen.

Jennsen verstijfde en durfde bijna geen adem te halen. Ze voelde Sebastiaans hand om haar middel naar het heft van haar mes glijden.

'Is het waar wat de mensen zeggen?' vroeg de kapitein.

Jennsen keek naar hem om. 'Wat bedoelt u?'

'Over Meester Rahl, bedoel ik. Over dat hij... ik weet niet, anders is. Ik heb mannen horen praten, mannen die hem hebben ontmoet, die zij aan zij met hem hebben gevochten. Ze praten over de manier waarop hij dat zwaard van hem hanteert, de manier waarop hij vecht en zo, maar meer nog over hoe hij is als mens. Is het waar wat ze zeggen?'

Jennsen wist niet wat hij bedoelde. Ze durfde zich niet te verroeren en niets te zeggen, omdat ze niet wist hoe ze die vraag moest beantwoorden. Ze wist niet wat de mensen, met name D'Haraanse soldaten, over de nieuwe Meester Rahl zeiden.

Ze wist wel dat Sebastiaan en zij deze man hier nu konden doden. Ze zouden het verrassingselement aan hun kant hebben. Sebastiaan, die zijn hand op haar mes had, dacht ongetwijfeld hetzelfde.

Maar dan moesten ze het paleis nog uit zien te komen. Als ze hem hier doodden, zou het lijk waarschijnlijk snel ontdekt worden. D'Haraanse soldaten waren allerminst laks. Zelfs als ze de dode commandant van de gevangenisbewaarders zouden verbergen, zou bij controle van de gevangenen al snel blijken dat Sebastiaan verdwenen was. Dan werd hun kans om te ontsnappen wel heel klein. Bovendien dacht ze niet dat ze deze man kon doden. Ondanks het feit dat hij een D'Haraanse officier was, had ze geen vijandige ge-

voelens jegens hem. Hij leek een fatsoenlijk man te zijn, geen onmens. Tom mocht hem graag, en de kapitein respecteerde Tom.
Een man doodsteken die probeerde hen te vermoorden was één
ding, maar dit zou iets heel anders zijn. Dit kon ze niet.

'We zouden ons leven geven voor de man,' zei Sebastiaan op ernstige toon. 'Ik zou me door jullie hebben laten martelen en doden
zonder één woord te zeggen, uit angst dat het Meester Rahl in gevaar zou brengen.'

'Voor mij geldt hetzelfde,' voegde Jennsen daar met zachte stem
aan toe. 'Ik denk aan weinig anders dan aan Meester Rahl. Ik
droom zelfs van hem.'

Ze had de waarheid gesproken, maar met de bedoeling dat die
verkeerd begrepen werd. De kapitein glimlachte voldaan en liet
haar arm los.

Jennsen voelde Sebastiaans hand wegglijden van haar mes.

'Dan is het dus echt zo,' zei de kapitein in het bijna-donker. 'Ik
ben lang in dienst geweest. Zoiets durfde ik niet meer te dromen.'
Hij aarzelde en vroeg toen: 'En zijn vrouw? Is ze echt een Belijdster, zoals ze zeggen? Ik heb verhalen over de Belijdsters gehoord,
uit de tijd van voor de grenzen, maar ik heb nooit geweten of die
waar waren.'

Zijn vrouw? Jennsen wist helemaal niet dat Meester Rahl een
vrouw had. Ze kon zich niet voorstellen dat hij een vrouw had,
laat staan wat voor vrouw dat zou zijn. Jennsen kon zelfs niet bedenken waarom de Meester Rahl, een man die elke vrouw kon
bezitten die hij wilde en haar daarna aan de kant kon zetten, zou
willen trouwen.

En wat een 'Belijdster' was, was Jennsen al helemaal een raadsel,
maar de titel zelf klonk in elk geval indrukwekkend.

'Het spijt me,' zei Jennsen. 'Ik heb haar niet ontmoet.'

'Ik ook niet,' zei Sebastiaan. 'Maar ik heb in grote lijnen hetzelfde over haar gehoord als u.'

De kapitein glimlachte afwezig. 'Ik ben blij dat ik nog mag mee-
maken dat er eindelijk een Meester Rahl is die D'Hara bestuurt
zoals het bestuurd moet worden.'

Jennsen begon weer te lopen. De woorden van de man zaten haar
dwars; het verontrustte haar dat hij blij was dat die nieuwe Meester Rahl de hele wereld zou veroveren en er uit naam van D'Hara over zou heersen.

Jennsen verlangde er hevig naar om de gevangenis en het paleis achter zich te laten. Ze liepen snel terug door de smalle gangen, door de ijzeren deuren en langs de reikende handen. Deze keer legde de waarschuwing die de kapitein gromde de gevangenen het zwijgen op.

Toen ze zich door de laatste deur met ijzerbeslag haastten die hen nog van de trap scheidde, bleven ze abrupt staan. Ze werden opgewacht door een grote, knappe vrouw met een lange, blonde vlecht, die hun de doorgang versperde. Haar gezicht stond op onweer.

Ze droeg een rood leren pak.

Het kon alleen maar een Mord-Sith zijn.

27

De vrouw had haar handen nonchalant achter haar rug gekruist. De uitdrukking op haar gezicht was echter allerminst nonchalant. Het geluid van haar laarzen weerkaatste tegen de stenen muren toen ze naar voren stapte, een donkere donderwolk die naderbij kwam, een donderwolk die geen angst kende.

Er kroop een golf van kippenvel over Jennsens lijf naar boven, van haar knieën naar haar nek, waar haar donshaartjes overeind gingen staan.

Met gestage, afgemeten tred liep de vrouw om hen heen, waarbij ze hen van top tot teen bekeek, als een havik die rondcirkelt om een paar muizen te keuren. Jennsen zag een Agiel, het wapen van een Mord-Sith, aan een dun kettinkje om de rechterpols van de vrouw hangen. Jennsen wist dat het een levensgevaarlijk wapen was, maar het zag eruit als een gewoon, dun leren staafje van nog geen dertig centimeter lang.

'Ik heb bezoek gekregen van een zeer opgewonden functionaris,' zei de Mord-Sith op rustige, poeslieve toon. Haar dreigende blik ging doelbewust van Sebastiaan naar Jennsen. 'Hij vond dat ik hierheen moest komen om te zien wat er aan de hand was. Hij had het over een vrouw met rood haar. Hij leek te denken dat die misschien problemen kon veroorzaken. Waarom denk je dat hij zich zorgen zou maken?'

De kapitein, die achter Jennsen stond, stapte opzij. 'Er is niets aan de hand waar jij je druk over hoeft te...'

Met een rukje van haar pols tolde de Agiel snel omhoog; ze ving hem op in haar vuist en stak hem uit naar het gezicht van de kapitein. 'Ik vroeg jou niets. Ik had het tegen deze jonge vrouw.'

De dreigende blik ging weer naar Jennsen. 'Waarom denk je dat hij zei dat ik hierheen moest gaan? Hmm?'

Jennsen.

Jennsen, die haar blik niet kon afwenden van de koele blauwe ogen, zei: 'Omdat hij een pretentieuze onbenul is en het hem niet beviel dat ik niet wilde doen alsof dat niet zo was, enkel en alleen omdat hij een wit gewaad droeg.'

De Mord-Sith glimlachte. Het was geen glimlach van plezier, maar een grimmig respect voor de waarheid van wat Jennsen had gezegd. De glimlach verdween als sneeuw voor de zon toen ze naar Sebastiaan keek. Toen haar blik weer naar Jennsen ging, zag die eruit alsof hij staal kon snijden. 'Pretentieus of niet, dat verandert niets aan het feit dat er een gevangene enkel en alleen op jouw woord wordt vrijgelaten.'

Jennsen.

'Mijn woord is genoeg.' Jennsen tilde geërgerd het mes aan haar riem omhoog en liet het heft even aan de vrouw zien. 'Dit bevestigt mijn woord.'

'Dat,' siste de Mord-Sith poeslief, 'betekent niets.'

Jennsen voelde dat ze rood aanliep. 'Het betekent...'

'Denk je dat we achterlijk zijn?' Het strakke, rode leren pak van de Mord-Sith kraakte toen ze zich dichter naar Jennsen toe boog. 'Dat we plotseling niet meer kunnen nadenken als je hier binnenstapt en met het heft van dat mes zwaait?'

Het leren pak omhulde een lijf dat niet alleen welgevormd, maar ook sterk was. Jennsen voelde zich klein en lelijk tegenover dit volmaakte wezen. Bovendien had ze niet het gevoel dat ze in staat was haar bedrog vol te houden tegenover een vrouw die zoveel zelfvertrouwen had als deze, een vrouw die recht door hun verhaal heen leek te kunnen kijken, maar Jennsen wist dat als ze nu wankelde, Sebastiaan en zij er geweest waren.

Jennsen probeerde haar stem zo scherp mogelijk te laten klinken. 'Ik draag dit mes voor Meester Rahl, uit zijn naam, en jij zult je daaraan onderwerpen.'

'O, ja? Waarom?'

'Omdat dit mes een teken is van het vertrouwen dat Meester Rahl in me stelt.'

'Aha. Dus enkel en alleen omdat jij het bij je draagt, moeten wij geloven dat Meester Rahl het je gegeven heeft? Dat hij je vertrouwt? En hoe weten we dat je het mes niet hebt gevonden? Hmm?'

'Gevonden? Ben je gek gew...'

'Of misschien hebben jij en die gevangene hier de ware eigenaar van het mes wel in een hinderlaag laten lopen en hem vermoord, alleen om een begeerlijk voorwerp in handen te krijgen en jezelf daarmee geloofwaardigheid te verschaffen.'

'Ik snap niet hoe je zoiets belachelijks...'

'Of ben je misschien een lafaard en heb je de eigenaar van het mes in zijn slaap vermoord? Of had je zelfs daar de moed niet voor en heb je het gekocht van misdadigers die hem hebben vermoord? Is het zo gegaan? Heb je het gewoon van de echte moordenaar gekocht?'

'Natuurlijk niet!'

De Mord-Sith boog zich nog dichter naar haar toe, totdat Jennsen de adem van de vrouw op haar wang kon voelen. 'Misschien heb je de man van wie het was wel verleid om tussen je mooie benen te komen liggen terwijl je partner hier het heeft gestolen. Of ben je gewoon een hoer en heb je het van een moordzuchtige dief gekregen in ruil voor je vrouwelijke gunsten?'

Jennsen deinsde achteruit. 'Ik... ik zou nooit...'

'Dat je ons zo'n wapen laat zien, bewijst niets. Het feit blijft dat we niet weten van wie het mes is.'

Geef je over.

'Het is van mij!' hield Jennsen vol.

De Mord-Sith rechtte haar rug en trok een wenkbrauw op. 'Is het heus?'

De kapitein sloeg zijn armen over elkaar. Sebastiaan, die naast Jennsen stond, verroerde zich niet. Jennsen deed haar uiterste best om tranen van paniek terug te dringen. Ze spande zich in om in plaats daarvan uitdagend te kijken.

Jennsen. Geef je over.

'Ik ben bezig met een belangrijke opdracht voor Meester Rahl,' zei Jennsen met opeengeklemde kaken. 'Ik heb hier geen tijd voor.'

'Aha,' zei de Mord-Sith spottend, 'een opdracht voor Meester Rahl. Zo, dat klinkt belangrijk.' Ze sloeg haar armen over elkaar. 'Wat voor opdracht?'

'Dat zijn mijn zaken, niet de jouwe.'

De koele glimlach kwam terug. 'Heeft het iets met magie te maken? Is dat het? Magie?'

'Het gaat je niets aan. Ik doe wat Meester Rahl me heeft gezegd en dat zou ik maar in mijn oren knopen, als ik jou was. Hij zal niet blij zijn als hij hoort dat jij je zo bemoeiziek gedraagt.'

De wenkbrauw ging weer omhoog. 'Bemoeiziek? Mijn beste jongedame, een Mord-Sith kan onmogelijk bemoeiziek zijn. Als je zou zijn wie je beweert te zijn, zou je dat wel weten. Mord-Sith bestaan alleen maar om Meester Rahl te beschermen. Denk je niet dat het plichtsverzuim zou zijn als ik deze curieuze gebeurtenissen zou negeren?'

'Nee... Ik heb je al gezegd...'

'En als Meester Rahl straks dood ligt te bloeden, en hij vraagt me wat er is gebeurd, kan ik hem voordat hij sterft vertellen dat er een meisje met een mooi mes hier binnen kwam dartelen met het verzoek een zeer verdachte en onmededeelzame gevangene vrij te laten, en dat wij allemaal zo verblind waren door het mes en door haar grote, blauwe ogen, dat we vonden dat we haar haar zin maar moesten geven. Had je dat in gedachten?'

'Natuurlijk moet je...'

'Laat eens wat magie zien.' De Mord-Sith stak haar hand uit en voelde met duim en wijsvinger aan een lok van Jennsens rode haar. 'Hmm? Een beetje magie om jezelf te bewijzen. Een betovering, een bezwering, een duizelingwekkend vertoon van je kunnen. Roep eens een bliksemflits op, als je wilt. Of anders misschien gewoon een vlammetje, dat midden in de lucht hangt te flakkeren.'

'Ik wil niet...'

'Laat magie zien, heks.' Haar toon was bevelend.

Geef je over.

Boos op de stem, maar nog meer op de Mord-Sith, sloeg Jennsen de hand weg van haar haar. 'Hou op!'

Sneller dan mogelijk leek, flitste Sebastiaan op de vrouw af. Nog sneller tolde haar Agiel naar haar hand. Ze duwde de punt ervan tegen Sebastiaans schouder terwijl hij nog op haar af schoot.

Sebastiaan slaakte een kreet en het wapen bracht hem ogenblikkelijk tot stilstand. De vrouw drukte de Agiel kalm tegen zijn schouder en dwong hem naar de grond. Sebastiaan lag schreeuwend ineengedoken op de grond.

Jennsen sprong naar de Mord-Sith toe. In één snelle beweging richtte de vrouw zich op en hield Jennsen tegen door de Agiel voor haar gezicht te houden. Aan hun voeten lag Sebastiaan te kronkelen van de pijn.

Jennsen, die alleen aan Sebastiaan dacht en aan hoe ze hem kon helpen, greep de Agiel en duwde die en de hand van de vrouw weg. Ze liet zich op één knie naast Sebastiaan zakken. Hij was op zijn zij gerold, had zijn armen om zich heen geslagen en schokte alsof hij door de bliksem was getroffen.

Hij kalmeerde onder haar zachte aanraking terwijl ze hem vertelde dat hij stil moest liggen. Toen hij zich een beetje had hersteld en probeerde te gaan zitten, legde Jennsen een arm om zijn schouders en hielp hem. Hij leunde hijgend tegen haar aan, duidelijk lijdend onder de nawerking van de pijn die het wapen hem had bezorgd. Hij knipperde met zijn betraande ogen en probeerde weer scherp te zien. Jennsen, die ontzet was over wat de aanraking van de Agiel kon veroorzaken, streelde over Sebastiaans gezicht. Ze tilde zijn kin op om te zien of hij haar herkende, of hij in orde was. Hij kon nauwelijks zelfstandig zitten, maar knikte haar toch even toe.

'Sta op.' De Mord-Sith torende boven hen uit. 'Jullie allebei.'

Sebastiaan kon dat nog niet. Jennsen sprong overeind en ging kwaad tegenover de vrouw staan. 'Dit pik ik niet! Als ik dit aan Meester Rahl vertel, zal hij je met de zweep laten geven!'

De vrouw keek fronsend. Ze stak haar Agiel uit. 'Raak hem aan.'

Opnieuw pakte Jennsen het wapen en duwde het weg. 'Hou op!'

'Hij werkt wel,' mompelde de Mord-Sith voor zich uit. 'Dat weet ik zeker; ik kan hem voelen.'

Ze draaide zich om en drukte het afschuwelijke ding bij wijze van experiment tegen de arm van de kapitein. Hij schreeuwde en zakte op zijn knieën.

'Hou op!' Jennsen greep het rode staafje vast en trok het weg van de kapitein.

De Mord-Sith staarde haar aan. 'Hoe doe je dat?'

'Wat?'

'Hem aanraken zonder pijn te voelen. Niemand is ongevoelig voor de aanraking van een Agiel, zelfs Meester Rahl niet.'

Toen besefte Jennsen dat er iets ongekends was gebeurd. Ze begreep het niet, maar ze wist wel dat ze gebruik moest maken van de verwarring.

'Je wilde toch magie zien? Nou, die heb je gezien.'

'Maar hoe...'

'Denk je dat Meester Rahl me het mes zou laten dragen als ik niet vakbekwaam was?'

'Maar een Agiel...'

De kapitein kwam overeind. 'Wat mankeert jou? Ik strijd voor dezelfde zaak als jij.'

'En die zaak is de bescherming van Meester Rahl,' snauwde de vrouw. Ze hield haar Agiel omhoog. 'Dit is mijn middel om hem te beschermen. Ik moet weten wat er mis is, om niet tekort te schieten.'

Jennsen stak haar hand op en sloeg haar vingers om het wapen; ze hield het stevig vast terwijl ze de Mord-Sith strak aankeek. Ze hield zichzelf voor niet te vergeten welke rol ze speelde en de schijn op te houden. Ze probeerde te bedenken wat ze zou doen als ze echt tot de elitetroepen van Meester Rahl zou behoren.

'Ik begrijp je ongerustheid,' zei Jennsen op besliste toon, vastbesloten om deze onverwachte kans niet voorbij te laten gaan, ook al begreep ze er zelf niet veel van. 'Ik weet dat je Meester Rahl wilt beschermen. Die toewijding en heilige plicht delen we. Ons leven behoort hem toe. Ik moet een opdracht vervullen die essentieel is voor hetzelfde als wat jij doet: het beschermen van Meester Rahl. Je weet niet half wat daarbij komt kijken en ik heb niet de tijd om je dat te gaan uitleggen.

Dit heeft lang genoeg geduurd. Het leven van Meester Rahl is in gevaar. Ik heb geen tijd meer te verliezen. Als je me mijn werk niet laat doen, dan breng je hem in gevaar en zal ik je elimineren, zoals ik met elke bedreiging van zijn leven doe.'

De Mord-Sith dacht na over wat Jennsen had gezegd. Jennsen had natuurlijk geen idee wat ze precies dacht, maar alleen al het feit dát ze nadacht was een verrassing voor Jennsen, die de Mord-Sith altijd had beschouwd als hersenloze moordenaressen. Maar in de ogen van deze vrouw zag Jennsen inzicht.

Uiteindelijk bukte de Mord-Sith zich en ze stak een hand onder Sebastiaans arm om hem overeind te helpen. Toen hij stevig stond, wendde ze zich weer tot Jennsen.

'Ik zou de zweepslagen met plezier verdragen, en nog wel erger ook, als het zou helpen om Meester Rahl te beschermen. Ga aan je werk, en snel een beetje.' Ze schonk Jennsen een klein maar hartelijk glimlachje en gaf haar toen een stevige klap op de schouder. 'Mogen de goede geesten met je zijn.' Ze aarzelde. 'Maar ik moet wel weten hoe het kan dat jij de kracht van een Agiel niet voelt. Zoiets is gewoon niet mogelijk.'

Het verraste Jennsen dat iemand die zo slecht was de goede geesten durfde aan te roepen. Jennsens moeder was nu een goede geest. 'Het spijt me, maar dat maakt deel uit van wat ik je wegens tijdgebrek onmogelijk kan uitleggen, en bovendien is de veiligheid van Meester Rahl erbij gebaat dat ik het geheim hou.'

De vrouw keek haar lange tijd strak aan. 'Ik heet Nyda,' zei ze uiteindelijk. 'Zweer me persoonlijk dat je zult doen wat je zegt en hem zult beschermen.'

'Ik zweer het, Nyda. Nu moet ik gaan. Ik heb echt geen tijd meer te verliezen, nergens voor.'

Voordat Jennsen zich kon verroeren, greep de Mord-Sith haar bij de schouder. 'We kunnen ons niet veroorloven deze Meester Rahl te verliezen, want dan verliezen we alles. Als ik ooit ontdek dat je tegen me hebt gelogen, beloof ik je twee dingen. Ten eerste: er zal geen gat zijn dat diep genoeg is om je in te verbergen, want ik zal je vinden, en ten tweede: je dood zal erger zijn dan de ergste nachtmerrie die iemand maar kan hebben. Is dat duidelijk?'

Jennsen kon alleen maar zwijgend knikken onder de felle, vastberaden blik van Nyda.

De vrouw draaide zich om en liep de trap op. 'Kom op dan.'

'Gaat het?' vroeg de kapitein aan Sebastiaan.

Sebastiaan klopte het stof van zijn knieën en liep naar de trap. 'Ik had liever zweepslagen gehad dan dit, maar ik overleef het wel.'

De kapitein trok een meelevende grimas terwijl hij over zijn eigen arm wreef. 'Ik heb je spullen boven, achter slot en grendel. Je wapens en je geld.'

'Meester Rahls geld,' corrigeerde Sebastiaan hem.

Jennsen wilde niets liever dan het paleis verlaten. Ze haastte zich de trap op en dwong zich niet te gaan rennen.

'O,' riep de Mord-Sith over haar schouder vanaf de trap. Ze was blijven staan, met haar hand op de roestige leuning, terwijl de anderen snel achter haar aan kwamen. 'Dat vergat ik nog te vertellen.'

'Wat vergat je te vertellen?' vroeg Jennsen. 'We hebben haast.'

'Die functionaris die me is komen halen, die in het witte gewaad, weet je wel?'

'Ja?' vroeg Jennsen toen ze bij de vrouw aankwam.

'Nadat hij mij had gewaarschuwd, is hij op zoek gegaan naar tovenaar Rahl, om hem ook te gaan halen.'

Jennsen voelde het bloed uit haar gezicht wegtrekken.

'Meester Rahl is ver weg, in het zuiden,' zei de kapitein op spottende toon terwijl hij achter hen de trap opkwam.

'Niet Meester Rahl,' zei Nyda. 'Tovenaar Rahl. Tovenaar Nathan Rahl.'

28

Jennsen herinnerde zich die naam, Nathan Rahl. Althea had verteld dat ze hem in de Oude Wereld had ontmoet, in het Paleis van de Profeten. Het was een echte Rahl, had ze gezegd. Ze had gezegd dat hij invloedrijk en onvoorstelbaar gevaarlijk was, dus hielden ze hem opgesloten achter ondoordringbare schilden van magie, zodat hij geen kwaad kon doen, maar soms slaagde hij daar toch nog in. Althea had gezegd dat Nathan Rahl meer dan negenhonderd jaar oud was.

Op de een of andere manier was de oude tovenaar van achter die ondoordringbare schilden van magie ontsnapt.

Jennsen pakte de Mord-Sith bij de elleboog. 'Nyda, wat doet hij hier?'

'Dat weet ik niet. Ik heb hem niet ontmoet.'

'Hij mag ons niet zien.' Jennsen stootte Nyda zachtjes aan om haar tot haast aan te zetten. 'Ik heb geen tijd om het uit te leggen, maar hij is gevaarlijk.'

Boven aan de trap keek Nyda beide kanten op voordat ze Jennsens blik beantwoordde. 'Gevaarlijk? Weet je dat zeker?'

'Ja!'

'Goed dan. Kom maar met me mee.'

'Ik heb mijn spullen nodig,' zei Sebastiaan.

'Hier.' De kapitein wees naar een deur.

Terwijl Nyda de wacht hield, volgde Sebastiaan kapitein Lerner naar binnen. Jennsen stond met knikkende knieën in de deuropening te kijken hoe de kapitein de lamp neerzette en een volgende deur van het slot draaide. Sebastiaan en hij liepen de achterliggende kamer in en namen de lamp mee. Jennsen hoorde dat er een paar woorden werden gewisseld en dat er spullen van planken werden getrokken.

Met elke seconde die verstreek, kon Jennsen de voetstappen van de tovenaar als het ware dichterbij horen komen. Als hij hen te pakken kreeg, zou Sebastiaan niets aan zijn wapens hebben. Als tovenaar Rahl hen zag, zou hij in Jennsen zien wat ze was: een gat in de wereld, een nakomeling van Darken Rahl die niet over de gave beschikte. Daar zou ze zich niet uit kunnen bluffen. Dan zou het afgelopen zijn met haar.

Sebastiaan kwam als eerste te voorschijn. 'Laten we gaan.'

Hij zag er gewoon uit als een man in een donkergroene mantel, net als daarnet. Weinigen zouden vermoeden dat hij een hele verzameling wapens droeg. Door zijn blauwe ogen en witte stekeltjeshaar zag hij er anders uit dan andere mensen; misschien was dat de reden dat de bewakers hem hadden aangehouden.

De kapitein pakte Jennsen bij de arm. 'Zoals zij' – hij knikte naar de Mord-Sith – 'al zei: mogen de goede geesten altijd met je zijn.' Hij gaf haar de lamp. Jennsen betuigde fluisterend haar oprechte dankbaarheid, voordat ze haastig door de gang achter de andere twee aan rende en de commandant van de gevangenisbewaarders achterliet.

Nyda nam hen mee door donkere gangen en lege ruimten. Ze holden door een smalle spleet zonder plafond, althans, toen Jennsen naar boven keek, zag ze alleen maar duisternis. De grond leek van vast gesteente te zijn. De rechtermuur bestond uit gewone, gestapelde stenen. Maar de muur links van haar was van kolossale, gespikkelde, roze blokken graniet gemaakt. De gladgepolijste blokken waren stuk voor stuk groter dan enig huis waar Jennsen ooit in had gewoond, maar de naden ertussen waren zo smal dat er geen lemmet tussen gestoken had kunnen worden.

Aan het eind van die gang doken ze een lage deur door en kwamen uit op een smalle ijzeren voetbrug met planken om over te lopen. De voetbrug overspande een brede kloof in het gesteente van het plateau. Jennsen zag bij het licht van haar lamp dat de rotswanden aan weerszijden steil naar beneden liepen en ver in de diepte verdwenen. Bij het licht van de lamp kon ze de bodem niet zien. Toen ze daar op die fragiele loopbrug over de diepe afgrond stond, voelde ze zich zo klein als een mier.

De Mord-Sith, die met één hand aan de ijzeren leuning over de brug liep, bleef staan en keek over haar schouder. 'Waarom is tovenaar Rahl gevaarlijk?' Het was duidelijk dat de vraag steeds door haar hoofd had gespookt. 'Wat kan hij jullie voor problemen bezorgen?' Haar schrille stem weerkaatste tegen de rotswanden om hen heen.

Toen Jennsen midden op de loopbrug boven de zwarte afgrond bleef staan, voelde ze de brug onder zich heen en weer zwaaien. Ze werd er duizelig van. De Mord-Sith wachtte af. Jennsen zocht naar een antwoord. Een blik achterom naar Sebastiaans blanco gelaatsuitdrukking vertelde haar dat hij geen idee had. Ze besloot snel een deel van de waarheid in haar verhaal te verweven, voor het geval Nyda iets over de man wist.

'Het is een profeet. Hij is ontsnapt van een plek waar hij werd vastgehouden, een plek waar hij niemand kwaad kon doen. Daar hadden ze hem opgesloten omdat hij gevaarlijk is.'

De Mord-Sith trok haar lange, blonde vlecht over haar schouder naar voren en streek eroverheen terwijl ze nadacht over Jennsens woorden. Ze was duidelijk nog niet van plan om door te lopen. 'Ik heb gehoord dat hij een nogal interessante man is.' In haar ogen was hernieuwde twijfel te zien.

'Hij is gevaarlijk,' hield Jennsen vol.

'Waarom?'

'Hij kan mijn opdracht schaden.'

'Hoe dan?'

'Dat heb ik al gezegd; hij is profeet.'

'Profetie zou juist een voordeel kunnen zijn. Die zou je van nut kunnen zijn bij je opdracht om Meester Rahl te beschermen.' De frons van de Mord-Sith werd dieper. 'Waarom wil je dat soort hulp niet?'

Jennsen herinnerde zich wat Althea over profetieën had gezegd. 'Misschien vertelt hij me wel hoe ik zal sterven, en zelfs de precieze dag. Stel je voor dat jij Meester Rahl moest beschermen tegen naderend gevaar en je wist dat je de volgende dag op een afschuwelijke manier zou sterven. Je kende het precieze tijdstip en de gruwelijke details. Dat zou je misschien een verlammende angst bezorgen, en in die paniek zou je natuurlijk niet erg geschikt meer zijn om het leven van Meester Rahl te beschermen.'

Nyda's frons werd slechts iets minder diep. 'Denk je echt dat tovenaar Rahl je zoiets zou vertellen?'

'Waarom denk je dat ze hem opgesloten hadden? Hij is gevaar-lijk. Profetie kan gevaarlijk zijn voor mensen als ik, die Meester Rahl beschermen.'

'Of misschien juist nuttig,' zei Nyda. 'Als je wist dat er iets ergs ging gebeuren, zou je het kunnen voorkomen.'

'Maar dan zou het toch geen profetie meer zijn?'

Nyda liet haar hand weer langs haar vlecht glijden terwijl ze daar-over nadacht. 'Maar als je op de hoogte zou zijn van een of an-dere vreselijke voorspelling, dan kon je die profetie misschien af-wenden en de ramp voorkomen.'

'Als je profetie kon afwenden, zou die dus niet kloppen. Als die niet klopte, als de profetie niet zou uitkomen, dan zouden het toch alleen de betekenisloze, dwaze woorden van een oude man zijn? Hoe kan profetie dan worden onderscheiden van het geraaskal van een willekeurige gek die beweert dat hij een profeet is? Maar het is geen loos geraaskal,' vervolgde Jennsen. 'Het is pro-fetie. Als deze profeet mijn opdracht zou willen saboteren, zou hij me iets afschuwelijks over mijn toekomst vertellen. Als ik iets af-schuwelijks wist, zou ik misschien tekortschieten in mijn werk voor Meester Rahl.'

'Bedoel je,' vroeg Nyda, 'dat je denkt dat het net zoiets is als wan-neer ik mijn Agiel tegen iemand aan druk? Dat diegene dan te-rugdeinst?'

'Ja. Behalve dat als we een profetie kennen en terugdeinzen, bij wijze van spreken, het Meester Rahl is die door onze zwakheid en angst in gevaar zou zijn.'

Nyda liet haar vlecht los en legde haar hand weer op de leuning. 'Maar ik zou niet terugdeinzen als ik wist hoe ik zou sterven, voor-al niet als ik Meester Rahls leven moest redden. Als Mord-Sith ben ik er altijd op voorbereid te sterven. Elke Mord-Sith wil vech-tend voor de Meester Rahl sterven, niet oud en tandeloos in bed.'

Jennsen vroeg zich af of de vrouw krankzinnig was of dat ze echt zo toegewijd kon zijn.

'Dat is mooi gezegd,' kwam Sebastiaan tussenbeide. 'Maar ben je bereid om Meester Rahls leven daaronder te verwedden?'

Nyda keek hem aan. 'Als het om mijn leven ging? Ja. Ik zou niet terugdeinzen als ik wist hoe en wanneer ik zou sterven.'

'Dan geef ik toe dat jij sterker bent dan ik,' zei Jennsen.

Nyda knikte grimmig. 'Ik kan ook niet van jou verwachten dat je net zo bent als ik. Je mag dan het mes dragen, je bent geen Mord-Sith.'

Jennsen wilde dat Nyda doorliep. Als ze de vrouw niet kon over-tuigen en met haar moest vechten, zou dit een heel slechte plaats zijn. De Mord-Sith was sterk en snel. Omdat Sebastiaan achter haar stond, zou hij haar niet veel hulp kunnen bieden. Bovendien werd Jennsen draaierig van het zwaaien van de brug boven de kloof. Ze hield niet van hoogtes en had nooit kunnen bogen op een groot evenwichtsgevoel.

'Ik zou in een dergelijke situatie mijn best doen om niet tekort te schieten jegens Meester Rahl,' zei Jennsen, 'maar ik kan niet zwe-ren dat het me zou lukken. Ik zou niet graag willen dat het leven van Meester Rahl van die uitkomst afhing.'

Nyda knikte berustend. 'Dat is verstandig.' Eindelijk draaide ze zich om en liep ze verder over de voetbrug. 'Maar toch zou ik pro-beren om de profetie te veranderen.'

Jennsen zuchtte geluidloos terwijl ze verder schuifelde, dicht ach-ter haar. Om redenen die ze niet begreep, hadden haar woorden meer invloed op de Mord-Sith dan ze zelf voor mogelijk hield.

Ze wierp een blik over de rand, maar zag nog steeds de bodem niet. 'Profetie kan niet veranderd worden, want dan zou het geen profetie meer zijn. Profetie is afkomstig van profeten, die daar een gave voor hebben.'

Nyda had haar vlecht weer over haar schouder naar voren ge-hangen en streek er met haar hand overheen. 'Maar als hij pro-feet is, dan kent hij de toekomst, en die kan niet veranderd wor-den, zoals jij al zei, want dan zou het geen profetie meer zijn... Dus hij zou je alleen vertellen wat er gaat gebeuren. Hij kan er niets aan veranderen en jij ook niet. Het staat al vast dat het ge-beurt, of hij het je nu vertelt of niet. Als je zou falen in de be-scherming van Meester Rahl doordat hij het je vertelde, dan zou hij dat ook al voorzien, dus is het voorbestemd te gebeuren en zou het meteen al deel uitmaken van de profetie.'

Jennsen streek een pluk haar weg van haar ogen terwijl ze verder liep over de brug, de leuning stevig vasthoudend. Ze pijnigde haar hersens om een logisch antwoord te bedenken. Ze had geen idee of de dingen die ze zei waar waren of niet, maar ze vond ze wel overtuigend klinken en het leek te werken. Het probleem was dat

Nyda maar vragen bleef stellen, die Jennsen steeds moeilijker te beantwoorden vond. Ze had bijna het gevoel dat ze wegzakte in de afgrond onder haar en bij elke poging om eruit te klimmen alleen maar dieper weggleed. Ze deed haar best om elk spoor van vertwijfeling uit haar stem te bannen.

'Maar snap je dat dan niet? Profeten zien niet alles over iedereen, alsof de hele wereld met elke gebeurtenis daarin een groot toneelstuk is dat wordt opgevoerd volgens een script dat de profeet al gelezen heeft. Een profeet ziet sommige dingen, misschien zelfs wel alleen dingen die hij zelf kiest. Maar andere dingen, dingen die hij niet ziet, wil hij misschien proberen te beïnvloeden.'

Nyda keek met een frons achterom. 'Hoe bedoel je?'

Jennsen besefte dat ze alleen veilig was als ze ervoor zorgde dat Nyda zich ongerust bleef maken over haar Meester Rahl. 'Ik bedoel, als hij Meester Rahl kwaad zou willen doen, zou hij me iets kunnen vertellen waarvoor ik zou terugdeinzen, alleen om dat te bereiken, ook al voorzag hij zo'n gebeurtenis helemaal niet.'

Nyda's frons werd dieper. 'Bedoel je dat hij zou kunnen liegen?'

'Ja.'

'Maar waarom zou tovenaar Rahl Meester Rahl kwaad willen doen? Wat zou hij daar voor reden voor kunnen hebben?'

'Ik heb je al gezegd dat hij gevaarlijk is. Daarom hadden ze hem in het Paleis van de Profeten opgesloten. Wie weet wat zij verder nog over hem wisten en wij niet, dingen die hun de noodzaak ervan deden inzien hem op te sluiten.'

'Dat verklaart nog niet waarom tovenaar Rahl Meester Rahl kwaad zou willen doen.'

Jennsen had het gevoel alsof ze in een gevecht was gewikkeld en zich moest beschermen tegen het vlijmscherpe verbale lemmet van deze vrouw. 'Het gaat niet alleen om profetieën; het is een tovenaar. Hij heeft de gave. Ik weet niet of hij er belang bij heeft om Meester Rahl kwaad te doen – misschien niet – maar ik wil Meester Rahls leven niet riskeren om dat te ontdekken. Ik weet genoeg van magie om te weten dat ik me niet graag inlaat met magische zaken die mij boven de pet gaan. Ik moet Meester Rahls leven voor laten gaan. Ik zeg niet dat ik denk dat Nathan Rahl kwaad in de zin heeft, ik zeg alleen maar dat het mijn werk is om Meester Rahl te beschermen en dat ik geen risico wil nemen met zulke magie, magie die ik niet kan afweren.'

De vrouw duwde met haar schouder de deur aan het einde van de voetbrug open. 'Daar kan ik niets tegen inbrengen. Ik hou helemaal niet van magie. Maar als Meester Rahl gevaar te duchten heeft van die profeet annex tovenaar, dan kun je misschien beter hier blijven, zodat we het kunnen onderzoeken.'

'Ik weet niet of Nathan Rahl een gevaar is, maar ik heb dringende zaken te doen waarvan ik zeker weet dat Meester Rahl groot gevaar loopt als ik ze niet doe. Het is mijn verantwoordelijkheid om me daarmee bezig te houden.'

Nyda probeerde een deur te openen, maar ontdekte dat die op slot zat. Ze liep verder door de haveloze gang. 'Maar als je verdenkingen over Nathan Rahl juist zijn, dan moeten we...'

'Nyda, ik hoop dat jij die Nathan Rahl voor me in de gaten kunt houden. Ik kan het niet allemaal alleen doen. Wil je een oogje in het zeil houden?'

'Wil je dat ik hem dood?'

'Nee.' Jennsen was verrast over de schijnbare bereidheid van de Mord-Sith om zo'n daad te begaan. 'Natuurlijk niet. Ik vraag je alleen maar om op te letten, hem in de gaten te houden, dat is alles.'

Nyda kwam bij de volgende deur aan. Deze keer gaf de kruk mee. Voordat ze de deur opendeed, draaide ze zich naar hen tweeën om. De blik in haar ogen, die van de een naar de ander ging, stond Jennsen niet aan.

'Dit is krankzinnig,' zei Nyda. 'Er is te veel dat nergens op slaat. Te veel dat niet klopt. Ik hou er niet van als dingen nergens op slaan.'

Dit was een gevaarlijk wezen dat zich elk moment tegen hen kon keren. Jennsen moest een manier vinden om het onderwerp voorgoed af te sluiten. Ze herinnerde zich wat kapitein Lerner had gezegd, hoe overtuigd hij was geweest, en ze herhaalde zijn woorden zacht tegen Nyda.

'De nieuwe Meester Rahl heeft alles veranderd, alle regels; hij heeft de hele wereld op zijn kop gezet.'

Eindelijk zuchtte Nyda diep. Er verscheen een weemoedige glimlach op haar lippen.

'Ja, dat is waar,' zei ze met zachte stem. 'Het is een wonder. Dat is de reden waarom ik mijn leven zou geven om hem te beschermen, waarom ik zo ongerust ben.'

'Ik ook. Ik moet mijn werk doen.'

Nyda draaide zich om en nam hen mee naar een donkere wenteltrap die zich door het gesteente naar beneden boorde. Jennsen wist dat het verhaal dat ze had verzonnen niet helemaal overtuigend was. Ze stond er versteld van dat het toch had gewerkt.

Hun lange tocht naar beneden over schijnbaar eindeloze trappen en door donkere gangen, waarbij ze af en toe andere gangen kruisten waar het wemelde van de soldaten, bracht hen steeds lager in het plateau onder het Volkspaleis. Sebastiaan had het grootste deel van de tijd zijn hand op haar rug, en dat was een geruststellend en bemoedigend gevoel. Jennsen kon nauwelijks geloven dat ze erin was geslaagd hem te bevrijden. Zo meteen zouden ze het paleis uit zijn en dan waren ze veilig.

Ergens in het binnenste van het plateau kwamen ze in de centrale openbare ruimte terecht. Nyda had hen via een kortere weg naar beneden gebracht en hun tijd bespaard. Jennsen zou liever in de verborgen gangen zijn gebleven, maar blijkbaar eindigden die hier in het publieke gedeelte. Ze zouden verder moeten afdalen in het gedrang.

Er stonden kraampjes met levensmiddelen langs de route van de mensenmassa, die de lange weg naar het paleis omhoogschuifelde. Jennsen herinnerde zich dat ze bij haar eerste bezoek aan het paleis langs de stalletjes was gekomen tegenover de stenen balustrades van waarachter je uitkeek over de verdieping eronder. Nadat ze in al die stoffige ruimtes waren geweest, waren de geuren zo verleidelijk dat het bijna niet te verdragen was.

Patrouillerende soldaten merkten hen op doordat ze op weg naar beneden waren en tegen de stroom in liepen. Net als alle soldaten die ze in het paleis had gezien, waren ook dit grote, gespierde mannen, in goede conditie en met een alerte blik. Ze boden een afschrikwekkende aanblik, in hun uniform van leer en maliën, en met hun wapens aan hun riem. Toen ze beseften dat Nyda hen begeleidde, richtten de soldaten hun onderzoekende blikken op andere mensen.

Toen Jennsen Sebastiaan zijn kap over zijn hoofd zag trekken, besefte ze dat het een goed idee was om haar haar te verbergen en volgde ze zijn voorbeeld. Het was koud in het plateau en meer mensen hadden hun hoofd bedekt met een kap of een hoed, dus het zou geen achterdocht wekken.

Toen ze het eind bereikten van een lange overloop ergens onder in het plateau en ze zich omdraaiden om de volgende trap af te gaan, keek Jennsen op. Aan de andere kant van de overloop kwam net een grote, oude man van de trap af, een man met een dikke bos steil, wit haar dat tot op zijn brede schouders hing. Hoewel hij oud was, was het nog steeds een opvallend knappe man. Ondanks zijn leeftijd liep hij energiek.

Hij keek op. Zijn blik kruiste die van Jennsen.

De wereld leek stil te blijven staan in de donkerblauwe ogen van de man.

Jennsen verstijfde. Er was iets aan hem dat haar vaag bekend voorkwam, iets in die ogen dat haar aandacht vasthield.

Sebastiaan was twee treden onder haar blijven staan. Nyda stond naast hem. De blik van de Mord-Sith volgde die van Jennsen.

De havikachtige blik van de man was op Jennsen gevestigd, alsof zij de enige twee mensen in het hele paleis waren.

'Goede geesten,' fluisterde Nyda. 'Dat moet Nathan Rahl zijn.'

'Hoe weet je dat?' vroeg Sebastiaan.

Ze kwam naast Jennsen staan, met haar aandacht volledig bij de man. 'Hij heeft de ogen van een Rahl, van Darken Rahl. Die ogen heb ik zo vaak in nachtmerries gezien.'

Nyda's blik ging naar Jennsen. Ze fronste haar voorhoofd.

Jennsen besefte waar zij de ogen van de man eerder had gezien: in de spiegel.

29

In de verte, aan de andere kant van de overloop, zag Jennsen de ogen van de tovenaar groot worden. Zijn hand kwam omhoog en hij wees over de menigte heen.

'Stop!' riep hij met diepe, krachtige stem. Zelfs boven het lawaai om haar heen uit kon Jennsen die stem duidelijk horen. 'Stop!'

Nyda staarde haar aan alsof de vonk van herkenning elk moment kon overspringen. Jennsen greep haar arm.

'Nyda, je moet hem tegenhouden.'

Nyda onderbrak haar starende blik om over haar schouder naar de man te kijken die naar hen toe kwam rennen. Ze keek weer naar Jennsen.

Jennsen herinnerde zich dat Althea had gezegd dat ze Rahl-trekken in Jennsens uiterlijk zag, en dat anderen die Darken Rahl hadden gekend haar misschien zouden herkennen.

Jennsen greep het rode leer in haar vuist. 'Hou hem tegen! Luister niet naar wat hij zegt!'

'Maar misschien wil hij alleen maar...'

Jennsen verstevigde haar greep op het rode leer en schudde de vrouw door elkaar. 'Heb je dan niets gehoord van wat ik heb gezegd? Hij zal me misschien beletten Meester Rahl te helpen. Hij probeert je misschien om de tuin te leiden. Hou hem tegen. Alsjeblieft, Nyda... Meester Rahl is in levensgevaar.'

Door de naam van Meester Rahl te noemen, had ze de balans in haar voordeel doen doorslaan.

'Rennen,' zei Nyda. 'Schiet op.'

Jennsen knikte en stormde de trap af. Ze kon maar heel even omkijken. Ze zag de profeet met grote passen van zijn lange benen naar hen toe komen en met uitgestrekte hand roepen dat ze moesten blijven staan. Nyda rende met haar Agiel in de hand op hem af.

Jennsen keek om zich heen op zoek naar soldaten en keek toen nogmaals om, om te zien of Nathan Rahl nog steeds kwam aanrennen en of Nyda probeerde hem tegen te houden. Sebastiaan greep haar hand en trok haar mee in een overijlde sprint de trap af. Jennsen slaagde er niet in om nog een glimp van haar familielid op te vangen.

Ze had niet beseft hoezeer het haar zou aangrijpen om iemand te zien die familie van haar was. Ze had niet verwacht dat ze het in zijn ogen zou kunnen zien. Ze was altijd alleen met haar moeder geweest. Het bezorgde haar een heel vreemd gevoel, een soort weemoedig verlangen, om deze man te zien, een bloedverwant.

Maar als hij haar te pakken kreeg, was haar lot bezegeld.

Sebastiaan en zij stormden samen de trappen af, opzij springend voor mensen die op weg naar boven waren. Sommige mensen mopperden dat ze moesten uitkijken waar ze liepen, of verwensten hen omdat ze renden. Op elke overloop schoten Sebastiaan en zij tussen de menigte door en daarna vlogen ze weer de volgende trap af.

Toen ze op een verdieping kwamen waar soldaten gestationeerd waren, gingen ze langzamer lopen. Jennsen trok haar kap wat verder over haar hoofd en zorgde ervoor dat haar haar en een deel van haar gezicht verborgen waren, uit angst dat mensen aan haar zouden zien dat ze de dochter van Darken Rahl was. Nu ze had ontdekt dat ze zich daar ook nog zorgen over moest maken, bezorgde die vrees haar kramp in haar buik.

Sebastiaan had zijn arm om haar middel geslagen en hield haar dicht tegen zich aan terwijl hij zich een weg zocht door de mensenstroom. Om de patrouillerende soldaten te ontlopen die dicht langs de balustrade liepen, moest hij Jennsen leiden naar de kant met de banken, dichter bij de stalletjes, zodat ze tussen rijen wachtende mensen door moesten laveren.

De overloop was vol mensen die snuisterijen wilden kopen als aandenken aan hun bezoek aan het Volkspaleis. Het rook naar vlees en specerijen, die er ook verkocht werden. Op de banken zaten paartjes te eten, te drinken en glimlachend of opgewonden te praten. Anderen zaten naar de voorbijgangers te kijken. Er waren schemerige hoeken tussen kramen en pilaren waar stelletjes dicht tegen elkaar aan op lage banken zaten of, als er geen banken waren, in het donker stonden te knuffelen en kussen.

Toen Jennsen en Sebastiaan aan het eind van de overloop waren en op het punt stonden om verder af te dalen, zagen ze een grote patrouille soldaten de trap op komen. Sebastiaan aarzelde. Ze wist dat hij dacht aan de vorige keer dat soldaten belangstelling voor hem toonden. Dit was een grote groep; het zou onmogelijk zijn hen te passeren zonder binnen een armlengte afstand te komen. Terwijl ze de trap op liepen, namen de mannen iedereen oplettend op.

Jennsen betwijfelde of ze er ooit nog eens in zou slagen Sebastiaan vrij te praten. En aangezien ze bij hem was, was het waarschijnlijk dat zij deze keer ook zou worden meegenomen voor ondervraging. Als ze haar vasthielden, zou Nathan Rahl haar lot bezegelen. Een gevoel van paniek en naderend onheil bekroop haar.

Jennsen, die niet gescheiden wilde worden van Sebastiaan, greep hem bij de arm en trok hem terug over de overloop, langs stelletjes op banken, langs mensen die in de rij stonden bij kramen en mensen die met hun armen om elkaar heen in de schaduw stonden, en dook een van de donkere, lege nissen in. Hijgend van het lange eind rennen ging ze in het hoekje staan tussen de achterkant van een kraam en een pilaar. Ze trok Sebastiaan voor zich, zodat zijn rug naar de soldaten gekeerd zou zijn.

Zoals hij daar stond, met zijn kap omhoog, zouden ze niet veel van hem zien. Als ze hen al opmerkten, zouden ze net genoeg zien om te weten dat zij een vrouw was. Ze zouden eruitzien als een stel heel gewone mensen. Jennsen sloeg haar armen om Sebastiaans middel, zodat ze eruitzagen als de andere stelletjes die zich daar even hadden teruggetrokken.

In hun veilige hoekje was het minder lawaaiig. Hun zware ademhaling overstemde de geluiden om hen heen. De meeste mensen konden hen niet zien en degenen die dat wel konden, waren met andere dingen bezig. Jennsen had zich slecht op haar gemak en opgelaten gevoeld toen ze stelletjes zo dicht tegen elkaar aan had zien staan als Sebastiaan en zij nu stonden, dus vermoedde ze dat dat voor andere mensen ook gold. Zo te zien had ze gelijk; niemand besteedde enige aandacht aan twee jonge mensen die elkaar omhelsden en kennelijk alleen wilden zijn.

Sebastiaans handen lagen om haar middel. Zij had haar armen om zijn rug geslagen, zodat ze er overtuigend bij stonden terwijl ze wachtten totdat de soldaten voorbij waren. Ze was onuitsprekelijk dankbaar dat de goede geesten haar hadden geholpen Sebastiaan vrij te krijgen.

'Ik had niet gedacht dat ik je ooit nog zou zien,' fluisterde hij, voor het eerst alleen met haar sinds hij was vrijgelaten, voor het eerst in de gelegenheid te zeggen wat hij wilde.

Jennsen keek van de passanten naar zijn ogen en zag hoe serieus hij was. 'Ik kon je daar niet laten zitten.'

Hij schudde zijn hoofd. 'Ik vind het ongelofelijk, wat je hebt gedaan. Ongelofelijk dat je je daar naar binnen hebt weten te praten. Je hebt ze om je vinger gewonden. Hoe is je dat gelukt?'

Jennsen slikte; ze stond op het punt in tranen uit te barsten door de hevige emoties, de angst, de opgetogenheid, de paniek en de triomf. 'Ik moest wel. Ik moest je vrij krijgen.' Ze keek om zich heen om zich ervan te vergewissen dat er niemand in de buurt was voordat ze verder praatte. 'Ik kon de gedachte dat je daar zat niet verdragen, noch de gedachte aan wat ze misschien met je zouden doen. Ik ben naar Althea, de tovenares, gegaan om haar om hulp te vragen...'

'Dus zo is het je gelukt? Met haar magie?'

Jennsen schudde haar hoofd terwijl ze opkeek in zijn ogen. 'Nee. Althea kon me niet helpen... Het is een lang verhaal. Ze heeft me verteld dat ze in jouw vaderland is geweest, in de Oude Wereld.' Ze glimlachte. 'Maar zoals ik al zei, dat is een lang verhaal, voor een andere keer. Het heeft iets te maken met de Zuilen der Schepping.'

Hij trok een wenkbrauw op. 'Bedoel je dat ze daar echt is geweest?'

'Waar?'

'Bij de Zuilen der Schepping. Is ze daar echt geweest toen ze in de Oude Wereld was?' Even volgde zijn blik een soldaat die in de verte langskwam. 'Je zei dat dat iets te maken heeft met hoe ze je heeft geholpen. Heeft ze die plek echt gezien?'

'Wat? Nee... Ze kon me niet helpen. Ze zei dat ik het alleen moest doen. Ik was vreselijk ongerust over je. Ik wist niet wat ik moest

beginnen. Toen herinnerde ik me wat jij had gezegd over bluffen.'
Jennsen fronste en keek tegelijkertijd vragend. 'Hoe bedoel je trouwens, of ze daar is geweest?' Maar toen stierven haar woorden en zelfs de hele gedachte weg, doordat hij in haar ogen keek en haar die fantastische glimlach van hem schonk.

'Ik heb nog nooit iemand zoiets voor elkaar zien krijgen.'

Het was een onverwacht heerlijk gevoel om te weten dat ze hem had verrast, en dat in de meest gunstige zin.

Het was heerlijk om zijn sterke armen om haar heen te voelen. Weggekropen in de schaduw hield hij haar dicht tegen zich aan. Ze voelde zijn warme adem op haar wang.

'Sebastiaan... Ik was zo bang. Ik was zo bang dat ik je nooit meer zou zien. Ik was zo bang voor wat er met jou zou gebeuren.'

'Ik weet het.'

'Was jij ook bang?'

Hij knikte. 'Ik kon alleen maar denken aan dat ik je nooit meer zou zien.'

Zijn gezicht was zo dichtbij dat ze de warmte van zijn huid voelde stralen. Ze voelde zijn hele lichaam, zijn benen en zijn romp, tegen haar aan drukken toen zijn lippen zacht over de hare gingen. Haar hart bonsde onstuimig.

Maar toen trok hij zich terug, alsof hij zich bedacht. Ze was blij dat hij zijn armen om haar heen had, want toen ze besefte dat hij haar bijna had gekust, voelde ze haar knieën knikken. Wat een bedwelmend idee, een onverhoedse, heimelijke kus in het halfdonker. Bijna een kus.

Vlak bij hen schuifelden mensen langs, maar ze leken kilometers ver weg. Jennsen voelde zich helemaal alleen met Sebastiaan, en slap in zijn armen. Veilig in zijn armen.

Toen trok hij haar dichter naar zich toe, alsof hij werd overmand door iets dat hij niet langer kon onderdrukken. Ze zag een soort machteloze overgave in zijn ogen.

Hij kuste haar.

Jennsen stond roerloos, verrast dat hij het echt deed, dat hij haar kuste, haar in zijn armen hield, net als ze verliefde stelletjes had zien doen.

En toen verstevigde ze haar omhelzing en kuste hem terug.

Ze had nooit gedacht dat iets zo verrukkelijk kon zijn.

Jennsen had nooit van haar leven vermoed dat haar zoiets kon overkomen. Ze had er natuurlijk wel van gedroomd, maar ze wist dat dat alleen maar fantasie was, iets voor andere mensen. Ze had nooit gedacht dat het haar, Jennsen Rahl, kon gebeuren.

En nu gebeurde het, wonderbaarlijk genoeg.

Er ontsnapte haar een hulpeloos gekreun terwijl hij haar uit alle macht tegen zich aan drukte en haar hartstochtelijk kuste. Ze was zich scherp bewust van zijn arm, die om haar onderrug lag, zijn andere arm achter haar schouders, haar borsten, die tegen zijn harde borstkas werden gedrukt, zijn mond tegen de hare, zijn eigen hunkerende gekreun in antwoord op het hare.

Onverwacht was het afgelopen. Het was bijna alsof hij zijn zelfbeheersing had hervonden en zichzelf achteruit dwong. Jennsen hijgde, buiten adem. Ze vond het een fijn gevoel om door hem te worden vastgehouden. Van heel dichtbij keken ze elkaar in de ogen.

Het was allemaal zo plotseling, zo snel, zo onverwacht. Zo verwarrend. Zo fijn.

Ze wilde weer met hem versmelten in een omhelzing, een heerlijke kus, maar toen hij om zich heen keek om te zien of er iemand op hen lette, kwam ze tot zichzelf en herinnerde ze zich weer waar ze waren en waarom ze weggedoken stonden in die donkere nis.

Nathan Rahl zat hen op de hielen. Alleen Nyda stond tussen hen in. Als hij haar vertelde wie Jennsen was en zij hem geloofde, dan zou het hele leger achter hen aan komen.

Ze moesten weg zien te komen uit het paleis.

Toen Sebastiaan zich van haar losmaakte, verdween alle aarzeling.

Zijn blik ging over de menigte om zich ervan te vergewissen dat niemand naar hen keek. 'Laten we gaan.'

Zijn hand vond de hare en plotseling trok hij haar uit hun veilige, schemerige hoekje van het paleis.

Jennsen voelde zich licht in het hoofd door de veelheid aan verwarrende emoties, van angst en schaamte tot lichtzinnige opwinding. Hij had haar gekust. Een echte kus. Zoals een man een vrouw kust. Haar, Jennsen Rahl, de meest gezochte vrouw van D'Hara.

Ze lette nauwelijks op de treden toen ze verder afdaalden. Ze probeerde er gewoon uit te zien, als een willekeurig iemand die een bezoek aan het paleis had gebracht en nu weer vertrok. Maar ze voelde zich niet gewoon. Ze had het gevoel dat iedereen die naar haar keek, zou kunnen zien dat hij haar net had gekust.

Toen een soldaat zich onverwacht hun kant op draaide, pakte ze Sebastiaans arm in beide handen, drukte haar hoofd tegen zijn schouder en glimlachte naar de man alsof ze hem terloops groette. Dat leidde hem voldoende af om hun de gelegenheid te geven langs hem te lopen en uit de buurt te zijn voordat hij er ook maar over dacht om naar Sebastiaan te kijken.

'Dat was een snelle reactie,' fluisterde Sebastiaan met een zucht van opluchting.

Toen ze eenmaal langs de soldaat waren, verhoogden ze hun tempo weer. Alles wat ze op de heenweg had gezien, was nu een vage vlek. Het kon haar allemaal niets schelen. Ze wilde alleen maar naar buiten. Ze wilde weg van de plek waar ze Sebastiaan hadden opgesloten, waar zij tweeën voortdurend in gevaar verkeerden. De niet-aflatende spanning hier had haar meer uitgeput dan de gevaren in het moeras.

Eindelijk kwam er een einde aan de trappen. Het licht dat door de enorme muil van de grote ingang naar binnen viel, was verblindend, maar ze waren blij dat ze de opening vanuit het plateau naar buiten zagen. Hand in hand haastten ze zich naar het licht toe.

Grote aantallen mensen liepen rond, bleven staan bij kraampjes, keken naar voorbijgangers en gaapten geïmponeerd naar de omvang van het bouwwerk, terwijl anderen langsstroomden op weg naar de trappen naar boven. Langs de kanten stonden soldaten te kijken naar de mensen die binnenkwamen, dus gingen Sebastiaan en zij in het midden lopen. De soldaten leken minder geïnteresseerd in degenen die vertrokken dan in degenen die kwamen.

Buiten het hoge bergplateau werden ze begroet door het koele daglicht. Op de markt onder aan het plateau was het een drukte van belang, net als de vorige keer dat ze daar waren. In de geïmproviseerde straten tussen de tenten en kramen wemelde het van de mensen, die rondkeken en soms bleven staan om een aankoop te doen. Anderen liepen naar de ingang van het Volkspaleis met hun handel, met hoopvolle verwachting, kleine goederen of geld. Tussen de bezoekers door liepen marskramers, die luidkeels hun wonderbaarlijke waren aanprezen.

Ze had Sebastiaan verteld dat de paarden en Betty zoek waren, dus nam hij haar mee naar een omheind terrein waarop allerlei paarden stonden. De man die op de paarden paste, zat op een krat dat onderdeel was van de omheining en wreef zich over zijn armen van de kou. Over de rand van de omheining hing een rij zadels.

'We willen graag paarden kopen,' zei Sebastiaan terwijl hij in de richting van de dieren liep om te zien in wat voor conditie ze waren.

De man keek op en kneep zijn ogen tot spleetjes tegen het zonlicht. 'Dat is mooi voor jullie.'

'Nou, verkoopt u paarden of niet?'

'Nee,' zei de man. Hij draaide zich om en spoog op de grond. Met de rug van zijn hand veegde hij zijn kin af. 'Deze paarden zijn van andere mensen. Ik word betaald om op ze te letten, niet om ze te verkopen. Als ik iemands paard verkoop, word ik levend gevild.'

'Kent u misschien iemand die wel paarden verkoopt?'

'Het spijt me, maar ik zou het niet weten. Vraag maar rond.'

Ze bedankten hem en liepen door de straten op zoek naar open plekken waar misschien paarden stonden. Jennsen vond het niet erg om te lopen – zo hadden haar moeder en zij meestal gereisd – maar ze begreep dat Sebastiaan dringend op zoek was naar paarden. Met zo'n nipte ontsnapping en met die tovenaar, Nathan Rahl, op hun hielen om hen tegen te houden, moesten ze zo snel mogelijk ver bij het Volkspaleis vandaan zien te komen.

Bij een ander omheind terrein kregen ze hetzelfde antwoord als bij het eerste. Jennsen had honger en wilde dat ze iets kon eten, maar ze wist dat ze beter snel konden vluchten dan rond te blijven hangen om een maaltijd te gebruiken en uiteindelijk met een volle maag te sterven. Sebastiaan hield haar hand stevig vast en trok haar tussen kramen door, dwars door de drukke straten naar paarden die op een stoffig terreintje stonden.

'Wilt u die paarden verkopen?' vroeg Sebastiaan aan een man die op de dieren lette.

De man stond met zijn armen over elkaar tegen een paal geleund. 'Nee. Ik heb geen paarden te koop.'

Sebastiaan knikte. 'Toch bedankt.'

De man pakte Sebastiaan bij zijn mantel voordat ze verder konden lopen. Hij boog zich naar hem toe. 'Gaan jullie op reis?'

Sebastiaan haalde zijn schouders op. 'We gaan terug naar het zuiden. We hadden graag een paard gekocht, nu we toch het paleis bezochten.'

De man boog zich een stukje naar voren en keek naar links en naar rechts. 'Kom na het donker bij me langs. Zijn jullie hier dan nog? Dan kan ik jullie misschien helpen.'

Sebastiaan knikte. 'Ik moet nog wat zaken afhandelen, dus ik ben de rest van de dag nog hier. Ik kom na het donker terug.'

Hij nam Jennsen bij de arm en voerde haar mee door de drukke straat. Ze moesten om twee zusjes heen lopen die kettingen stonden te bewonderen die ze net hadden gekocht terwijl hun vader achter hen liep met een vracht spullen die ze hadden aangeschaft. De moeder keek naar haar dochters terwijl ze een paar schapen met zich meetrok. Dat bezorgde Jennsen een steek van verdriet om Betty.

'Ben je gek geworden?' fluisterde ze tegen Sebastiaan, want ze begreep niet waarom hij de man had verteld dat ze na het donker terug zouden komen. 'We kunnen hier niet de hele dag blijven.'

'Natuurlijk niet. Die man is een overvaller. Aangezien ik hem moest vragen of hij paarden verkocht, weet hij dat ik het geld heb om er een te kopen en daar wil hij me graag van afhelpen. Als we na het donker teruggaan, zitten er waarschijnlijk een paar vriendjes van hem in de schaduw te wachten om ons de keel door te snijden.'

'Is hij een dief? Meen je dat?'

'Het sterft hier van de dieven.' Sebastiaan boog zich met een strenge blik naar haar toe. 'Dit is D'Hara, een land waar de hebzuchtigen en verdorvenen misbruik maken van de zwakken, waar mensen niets geven om het welzijn van hun medemens en nog minder om de toekomst van de mensheid.'

Jennsen begreep wat hij bedoelde. Op weg naar het Volkspaleis had Sebastiaan haar verteld over broeder Narev en zijn leer, zijn hoop op een toekomst waarin het niet langer het lot van de mensheid was om te lijden, een toekomst zonder honger, ziekte of wreedheid, waarin iedereen zich om zijn medemensen bekommerde. Sebastiaan zei dat het Genootschap van Orde, met de hulp van Jagang de Rechtvaardige en de medewerking van goede en fatsoenlijke mensen, die toekomst zou kunnen brengen. Jennsen vond het moeilijk zich zo'n mooie wereld voor te stellen, een wereld zonder Meester Rahl.

'Maar als die man een dief was, waarom zeg je dan tegen hem dat je terugkomt?'

'Als ik dat niet had gedaan, als ik hem had verteld dat ik niet zo lang kon wachten, dan zou hij misschien zijn maten hebben gewaarschuwd. Wij weten niet wie het zijn, maar zij zouden ons herkennen en waarschijnlijk een plek zoeken waar ze ons konden overvallen.'

'Denk je dat echt?'

'Zoals ik al zei, het sterft hier van de dieven. Kijk maar uit, anders wordt je beurs van je riem gesneden zonder dat je het in de gaten hebt.'

Ze wilde net opbiechten dat dat precies was wat haar al was overkomen toen ze haar naam hoorde roepen.

'Jennsen! Jennsen!'

Het was Tom. Door zijn lengte stak hij boven iedereen uit, maar toch had hij zijn hand in de lucht gestoken en zwaaide hij naar haar, alsof hij bang was dat ze hem over het hoofd zou zien.

Sebastiaan boog zich dichter naar haar toe. 'Ken je hem?'

'Hij heeft me geholpen jou vrij te krijgen.'

Jennsen had geen tijd om meer uit te leggen en glimlachte naar de grote man die naar haar stond te zwaaien. Tom was zo gelukkig als een jong hondje om haar te zien; hij kwam aanrennen en ontmoette haar midden in het looppad. Ze zag zijn broers bij hun kraam staan.

Tom grijnsde breed. 'Ik wist wel dat je zou komen, zoals je had beloofd. Joe en Clayton zeiden dat ik gek was om te denken dat je dat zou doen, maar ik heb tegen ze gezegd dat je je belofte zou houden en langs zou komen voordat je vertrok.'

'Ik... ik kom nu net uit het paleis.' Ze klopte op haar mantel op de plek waar haar mes zat. 'Ik vrees dat we haast hebben en snel moeten gaan.'

Tom knikte begrijpend. Hij greep Sebastiaans hand en zwengelde die op en neer alsof ze vrienden waren die elkaar lang niet hadden gezien.

'Ik ben Tom. Jij moet de vriend zijn die Jennsen moest helpen.'

'Dat klopt. Ik ben Sebastiaan.'

Tom knikte in de richting van Jennsen. 'Ze is me er eentje, hè?'

'Ik heb nog nooit zo iemand ontmoet,' verzekerde Sebastiaan hem.

'Een man zou zich niet meer kunnen wensen dan zo'n vrouw aan zijn zijde,' zei Tom. Hij kwam tussen hen in staan, legde zijn armen om hun schouders, zodat ze niet konden ontsnappen, en nam hen mee naar zijn kraam. 'Ik heb iets voor jullie.'

'Wat bedoel je?' vroeg Jennsen.

Ze hadden geen tijd te verliezen. Ze moesten maken dat ze wegkwamen voordat de tovenaar naar buiten kwam om naar hen te zoeken, of troepen achter hen aan te sturen. Nu Nathan Rahl haar had gezien, kon hij de wachters een beschrijving geven. Iedereen zou weten hoe ze eruitzagen.

'O, iets,' zei Tom cryptisch.

Ze keek met een glimlach op naar de blonde man. 'Wat heb je dan?'

Tom stak zijn hand in zijn zak en haalde er een beurs uit. Die stak hij haar toe. 'Nou, om te beginnen heb ik dit voor je.'

'Mijn geld?'

Tom grijnsde toen hij de verbazing in haar ogen zag terwijl ze haar vertrouwde, versleten leren beurs aanpakte. 'Het zal je plezier doen dat het heerschap dat het in zijn bezit had er niet graag afstand van wilde doen, maar aangezien het niet van hem was, heeft hij uiteindelijk het licht van de rede gezien, en een paar sterretjes.'

Tom stootte haar schouder aan als om te zeggen dat ze zelf wel kon bedenken wat hij daarmee bedoelde.

Sebastiaan keek toe hoe ze haar mantel opensloeg en de beurs aan haar riem bond. Aan zijn gezicht was te zien dat hij geen moeite had te bedenken wat ermee was gebeurd.

'Maar hoe heb je hem gevonden?' vroeg Jennsen.

Tom haalde zijn schouders op. 'Voor bezoekers lijkt de markt groot, maar als je hier vaak bent, weet je wie de vaste mensen zijn en wat ze hier doen. Toen je die beurzensnijder beschreef, wist ik wie je bedoelde. Vanochtend vroeg kwam hij weer langswandellen en hield hij zijn babbel tegen een vrouw om te proberen haar geld uit de zak te kloppen. Toen hij ongeveer ter hoogte van onze kraam was, zag ik zijn hand onder haar pakketten verdwijnen, in haar omslagdoek, dus toen heb ik hem bij de kraag gevat. Mijn broers en ik hebben een lang gesprek met die kerel gehad over het teruggeven van de dingen die hij had "gevonden" en die niet van hem waren.'

'Het wemelt hier van de dieven,' zei Jennsen.

Tom schudde zijn hoofd. 'Je moet niet op die ene man afgaan. Begrijp me goed, natuurlijk zijn hier dieven. Maar de meeste mensen zijn eerlijk. Volgens mij zijn er overal dieven, waar je ook komt. Dat is altijd zo geweest en zal altijd zo zijn. De man die ik het meeste vrees, is degene die rechtschapenheid en een beter leven predikt en intussen de goede bedoelingen van mensen misbruikt om ze blind te maken voor het licht van de waarheid.'

'Je hebt waarschijnlijk gelijk,' zei ze.

'Misschien zijn rechtschapenheid en een beter leven wel doelen die een dergelijk middel heiligen,' zei Sebastiaan.

'Wat ik zelf in mijn leven heb gezien, is dat iemand die een betere wereld predikt ten koste van de waarheid, maar één ding wil: dat hij de meester wordt en jij de slaaf.'

'Ik begrijp wat je bedoelt,' gaf Sebastiaan toe. 'Ik heb waarschijnlijk geluk gehad, dat ik nooit met zulke mensen te maken heb gehad.'

'Dan mag je je inderdaad gelukkig prijzen,' zei Tom.

Bij zijn kraam gaf Jennsen Joe en Clayton een hand. 'Bedankt voor jullie hulp. Ik kan bijna niet geloven dat ik mijn beurs terug heb.'

Ze hadden allebei dezelfde grijns als Tom.

'Zoveel lol hadden we in tijden niet gehad,' zei Joe.

'En niet alleen dat,' vervolgde Clayton, 'maar wij zijn jou heel dankbaar omdat je Tom een tijdje bezig hebt gehouden, zodat we een paar dagen hadden om het paleis te bezoeken. Het werd tijd dat Tom ons een korte vakantie gunde.'

Tom legde zijn hand op Jennsens rug en leidde haar om de tafel heen naar zijn wagen, die erachter stond. Sebastiaan volgde hen tussen de vaten wijn en de kraam naast hen door, waar lederwaren werden verkocht, op de plek waar een paar dagen eerder Irma met haar worstjes had gestaan.

Achter Toms wagen zag Jennsen zijn grote paarden staan. En toen, daar weer achter, zag ze de andere twee.

'Onze paarden!' Jennsens mond viel open. 'Heb je onze paarden voor ons?'

'Jazeker,' zei Tom, stralend van trots. 'Ik zag Irma vanochtend, toen ze met een nieuwe lading worstjes naar de markt kwam. Ze had de paarden bij zich. Ik vertelde haar dat jij had beloofd om vandaag bij me langs te komen voordat je vertrok, en ze was blij de kans te hebben om ze jullie terug te geven. Al jullie spullen zijn er ook bij.'

'Wat een geluk!' zei Sebastiaan. 'We kunnen je niet genoeg bedanken. We hebben haast om op pad te gaan.'

Tom gebaarde naar Jennsens middel, waar het mes onder haar mantel hing. 'Dat dacht ik al.'

Jennsen keek om zich heen en werd overmand door teleurstelling. 'Waar is Betty?'

Tom fronste. 'Betty?'

Jennsen slikte. 'Mijn geit, Betty.' Het kostte haar veel moeite om met vaste stem te spreken. 'Waar is Betty?'

'Het spijt me, Jennsen. Ik weet niets van een geit. Irma had alleen de paarden bij zich.' Toms gezicht betrok. 'Ik heb er niet aan gedacht om naar iets anders te vragen.'

'Weet je waar Irma woont?'

Tom liet zijn hoofd hangen. 'Nee, het spijt me. Ze dook vanochtend op en ze had jullie paarden en spullen bij zich. Ze heeft haar worstjes verkocht, nog een tijdje gewacht, en toen zei ze dat ze weer eens op huis aan moest.'

Jennsen greep zijn mouw. 'Hoe lang geleden is dat?'

Tom haalde zijn schouders op. 'Ik weet het niet. Een paar uur?' Hij keek over zijn schouder naar zijn broers. Die knikten.

Jennsens onderlip trilde. Ze durfde haar stem niet nog eens te beproeven. Ze wist dat Sebastiaan en zij hier niet konden blijven om te wachten. Met de tovenaar zo dicht op hun hielen zouden ze geluk hebben als ze het er levend afbrachten. Terugkomen was uitgesloten.

Een blik op Sebastiaans gezicht bevestigde dat.

Er prikten tranen in haar ogen. 'Maar... ben je er niet achter gekomen waar ze woont?'

Tom sloeg zijn ogen neer en schudde zijn hoofd.

'Heb je niet gevraagd of ze nog iets anders van ons had?'

Hij schudde opnieuw zijn hoofd.

Jennsen wilde wel krijsen en met haar vuisten tegen zijn borst slaan. 'Heb je er dan tenminste aan gedacht om te vragen wanneer ze terug zou komen?'

Tom schudde zijn hoofd.

'Maar we hebben haar geld beloofd om op onze paarden te passen,' zei Jennsen. 'Je zou verwachten dat ze gezegd zou hebben wanneer ze terugkwam om betaald te kunnen worden.'

Nog steeds naar de grond kijkend, zei Tom: 'Ze heeft me verteld

dat ze geld te goed had voor het oppassen. Ik heb haar betaald.'
Sebastiaan haalde geld te voorschijn, telde zilveren munten uit en
stak die uit naar Tom. Tom weigerde het geld, maar Sebastiaan
stond erop het te betalen en wierp het geld uiteindelijk op de tafel om de schuld af te lossen.

Jennsen bedwong haar wanhoop. Betty was weg.

Tom leek diepbedroefd. 'Het spijt me.'

Jennsen kon alleen maar knikken. Ze veegde langs haar neus terwijl ze toekeek hoe Joe en Clayton hun paarden voor hen zadelden. De geluiden van de markt leken van ver te komen. Ze was
zo verslagen dat ze de kou nauwelijks voelde. Toen ze de paarden had gezien, had ze gedacht...

Nu kon ze alleen nog maar aan Betty denken, aan hoe die verdrietig mekkerde. Als ze tenminste nog leefde.

'We kunnen niet blijven,' zei Sebastiaan zacht in antwoord op
haar smekende blik. 'Dat weet je net zo goed als ik. We moeten
echt gaan.'

Ze keek weer naar Tom. 'Maar ik had je verteld over Betty.' Wanhoop klonk door in haar stem. 'Ik had je verteld dat Irma onze
paarden en mijn geit, Betty, had. Ik had het je verteld, dat weet
ik zeker.'

Tom durfde haar niet aan te kijken. 'Dat klopt. Het spijt me, maar
ik ben domweg vergeten het haar te vragen. Ik kan niet tegen je
liegen en iets anders zeggen of een uitvlucht verzinnen. Je had het
me verteld. Ik ben het vergeten.'

Jennsen knikte en legde een hand op zijn arm. 'Bedankt voor onze paarden en voor alle andere hulp. Zonder jou had ik het niet
klaargespeeld.'

'We moeten gaan,' zei Sebastiaan terwijl hij controleerde of zijn
zadeltassen goed vastzaten en de kleppen dichtbond. 'Het zal ons
flink wat tijd kosten om ons een weg te banen door de menigte
en hier weg te komen.'

'Wij rijden wel een stuk met jullie op,' zei Joe.

'De mensen gaan uit de weg voor onze grote trekpaarden,' legde
Clayton uit. 'Kom mee. Wij weten wat de snelste weg is. Volg ons
maar, dan helpen we jullie door de menigte.'

De mannen trokken allebei een paard mee, zodat ze met behulp
van een vat konden opstijgen; ze gebruikten geen zadel. Handig
manoeuvreerden ze de grote paarden door de smalle ruimte tus-

sen de kramen en de vaten zonder ook maar iets te raken. Sebastiaan stond op haar te wachten met de teugels van Rusty en Pete in zijn handen.

Toen Jennsen langs Tom liep, bleef ze even staan en keek op in zijn ogen, en ze deelden een intiem, stil ogenblik temidden van alle mensen om hen heen. Ze ging op haar tenen staan om hem een zoen op zijn wang te geven, en daarna drukte ze haar wang even tegen de zijne. Zijn vingertoppen raakten ternauwernood haar schouder aan. Toen ze achteruitstapte, bleef zijn weemoedige blik op haar gezicht gevestigd.

'Bedankt dat je me hebt geholpen,' fluisterde ze. 'Zonder jou was ik verloren geweest.'

Toen glimlachte Tom. 'Graag gedaan, mevrouw.'

'Jennsen,' zei ze.

Hij knikte. 'Jennsen.' Hij schraapte zijn keel. 'Jennsen, het spijt me...'

Jennsen moest haar tranen terugdringen en legde haar vingers tegen zijn mond om hem het zwijgen op te leggen. 'Je hebt me geholpen Sebastiaans leven te redden. Je bent een held voor me geweest toen ik er een nodig had. Ik ben je vanuit de grond van mijn hart dankbaar.'

Hij stak zijn handen in zijn zakken en sloeg zijn ogen weer neer. 'Goede reis, Jennsen, waar het leven je ook zal brengen. Dank je wel dat ik een klein stukje van de reis met je mee mocht maken.'

'Staal tegen staal,' zei ze, zonder dat ze zelf begreep waarom, maar op de een of andere manier klonk het gewoon goed. 'Daar heb jij me bij geholpen.'

Toen glimlachte Tom, en hij keek intens trots en dankbaar.

'Dat hij de magie tegen magie moge zijn. Dank je, Jennsen.'

Ze klopte Rusty op haar gespierde hals, voordat ze een laars in een stijgbeugel zette en zichzelf op het zadel duwde. Ze wierp de grote man over haar schouder een laatste blik toe. Tom, die bij de kraam bleef, keek Jennsen en Sebastiaan na, die Joe en Clayton volgden in de mensenzee. Hun twee grote begeleiders joegen de mensen schreeuwend en fluitend opzij en maakten zo een pad vrij. Mensen bleven staan en keken om als ze het tumult hoorden, en stapten opzij als ze de enorme paarden zagen.

Sebastiaan boog zich met een lelijk gezicht naar haar toe. 'Wat kletste dat grote rund nou over magie?' fluisterde hij.

'Ik weet het niet,' zei ze zacht terug. Ze zuchtte. 'Maar hij heeft me geholpen je vrij te krijgen.'

Ze wilde hem zeggen dat Tom weliswaar groot was, maar beslist geen rund. Toch deed ze het niet. Om de een of andere reden wilde ze niet met Sebastiaan over Tom praten. Hoewel Tom haar had geholpen Sebastiaan te redden, had hun tijd samen voor haar iets zeer vertrouwelijks.

Toen ze eindelijk de rand van de markt bereikten, zwaaiden Joe en Clayton hun vaarwel terwijl Jennsen en Sebastiaan hun paarden aanzetten tot een galop en de koude, lege Vlakten van Azrith opreden.

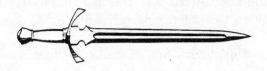

30

Jennsen en Sebastiaan reden naar het noordwesten over de Vlakten van Azrith, niet ver van waar ze die ochtend nog met Tom in zijn wagen had gereden, toen ze terugkwamen van het moeras rond Althea's huis. Haar bezoek aan Althea, dat nog maar een dag geleden was, en de zware tocht door het verraderlijke moeras leken haar nu een eeuwigheid geleden. Ze was het grootste deel van de dag bezig geweest het paleis binnen te komen, zich een weg langs bewakers en functionarissen te praten, Sebastiaan vrij te krijgen, Nyda, de Mord-Sith, dusdanig te overbluffen dat ze hen hielp, en weer naar beneden te komen, het plateau uit, met tovenaar Rahl op hun hielen. Nu de dag al grotendeels verstreken was, konden ze niet ver meer reizen voordat het donker werd en ze hun kamp moesten opslaan op de open vlakte.

'Met die moordenaars in de buurt moeten we maar geen vuur maken,' zei Sebastiaan toen hij haar zag huiveren. 'Ze zouden ons van kilometers afstand zien en als wij verblind worden door een vuur, hebben we niet in de gaten dat ze ons besluipen.'

Boven hun hoofd vormde de maanloze hemel een uitgestrekt, glinsterend gewelf. Jennsen dacht aan wat Althea had gezegd, dat je een vogel in een maanloze nacht kon zien door te letten op de sterren die erdoor werden verduisterd als hij overvloog. Ze zei dat ze op die manier ook iemand kon zien die een gat in de wereld was. Jennsen zag geen vogel, alleen drie coyotes in de verte, die door hun territorium patrouilleerden. In het vlakke, lege landschap waren ze gemakkelijk te zien bij het licht van de sterren. Ze gingen op jacht naar kleine nachtdieren.

Met gevoelloze vingers knoopte Jennsen haar rol beddengoed los van achter het zadel en trok die naar beneden. 'Waar zouden we trouwens het hout vandaan moeten halen om een vuur te maken?' Sebastiaan draaide zich om en staarde haar aan. Er kroop een glimlach over zijn gezicht. 'Daar had ik helemaal niet aan gedacht. We kunnen dus helemaal geen vuur maken, ook al zouden we willen.'

Ze liet haar blik over de lege vlakte dwalen terwijl ze het zadel van Rusty's rug tilde en het op de grond naast Sebastiaan neerlegde. Zelfs bij alleen het koude licht van de sterren kon ze alles goed genoeg zien. 'Als er iemand aan zou komen, zouden we die kunnen zien. Denk je dat een van ons vannacht de wacht moet houden?'

'Nee. Als we geen kampvuur maken en niet bewegen, vinden ze ons nooit in deze donkere uitgestrektheid. Ik denk dat het beter is om allebei te gaan slapen, zodat we morgen kunnen opschieten.'

Nadat de paarden waren vastgezet, gebruikte Jennsen haar zadel als stoel. Toen ze haar beddengoed uitrolde, vond Jennsen twee pakketjes, in witte stof gewikkeld. Ze wist dat ze die niet in haar beddengoed had gestopt. Ze maakte de knoop boven aan een van de pakketjes open en ontdekte dat er een vleespasteitje in zat. Toen zag ze dat Sebastiaan er ook twee had gevonden.

'Blijkbaar heeft de Schepper voor ons gezorgd,' zei hij.

Jennsen keek met een glimlach naar het vleespasteitje op haar schoot. 'Deze zijn van Tom.'

Sebastiaan vroeg niet hoe ze dat wist. 'De Schepper heeft via Tom voor ons gezorgd. Broeder Narev zegt dat het altijd de Schepper is die voor ons zorgt, ook als die zijn werk via een ander doet. In de Oude Wereld geloven we dat we het goede werk van de Schepper doen als we iets geven aan een behoeftige. Daarom is het onze heilige plicht om voor het welzijn van anderen te zorgen.'

Jennsen zei niets, want ze was bang dat als ze dat wel deed, hij zou denken dat ze kritiek leverde op broeder Narev of zelfs op de Schepper. Ze kon de mening van een groot man als broeder Narev niet betwisten. Zij had nooit goede werken verricht, zoals broeder Narev. Zij had zelfs nog nooit iemand een vleespasteitje gegeven of iets anders behulpzaams gedaan. Ze had het idee dat ze anderen alleen maar ellende en lijden bezorgde: haar moeder, Lathea, Althea, Friedrich en wie weet hoeveel anderen. Als er al een kracht via haar aan het werk was, was het zeker niet de Schepper.

Sebastiaan, die misschien iets van haar gedachten in haar blik las, zei zacht: 'Daarom help ik jou; ik geloof dat dat is wat de Schepper van me wil. Daarom weet ik ook dat broeder Narev en keizer Jagang het zouden goedkeuren dat ik jou help. Dit is precies waar we voor strijden: dat mensen om anderen geven en hun lasten delen.'

Ze glimlachte niet alleen om haar waardering te laten blijken, maar ook om de nobelheid van die bedoelingen. Maar om redenen die ze zelf niet helemaal begreep, voelden die nobele bedoelingen als een dolkstoot in haar rug.

Jennsen keek op van het vleespasteitje op haar schoot. 'Dus daarom help je me.' Haar glimlach was geforceerd. 'Omdat het je plicht is.'

Sebastiaan keek bijna alsof hij een klap in zijn gezicht had gekregen. 'Nee.' Hij kwam naar haar toe en liet zich op één knie zakken. 'Nee. Ik... In het begin natuurlijk wel, maar... Het is niet alleen een plicht.'

'Het klinkt alsof ik een melaatse ben en jij vindt dat je me moet...'

'Nee... Zo zit het helemaal niet.' Terwijl hij naar woorden zocht, verscheen die stralende glimlach op zijn gezicht, die glimlach die haar zo diep raakte. 'Ik heb nooit eerder iemand als jij gekend, Jennsen. Ik zweer dat ik nooit eerder een vrouw heb gezien die zo mooi was als jij, of zo slim. Je geeft me het gevoel dat ik... dat ik een nul ben. Maar als je dan naar me glimlacht, voel ik me juist weer heel belangrijk. Ik heb nooit eerder iemand ontmoet bij wie ik dat had. In het begin was het plichtsbesef, maar nu, ik zweer je...'

Jennsen luisterde geschokt naar de dingen die hij zei, naar zijn oprechte tederheid en zijn ernstige, smekende toon.

'Daar had ik geen idee van.'

'Ik had je nooit moeten kussen. Ik weet dat dat verkeerd was. Ik ben een soldaat in het leger tegen onderdrukking. Mijn leven is gewijd aan het helpen van mijn mensen... van alle mensen. Ik heb een vrouw als jij niets te bieden.'

Ze kon zich niet voorstellen waarom hij zou denken dat hij haar iets moest bieden. Hij had haar leven gered. 'Waarom heb je me dan gekust?'

Hij keek in haar ogen, en het was alsof de woorden van een grote diepte moesten komen. 'Ik kon er niets aan doen. Het spijt me. Ik heb geprobeerd het niet te doen. Ik wist dat het verkeerd was, maar toen we zo dicht bij elkaar stonden, en ik in je prachtige ogen keek, en jij je armen om me heen had, en ik de mijne om jou... Ik heb nog nooit iets zo graag gewild... Ik kon niet anders. Ik moest wel. Het spijt me.'

Jennsen sloeg haar ogen neer. Ze keek naar het vleespasteitje. Sebastiaan zette zijn vertrouwde masker van kalmte weer op en ging op zijn zadel zitten.

'Het hoeft je niet te spijten,' fluisterde ze zonder op te kijken. 'Ik vond het fijn.'

Hij boog zich hoopvol naar voren. 'O ja?'

Jennsen knikte. 'Ik ben blij te horen dat je dat niet uit plichtsbesef deed.'

Daar moest hij om glimlachen en het doorbrak de spanning.

'Mijn plicht doen is nog nooit zo lekker geweest,' zei hij.

Ze lachten allebei, iets waarvan ze zich niet eens meer kon herinneren wanneer ze het voor het laatst had gedaan. Het was fijn om te lachen.

Terwijl Jennsen een van de vleespasteitjes verorberde en genoot van de pittige kruiden en de smakelijke stukken vlees, ging ze zich beter voelen. Ze hoopte dat ze niet te onvriendelijk tegen Tom was geweest omdat hij Betty was vergeten. Ze had haar frustraties, angst en woede op hem uitgeleefd. Hij was een goed mens. Hij had haar geholpen toen ze dat nodig had.

Ze bleef nog even aan Tom denken, aan het aangename gevoel dat ze had als ze bij hem was. Hij gaf haar het gevoel dat ze belangrijk was, hij gaf haar zelfvertrouwen, terwijl ze zich bij Sebastiaan vaak klein voelde. Tom had een aantrekkelijke glimlach; op een andere manier aantrekkelijk dan die van Sebastiaan. Tom had een hartelijke glimlach. Die van Sebastiaan was ondoorgrondelijk. Door Toms glimlach voelde ze zich zeker van zichzelf en sterk. Door die van Sebastiaan weerloos en zwak.

Nadat ze het vleespasteitje tot de laatste kruimel had opgegeten, rolde Jennsen zich met haar mantel en al in haar dekens. Nog steeds huiverend herinnerde ze zich hoe Betty hen 's nachts warm had gehouden. In de stilte kwam haar somberheid weer terug, zodat ze niet kon slapen, ondanks haar uitputting na alles wat ze de laatste paar dagen had meegemaakt.

Ze verheugde zich niet op de troosteloosheid die de toekomst haar zou gaan brengen. Ze voorzag een eindeloze jacht totdat de mannen van Meester Rahl haar uiteindelijk te pakken zouden krijgen. Ze voelde zich leeg zonder haar moeder en zonder Betty. Ze besefte dat ze geen idee had waar ze nu heen zou gaan, behalve dat ze moest blijven vluchten. Ze had zich vastgeklampt aan het vooruitzicht dat Althea haar zou helpen, maar zelfs dat was een illusie gebleken. In een uithoek van haar geest had Jennsen een sprankje irrationele hoop gehad dat haar bezoek aan het huis uit haar kindertijd, het Volkspaleis, misschien een oplossing zou kunnen bieden.

Ze huiverde niet alleen van de kou, maar ook bij het sombere vooruitzicht van wat de toekomst voor haar in petto zou hebben. Sebastiaan schoof met zijn rug dicht tegen haar aan om haar te beschermen tegen de wind. Ze putte er troost uit dat dat voor hem meer dan een plicht was. Ze dacht terug aan hoe het was om zijn hele lijf tegen het hare gedrukt te voelen. Ze dacht aan het bedwelmende gevoel van zijn mond op de hare.

De woorden die haar zo hadden verrast – 'Ik heb nog nooit een vrouw gezien die zo mooi was als jij' – weerklonken nog door haar hoofd. Ze wist niet of ze hem geloofde. Misschien durfde ze hem wel niet te geloven.

Op de dag dat ze hem had ontmoet, had hij een paar complimenteuze opmerkingen gemaakt, eerst over hoe mensen zouden kunnen zeggen dat de dode soldaat een mooie jonge vrouw voorbij had zien paraderen en daardoor gestruikeld en doodgevallen was, en daarna over 'de wet van Sebastiaan', zoals hij die had genoemd, toen hij haar het sierlijke mes van de soldaat gaf en had gezegd dat schoonheid bij schoonheid hoorde. Ze had nooit vertrouwen gehad in woorden die zo moeiteloos werden uitgesproken.

Ze dacht weer aan de oprechtheid in zijn ogen, deze keer, en hoe verrassend gesloten en verlegen hij had geleken. Onwaarheden werden vaak gladjes gedebiteerd, maar je diepste gevoelens waren moeilijker te uiten, doordat er zoveel op het spel stond.

Het verbaasde haar dat haar glimlach hem het gevoel gaf belangrijk te zijn. Ze had niet gedacht dat hij dezelfde soort gevoelens kon hebben als zij. Ze had niet gedacht dat het zo fijn zou zijn mooi gevonden te worden door een man als Sebastiaan, een man van de wereld, een belangrijk man. Jennsen had zich altijd lomp en alledaags gevoeld in vergelijking met haar moeder. Ze vond het fijn om te weten dat iemand haar mooi vond.

Ze vroeg zich af hoe het zou zijn als hij zich nu zou omdraaien en haar weer zou omhelzen, haar weer zou kussen, deze keer zonder mensen in de buurt. Ze voelde dat haar hart alleen al bij die gedachte ging bonzen.

'Ik vind het heel erg van je geit,' fluisterde hij in de stilte, met zijn rug nog steeds naar haar toe.

'Dat weet ik.'

'Maar met tovenaar Rahl op onze hielen zou de geit ons alleen maar ophouden.'

Hoeveel ze ook van Betty hield, Jennsen wist dat ze andere dingen voor moest laten gaan. Toch zou ze er vrijwel alles voor willen geven om het karakteristieke gemekker van Betty te horen of om haar kleine, rechtopstaande staartje te zien kwispelen en haar hele achterlijf mee te zien schudden van blijdschap om Jennsen te zien. Jennsen kon de stukken wortel onder haar hoofd voelen, in de ransel die ze als kussen gebruikte.

Ze wist dat ze niet konden blijven om naar Betty te zoeken, maar dat maakte de wetenschap dat ze haar voorgoed achterlieten er niet gemakkelijker op. Het brak haar hart.

Jennsen keek in het donker over haar schouder. 'Hebben ze je pijn gedaan? Ik maakte me vreselijke zorgen dat ze je pijn zouden doen.'

'Die Mord-Sith zou dat zeker hebben gedaan. Je bent net op tijd gekomen.'

'Wat was het voor gevoel om door de Agiel te worden aangeraakt?'

Sebastiaan dacht even na. 'Alsof je door de bliksem wordt getroffen, stel ik me voor.'

Jennsen legde haar hoofd weer op de ransel. Ze vroeg zich af waarom zij niets had gevoeld van het wapen van de Mord-Sith. Hij zou zich dat ook wel afvragen, maar als dat zo was, deed hij het in elk geval niet hardop. Ze zou toch geen antwoord voor hem hebben gehad. Nyda was ook verbijsterd geweest en had gezegd dat haar Agiel op iedereen werkte.

Nyda had het mis.

Om de een of andere reden vond Jennsen dat vreemd verontrustend.

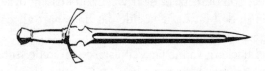

31

S tijf en stram van de koude nacht op de grond, werd Jennsen wakker toen de hemel net een zachtroze gloed begon te krijgen. In het westen waren nog sterren te zien. Ze had niet veel geslapen en wilde dat ze nog een tijdje kon blijven liggen, maar dat konden ze zich niet veroorloven. Het kon fataal zijn om zo onbeschut in het open land te zijn, waar ze van kilometers ver gezien konden worden.

Terwijl Jennsen zich uitrekte, was het eerste dat ze zag het donkere silhouet van het plateau tegen de roze gloed aan de oostelijke hemel. Terwijl ze keek, kleurden de randen van het Volkspaleis goud toen de eerste stralen van de zon, die zelf nog achter de horizon stond, er van achteren op vielen. Toen ze daar naar het paleis stond te kijken, voelde Jennsen een eigenaardig verlangen. Dit was haar vaderland. Ze wilde zich zo graag ergens thuis voelen. Maar haar vaderland had haar alleen maar verschrikkingen en de dood te bieden.

Omdat ze nog zo dicht bij het paleis en tovenaar Rahl waren, verzamelden ze snel hun bezittingen en zadelden de paarden. Het was een akelige ervaring om op een ijskoud zadel te klimmen. Jennsen spreidde een deken uit over haar schoot, zodat Rusty's lichaamswarmte haar een beetje zou verwarmen. Ze klopte en wreef over de hals van het paard, zowel uit genegenheid als om haar vingers te warmen. Rusty's warmte zou voorkomen dat haar tweede vlees-pasteitje, dat in haar beddengoed achter het zadel was gebonden, zou bevriezen.

Ze reden hard, en af en toe liepen ze een stukje zachter om de paarden rust te gunnen, maar hun inspanningen werden beloond toen het landschap er later op de dag op begon te wijzen dat ze de rand van de Vlakten van Azrith bereikten. Het was hun bedoeling om de bergketen in te vluchten die langs de westelijke horizon liep. Op de vlakte achter hen was geen spoor van achtervolgers te bekennen, nog niet, in elk geval.

Laat in de middag reden ze een gebied van lage heuvels, ravijnen, schriele vegetatie en kleine boompjes binnen. Het was alsof de onafgebroken harde ondergrond van de Vlakten van Azrith er niet langer in slaagde om vlak te blijven en uit pure verveling uiteindelijk voor de afwisseling toch ging glooien en rijzen.

De hongerige paarden trokken in het voorbijgaan aan de struiken en dikke pollen dor gras. De paarden hadden wel een bit in hun mond, maar Jennsen had niet het hart om ze een hapje eten te ontzeggen. Ze had zelf ook honger. De vleespasteitjes hadden een smakelijk ontbijt voor hen beiden gevormd, maar waren al heel lang op.

Voor het donker bereikten ze heuvels die naar een hoger gelegen en woester landschap leidden, waar ze hun kamp opsloegen in de luwte van een uitstulpend stuk gesteente. Onder een rotsrand vond Jennsen een plek die hun beschutting tegen de wind zou bieden, en de paarden eindelijk genoeg gras om te grazen. Zodra de paarden ontzadeld waren, begonnen ze gretig van de harde sprieten te eten. Jennsen trok wat spullen en proviand uit haar ransel terwijl Sebastiaan de omgeving afzocht en wat resten van lang geleden gestorven boompjes vond, die zilvergrijs waren opgedroogd. Hij gebruikte zijn strijdbijl om het droge hout in kleinere stukken te hakken en legde dicht bij de rotsrand een vuurtje aan, zodat het niet snel gezien zou worden. Terwijl ze wachtte totdat het vuur warmte ging verspreiden, legde hij zorgzaam een deken om haar schouders. Toen ze bij het vuur zat, met Sebastiaan vlak naast zich, stak Jennsen gezouten varkensvlees op spiezen en legde die met de uiteinden op een paar keien, zodat het vlees boven het vuur kon roosteren.

'Was het moeilijk om bij het huis van Althea te komen?' vroeg hij uiteindelijk.

Ze besefte dat ze het zo druk had gehad met alles wat er was gebeurd, dat ze hem nog niet veel had verteld over wat er zich had afgespeeld toen hij gevangenzat.

'Ik moest een tocht door een moeras maken, maar ik heb het gered.'

Ze wilde niet klagen over haar problemen, haar angsten, haar gevecht met de slang of het feit dat ze bijna was verdronken. Dat was voorbij. Ze had het overleefd. Al die tijd had Sebastiaan in een gevangenis gezeten, in de wetenschap dat hij elk moment ter dood kon worden gebracht of gemarteld kon worden. Althea zat voor altijd gevangen in het moeras. Anderen hadden het moeilijker dan Jennsen.

'Een moeras, dat klinkt heerlijk. Het was vast beter dan deze afschuwelijke kou. Ik heb nog nooit zoiets meegemaakt.'

'Bedoel je dat het niet koud is waar jij vandaan komt? In de Oude Wereld?'

'Nee. In de winter zijn er wel koude perioden, maar dat stelt niets voor in vergelijking met hoe het hier is, en soms is het ook wel regenachtig, maar we hebben nooit van die akelige sneeuw of die ellendige kou van de Nieuwe Wereld. Ik snap niet waarom mensen hier willen wonen.'

Het idee van een winter zonder sneeuw en kou verraste haar. Ze kon er zich nauwelijks een voorstelling van maken.

'Waar zouden we anders kunnen wonen? We hebben geen keuze.'

'Dat is zo,' gaf hij met een zucht toe.

'De winter is al een eind op streek. Voordat je het weet, is het voorjaar. Je zult het zien.'

'Ik hoop het. Ik zou liever op die plek zijn waar jij het laatst over had, de Oven van de Wachter, dan in deze ijskoude woestenij.'

Jennsen fronste haar wenkbrauwen. 'De plek waar ik het over had? Ik heb het nooit over een plek gehad die de Oven van de Wachter heet.'

'Jawel.' Sebastiaan duwde met zijn zwaard de houtblokken tegen elkaar aan, zodat de vlammen groter zouden worden. Er wervelden vonken omhoog het donker in. 'In het paleis. Vlak voordat we elkaar kusten.'

Jennsen stak haar handen uit en warmde haar vingers in de heerlijke hitte. 'Dat weet ik niet meer.'

'Je zei dat Althea daar was geweest.'

'Waar?'

'Bij de Zuilen der Schepping.'

Jennsen trok haar handen terug, stak ze onder haar mantel en staarde hem aan. 'Nee, dat heb ik nooit gezegd. Ze had het over iets anders, niet over een plek waar ze was geweest.'

'Waar had ze het dan over?'

Jennsen wuifde zijn vraag met een ongeduldig handgebaar weg. 'Het was maar gepraat. Niet belangrijk.' Ze trok een lok van haar rode haar uit haar gezicht. 'Dus de Zuilen der Schepping is een plek?'

Hij knikte terwijl hij de withete houtblokken met zijn zwaard naar elkaar duwde. 'Wat ik al zei, de Oven van de Wachter.'

Gefrustreerd sloeg ze haar armen over elkaar. 'Wat betekent dat?'

Hij keek op, verbaasd door haar toon. 'Je weet wel, heet. Zoals wanneer iemand zegt: "Het lijkt hier wel de Oven van de Wachter, zo heet is het." Daarom wordt die plek soms de Oven van de Wachter genoemd, maar de echte naam is de Zuilen der Schepping.'

'En ben jij daar geweest?'

'Ben je mal? Ik ken zelfs niemand anders die er ooit is geweest. Mensen zijn bang voor die plek. Sommigen denken dat het echt het domein van de Wachter is en dat daar alleen maar dood bestaat.'

'Waar is het?'

Hij gebaarde met zijn zwaard naar het zuiden. 'Op een desolate plek diep in de Oude Wereld. Je weet hoe dat gaat; mensen koesteren vaak een bijgeloof over afgelegen plekken.'

Jennsen staarde in de vlammen en probeerde alle feiten in haar hoofd met elkaar in overeenstemming te brengen. Er was iets dat niet helemaal klopte. Iets dat haar verontrustte.

'Waarom heet die plek zo? De Zuilen der Schepping?'

Sebastiaan haalde zijn schouders op en fronste zijn wenkbrauwen weer bij haar toon. 'Zoals ik al zei: het is een verlaten plek, zo heet als de Oven van de Wachter, daarom noemen sommige mensen het zo, vanwege de hitte. Wat betreft de werkelijke naam, men zegt dat het er...'

'Als niemand er ooit komt, hoe weten de mensen dat dan allemaal?'

'In de loop der tijd zijn er wel een paar mensen geweest, of liever gezegd, er vlakbij geweest, en die hebben anderen erover verteld. Langzamerhand is er steeds meer over bekend geworden. Het ge-

343

bied lijkt een beetje op de vlakten hier...'

'De Vlakten van Azrith?'

'Ja, net zo verlaten als de Vlakten van Azrith, maar veel groter. En het is er altijd warm. Droog en verzengend heet. Er lopen een paar handelsroutes langs de kale randen. Zonder de juiste kleding om je te beschermen tegen de brandende zon en de verschroeiende wind zou je binnen de kortste keren levend gebraden worden. Zonder voldoende water hou je het er niet lang uit.'

'En dat gebied heet de Zuilen der Schepping?'

'Nee, dat is alleen nog maar het gebied waar je eerst doorheen moet trekken. Bijna in het midden van dat uitgestrekte, lege land is een laagte, zegt men, een brede vallei waar het nog heter is; moordend heet, zo heet als de Oven van de Wachter. Dat heet de Zuilen der Schepping.'

'Maar waarom heet het de Zuilen der Schepping?'

Sebastiaan duwde met zijn laars een heuveltje van zand bij elkaar om de gloeiendhete stukken hout die van de brandende blokken vielen terug te schuiven de hitte in. 'Er wordt gezegd dat er onder aan de omliggende ruige rotswanden en hellingen, op de bodem van die uitgestrekte vallei, hoog oprijzende pilaren van steen staan. Naar die enorme rotsformaties is de plek genoemd.'

Jennsen draaide de spiezen met gezouten varkensvlees om. 'Dat klinkt wel logisch. Zuilen van gesteente.'

'Ik heb weleens dat soort torens gezien, op andere plekken, waar rotsen op elkaar zijn gestapeld tot een soort slordige pilaren, als munten op een tafel. Maar deze schijnen opmerkelijker te zijn dan andere, alsof de wereld zelf naar boven reikt in een eerbetoon aan de Schepper, en daarom beschouwen sommigen het als een heilige plek. Maar het is er ook moordend heet, dus hoewel sommigen het beschouwen als de smidse van de Schepper, wordt het ook in verband gebracht met de Wachter, en vandaar dat anderen het de Oven van de Wachter noemen. Afgezien van de hitte is er dus nog een reden om bang te zijn om erheen te gaan. Het is voor iedereen een plek van bovenwereldlijke strijd die je het best met rust kunt laten.'

'Schepping en vernietiging, leven en dood samen?'

De vlammen dansten in zijn ogen toen hij haar aankeek. 'Dat zegt men.'

'Je bedoelt dat sommigen denken dat het een plek is waar de dood zelf probeert de wereld van het leven te verteren?'

'De levenden worden altijd achtervolgd door de dood. Broeder Narev zegt dat het kwaad van de mens zelf datgene is wat de schaduw van de Wachter over de wereld werpt. Als we toegeven aan het kwaad, krijgt dat kwaad macht in de wereld van het leven, en dan zal de Wachter de Zuilen der Schepping omver kunnen duwen; dat zal het einde van de wereld zijn.'

De woorden verkilden Jennsen tot op het bot, alsof de hand van de dood zelf haar had aangeraakt. Het was echt iets voor een tovenares om slimme spelletjes te spelen met woorden. Jennsens moeder had haar gewaarschuwd dat tovenaressen nooit alles vertelden wat ze wisten, maar vaak belangrijke dingen achterhielden. Wat was Althea's werkelijke bedoeling geweest toen ze Jennsen zo achteloos een van de 'zuilen der Schepping' noemde? Hoewel Jennsen het niet begreep, leek het nu maar al te duidelijk dat Althea misschien een verborgen beweegreden had gehad om het zaadje van die naam in Jennsens hoofd te planten.

'Vertel eens, wat is er bij Althea gebeurd? Waarom kon ze je niet helpen?'

Jennsen schrok op uit haar gedachten. Ze draaide de spiezen en zag dat het vlees nog wat langer moest roosteren, terwijl ze nadacht over een eenvoudig antwoord op die vraag.

'Ze heeft me verteld dat ze eens heeft geprobeerd me te helpen, toen ik klein was. Darken Rahl heeft dat ontdekt en heeft haar voor straf verminkt. Hij heeft haar gave ook beschadigd, zodat ze haar eigen magie niet meer kan gebruiken. Nu zou ze zelfs geen toverformule meer voor me kunnen uitspreken als ze dat zou willen.'

'Misschien heeft Darken Rahl zonder het zelf te weten het werk van de Schepper gedaan.'

Jennsen fronste verbaasd. 'Hoe bedoel je?'

'De Imperiale Orde wil de magie uit de wereld bannen. Broeder Narev zegt dat we het werk van de Schepper doen, omdat magie slecht is.'

'En wat denk jij? Denk je echt dat de gave van de Schepper slecht zou kunnen zijn?'

'Hoe wordt magie gebruikt?' Hij keek haar van onder zijn gefronste wenkbrauwen strak aan, en de woede was duidelijk zichtbaar in zijn ogen. 'Wordt ze gebruikt om mensen te helpen? Om de kinderen van de Schepper in dit leven te helpen? Nee. Ze wordt met zelfzuchtige motieven gebruikt. Kijk alleen maar naar het Huis Rahl. Dat heeft de gave duizenden jaren lang gebruikt om over D'Hara te heersen. En wat was dat voor heerschappij? Was die bedoeld om de mensen ten goede te komen? Of is het een schrik-bewind geweest?'

Dat laatste was meer een constatering dan een vraag, en een waar Jennsen niets tegen in kon brengen.

'Misschien,' vervolgde Sebastiaan, 'heeft de Schepper er via Dar-ken Rahl voor gezorgd dat Althea de smet van de magie kwijt-raakte, dat ze er genadig van verlost werd.'

Jennsen liet haar kin op haar knieën rusten terwijl ze naar het roosterende vlees keek. Althea had gezegd dat ze alleen nog maar haar talent voor profetie overhad en beklaagde zich dat dat een kwelling was.

Jennsens moeder had haar geleerd om een Gratie te tekenen en haar verteld dat de gave door de Schepper werd gegeven. In de juiste handen wás een Gratie magisch. En hoewel Jennsen zelf niet over magie beschikte, had dat magische symbool haar bij ver-schillende gelegenheden beschermd. Ze wist natuurlijk dat men-sen er kwaad mee konden doen, maar de gedachte dat de gave slecht was, beviel haar niet. Hoewel ze zelf geen magie kon be-oefenen, wist ze dat die wonderbaarlijk kon zijn.

Ze probeerde voorzichtig een andere benadering. 'Je zei dat kei-zer Jagang tovenaressen bij zich heeft, de Zusters van het Licht, die me misschien zouden kunnen helpen. Zij gebruiken magie. Als magie slecht is...'

'Ze gebruiken magie voor onze zaak, zodat magie op een dag uit de wereld gebannen kan worden.'

'Maar dat klopt toch niet? Als je echt gelooft dat magie slecht is, hoe kun je er dan een verbond mee sluiten?'

Sebastiaan bekeek het gezouten vlees toen ze een van de spiezen naar hem uitstak, en trok er toen met de punt van zijn mes een stukje af. Hij hield zijn mes op en bewoog het voor haar gezicht heen en weer.

'Mensen doden andere mensen met messen en zwaarden. Als we messen en zwaarden wilden uitbannen, zodat er niet meer gedood zou worden, zouden we dat moeilijk met alleen woorden kunnen doen. We zouden de mensen hun messen en zwaarden met geweld moeten afnemen om in ieders belang een eind te maken aan de waanzin van geweld. Mensen klampen zich vast aan het kwaad. We zouden messen en zwaarden moeten gebruiken in het gevecht om de wereld te ontdoen van die slechte dingen. Dan zou er vrede heersen in de wereld. Zonder de hulpmiddelen om te moorden, zouden de emoties van de mensen bekoelen en zou de Wachter hun hart ontvluchten.'

Jennsen sneed een stuk gloeiend heet vlees af en blies ertegen om het een beetje af te koelen. 'En jullie gebruiken magie op die manier?'

'Precies.' Sebastiaan kauwde, maakte een goedkeurend geluid vanwege de smaak voordat hij slikte en vervolgde: 'We willen het kwaad van de magie uitbannen, maar om dat te doen, moeten we magie gebruiken in de strijd, anders zou het kwaad winnen.'

Jennsen nam een hapje sappig vlees en maakte eveneens een goedkeurend geluid. Het was heerlijk om iets warms te eten.

'En vinden broeder Narev en keizer Jagang messen en zwaarden ook slecht?'

'Natuurlijk, want hun enige doel is om te verminken en te doden. Dan hebben we het natuurlijk niet over werktuigen zoals broodmessen, maar wapens zijn zeker slecht. Uiteindelijk zullen de mensen verlost worden van die gesel, en dan zal de plaag van moord en dood tot het verleden behoren.'

'Bedoel je dat zelfs soldaten dan geen wapens zullen dragen?'

'Nee, soldaten zullen altijd gewapend moeten zijn om een vrij en vredelievend volk te beschermen.'

'Maar hoe kunnen de mensen zichzelf dan verdedigen?'

'Waartegen? Alleen soldaten zullen dodelijke wapens dragen.'

Jennsen hield haar hoofd vermanend schuin in zijn richting. 'Als ik geen mes zou dragen, zouden soldaten mij moeiteloos hebben vermoord, samen met mijn moeder.'

'Slechte soldaten. Onze soldaten vechten alleen voor het goede, voor de verdediging en veiligheid van het volk, niet om dat te knechten. Als we de D'Haraanse strijdkrachten verslaan, zal er vrede heersen.'

'Maar zelfs dan...'

Hij boog zich naar haar toe. 'Maar snap je het dan niet? Uiteindelijk, als de magie uitgebannen is, zullen wapens niet meer nodig zijn. De verdorven emoties van de mensen worden levensgevaarlijk doordat ze aan wapens kunnen komen, wat leidt tot misdaden en moorden.'

'Soldaten hebben ook emoties.'

Die gedachte wuifde hij met een handgebaar weg. 'Niet als ze de juiste training krijgen en onder toezicht van goede officieren staan.'

Jennsen keek naar het uitspansel met de fonkelende sterren. De wereld die hij voor ogen had, klonk uitnodigend. Maar als wat hij beweerde waar was, dan werd de magie zoals zij die gebruikten voor een goed doel gebruikt, dus dat betekende dat ze zowel goed als slecht kon zijn, en dat, net als bij haar mes, de bedoeling waarmee de magie werd gebruikt bepalend was voor de morele waarde ervan, niet de magie zelf. Maar in plaats van dat te zeggen, stelde ze een andere vraag.

'Hoe zou een wereld zonder magie eruitzien?'

Sebastiaan glimlachte verlangend. 'Iedereen zou gelijk zijn. Niemand zou boven een ander bevoordeeld zijn.' Hij stak zijn mes in een nieuw stuk vlees en trok het van de spies af. 'Iedereen zou samenwerken, want we zouden allemaal hetzelfde zijn. Niemand zou het oneerlijke voordeel hebben magie te kunnen gebruiken en misbruik van anderen te kunnen maken. Jij zou bijvoorbeeld vrij zijn om je leven te leven zonder dat Meester Rahl met zijn magie jacht op je maakte.'

Althea had gezegd dat Richard Rahl was geboren met een sterkere gave dan in duizenden jaren was voorgekomen. Hij was inderdaad dichter bij haar gekomen dan Darken Rahl ooit had gedaan. Hij had die mannen gestuurd die haar moeder hadden vermoord. Maar Althea had ook gezegd dat Jennsen een gat in de wereld was voor mensen met de gave; Meester Rahl kon wel jacht op haar maken, maar niet met magie.

'Je zult nooit vrij zijn,' vervolgde Sebastiaan ten slotte met zachte stem, 'totdat je Richard Rahl elimineert.'

Ze keek hem aan. 'Waarom ik? Er strijden zoveel mensen tegen hem, dus waarom zeg je dat ik hem moet elimineren?'

Maar terwijl ze de vraag stelde, begon ze het gevreesde antwoord in te zien.

'Nou ja,' zei hij, en hij leunde achterover. 'Eigenlijk bedoel ik dat je niet vrij zult zijn totdat Meester Rahl is geëlimineerd.'

Hij wendde zich af en trok een waterzak naar zich toe. Ze keek toe hoe hij een flinke hoeveelheid water dronk en begon toen over iets anders.

'Kapitein Lerner zei dat Meester Rahl getrouwd was.'

'Met een Belijdster,' bevestigde Sebastiaan. 'Als Richard Rahl een vrouw heeft gezocht die zijn gelijke is in slechtheid, heeft hij haar gevonden.'

'Dus je weet van haar af?'

'Het weinige dat ik van de keizer heb gehoord. Ik kan je wel vertellen wat ik weet, als je wilt.'

Jennsen knikte. Met duim en wijsvinger trok ze nog een stuk vlees van een van de lange stokken, en ze at het op terwijl ze de vlammen in zijn ogen zag dansen en hij zijn verhaal deed.

'De barrière tussen de Oude Wereld in het zuiden en de Nieuwe Wereld in het noorden heeft duizenden jaren lang bestaan, totdat Meester Rahl die vernietigde om ons volk te kunnen onderwerpen. Niet lang voor de geboorte van jouw moeder, denk ik, werd de Nieuwe Wereld zelf in drie landen opgedeeld. Helemaal in het westen lag Westland. D'Hara ligt in het oosten. Nadat hij zijn vader had gedood en de macht had gegrepen, heeft Richard Rahl de grenzen tussen de drie landen van de Nieuwe Wereld vernietigd. Tussen Westland en D'Hara ligt het Middenland, een verdorven land waar naar verluidt de magie aan de macht is en waar de Belijdsters wonen. Het Middenland wordt geregeerd door de Biechtmoeder, het hoofd van de Belijdsters. Keizer Jagang heeft me verteld dat ze weliswaar jong is, ongeveer van mijn leeftijd, maar dat ze slim en levensgevaarlijk is.'

Jennsen dacht na over zijn huiveringwekkende woorden. 'Weet je wat een Belijdster is? Wat "Belijdster" betekent?'

Met de waterzak in zijn hand legde Sebastiaan zijn onderarm op zijn gebogen knie. 'Ik weet het niet, behalve dat ze over een angstwekkende kracht beschikt. Alleen al door haar aanraking brandt je geest weg en word je haar willoze slaaf.'

Jennsen luisterde geboeid toe, ontsteld door die gedachte. 'En doen mensen dan echt alles wat ze zegt, alleen omdat ze hen heeft aangeraakt?'

Sebastiaan gaf haar de waterzak. 'Hen heeft aangeraakt met haar kwade magie. Keizer Jagang heeft me verteld dat haar magie zo sterk is dat ze een man die op die manier haar slaaf is geworden kan opdragen ter plekke te sterven, en dat hij dat dan ook doet.'

'Bedoel je dat hij onder haar ogen zelfmoord zou plegen?'

'Nee. Ik bedoel dat hij dan gewoon dood neervalt doordat zij dat heeft bevolen. Zijn hart blijft stilstaan of zoiets. Hij valt gewoon dood neer.'

Geschokt door dat idee legde Jennsen de waterzak naast zich neer. Ze trok haar deken dichter om zich heen. Ze was uitgeput, en ze was het beu om nieuwe dingen over Meester Rahl te horen. Elke keer dat ze iets nieuws hoorde, was dat nog vreselijker dan het vorige. Haar monsterlijke halfbroer leek, nadat hij hun vader had gedood, geen tijd te hebben verloren om de familieplicht te vervullen en achter haar aan te gaan.

Nadat ze hadden gegeten en de paarden hadden verzorgd, rolde Jennsen zich in haar mantel en een deken. Ze wenste dat ze kon gaan slapen en dan bij het wakker worden zou ontdekken dat het allemaal een nare droom was geweest. Ze wenste bijna dat ze nooit meer wakker zou worden om de toekomst niet onder ogen te hoeven zien.

Omdat ze een vuur hadden, sliep Sebastiaan niet met zijn rug tegen de hare. Ze miste de troost die ze daaruit putte. Gekweld door angstige gedachten die door haar hoofd buitelden, staarde ze met wijd open ogen in de vlammen terwijl Sebastiaan in slaap viel.

Jennsen vroeg zich af wat ze nu moest beginnen. Haar moeder was dood, dus ze had geen echt thuis meer. Thuis was altijd bij haar moeder geweest, waar ze ook waren. Ze vroeg zich af of haar moeder vanuit de wereld van de doden naar haar keek, samen met alle andere goede geesten. Ze hoopte dat haar moeder nu rust kende en eindelijk gelukkig was.

Jennsen voelde een leeg, troosteloos verdriet om Althea. De tovenares kon haar niet helpen, en dat wilde Jennsen ook niet. Ze was beschaamd over de ellende die ze anderen had bezorgd, mensen die hadden geprobeerd haar te helpen. Haar moeder was gestorven voor het misdrijf dat ze Jennsen ter wereld had gebracht. Althea's zus, Lathea, was vermoord door de mannen die meedogenloos jacht op Jennsen maakten. Die arme Althea zat voorgoed vast in dat afschuwelijke moeras voor het misdrijf dat ze had geprobeerd Jennsen te beschermen toen die nog maar een kind was. Friedrich was bijna net zozeer een gevangene als Althea, beroofd van vele geneugten.

Jennsen dacht aan het opwindende gevoel dat Sebastiaans kus haar had bezorgd. Althea en Friedrich hadden het genot verloren om hun passie te kunnen delen. Het was alsof er voor Jennsen die kus was geweest, de bewustwording, de vonk van een mogelijkheid, en er daarna nooit meer iets kon zijn. Ze leefde in haar eigen moeras, ook een gevangenis die gecreëerd was door Meester Rahl, opgesloten in de eindeloze vlucht voor haar moordenaars.

Ze dacht aan wat Sebastiaan had gezegd: dat ze nooit vrij zou zijn zolang ze Richard Rahl niet had geëlimineerd.

Jennsen keek naar de slapende Sebastiaan. Hij was onverwacht in haar leven gekomen. Hij had haar leven gered. De eerste keer dat ze hem zag, of de eerste keer dat ze opkeek in zijn ogen vanaf de ander kant van het vuur, nadat ze de Gratie had getekend bij de ingang van de grot, had ze nooit kunnen denken dat hij haar op een dag zou kussen.

Zijn witte stekeltjeshaar kreeg een zachte, gouden gloed door het vuur. Ze vond het heerlijk om naar zijn gezicht te kijken.

Wat was er verder nog voor hen? Op die vraag wist ze het antwoord niet. Ze wist niet wat die kus had betekend of waar die toe kon leiden, als hij al ergens toe zou leiden. Ze wist niet of ze dat wilde. Ze wist ook niet of hij dat wilde. Ze vreesde van niet.

32

Het wat opener landschap aan de rand van de vlakte lag al snel achter hen, en ze begonnen een zware reis door steeds dikkere sneeuwlagen en door ruig terrein; langzaam maar zeker trokken ze steeds verder de bergen in. Sebastiaan had ermee ingestemd om te doen wat ze wilde en haar mee te nemen naar de Oude Wereld. Daar hoopte ze voor het eerst in haar leven veilig en vrij te zijn. Zonder Sebastiaan zou ze daar zelfs niet van hebben kunnen dromen.

Hij vertelde haar dat de ruige bergketen die ze in trokken en de uitgestrekte, ruige wouden die ertegenaan lagen langs de westrand van D'Hara liepen, ver bij de bewoonde wereld vandaan, en dat die hen uiteindelijk in zuidelijke richting naar de Oude Wereld zouden leiden. Toen ze temidden van de schaduwen van de hoog oprijzende bergtoppen de beschutte verlatenheid binnengingen, begonnen ze eindelijk in zuidelijke richting te reizen; ze volgden de bergketen naar een ver verwijderde vrijheid.

Het weer in de bergen was bar en boos. Een paar dagen lang moesten ze lopen, omdat de arme paarden het anders niet zouden overleven. Rusty en Pete hadden honger en de dikke laag sneeuw maakte het moeilijk voor hen om bij de vegetatie te komen. Hun dikke wintervacht begon er sjofel uit te zien. Maar ze waren in elk geval nog steeds gezond, hoewel verzwakt. Hetzelfde gold voor Sebastiaan en haar.

Toen de dikke bewolking op een middag onheilspellend donker werd en het licht begon te sneeuwen, hadden ze het geluk een dorpje te vinden. Daar overnachtten ze. De paarden brachten de

nacht door in de kleine stal, waar ze goede haver en schoon lig-
stro hadden. Er was geen herberg in het dorp. Sebastiaan en Jennsen betaalden een paar koperen stuivers om op de hooizolder te
mogen slapen. Nadat ze zo lang in de openlucht waren geweest,
vond Jennsen het net een paleis.

De volgende ochtend stormde en sneeuwde het, maar bovendien
werd de sneeuw afgewisseld met hagel, die op windstoten werd
voortgejaagd. Onder zulke omstandigheden zou het reizen niet alleen akelig maar ook gevaarlijk zijn. Ze was vooral voor de paarden blij dat ze daardoor een dag en een nacht langer in de stal
moesten blijven. De paarden aten en rustten uit, terwijl Sebastiaan en Jennsen elkaar vrolijke verhalen uit hun jeugd vertelden.
Ze keek graag naar de schittering in zijn ogen als hij haar vertelde over zijn avonturen bij het vissen als jongetje. De volgende ochtend was de lucht blauw, maar het waaide nog wel. Toch durfden ze hun vertrek niet langer uit te stellen.

Ze trokken over wegen of paden, want ze kwamen toch maar heel
af en toe iemand tegen. Sebastiaan was altijd op zijn hoede, maar
hij had er toch wel vertrouwen in dat het veilig genoeg was. Ook
Jennsen, met de geruststellende aanwezigheid van het mes aan
haar riem, vond het beter om het erop te wagen de wegen en paden te nemen dan op de bonnefooi het afgelegen en onbekende
terrein in te trekken, dat onder een dikke deken van sneeuw lag.
Niet via wegen reizen was op zich al moeilijk en af en toe gevaarlijk, en met de barrière van hoog oprijzende bergen overal om
hen heen vaak onmogelijk. In de winter was het trekken op die
manier nog moeilijker, maar bovendien scholen er gevaren onder
de sneeuw. Ze waren bang dat een van hun paarden een been zou
breken als ze het zouden proberen.

Die avond, toen zij begonnen was een schuilplaats voor hen te
bouwen door een stuk of tien jonge boompjes losjes dooreen te
vlechten en die te bedekken met takken van balsemdennen, kwam
Sebastiaan struikelend terugrennen, hijgend van inspanning. Zijn
handen glansden van het bloed.

'Soldaat,' bracht hij hijgend uit.

Jennsen wist wat voor soldaten hij bedoelde. 'Maar hoe kunnen
ze ons gevolgd zijn? Hoe kan dat?'

Sebastiaan wendde zijn blik af van de woede, de panische vraag
in haar ogen. 'De volgelingen van Meester Rahl die de gave be-

zitten maken jacht op ons.' Hij ademde diep in. 'Tovenaar Nathan Rahl heeft je gezien, in het paleis.'

Dat klopte niet. Ze was een gat in de wereld voor degenen met de gave. Hoe konden die een gat in de wereld volgen?

Hij zag dat ze twijfelend keek. 'Niet al te moeilijk om sporen in de sneeuw te volgen.'

Sneeuw. Natuurlijk. Ze knikte gelaten en haar woede veranderde in angst. 'Een van het viermanschap?'

'Dat weet ik niet. Het was een D'Haraanse soldaat. Hij kwam uit het niets op me af. Ik moest vechten voor mijn leven. Ik heb hem gedood, maar we moeten snel maken dat we hier wegkomen, voor het geval er nog meer in de buurt zijn.'

Ze was te bang om ertegen in te gaan. Ze moesten in beweging blijven. De gedachte dat er mannen uit het donker op hen af konden komen, zorgde ervoor dat ze vlug handelde. Ze zadelden de paarden. Al snel zaten ze in het zadel, en zolang er nog genoeg licht was om iets te zien, reden ze hard. Daarna moesten ze afstijgen en lopen om de paarden wat rust te gunnen. Sebastiaan wist zeker dat ze nu een flinke voorsprong hadden gekregen op hun achtervolgers. Door de sneeuw konden ze wat meer zien, zodat ze de weg konden volgen, ook al schoven er af en toe wolken voor de maansikkel langs.

De volgende avond waren ze zo uitgeput dat ze wel moesten stoppen, ook al liepen ze dan het risico ingehaald te worden. Ze sliepen zittend, tegen elkaar aan geleund voor een klein vuurtje, en met hun rug tegen een dode, omgevallen boom.

In de dagen daarna kwamen ze langzaam maar zeker vooruit en zagen ze geen spoor van iemand die hen volgde. Maar dat stelde Jennsen nauwelijks gerust. Ze wist dat de soldaten het niet zouden opgeven.

Een reeks zonnige dagen stelde hen in de gelegenheid om flink op te schieten. Ook dat stelde Jennsen niet gerust, want ze lieten duidelijke sporen na en de soldaten die hen achtervolgden, zouden ook van het mooie weer kunnen profiteren om snel te reizen. Als ze wegen tegenkwamen die meer gebruikt werden, namen ze die, om mogelijke achtervolgers van zich af te schudden en te vertragen.

Maar toen ging het weer stormen. Ondanks de hevige sneeuwstormen bleven ze vijf dagen lang stug verder trekken. Zolang ze de paden en smalle wegen konden zien en nog in staat waren de ene voet voor de andere te zetten, konden ze het zich niet veroorloven om uit te rusten, want de wind en de sneeuw wisten hun sporen bijna ogenblikkelijk weer uit. Jennsen had genoeg tijd in de vrije natuur doorgebracht om te weten dat het onder deze omstandigheden onmogelijk zou zijn om hen te volgen. Dit was hun eerste echte kans om de strop van hun hals te laten glijden.

Ze kozen hun wegen of paden willekeurig. Jennsen was blij als ze bij een kruising of vorksplitsing kwamen, want dat betekende een nieuwe kans dat hun achtervolgers de verkeerde weg kozen. Een paar keer verlieten ze de gebaande paden en trokken ze dwars door het land, terwijl de rondwaaiende sneeuw het voor een ander onmogelijk maakte te kunnen zien waar ze heen waren gegaan. Ondanks haar vermoeidheid begon Jennsen wat opgeluchter adem te halen.

Het reizen onder deze omstandigheden was uitputtend, en het leek alsof het slechte weer nooit zou ophouden, maar toen gebeurde dat toch. Laat op een middag, toen de wind eindelijk ging liggen en de winterse stilte terugkeerde, ontmoetten ze op een van de wegen een vrouw die voortploeterde door de sneeuw. Toen ze van achteren op haar af reden, zag Jennsen dat de vrouw iets zwaars droeg. Hoewel het weer begon op te knappen, zweefden er nog steeds dikke sneeuwvlokken door de lucht. De zon scheen door een oranje scheur in de wolken en legde een eigenaardig gouden laagje over de grijze dag.

De vrouw hoorde hen aankomen en ging opzij. Toen ze haar bereikten, stak ze één hand op.

'Wilt u me alstublieft helpen?'

Jennsen dacht te zien dat de vrouw een klein kind droeg, dat helemaal in dekens was gewikkeld.

Toen Jennsen Sebastiaans gezicht zag, was ze bang dat hij van plan was door te rijden. Hij zou zeggen dat ze niet konden stoppen, omdat ze op de hielen werden gezeten door moordenaars en misschien zelfs wel door tovenaar Rahl. Maar Jennsen was ervan overtuigd dat ze er, in elk geval voorlopig, in waren geslaagd om hun achtervolgers af te schudden.

Toen Sebastiaan haar een zijdelingse blik toewierp, zei ze zachtjes voordat hij de kans had iets te zeggen: 'Het ziet ernaar uit dat de Schepper voor deze behoeftige vrouw heeft gezorgd door ons hierheen te sturen om haar te helpen.'

Of Sebastiaan zich liet overtuigen door haar woorden of dat hij de bedoelingen van de Schepper niet in twijfel durfde te trekken, wist Jennsen niet, maar hij bracht zijn paard aan de kant van de weg tot stilstand. Nadat hij was afgestegen en de teugels van beide paarden had gepakt, liet Jennsen zich van Rusty glijden. Ze baande zich door de kniehoge sneeuw een weg naar de vrouw.

Die stak haar bundeltje naar haar uit, blijkbaar in de verwachting dat dat alles zou verklaren. Ze keek alsof ze bereid was hulp van de Wachter zelf te aanvaarden. Jennsen trok de hoek van een verschoten wollen deken weg en zag een jongetje van drie of vier jaar oud met een vlekkerig rood gezicht. Hij bewoog niet. Zijn ogen waren gesloten. Hij gloeide van de koorts.

Jennsen nam de last van de vrouw over. De vrouw, ongeveer van Jennsens leeftijd, leek afgemat. Ze bleef vlak bij Jennsen staan, met een van ongerustheid vertrokken gezicht.

'Ik weet niet wat hem mankeert,' zei de vrouw, op het punt om in tranen uit te barsten. 'Hij werd plotseling ziek.'

'Waarom loopt u hier buiten in dit weer?' vroeg Sebastiaan.

'Mijn man is twee dagen geleden op jacht gegaan. Ik verwacht hem pas over een paar dagen terug. Ik kon niet blijven afwachten, zonder hulp.'

'Maar wat doet u híér?' vroeg Jennsen. 'Waar gaat u heen?'

'Naar de Raug'Moss.'

'De wat?' vroeg Sebastiaan, die achter Jennsen stond.

'Genezers,' fluisterde Jennsen tegen hem.

De vrouw streek met haar vingers langs de wang van haar zoontje. Ze had haar blik nog maar nauwelijks van zijn gezichtje afgewend, maar uiteindelijk keek ze toch op.

'Kunt u me helpen hem daar te krijgen? Ik ben bang dat hij achteruitgaat.'

'Ik weet niet of we...'

Jennsen onderbrak Sebastiaan en vroeg: 'Hoe ver is het?'

De vrouw wees voor zich uit de weg af. 'Die kant op, de kant die u opgaat. Niet ver.'

'Hoe ver?' vroeg Sebastiaan.

De vrouw begon te huilen. 'Ik weet het niet. Ik had gehoopt dat ik er vanavond zou zijn, maar het wordt al snel donker. Ik ben bang dat het verder is dan ik kan komen. Helpt u me alstublieft?'

Jennsen wiegde de slapende jongen in haar armen terwijl ze naar de vrouw glimlachte. 'Natuurlijk helpen we u.'

De vrouw pakte Jennsen bij de arm. 'Het spijt me dat ik u lastig val.'

'Sst, stil maar. Een lift is niet lastig.'

'We kunnen u hier niet met een ziek kind achterlaten,' beaamde Sebastiaan. 'We brengen u naar de genezers.'

'Ik ga weer op mijn paard zitten en dan moet u me uw zoontje aangeven,' zei Jennsen, terwijl ze het kind weer in de armen van zijn moeder legde.

Toen ze in het zadel zat, strekte Jennsen haar armen uit naar beneden. De vrouw aarzelde, bang om haar kind uit handen te geven, maar tilde hem toen toch omhoog. Jennsen legde de slapende jongen op haar schoot en zorgde ervoor dat hij goed in evenwicht en veilig lag, terwijl Sebastiaan en de vrouw elkaar bij de arm pakten en hij haar achter zich op het paard trok. Toen ze wegreden, hield de vrouw Sebastiaan stevig vast, maar haar blik was op Jennsen en haar zoontje gevestigd.

Jennsen reed voorop, om de vrouw de gelegenheid te geven de vreemde te zien die haar kind en haar hoop nu vasthield. Ze spoorde Rusty aan om flink voort te maken door de diepe sneeuw, bang als ze was dat het kind niet echt sliep, maar buiten bewustzijn was van de koorts.

De wind blies de sneeuw om hen heen op terwijl ze zich in de schemering over de weg spoedden. Doordat ze zich zorgen maakte over het jongetje en hulp voor hem wilde hebben, leek de weg eindeloos. Na elke heuvel bleek er alleen nog maar meer bos voor hen uit te liggen, na elke bocht in de weg een nieuwe eindeloze bomenrij. Jennsen was ook bang dat hun paarden niet erg lang meer in dit tempo door de diepe sneeuw konden blijven lopen zonder uit te moeten rusten; ze zouden er anders bij neervallen. Ondanks het afnemende daglicht zouden ze vroeg of laat moeten inhouden om de zwoegende paarden rust te geven.

Jennsen keek over haar schouder achterom toen Sebastiaan floot. 'Die kant op,' riep de vrouw, en ze wees naar een smaller zijpad. Jennsen stuurde Rusty naar rechts, het pad op. Dat steeg abrupt en liep zigzaggend de steile helling op. De bomen op de bergwand waren enorm, met stammen die zo dik waren als haar paard groot was, en die hoog oprezen voordat er zich boven haar hoofd takken uitspreidden die de loodgrijze lucht aan het zicht onttrokken. De sneeuw was nog niet eerder betreden, maar door de ligging van het pad, de holte in het sneeuwoppervlak, de golvende maar vloeiende lijn die het door het bos omhoog volgde, tussen rotsen en besneeuwd kreupelhout door, en de manier waarop het onder overhangende richels van gesteente door en over rotsranden heen liep, was het gemakkelijk te volgen.

Jennsen keek naar het jongetje dat op haar schoot lag te slapen en zag dat hij er nog hetzelfde aan toe was. Ze tuurde in het bos om hen heen op zoek naar een teken van leven, maar zag niets. Na haar verblijf in het paleis, in het moeras van Althea en op de Vlakten van Azrith was het geruststellend om weer in een bos te zijn. Sebastiaan was niet dol op bossen. Hij hield ook niet van de sneeuw, maar zij vond de gewijde stilte die de sneeuw het bos gaf rustgevend.

De geur van houtvuur vertelde haar dat ze in de buurt waren. Toen ze over haar schouder naar het gezicht van de moeder keek, zag ze dat bevestigd. Toen ze over de top van een heuvel kwamen, werden er een paar houten gebouwtjes zichtbaar die tegen een zacht glooiende, met bomen begroeide helling lagen. Op een open plek erachter waren een schuurtje en een omheinde weide. Bij de omheining stond een paard met gespitste oren te kijken hoe ze naderden. Het paard hief zijn hoofd en hinnikte naar hen. Rusty en Pete snoven allebei kort ten antwoord.

Jennsen stak twee vingers in haar mond en floot, terwijl Rusty door de sneeuw naar het hoogst gelegen huisje ploegde, het enige waar rook uit de schoorsteen kringelde.

De deur ging open toen ze bij het huisje aankwam. Een man gooide een vlassen mantel om zijn schouders op weg naar buiten om hen te begroeten. Hij was niet oud. Hij zou de juiste leeftijd kunnen hebben. Hij trok de brede kap van de mantel omhoog tegen de kou voordat ze zijn gezicht goed kon zien.

'We hebben een ziek jongetje bij ons,' zei Jennsen toen de man Rusty's teugels pakte. 'Bent u een van de genezers, de Raug'Moss?' De man knikte. 'Breng hem maar naar binnen.'

De moeder had zich al van Sebastiaans paard laten glijden en stond naast Jennsen om haar zoontje van haar over te nemen. 'Dank de Schepper dat u vandaag hier bent.'

De genezer legde geruststellend zijn hand op de rug van de vrouw en nam haar mee naar de deur, terwijl hij met zijn hoofd naar Sebastiaan gebaarde. 'U mag uw paarden wel bij de mijne zetten en dan binnenkomen.'

Sebastiaan bedankte hem en nam de paarden mee, terwijl Jennsen achter de andere twee aan naar de deur liep. In de schemering had ze het gezicht van de man nog steeds niet goed kunnen zien.

Het was meer dan ze kon hopen, dat wist ze wel, maar deze man was in elk geval een Raug'Moss en zou haar vraag kunnen beantwoorden.

33

In het huisje besloeg een grote haard van ronde keien het grootste deel van de rechtermuur. Er hingen grove gordijnen van jute in twee deuropeningen die naar achterkamers leidden. Op een ruw uitgehouwen schoorsteenmantel stond een lamp, net als op het planken tafelblad; geen van beide lampen brandde. Blokken eikenhout knetterden en ploften in de haard, waardoor de kamer rokerig maar uitnodigend rook en zacht werd verlicht door het flakkerende vuur. Naast het vuur hing een ketel met een deksel erop aan een ijzeren arm, die zwart van het roet was. Nadat ze zo lang buiten was geweest, vond Jennsen het bijna te warm binnen.

De genezer legde het jongetje op een van de stromatrassen die langs de muur tegenover de haard lagen. De moeder liet zich op één knie zakken en keek toe hoe hij de deken naar beneden trok. Jennsen liet hen alleen bij het onderzoeken van het kind en keek terloops om zich heen om zich ervan te vergewissen dat er geen verrassingen op de loer lagen. Er was geen rook uit de schoorstenen van de andere huisjes gekomen en ze had geen sporen gezien in de verse sneeuw, maar dat betekende niet dat er geen andere mensen in die huisjes konden zijn.

Jennsen liep door de kamer, langs de schragentafel in het midden, om haar handen te warmen bij de haard. Dat gaf haar de kans om een blik in de twee achterkamers te werpen. Die waren allebei piepklein, met een stromatras en een paar kledingstukken die aan haken hingen. Er was verder niemand aanwezig. Tussen de deuropeningen stonden eenvoudige vurenhouten kasten.

Terwijl Jennsen haar handen naar het vuur uitstak en de moeder van het jongetje zacht een liedje voor hem zong, liep de genezer haastig naar een kast en pakte er een armvol aardewerken potten uit.

'Wilt u ons alstublieft een vlam voor de lamp brengen?' vroeg hij, terwijl hij zijn spullen op tafel zette.

Jennsen trok een lange splinter los van een van de houtblokken die naast de haard lagen opgestapeld en hield die in het flakkerende vuur totdat hij vlam vatte. Terwijl ze de lamp aanstak en het hoge glas erop terugzette, nam hij met duim en wijsvinger snufjes poeder uit verschillende potten en deed die in een wit kommetje.

'Hoe is het met de jongen?' vroeg ze fluisterend.

Hij keek haar even aan. 'Niet goed.'

'Kan ik helpen?' vroeg Jennsen nadat ze het kousje in de juiste stand had gedraaid.

Hij wrikte de stop van een pot. 'Als u wilt, kunt u de vijzel en stamper uit de middelste kast pakken.'

Jennsen haalde de zware, grijze stenen vijzel en stamper voor hem en zette die op de tafel naast de lamp. Hij voegde een mosterdkleurig poeder toe aan de inhoud van het kommetje. Hij was zo ingespannen bezig dat hij zijn mantel niet had uitgetrokken, maar toen hij de kap naar achteren duwde, kon ze hem eindelijk goed zien.

Zijn gezicht bracht niets bij haar teweeg, zoals dat van tovenaar Rahl zo onverwacht wel had gedaan. Ze zag niets in de ronde ogen van de man, zijn gladde voorhoofd of de sympathieke vorm van zijn mond dat haar ook maar enigszins bekend voorkwam.

Hij gebaarde naar een fles van ribbelig groen glas.

'Zou u er daar alstublieft een van willen fijnstampen?'

Terwijl hij zich naar de hoek van de kamer haastte om een bruine aardewerken pot van een hoge plank te pakken, maakte Jennsen de klem van metaaldraad los en tilde het glazen deksel van de pot. Tot haar verbazing zag ze heel rare dingetjes in de pot liggen. Het was de vorm die haar hevig verraste. Ze draaide er een om met haar vinger. Het was donker, plat en rond. Bij het licht van de lamp kon ze zien dat het iets gedroogds was. Ze schudde de pot. Ze zagen er allemaal hetzelfde uit; een pot vol kleine Gratiën.

Net als het magische symbool hadden deze dingetjes een buitenste cirkel, onderdeeltjes die min of meer een vierkant daarbinnen vormden en een kleinere cirkel in het vierkant. Daaroverheen lag een andere structuur, die alles bijeenhield en een beetje op een dikke ster leek. Hoewel het niet precies een Gratie was zoals zij die altijd getekend had zien worden, was de gelijkenis toch opmerkelijk.

'Wat is dit?' vroeg ze.

De genezer wierp zijn mantel af en stroopte de mouwen van zijn eenvoudige gewaad op. 'Een deel van een bloem; het gedroogde onderstuk van de helmdraad van een bergkoortsroos. Het zijn mooie bloemetjes. U hebt ze vast weleens gezien. Ze zijn er in allerlei kleuren, afhankelijk van de plek waar ze groeien, maar de roze is het bekendst. Heeft uw man nog nooit een bosje bergkoortsrozen voor u meegebracht?'

Jennsen voelde dat ze bloosde. 'Hij is niet... We reizen alleen samen. We zijn vrienden, dat is alles.'

'O,' zei hij, en hij klonk noch verrast, noch nieuwsgierig. Hij wees. 'Ziet u dat? Daar zitten de bloemblaadjes eraan vast. Als de blaadjes en de meeldraden verwijderd zijn en dit deel van de bloem wordt gedroogd, gaat dat er zo uitzien.'

Jennsen glimlachte. 'Het is net een kleine Gratie.'

Hij knikte en beantwoordde haar glimlach. 'En net als de Gratie kan het heilzaam zijn, maar ook dodelijk.'

'Hoe kan het zowel heilzaam als dodelijk zijn?'

'Een zo'n gedroogd bloemhoofdje, fijngestampt en aan dit drankje toegevoegd, zal de jongen helpen diep te slapen, zodat hij tegen de koorts kan vechten en die kan verdrijven. Maar van meer dan een krijg je juist koorts.'

'Heus waar?'

Alsof hij haar vraag had verwacht, stak hij zijn wijsvinger op en hij boog zich dichter naar haar toe. 'Als je er dertig van zou nemen, zou er niets meer tegen te beginnen zijn. Zo'n koorts wordt je al snel fataal. Dat is de werking waar de plant naar is genoemd.' Hij grijnsde ironisch naar haar. 'In veel opzichten een toepasselijke naam voor een bloem die zo met de liefde wordt geassocieerd.'

'Hmm,' zei ze nadenkend. 'Maar als je er meer dan een zou eten, maar minder dan een stuk of vijfentwintig, zou je dan ook sterven?'

'Als je zo dom was om er tien tot twaalf fijn te stampen en door je thee te doen, zou je koorts krijgen.'

'En zou je dan uiteindelijk sterven, net als wanneer je er meer at?' Hij glimlachte om haar oprecht bezorgde gezicht. 'Nee. Als je er zoveel zou eten, zou dat een matige koorts veroorzaken. Na een dag of twee zou je er weer vanaf zijn.'

Jennsen tuurde voorzichtig naar de verzameling dodelijke, Gratie-achtige dingetjes en zette de pot toen neer.

'Het kan geen kwaad om ze aan te raken,' zei hij toen hij haar reactie zag. 'Je moet ze eten om er iets van te merken. En zelfs dan zal, zoals ik al zei, een ervan samen met andere middelen de jongen juist helpen zijn koorts te overwinnen.'

Jennsen glimlachte verlegen en stak twee vingers in de pot om er een uit te halen. Die liet ze in de vijzel vallen, waar het dingetje er precies als een Gratie uitzag.

'Als het voor een volwassene was die wakker was, zou ik hem gewoon tussen duim en wijsvinger verkruimelen,' zei de genezer terwijl hij honing in het kommetje schonk, 'maar hij is nog klein en bovendien slaapt hij. Ik wil dat hij dit makkelijk kan drinken, dus moet hij worden fijngestampt tot poeder.'

Toen hij klaar was, voegde hij het donkere poeder van de bloembodem van de bergkoortsroos, die Jennsen voor hem had fijngestampt, toe aan zijn mengsel. Net als de Gratie waarop het leek, kon het levensreddend of dodelijk zijn.

Ze vroeg zich af wat Sebastiaan daarvan zou vinden. Ze vroeg zich af of broeder Narev zou willen dat die bergkoortsrozen zouden worden uitgeroeid omdat ze dodelijk konden zijn.

Jennsen zette de potten voor de genezer weg terwijl hij met het honingdrankje naar het jongetje ging. Met de hulp van de moeder zette hij het kommetje aan diens lippen en probeerde hem voorzichtig zo ver te krijgen dat hij ervan dronk. Druppel voor druppel slaagden ze erin het slapende jongetje iets te laten opzuigen en doorslikken, en daarna druppelden ze weer een klein beetje in zijn mond. Ze waren er niet in geslaagd hem wakker te maken, dus moesten ze het drankje met kleine beetjes tegelijk in zijn mond laten lopen en wachten totdat hij het in zijn slaap had doorgeslikt, voordat ze hem nog wat konden geven.

Terwijl ze daarmee bezig waren, kwam Sebastiaan binnen. Voordat hij de deur achter zich had gesloten, zag ze sterren aan de hemel staan. Er trok een stroom koude lucht langs haar benen, waardoor er een huivering langs haar ruggengraat trok. Als de wind ging liggen, zoals nu was gebeurd, en de lucht helder werd, betekende dat vaak dat het een ijskoude nacht werd.

Sebastiaan liep naar het vuur om zichzelf te warmen. Jennsen legde er nog een houtblok op en gebruikte de pook om het scheef te duwen, zodat het snel vlam zou vatten. De genezer had zijn hand licht op de schouder van de vrouw gelegd en knikte haar geruststellend toe terwijl ze het drankje langzaam aan haar zieke zoontje gaf. Hij liet het haar verder doen en nadat hij zijn mantel aan een haak had gehangen net binnen de deur die het dichtst bij de haard was, kwam hij bij Jennsen en Sebastiaan voor het vuur staan.

'Zijn de vrouw en haar zoontje familie van u?' vroeg hij.

'Nee,' zei Jennsen. Vanwege de warmte van het vuur deed ook zij haar mantel uit en legde die over de bank bij de tafel. 'We kwamen haar onderweg tegen en ze had hulp nodig. We hebben haar alleen een lift hierheen gegeven.'

'Aha,' zei hij. 'Ze kan hier samen met haar zoontje blijven slapen. Ik moet hem vannacht in de gaten houden.' Ze was vergeten dat ze een bijzonder mes aan haar riem droeg, totdat ze hem ernaar zag kijken. 'Neemt u alstublieft wat van de stoofpot die ik op heb staan; we hebben altijd ruim voldoende voor onverwachte gasten. Het is laat om nog onderweg te zijn. U kunt allebei in een huisje blijven slapen vannacht. Ze zijn momenteel allemaal leeg, dus u kunt elk uw eigen huisje nemen.'

'Dat is heel vriendelijk van u,' zei Sebastiaan. 'Dank u wel.'

Jennsen stond op het punt te zeggen dat ze wel samen één huisje konden delen, toen tot haar doordrong dat hij dat had voorgesteld omdat zij hem had verteld dat Sebastiaan haar man niet was. Ze besefte wat voor indruk het zou wekken als ze nu de plannen wilde veranderen, dus zei ze niets.

Bovendien was het idee om buiten naast Sebastiaan te slapen heel gewoon en onschuldig, maar samen in een huisje leek haar op de een of andere manier anders. Ze herinnerde zich dat ze op hun lange reis naar het noorden, naar het Volkspaleis, meerdere keren samen een kamer in een herberg hadden genomen. Maar dat was voordat hij haar had gekust.

Jennsen gebaarde om zich heen. 'Is dit de thuishaven van de Raug'-Moss?'

Hij glimlachte om haar vraag, alsof hij die amusant vond maar niet de spot wilde drijven met haar onwetendheid. 'Zeker niet. Dit is slechts een van de kleine voorposten die we gebruiken als we op reis zijn, om te schuilen en als plek waar mensen heen kunnen komen als ze onze hulp nodig hebben.'

'Dan heeft de jongen geluk dat u hier was,' zei Sebastiaan.

De Raug'Moss keek Sebastiaan even in de ogen. 'Als hij blijft leven, zal ik blij zijn dat ik hier was om hem te helpen. Maar er is vaak een broeder op deze post aanwezig.'

'Waarom?' vroeg Jennsen.

'Met dit soort voorposten krijgen de Raug'Moss wat inkomsten binnen, door in de behoeften te voorzien van mensen die niet bij andere genezers terecht kunnen.'

'Inkomsten?' vroeg Jennsen. 'Ik dacht dat de Raug'Moss mensen uit naastenliefde hielpen, niet om winst te maken.'

'De stoofpot, de haard en het onderdak die we te bieden hebben, verschijnen niet op magische wijze omdat er behoefte aan is. Van mensen die naar ons toe komen voor de kennis die wij in de loop van ons leven opdoen, wordt verwacht dat ze in ruil voor die hulp iets bijdragen. Als we verhongeren, kunnen we toch niemand meer helpen? Als je er de middelen toe hebt, is liefdadigheid een persoonlijke keuze, maar liefdadigheid die wordt verwacht of opgelegd is alleen maar een mooi woord voor slavernij.'

De genezer had het natuurlijk niet over haar, maar toch voelde Jennsen zich aangesproken door zijn woorden. Had zij altijd verwacht dat anderen haar zouden helpen en het gevoel gehad dat ze recht had op die hulp, enkel en alleen omdat ze die nodig had? Alsof haar behoefte aan hulp zwaarder woog dan hun eigen belangen?

Sebastiaan zocht in een van zijn zakken en diepte een zilveren mark op. Die stak hij de man toe. 'We willen graag delen wat we hebben, in ruil voor wat u met ons deelt.'

Na een korte blik op Jennsens mes zei hij: 'In uw geval is dat niet nodig.'

'We staan erop,' zei Jennsen. Ze voelde zich onprettig in de wetenschap dat het geld dat ze gaf in ruil voor het voedsel, de beschutting en de zorg voor hun paarden niet eens echt van haar was, niet door haar was verdiend, maar van dode mannen was afgenomen.

Met een knikje aanvaardde hij de betaling. 'Er staan kommen in de rechterkast. Neem maar zoveel u wilt. Ik moet naar de jongen gaan kijken.'

Jennsen en Sebastiaan gingen op een bank aan de schragentafel zitten en aten elk twee kommen vol van de stevige lamsstoofpot uit de grote ketel. Het was de lekkerste maaltijd die ze hadden gehad sinds... sinds de vleespasteitjes die Tom hun had meegegeven.

'Dit heeft gunstig voor ons uitgepakt,' zei Sebastiaan met zachte stem.

Jennsen keek naar de andere kant van de kamer en zag dat de genezer en de moeder zich over het jongetje bogen. Ze leunde naar voren terwijl hij met een lepel door zijn eten roerde.

'Hoezo?'

Hij sloeg zijn blauwe ogen naar haar op. 'Zo kunnen de paarden flink eten en uitrusten. En wij ook. Dat geeft ons een voordeel boven mogelijke achtervolgers.'

'Denk je echt dat ze nog enig idee kunnen hebben waar we zijn? Of dat ze zelfs maar in de buurt kunnen zijn?'

Sebastiaan haalde zijn schouders op terwijl hij een hap van zijn stoofpot nam. Hij keek naar de andere kant van de kamer voordat hij antwoord gaf. 'Ik zou niet weten hoe, maar ze hebben ons toch al eerder verrast?'

Jennsen beaamde dat met een knikje en at zwijgend verder.

'Hoe dan ook,' zei hij, 'zo hebben de paarden en wij het voedsel en de rust die we nodig hebben. Dat kan ons alleen maar een grotere voorsprong bezorgen. Ik ben blij dat je me eraan hielp herinneren hoe de Schepper behoeftigen helpt.'

Jennsen werd warm van zijn glimlach. 'Ik hoop dat dat arme jongetje er beter van wordt.'

'Ik ook,' zei hij.

'Ik ga afwassen en kijken of ze hulp nodig hebben.'

Hij knikte terwijl hij het laatste stukje lamsvlees op zijn lepel schepte. 'Neem jij het een na laatste huisje maar. Dan neem ik dat helemaal achteraan. Ik ga eerst bij jou een vuur maken terwijl jij hier opruimt.'

Nadat hij zijn lepel in zijn lege kom had gelegd, legde Jennsen haar hand over de zijne. 'Slaap lekker.'

Ze koesterde zich in zijn glimlach, die alleen voor haar was, en keek toen toe hoe hij iets tegen de genezer fluisterde. Te oordelen naar het knikje van de man, vermoedde ze dat Sebastiaan hem had bedankt en een goede nacht had gewenst. De moeder, die naast haar zoontje zat en zijn voorhoofd streelde, bedankte Sebastiaan ook voor zijn hulp, en merkte de ijzige luchtstroom die binnenkwam toen hij de deur uitging nauwelijks op.

Jennsen bracht de vrouw een dampende kom stoofpot. Ze nam die beleefd maar afwezig aan; haar aandacht was op het kleine bundeltje gevestigd dat naast haar lag te slapen. Op Jennsens aandringen ging de genezer met een zucht aan tafel zitten, waar zij hem een kom van zijn stoofpot bracht.

'Best lekker, ook al heb ik het zelf gemaakt,' zei hij vrolijk toen ze hem een beker water bracht.

Jennsen grinnikte en verzekerde hem dat zij dat ook vond. Ze liet hem eten en wijdde zich aan het afwassen van de vuile kommen in een houten emmer. Daarna legde ze nog een paar houtblokken op het vuur. Dat veroorzaakte een vonkenregen. Eikenhout brandde goed, maar zonder scherm gaf het een hoop rommel. Toen ze de houtblokken op hun plaats duwde, wervelden er opnieuw vonken door de schoorsteen omhoog, samen met een wolk rook. Met een bezem die in de hoek stond, veegde ze de uitgedoofde as terug in de haard.

Toen ze zag dat de genezer zijn eten bijna op had, ging ze op de bank dicht bij hem zitten, zodat ze vertrouwelijk met hem kon praten. 'We moeten vroeg weg, dus voor het geval dat ik u morgenochtend niet meer zie, wilde ik u vast bedanken voor al uw hulp vanavond, niet alleen voor de jongen, maar ook voor ons.'

Hoewel hij niet naar beneden keek, zag ze aan zijn gelaatsuitdrukking dat hij dacht dat ze vroeg weg moest in verband met het feit dat ze het mes aan haar riem droeg. Ze zei niets om dat idee te ontkrachten.

'We waarderen uw genereuze bijdrage aan ons genootschap. Die zal ons in staat stellen weer meer mensen te helpen.'

Jennsen wist dat hij alleen maar de tijd vulde totdat ze zei wat ze eigenlijk wilde zeggen, dus deed ze dat uiteindelijk. 'Ik zou u graag willen vragen naar een man van wie ik heb gehoord dat hij bij de Raug'Moss woont. Misschien is hij zelf wel genezer, dat weet ik niet zeker. Ik zou graag willen weten of u iets van hem weet.'

Hij haalde zijn schouders op. 'Vraag maar. Dan vertel ik u wat ik weet.'

'Hij heet Drefan.'

Voor het eerst die avond was het vuur van de emotie zichtbaar in zijn ogen. 'Drefan was het kwade voortbrengsel van Darken Rahl.'

Jennsen moest zichzelf dwingen om geen reactie te tonen bij de heftigheid van zijn woorden. Ze hield zichzelf voor dat hij haar mes had gezien met het symbool van het Huis Rahl, en dat dat zijn woorden misschien kleurde. Maar hij klonk overtuigd.

'Dat weet ik. Maar toch zou ik hem heel graag vinden.'

'U bent te laat.' Er gleed een voldane glimlach over zijn gezicht. '"Meester Rahl beschermt ons," ' citeerde hij uit de devotie.

'Ik snap het niet.'

'Meester Rahl, de nieuwe Meester Rahl, heeft hem gedood... en ons behoed voor die bastaardzoon van Darken Rahl.'

Jennsen.

Jennsen was verbluft en had het gevoel dat er onzichtbare klauwen uit een donkere hemel op haar keel af kwamen.

'Dat weet u zeker?' was het enige dat ze kon uitbrengen. 'Ik bedoel, u weet zeker dat Meester Rahl dat heeft gedaan?'

'Hoewel er beleefde dingen zijn gezegd over Drefans dood en over hoe hij is gestorven in dienst van het volk van D'Hara, ben ik er net als de andere Raug'Moss van overtuigd dat Meester Rahl Drefan heeft gedood.'

Jennsen.

Beleefde dingen. Beleefde dingen over moord. Jennsen veronderstelde dat je het moeilijk in het gezicht van Meester Rahl moord kon noemen. Gewone mensen werden vermoord. De slachtoffers van Meester Rahl stierven in dienst van het volk van D'Hara.

Jennsen voelde haar hart ineenkrimpen van schrik bij de gedachte dat Meester Rahl weer één moord dichter bij haar was. Darken Rahl had Drefan niet gevonden. Richard Rahl wel. Richard Rahl zou haar ook vinden.

Ze sloeg haar bevende handen ineen op haar schoot, onder de tafel. Ze hoopte dat haar gezicht niets verraadde. Deze man was duidelijk loyaal jegens de Meester Rahl. Ze durfde haar ware weerzin, haar ware angst niet te tonen.

Geef je over.

Haar ware woede.

Geef je over.
Die drie woorden echoden door haar hoofd, achter haar malende gedachten, haar frustratie, haar uitzichtloze somberheid en haar groeiende woede.

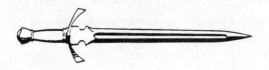

34

Jennsen zat alleen op de grond voor het krachtige vuur dat Sebastiaan voor haar had gemaakt en staarde in de vlammen; haar afwezige blik was op de geel-oranje gloeiende stukjes hout gevestigd, die nu en dan van de grotere blokken afvielen. Ze herinnerde zich maar vaag dat ze afscheid had genomen van de genezer en de moeder van het jongetje. Ze was er zich nauwelijks van bewust geweest dat ze langzaam door de sneeuw en de kou naar het lege huisje was geschuifeld.

Ze wist niet hoe lang ze daar al in het niets zat te staren, terwijl er onophoudelijk sombere gedachten door haar hoofd gingen. In zijn niet-aflatende pogingen om haar te pakken te krijgen had Richard Rahl haar haar moeder afgenomen, zodat ze geen familie of thuis meer had. Jennsen miste haar moeder tot in het diepst van haar vezels, miste haar zo erg dat de kwelling ondraaglijk leek, maar ze had geen andere keuze dan die te verdragen. Ze had geen tranen meer. Soms leek zelfs de pijn van het verlies van steeds verder weg te komen.

Sinds het moment dat Althea haar over Drefan had verteld, had Jennsen gedacht dat als ze dat andere kind van Darken Rahl kon vinden, haar halfbroer, net als zij een gat in de wereld, ze aan die band misschien kracht kon ontlenen. Ze dacht dat ze misschien verwantschap zouden voelen en in hun gedeelde strijd samen een oplossing konden bedenken voor de situatie waarin ze zich bevonden. Of dat wel of niet gebeurd zou zijn, zou ze nu nooit weten.

Ze had gehoopt dat het zo zou gaan. Die hoop was vervlogen. Richard Rahl had Drefan gedood. Richard Rahl zou haar ook doden als hij haar vond. En hij zou haar vinden. Dat wist ze nu. Heel zeker. Hij zou haar vinden.

Jennsen.

Een woeste stroom van gedachten denderde door haar geest, alles van hoop tot wanhoop, van doodsangst tot razernij.

Tu vash misht. Tu vask misht. Grushdeva du kalt misht.

Ook de stem was er, onder de kolkende gedachten, onder de wirwar van emoties, onder de chaos, en die fluisterde haar die eigenaardig verleidelijke woorden toe.

Uiteindelijk smolten alle andere gedachten weg in de gloeiende hitte van haar woede.

Jennsen. Geef je over.

Ze had al het andere geprobeerd. Ze had geen alternatieven meer. De Meester Rahl had elke andere hoop de bodem in geslagen. Ze had geen keuze.

Ze wist wat haar te doen stond.

Jennsen stond op, met een vreemd gevoel van innerlijke rust doordat ze de beslissing had genomen. Ze wierp haar mantel om haar schouders en stapte de verlaten, ijzige, stille nacht in. De lucht was zo koud dat het inademen ervan pijn deed. De sneeuw knerpte toen ze door de verse sporen liep.

Huiverend van de kou, of misschien van het enorme besluit dat ze had genomen, klopte ze zachtjes op de deur van het laatste huisje. Sebastiaan trok de deur net ver genoeg open om te zien dat zij het was, en opende die toen snel helemaal om haar binnen te laten. Ze glipte vlug naar binnen, het licht van het vuur en de cocon van warmte in. Ze werd omsloten door een heerlijke hitte.

Sebastiaans bovenlijf was ontbloot. Toen ze zijn schone geur rook en de handdoek over zijn schouder zag hangen, besefte ze dat hij bij de waskom bezig was geweest. Waarschijnlijk had hij in haar huisje ook een waskom gevuld, maar ze had er niet op gelet.

Sebastiaan fronste ongerust zijn voorhoofd terwijl hij gespannen bleef staan om te horen wat de reden van haar komst was. Jennsen kwam dicht bij hem staan, zo dichtbij dat ze zijn lichaamswarmte kon voelen. Met haar gebalde vuisten langs haar lichaam keek ze hem recht in de ogen.

'Ik ben van plan Richard Rahl te doden.'

Hij nam haar gezicht aandachtig op en hoorde haar besliste mededeling kalm aan, alsof hij altijd al had geweten dat ze op een dag de onontkoombare noodzaak daarvan zou inzien. Hij bleef zwijgen om te horen wat ze verder nog te zeggen had.

'Ik weet nu dat je gelijk had,' zei ze. 'Ik moet hem elimineren, anders zal ik nooit veilig zijn. Dan zal ik nooit vrij zijn om mijn eigen leven te leiden. Ik ben de enige die het kan doen, degene die het moet doen.'

Ze vertelde hem niet waarom zij het moest doen.

Hij pakte haar bij haar bovenarm. Hij bleef haar doordringend aankijken. 'Het zal moeilijk zijn om bij hem in de buurt te komen, om te kunnen doen wat je moet doen. Ik heb je al verteld dat er tovenaressen bij de keizer zijn, tovenaressen die strijden om een eind te maken aan de heerschappij van Meester Rahl. Laat me je daar eerst naartoe brengen.'

Jennsen had zich meer geconcentreerd op de beslissing dan op de uitwerking ervan. Ze had nog helemaal niet nagedacht over de aanpak of over de manier om langs alle mensen te komen die hem beschermden. Ze zou hem dicht genoeg moeten naderen om hem te kunnen doden. Het enige dat ze voor zich had gezien, was hoe ze met haar mes in haar vuist op hem in zou hakken, tegen hem zou schreeuwen hoezeer ze hem haatte, hoe graag ze wilde dat hij zou boeten voor alles wat hij had gedaan. Ze had alleen maar aan die daad gedacht en zich niet afgevraagd hoe ze zo dicht bij hem kon komen. Maar ze moest ook rekening houden met praktische zaken als ze haar plan wilde uitvoeren.

'Denk je dat die vrouwen me zouden kunnen helpen met wat jij zei: magie om een einde te maken aan de magie? Denk je dat ze me de middelen kunnen verschaffen om achter hem aan te gaan?'

Sebastiaan knikte. 'Anders zou ik het niet voorstellen. Ik ken de vernietigende kracht van de magie aan de zijde van Meester Rahl – die heb ik met mijn eigen ogen gezien – en ik weet hoe onze tovenaressen ons hebben geholpen daartegen te vechten. Magie kan niet alles, maar ik denk dat de tovenaressen waardevolle hulp kunnen bieden.'

Jennsen stond kaarsrecht, met haar kin omhoog. 'Dat zou ik waarderen. Ik zal alle hulp met plezier aannemen.'

Er verscheen een glimlachje om zijn mond.

'Maar één ding moet je weten,' vervolgde ze. 'Met of zonder hun hulp, ik ben van plan Richard Rahl te doden. Ook al moet ik het alleen en met mijn blote handen doen, ik zal hem doden. Ik zal niet rusten totdat ik dat heb gedaan, want ik heb geen leven totdat ik hem dood, en dat is zijn keuze, niet de mijne. Ik wil niet langer vluchten. Ik vlucht niet meer.'

'Ik snap het. Ik zal je meenemen naar onze tovenaressen.'

'Hoe ver denk je dat het is naar de Oude Wereld? Hoe lang zal het duren tot we bij hen zijn?'

'We gaan voorlopig niet naar de Oude Wereld. Morgenochtend gaan we op zoek naar een pas naar het westen, over de bergen heen. We moeten naar het Middenland zien te komen.'

Jennsen trok een lok uit haar gezicht toen ze zag dat hij ernaar keek. 'Maar ik dacht dat de keizer en de Zusters van het Licht in de Oude Wereld waren.'

Sebastiaan glimlachte geslepen. 'Nee. We kunnen niet toestaan dat Meester Rahl ons volk oorlog brengt zonder zijn agressie te beantwoorden, zonder hem de tol te laten betalen. We zijn van plan te vechten en te winnen, hetzelfde wat jij uiteindelijk hebt besloten. Keizer Jagang is bij onze troepen, die de regeringszetel van het Middenland belegeren, de stad Aydindril. Daar staat het Paleis van de Belijdsters, het paleis van de vrouw van Meester Rahl. We splijten de Nieuwe Wereld. Als het voorjaar komt, nemen we Aydindril in en breken we de rug van de Nieuwe Wereld.'

'Daar had ik geen idee van. Wist je al die tijd al dat keizer Jagang zoiets gewaagds zou proberen?'

Sebastiaan lachte een beetje. 'Ik ben zijn strateeg.'

Jennsens mond viel open. 'Jij? Heb jij dat bedacht?'

Hij wuifde haar verbijstering weg. 'Keizer Jagang is aan het bewind van de Oude Wereld gekomen doordat hij een genie is. Hij had in deze kwestie twee alternatieven, twee verschillende aanbevelingen: om het Middenland aan te vallen, of om eerst D'Hara aan te vallen. Broeder Narev zei dat we het recht aan onze kant hadden en dat de Schepper ons de overwinning zou toekennen, wat we ook zouden doen, dus hij had geen voorkeur, geen krijgskundig advies.

De keizer zelf had een voorkeur om naar Aydindril te gaan, maar dat hield hij stil totdat hij de aanbevelingen had gehoord. Mijn aanbeveling gaf voor hem de doorslag. Keizer Jagang kiest niet altijd voor mijn strategie, maar ik was blij dat hij deze kwestie net zo zag als ik: dat het innemen van de stad en het paleis van Meester Rahls vrouw niet alleen een enorme militaire overwinning zou zijn, maar onze vijand ook een zware slag in het hart zou toebrengen.'

Jennsen zag hem weer zoals ze hem in het begin had gezien, met ontzag voor zijn belangrijke positie. Dit was een man die de loop van de geschiedenis mede bepaalde. Talloze levens en het lot van hele naties waren afhankelijk van wat Sebastiaan zei.

'Denk je niet dat de keizer het Paleis van de Belijdsters inmiddels misschien al heeft ingenomen?'

'Nee,' zei hij beslist. 'We gaan onze dappere mannen niet opofferen door te proberen zo'n belangrijk doel in te nemen voordat het weer in ons voordeel is. We zullen Aydindril in het voorjaar veroveren, als die ellendige winter voorbij is. Ik denk dat we nog op tijd bij hen kunnen zijn om die grote gebeurtenis mee te maken.'

Jennsen werd gefascineerd door de gedachte getuige te zijn van zo'n belangrijke gebeurtenis: de strijdmacht van een vrij volk die de Meester Rahl een zware slag toebracht. Tegelijkertijd wist ze dat die het einde van D'Hara inluidde. Maar dat betekende eigenlijk alleen het einde van een verdorven bewind.

Bij het licht van het knapperende vuur leek het in meerdere opzichten een bijzondere avond. De wereld zou veranderen en zij zou daar een aandeel in leveren. Zij was vanavond ook veranderd. Het vuur verwarmde haar ene wang. Ze besefte dat ze Sebastiaan nooit eerder met bloot bovenlijf had gezien. Ze vond het een aangenaam gezicht.

Met zijn andere hand pakte hij haar zacht bij haar andere arm. 'Keizer Jagang zal je willen ontmoeten.'

'Mij? Maar ik ben helemaal niet belangrijk.'

'O, jawel, Jennsen, Jagang de Rechtvaardige zal je heel graag willen ontmoeten, dat kan ik je verzekeren. Hij zal kennis willen maken met de moedige vrouw die onze vijand zo'n slag wil toebrengen voor ons dappere volk, voor de toekomst van een vrije mensheid, en eindelijk een eind zal maken aan de gesel van het Huis Rahl. Het innemen van Aydindril en het Paleis van de Belijdsters is zo'n historische gebeurtenis dat broeder Narev zelf van plan is om er uit de Oude Wereld heen te reizen om namens ons volk getuige te zijn van de grote overwinning. Ik weet zeker dat hij je ook heel graag zou ontmoeten.'

'Broeder Narev...'

Jennsen dacht aan alle grote gebeurtenissen die plaatsvonden en waarvan ze tot op heden geen idee had gehad. Nu maakte ze deel uit van die gedenkwaardige gebeurtenissen. Ze vond het een opwindende gedachte dat ze Jagang de Rechtvaardige zou ontmoeten, een echte keizer, en misschien zelfs broeder Narev, die volgens Sebastiaan zo ongeveer de belangrijkste geestelijk leider was die ooit had geleefd.

Zonder Sebastiaan zou dit allemaal niet mogelijk zijn geweest. Hij was zo'n bijzondere man; alles aan hem was bijzonder, van zijn prachtige blauwe ogen en zijn eigenaardige witte stekeltjeshaar tot aan zijn knappe glimlach en grote intellect.

'Aangezien jij betrokken bent geweest bij het plannen van die campagne, ben ik blij dat je erbij zult zijn om je strategie te zien slagen. En ik moet toegeven dat ik me ook vereerd zal voelen om in het gezelschap van zulke grote en nobele mannen te verkeren.'

Hoewel Sebastiaan net zo bescheiden was als altijd, meende ze toch een sprankje trots in zijn ogen te zien, maar toen werd hij ernstig. 'Als we de keizer ontmoeten, moet je niet schrikken van wat je ziet.'

'Hoe bedoel je?'

'Keizer Jagang is door de Schepper bedeeld met ogen die meer zien dan die van gewone mensen. Zijn uiterlijk jaagt domme mensen angst aan. Ik wil je vast waarschuwen. Je moet niet bang zijn voor zo'n groot man, alleen omdat hij er anders uitziet.'

'Dat zal ik niet zijn.'

'Dat is dan geregeld.'

Jennsen grijnsde. 'Ik ben het eens met je nieuwe strategie. We kunnen morgenochtend vertrekken naar het Middenland, de keizer en de Zusters van het Licht.'

Hij leek haar nauwelijks te horen. Zijn blik gleed over haar gezicht en haar haar, en keerde toen terug naar haar ogen.

'Je bent de mooiste vrouw die ik ooit heb ontmoet.'

Jennsen voelde dat hij zijn greep op haar armen verstevigde en haar dichter naar zich toe trok. 'Ik voel me gevleid als je dat zegt,' hoorde ze zichzelf zeggen. Hij was een vertrouweling en raadsman van een keizer. Zij was gewoon een meisje dat in het bos was opgegroeid. Hij beïnvloedde de geschiedenis; zij rende er alleen voor weg. Tot nu toe.

En aan de andere kant was hij gewoon Sebastiaan. Een man met wie ze praatte, met wie ze rondtrok, met wie ze at. Ze had hem talloze malen zien geeuwen van vermoeidheid en in slaap zien vallen.

Hij was een fascinerende mengeling van edelman en burger. Hij leek zich eraan te ergeren als hij met eerbied werd behandeld, maar door zijn houding leek hij die uit te lokken, misschien zelfs wel te eisen.

'Het spijt me dat die woorden zo ontoereikend zijn,' fluisterde hij, en hij keek heel deemoedig. 'Ik wil er zoveel meer mee zeggen dan dat je alleen maar mooi bent.'

'O ja?' Haar woorden waren meer dan een vraag. Ze drukten een verwachtingsvolle verwondering uit.

Plotseling drukte Sebastiaan zijn mond tegen de hare. Hij sloeg zijn armen om haar heen. Zij stak haar handen opzij, bang om hem te omhelzen omdat ze dan zijn naakte lijf zou aanraken. Zo stond ze in zijn armen, met haar eigen armen stijf naar buiten stekend en haar ruggengraat achterover gebogen onder de druk die hij uitoefende.

Zijn mond op de hare gaf haar een heerlijk gevoel. Zijn armen deden meer dan haar omsluiten: ze boden haar een schuilplaats. Ze sloot haar ogen en gaf toe aan zijn kus. Zijn hele lijf drukte hard tegen het hare. Hij pakte haar haar van achteren beet en hield haar vast terwijl hij met zijn mond op de hare kreunde, en onverwachts vulde zijn warme tong haar mond. Jennsens hoofd tolde van genot.

De wereld leek te kantelen en ze had het gevoel dat ze in zijn armen hing. Toen voelde ze plotseling het beddengoed tegen zich aan drukken. De schok dat ze op haar rug lag, en hij boven op haar, verwarde haar; plotseling wist ze niet wat ze moest doen of hoe ze moest reageren.

Ze wilde hem tegenhouden voordat hij verder ging. Tegelijkertijd durfde ze niets te doen dat hem ertoe zou bewegen op te houden, dat hem zou doen geloven dat ze hem afwees.

Het drong tot haar door dat ze helemaal alleen waren. Die afzondering verontrustte haar, maar wond haar ook op. Nu er behalve zij tweeën niemand in de buurt was, kon alleen zij hem tegenhouden. De keuzes die ze maakte, waren niet alleen bepalend voor haar eigen lot, maar beslisten ook over Sebastiaans hart. Dat gaf haar een geruststellend gevoel van macht.

Maar het was alleen een kus. Een serieuzere kus dan in het paleis, maar toch niet meer dan een kus. Een bedwelmende, opwindende kus.

Ze gaf zich over aan zijn omhelzing, waagde het haar tong te gebruiken, net als hij, en werd geprikkeld door zijn vurige reactie daarop. Ze voelde zich een vrouw, een begeerlijke vrouw. Ze liet haar handen over de gladde huid van zijn rug omhoogglijden en voelde het landschap van zijn botten en spieren, ongehinderd door een laag kleding; ze voelde zijn spieren spannen terwijl hij zich tegen haar aan drukte. Ze hapte naar lucht bij dat wonderbaarlijke gevoel.

'Jenn,' fluisterde hij hijgend in haar oor, 'ik hou van je.'

Jennsen was sprakeloos. Het kon niet echt zijn. Ze had het gevoel dat ze droomde, of in het lichaam van iemand anders zat. Ze wist dat ze het hem had horen zeggen, maar toch geloofde ze niet dat het echt was.

Haar hart bonsde zo snel dat ze bang was dat het uit elkaar zou springen. Ook Sebastiaans ademhaling kwam in korte stootjes, alsof hij gek werd van begeerte voor haar. Ze greep zich aan hem vast, ernaar verlangend zijn woorden weer warm in haar oor te voelen.

Maar ze durfde hem niet te geloven, durfde zichzelf niet toe te staan hem te geloven, durfde niet te denken dat dit echt was, dat dit haar werkelijk overkwam, en dat ze het zich niet alleen maar verbeeldde.

'Maar... dat kun je niet menen.' Haar woorden vormden een muur om zich achter te verschuilen.

'Jawel,' bracht hij hijgend uit. 'Ik meen het wel. Ik kan er niets aan doen. Ik hou van je, Jennsen.'

Zijn warme ademhaling kriebelde in haar oor en er kroop een heerlijke huivering door haar binnenste omhoog.

Om de een of andere reden kwam de herinnering aan Tom bij haar boven. Ze zag hem voor zich, met die scheve glimlach van hem. Dit was niet de manier waarop Tom het zou doen. Ze wist niet hoe ze dat wist, maar ze wist het zeker. Tom zou het onderwerp liefde niet op deze manier benaderen.

Om de een of andere reden voelde ze een steek van verlangen naar Tom.

'Sebastiaan...'

'Morgen vertrekken we, op weg naar onze bestemming...'

Jennsen knikte met haar hoofd tegen zijn schouder en verwonderde zich erover dat die woorden hartstochtelijk klonken. Hun bestemming. Ze hield hem stevig vast en voelde de gladde warmte van zijn rug, hoe hij zich tegen haar been drukte, hoe zijn arm over haar buik lag en zijn hand haar heup streelde, en ergens hoopte ze dat hij iets zou zeggen dat haar angst zou aanjagen, maar tegelijkertijd bad ze dat hij dat niet zou doen.

'Maar deze nacht is van ons, Jenn, als je de gelegenheid maar grijpt.'

Jennsen.

'Sebastiaan...'

'Ik hou van je, Jennsen. Ik hou van je.'

Jennsen.

Ze wilde dat het beeld van Tom uit haar gedachten verdween.

'Sebastiaan, ik weet niet wat...'

'Ik heb het niet gewild. Het was niet mijn bedoeling om dit te laten gebeuren, maar het is zo. Ik hou van je, Jenn. Ik had het niet verwacht. Goede Schepper, ik kan er niets aan doen. Ik hou van je.'

Ze sloot haar ogen toen hij haar in haar hals kuste. Zijn intieme fluisteringen in haar oor gaven haar een heerlijk gevoel, fluisteringen die in zekere zin klonken als een pijnlijke bekentenis, met een vleugje spijt en woede erin, maar tegelijk vol vertwijfelde hoop.

'Ik hou van je,' fluisterde hij opnieuw.

Jennsen.

Jennsen huiverde van genot, van het genot om zich een vrouw te voelen, om te weten dat alleen al haar aanwezigheid een man opwond. Ze had zich nooit eerder bijzonder aantrekkelijk gevoeld. Op dat moment voelde ze zich meer dan mooi; ze voelde zich onweerstaanbaar mooi.

Geef je over.

Ze kuste zijn nek terwijl hij zijn gewicht verplaatste. Ze kuste zijn oor en likte er met haar tong langs, zoals hij ook bij haar had gedaan. Zijn lijf gloeide.

Ze verstijfde toen zijn hand onder haar jurk omhooggleed. Zijn vingers streken over haar blote knie en haar blote dij. Zij moest die keuze maken, hield ze zichzelf voor. Het was haar keuze.

Ze hapte met wijd open ogen naar lucht en staarde naar de donkere dakspanten. Zijn mond bedekte de hare voordat ze het woord kon zeggen dat naar buiten wilde. Ze gaf met haar vuist een stomp tegen zijn schouder uit frustratie dat ze dat ene, korte, belangrijke woord niet kon zeggen.

Ze greep zijn gezicht om hem weg te duwen, zodat ze het kon zeggen. Maar dit was de man die haar leven had gered. Als hij er niet was geweest, zou ze op die regenachtige avond samen met haar moeder zijn vermoord. Ze had haar leven aan hem te danken. Zich door hem op deze manier te laten aanraken, was niets in ruil daarvoor. Wat kon het voor kwaad? Het was een kleinigheidje in vergelijking met de manier waarop hij zijn hart voor haar had geopend.

Bovendien gaf ze om hem. Hij was een man zoals elke vrouw zich zou wensen. Hij was knap, intelligent en bekleedde een belangrijke positie. En het wond haar beslist op dat hij zoveel om haar gaf. Wat kon ze nog meer verlangen?

Ze bande met kracht het onwelkome beeld van Tom uit haar hoofd door haar aandacht helemaal op Sebastiaan te richten, en op wat hij met haar deed. Zijn aanraking maakte haar week en deed haar naar hem hunkeren.

Zijn vingers bezorgden haar zo'n heerlijk gevoel dat de tranen over haar wangen liepen. Ze vergat het woord en wist niet meer waarom ze dat had willen zeggen.

Ze legde haar hand om zijn achterhoofd en klampte zich uit alle macht aan hem vast. Met haar andere hand duwde ze tegen zijn ribbenkast terwijl ze het uitschreeuwde om wat hij met haar deed. Ze kon alleen maar hijgen en zich machteloos in bochten wringen van ongepast genot.

'Sebastiaan...' bracht ze hijgend uit. 'O, Sebastiaan...'

'Ik hou zoveel van je, Jenn.' Hij duwde haar knieën verder uit elkaar. Hij drukte zich tussen haar trillende benen. 'Ik heb je nodig, Jennsen. Ik heb je zo nodig. Ik kan niet zonder je. Dat zweer ik.'

Het zou haar keuze moeten zijn. Ze hield zichzelf voor dat het dat ook was.

'Sebastiaan...'

Geef je over.

'Ja,' stootte ze uit. 'Goede geesten, vergeef me, ja.'

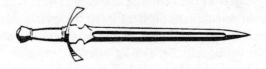

35

Oba leunde met een schouder tegen de zijkant van een rood geschilderde wagen die een stukje naar achteren stond, uit de loop. Met zijn handen in zijn zakken nam hij nonchalant de drukke markt in ogenschouw. De mensen die buiten om de kramen heen dromden, leken vrolijk gestemd te zijn, mogelijk doordat de lente eindelijk in zicht was, ook al was de winter nog niet helemaal bereid om zijn heerschappij af te staan. Ondanks de bijtende kou stonden de mensen te keuvelen en te grinniken, te pingelen en te kibbelen, en deden ze allerlei aankopen.

Niemand in de voortschuifelende mensenmassa die de koude wind trotseerde, had enig idee dat er een belangrijk man onder hen was. Oba grijnsde. Er was een Rahl onder hen. Een lid van de heersende familie.

Nadat hij had besloten om onoverwinnelijk te worden, en tijdens zijn lange reis naar het noorden, was Oba een ander mens geworden, een man van de wereld. In het begin, na de dood van die lastige tovenares en zijn krankzinnige moeder, was hij meegesleept in de draaikolk van zijn pas ontdekte vrijheid en had hij er niet aan gedacht om naar het Volkspaleis te gaan, maar hoe meer hij had gepeinsd over de cruciale gebeurtenissen die hadden plaatsgevonden en alle nieuwe dingen die hij had geleerd, des te meer was hij gaan beseffen dat deze reis essentieel was. Er ontbraken nog steeds stukjes, stukjes die problemen konden veroorzaken.

Die Jennsen had gezegd dat ze achterna werd gezeten door viermanschappen. Viermanschappen maakten alleen jacht op belangrijke mensen. Oba was bang dat ze misschien ook achter hem aan zouden komen, aangezien hij ook belangrijk was. Net als Jennsen was ook hij een van die gaten in de wereld. Lathea had hem niet uitgelegd wat dat wilde zeggen, maar het betekende dat Oba en Jennsen allebei in zeker opzicht bijzonder waren. Het verbond hen op de een of andere manier met elkaar.

Het was mogelijk dat Meester Rahl van het bestaan van Oba had gehoord, misschien door die verraderlijke Lathea, en dat hij bang was een serieuze rivaal te hebben die hem kon uitdagen. Per slot van rekening was Oba ook een zoon van Darken Rahl. Een gelijke, in veel opzichten. Meester Rahl beschikte over magie, maar Oba was onoverwinnelijk.

Met al die mogelijke problemen in het verschiet leek het Oba het beste om zijn eigen belangen te behartigen door naar het huis van zijn voorouders te gaan en te zien wat hij wijzer kon worden.

Al voordat hij had besloten naar het noorden te reizen, had Oba zich zorgen gemaakt. Niettemin genoot hij van het bezoeken van nieuwe plekken en had hij veel nieuwe dingen geleerd. Daar hield hij lijstjes van bij in zijn hoofd. Plekken, bezienswaardigheden, mensen. Alles betekende iets. Op rustige momenten nam hij die lijstjes in zijn hoofd door en keek hij welke dingen in elkaar pasten, en wat dat hem openbaarde. Het was belangrijk om geestelijk actief te blijven, zei hij altijd. Hij was nu een man alleen, die zijn eigen beslissingen nam, zijn eigen weg ging en deed wat hij wilde, maar hij moest nog leren en groeien.

Maar Oba hoefde niet meer de dieren te voederen, de tuin te onderhouden en hekken, schuren en huizen te repareren. Hij hoefde niet meer te rennen en te slepen en aan elke domme gril van zijn krankzinnige moeder tegemoet te komen. Hij hoefde niet meer de afschuwelijke medicijnen van die lastige tovenares te verdragen, noch haar steelse blikken. Hij hoefde niet meer naar de tirades en de schimpscheuten van zijn moeder te luisteren en werd niet langer blootgesteld aan haar venijnige vernederingen.

Het idee dat ze ooit het lef had gehad om hem op te dragen een bevroren hoop drek weg te hakken; hem, de zoon van Darken Rahl zelf. Hoe het kon dat Oba dat had gepikt, wist hij niet. Waarschijnlijk was hij een bijzonder geduldig man, een van zijn vele goede eigenschappen.

Aangezien zijn maniakale moeder er altijd op had gehamerd dat hij geen geld aan vrouwen mocht besteden, had Oba, toen hij was aangekomen in een middelgrote stad, zijn bevrijding van haar tirannie gevierd door naar de duurste hoer te gaan die hij kon vinden. Toen begreep hij waarom zijn moeder er altijd zo zwaar op tegen was geweest dat hij het gezelschap van vrouwen zocht: het was plezierig.

Maar hij had ontdekt dat ook die vrouwen wreed konden zijn jegens een zo gevoelig man als hij. Ook zij probeerden hem soms het gevoel te geven dat hij klein en onbelangrijk was. Ook zij keken hem soms aan met die berekenende, gevoelloze, minachtende blik die hij zo haatte.

Oba vermoedde dat dat de schuld van zijn moeder was. Hij vermoedde dat ze er zelfs vanuit de wereld van de doden nog in slaagde om invloed uit te oefenen op zijn wereld, via het koude hart van een hoer, om hem te treiteren op de momenten van zijn grootste triomfen. Hij vermoedde dat ze met haar dode stem die vrouwen boosaardige dingen influisterde. Dat zou echt iets voor haar zijn; zelfs nu ze eeuwige vrede kende, zou ze hem geen rust of voldoening gunnen.

Oba was niet spilziek, verre van dat, maar het geld dat hem zo rechtmatig toebehoorde, bracht hem wel wat verdiende genoegens, zoals schone bedden, lekker eten en drinken en het gezelschap van knappe vrouwen. Maar hij hield zijn uitgaven goed in de gaten, zodat hij niet zonder geld kwam te zitten. Hij wist dat andere mensen afgunstig waren op zijn rijkdom.

Maar hij had geleerd dat het feit dat hij geld bezat hem gunsten opleverde, vooral van vrouwen. Als hij drankjes of kleine cadeautjes voor hen kocht – een mooie lap stof voor een sjaal, een sieraad voor om hun pols, een blinkende haarspeld – was de kans groter dat ze met hem aanpapten. Vaak namen ze hem mee naar een stil plekje, waar ze alleen met hem konden zijn. Soms was dat een steegje, soms een verlaten bos, soms een kamer.

Hij vermoedde dat het sommigen van hen alleen om zijn geld te doen was. Niettemin bleef het hem verbazen hoeveel lol en bevrediging hij bij een vrouw kon vinden. Vaak met behulp van een scherp mes.

Als man van de wereld had Oba nu verstand van vrouwen. Hij had er velen bezeten. Nu wist hij hoe hij tegen vrouwen moest praten, hoe hij ze moest behandelen, hoe hij ze moest bevredigen.

Er waren verscheidene vrouwen die nog steeds op hem wachtten, hopend en biddend dat hij op een dag bij hen terug zou komen. Een paar van hen hadden zelfs hun echtgenoot verlaten, in de verwachting dat ze zijn hart zouden winnen.

Vrouwen konden geen weerstand aan hem bieden. Ze dweepten met hem, waren verrukt van zijn knappe uiterlijk, verwonderden zich over zijn kracht en kreunden van het genot dat hij hun bezorgde. Ze genoten er vooral van als hij hen pijn deed. Een minder gevoelige man dan hij zou hun tranen van vreugde niet herkennen voor wat ze werkelijk waren.

Hoewel Oba genoot van het gezelschap van vrouwen, wist hij dat hij altijd weer een ander kon krijgen, dus liet hij zich niet verstrikken in langdurige liefdesverhoudingen. De meeste waren kort. Soms heel kort. Voorlopig had hij belangrijker zaken aan zijn hoofd dan vrouwen. Later zou hij alle vrouwen kunnen bezitten die hij maar wilde. Net als zijn vader.

Nu zag hij eindelijk de hoog oprijzende stenen pracht van zijn ware thuis: het Volkspaleis. Op een dag zou het van hem zijn. Dat had de stem hem verteld.

Vlak naast hem dook een straatventer op, die Oba's aangename gedachten verstoorde, zijn dromen over wat er vóór hem lag.

'Amuletten voor u, meneer? Magische amuletten. Geluk verzekerd.'

Oba keek met een frons neer op de gekromde marskramer. 'Wat?'

'Speciale amuletten met magie. Voor een zilveren stuiver, daar kunt u zich geen buil aan vallen.'

'Wat doen ze?'

'Nou, meneer, de amuletten zijn magisch. Zou u niet graag een beetje magie hebben om de zware strijd om het bestaan wat te verlichten? Zodat alles voor de verandering eens gaat zoals u dat wilt? Maar één zilveren stuiver.'

Alles ging al zoals hij dat wilde, nu zijn krankzinnige moeder er niet meer was om hem te treiteren en onder de duim te houden. Maar Oba leerde graag nieuwe dingen.

'Wat doet die magie dan? Wat voor soort dingen?'

'Geweldige dingen, meneer. Geweldige dingen. Je wordt er sterk van. Sterk en wijs. Sterker en wijzer dan voor een gewone sterveling is weggelegd.'

Oba grijnsde. 'Dat ben ik al.'

De man was maar heel even sprakeloos. Hij keek over allebei zijn schouders om zich ervan te vergewissen dat er niemand in de buurt was, voordat hij zich dicht naar Oba toe boog om vertrouwelijk te kunnen spreken. Hij knipoogde naar hem.

'Met zo'n magische amulet zult u makkelijker meisjes versieren, meneer.'

'De vrouwen kunnen nu al geen genoeg van me krijgen.' Oba verloor zijn belangstelling. Deze magie beloofde alleen maar wat hij al had. De man kon net zo goed zeggen dat zo'n amulet Oba twee armen en twee benen zou geven.

Het vieze mannetje schraapte met een onsmakelijk geluid zijn keel en boog zich weer naar voren. 'Nou, meneer, je kunt nooit genoeg rijkdom of de mooiste...'

'Ik geef je een koperen stuiver als je me kunt vertellen waar ik Althea de tovenares kan vinden.'

De adem van de man stonk. Oba duwde hem weg. De venter hief een kromme vinger. Ook zijn harige wenkbrauwen gingen omhoog.

'Meneer, u bent een wijs man, zoals u al zei. Ik dacht meteen al te zien dat u pienter was. U hebt nu net die ene man op deze markt weten te vinden die u kan vertellen wat u wilt weten.' Hij sloeg zich op de borst. 'Ik. Ik kan u alles vertellen wat u over dat onderwerp wilt weten. Maar, zoals een man van uw wijsheid ongetwijfeld zal beseffen, zal zulke moeilijk verkrijgbare en vertrouwelijke informatie u uiteraard heel wat meer kosten dan een koperen stuiver. Ja, meneer, heel wat meer, maar dat is het dan ook dubbel en dwars waard.'

Oba fronste. 'Hoeveel meer?'

'Een zilveren mark.'

Oba stootte een lach uit en wilde weglopen. Hij had het geld wel, maar hij werd niet graag belazerd.

'Ik vraag het wel aan iemand anders. Er zijn vast fatsoenlijke mensen die me zoiets eenvoudigs als de weg naar de tovenares kunnen vertellen en niets meer zullen verwachten dan een tikje tegen mijn hoed.'

De venter schuifelde haastig met Oba mee; hij was erop gebrand verder te onderhandelen en sprak snel terwijl hij zijn best moest doen om Oba bij te houden. De losse uiteinden van zijn armoedige kleding flapperden als vlaggen in de wind terwijl hij voor mensen opzij sprong die weer voor Oba opzij sprongen.

'Ja, ik zie dat u inderdaad een zeer wijs man bent. Ik vrees dat ik niet tegen u opkan, meneer. U bent me de baas, het is niet anders. Maar er zijn netelige zaken waar u niets van weet, zaken die een man van uw kwaliteiten moet weten, zaken die van belang kunnen zijn voor uw veiligheid bij het waagstuk dat u naar mijn idee gaat ondernemen, zaken die niet veel mensen u kunnen vertellen.'

Oba had kwaliteiten, dat was waar. Hij keek naar de gebochelde man die naast hem voortschuifelde als een hond die om een kliekje bedelt. 'Een zilveren stuiver dan. Meer geef ik echt niet.'

'Een zilveren stuiver dan,' gaf hij met een zucht toe, 'voor de waardevolle informatie die u nodig hebt, meneer, en ik garandeer u dat u die nergens anders zult krijgen.'

Oba bleef staan, tevreden dat de man was gezwicht voor zijn superieure intellect. Met zijn handen in zijn zij keek hij neer op het ventje, dat hoopvol langs zijn verweerde lippen likte. Het lag niet in Oba's aard om zo gemakkelijk afstand te doen van zijn geld, maar hij had ruim voldoende en er was iets dat hem hierin intrigeerde. Hij stak zijn hand in zijn zak, liet twee vingers in de leren beurs glijden die hij daar bewaarde en haalde er een zilveren stuiver uit.

Die wierp hij naar de sjofele kerel. 'Goed dan.' Toen de man het muntstuk had gevangen, greep Oba de venter bij zijn magere pols. 'Ik geef je de prijs die je vraagt. Maar als ik niet geloof dat je de waarheid vertelt of als ik vermoed dat je iets voor me achterhoudt, neem ik die munt terug, en dan zal ik je bloed eraf moeten vegen voordat ik hem weer in mijn zak steek.'

De man slikte bij de dreigende uitdrukking op Oba's gezicht. 'Meneer, ik zou u niet bedriegen, en al helemaal niet nadat ik mijn woord heb gegeven.'

'Ik zou het ook niet proberen, als ik jou was. Nou, waar is ze? Waar kan ik Althea vinden?'

'Ze woont in een moeras. Maar ik kan u vertellen hoe u bij haar kunt komen, want alleen…'

'Denk je soms dat ik een domme oen ben?' Oba draaide de pols van de man om. 'Ik heb al gehoord dat sommige mensen die tovenares opzoeken, dat ze bezoekers ontvangt in haar moeras, dus ik hoop dat je me voor de goede prijs die ik je heb betaald wat meer te bieden hebt dan de weg naar haar huis.'

'Ja!' De venter hapte naar adem van de pijn. 'Natuurlijk heb ik dat.' Oba kalmeerde. Nog steeds ineenkrimpend sprak de man snel verder. 'Ik wilde net zeggen dat ik u voor de flinke prijs die u al hebt betaald de geheime weg door haar moeras zal vertellen. Niet alleen de gewone weg naar haar huis, die algemeen bekend is, maar ook de geheime weg. Als iemand daar al van weet, zijn het in elk geval slechts weinigen. Allemaal bij de prijs inbegrepen. Ik zou niets achterhouden voor een rechtvaardig man als u, meneer.'

Oba keek hem dreigend aan. 'Een geheime weg? Als er een gewone weg is die de mensen nemen om Althea te bezoeken, waarom zou ik dan die andere route willen weten?'

'Er gaan mensen naar Althea voor een voorspelling. Ze is een machtige tovenares.' Hij boog zich naar Oba toe. 'Maar je moet worden uitgenodigd voordat je bij haar op bezoek kunt gaan voor een voorspelling. Niemand waagt het om erheen te gaan zonder te zijn uitgenodigd. De mensen gaan er allemaal via dezelfde weg heen, zodat ze hen kan zien aankomen... Nadat ze hen heeft uitgenodigd en haar bloeddorstige beesten, die het pad bewaken, heeft teruggeroepen.' Er verscheen een geslepen glimlach op het verwrongen gezicht van de man. 'Ik heb zo'n idee dat als u uitgenodigd zou zijn, u niet aan allerlei mensen hoefde te vragen hoe u er moest komen. Bent u uitgenodigd, meneer?'

Oba duwde de stinkende venter voorzichtig van zich af. 'Dus er is een andere weg naartoe?'

'Jazeker. Een weg achterom. Een weg om haar te besluipen, als het ware, terwijl die beesten van haar de voordeur bewaken. Iemand die een beetje slim is, kiest er misschien niet voor om zo'n machtige tovenares op haar voorwaarden te benaderen.'

Oba keek snel om zich heen om zich ervan te vergewissen dat er niemand meeluisterde. 'Ik hoef niet via een geheime weg achterom naar haar huis te gaan. Ik ben niet bang voor de tovenares. Maar aangezien ik er al voor heb betaald, wil ik het ook allemaal horen. Allebei de wegen naar haar huis en alles wat er verder over haar te weten valt.'

De man haalde zijn schouders op. 'Als u dat wilt, kunt u gewoon naar het westen rijden, zoals de mensen doen die bij Althea zijn uitgenodigd. U rijdt over de vlakte naar het westen totdat u bij de hoogste berg met sneeuw op de top komt. Voorbij die berg gaat u naar het noorden en verder onder de rotswand langs. Het land wordt lager totdat u uiteindelijk bij het moeras aankomt. Volg gewoon het goed onderhouden pad door het moeras. Blijf op dat pad en dwaal niet af. Het leidt naar het huis van Althea de tovenares.'

'Maar het moeras moet in deze tijd van het jaar bevroren zijn.'

'Nee, meneer. Dit is de verdorven plek van een tovenares en haar gevaarlijke magie. Althea's moeras onderwerpt zich niet aan de winter.'

Oba draaide de pols van de man om totdat hij het uitschreeuwde. 'Denk je dat ik gek ben? Een moeras in de winter bestaat niet!'

'Vraag het maar aan anderen!' piepte de man. Met zijn vrije arm zwaaide hij om zich heen. 'Vraag het aan wie u maar wilt, en ze zullen u vertellen dat Althea's moeras zich niet aan de winter van de Schepper onderwerpt, maar het hele jaar warm en drassig is.'

Oba draaide niet meer aan de pols van de man. 'Je zei dat er een geheime weg naartoe was. Waar is die?'

Voor het eerst aarzelde de man. Hij likte langs zijn droge, gebarsten lippen. 'Die is moeilijk te vinden. Er zijn weinig oriëntatiepunten, en die zie je snel over het hoofd. Ik zou u kunnen vertellen hoe u de weg kunt vinden, maar misschien mist u dan iets, en dan denkt u dat ik tegen u heb gelogen, terwijl het gewoon moeilijk te vinden is als je alleen maar aanwijzingen hebt en niet bekend bent met het gebied.'

'Ik overweeg al om mijn muntstuk terug te nemen.'

'Ik denk alleen maar aan uw veiligheid, meneer.' Hij wierp Oba een snelle, verontschuldigende glimlach toe. 'Ik geef een man als u niet graag slechts een deel van wat hij nodig heeft, uit angst dat ik daar later spijt van zal krijgen. Ik lever liever alles wat ik heb beloofd.'

'Ga verder.'

De venter schraapte met een vochtig geluid zijn keel en spoog toen opzij. Hij veegde met zijn vuile mouw zijn mond af. 'Nou, meneer, het beste zou zijn als ik u bracht.'

Oba keek naar een ouder echtpaar dat langsliep en trok de man toen aan zijn pols vooruit. 'Goed. Laten we gaan.'

De venter bood weerstand. 'Wacht eventjes. Ik ben ermee akkoord gegaan om u de weg te vertellen, en dat kan ik doen. En zoals ik al zei, is die moeilijk te vinden. Maar u kunt niet van me verwachten dat ik mijn zaken hier opgeef om mee te gaan als gids. Dan heb ik een paar dagen geen inkomen.'

Oba boog zich met een dreigende frons naar voren. 'En hoeveel wil je hebben om me erheen te brengen?'

De man ademde diep in terwijl hij in zichzelf mompelde alsof hij moeizaam in gedachten getallen optelde.

'Nou, meneer,' zei hij ten slotte, terwijl hij de wijsvinger van zijn vrije hand opstak, die uit een gebreide handschoen zonder vingers stak. 'Ik denk dat ik wel een paar dagen zou kunnen wegblijven als ik er een gouden mark voor betaald kreeg.'

Oba lachte. 'Ik geef je geen mark – geen gouden en zelfs geen zilveren – om een paar dagen mijn gids te zijn. Ik zou bereid zijn je nog een zilveren stuiver te betalen, maar dat is alles. Je kunt kiezen of delen: een zilveren stuiver, of geef me anders mijn eerste zilveren stuiver terug en maak dat je wegkomt.'

De venter schudde in zichzelf mompelend zijn hoofd. Ten slotte keek hij met een gelaten blik op naar Oba, zijn ogen tot spleetjes geknepen.

'Mijn amuletten verkopen niet erg goed de laatste tijd. Om u de waarheid te zeggen, zou ik het geld wel kunnen gebruiken. U bent me weer te slim af, meneer. Goed, ik zal u brengen voor een zilveren stuiver.'

Oba liet de pols van de man los. 'Laten we gaan.'

'We moeten de Vlakten van Azrith over. We hebben paarden nodig.'

'Wil je nou ook nog dat ik een paard voor je koop? Ben je gek geworden?'

'Nou, lopen gaat niet. Maar ik ken hier wel mensen die u voor een zacht prijsje een paar paarden willen verkopen. Als we de dieren goed behandelen, gaan ze er vast wel mee akkoord om ze terug te kopen als we weer hier zijn, minus een klein bedrag voor hun gebruik.'

Oba dacht erover na. Hij wilde het paleis in gaan om eens rond te kijken, maar het leek hem het beste om eerst Lathea's zus te bezoeken. Er waren dingen die hij moest weten.

'Dat klinkt redelijk.' Oba knikte naar de kromme venter. 'Laten we dan maar een paar paarden gaan halen en vertrekken.'

Ze liepen van het stillere zijpad naar een drukker deel van de markt. Er liepen verscheidene knappe vrouwen rond. Sommigen keken naar Oba, met de uitnodiging en het verlangen duidelijk in hun ogen. Ze keken hem recht aan, hunkerend naar hem. Oba schonk hun een glimlach, ten teken dat er later misschien meer zou volgen. Hij zag dat zelfs dat hen al opwond.

Maar toen bedacht hij dat de vrouwen die hier over de markt liepen waarschijnlijk eenvoudige boerinnen waren. Boven, in het paleis, bevond zich vermoedelijk het soort vrouwen dat Oba wilde ontmoeten: vrouwen met klasse. Met minder hoefde hij geen genoegen te nemen. Per slot van rekening was hij een Rahl, praktisch een prins of iets vergelijkbaars. Misschien zelfs wel meer dan dat.

'Hoe heet je trouwens?' vroeg Oba. 'Aangezien we reisgenoten worden.'

'Clovis.'

Oba noemde zijn naam niet. Het beviel hem wel om 'meneer' genoemd te worden. Dat was ook niet meer dan terecht.

Oba liet zijn blik over de menigte dwalen. 'Hoe komt het dat met al die mensen hier je amuletten niet verkopen? Waardoor gaan de zaken slecht?'

De man zuchtte bedroefd. 'Het is een treurig verhaal, maar ik wil u er niet mee lastig vallen, meneer.'

'Het was toch een simpele vraag, dacht ik.'

'U hebt wel gelijk.' Om zijn ogen te beschermen tegen het zonlicht hield hij zijn hand erboven. Hij tuurde omhoog naar Oba. 'Nou, meneer, een tijdje geleden, het was nog midden in de winter, heb ik een beeldschone jonge vrouw ontmoet.'

Oba keek naar het kromme, gerimpelde, onverzorgde mannetje dat naast hem voortschuifelde. 'Ontmoet?'

'Nou, meneer, om u de waarheid te zeggen bood ik haar een amulet aan...' Clovis trok eigenaardig met zijn voorhoofd, alsof hem plotseling iets te binnen schoot. 'Het waren haar ogen die opvielen. Grote blauwe ogen. Zo blauw als je maar zelden ziet...' Clovis keek op naar Oba. 'Eigenlijk leken haar ogen heel erg op de uwe, meneer.'

Nu was het Oba's beurt om te fronsen. 'Op de mijne?'

Clovis knikte ernstig. 'Ja, meneer. Ze had net zulke ogen als u. Stel je voor. Er was iets aan haar – en aan u ook – dat me op de een of andere manier... bekend voorkomt. Maar ik zou niet kunnen zeggen wat het is.'

'Wat heeft dat te maken met jouw zware tijden? Heb je haar al je geld gegeven en is het je niet gelukt om tussen haar benen te komen?'

Clovis leek geschokt door dat idee. 'Nee, meneer, zoiets was het helemaal niet. Ik probeerde haar een amulet te verkopen, zodat ze geluk zou hebben. In plaats daarvan heeft ze al mijn geld gestolen.'

Oba gromde sceptisch. 'Ik durf te wedden dat ze verleidelijk naar je glimlachte en knipoogde terwijl ze haar arm tot aan haar elleboog in je zak had, en dat je te begerig was om door te hebben wat ze eigenlijk deed.'

'Zo was het helemaal niet, meneer. Helemaal niet.' Zijn stem klonk verbitterd. 'Ze heeft een man op me afgestuurd en hij heeft het me allemaal afgenomen. Hij heeft het gedaan, maar dat was in opdracht van haar, dat weet ik zeker. Die twee hebben al mijn geld gestolen. Me beroofd van alles wat ik het hele jaar had verdiend.'

Oba meende zich vaag iets te herinneren. In gedachten liep hij zijn lijstje van vreemde en onsamenhangende zaken af. Sommige van die zaken begonnen op hun plaats te vallen.

'Hoe zag die vrouw met de blauwe ogen eruit?'

'O, ze was heel mooi, meneer, met dik, krullend rood haar.' Ook al had deze vrouw de man van zijn spaargeld beroofd, aan de afwezige blik in zijn ogen zag Oba dat hij nog steeds onder de indruk van haar was. 'Haar gezicht was zoals je je een goede geest voorstelt en haar figuur was adembenemend. Maar ik had aan dat rode heksenhaar moeten zien dat er achter die schoonheid iets anders schuilging.'

Oba bleef staan en greep de man bij zijn arm. 'Heette ze Jennsen?'

Clovis haalde met een spijtig gebaar zijn schouders op. 'Het spijt me, meneer. Ze heeft me niet verteld hoe ze heette. Maar ik kan me niet voorstellen dat er veel vrouwen zijn die op haar lijken. Niet met die blauwe ogen, dat schitterende uiterlijk en die rode krullen.'

Dat dacht Oba ook niet. Jennsen voldeed volledig aan de beschrijving.

Wel had je ooit.

Clovis wees. 'Daar, meneer. Daar is de man die ons paarden kan verkopen.'

36

Oba tuurde in de duisternis onder de dichte begroeiing. Het was nauwelijks te geloven hoe donker het was onder de hoog oprijzende bomen, onder aan de kronkelige rug van gesteente, en dat terwijl het zo'n heldere, zonnige ochtend was geweest op de weide bovenaan. En voor hem uit zag de grond er ook nog nat uit.

Onder de ranken en afhangende slierten mos, op weg het moeras in, keek hij over zijn schouder omhoog de steile, rotsachtige helling op, naar waar hij Clovis had achtergelaten bij een warm vuur om op hun paarden en spullen te passen. Oba was blij dat hij eindelijk van het geagiteerde mannetje af was. Hij was vermoeiend, als een hinderlijke vlieg die de hele tijd om je hoofd zoemt. Gedurende hun hele reis over de Vlakten van Azrith had de man aan één stuk door gekwebbeld over van alles en nog wat. Oba was de venter liever kwijt geweest om alleen te gaan, maar de man had wel gelijk gehad dat het heel moeilijk was om deze plek te vinden, en de weg het moeras van Althea in.

In elk geval was de man niet van plan geweest om met Oba mee het moeras in te gaan. Maar Clovis had wel nerveus en gespannen geleken toen hij zijn klant aanspoorde om het te betreden. Hij was waarschijnlijk bang dat Oba hem niet zou geloven en wilde zichzelf graag bewijzen. Hij stond boven toe te kijken en met zijn handen in die haveloze, vingerloze handschoenen bemoedigende gebaren te maken, zo graag wilde hij dat Oba het moeras in ging om te zien dat hij waar voor zijn geld had gekregen.

Oba zuchtte en ploeterde verder door het kreupelhout, zich bukkend om onder lage takken door te duiken. Hij stapte op zijn tenen van wortel naar wortel als dat kon en waadde door stilstaand water als hij geen andere keuze had. De lucht was stil en net zo roerloos als het water. Behalve dat het stonk, voelde het ook klam aan.

In de verte, tussen de bomen, riepen vreemde vogels, ergens in het donker waar het licht waarschijnlijk nooit doordrong, achter ranken van klimplanten, dichte bossen bladeren en rottende boomstammen die dronken tegen robuuste kameraden aan leunden. Er bewogen ook wezens door het water. Wat het waren, vissen, reptielen of magische beesten, viel niet te zeggen. Oba vond het hier niet prettig. Helemaal niet.

Hij hield zichzelf voor dat er talloze nieuwe dingen te leren zouden zijn als hij eenmaal bij Althea was. Maar zelfs dat vrolijkte hem niet op. Hij dacht aan de vreemde insecten, wezels en salamanders die hij tot nu toe had gezien, en hoeveel hij er waarschijnlijk nog te zien zou krijgen. Ook dat beurde hem niet op; hij vond het hier nog steeds niet prettig.

Hij dook onder takken door en maaide spinnenwebben opzij. De grootste spin die hij ooit had gezien viel op de grond en rende weg, op zoek naar een schuilplaats. Oba was sneller en trapte het beest dood. De harige poten maaiden nog even door de lucht voordat ze ophielden met bewegen. Oba liep grijnzend verder. Hij begon het hier wat leuker te vinden.

Hij trok zijn neus op. Hoe verder hij kwam, des te meer het ging stinken, een eigenaardige, doordringende, bedompte stank van verrotting. Voor zich uit, tussen de bomen door, zag hij damp opstijgen, en hij begon iets te ruiken dat leek op rotte eieren, maar dan zuurder. Oba begon het hier weer onprettig te vinden.

Hij ploeterde verder, en vroeg zich af of het een goed idee was geweest om naar Althea te gaan, en dan vooral via de route die de handenwringende venter hem had voorgesteld. Oba sjokte zuchtend door het dichte kreupelhout. Hoe eerder hij een praatje met Althea kon maken, des te eerder kon hij deze walgelijke plek achter zich laten.

Bovendien had de stem zich gemeld en die vond dat hij verder moest gaan.

Hoe sneller hij klaar was met die zus van Lathea, des te sneller kon hij zijn voorouderlijk huis bezoeken, het Volkspaleis. Het was verstandig om eerst zoveel mogelijk te weten te komen, zodat hij wat beter wist wat hij van zijn halfbroer kon verwachten.

Oba vroeg zich af of Jennsen al bij Althea was geweest, en zo ja, wat ze had ontdekt. Oba raakte er steeds meer van overtuigd dat zijn lot op de een of andere manier verbonden was met dat van die Jennsen. Ze dook zo vaak op dat het geen toeval meer kon zijn. Oba hield zorgvuldig in de gaten hoe de dingen op de lijstjes die hij bijhield met elkaar in verband stonden. Andere mensen waren niet zo opmerkzaam, maar die hoefden dat ook niet te zijn: zij waren niet belangrijk.

Jennsen en hij waren allebei gaten in de wereld. En wat misschien zelfs nog interessanter was: ze hadden allebei iets in hun ogen dat Clovis was opgevallen. Wat het precies was, wist de man niet. Oba had hem onder druk gezet, maar hij kon het niet zeggen.

Terwijl de ochtend verstreek, haastte Oba zich zo snel mogelijk over de wirwar van wortels die als pad dienst moest doen, totdat dat voor hem uit steeds dieper wegzakte en onder een stilstaand, donker wateroppervlak verdween. Oba bleef hijgend staan, terwijl het zweet van zijn gezicht gutste, en keek naar alle kanten op zoek naar een manier om over te steken naar de plek waar de grond weer leek te stijgen. Zo te zien lag recht voor hem uit de enige, tunnelachtige doorgang door de dichte, dampende begroeiing. Maar eerst moest hij het water oversteken. Hij had het zo warm dat hem dat helemaal geen slecht idee leek.

Hij zag geen ranken naar beneden hangen waaraan hij zich zou kunnen vasthouden, dus sneed hij snel een dikke tak af en ontdeed die van zijtakjes om een stok voor zichzelf te maken, waarmee hij zich beter in evenwicht zou kunnen houden als hij door het water waadde.

Met de stok in zijn hand liep Oba het water in. Dat was niet zo heerlijk verkoelend als hij had gehoopt; het stonk vreselijk en zat vol bruine bloedzuigers. Terwijl hij door het water liep en een spoor van kielwater trok, dat stukjes van de oever losspoelde, moest hij steeds de wolken stekende insecten uit zijn gezicht slaan. Hij bleef om zich heen kijken, maar afgezien van teruggaan om een andere weg te zoeken, was dit de enige mogelijkheid om het droge land aan de overkant te bereiken. Alleen die gedachte hield hem gaande.

Er waren genoeg wortels onder het wateroppervlak om zijn voeten op te zetten, maar Oba liep al snel tot aan zijn borst in het water en hij was nog niet eens halverwege. Doordat het water zo diep was, begon hij een beetje te drijven en hadden zijn voeten niet zoveel houvast meer. De wortels onder water waren glad en ook de stok gleed erop weg, maar die maakte het in elk geval iets gemakkelijker om zijn evenwicht te bewaren.

Hij kon goed zwemmen, maar de gedachte aan wat er allemaal nog meer rond kon zwemmen stond hem niet aan, dus hij bleef liever overeind. Hij was bijna bij de andere oever en stond net op het punt om de stok weg te gooien en het resterende stuk te zwemmen om het zweet van zich af te wassen, toen er iets zwaars langs zijn been streek. Voordat hij kon bedenken wat hij daaraan moest doen, botste het ding zo hard tegen hem aan dat hij omviel. Toen hij in het diepere water terechtkwam, wond het ding zich om zijn benen.

Hij dacht onmiddellijk aan de monsters die in het moeras zouden leven. Tijdens hun lange tocht had Clovis hem onthaald op verhalen over de beesten en hem gewaarschuwd voorzichtig te zijn, maar Oba had erom gelachen, vol vertrouwen in zijn eigen kracht. Nu schreeuwde Oba van angst voor het monster dat hem vast had. Hij worstelde als een krankzinnige om zijn benen los te krijgen, buiten adem van paniek, maar het vuurspuwende beest hield hem stevig vast en liet hem niet gaan. Het deed hem denken aan hoe het was om opgesloten te zitten in het hok toen hij klein was, gevangen en machteloos. Oba's kreet galmde over het schuimende water en werd driemaal zo hard weerkaatst vanuit de duisternis om hem heen. De enige heldere gedachte die bij hem opkwam, was dat hij te jong was om te sterven, vooral op zo'n afschuwelijke manier. Hij had nog zoveel om voor te leven. Het was niet eerlijk dat hem dit moest overkomen.

Hij gaf weer een schreeuw terwijl hij rondspetterde en worstelde om te ontkomen. Hij wilde hier weg, net zoals hij van het afschuwelijke opgesloten gevoel af had gewild toen hij als kind in het hok zat. Zijn geschreeuw had hem nooit iets geholpen, en dat deed het nu ook niet; de echo ervan was slechts schijngezelschap. Plotseling liet het ding hem met kracht rondtollen en sleurde hem onder water.

Oba hapte nog net op tijd naar lucht. Toen hij onder water verdween, met zijn ogen opengesperd van angst, zag hij voor het eerst de schubben van zijn aanvaller. Het was de grootste slang die hij ooit had gezien, maar dat was tegelijk een opluchting voor hem, want het was toch gewoon een slang. Die was dan wel groot, maar het was een dier, geen vuurspuwend monster.

Voordat zijn arm langs zijn lijf geklemd werd, greep Oba naar het mes in een schede aan zijn riem en rukte het los. Hij wist dat het moeilijk zou zijn om in het water dezelfde kracht te gebruiken als op het droge. Maar het dier doodsteken was de enige kans die hij had, en hij moest het doen voordat hij verdronk.

Hij probeerde boven water te komen om adem te halen, terwijl het oppervlak steeds verder weg raakte en het gewicht om hem heen hem steeds dieper trok, en plotseling voelde hij vaste grond onder zijn voeten. In plaats van zich te blijven verzetten en te proberen het wateroppervlak te bereiken, boog hij zijn knieën terwijl hij zonk. Toen zijn benen gebogen waren als de achterpoten van een kikker die klaar was voor een sprong, spande hij zijn sterke beenspieren en zette zich uit alle macht af tegen de bodem.

Oba schoot boven het water uit, met de slang om zich heen gewonden. Hij kwam op zijn zij, met zijn bovenlijf uit het water, op wat kronkelige wortels neer. De slang, die het gewicht van Oba opving toen ze op de grond neerploften, kon dit duidelijk niet waarderen. Zijn iriserende groene schubben glansden in het zwakke licht terwijl het stinkende water van de twee vechtenden af stroomde.

De kop van de slang kwam boven Oba's schouders omhoog. Gele ogen keken hem vanuit een donker masker aan. Een rode tong flitste naar buiten en betastte de lastige prooi.

Oba grijnsde. 'Kom maar wat dichterbij, mooie jongen.'

De slang golfde langs zijn lijf terwijl de ogen hem dreigend aanstaarden. Als een slang kwaad kon worden, dan was deze heel kwaad. Bliksemsnel greep Oba het beest met zijn sterke vuist achter de donkergroene kop. Het deed hem denken aan vroeger, toen hij weleens worstelde. Hij hield van worstelen. Oba verloor nooit met worstelen.

De slang siste venijnig. Met hun spierkracht hielden ze elkaar op afstand. De slang probeerde zich nog verder om Oba heen te wikkelen en de overhand te krijgen door hem in te snoeren. Het was een hevige krachtmeting; elk van de twee probeerde de ander eronder te krijgen.

Oba herinnerde zich dat hij, sinds hij naar de stem had geluisterd, onoverwinnelijk was geweest. Hij wist nog hoe zijn leven voor die tijd altijd door angst werd overheerst, angst voor zijn moeder, angst voor de machtige tovenares. Bijna iedereen was bang voor de tovenares, net zoals bijna iedereen bang voor slangen was. Maar Oba was in verzet gekomen tegen haar gevaarlijke magie. Ze had vuur en bliksem op hem af gestuurd, magie die gaten in muren kon slaan en elke tegenstand kon wegvagen, maar hij was onoverwinnelijk geweest. Wat stelde een gewone slang voor in vergelijking met een dergelijke tegenstandster? Het ergerde hem nu een beetje dat hij had geschreeuwd van angst. Wat had hij, Oba Rahl, te vrezen van een slang?

Oba liet zich verder de vaste grond op rollen en nam de slang met zich mee. Hij grijnsde en hief het mes tot onder de geschubde kaak. Het enorme dier verroerde zich niet meer.

Weloverwogen en voorzichtig, terwijl hij het beest met één hand achter de kop vasthield, drukte Oba het lemmet met zijn andere hand omhoog. De harde schubben waren net een vaalwit harnas en boden weerstand tegen de punt van het mes. De slang, die nu in levensgevaar verkeerde, begon plotseling te kronkelen; deze keer niet om Oba de baas te worden, maar om te ontsnappen. De gespierde windingen wikkelden zich los van Oba's benen en zwiepten over de grond, op zoek naar houvast op wortels en boompjes, naar iets om zich omheen te slaan. Met zijn voet trok Oba het glanzende groene lijf weer naar zich toe, zodat er geen ontsnappen mogelijk was.

Het vlijmscherpe mes, gedreven door de grote spierkracht van Oba, floepte plotseling door de dikke schubben onder de kaak heen. Oba keek gefascineerd naar het bloed dat over zijn vuist liep. De slang werd wild van angst en pijn. Het idee dat hij kon winnen, had hij allang laten varen. Nu wilde hij alleen nog maar wegkomen. Het dier gooide al zijn kracht in de strijd om dat te bereiken.

Maar Oba was sterk. Niets wist ooit aan hem te ontsnappen.

Met grote moeite sleurde hij het kronkelende, draaiende lijf naar hogere, drogere grond. Hij gromde toen hij het zware beest optilde. Met het beest boven zijn hoofd geheven en schreeuwend van woede rende Oba naar voren. Met een enorme kracht dreef hij zijn mes in een boom, zodat de slang met het lemmet door zijn onderkaak en gehemelte werd vastgepind, alsof het een lange, derde giftand was.

De gele ogen van de slang keken hulpeloos toe toen Oba nog een mes uit zijn laars trok. Hij wilde het leven in die verdorven gele ogen zien doven terwijl ze hem aankeken.

Oba maakte een snee in het bleke onderlijf, in de vouw tussen rijen schubben. Geen lange snee. Niet een snee die dodelijk was, maar een die groot genoeg was voor zijn hand.

Oba grijnsde. 'Ben je er klaar voor?' vroeg hij aan het dier. Dat keek toe, niet tot iets anders in staat.

Oba stroopte zijn mouw zo ver mogelijk op en wurmde zijn hand toen door de snee. Het paste net, maar hij duwde zijn hand, zijn pols en toen zijn arm het levende lijf in, verder en verder terwijl de slang heen en weer zwiepte, niet alleen in een vergeefse poging om te ontsnappen, maar nu ook van ondraaglijke pijn. Met een knie drukte Oba het lijf tegen de boomstam en door een voet op de zwiepende staart te zetten, hield hij die in bedwang.

Voor Oba vervaagde de wereld om hem heen toen hij voelde hoe het was om een slang te zijn. Toen hij de levende slangenhuid om zijn arm voelde, stelde hij zich voor dat hij het dier werd. Hij voelde de warme, natte ingewanden aan alle kanten tegen zijn arm drukken. Hij liet zijn hand dieper naar binnen glijden. Hij moest dichterbij gaan staan om zijn arm er verder in te krijgen, en toen waren zijn ogen nog maar een paar centimeter van die van de slang verwijderd.

Toen hij in die ogen keek, zag hij tot zijn grote vreugde niet alleen genadeloze pijn, maar ook een fantastische doodsangst.

Oba voelde zijn doelwit door de glibberige ingewanden pulseren. Toen vond hij het: het levende hart. Het klopte woest in zijn hand, bonzend en springend. Terwijl ze elkaar diep in de ogen keken, kneep Oba met zijn sterke vingers. Met een dikke, warme, natte guts barstte het hart. De slang spartelde met de plotselinge, woeste kracht van de dood. Maar terwijl Oba het trillende, opengebarsten hart vasthield, werden de bewegingen van de slang steeds moeizamer, steeds trager, totdat hij na een laatste langzame zwiep met zijn staart roerloos bleef hangen.

De hele tijd had Oba strak in de gele ogen gekeken, totdat hij wist dat ze dood waren. Het was niet hetzelfde als een mens zien sterven, want die unieke herkenbaarheid van het mens-zijn ontbrak – er waren geen complexe menselijke gedachten waarmee hij zich kon identificeren – maar het bleef opwindend om de dood te zien optreden bij een levend wezen.

Hij begon het steeds leuker te vinden in het moeras.

Triomfantelijk en doorweekt van het bloed hurkte Oba aan de rand van het water neer om zichzelf en zijn messen schoon te maken. De hele confrontatie was onverwacht, prikkelend en bevredigend geweest, hoewel hij moest toegeven dat het met een slang lang niet zo opwindend was als met een vrouw. Met een vrouw kwam er de sensatie van seks bij, de sensatie dat hij meer dan zijn hand in haar had als ook de dood haar binnenging, om haar lichaam met hem te delen.

Er was geen grotere intimiteit mogelijk. Het was een sacrale gebeurtenis.

Het donkere water was rood gekleurd tegen de tijd dat Oba klaar was. De kleur deed hem aan Jennsens rode haar denken.

Toen hij zich had opgericht, controleerde hij of hij al zijn bezittingen nog had en niets had verloren tijdens het gevecht. Hij klopte op zijn zak om de geruststellende aanwezigheid van zijn zuurverdiende rijkdom te voelen.

Zijn geldbeurs was weg.

Bevangen door paniek stak hij zijn hand in zijn zak, maar de beurs was verdwenen. Hij besefte dat hij die in het water verloren moest hebben toen hij met de slang vocht. De beurs had aan een koordje vastgezeten, dat hij aan een riemlus had vastgeknoopt zodat hij haar niet per ongeluk kon verliezen. Hij snapte niet hoe het mogelijk was, maar de knoop in het leren koordje moest tijdens het gevecht zijn losgeraakt.

Hij keek kwaad naar het dode ding dat op een hoop aan de voet van de boom lag. Door het dolle van razernij tilde Oba de slang bij de keel op en sloeg de levenloze kop tegen de boom totdat de schubben alle kanten op vlogen.

Hijgend van de inspanning en uitgeput hield Oba er ten slotte mee op. Hij liet de bloedige massa op de grond glijden. Moedeloos stelde hij vast dat hij weer het water in zou moeten duiken om naar zijn verloren geld te zoeken. Voordat hij dat deed, zocht hij nog een keer vertwijfeld in zijn zak. Toen hij beter keek, zag hij dat het leren koordje dat hij aan zijn riemlus had geknoopt er nog was. De knoop was toch niet losgeraakt. Hij trok het stukje koord uit zijn zak.

Het was afgesneden.

Oba draaide zich om en keek in de richting waar hij vandaan was gekomen. Clovis.

Clovis drong altijd dicht om hem heen, voortdurend kakelend en mekkerend, als een vlieg die hinderlijk om zijn hoofd zoemde. Toen Oba de paarden had gekocht, had Clovis de geldbeurs gezien.

Met een grauw keek Oba achterom naar het moeras. Het was zachtjes gaan regenen, wat klonk als een fluistering tegen het bladerdak. De druppels voelden koel aan op zijn verhitte gezicht.

Hij zou die kleine dief vermoorden. Langzaam.

Clovis zou ongetwijfeld doen alsof hij onschuldig was. Hij zou Oba smeken hem te fouilleren om te bewijzen dat hij de verdwenen geldbeurs niet had. Oba vermoedde dat de man het geld ergens had begraven, met het plan om later terug te komen en het op te halen.

Oba zou hem dwingen te bekennen. Daar twijfelde hij geen moment aan. Clovis dacht dat hij slim was, maar hij had nooit eerder iemand als Oba Rahl ontmoet.

Oba maakte aanstalten om terug te gaan en de venter de nek om te draaien, maar bedacht zich al snel. Nee. Het had hem flink wat tijd gekost om hier te komen. Hij moest zo langzamerhand wel vlak bij Althea's huis zijn. Hij moest zich niet door zijn woede laten leiden. Hij moest nadenken. Hij was intelligent. Intelligenter dan zijn moeder, intelligenter dan Lathea de tovenares en intelligenter dan dat schriele, vingervlugge ventje. Hij zou weloverwogen handelen, en niet uit blinde woede.

Hij kon met Clovis afrekenen als hij klaar was met Althea.

In een bijzonder slecht humeur zette Oba weer koers naar de tovenares.

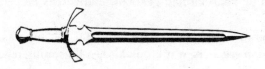

37

Oba stond van een afstandje door de langzaam vallende regen te kijken, maar hij zag niemand bij het cederhouten huis dat voorbij de wirwar van kreupelhout en bomen stond. Hij had langs de oever van een meertje sporen gevonden: de laarsafdrukken van een man. De sporen waren niet vers, maar ze hadden Oba naar een pad geleid dat naar het huis liep. Uit de schoorsteen kringelde rook traag de stilstaande, vochtige lucht in. Het huis ging bijna geheel schuil onder slierten mos en kruipplanten; het moest wel dat van de tovenares zijn. Niemand anders zou zo dom zijn om op zo'n akelige plek te gaan wonen.

Oba sloop op zijn tenen de achtertrap op naar de smalle veranda. Aan de voorkant van het huis droegen pilaren van dikke boomstronken een laag, overhangend dak. Onder aan de voortrap lag een breed pad, ongetwijfeld de weg waarover bezoekers beschroomd naar de tovenares kwamen voor een voorspelling.

In de greep van de woede en allang voorbij het punt dat hij de schijn wilde ophouden beleefd genoeg te zijn om te kloppen, wierp Oba de deur open. Er brandde een vuurtje in de haard. Met alleen het vuur en twee kleine raampjes was het binnen nogal schemerig. De muren hingen vol overdreven versierde houtsnijwerken, de meeste van dieren, sommige van blank hout, andere geverfd of verguld. Het was niet bepaald de manier waarop Oba graag dieren sneed. Het meubilair was mooier dan wat hij in zijn jeugd had gekend, maar lang niet zo chic als waar hij inmiddels aan gewend was geraakt.

Bij de haard zat een vrouw met grote donkere ogen in een stoel met fijn houtsnijwerk – het mooiste meubelstuk in de kamer – als een koningin op haar troon zwijgend over de rand van haar kopje naar hem te kijken, terwijl ze een slokje nam. Hoewel haar lange, goudkleurige haar anders was en ze niet die eeuwige strenge uitdrukking op haar gezicht had, herkende Oba haar trekken toch. Toen hij in die ogen keek, twijfelde hij geen moment. Het was Lathea's zus.

Ogen. Die stonden op een van de lijstjes die hij in gedachten bijhield.

'Ik ben Althea,' zei ze, nadat ze het kopje had laten zakken. Haar stem leek helemaal niet op die van haar zus. Er klonk een zeker gezag in door, net als bij Lathea, maar Althea's stem had niet die hooghartige toon. Ze stond niet op. 'Ik ben bang dat je veel vroeger bent aangekomen dan ik had verwacht.'

Omdat hij elk mogelijk gevaar snel wilde uitschakelen, negeerde Oba haar, en hij rende naar de achterkamers. Eerst controleerde hij de kamer waar hij een werkbank zag staan. Clovis had hem verteld dat Althea een echtgenoot had, Friedrich, en hij had natuurlijk buiten de laarsafdrukken van een man gezien. Beitels, messen en houten hamers lagen ordelijk naast elkaar. Elk van die gereedschappen kon, in de juiste handen, een dodelijk wapen zijn. De kamer zag er opgeruimd uit, alsof het werk voor een tijdje onderbroken was.

'Mijn man is naar het paleis,' riep ze vanuit haar stoel bij het vuur. 'We zijn alleen.'

Hij wilde het toch zelf controleren en keek in de slaapkamer, die leeg was. Ze vertelde de waarheid. Afgezien van de regen op het dak was het stil in huis. Ze waren inderdaad alleen.

Toen hij er eindelijk van overtuigd was dat ze niet gestoord zouden worden, liep hij terug naar de zitkamer. Zonder een glimlach, zonder een frons, zonder ongerustheid keek ze hem aan toen hij naar haar toe liep. Oba dacht dat ze toch op z'n minst ongerust zou moeten zijn, als ze enig gezond verstand had. Maar ze zag er eerder berustend uit, of misschien slaperig. Je zou best een beetje doezelig kunnen worden van een moeras, met die zware, vochtige lucht.

Niet ver van haar stoel, op de vloer naast haar, lag een vierkant bord met een ingewikkeld, verguld symbool erop. Het deed hem denken aan iets dat op een van zijn lijstjes stond. Er lag een hoopje kleine, gladde, donkere stenen naast het bord. Aan haar voeten lag een groot rood met gouden kussen.

Oba bleef staan toen hij plotseling het verband besefte tussen een van de dingen op zijn lijstje en het vergulde symbool op het bord. Het symbool deed hem denken aan de gedroogde bloembodem van de bergkoortsroos, een van de kruiden die Lathea in zijn drankje deed. De meeste kruiden die Lathea gebruikte, waren al fijngestampt, maar dat ene nooit. Ze verpulverde altijd een van de gedroogde bloemen net voordat ze die aan zijn drankje toevoegde. Zo'n onheilspellend toeval kon alleen maar een waarschuwing zijn dat er gevaar dreigde. Hij had gelijk gehad: deze tovenares vormde inderdaad een bedreiging, zoals hij al had vermoed.

Oba, die zijn handen afwisselend tot vuisten balde en weer ontspande, torende boven de vrouw uit en keek dreigend op haar neer.

'Goede geesten,' fluisterde ze voor zich uit, 'ik had nooit gedacht dat ik nog eens in die ogen zou moeten kijken.'

'Welke ogen?'

'Darken Rahls ogen,' zei ze. Haar stem had een lichte ondertoon van iets dat spijt kon zijn, of wanhoop, of misschien zelfs angst.

'Darken Rahls ogen.' Er verscheen langzaam een glimlach op Oba's gezicht. 'Dat is heel vriendelijk van u.'

Bij haar was geen spoor van een glimlach te bekennen. 'Het was geen compliment.'

Oba's glimlach bevroor.

Het verraste hem niet echt dat ze wist dat hij de zoon van Darken Rahl was. Per slot van rekening was ze tovenares. Ze was ook Lathea's zus. Wie wist wat die lastige vrouw allemaal had zitten kletsen vanaf haar eeuwige verblijfplaats in de wereld van de doden.

'Jij bent degene die Lathea heeft gedood.'

Haar woorden vormden geen vraag, eerder een vonnis. Hoewel Oba zich zelfverzekerd voelde, omdat hij onoverwinnelijk was, bleef hij toch op zijn hoede. Maar hij was zijn hele leven bang geweest van de tovenares Lathea, en uiteindelijk was ze toch minder ontzagwekkend gebleken dan hij had gedacht.

Maar Lathea had niet kunnen tippen aan deze vrouw, bij lange na niet.

In plaats van op haar beschuldiging in te gaan, stelde Oba zelf een vraag.

'Wat is een gat in de wereld?'

Ze glimlachte even voor zich uit en stak toén haar hand uit. 'Wil je niet gaan zitten en een kopje thee met me drinken?'

Oba veronderstelde dat hij tijd genoeg had. Hij zou uiteindelijk doen wat hij wilde met deze vrouw, daar was hij zeker van. Er was geen haast bij. In zekere zin had hij er spijt van dat hij bij Lathea zo snel te werk was gegaan, zonder eraan te denken eerst overal een antwoord op te krijgen. Maar gebeurd was gebeurd, zei hij altijd maar.

Althea zou al zijn vragen beantwoorden. Deze keer zou hij daar de tijd voor nemen en hij zou ervoor zorgen dat het gebeurde. Ze zou hem veel nieuwe dingen vertellen voordat hij met haar klaar was. Van iets waar je je zo lang op had verheugd, moest je genieten; dat moest je niet afraffelen. Hij liet zich behoedzaam in de stoel zakken. Op het eenvoudige tafeltje tussen de twee stoelen stond een theepot, maar er was geen tweede kopje.

'O, dat spijt me,' zei ze toen ze hem zoekend zag rondkijken en besefte wat er ontbrak. 'Wil je alsjeblieft een kopje uit die kast daar pakken?'

'U bent de gastvrouw bij deze theevisite, dus waarom haalt u het niet voor me?'

De vrouw volgde met haar slanke vingers de spiraalvormige rondingen aan de uiteinden van de armleuningen van haar stoel. 'Omdat ik kreupel ben, vrees ik. Ik kan niet lopen. Ik kan mijn onbruikbare benen alleen maar door het huis achter me aan slepen en een paar kleine dingetjes voor mezelf doen.'

Oba staarde haar aan en wist niet of hij haar moest geloven. Ze zweette erg; dat moest iets te betekenen hebben. Ze was waarschijnlijk doodsbang in aanwezigheid van een man die sterk genoeg was om haar zus, die zelf ook tovenares was geweest, uit de weg te ruimen. Misschien probeerde ze hem af te leiden, in de hoop ervandoor te kunnen gaan zodra hij zich had omgedraaid.

Althea pakte haar rok tussen haar duimen en wijsvingers en tilde hem met een bevallig gebaar op, zodat hij haar knieën en een stukje daarboven kon zien. Hij boog zich naar haar toe om te kijken. Haar benen waren verminkt en verschrompeld. Ze zagen eruit alsof ze tijden geleden waren afgestorven en niet begraven waren.

Oba vond het een fascinerend gezicht.

Althea trok een wenkbrauw op. 'Kreupel, zoals ik al zei.'

'Hoe komt dat?'

'Dat heeft je vader gedaan.'

Wel had je ooit.

Voor het eerst voelde Oba een duidelijke band met zijn vader.

Hij had een zware en vermoeiende ochtend achter de rug en had het wel verdiend om rustig een kopje thee te drinken. Eigenlijk vond hij het wel een prikkelend idee. Hij zou dorst krijgen van wat hij met haar van plan was. Oba liep door de kamer en pakte het grootste kopje uit de verzameling die hij op een plank vond. Toen hij het kopje neerzette, schonk ze het vol met een donkere, drabbige thee.

'Speciale thee,' verklaarde ze toen ze de frons op zijn gezicht zag. 'Het kan erg onaangenaam zijn hier in het moeras, met de hitte en de vochtigheid. Hier word je wat helderder in je hoofd van, na alle vermoeienissen van de ochtend. De thee zorgt er onder andere voor dat je spieren hun moeheid uitzweten, nadat je bijvoorbeeld ver hebt gelopen.'

Zijn hoofd bonsde na zijn zware ochtend. Hoewel zijn kleren nu eindelijk waren opgedroogd en hij al het bloed had weggewassen, vroeg hij zich af of ze toch op de een of andere manier aanvoelde hoe moeilijk hij het had gehad. Het viel niet te zeggen wat deze vrouw allemaal kon, maar hij maakte zich er geen zorgen over. Hij was onoverwinnelijk, zoals Lathea's einde had bewezen.

'Dus uw thee helpt daarbij?'

'Jazeker. Het is een zeer krachtig drankje. Het verhelpt vele problemen. Je zult het zelf wel merken.'

Oba zag dat zij dezelfde drabbige thee dronk. Ze zweette inderdaad, dus daar zou ze wel gelijk in hebben. Ze dronk haar kopje leeg en schonk zichzelf opnieuw in.

Ze hield haar kopje omhoog om een toast uit te brengen. 'Op het heerlijke leven, zolang we het nog hebben.'

Oba vond het een rare toast. Die klonk bijna alsof ze toegaf dat ze wist dat ze op het punt stond te sterven.

'Op het leven,' zei Oba, en hij hief zijn kopje om dat tegen het hare te tikken. 'Zolang we het hebben.'

Oba nam een grote slok van de donkere thee. Hij trok een grimas toen hij de smaak herkende. Het was die van het symbool op het bord: de bergkoortsroos. Hij had die bittere smaak leren kennen van de keren dat Lathea er een had verpulverd en door zijn drankje had gedaan.

'Drink maar op,' zei zijn gezelschap. Ze leek zwaar te ademen. Ze nam een paar grote teugen. 'Zoals ik al zei, zal dat een hoop problemen oplossen.' Ze dronk haar kopje leeg.

Hij wist dat Lathea, ondanks haar gemene kant, soms geneesmiddelen maakte om zieke mensen te helpen. Terwijl hij had zitten wachten totdat ze de medicijnen voor zijn moeder en hem had gemaakt, had hij haar in heel wat drankjes die ze voor anderen maakte een verpulverde bergkoortsroos zien doen. Nu goot Althea er de ene kop na de andere van achterover, dus blijkbaar had zij ook wel vertrouwen in het onsmakelijke kruid. Als de lucht zo drukkend en vochtig was, kreeg Oba altijd hoofdpijn. Ondanks de bittere smaak nam hij nog een slokje, in de hoop dat de thee hem niet alleen helderder zou maken, maar ook zou helpen tegen zijn spierpijn.

'Ik heb een paar vragen.'

'Dat zei je al,' zei Althea terwijl ze hem over de rand van haar kopje aankeek. 'En je verwacht van mij dat ik antwoorden voor je heb.'

'Dat klopt.'

Oba nam nog een slok van de sterke thee. Hij grimaste weer. Hij snapte niet waarom de vrouw het thee noemde. Er was volgens hem geen thee aan te pas gekomen. Het was gewoon fijngestampte, gedroogde bergkoortsroos in een beetje heet water. Ze volgde hem met haar donkere ogen toen hij de grote kop op het tafeltje zette.

De wind was opgestoken en sloeg de regen tegen het raam. Oba bedacht dat hij net op tijd binnen was. Smerig moeras. Hij richtte zijn aandacht weer op de tovenares.

'Ik wil weten wat een gat in de wereld is. Uw zus zei dat u gaten in de wereld kunt zien.'

'Meen je dat? Ik heb geen idee waarom ze zoiets gezegd kan hebben.'

'Nou, ik moest haar er wel toe overhalen,' zei Oba. 'Moet ik u ook overhalen?'

Hij hoopte het. Hij popelde om met het mes aan de slag te gaan. Maar hij had geen haast. Hij had de tijd. Hij speelde graag spelletjes met de levenden. Daardoor begreep hij beter hoe ze dachten, zodat hij, als de tijd daar was en hij in hun ogen keek, zich beter kon voorstellen wat ze dachten als de dood nabij was.

Althea knikte naar het tafeltje tussen hen in. 'De thee helpt niet als je er niet genoeg van drinkt. Drink het nu maar op.'

Oba wuifde haar bezorgdheid weg en boog zich, op een elleboog geleund, dichter naar haar toe. 'Ik heb een lange reis gemaakt. Geef antwoord op mijn vraag.'

Ten slotte wendde Althea haar blik af van zijn dreigende ogen en gebruikte haar armen om zich vanaf haar stoel op de vloer te laten zakken. Dat was een grote krachtsinspanning. Oba bood niet aan haar te helpen. Het fascineerde hem om mensen zich te zien inspannen. De tovenares trok zichzelf naar het rood met gouden kussen en sleepte haar levenloze benen achter zich aan. Ze werkte zich in een zittende houding en vouwde haar benen over elkaar. Het was moeilijk, maar ze slaagde erin, met precieze en efficiënte bewegingen die de indruk wekten dat ze dat al vaak had gedaan.

Al die moeite verbaasde hem. 'Waarom gebruikt u uw magie niet?'

Ze keek naar hem op met die grote, donkere ogen vol stilzwijgende afkeuring. 'Je vader heeft met mijn magie hetzelfde gedaan als met mijn benen.'

Oba stond versteld. Hij vroeg zich af of zijn vader ook onoverwinnelijk was geweest. Misschien was Oba altijd voorbestemd geweest om de ware opvolger van zijn vader te worden. Misschien had het lot eindelijk ingegrepen en Oba gered voor hogere zaken. 'U bedoelt dat u tovenares bent, maar geen magie kunt beoefenen?'

Terwijl in de verte de donder over het moeras rolde, gebaarde ze naar een plek op de vloer. Oba ging tegenover haar zitten en ze trok het bord met het vergulde symbool tussen hen in.

'Ik heb alleen nog maar een zeker vermogen om dingen te voorspellen,' zei ze. 'Verder niets. Als je dat zou willen, zou je me met één hand kunnen wurgen terwijl je met je andere je theekopje vasthoudt. Ik zou niets kunnen doen om je tegen te houden.'

Oba dacht dat het dan een stuk minder leuk zou zijn. De worsteling was een essentieel onderdeel van elke waarlijk bevredigende confrontatie. Hoeveel verzet kon een kreupele, oude vrouw bieden? Maar er was in elk geval nog de angst, de ondraaglijke

pijn en het besef van de naderende dood, om naar uit te kijken.
'Maar kunt u nog wel voorspellen? Wist u daardoor dat ik zou komen?'

'In zekere zin.' Ze zuchtte diep, alsof ze uitgeput was van de inspanning om zichzelf naar het rood met gouden kussen te slepen. Toen ze haar aandacht op het bord voor zich richtte, leek ze haar vermoeidheid kwijt te raken.

'Ik wil je iets laten zien.' Ze sprak nu op vertrouwelijke toon. 'Dat verklaart misschien eindelijk een paar dingen voor je.'

Hij boog zich verwachtingsvol naar voren, tevreden dat ze eindelijk zo verstandig was om haar geheimen te onthullen. Oba leerde graag nieuwe dingen.

Hij keek toe hoe ze in haar stapeltje stenen zocht. Ze bekeek er een paar zorgvuldig voordat ze het exemplaar vond dat ze zocht. De andere legde ze opzij, blijkbaar in een speciale volgorde, hoewel ze er voor hem allemaal hetzelfde uitzagen.

Ze keek weer naar hem en stak de ene steen voor zijn gezicht omhoog. 'Jij,' zei ze.

'Ik? Hoe bedoelt u?'

'Deze steen staat voor jou.'

'Waarom?'

'Omdat hij dat gekozen heeft.'

'U bedoelt dat u hebt besloten dat hij voor mij staat.'

'Nee. Ik bedoel dat de steen heeft besloten dat hij voor jou staat... Of, beter gezegd, datgene wat de stenen bestuurt, heeft dat besloten.'

'En wat bestuurt de stenen?'

Tot zijn verrassing zag hij een glimlach verschijnen op Althea's gezicht. Die verbreedde zich tot een gevaarlijke grijns. Zelfs Lathea was er nooit in geslaagd er zo huiveringwekkend kwaadaardig uit te zien.

'De magie beslist,' siste ze.

Oba moest zichzelf voorhouden dat hij onoverwinnelijk was. Hij gebaarde naar de andere stenen en probeerde niet ongerust te kijken.

'En die andere? Wie zijn dat dan?'

'Ik dacht dat je dingen over jezelf wilde horen, niet over anderen.' Ze boog zich met een zeer zelfverzekerd gezicht naar hem toe. 'Andere mensen kunnen jou toch niet echt schelen, is het wel?'

Oba beantwoordde haar lepe glimlach met een boze blik. 'Eigenlijk niet, nee.'

Ze schudde de ene steen in haar losse vuist. Zonder haar blik van zijn ogen af te wenden, wierp ze de steen op het bord. Het bliksemde. De steen rolde over het bord en kwam buiten de buitenste vergulde cirkel tot stilstand. De donder rommelde in de verte. 'Nou,' vroeg hij, 'wat betekent dat?'

In plaats van hem antwoord te geven, en zonder naar beneden te kijken, pakte ze de steen op. Ze bleef hem strak aankijken terwijl ze de steen opnieuw schudde. Weer wierp ze hem op het bord, zonder een woord te zeggen. De bliksem flitste. Het was verbazingwekkend, maar de steen bleef op dezelfde plek liggen als de eerste keer; niet ongeveer op dezelfde plek, maar precies. De regen kletterde op het dak en er ratelde een serie donderklappen over het moeras.

Althea griste de steen snel weg en wierp hem een derde maal, wat weer vergezeld ging van een bliksemflits, maar deze keer dichterbij. Oba bevochtigde zijn lippen terwijl hij wachtte tot de steen die hem voorstelde, bleef liggen.

Hij kreeg kippenvel op zijn armen toen hij het donkere steentje tot stilstand zag komen op dezelfde plek op het bord als de twee vorige keren. Op het ogenblik dat de steen bleef liggen, dreunde de donder.

Oba legde zijn handen op zijn knieën en leunde achterover. 'Een trucje.'

'Geen trucje,' zei ze. 'Magie.'

'Ik dacht dat u geen magie kon beoefenen.'

'Dat kan ik ook niet.'

'Hoe doet u dat dan?'

'Ik doe het niet, dat zei ik je al. De stenen doen het zelf.'

'En wat zegt het dan over mij dat hij daar, op die plek, blijft liggen?'

Hij besefte dat gedurende het werpen van de steen haar glimlach was verdwenen. Met een elegante vinger, verlicht door het vuur, wees ze naar waar zijn steen lag.

'Die plek symboliseert de onderwereld,' zei ze op grimmige toon. 'De wereld van de doden.'

Oba probeerde te kijken alsof hij dat niet bijster interessant vond. 'Wat heeft dat met mij te maken?'

Haar grote, donkere ogen bleven zich in zijn ziel boren. 'Dat is waar de stem vandaan komt, Oba.'

Er trok weer kippenvel over zijn armen. 'Hoe weet u mijn naam?'

Ze hield haar hoofd schuin, zodat de helft van haar gezicht in schaduw gehuld was. 'Ik heb eens een vergissing begaan, lang geleden.'

'Wat voor vergissing?'

'Ik heb geholpen jouw leven te redden. Ik heb je moeder geholpen om jou het paleis uit te krijgen voordat Darken Rahl je bestaan ontdekte en je zou doden.'

'Leugenaarster!' Oba griste de steen van het bord. 'Ik ben zijn zoon! Waarom zou hij me willen doden?'

Ze had haar doordringende blik niet van hem afgewend. 'Misschien omdat hij wist dat je naar de stemmen zou luisteren, Oba.'

Oba wilde haar afschuwelijke ogen wel uitsteken. Hij zou ze eruitsnijden. Maar het leek hem beter als hij eerst meer te weten kwam, als hij eerst moed verzamelde.

'Was u een vriendin van mijn moeder?'

'Nee. Ik kende haar niet echt. Lathea kende haar beter. Je moeder was een van de jonge vrouwen die in moeilijkheden zaten en veel gevaar liepen. Ik heb hen geholpen, dat is alles. Daarvoor heeft Darken Rahl me verminkt. Als je de waarheid over zijn bedoelingen met jou niet wilt geloven, dan staat het je vrij om te kiezen voor een ander antwoord, dat je zelf verzint.'

Oba overpeinsde haar woorden en ging na of ze verband hielden met dingen op zijn lijstjes. Hij kon niet onmiddellijk verbanden vinden.

'Hielpen Lathea en u de kinderen van Darken Rahl?'

'Mijn zus Lathea en ik trokken vroeger veel met elkaar op. We zetten ons allebei op onze eigen manier in om mensen in nood te helpen. Maar zij kreeg een hekel aan mensen als jij, de nakomelingen van Meester Rahl, vanwege het leed dat mij werd aangedaan omdat ik hen probeerde te helpen. Ze kon mijn bestraffing en pijn niet aanzien. Ze is weggegaan.

Dat was zwak van haar, maar ik wist dat ze er niets aan kon doen dat ze die gevoelens had. Ik hield van haar, dus ik wilde haar niet smeken om me hier te komen opzoeken, in de toestand waarin ik verkeerde, ondanks het feit dat ik haar vreselijk miste. Ik heb haar nooit meer gezien. Het was het enige dat ik voor haar kon doen:

haar laten weglopen. Ik vermoed dat ze jou niet vriendelijk gezind was. Daar had ze haar redenen voor, ook al richtte ze haar woede op de verkeerde.'

Oba was niet van plan zich enige sympathie te laten aanpraten voor die boosaardige vrouw. Hij bekeek de donkere steen nauwkeurig en gaf hem toen terug aan Althea.

'Die drie worpen, dat was gewoon een kwestie van geluk. Doe het nog een keer.'

'Je zou me nog niet geloven als ik het honderd keer deed.' Ze gaf hem de steen terug. 'Doe jij het maar. Gooi hem zelf maar.'

Oba schudde de steen uitdagend in zijn losse vuist, zoals hij haar had zien doen. Ze leunde achterover tegen haar stoel terwijl ze naar hem keek. Haar ogen waren half gesloten.

Oba gooide de steen met zoveel kracht op het bord dat hij zeker wist dat die met gemak van het bord af zou rollen en haar ongelijk zou bewijzen. Toen de steen uit zijn hand viel, flitste de bliksem zo fel dat hij ineendook en naar boven keek, uit angst dat de schicht door het dak zou slaan. Vlak daarna kraakte de donder; het huis schudde ervan. De klap was zo hard dat hij het gevoel had dat zijn botten door elkaar werden geschud. Maar toen was het voorbij en het enige geluid was de regen die tegen het ongeschonden dak en de ramen kletterde.

Oba grijnsde opgelucht en keek omlaag; hij zag dat die vervloekte steen op precies dezelfde plek lag als waar hij de andere drie keren tot stilstand was gekomen.

Als door een slang gebeten sprong hij op. Hij wreef met zijn zwetende handpalmen over zijn dijen.

'Een trucje,' zei hij. 'Het is gewoon een trucje. U bent tovenares en u haalt toverkunstjes uit.'

'Jij bent degene die de truc heeft uitgehaald, Oba. Jij bent degene die zijn duisternis in je ziel heeft toegelaten.'

'En wat dan nog!'

Ze glimlachte bij zijn bekentenis. 'Je mag dan naar de stem luisteren, Oba, maar jij bent niet degene om wie het gaat. Jij bent slechts zijn dienaar, meer niet. Hij moet iemand anders kiezen als hij de wereld in duisternis wil dompelen.'

'U weet niet waar u het over hebt!'

'Jawel, hoor. Je mag dan een gat in de wereld zijn, maar je ontbeert een belangrijk element.'

'En wat mag dat dan wel wezen?'

'*Grushdeva.*'

Oba voelde dat zijn nekhaar overeind ging staan. Hoewel hij dit ene woord niet herkende, was de oorsprong ervan onmiskenbaar. Dit soort eigenaardige woorden behoorden toe aan de stem.

'Een onzinnig woord. Het betekent niets.'

Ze keek hem een tijdje aan met die blik die hij vreesde, omdat die een wereld van verboden kennis in zich leek te sluiten. Aan de ijzeren vastberadenheid in die ogen kon hij zien dat hij die kennis niet met een mes zou kunnen bemachtigen.

'Heel lang geleden en ver hiervandaan,' zei ze met haar kalme stem, 'heeft een andere tovenares me iets geleerd van de taal van de Wachter. Dat is een van zijn woorden, in zijn oertaal. Je zou het alleen gehoord kunnen hebben als jij de juiste persoon was. *Grushdeva*. Het betekent "wraak". Jij bent niet degene die hij heeft gekozen.'

Oba dacht dat ze hem misschien alleen wilde tergen. 'U weet niet welke woorden ik heb gehoord, u weet er helemaal niets van. Ik ben de zoon van Darken Rahl. Een rechtmatige opvolger. U hebt helemaal geen idee wat ik hoor. Ik zal een macht hebben waarvan u alleen kunt dromen.'

'Je verspeelt je vrije wil als je zaken doet met de Wachter. Jij hebt iets verkocht dat alleen van jou en onbetaalbaar was... voor niets dan as.

Je hebt jezelf als slaaf verkocht, Oba, in ruil voor niets meer dan de illusie van eigenwaarde. Je hebt geen enkele zeggenschap over wat er gaat gebeuren. Jij bent niet degene om wie het gaat. Dat is iemand anders.' Ze wiste het zweet van haar voorhoofd. 'En rond diegene is alles nog onbeslist.'

'Dus nu durft u te denken dat u de loop kunt veranderen van wat ik heb gewrocht? Dat u kunt dicteren wat er zal gebeuren?' Oba was verrast door zijn eigen woorden. Ze leken van zijn tong te rollen voordat hij ze had bedacht.

'Zoiets is niet voor mij weggelegd,' erkende ze. 'Ik heb in het Paleis van de Profeten geleerd me niet te bemoeien met zaken die me boven de pet gaan en niet te beheersen zijn. Het grote geheel van leven en dood is het terrein van de Schepper en de Wachter.' Ze leek vergenoegd en glimlachte ironisch. 'Maar ik acht het niet beneden mijn waardigheid om mijn vrije wil uit te oefenen.'

Hij had genoeg gehoord. Ze probeerde alleen om tijd te rekken, om hem in verwarring te brengen. Om de een of andere reden kon hij zijn op hol geslagen hart niet tot bedaren brengen.

'Wat zijn gaten in de wereld?'

'Die zijn het einde van mensen als ik,' zei ze. 'Ze zijn het einde van alles wat ik ken.'

Het was echt iets voor een tovenares om te antwoorden met een onzinnig raadseltje. 'Wie zijn de andere stenen?' vroeg hij.

Eindelijk sloeg ze haar angstaanjagende ogen neer om naar de andere stenen te kijken. Haar bewegingen waren vreemd schokkerig. Met haar slanke vingers koos ze een van de stenen uit. Toen ze die optilde, onderbrak ze haar beweging om haar andere hand tegen haar buik te leggen. Oba besefte dat ze pijn had. Ze deed haar best om dat te verbergen, maar dat lukte nu niet. Dat er zweet op haar voorhoofd parelde, kwam door de pijn. Die uitte ze met een laag gekreun. Oba keek geboeid toe.

Toen leek de pijn wat weg te ebben. Met grote moeite ging ze meer rechtop zitten en ze richtte haar aandacht weer op waar ze mee bezig was geweest. Ze stak haar hand naar voren, met de palm naar boven, waar de steen in lag.

'Deze,' zei ze, moeizaam ademend, 'ben ik.'

'U? Die steen bent u?'

Ze knikte terwijl ze hem zonder te kijken op het bord wierp. Deze keer kwam de steen tot stilstand zonder de begeleiding van donder en bliksem. Oba was opgelucht en voelde zich een beetje belachelijk dat hij daar eerder zo van was geschrokken. Nu glimlachte hij. Het was alleen maar een onnozel bordspelletje, en hij was onoverwinnelijk.

De steen was blijven liggen op een van de hoekpunten van het vierkant dat tussen de twee cirkels lag.

Hij gebaarde. 'Wat betekent dat?'

'Beschermer,' bracht ze hijgend uit.

Met trillende vingers pakte ze de steen op. Ze hief haar hand tot voor zijn gezicht en vouwde haar slanke vingers open. De steen, haar steen, lag midden op haar handpalm. Ze keek hem strak aan. Terwijl Oba toekeek, verpulverde de steen in haar hand tot as.

'Waarom gebeurt dat?' fluisterde hij met grote ogen.

Althea gaf geen antwoord. Ze zakte in elkaar en viel. Haar armen lagen uitgespreid voor haar, haar benen naar één kant opzij. De as van de steen raakte verstrooid tot een donkere veeg op de grond.

Oba sprong overeind. Zijn kippenvel was terug. Hij had genoeg mensen zien sterven om te weten dat Althea dood was.

Donderslagen en bliksemschichten doorkliefden de lucht; die werd gegeseld door felle lichtflitsen die zich door de ramen naar binnen boorden en een verblindend wit licht op de dode tovenares wierpen. Er druppelde zweet langs zijn slaap en over zijn wang naar beneden.

Oba stond een ogenblik lang naar het lijk te staren.

En toen zette hij het op een lopen.

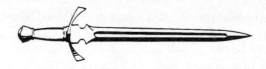

38

Hijgend en uitgeput wankelde Oba door de dichte begroeiing de weide op. Hij keek met samengeknepen ogen om zich heen in het plotseling felle licht. Hij was geschokt en moe, had honger en dorst, en was in de stemming om die kleine dief systematisch aan stukken te scheuren.

De weide was leeg.

'Clovis!' Zijn gebrul echode hol naar hem terug. 'Clovis! Waar ben je?'

Het gehuil van de wind tussen de hoog oprijzende rotswanden was het enige antwoord. Oba vroeg zich af of de dief misschien angstig was en niet te voorschijn durfde te komen, bang dat Oba had ontdekt dat zijn fortuin weg was en vermoedde wat er was gebeurd.

'Clovis, kom hier! We moeten gaan! Ik moet onmiddellijk terug naar het paleis! Clovis!'

Oba stond hijgend op een antwoord te wachten. Met zijn handen in zijn zij brulde hij opnieuw de naam van de kleine dief door de koude middaglucht.

Toen er geen antwoord kwam, liet hij zich op zijn knieën naast het vuur zakken dat Clovis die ochtend had gemaakt. Hij stak zijn vingers in de poederachtige, grijze as. Het had niet geregend op de weide, maar de as was ijskoud.

Oba ging staan en staarde naar de nauwe bergpas waardoor ze die ochtend vroeg waren komen aanrijden. De koude bries die over de lege weide woei, blies zijn haar in de war. Oba haalde zijn beide handen door zijn haar, bijna alsof hij moest zorgen dat zijn hoofd niet zou barsten toen de afschuwelijke waarheid tot hem doordrong.

Hij besefte dat Clovis de geldbeurs die hij had gestolen niet had begraven. Dat was hij nooit van plan geweest. Onmiddellijk nadat Oba in het moeras was verdwenen, was Clovis er met het geld vandoor gegaan. Hij was met Oba's fortuin aan de haal gegaan, hij had het niet begraven.

Met een hol, wee gevoel begreep Oba toen de volle omvang van wat er eigenlijk was gebeurd. Er ging nooit iemand via deze route het moeras in. Clovis had hem overgehaald dat wel te doen en hem hierheen gebracht omdat hij geloofde dat Oba zou omkomen in het verraderlijke moeras. Clovis had erop gerekend dat Oba zou verdwalen en dat het moeras hem zou opslokken als de monsters die, naar men zei, de achterkant van Althea's huis bewaakten hem niet voor die tijd te pakken kregen.

Clovis had het helemaal niet nodig gevonden om het geld te begraven; hij was ervan overtuigd dat Oba dood was. Clovis was verdwenen met Oba's fortuin in zijn bezit.

Maar Oba was onoverwinnelijk. Hij had het moeras overleefd. Hij was de slang de baas geweest. Daarna hadden de monsters zich niet meer durven te vertonen.

Clovis had waarschijnlijk gedacht dat er nog twee grote gevaren waren waar hij op kon rekenen als het moeras zijn weldoener niet fataal zou worden. Althea had Oba niet uitgenodigd; Clovis had waarschijnlijk aangenomen dat ze niet vriendelijk zou reageren op ongenode gasten, want dat deden tovenaressen zelden. En ze hadden de reputatie levensgevaarlijk te zijn.

Maar Clovis had er geen rekening mee gehouden dat Oba onoverwinnelijk was.

Zo resteerde de dief nog maar één bescherming tegen Oba's toorn, en die vormde inderdaad een probleem: de Vlakten van Azrith. Oba was gestrand op een verlaten, afgelegen plek. Hij had geen voedsel. Er was water in de buurt, maar hij had niets om het in mee te nemen. Hij had geen paard. Hij had zelfs zijn wollen jasje, dat hij in het moeras niet nodig had, bij het achterbakse marskramertje achtergelaten. Hiervandaan te voet vertrekken, zonder proviand, blootgesteld aan het winterse weer, zou een gewisse dood betekenen voor eenieder die er op de een of andere manier in was geslaagd het moeras en Althea te overleven.

Oba kon zich er niet toe zetten in beweging te komen. Hij wist dat hij, gezien zijn situatie, zou sterven als hij probeerde terug te lopen. Ondanks de kou voelde hij het zweet langs zijn nek stromen. Zijn hoofd bonsde.

Oba draaide zich om en tuurde het moeras in. In Althea's huis zouden spullen zijn, eten, kleding en zeker iets waarin hij water kon vervoeren. Oba was zijn leven lang gewend geweest te improviseren. Hij kon een bepakking maken waarmee hij in elk geval terug kon komen bij het paleis. Hij kon proviand meenemen uit het huis van de tovenares. Ze zou daar niet helemaal alleen en kreupel zijn achtergebleven zonder eten onder handbereik. Haar man zou terugkomen, maar dat kon nog wel dagen duren. Hij had ongetwijfeld eten achtergelaten.

Oba kon lagen kleding over elkaar dragen om zichzelf warm genoeg te houden tijdens de tocht over de bitter koude vlakte. Althea had gezegd dat haar man naar het paleis was gegaan. Hij zou warme kleren hebben om de Vlakten van Azrith over te trekken en had misschien een extra stel thuis achtergelaten. Zelfs als ze niet pasten, kon Oba zich ermee behelpen. Er waren vast ook wel dekens, die hij in een bundel kon meenemen en als mantel kon omslaan.

Maar er was altijd de mogelijkheid dat de echtgenoot eerder terugkwam. Aangezien er aan deze kant geen pad was, zou hij waarschijnlijk over het brede pad van de andere kant van het huis komen. Hij kon zelfs al thuis zijn en het lijk van zijn vrouw hebben ontdekt. Maar daar maakte Oba zich niet echt zorgen over. Met een treurende echtgenoot kon hij wel afrekenen. Misschien was de man zelfs wel blij dat hij niet langer hoefde te zorgen voor een humeurige, invalide vrouw. Wat kon hij nog aan haar gehad hebben? De man mocht blij zijn dat hij van haar af was. Misschien bood hij Oba wel iets te drinken aan om zijn bevrijding te vieren. Maar Oba was niet in een feestelijke stemming. Althea had een gemeen trucje uitgehaald en hem het plezier ontzegd waar hij zo naar had uitgekeken, het plezier dat hij had verdiend na zijn lange en zware tocht. Oba zuchtte toen hij eraan dacht hoe lastig tovenaressen konden zijn. Ze kon hem op zijn minst voorzien van wat hij nodig had om te kunnen terugkeren naar zijn voorouderlijk huis.

Maar als hij terug was bij het Volkspaleis, zou hij geen geld hebben, tenzij hij Clovis kon vinden. Oba wist dat daar maar weinig kans op was. Clovis had Oba's zuurverdiende fortuin nu in zijn bezit en had misschien wel besloten om op reis te gaan naar luxueuze oorden, om zijn gestolen geld daar lichtzinnig uit te geven. Waarschijnlijk was die kleine dief allang verdwenen.

Oba had nog geen koperen stuiver. Hoe moest hij overleven? Hij kon niet terug naar dat armeluisleven, het leven dat hij met zijn moeder had geleid, niet nu, nadat hij had ontdekt dat hij een Rahl was, en dus bijna van koninklijken bloede.

Hij kon niet terug naar zijn oude leventje. Dat deed hij niet.

Ziedend van woede dook Oba weer de rotsrichel af. Het was al laat op de dag. Hij had geen tijd te verliezen.

Oba raakte het lijk niet aan.

Niet dat hij teergevoelig was op het gebied van de dood. Integendeel, doden fascineerden hem. Hij had veel tijd doorgebracht met dode lichamen. Maar deze vrouw bezorgde hem de rillingen. Zelfs dood leek ze naar hem te kijken toen hij haar huis doorzocht en kleren en etenswaren op een stapel in het midden van de kamer gooide.

Er was iets blasfemisch, iets zondigs aan de vrouw die languit op de grond lag. Zelfs de vliegen die door de kamer zoemden, gingen niet op haar zitten. Lathea was lastig geweest, maar deze vrouw was anders. Er was iets verdorvens aan haar. Ze had recht door hem heen kunnen kijken. Dat had Lathea nooit gekund. Eens had hij natuurlijk wel gedacht dat ze dat kon, maar dat kon ze niet. Niet echt. Deze vrouw wel.

Ze kon de stem in hem zien.

Oba wist niet zeker of hij wel veilig was bij haar in de buurt, ook al was ze nu dood. Aangezien hij onoverwinnelijk was, was het waarschijnlijk alleen maar zijn levendige fantasie, dat wist hij wel, maar je kon nooit voorzichtig genoeg zijn.

In de slaapkamer vond hij warme, wollen overhemden. Ze waren lang niet groot genoeg, maar door hier en daar de naden een beetje los te trekken, kon hij ze toch aan. Als hij tevreden was over zijn wijzigingen, gooide hij het betreffende kledingstuk op de stapel midden in de zitkamer. Ze zouden goed genoeg zijn om hem warm te houden. Hij voegde ook wat dekens toe aan de stapel. Het ergerde Oba dat de trage echtgenoot nog niet terug was, en om zijn gedachten af te leiden van de zelfvoldane dode vrouw die daar maar lag toe te kijken hoe hij bezig was, maakte Oba vast plannen om iemand te vermoorden voordat hij gek werd. Misschien een of andere roddelzieke vrouw. Een die van die rimpels rond haar ogen had van het kwaadaardige fronsen, zoals zijn moeder had gehad. Hij moest iemand laten boeten voor alle ellende die hij had moeten doorstaan. Het was niet eerlijk. Helemaal niet. Buiten was het al donker. Hij moest een olielamp aansteken om verder te kunnen zoeken. Oba had geluk: onder in een kast vond hij een waterzak. Op handen en knieën rommelde hij door een verzameling lapjes, gebarsten kopjes, kapot kookgerei en een voorraad was en lampenkatoen. Van achter uit de kast trok hij een kleine rol canvas te voorschijn. Hij testte de sterkte ervan en besloot dat hij daar een ransel van kon naaien. Er waren genoeg onderdelen van kleding voorhanden om draagriemen van te maken. Op een lage plank vlak bij hem stond een naaidoos.

Hij had gemerkt dat dat soort nuttige zaken op lage planken stonden, zodat de kreupele tovenares met de gemene ogen erbij had gekund. Een tovenares zonder magie. Niet erg waarschijnlijk. Ze was jaloers, omdat de stem hem had gekozen in plaats van haar. Ze voerde iets in haar schild.

Hij wist dat het hem enige tijd zou kosten om alles te verzamelen en een ransel te naaien voor zijn spullen. Hij kon die avond niet meer vertrekken. Het zou onmogelijk zijn om het moeras 's nachts te doorkruisen. Hij was wel onoverwinnelijk, maar niet gek.

Met de olielamp dicht naast zich ging hij aan de werkbank zitten en begon een ransel voor zichzelf te naaien. Vanaf de vloer van de zitkamer keek Althea naar hem. Ze was tovenares, dus hij wist dat het geen zin zou hebben om een deken over haar hoofd te leggen. Als ze helemaal vanuit de wereld van de doden naar hem kon kijken, zou een simpele deken niet genoeg zijn om haar dode ogen te verblinden. Hij zou zich er gewoon bij moeten neerleggen dat ze toekeek terwijl hij werkte.

Toen de ransel klaar was en sterk genoeg naar zijn zin, zette hij die op de werkbank en begon hem vol te pakken met voedsel en kleding. Ze had gedroogd fruit en vlees in huis, en worstjes en kaas. Er waren kaakjes die hij gemakkelijk mee kon nemen. Hij nam geen pannen of voedsel dat gekookt moest worden mee, want hij wist dat er niets op de Vlakten van Azrith was om een vuur mee te maken, en hij zou zeker geen brandhout mee kunnen slepen. Hij zou snel en met weinig bagage reizen. Hij hoopte dat het hem slechts een paar dagen zou kosten om het paleis te bereiken. Wat hij zou doen als hij bij het paleis was, hoe hij zonder geld zou overleven, wist hij niet. Hij had even overwogen het te stelen, maar verwierp dat idee: hij was geen dief en wilde zichzelf niet verlagen tot het plegen van misdaden. Hij wist nog niet precies hoe hij zich zou redden bij het paleis. Hij wist alleen dat hij er moest zien te komen.

Toen hij klaar was met inpakken, vielen zijn ogen bijna dicht en hij geeuwde om de paar minuten. Hij zweette van het harde werken en van de warmte in dat smerige moeras. Zelfs 's nachts was het een vreselijke plek. Hij snapte niet hoe de wijsneuzerige tovenares het hier had uitgehouden. Geen wonder dat haar man naar het paleis was gegaan. De man zat waarschijnlijk bier te hijsen en tegen zijn maten te jammeren dat hij terug moest naar zijn moerasvrouw.

Het idee om onder één dak te slapen met de tovenares stond Oba niet aan, maar uiteindelijk was ze wel dood. Hoewel hij haar toch nog niet vertrouwde. Ze kon nog een of andere streek voor hem in petto hebben. Hij geeuwde weer en wiste het zweet van zijn voorhoofd.

Op de vloer in de slaapkamer lagen twee goed gevulde stromatrassen dicht naast elkaar. Een ervan was netjes opgemaakt, de andere was minder ordelijk. Aan de keurige werkbank te zien was het opgemaakte bed waarschijnlijk dat van de man en het andere van Althea. Aangezien ze helemaal in de andere kamer dood op de vloer lag, vond Oba het niet zo'n heel onaangenaam idee om op een lekker zacht matras te slapen.

De echtgenoot zou vast niet in het donker thuiskomen, dus Oba maakte zich geen zorgen dat hij wakker zou worden van een woesteling die hem naar de keel vloog. Toch leek het hem het beste om een stoel onder de deurkruk te zetten voordat hij zich voor de nacht terugtrok. Toen het huis aldus beveiligd was, geeuwde hij, klaar om naar bed te gaan. Toen hij langs Althea liep, negeerde Oba haar.

Oba viel onmiddellijk in slaap, maar hij sliep onrustig. Hij werd geplaagd door dromen. Het was warm in het moerashuis. Doordat het verder overal winter was, was hij niet gewend aan die plotselinge, drukkende hitte. Buiten bleven insecten gestaag zoemen terwijl nachtdieren floten en krasten. Oba lag te draaien en te woelen, en probeerde weg te komen van de starende blik en alwetende glimlach van de tovenares. Die leken hem te volgen, welke kant hij zich ook op draaide, hielden hem in de gaten en lieten hem niet rustig slapen.

Net toen het buiten licht begon te worden, werd hij definitief wakker.

Hij lag in Althea's bed.

In de haast om zichzelf van het beddengoed te ontdoen en haar bed te ontvluchten, rolde hij zich op zijn handen en knieën. Door zijn gewicht zakte zijn hand abrupt weg in een gat. Hevig geschrokken sloeg Oba het beddengoed weg en hij draaide het matras om, om te zien wat voor gemene streek ze hem had geleverd. Ze had geweten dat hij naar haar toe zou komen. Ze voerde iets in haar schild.

Op de plek waar haar matras had gelegen, zag hij dat er een vloerplank loszat. Dat was alles: een vloerplank die weg was gekanteld. Oba fronste argwanend. Bij nadere beschouwing bleek dat de plank pennen in het midden had, zodat die op en neer kon wippen.

Voorzichtig duwde hij met één vinger het neergezakte uiteinde wat verder naar beneden. De andere kant van de plank kwam naar boven. In een ruimte onder de plank stond een houten kistje. Hij pakte het kistje eruit en probeerde het open te maken, maar het zat op de een of andere manier op slot. Er was geen sleutelgat en geen duidelijk zichtbaar deksel, dus was er waarschijnlijk een handigheidje om het open te krijgen. Het was zwaar. Toen hij ermee schudde, klonk er een gedempt geluid van binnen. Het zou gewoon een zwaar voorwerp kunnen zijn dat de kreupele vrouw onder haar bed bewaarde voor het geval dat ze 's nachts werd aangevallen door een slang of zoiets.

Met het kistje in zijn vlezige hand slofte Oba naar de werkbank. Hij ging op de kruk zitten en boog zich naar voren. Toen hij een beitel en een houten hamer uitkoos, zag hij dat de tovenares nog steeds in de andere kamer op de grond lag en toekeek.

'Wat zit er in het kistje?' riep hij naar haar.

Ze gaf natuurlijk geen antwoord. Ze was absoluut niet van plan om mee te werken. Als ze had meegewerkt, zou ze al zijn vragen hebben beantwoord, in plaats van dood neer te vallen nadat ze dat trucje had gedaan van de steen die in as veranderde. Alleen al de herinnering eraan bezorgde hem de rillingen. Iets aan die hele ontmoeting maakte dat hij er niet graag aan terugdacht.

Oba wilde met de beitel het kistje openwrikken. Hij probeerde het op elke naad, maar het ging niet open. Hij sloeg er met de hamer op, maar slaagde er alleen in om het handvat van de hamer te breken. Hij zuchtte en concludeerde dat het waarschijnlijk inderdaad alleen een zwaar voorwerp was dat Althea als verdedigingswapen bewaarde.

Hij stond op van de kruk om zijn spullen te verzamelen en te controleren of hij alles had. Hij had genoeg van de vreemde gebeurtenissen en de raadselachtige voorwerpen die ze had achtergelaten. Hij moest maar eens op pad gaan.

Toen bleef Oba staan en draaide zich vanuit een innerlijke drang om. Als het zware kistje een wapen was, zou ze het bij de hand hebben gehouden. Dit kistje was belangrijk, anders zou het niet onder een vloerplank verborgen zijn. Iets in hem vertelde hem dat. Vastbesloten om het kistje open te krijgen, ging hij weer aan de werkbank zitten en koos een smallere beitel en een andere hamer. Hij wrikte het scherpe blad tussen een naad die overlangs liep, vlak bij de rand. Het zweet droop van zijn neuspunt en hij gromde van de inspanning waarmee hij op de achterkant van de beitel hamerde in een poging de naad open te slaan en te zien of er alleen maar iets in zat om het te verzwaren.

Plotseling barstte het hout met een harde knal en brak het kistje open. Gouden en zilveren munten stroomden eruit als de ingewanden uit een karper. Oba stond te kijken naar de overvloed aan goud die op een bergje op de werkbank lag. Het kistje had niet gerammeld doordat het helemaal vol had gezeten. Het was een fortuin, echt een fortuin.

Wel had je ooit.

Er was zeker twintigmaal zoveel goud als die gluiperd van een Clovis van hem had gestolen. Oba had gedacht dat hij door dat laffe, kleine diefje tot de bedelstaf was veroordeeld, en nu bleek hij rijker te zijn dan ooit, rijker dan hij had kunnen dromen. Hij was echt onoverwinnelijk. Hij had met tegenslag en pech te kampen gehad die een mindere man verslagen zouden hebben, en het lot had hem zijn rechtmatige beloning toegekend voor al zijn inspanningen. Hij wist dat dit niet anders dan tussenkomst van hogerhand kon zijn.

Oba glimlachte naar de vrouw die aan de andere kant van het vertrek naar zijn triomf lag te kijken.

In de laden van de werkbank vond hij gereedschap dat in zakjes was opgeborgen. Er waren drie mooie, leren buideltjes met fijne ploegschaven. De leren buideltjes moesten er waarschijnlijk voor zorgen dat de scherpe randen van de bladen niet vuil of bot werden. In een zakje van textiel zat een passer. In een ander buideltje zat hars, en er waren er nog een paar met verscheidene andere gereedschapjes. De man was uitzonderlijk netjes. Hij was waarschijnlijk krankzinnig geworden van het leven met zijn moerasvrouw.

Oba wiste het zweet uit zijn ogen en veegde toen alle munten naar het midden van de werkbank. Hij verdeelde ze in gelijke bergjes en telde elk bergje nauwkeurig, zodat hij precies wist hoeveel geld hij had verdiend.

Toen hij klaar was met tellen, vulde hij de buideltjes van leer en textiel, en stopte er in elke zak een. Als beveiliging knoopte hij elk buideltje dicht met twee koordjes, die in verschillende richtingen naar verschillende riemlusjes gingen. Om elk been knoopte hij een kleinere beurs, die hij in de bovenkant van zijn laarzen hing. Hij maakte zijn broek los en bevestigde een paar van de zwaarste buidels aan de binnenkant, waar niemand erbij kon. Hij bedacht dat hij voorzichtig moest zijn met gepassioneerde dames met grijpgrage handen, omdat ze anders weleens meer konden vinden dan hij hun wilde geven.

Oba had zijn lesje geleerd. Van nu af aan zou hij zijn fortuin niet op één plek bewaren. Een man die zo rijk was als hij, moest zijn bezit beschermen. De wereld was vol dieven.

39

Eindelijk bereikte Oba sjokkend de rand van de markt. Na de eenzaamheid van de kale vlakte was de lawaaiige maalstroom van activiteit verwarrend. Onder normale omstandigheden zou hij geïntrigeerd zijn door alles wat er gebeurde, maar deze keer besteedde hij er niet veel aandacht aan.

Hij had al eerder gehoord dat je in het paleis kamers kon huren. Dat was wat hij wilde: in het Volkspaleis een fatsoenlijke kamer bemachtigen. Een waar het stil was. Na een goede maaltijd en wat rust om weer op krachten te komen, zou hij nieuwe kleren gaan kopen en rondkijken. Maar nu wilde hij alleen maar een kamer waar het stil was, om uit te rusten. Om de een of andere reden werd hij misselijk bij de gedachte aan eten.

Het leek hem enigszins ongepast dat een Rahl zich moest verlagen tot het huren van een kamer in zijn eigen voorouderlijk huis, maar die kwestie zou hij later moeten oplossen. Nu wilde hij alleen maar liggen. Zijn hoofd bonsde. Zijn ogen deden pijn als hij ze bewoog om ergens naar te kijken, dus terwijl hij met gebogen hoofd voortsjokte, probeerde hij alleen te kijken naar het stukje stoffige grond vlak voor zijn voeten.

Hij had de lange tocht van het akelige moeras naar het paleis door pure wilskracht volbracht. Ondanks de kou zweette hij. Waarschijnlijk was hij te bang geweest voor het koude weer waarin hij de Vlakten van Azrith zou oversteken en had hij zich, met alle hemden die hij droeg, te warm aangekleed. Per slot van rekening naderde de lente al en was het niet meer zo koud als het hartje winter was geweest, toen zijn krankzinnige moeder hem had opgezadeld met het vernederende karwei om bergen bevroren drek weg te hakken.

Oba tastte naar een prop stof die zich hinderlijk onder zijn oksel had opgehoopt. De hemden waren te klein voor hem geweest, dus hij had hier en daar naden los moeten trekken om ze allemaal aan te krijgen. Sommige mouwen waren tijdens zijn lange tocht over de winderige vlakte opengescheurd en waren langs zijn arm omhooggekropen onder de buitenste lagen textiel, die nu als gehavende vlaggen om hem heen hingen. Zijn ransel van canvas, die hij zo haastig had gemaakt, begon ook uit elkaar te vallen, zodat de punten van de donkere wollen deken naar beneden hingen en achter hem aan wapperden als hij liep.

Met alle verschillende kleuren stof die zichtbaar waren door de gescheurde naden heen en de bruine wollen deken die hij als mantel droeg, moest hij er wel als een bedelaar uitzien. Hij was waarschijnlijk rijk genoeg om de hele markt een keer of tien op te kopen. Later zou hij mooie kleren gaan kopen. Maar eerst had hij een kamer nodig waar het stil was, om langdurig uit te rusten.

Maar geen eten. Hij had absoluut geen trek. Hij had overal pijn – zelfs met zijn ogen knipperen deed pijn – maar het ergste was de pijn in zijn buik.

De vorige keer dat hij hier was geweest, was het water hem in de mond gelopen van de heerlijke aroma's van eten dat werd klaargemaakt. Nu werd hij misselijk van de rooksliertjes die van de kookvuren kwamen. Hij vroeg zich af of dat kwam doordat hij nu een verfijndere smaak had. Hij dacht dat hij, als hij het paleis in ging, misschien iets met een milde smaak te eten kon kopen. Maar ook die gedachte wekte zijn eetlust niet op. Hij had geen honger, hij was alleen maar moe.

Met half dichtgezakte ogen slofte Oba verder door de geïmproviseerde straatjes van de onoverdekte markt. Hij zette koers naar het plateau dat daarboven uittorende. De ransel op zijn rug leek wel zo zwaar als drie volwassen mannen. Waarschijnlijk een trucje van de moerasheks, een of andere betovering. Toen ze eenmaal wist dat hij naar haar op weg was, had ze waarschijnlijk wat magische loden gewichtjes in haar worstjes getoverd. Bij de gedachte aan worstjes keerde zijn maag zich bijna om.

Toen hij omhoogtuurde naar het paleis, dat ver boven hem glansde in het zonlicht, botste hij per ongeluk tegen iemand op, zodat bij hen allebei hun adem met een grom uit hun longen werd gedreven. Oba wilde het hinderlijke obstakel net uit de weg trappen, toen de gekromde voddenbaal zich omdraaide om een vloek te grommen.

Het was Clovis.

Voordat Oba hem kon grijpen, scharrelde Clovis haastig onder hem vandaan en dook tussen twee oudere mannen door die net passeerden. Oba, die hem vlak op de hielen zat maar breder was, duwde de twee mannen opzij. Toen de twee vielen, wankelde Oba tussen hen door, met moeite zijn evenwicht bewarend, en hij ging achter de kleine dief aan. Clovis kwam glijdend tot stilstand. Hij keek naar links en naar rechts. Oba zag zijn kans en deed een uitval naar de in lompen gehulde dief, maar het schriele mannetje slaagde erin net op tijd een andere straat in te schieten en glipte tussen Oba's uitgestrekte armen door. Oba viel voorover en hield er alleen een gezicht vol zand en een flard van de mouw van de man aan over.

Toen Oba moeizaam overeind kwam, zag hij Clovis over een vuur springen waarbij mensen repen vlees zaten te roosteren die aan stokjes waren gestoken, en wegrennen tussen vastgezette paarden. Voor zo'n krom kereltje kwam hij verbazend snel vooruit, als rook in een storm. Maar Oba was groot en sterk... en snel. Oba was altijd trots geweest op zijn lichtvoetigheid. Hij sprong met groot gemak hoog over het vuur heen en rende tussen de paarden door, terwijl hij probeerde zijn prooi niet uit het oog te verliezen.

De paarden schrokken van de mannen die zo woest tussen hen door stormden. Een paar dieren steigerden in paniek, trokken de staak los waaraan ze stonden en sloegen op hol. De man die op de dieren paste, sprong luid vloekend dwars voor Oba. Oba hoorde niet echt wat hij riep en het kon hem ook niets schelen. Al zijn aandacht was gevestigd op de man die hij achtervolgde, en hij sloeg de woedende kerel opzij. Er steigerden meer paarden. Zonder in te houden denderde Oba voort, achter de dief aan.

Oba had zijn geld niet echt nodig. Hij bezat nu een fortuin. Hij had waarschijnlijk meer geld dan hij ooit zou kunnen uitgeven, zelfs als hij niet echt zuinig was. Maar dit ging niet om het geld. Dit ging om een misdrijf, om bedrog. Oba had de man betaald, had hem vertrouwd, en hij was opgelicht.

Bovendien was hij voor gek gezet. Zijn moeder had hem altijd verteld dat hij gek was. Oba de oen noemde ze hem altijd. Oba zou ervoor zorgen dat niemand hem meer voor de gek hield. Hij zou ervoor zorgen dat zijn zelfvoldane moeder geen gelijk kreeg.

Dat Oba alles had overwonnen en rijker dan ooit uit het moeras was gekomen, was niet aan Clovis te danken. Nee, dat was alleen aan Oba zelf te danken. Net toen hij dacht dat hij weer arm was, was hij erin geslaagd de sleutel te vinden tot een fortuin dat hem om allerlei redenen gewoon toekwam, al was het maar vanwege zijn lange en zware tocht naar Althea, waarna ook zij hem had bedrogen en hem zijn antwoorden had ontzegd, alleen omdat ze in- en ingemeen was.

Clovis had een boos plan beraamd en hem voor dood achtergelaten. Het was zijn bedoeling geweest hem te laten sterven. Dat Oba nog leefde, was niet aan Clovis te danken. Alles welbeschouwd was de man een moordenaar. Een koelbloedige moordenaar. Het volk van D'Hara zou bij Oba Rahl in het krijt staan en mocht hem dankbaar zijn als hij die kwaadaardige kleine bandiet snel zijn verdiende straf bezorgde.

Clovis schoot een hoek om, waar een kraam stond met honderden voorwerpen die allemaal gemaakt waren van schapenhoorn. Oba, die zwaarder was, vloog de hoek voorbij en gleed uit over een paardenvijg toen hij probeerde zich om te draaien. Met grote inspanning en behendigheid slaagde hij erin zijn evenwicht te bewaren en overeind te blijven. Oba had een jarenlange ervaring met het lopen door zulke drek, of hij nu met een zware last sjouwde, voor de dieren moest zorgen of wegrende als zijn moeder hem riep. Dat had hij onder allerlei weersomstandigheden moeten doen, inclusief vrieskou.

In zekere zin waren al die jaren van hard werken een oefening geweest die Oba had voorbereid op het omslaan van die hoek, terwijl geen enkele andere man van zijn lengte en gewicht daar kans toe zou hebben gezien. Hem lukte het, en wel op een vloeiende en snelle manier, wat een schok was voor de dief. Toen Clovis met een spottende grijns omkeek, blijkbaar in de veronderstelling dat Oba op de grond zou liggen, zag hij tot zijn verbijstering dat Oba in volle omvang en op topsnelheid op hem afkwam.

Clovis, die natuurlijk vleugels kreeg door de angstwekkende gedachte dat de gerechtigheid zelf achter hem aan zat, stormde een ander marktpad in, dat smaller en stiller was. Maar deze keer was

Oba vlak achter hem. Hij greep de wapperende voddenbaal bij de schouder en draaide Clovis met een ruk om. De man struikelde. Zijn armen maaiden onhandig door de lucht toen hij probeerde op de been te blijven en tegelijk te ontsnappen.

De ogen van Clovis werden groot. Eerst van verbazing en daarna van de druk die de hand om zijn keel uitoefende. Hoe hij ook probeerde te gillen of te smeken, het geluid kwam niet langs de bankschroefgreep van Oba's vingers.

Oba's vermoeidheid was vergeten; hij sleurde de moordzuchtige dief, die om zich heen schopte en zich in bochten wrong, naar achteren tussen twee wagens in. De wagenkappen van canvas schermden de smalle ruimte ertussen af. Achter in de nauwe ruimte stond een hoge muur van kratten. Oba blokkeerde de smalle opening tussen de wagenbakken en onttrok de kleine ruimte net zo efficiënt aan het gezicht als een celdeur zou doen.

Oba hoorde achter zich mensen lachen en praten terwijl ze haastig voorbijliepen, want het was nog fris. In de verte hoorde hij anderen met kooplui redetwisten en onderhandelen over de prijs van goederen. Paarden klepperden met rammelend tuig voorbij. Marskramers liepen heen en weer over de paden en prezen hun waren met een hoog, monotoon stemgeluid luidkeels aan, in de hoop kopers in de verleiding te brengen.

Alleen Clovis was stil, maar niet uit vrije wil. Het leugenachtige mondje van de venter ging wijd open in een poging iets te zeggen. Aangezien Oba hem van de grond tilde en de ogen van de man heen en weer rolden, was het duidelijk een vergeefse schreeuw om hulp. Terwijl zijn voeten door de lucht schopten, trachtte Clovis de sterke vingers om zijn nek los te wrikken. Zijn vieze vingernagels braken af toen hij vertwijfeld naar de ijzeren vuist der gerechtigheid klauwde. Zijn ogen werden net zo groot en rond als de gouden marken die hij van Oba had gestolen.

Terwijl hij hem met één hand in de lucht hield en tegen een van de zware houten kratten drukte, doorzocht Oba de zakken van de man, maar hij vond niets. Clovis wees wanhopig naar zijn borst. Oba voelde een bobbel onder de gescheurde lagen vodden en het hemd. Hij rukte het hemd open en zag zijn vertrouwde dikke beurs aan een leren koordje om de hals van de dief hangen.

Een flinke ruk deed het koordje in het vlees van de man snijden totdat het leer knapte.

Oba liet zijn beurs veilig in een van zijn zakken glijden. Clovis probeerde te glimlachen en trok een verontschuldigend gezicht, alsof hij wilde zeggen dat alles nu weer in orde was.

Maar Oba was het stadium van vergeving allang gepasseerd. Zijn hoofd bonsde met een razernij die de vrije loop kreeg. Hij drukte Clovis met zijn schouders tegen de kratten en ramde zijn vuist in de buik van het kereltje. Clovis liep paars aan. Oba gaf hem een harde stomp in zijn verachtelijke gezicht. Hij voelde bot breken. Hij draaide vliegensvlug zijn arm om, stootte zijn elleboog in dat liegende, gemene mondje en brak alle tanden eruit. Oba gaf de kleine gluiperd nog drie snelle klappen. Bij elke klap sloeg het hoofd van Clovis achterover, en elke keer dat zijn achterhoofd tegen de kratten sloeg, liet zijn vette haar bloedsporen achter.

Oba was woedend. Hij had de vernedering ondergaan het weerloze slachtoffer te worden van een dief die hem voor dood had achtergelaten. Hij was aangevallen door een reusachtige slang. Hij was bijna verdronken. Hij was door Althea getergd en in de maling genomen. Ze had zonder zijn toestemming in zijn ziel gekeken. Ze had hem zijn antwoorden onthouden, hem gekleineerd omdat hij iets probeerde te bereiken, en was bovendien gestorven voordat hij haar kon doden. Hij had, gekleed in vodden, een lange tocht over de Vlakten van Azrith moeten maken. Hij, Oba Rahl, praktisch van koninklijken bloede. Alleen al die vernedering was krenkend.

Hij was razend, en terecht. Hij kon nauwelijks geloven dat hij het voorwerp van die gerechtvaardigde woede nu in handen had. Hij zou zich zijn verdiende vergelding niet laten ontzeggen.

Terwijl hij Clovis met een knie tegen zijn borst tegen de grond hield, gaf Oba eindelijk zijn volle en rechtmatige razernij en wraaklust de vrije loop. Hij voelde de klappen net zomin als hij de pijn voelde die hij in allerlei lichaamsdelen had. Hij vervloekte de moordzuchtige kleine dief, terwijl hij recht liet wedervaren en Clovis tot een bloedige pulp sloeg.

Het zweet droop van Oba's gezicht. Hij hapte naar adem terwijl hij verder zwoegde. Zijn armen voelden aan als lood. Naarmate hij uitgeputter begon te raken, voelde hij dat zijn hoofd net zo hard bonkte als zijn vuisten. Hij had moeite het voorwerp van zijn woede helder te zien.

De grond was doordrenkt van het bloed. Wat Clovis was geweest, was in de verste verte niet meer herkenbaar. Zijn kaak was verbrijzeld en hing los uit de gewrichten naar één kant. Eén oogkas was helemaal ingeslagen. Oba had met zijn knie het borstbeen van de man gebroken en zijn borst in elkaar gedrukt. Het was knap werk.

Oba voelde dat hij bij zijn kleren en armen werd gegrepen en naar achteren werd getrokken. Hij had geen kracht meer om overeind te blijven staan. Toen hij achterwaarts tussen de wagens vandaan werd gesleept, zag hij een menigte mensen in een halve cirkel staan. Hun gezichten waren vertrokken van afschuw. Dat plezierde Oba, want het betekende dat Clovis had gekregen wat hij verdiende. Een goede straf voor een misdrijf hoorde mensen met afschuw te vervullen, bij wijze van voorbeeld. Dat zou zijn vader gezegd hebben.

Oba keek eens wat beter naar de mannen die hem tussen de wagens vandaan sleurden. Een muur van leren harnassen, maliënkolders en staal omgaf hem. Pieken, zwaarden en bijlen schitterden in het zonlicht. Ze waren allemaal op hem gericht. Hij kon alleen maar met zijn ogen knipperen, te afgemat om een hand te kunnen optillen om hen weg te sturen.

Oba was uitgeput, buiten adem en doornat van het zweet, en hij kon zijn hoofd niet meer omhooghouden. Hij verslapte in de armen van de mannen die hem vasthielden en zakte weg in duisternis.

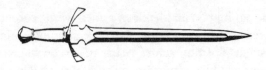

40

Terneergeslagen en versuft liet Friedrich zich op zijn knieën zakken, terwijl hij op zijn schop leunde. Daarna ging hij op zijn hurken zitten en liet de schop op de koude grond vallen. De kille wind blies door zijn haar en door het lange gras rond de pas omgewoelde aarde.

Zijn wereld was aan diggelen gevallen.

Hij was overmand door verdriet en kon zich nergens anders op concentreren.

Een snik welde in hem op. Hij was bang dat hij misschien niet de juiste beslissing had genomen. Het was hier koud. Hij was bang dat Althea het koud zou hebben. Friedrich wilde niet dat ze het koud had.

Maar het was ook zonnig. Althea was dol op zonlicht. Ze had altijd gezegd dat ze het gevoel van de zon op haar gezicht heerlijk vond. Ondanks de warmte in het moeras, drong het zonlicht maar zelden door tot bij de grond, in elk geval niet op een plek die zij vanuit het huis kon zien.

Maar voor Friedrich was haar haar het gouden zonlicht. Ze lachte altijd om dat idee, maar af en toe, als hij het een tijdje niet had gezegd, vroeg ze heel onschuldig of hij dacht dat haar haar genoeg geborsteld was en goed zat, omdat er iemand kwam voor een voorspelling. Ze kon altijd heel argeloos kijken als ze hengelde naar wat ze wilde horen. Dan vertelde hij haar dat haar haar eruitzag als zonlicht. Ze bloosde dan altijd als een jong meisje en zei: 'O, Friedrich.'

Nu zou de zon voor hem nooit meer schijnen.

Hij had nagedacht over wat hij moest doen en had besloten dat dit beter voor haar zou zijn, om hier boven te zijn, in de weide, weg uit het moeras. Tijdens haar leven kon hij haar daar nooit weghalen, maar nu kon hij dat wel. De zonnige weide was een betere plek om haar te begraven dan haar vroegere gevangenis.

Hij zou er alles voor gegeven hebben als hij haar eerder mee had kunnen nemen het moeras uit om haar weer mooie plekken te laten zien, om haar zorgeloos te zien glimlachen in het zonlicht. Maar ze kon niet weg. Voor alle anderen, onder wie hijzelf, was alleen het pad voor het huis veilig begaanbaar. Er was geen andere weg langs de duistere wezens die met haar magie waren gecreëerd. Voor haar was zelfs die veilige doorgang er niet.

Friedrich wist dat de ijzingwekkende consequenties voor degenen die zich op een andere plek in het moeras waagden niet denkbeeldig waren. In de loop der jaren was het verscheidene malen gebeurd dat onvoorzichtigen of roekelozen van het pad waren afgedwaald of hadden geprobeerd achterom te komen, waar zelfs hij zich niet waagde. Het was een kwelling geweest voor Althea om te weten dat haar kracht een einde had gemaakt aan het leven van onschuldigen. Hoe Jennsen ongeschonden achterom was gekomen, wist zelfs Althea niet.

Voor haar laatste reis had Friedrich Althea via die achterkant weggedragen, als een symbool van haar hernieuwde vrijheid.

Haar monsters waren verdwenen. Zij was nu bij de goede geesten.

En hij was nu alleen.

Friedrich boog zich gekweld voorover, snikkend boven haar verse graf. Plotseling was de wereld leeg, eenzaam en dood. Zijn vingers tastten naar de koude grond die zijn geliefde bedekte. Hij werd overmand door schuldgevoel, omdat hij er niet was geweest om haar te beschermen. Hij wist zeker dat als hij er was geweest, ze nog zou leven. Dat was het enige dat hij wilde. Dat Althea leefde. Dat Althea terug was. Dat hij Althea bij zich had.

Hij had er altijd van genoten om weer thuis te komen, ook al was dat dan in het moeras, om haar te vertellen over alle kleine dingetjes die hij had gezien: een vogel die over een veld scheerde, een boom met bladeren die glansden in het zonlicht, een weg die als een lint over de glooiende heuvels lag, alles wat een stukje van de wereld bij haar bracht, in haar gevangenis.

In het begin had hij niet gesproken over de buitenwereld. Hij dacht dat ze zich alleen maar meer opgesloten, geïsoleerder en verdrietiger zou voelen als hij haar zou vertellen over de dingen die hij buiten haar moeras had gezien, over wat plotseling buiten haar bereik was. Althea had hem die speciale glimlach van haar geschonken en gezegd dat ze elk detail van wat hij had gezien wilde horen, omdat ze op die manier Darken Rahls wens om haar op te sluiten kon dwarsbomen. Ze zei dat Friedrichs ogen de hare waren en dat ze via hem uit haar gevangenis kon ontsnappen. Door de beschrijvingen die Friedrich haar gaf, kon Althea in gedachten wegvliegen uit haar gevangenschap. Op die manier hielp Friedrich haar de wens van die verachtelijke man dat ze nooit meer iets van de wereld zou zien, te doorkruisen.

Tot op zekere hoogte kon Friedrich dus met een gerust hart uit het moeras vertrekken en haar achterlaten. Hij wist niet wie wie daarmee een geschenk gaf. Zo was Althea; ze gaf hem de indruk dat hij iets voor haar deed, terwijl zij in werkelijkheid hem hielp om nog zoveel mogelijk van zijn leven te maken.

Nu wist Friedrich niet wat hij moest beginnen. Zijn leven leek te zijn afgebroken. Hij had geen leven zonder Althea. Haar aanwezigheid had hem leven gegeven, had hem zichzelf gegeven, hem een volledig mens gemaakt. Zonder haar had dat leven geen zin.

Hoe haar leven geëindigd was, wist Friedrich niet precies. Uit de dingen die hij had gevonden, kon hij niet helemaal wijs worden. Ze was niet aangeraakt, maar het huis was helemaal doorzocht. De vreemdste dingen waren meegenomen: al hun spaargeld, etenswaren, nog wat losse spullen, en oude kleren die weinig waard waren. Maar andere dingen van waarde waren achtergelaten: vergulde houtsnijwerken, bladgoud en gereedschappen. Hoe hij ook zijn best deed, Friedrich kon er geen logica of systeem in ontdekken.

Het enige dat hij begreep, was dat Althea zichzelf had vergiftigd. En er had nog een kopje gestaan. Ze had geprobeerd iemand anders te vergiftigen. Misschien iemand die voor een voorspelling was gekomen, iemand die niet was uitgenodigd.

Aan de andere kant besefte Friedrich dat Althea diegene verwacht moest hebben en dat voor hem had verzwegen; ze had hem aangemoedigd om een tochtje naar het paleis te maken om zijn vergulde beeldjes te verkopen. Ze had er enigszins op aangedrongen, en omdat ze geen bezoekers had uitgenodigd, had hij gedacht dat ze graag een tijdje alleen wilde zijn, wat soms voorkwam, of dat ze misschien gewoon vol ongeduld wachtte tot hij weer eens een paar dagen de buitenwereld in trok om nieuwe dingen te zien, aangezien hij dat al weer een tijdje niet had gedaan. Ze had zijn gezicht tussen zijn handen genomen toen ze hem die laatste keer kuste, en genoten van het gevoel.

Nu kende hij de waarheid. Die lange kus was haar afscheid geweest. Ze had hem veilig uit de buurt willen hebben.

Friedrich stak zijn hand in zijn zak en trok het briefje eruit dat ze voor hem had achtergelaten. Soms schreef ze briefjes voor hem, dingen waaraan ze dacht terwijl hij weg was, dingen die ze niet wilde vergeten hem te vertellen. Hij had in de vergulde beker gekeken die hij voor haar had gemaakt en die altijd onder haar stoel op de grond stond, achter het kussen waar ze vaak op zat, en tot zijn verrassing had hij een aan hem gerichte brief gevonden.

Hij vouwde hem voorzichtig open en herlas hem, hoewel hij hem al zo vaak had gelezen dat hij hem woordelijk uit zijn hoofd kende.

Mijn lieve Friedrich,
Ik weet dat je het nu niet kunt begrijpen, maar ik wil dat je weet dat ik mijn plicht jegens het heilige leven niet heb verzaakt, integendeel, ik heb die juist vervuld. Ik besef dat het voor jou niet gemakkelijk zal zijn, maar je moet me geloven als ik zeg dat ik dit moest doen.
Ik heb er vrede mee. Ik heb een lang leven gehad, veel langer dan voor de meeste mensen is weggelegd. En het beste deel daarvan was de tijd die ik met jou heb geleefd. Bijna vanaf de dag dat je mijn leven binnenliep en mijn hart wakker hebt geroepen, heb ik van je gehouden. Laat je niet door verdriet vermorzelen; in de volgende wereld zullen we voor altijd samen zijn.
Maar in deze wereld ben jij, net als ik, een van de vier beschermers, de vier stenen op de hoeken van mijn Gratie. Weet je nog dat je me vroeg wie ze waren en ik je vertelde dat Lathea en ik er twee van waren, bij mijn laatste voorspelling? Ik wilde dat ik je toen had kunnen vertellen dat jij er ook een bent, maar dat durfde ik niet. Ik ben

blind voor veel van wat er nu gebeurt, maar met datgene
wat ik weet, moet ik doen wat ik kan, anders zou de kans
voor anderen om te leven en lief te hebben voorgoed
verloren zijn.
Weet dat je altijd in mijn hart bent, ook als ik door de
sluier ben gegaan om me bij de goede geesten te voegen.
De wereld van het leven heeft je nodig, Friedrich. Jouw rol
hierin moet nog beginnen. Ik smeek je om die rol te
vervullen als er een beroep op je wordt gedaan.
Voor altijd de jouwe, Althea

Friedrich veegde de tranen van zijn wangen en las Althea's woorden toen nog een keer. Als hij las, kon hij haar stem in zijn hoofd
tegen hem horen praten, bijna alsof ze bij hem was. Hij wilde die
stem eigenlijk niet laten gaan, maar ten slotte vouwde hij de brief
zorgvuldig op en stak hem weer in zijn zak.

Toen hij opkeek, stond er een grote man voor hem.

'Ik was een kennis van Althea.' Zijn krachtige stem klonk somber en ernstig. 'Mijn innige deelneming met uw verlies. Ik ben gekomen om haar de laatste eer te bewijzen en mijn medeleven te
betuigen.'

Friedrich kwam langzaam overeind terwijl hij de oude man in zijn
donkerblauwe ogen keek. 'Hoe kunt u dat weten? Hoe weet u wat
er is gebeurd?' Friedrich begon kwaad te worden. 'Wat voor rol
hebt u hierin gespeeld?'

'De rol van droeve getuige van iets wat ik niet kan veranderen.'
De man, die veel ouder was dan Friedrich, maar er energiek uitzag, legde een hand op Friedrichs schouder en kneep er vriendelijk in. 'Ik kende Althea van lang geleden, toen ze in het Paleis van
de Profeten kwam studeren.'

'U hebt mijn vraag niet beantwoord. Hoe wist u het?'

'Ik ben Nathan, de profeet.'

'Nathan, de profeet... Nathan Rahl? Tovenaar Rahl?'

De man knikte terwijl hij zijn hand weghaalde en zijn arm weer
onder zijn openhangende, donkerbruine mantel liet glijden. Friedrich boog zijn hoofd uit respect, maar hij kon het niet opbrengen
om meer te doen dan dat, om te buigen, ook al was hij in het gezelschap van een tovenaar en ook al was deze tovenaar een Rahl.
De man droeg een bruine wollen broek en hoge laarzen, niet het

gewaad van een tovenaar. Verder zag hij er ook niet uit zoals Friedrich zich een tovenaar voorstelde, en helemaal niet als een man die volgens Althea bijna duizend jaar oud moest zijn. Zijn sterke kaak was gladgeschoren. Zijn steile, witte haar hing tot op zijn brede schouders. Hij was niet krom van ouderdom, maar had het soepele postuur van een zwaardvechter, hoewel hij geen zwaard droeg, en straalde gezag uit zonder daar moeite voor te doen.

Maar zijn ogen, die doordringend van onder zijn havikachtige wenkbrauwen keken, waren wel wat Friedrich van zo'n man zou verwachten. Het waren de ogen van een Rahl.

Friedrich voelde een steek van jaloezie. Deze man had Althea gekend lang voordat Friedrich haar had ontmoet, toen ze nog jong en beeldschoon was geweest, een tovenares op het toppunt van haar kracht en vermogen, een vrouw die in trek was en door veel mannen het hof werd gemaakt. Een vrouw die wist wat ze wilde en zich daar met grote geestdrift voor inzette. Friedrich was niet zo naïef om te denken dat hij de eerste man in haar leven was geweest.

'Ik heb haar een paar keer gesproken,' zei Nathan, als in antwoord op onuitgesproken vragen, zodat Friedrich zich afvroeg of een man met zijn vermogens ook gedachten zou kunnen lezen. 'Ze had een uitzonderlijk groot talent voor profeteren… Voor een tovenares tenminste. In vergelijking met een echte profeet was ze slechts een kind dat probeerde spelletjes voor volwassenen te spelen.' De tovenaar glimlachte zachtmoedig om zijn woorden minder scherp te doen klinken. 'Dat zeg ik niet om afbreuk te doen aan haar inzet of haar intellect, alleen om haar talent in het juiste perspectief te plaatsen.'

Friedrich wendde zijn blik af van de ogen van de man en keek weer naar het graf. 'Weet u wat er is gebeurd?' Toen er geen antwoord kwam, keek hij weer op naar de lange man, die hem aankeek. 'En als u het wist, had u haar dan kunnen tegenhouden?'

Nathan dacht even over die vraag na. 'Hebt u weleens meegemaakt dat Althea in staat was dingen te veranderen die ze zag als ze haar stenen wierp?'

'Ik geloof het niet,' erkende Friedrich.

Hij had haar een paar keer in zijn armen genomen toen ze huilde van verdriet, omdat ze wilde dat ze iets kon veranderen wat ze zag. Als hij ernaar vroeg, of vroeg wat er gedaan kon worden, had ze hem vaak verteld dat zulke dingen niet zo eenvoudig waren als ze leken voor mensen zonder de gave. Hoewel Friedrich veel details van haar talent niet kon begrijpen, wist hij wel dat de last van het profeteren haar soms zeer zwaar viel.

'Weet u waarom ze dit heeft gedaan?' vroeg Friedrich, die hoopte op een verklaring die de pijn draaglijker zou maken. 'Of wie haar ertoe heeft gebracht?'

'Ze heeft gekozen op welke manier ze zou sterven,' concludeerde Nathan eenvoudig. 'U moet erop vertrouwen dat ze die keuze uit eigen vrije wil heeft gemaakt, en om goede redenen. U moet begrijpen dat ze dit niet alleen heeft gedaan omdat het het beste voor haar of voor u was, maar ook voor anderen.'

'Anderen? Hoe bedoelt u?'

'Jullie beiden wisten hoe liefde het leven verrijkt. Ze heeft uit vrije wil gedaan wat ze kon om anderen een kans te geven het leven en de liefde te leren kennen.'

'Ik begrijp het nog steeds niet.'

Nathan tuurde in de verte terwijl hij langzaam zijn hoofd schudde. 'Ik weet maar stukjes van wat er gebeurt, Friedrich. In deze kwestie voel ik me blinder dan ik me ooit eerder heb gevoeld.'

'Bedoelt u dat dit iets met Jennsen te maken heeft?'

Nathan trok zijn wenkbrauwen even op terwijl zijn blik snel naar Friedrich schoot, die hij doordringend aankeek. 'Jennsen?' Er klonk argwaan door in zijn toon.

'Een van de gaten in de wereld. Althea zei dat Jennsen een dochter van Darken Rahl was.'

De tovenaar schoof zijn mantel naar achteren en zette een hand in zijn zij. 'Dus zo heet ze. Jennsen.' Zijn mondhoeken krulden omhoog en hij glimlachte om iets dat hij dacht. 'Die term heb ik nooit eerder gehoord, een gat in de wereld, maar ik snap wat een toepasselijke omschrijving dat zou lijken voor iemand met de beperkte gave van een tovenares.' Hij schudde zijn hoofd. 'Ondanks haar talent overzag Althea in de verste verte niet wat er allemaal komt kijken bij mensen als Jennsen. Het onvermogen van begiftigden om hun aanwezigheid met de gave te voelen, wat de reden is om hen gaten in de wereld te noemen, is slechts de staart van de koe. De staart is het minst belangrijke onderdeel. "Gat" is niet eens echt het juiste woord. Ik denk dat "leegte" beter zou zijn.'

'Ik weet niet zeker of u wel gelijk hebt, dat ze het niet overzag. Althea is lang betrokken geweest bij mensen zoals Jennsen. Misschien was ze zich van meer bewust dan u beseft. Ze heeft Jennsen en mij uitgelegd dat ze er verder niets van wist, maar dat het belangrijkste was dat mensen met de gave blind voor hen waren.' Nathan grinnikte even uit respect voor de vrouw die aan hun voeten begraven lag. 'O, Althea wist er meer van dan dat, veel meer. Dat hele verhaal van die gaten in de wereld was alleen maar een dekmantel voor wat ze wist.'

Friedrich durfde de tovenaar niet tegen te spreken, want hij wist dat tovenaressen geheimen hadden en nooit helemaal prijsgaven wat ze wisten. Dat gold ook voor Althea. Zelfs tegenover Friedrich. Hij wist dat dat geen gebrek aan respect of liefde was, maar dat tovenaressen gewoon zo waren. Hij kon niet gekrenkt zijn door wat gewoon in haar aard lag.

'Dus er is meer aan de hand met mensen als Jennsen?'

'Jazeker. Deze koe heeft horens, niet alleen een staart.' Nathan zuchtte. 'Maar ondanks het feit dat ik meer begrijp dan Althea deed, weet zelfs ik bij lange na niet genoeg om te kunnen pretenderen helemaal te snappen wat de huidige ontwikkelingen te betekenen hebben. Deze gebeurtenissen zijn versluierd in de profetieën. Maar ik weet genoeg om te beseffen dat dit de aard van het bestaan kan veranderen.'

'U bent een Rahl. Hoe kan het dat u zulke dingen niet weet?'

'Toen ik heel jong was, ben ik door de Zusters van het Licht meegenomen naar de Oude Wereld en daar gevangengezet in het Paleis van de Profeten. Ik ben een Rahl, maar in veel opzichten weet ik weinig van mijn vaderland, D'Hara. Veel van wat ik weet, heb ik in boeken met profetieën gelezen.

Maar de profetieën zwijgen over mensen als Jennsen. Pas kort geleden kwam ik erachter waarom, en wat de rampzalige consequenties ervan zijn.' Hij sloeg zijn handen achter zijn rug ineen. 'Dus dat meisje, die Jennsen, is bij Althea geweest? Hoe was ze bij Althea terechtgekomen?'

'Ja. Jennsen was de oorzaak van...' Friedrich sloeg zijn ogen neer, want hij wist niet hoe de man tegenover hem dacht over zijn familielid, maar toen besloot hij het te zeggen, ook al wekte hij misschien de toorn van de tovenaar. 'Toen Jennsen klein was, heeft Althea geprobeerd haar te beschermen tegen Darken Rahl. Darken Rahl heeft Althea voor straf verminkt en haar opgesloten in het moeras. Hij heeft haar haar kracht afgenomen, behalve haar talent voor profeteren.'

'Dat weet ik,' fluisterde Nathan, duidelijk bedroefd. 'Hoewel ik nooit de aanleiding heb gekend, heb ik het gedeeltelijk voorspeld gezien.'

Friedrich zette een stap naar voren. 'Waarom hebt u haar dan niet geholpen?'

Deze keer was het Nathan die zijn blik afwendde. 'Dat heb ik wel gedaan. Ik zat gevangen in het Paleis van de Profeten toen ze me kwam bezoeken...'

'Waarvoor zat u gevangen?'

'Vanwege de onterechte angst van anderen. Ik ben een zeldzaamheid, een profeet. Ik word gevreesd als een rariteit, als een krankzinnige, een verlosser, een vernietiger. Allemaal omdat ik dingen zie die anderen niet zien. Soms kan ik mezelf er niet van weerhouden te proberen te veranderen wat ik zie.'

'Als iets profetie is, hoe kan het dan veranderd worden? Als u het zou veranderen, dan was het niet waar. Dan zou het dus geen profetie zijn geweest.'

Nathan staarde naar de koude hemel en de wind blies zijn lange haar uit zijn gezicht. 'Ik heb het nooit goed kunnen uitleggen aan iemand als u, die niet over de gave beschikt, maar ik kan er wel dit over zeggen: er zijn boeken met profetieën die duizenden jaren teruggaan. Die boeken beschrijven gebeurtenissen die nog niet hebben plaatsgevonden. Om ruimte te laten voor de vrije wil, moeten er onzekerheden zijn ingebouwd. Dat wordt gedaan door middel van gevorkte profetieën.'

'Gevorkte profetieën? Bedoelt u dat gebeurtenissen op twee verschillende manieren kunnen verlopen?'

Nathan knikte. 'Ten minste twee en vaak veel meer manieren. Sleutelgebeurtenissen, in elk geval. De boeken bevatten vaak een lijn van profetie voor verschillende gevolgen van keuzes die uit vrije wil worden gemaakt. Als één bepaalde tand van de vork werkelijkheid blijkt te worden, is één lijn van de profetie waar, terwijl de andere op dat ogenblik vervallen. Tot op dat moment waren ze allemaal mogelijk. Als er een andere keuze was gemaakt, zou een andere tand van de vork de juiste profetie zijn geweest. Maar nu sterft die vertakking van de profetie af, hoewel het boek met die lijn van profetie erin blijft bestaan. Zo zit de ware profetie verscholen in een wirwar van dood hout van de voorbije eeuwen, van alle keuzes die niet zijn gemaakt en alle dingen die nooit zijn gebeurd.'

Friedrich begon weer boos te worden. 'En dus wist u wat er met Althea zou gebeuren? Bedoelt u dat u haar had kunnen waarschuwen?'

'Toen ze bij me kwam, heb ik haar verteld over een vork. Ik wist niet wanneer ze die zou bereiken, maar ik wist dat aan het eind van beide paden de dood wachtte. Met de informatie die ik haar heb gegeven, kon ze de situatie herkennen als het zover was. Ik had gehoopt dat ze op de een of andere manier een weg eromheen zou vinden. Soms zijn er verhulde vorken, waar we ons niet van bewust zijn. Ik hoopte dat dat deze keer het geval zou zijn en dat ze die zou vinden, als die bestond.'

Friedrich kon het nauwelijks geloven. 'U had iets kunnen doen! Dan had u het gebeurde misschien kunnen voorkomen!'

Nathan hief zijn hand met de palm naar boven in de richting van het graf. 'Dat is het resultaat van proberen te veranderen wat zal gebeuren. Het werkt niet.'

'Maar misschien, als...'

Nathan keek hem met zijn havikachtige blik waarschuwend aan. 'Voor uw eigen gemoedsrust zal ik u één ding vertellen, maar meer niet. Aan het eind van het andere pad lag een moord die zo afschuwelijk, zo bloedig, zo pijnlijk en zo gewelddadig was, dat u, als u haar resten had gevonden, liever een einde aan uw leven gemaakt zou hebben dan verder te leven met wat u had gezien. Wees dankbaar dat dat niet is gebeurd. Het is niet gebeurd, niet omdat ze die dood meer vreesde, maar gedeeltelijk omdat ze van u hield en niet wilde dat u dat moest doormaken.' Nathan gebaarde weer naar het graf. 'Ze heeft dit pad gekozen.'

'Dus dit was de vork waarover u haar had verteld?'

Nathans gelaatsuitdrukking werd zachter. 'Eigenlijk niet. De tand die ze heeft genomen, was dat ze zou sterven. Zij heeft gekozen hoe.'

'U bedoelt... dat ze een andere tand had kunnen kiezen, een pad waarop ze zou blijven leven?'

Nathan knikte. 'Een tijdje. Maar als ze dat pad had gekozen, zouden we al snel allemaal in de klauwen van de Wachter zijn gevallen. Ik weet alleen maar, door wie erbij betrokken zijn, dat aan het eind van dat pad alles zou eindigen. De keuze die ze heeft gemaakt, zorgt ervoor dat er nog een kans is.'

'Een kans? Een kans waarop?'

Nathan zuchtte. Friedrich vermoedde dat er achter die zucht dingen schuilgingen die ernstiger en veelomvattender waren dan Althea zich had kunnen voorstellen.

'Althea heeft voor ons allemaal tijd gewonnen, zodat anderen de juiste keuzes kunnen maken als het moment aanbreekt dat ze uit vrije wil moeten handelen. Deze verknoping van vorken is in de profetieën meer versluierd dan enige andere, maar de meeste paden leiden naar niets.'

'Naar niets? Ik snap het niet. Wat kan dat betekenen?'

'Het bestaan staat op het spel.' Nathan trok een wenkbrauw op. 'De meeste van die profetieën eindigen in een leegte, in de wereld van de doden... voor alles.'

'Maar ziet u een pad dat doorloopt?'

'De wirwar vóór ons is een mysterie voor me. In deze kwestie voel ik me hulpeloos. Nu weet ik hoe het is om niet over de gave te beschikken en blind te zijn. In dit geval zou ik dat net zo goed kunnen zijn. Ik kan zelfs niet alle mensen zien die de beslissende keuzes zullen maken.'

'Het moet Jennsen zijn. Als u haar kon vinden, misschien dat dan... Maar Althea zei dat de begiftigden blind zijn voor de nakomelingen van Darken Rahl zonder de gave.'

'Van elke Rahl. Je hebt niets aan de gave als je wilt bepalen waar de nakomelingen zich bevinden die echt geen sprankje magie in zich hebben. Waar ze zijn, is niet te zeggen. Tenzij je alle mensen van de hele wereld zou kunnen verzamelen en in een lange stoet aan de begiftigden voorbij laat trekken, is er geen manier om hen met behulp van de gave te ontdekken. Alleen als je daadwerkelijk tegenover hen staat, kun je met behulp van de gave uitmaken wie ze zijn, omdat wat je met je ogen ziet dan niet overeenstemt met wat je met je gave voelt... Zoals toen ik Jennsen toevallig zag.'

'Denkt u dan dat Jennsen hier op de een of andere manier bij betrokken is?'

Nathan trok zijn mantel dicht tegen de kille wind. 'Voor de profetieën bestaan mensen als Jennsen niet eens. Ik kan op geen enkele manier bepalen of er anderen zijn, en zo ja, hoeveel dat er zouden kunnen zijn. Ik heb geen idee welke rol ze hierin spelen. Ik weet alleen dat die rol cruciaal is.

Ik weet gedeeltelijk waar het om gaat, en ik ken een paar namen van mensen die op een kritieke vork in de profetie zullen stuiten. Maar zoals ik al zei, zijn veel van die vorken versluierd.'

'Maar u bent een profeet, een echte profeet, volgens Althea. Hoe kan het dat u niet weet wat de profetieën zeggen, als die wel bestaan?'

Nathan nam hem taxerend op met zijn opmerkzame, hemelsblauwe ogen. 'Probeer te begrijpen wat ik u vertel. Het is een notie die maar weinig mensen kunnen bevatten. Misschien kan het u helpen in uw verdriet, want het is het punt waarop Althea was beland.'

Friedrich knikte. 'Vertel maar.'

'Profetie en vrije wil staan op gespannen voet met elkaar. Ze zijn elkaars tegenpolen. Toch staan ze in wisselwerking met elkaar. Profetie is magie, en alle magie heeft tegenwicht nodig. Het tegenwicht van profetie, het tegenwicht dat ervoor zorgt dat profetie kan bestaan, is de vrije wil.'

'Dat klinkt niet logisch. Dan zouden ze elkaar neutraliseren.'

'Maar dat doen ze niet,' zei de profeet met een sluwe, veelbetekenende glimlach. 'Ze zijn van elkaar afhankelijk en toch tegengesteld. Net zoals Additieve en Subtractieve Magie tegengestelde krachten zijn, maar wel allebei bestaan. Ze dienen elk om tegenwicht te bieden aan de ander. Schepping en vernietiging, leven en dood. Magie moet een tegenwicht hebben om te functioneren. Profetie functioneert door de aanwezigheid van haar tegendeel: vrije wil.'

'U bent een profeet, en u vertelt me dat vrije wil bestaat en de profetieën tenietdoet?'

'Doet de dood het leven teniet? Nee, ze bakent het af en geeft het daarmee zijn waarde.'

In de stilte die volgde, leek het er allemaal niet toe te doen. Het was op dat moment voor Friedrich te moeilijk om te doorgronden. Bovendien veranderde het voor hem niets. De dood was gekomen om Althea's dierbare leven weg te nemen. Haar leven was het enige van waarde dat hij had gehad. Zijn smart kwam in volle omvang terug en overspoelde al het andere. Voor Friedrich was het allemaal al afgelopen. Vóór hem lag alleen maar duisternis.

'Ik ben ergens anders voor gekomen,' zei tovenaar Rahl met zachte stem. 'Ik moet een beroep op u doen in deze strijd.'

Te moe om te blijven staan en te verdrietig om zich er nog om te bekommeren, liet Friedrich zich naast Althea's graf op de grond zakken. 'U bent aan het verkeerde adres.'

'Weet u waar Meester Rahl is?'

Friedrich keek op en kneep zijn ogen tot spleetjes tegen de lichte hemel. 'Meester Rahl?'

'Ja, Meester Rahl. U bent een D'Haraan. U zou het moeten weten.'

'Ik geloof wel dat ik de band kan voelen.' Friedrich gebaarde naar het zuiden. 'Die kant op. Maar het is een zwak gevoel. Hij moet ver weg zijn. Verder weg dan ik ooit van een Meester Rahl heb meegemaakt.'

'Dat klopt,' zei Nathan. 'Hij is in de Oude Wereld. U moet naar hem toe gaan.'

Friedrich gromde. 'Ik heb geen geld voor een reis.' Het leek de gemakkelijkste reden.

Nathan wierp hem een leren buideltje toe. Het plofte op de grond voor Friedrich neer. 'Dat weet ik. Ik ben profeet, weet u nog? Dit is meer dan van u is gestolen.'

Friedrich woog het buideltje in zijn hand. Dat was inderdaad zwaar. 'Waar komt dit allemaal vandaan?'

'Uit het paleis. Dit is een officiële aangelegenheid, dus D'Hara voorziet u van het geld dat u nodig hebt.'

Friedrich schudde zijn hoofd. 'Dank u dat u gekomen bent en uw medeleven hebt betuigd. Maar ik ben de verkeerde. Stuur iemand anders.'

'U bent degene die moet gaan. Althea moet dat geweten hebben. Ze heeft waarschijnlijk een brief voor u achtergelaten, waarin ze u vertelt dat u nodig bent in deze strijd. Ze heeft u gevraagd uw rol te aanvaarden als er een beroep op u wordt gedaan. Meester Rahl heeft u nodig. Ik doe een beroep op u.'

'Weet u van de brief?' vroeg Friedrich, terwijl hij weer overeind kwam.

'Het is een van de weinige dingen waarvan ik weet in deze kwestie. Uit de profetieën weet ik dat u degene bent die moet gaan. Maar u moet het uit vrije wil doen. Ik doe daartoe een beroep op u.'

Friedrich schudde zijn hoofd, deze keer met meer overtuiging. 'Ik ben niet de geschikte persoon om dit te doen. U begrijpt het niet. Ik vrees dat het me gewoon niets meer kan schelen.'

Nathan trok iets onder zijn mantel vandaan. Hij stak het Friedrich toe. Die zag toen dat het een klein boekje was.

'Pak aan,' beval de tovenaar, en zijn stem was plotseling vol gezag.

Dat deed Friedrich, en hij liet zijn vingers over de oude leren kaft gaan terwijl hij naar de woorden keek die in bladgoud waren aangebracht. Er stonden vier woorden op de kaft, maar in een taal die Friedrich nooit eerder had gezien.

'Dit boek stamt uit de tijd van een grote oorlog, duizenden jaren geleden,' zei Nathan. 'Ik heb het pas geleden in het Volkspaleis gevonden, na een verwoede zoekactie tussen de duizenden boeken die daar staan. Toen ik het gevonden had, ben ik zo snel mogelijk hierheen gekomen. Ik heb nog geen tijd gehad om het te vertalen, dus ik weet niet eens wat erin staat.'

'Het is in een andere taal geschreven.'

Nathan knikte. 'Hoog-D'Haraans, een taal die ik Richard heb geleerd. Het is van levensbelang dat hij dit boek krijgt.'

'Richard?'

'Meester Rahl.'

De manier waarop hij die twee woorden zei, bezorgde Friedrich de rillingen. 'Als u het niet hebt gelezen, hoe weet u dan dat het het goede boek is?'

'Door de titel, hier, op de voorkant.'

Friedrich ging met zijn vingers licht over de geheimzinnige woorden. Het verguldsel was na al die tijd nog intact. 'Mag ik vragen hoe het heet?'

'*De Zuilen der Schepping.*'

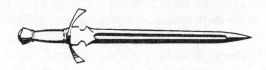

41

O ba deed zijn ogen open, maar om de een of andere reden hielp dat niet: hij zag niets. Hij verstijfde van ontzetting. Hij lag op zijn rug, op iets dat aanvoelde als ruwe, koude steen. Het was een mysterie voor hem waar hij kon zijn of hoe hij daar was gekomen, maar zijn eerste en grootste zorg was dat hij blijkbaar blind was geworden. Bevend van top tot teen knipperde Oba met zijn ogen om zijn gezichtsvermogen terug te krijgen, maar hij zag nog steeds niets.

Door een nog veel ergere gedachte raakte hij pas echt in paniek: hij vroeg zich af of hij weer in het hok zat.

Hij durfde zich niet te bewegen uit angst dat zou blijken dat zijn vermoeden juist was. Hij wist niet hoe ze het hadden geflikt, maar hij vreesde dat die drie samenspannende vrouwen – de lastige gezusters Althea en Lathea en zijn krankzinnige moeder – er op de een of andere manier in waren geslaagd om hem weer op te sluiten in de donkere gevangenis uit zijn jeugd. Waarschijnlijk waren ze in het hiernamaals aan het complotteren geweest en hadden ze in zijn slaap toegeslagen.

Oba was als verlamd door zijn benarde situatie en kon zijn gedachten niet op een rijtje krijgen.

Maar toen hoorde hij een geluid. Hij wendde zijn blik naar het geluid en zag beweging. Toen besefte hij dat hij weliswaar in een donkere ruimte was, maar niet in zijn hok. Hij werd overspoeld door opluchting, en daarna door ergernis. Hoe had hij dat kunnen denken? Hij was Oba Rahl. Hij was onoverwinnelijk. Dat kon hij maar beter onthouden.

Hoewel hij opgelucht was dat hij niet was waar hij eerst had gevreesd, bleef hij op zijn hoede; hij had het gevoel dat hij op een onbekende en gevaarlijke plek was. Hij concentreerde zich en probeerde zich te herinneren wat er was gebeurd en hoe hij op zo'n koude, donkere plaats terecht kon zijn gekomen, maar het wilde hem niet te binnen schieten. Zijn herinneringen waren vaag, slechts een verzameling willekeurige indrukken: draaierigheid, een bonzende hoofdpijn, een slap gevoel en misselijkheid, gedragen worden, handen die hem overal beetpakten, licht dat pijn deed aan zijn ogen, duisternis. Hij had het gevoel dat hij bont en blauw was.

Vlak bij hem hoestte iemand. Ergens anders bromde een man dat hij stil moest zijn. Oba lag zo bewegingloos als een bergleeuw, met al zijn spieren gespannen. Hij deed zijn best om bij zijn positieven te komen terwijl hij zijn blik aandachtig door de donkere ruimte liet dwalen. Het was niet volkomen donker, zoals hij in eerste instantie had gedacht. In de muur tegenover hem zat een vierkante opening, waardoor een zwak licht scheen, misschien van een flakkerende kaars. In de opening waren twee donkere verticale lijnen te zien.

Oba's hoofd bonsde nog steeds, maar al een stuk minder. Toen herinnerde hij zich hoe ziek hij was geweest. Achteraf besefte hij dat hij niet eens had doorgehad hoe ziek hij eigenlijk was geweest. Als kind had hij eens flinke koorts gehad. Dit was net zoiets geweest, veronderstelde hij, hoge koorts. Die had hij waarschijnlijk opgelopen bij Althea, de afschuwelijke moerasheks.

Oba ging zitten, maar daar kreeg hij een licht gevoel in zijn hoofd van, dus leunde hij naar achteren tegen de muur. Die was van ruwe steen, net als de vloer. Hij wreef over zijn koude, stijve benen en rekte zich toen uit. Hij wreef met zijn knokkels in zijn ogen in een poging de laatste wazigheid uit zijn hoofd te verdrijven. Hij zag ratten met trillende snorharen langs de muur snuffelen. Oba rammelde van de honger, ondanks de ranzige stank die er in de ruimte hing. Het rook naar zweet, urine en nog erger.

'Kijk, het grote rund is wakker,' zei iemand aan de andere kant van de ruimte. De stem was diep en spottend.

Oba tuurde omhoog en zag mannen die naar hem keken. Hij deelde de ruimte met in totaal vijf anderen. Ze zagen er sjofel uit. De man die had gesproken, vanuit de hoek rechts van hem, was afgezien van Oba de enige die zat. Hij leunde achterover in de hoek alsof die van hem was. Zijn vreugdeloze grijns onthulde dat de tanden die hij nog had, schots en scheef stonden.

Oba keek om zich heen naar de andere vier mannen, die naar hem stonden te kijken. 'Jullie zien er allemaal uit als misdadigers,' zei hij.

Hun gelach weerklonk door de ruimte.

'We zijn allemaal ten onrechte opgepakt,' zei de man in de hoek. 'Ja,' beaamde een ander. 'We bemoeiden ons gewoon met onze eigen zaken toen die bewakers ons in de kraag grepen en ons zomaar hierin gooiden. Ze hebben ons opgesloten alsof we ordinaire misdadigers zijn.'

Er werd weer luid gelachen.

Oba geloofde niet dat hij het prettig vond om zich in één ruimte met misdadigers te bevinden. Hij wist zeker dat hij het niet prettig vond om opgesloten te zijn. Dat gaf hem te veel het gevoel dat hij in zijn hok zat. Een snelle inspectie bevestigde zijn vermoeden: zijn geld was weg. Aan de andere kant van de ruimte, in de kier onder de deur, zat een rat met kraaloogjes naar hem te kijken.

Oba keek op, van de rat naar de opening met het licht. Toen zag hij dat de twee lijnen tralies waren.

'Waar zijn we?'

'In de kerker van het paleis, groot rund,' zei degene met de scheve tanden. 'Vind jij het eruitzien als een hoerenkast?'

De andere mannen lachten om zijn grapje. 'Misschien het soort waar hij komt,' zei een van hen, en de rest lachte nog harder. Bij de zijmuur keek een andere rat toe.

'Ik heb honger. Wanneer geven ze ons eten?' vroeg Oba.

'Hij heeft honger,' zei een van de mannen op spottende toon. Hij spoog verachtelijk op de vloer. 'Ze geven ons pas eten als ze daar zin in hebben. Voor die tijd ben je misschien al verhongerd.'

Een andere man ging voor hem op zijn hurken zitten. 'Hoe heet je?'

'Oba.'

'Wat heb je gedaan om in de cel te worden gesmeten, Oba? Heb je een ouwe vrijster van haar maagdelijkheid beroofd?'

De mannen bulderden het uit.

Oba vond de man niet grappig. 'Ik heb niets misdaan,' zei hij. Hij mocht deze mannen niet. Het waren misdadigers.

'Dus je bent onschuldig, hè?'

'Ik heb geen idee waarom ze me hier hebben gebracht.'

'Wij hebben iets anders gehoord,' zei de man die op zijn hurken zat.

'Ja,' zei degene die de hoek bezet hield. 'We hebben de bewaarders horen praten, en die zeiden dat je met je blote handen een man had doodgeslagen.'

Oba fronste in oprechte verbijstering. 'Daarvoor hoeven ze me toch niet hier op te sluiten? Die man was een dief. Hij had me op een afgelegen plek achtergelaten om te sterven nadat hij me had beroofd. Hij heeft alleen maar zijn verdiende loon gekregen.'

'Dat zeg jij,' zei scheve-tanden. 'Wij hebben gehoord dat jij waarschijnlijk degene was die hém beroofde.'

'Wat?' Oba kon zijn oren niet geloven en was verontwaardigd. 'Wie heeft dat gezegd?'

'De bewaarders,' was het antwoord.

'Dan liegen ze,' zei Oba beslist. De mannen begonnen weer te lachen. 'Clovis was een dief en een moordenaar.'

Het gelach hield abrupt op. De ratten bleven staan en keken op. Ze snuffelden met trillende neusjes in de lucht.

De man in de hoek ging rechtop zitten. 'Clovis? Zei je Clovis? Bedoel je de man die amuletten verkocht?'

Oba knarsetandde bij de herinnering. Hij wilde dat hij nog een tijdje op Clovis kon inslaan.

'Die, ja. Clovis de venter. Hij heeft me beroofd en me voor dood achtergelaten. Ik heb hem niet vermoord, ik heb recht doen wedervaren. Ik zou ervoor beloond moeten worden. Ze kunnen me niet opsluiten omdat ik Clovis zijn gerechtigde straf heb gegeven; die had hij verdiend voor zijn misdaden.'

De man in de hoek stond op. De andere mannen kwamen dichter om hem heen staan.

'Clovis was een van ons,' zei scheve-tanden. 'Hij was een vriend van ons.'

'O ja?' vroeg Oba. 'Nou, ik heb hem tot een bloedige massa gestompt. Als ik de tijd had gehad, had ik wat zachte delen van hem afgesneden voordat ik hem zijn hoofd insloeg.'

'Nogal dapper, voor een grote vent, om een gebocheld mannetje in elkaar te slaan dat helemaal alleen is,' zei een van de mannen zachtjes.

Een van de anderen spoog naar hem. Oba's woede laaide weer op. Hij stak zijn hand uit naar zijn mes, maar kon het niet vinden.

'Wie heeft mijn mes afgepakt? Ik wil het terug. Wie van jullie dieven heeft mijn mes gestolen?'

'De bewaarders hebben het.' Scheve-tanden gniffelde. 'Jij bent echt een domme oen, hè?'

Oba keek dreigend op naar de man die met zijn handen in zijn zij midden in de ruimte stond. Zijn lippen zagen er bobbelig uit door zijn scheve tanden. De krachtige, brede borst van de man rees en daalde bij elke ziedende ademhaling. Met zijn kaalgeschoren hoofd zag hij eruit als een herrieschopper. Hij deed nog een stap naar Oba toe.

'Dat ben je: een grote oen. Oba de oen.'

De anderen lachten. Oba kookte van woede terwijl hij luisterde naar de stem, die hem raad gaf. Hij wilde de mannen hun tong afsnijden en hen daarna aftuigen. Dat soort dingen deed Oba liever bij vrouwen, maar deze mannen verdienden het ook. Het zou lollig zijn om er de tijd voor te nemen en te zien hoe ze zich in bochten wrongen, om hen aan het schreeuwen te brengen, om de blik in hun ogen te zien als de dood hun stuiptrekkende lichaam binnentrad.

Toen de mannen naderbij kwamen, herinnerde Oba zich dat hij zijn mes niet had, dus hij kon zich niet vermaken op de manier waarop hij dat graag had gewild. Hij moest zijn mes terug zien te krijgen. Hij was het hier beu. Hij wilde eruit.

'Sta op, Oba de oen,' gromde scheve-tanden.

Er rende een rat voor hem langs. Oba liet zijn hand neerkomen op de staart van het dier. De rat trok en kronkelde, maar kon niet wegkomen. Oba greep het harige wezentje met zijn andere hand beet. Het draaide alle kanten op en probeerde zich los te wrikken, maar Oba had het stevig vast.

Terwijl hij ging staan, beet hij de kop van de rat af. Toen hij zich in zijn volle lengte had opgericht en ruim een kop boven schevetanden uitstak, keek hij de mannen om hem heen dreigend aan. Het enige geluid was het gekraak van botjes terwijl Oba op de kop van de rat kauwde.

De mannen stapten achteruit.

Oba liep, nog steeds kauwend, naar de deur en tuurde door de getraliede opening. Vlakbij, op het kruispunt met een andere gang, zag hij twee bewaarders zacht staan praten.

'Hé daar!' riep hij. 'Er is een vergissing gemaakt! Ik moet jullie spreken!'

De twee mannen onderbraken hun gesprek. 'O ja? Wat voor vergissing?' vroeg een van hen.

Oba's blik ging van de een naar de ander, maar het was niet alleen zijn blik. De blik van het wezen dat de stem was, keek van binnenin met hem mee.

'Ik ben de broer van Meester Rahl.' Oba wist dat hij iets hardop zei dat hij nooit eerder tegen een vreemde had gezegd, maar hij voelde zich genoopt dat te doen. Hij was enigszins verrast toen hij zichzelf verder hoorde praten, terwijl iedereen naar hem keek. 'Ik ben ten onrechte opgesloten wegens het uitdelen van de gerechtigde straf aan een dief, zoals mijn plicht was. Meester Rahl zal deze onterechte gevangenneming niet dulden. Ik eis dat ik mijn broer te spreken krijg.' Oba keek de twee bewaarders dreigend aan. 'Ga hem halen!'

De twee mannen schrokken van wat ze in zijn ogen zagen. Zonder nog een woord te zeggen, vertrokken ze.

Oba keek om naar de mannen met wie hij opgesloten zat. Terwijl hij ze een voor een aankeek, beet hij een achterpoot van de slap hangende rat af. Ze gingen voor hem opzij, zodat hij kon ijsberen terwijl hij kauwde, en de rattenbotjes knisperden en knapperden. Hij keek weer door de opening, maar zag niemand anders. Oba zuchtte. Het paleis was immens. Het kon wel een tijdje duren voordat de bewaarders terugkwamen om hem vrij te laten. De andere mannen in de ruimte gingen zwijgend achteruit toen Oba terugliep naar zijn plekje bij de muur tegenover de deur en ging zitten. Ze stonden naar hem te kijken. Oba keek terug terwijl hij met zijn hoektanden nog een stuk van de rat afscheurde. Hij wist dat ze allemaal gefascineerd waren door hem. Hij was bijna van koninklijken bloede. Misschien wel helemaal; hij was per slot van rekening een Rahl. Ze hadden waarschijnlijk nooit eerder zo'n belangrijk persoon als hij gezien en waren vol ontzag.

'Jullie zeiden dat ze ons geen eten geven.' Hij zwaaide met de restanten van de dode rat naar hen terwijl ze hem zwijgend aanstaarden. 'Ik ben niet van plan te verhongeren.' Hij trok de staart eraf en gooide die weg. Beesten aten rattenstaarten. Hij deed zoiets niet.

'Je bent niet alleen een oen,' zei scheve-tanden met een kalme stem vol minachting, 'je bent ook volkomen geschift.'

Oba sprong door de cel en had de man bij de keel voordat iemand ook maar naar adem kon happen van de schrik. Oba tilde de krijsende, schoppende misdadiger met de scheve tanden op totdat hij hem recht in de ogen kon kijken. Toen ramde Oba hem met een enorme dreun tegen de muur. De man hing nu net zo slap als de rat.

Oba keek om en zag dat de anderen zich tegen de verste muur hadden teruggetrokken. Hij liet de man op de grond glijden, waar hij kermend bleef liggen terwijl hij zijn handen om de achterkant van zijn kaalgeschoren hoofd sloeg. Oba verloor zijn interesse. Hij had belangrijker dingen aan zijn hoofd dan deze man de hersenen in te slaan, ook al was het dan een misdadiger.

Hij liep terug naar zijn plek en ging op het koude steen liggen. Hij was ziek geweest en was misschien nog niet helemaal hersteld; hij moest het een beetje kalm aan doen. Hij had rust nodig.

Oba tilde zijn hoofd op. 'Maak me wakker als ze me komen halen,' zei hij tegen de vier mannen die nog steeds zwijgend naar hem keken. Het amuseerde hem dat ze zo gefascineerd waren door een edelman in hun midden. Maar het bleven ordinaire misdadigers; hij zou ze laten executeren.

'Wij zijn met z'n vijven en jij bent alleen,' zei een van de mannen. 'Hoe weet je dat je ooit nog wakker zult worden nadat je je ogen dicht hebt gedaan?' De dreigende toon was onmiskenbaar.

Oba grinnikte naar hem.

De stem grinnikte mee.

De ogen van de man werden groot. Hij slikte en deinsde achteruit totdat zijn schouders tegen de muur botsten; toen schuifelde hij opzij. Toen hij de verste hoek had bereikt, liet hij zich naar beneden glijden en trok zijn knieën dicht naar zich toe. Jammerend draaide hij zijn gezicht af, waar de tranen overheen liepen, en hij verschool zijn ogen achter zijn bevende schouder.

Oba legde zijn hoofd op zijn uitgestrekte arm en viel in slaap.

42

Oba werd wakker uit zijn dutje toen hij het zwakke geluid van voetstappen aan de andere kant van de deur hoorde. Hij deed zijn ogen open, maar hij verroerde zich niet en maakte geen geluid. De mannen tuurden door de opening in de deur.

Toen het leek alsof de voetstappen naderbij kwamen, gingen ze op één man na achteruit. Die ene man bleef bij de deur staan om de wacht te houden. Hij ging op zijn tenen staan, pakte de tralies vast en drukte zijn gezicht ertegenaan om beter de gang in te kunnen kijken. In de verte hoorde Oba de metalige klanken en het echoënde gepiep van deuren die van het slot werden gehaald en open werden getrokken. De man bij de deur bleef een tijdje bewegingloos staan kijken en stapte toen plotseling achteruit.

'Ze zijn deze gang ingeslagen... Ze komen deze kant op,' fluisterde hij tegen de anderen.

De vijf mannen stonden dicht bij elkaar te beraadslagen aan de andere kant van de cel. Ze fluisterden tegen elkaar.

'Maar als er nu een Mord-Sith binnenkomt?' fluisterde een van de mannen.

'Dat maakt voor ons geen verschil,' zei een andere man. 'Ik weet wel iets van hun soort. Met hun magie kunnen ze mensen met de gave overmeesteren. Dat betekent dat ze beschermd zijn tegen magie, niet tegen spierkracht.'

'Maar hun wapen werkt ook op ons,' zei de eerste.

'Niet als we haar met z'n allen overweldigen en het haar afnemen,' klonk het dringend gefluisterde antwoord. 'We zijn met z'n vijven. We zijn sterker en in de meerderheid.'

'Maar wat doen we als...'

'Wat dacht je dat ze met ons gaan doen?' fluisterde een van de anderen op verhitte toon. 'Als we deze kans niet grijpen, zijn we er geweest. Zo'n kans krijgen we niet meer. Ik vind dat we het moeten doen en dan moeten maken dat we wegkomen.'

De mannen knikten stuk voor stuk. Tevreden rechtten ze hun rug en ze liepen naar verschillende kanten van de cel, alsof ze niets met elkaar te maken wilden hebben. Oba wist dat ze iets in hun schild voerden.

Eén man wierp weer een snelle blik door de opening en ging toen weg bij de deur. Een van de andere mannen kwam dichterbij en porde Oba met zijn voet.

'Ze zijn terug. Wakker worden. Hoor je me?'

Oba kreunde, alsof hij sliep.

De man stootte Oba weer aan met zijn voet. 'Je wilde toch dat we het je vertelden als ze terugkwamen? Kom op, wakker worden.' Hij stapte achteruit toen Oba bewoog, geeuwde en zich uitrekte alsof hij net wakker werd. De mannen, behalve de ene die al meer in Oba's ogen had gezien dan hij wilde, wierpen een blik in zijn richting voordat ze een plek opzochten om te gaan staan. Terwijl ze afwachtten, namen ze een achteloze houding aan in een poging een ontspannen en onverschillige indruk te maken.

Verderop in de gang praatten twee mensen met elkaar; Oba kon net niet verstaan wat ze zeiden, maar hij kon hun stemmen goed genoeg horen om te weten dat hun korte gesprek alleen maar zakelijk was. De voetstappen verstomden ten slotte vlak voor de deur. Er werd een sleutel omgedraaid in het slot. De metalige tik van de schoot die terugsprong, weerklonk door de gang. De mannen wierpen snelle blikken op de deur. Buiten gromde een man van inspanning om de deur open te trekken. De deur zwaaide knarsend open en liet meer licht toe.

Tot Oba's verbazing zag hij het silhouet van een vrouw in de deuropening.

Buiten, in de gang, stak de grote bewaarder die bij haar was zijn lamp aan met de kaars uit een houder aan de muur. Terwijl de vrouw net binnen de deur stond en de mannen aan weerszijden van haar nonchalant opnam, bracht de bewaarder de lamp de cel in en hing die aan een zijmuur. De lamp wierp een scherp licht over de gezichten van de mannen en de grimmige, ondoordringbare muren van de ruw uitgehakte stenen cel.

Toen zag Oba ook wat een onguur en onfris stelletje de mannen waren. Met een sluwe blik in hun dierlijke ogen, die glinsterden in de schaduw, hielden ze allemaal de vrouw in de gaten.

Bij het naargeestige licht van de lamp zag Oba dat ze het vreemdste pak aanhad dat hij ooit had gezien: van strak, rood leer. Ze was groot en goedgevormd, en droeg haar lange, blonde haar in een vlecht. Er bungelde iets aan een kettinkje om haar rechterpols; ze had haar hand in haar zij. Hoewel ze niet groter was dan de mannen, was haar verschijning zo imposant dat ze boven hen uit leek te torenen, als een strenge wraakgodin die de levenden in hun laatste uren kwam beoordelen.

Ze keek dreigender en ontstemder dan Oba zijn moeder ooit had zien kijken.

Oba's verbazing steeg toen hij haar met een achteloos handgebaar de bewaarder zag wegsturen die de deur had opengedaan. Maar hoewel het Oba verraste, vertrok de bewaarder geen spier. Na een laatste blik op de mannen trok hij de zware deur achter zich dicht en draaide die op slot. Oba hoorde de voetstappen van de bewaarder op de stenen vloer wegsterven toen hij door de gang wegliep.

De koele, kritische blik van de vrouw gleed over de mannen om haar heen; ze nam hen stuk voor stuk op, totdat haar blik uiteindelijk op Oba bleef rusten. Ze keek hem doordringend aan.

'Goede geesten...' fluisterde ze bij zichzelf om wat ze in zijn ogen zag.

Ogen.

Oba grijnsde. Hij wist dat ze zag dat hij de waarheid vertelde over wie zijn vader was. Ze kon aan zijn ogen zien dat hij de zoon van Darken Rahl was.

Ogen.

Plotseling paste alles in elkaar, alsof er een mes in een schede werd gestoken.

En toen werd ze besprongen door alle mannen tegelijk, die brulden als beesten. Oba verwachtte dat ze zou schreeuwen van schrik of om hulp zou roepen, of op zijn minst terug zou deinzen. In plaats daarvan bleef ze staan waar ze stond en beantwoordde ze hun aanval achteloos.

Oba zag een rood staafje, hetzelfde dat hij om haar pols had zien hangen, met een ruk in haar hand terechtkomen. Toen de eerste man haar bereikte, ramde ze het staafje in zijn borst en duwde hem met een beweging van haar pols achteruit. Hij viel als een hooibaal van de zolder met een doffe dreun op de stenen vloer.

Bijna tegelijkertijd sprongen de anderen uit alle richtingen op haar af, in een wirwar van maaiende armen en vuisten. De vrouw stapte opzij en vermeed moeiteloos de dichtklappende val van vlezige armen. Toen de mannen zich met een ruk omdraaiden in een haastige poging een nieuwe aanval in te zetten, bewoog ze met een onaangedane gratie en trad snel, methodisch en met een onthutsende gewelddadigheid tegen elke man op.

Zonder zich om te draaien stootte ze haar elleboog naar achteren in het gezicht van de man die het dichtstbij was en haar van achteren probeerde te grijpen. Oba hoorde bot breken toen het hoofd van de man naar achteren schoot, en zag een lange rij bloedspetters tegen de muur vliegen.

De derde man, die naast haar stond, werd tegengehouden door haar vreemde, rode staafje in zijn nek. Hij greep naar zijn keel, zakte ineen en schreeuwde met een verstikt, gorgelend geluid. Er schuimde bloed om zijn mond terwijl hij op de vloer lag te kronkelen, en dat deed Oba erg denken aan de manier waarop de slang in het moeras had gekronkeld in zijn doodsstrijd. De vrouw ontweek een andere uitval door weg te duiken, langs en over de man op de vloer heen. Terwijl ze dat deed, sloeg ze de hak van haar laars naar beneden in zijn gezicht om hem definitief uit te schakelen.

Terwijl ze zich omdraaide, gaf ze de vierde man drie snelle klappen in zijn nek. Zijn ogen rolden naar achteren in zijn hoofd voordat hij langzaam ineenzeeg. Ze trapte zijn voeten onder hem vandaan, zodat hij vooroverviel. Zijn voorhoofd sloeg met een akelige klap tegen de stenen vloer.

Haar efficiënte bewegingen, de moeiteloze, vloeiende ontwijking gevolgd door een snelle en keiharde tegenaanval, waren fascinerend om te zien.

De laatste man vloog op haar af, met zijn volle gewicht. Ze draaide zich razendsnel om en sloeg hem met de rug van haar hand zo hard in zijn gezicht dat hij als een tol om zijn as wentelde. Ze greep hem bij het haar op zijn achterhoofd, rukte hem van zijn voeten en dreef hem met een stoot van dat rode staafje in zijn rug op zijn knieën.

Het was scheve-tanden. Hij gilde harder dan Oba er ooit in was geslaagd iemand te doen gillen. Oba was verbaasd door haar vermogen om pijn toe te brengen. Ze hield scheve-tanden bij zijn haar vast, en hij zat op zijn knieën voor haar en schreeuwde het uit van radeloze pijn, smekend om te worden losgelaten terwijl hij vergeefs probeerde onder haar weg te kronkelen. Met een knie in zijn rug, samen met het rode staafje, trok ze zijn hoofd naar achteren en hield hem onder controle met een gemak alsof hij een kind was. En toen keek ze Oba welbewust in de ogen en drukte ze het rode staafje tegen de schedelbasis van de man. Hij sloeg op een ongecontroleerde manier met zijn armen om zich heen en door zijn hele lijf ging een stuiptrekking, zo hevig alsof hij door de bliksem werd getroffen. Daarna hing hij slap, en het bloed liep uit zijn oren. Toen ze met hem klaar was, liet de vrouw zijn haar los en liet ze hem voorover op de stenen vloer vallen. Aan de krachteloze manier waarop hij viel, zag Oba dat hij al dood was en de harde klap tegen het meedogenloze steen niet voelde.

Het was allemaal voorbij in wat niet meer dan vijf hartslagen leken, een voor elke man die gedood was. Overal glinsterde bloed in het lamplicht. Alle vijf de mannen lagen in rare houdingen op de grond. De vrouw in het rode leer ademde niet eens sneller.

Ze stapte naderbij. 'Het spijt me om je te moeten teleurstellen, maar jij zult er niet zo makkelijk van afkomen.'

Oba grijnsde. Ze wilde hem.

Hij stak zijn hand uit en pakte haar linkerborst.

Met een grimas van woede sloeg ze haar rode staafje tegen de bovenkant van zijn schouder, naast zijn nek.

Oba stak zijn andere hand uit en pakte haar andere borst. Hij kneep in beide hard terwijl hij haar grijnzend aankeek.

'Hoe kan het dat je niet...' Haar woorden stierven weg terwijl er plotseling een diep besef doorbrak op haar gezicht.

Haar borsten bevielen Oba wel. Het waren de mooiste die hij ooit had vastgehouden. Maar het was een eigenaardige vrouw. Hij had het gevoel dat hij veel nieuwe dingen zou leren met haar.

Haar vuist kwam met dodelijke snelheid uit het niets.

Oba ving die op in de palm van zijn hand. Hij sloeg zijn vingers stevig om haar vuist en kneep erin terwijl hij haar arm omdraaide, zodat ook zij draaide en ze met holle rug en haar schouders tegen hem aan gedrukt kwam te staan. Ze ramde haar vrije elleboog in de richting van zijn middel, maar dat verwachtte hij en hij greep haar onderarm en gebruikte de vaart om die ook achter haar rug te wringen, zodat hij die kon vasthouden met de vingers van zijn andere hand, waarmee hij ook al haar andere arm vasthield.

Zo had hij één hand vrij om haar verrukkelijke vormen te betasten. Hij liet zijn vrije hand over haar buik onder het leer glijden. Ze kronkelde zich uit alle macht in bochten om los te komen. Ze wist hoe ze de hefboomwerking moest gebruiken om te proberen zich los te wringen uit de greep van een tegenstander, maar ze was er bij lange na niet sterk genoeg voor. Oba liet zijn hand onder haar strakke leren broek naar beneden glijden en voelde haar gespannen spieren.

De feeks trapte met haar hak tegen zijn scheenbeen. Oba deinsde met een schreeuw terug en slaagde er maar net in om haar vast te houden. Maar toen draaide ze zich razendsnel om, dook onder zijn armen door en verbrak zijn greep. In een oogwenk was ze los. In plaats van weg te rennen, gebruikte ze haar vaart om hem tegen de zijkant van zijn nek te meppen.

Oba slaagde erin de klap op het laatste moment gedeeltelijk af te weren, maar het deed toch pijn. Bovendien werd hij kwaad. Hij had genoeg van deze zachtzinnige spelletjes. Hij pakte haar arm en draaide die om totdat ze het uitgilde. Hij schopte eerst haar voeten onder haar vandaan en wierp zich toen met zijn volle gewicht op haar. Oba keerde haar ruw om terwijl ze op de grond stortten en kwam boven op haar neer, waardoor de lucht uit haar longen werd geperst. Voordat ze kon inademen, gaf hij haar een flinke stomp in haar buik. Hij las in haar ogen hoeveel pijn dat deed.

Hij zou nog veel meer in haar ogen lezen voordat hij met haar klaar was.

Terwijl ze zo op de grond lagen te worstelen, was Oba duidelijk in het voordeel, en dat liet hij niet onbenut. Hij begon aan haar kleren te rukken. Ze was niet van plan het hem gemakkelijk te maken en vocht met alles wat ze in zich had. Maar haar manier van vechten was anders dan Oba gewend was. Ze vocht niet om weg te komen, zoals andere vrouwen deden. Ze vocht om hem pijn te doen.

Toen wist Oba hoe vreselijk ze naar hem verlangde.

Hij was van plan haar de bevrediging te schenken waarnaar ze hunkerde, haar te geven wat ze nog van geen enkele man had kunnen krijgen.

Hij trok met zijn sterke vingers aan het bovenstuk van haar leren pak, maar dat zat strak om haar middel gesnoerd met een brede riem. Aan de achterkant van het pak liep een netwerk van strakke riemen en gespen. Het materiaal was te sterk om kapot te scheuren. Maar Oba slaagde er wel in het langs haar ribben omhoog te sjorren. Toen hij haar blote huid zag, zweepte dat hem op. Hij moest haar handen, haar voeten en zelfs haar hoofd in bedwang houden, toen ze hem een kopstoot in zijn gezicht probeerde te geven.

Ondanks haar inspanningen slaagde hij erin om haar strakke broek gedeeltelijk over de ronding van haar heupen te rukken. Ze ging zich steeds heviger verzetten en probeerde al het denkbare om hem pijn te doen. Hij kon merken dat ze zo naar hem verlangde dat ze zich nauwelijks kon beheersen.

Terwijl hij zijn aandacht er geheel op gericht had om haar broek uit te krijgen, zette ze haar tanden in zijn andere onderarm. Hij verstijfde van de schok van de pijn. In plaats van zich terug te trekken, ramde hij de arm, die tussen haar tanden geklemd zat, naar haar toe, zodat ze met haar achterhoofd tegen de stenen vloer sloeg. Na een tweede klap tegen het steen was ze een stuk minder vechtlustig en kon hij zijn arm lostrekken.

Oba wilde niet dat ze buiten bewustzijn raakte. Hij wilde dat ze wakker was. Hij keek naar haar ogen terwijl hij zich op haar liet rollen en zijn knie tussen haar dijen duwde, en hij was blij toen hij aan de manier waarop ze haar kiezen op elkaar zette en waarop haar blik hem volgde, zag dat ze zich inderdaad van hem bewust was.

Perceptie was een wezenlijk deel van de ervaring. Het was belangrijk dat ze zich bewust was van wat er met haar gebeurde, van de transformaties die in haar levende lijf zouden plaatsvinden. Bewust van het feit dat de dood naderbij sloop, afwachtte en toekeek. Het was essentieel voor Oba dat hij al haar primaire emoties en gewaarwordingen in haar expressieve ogen kon zien.

Hij likte langs de zijkant van haar nek, achter haar oor, waar de fijne haartjes zacht aanvoelden aan zijn tong. Zijn tanden schraapten langs haar huid naar beneden. Haar nek smaakte heerlijk. Hij wist dat ze het gevoel van zijn lippen en tanden tegen haar huid fijn vond, maar ze moest zich verzetten om de schijn op te houden, omdat hij anders zou denken dat ze een gewillige vrouw was. Het maakte allemaal deel uit van haar spelletje. Maar aan de manier waarop ze zich verzette, merkte hij hoe ze naar hem hunkerde. Terwijl hij in haar nek knabbelde, probeerde hij met zijn andere hand zijn broek los te gespen.

'Zo heb je het altijd gewild,' fluisterde hij schor, bijna uitzinnig van lust voor haar.

'Ja,' antwoordde ze buiten adem. 'Ja, jij begrijpt het.'

Dit was nieuw. Hij was nooit eerder met een vrouw geweest die zo vertrouwd was met haar eigen behoeften dat ze die hardop erkende, behalve dan door te kreunen en te gillen. Oba besefte dat ze wel wild moest zijn van begeerte om alle schijn te laten varen en haar ware gevoelens te tonen. Dat maakte hem gek van verlangen naar haar.

'Alsjeblieft,' hijgde ze met haar mond tegen zijn schouder die hij tegen haar kaak had gedrukt om haar hoofd tegen de vloer te houden, 'laat me je helpen.'

Dit was absoluut nieuw. 'Me helpen?'

'Ja,' hijgde ze vertrouwelijk in zijn oor. 'Laat me je helpen je broek los te maken, zodat je me kunt aanraken waar ik dat het meest nodig heb.'

Oba voldeed maar al te graag aan haar schaamteloze verlangens. Als hij haar de schone taak toevertrouwde om zijn broek open te maken, had hij zijn handen vrij om haar te betasten. Ze was een verrukkelijk wezen, een waardige partner voor een man als hij, een Rahl, bijna een prins. Hij had nooit eerder zo'n heerlijk onverwachte en intieme ervaring gehad. Blijkbaar maakte de wetenschap dat hij van koninklijken bloede was vrouwen extatisch van onbeheersbare verlangens.

Oba grinnikte om haar onbeschaamde lust terwijl ze begerig met haar vingers aan de knopen van zijn broek frunnikte. Hij verplaatste zijn gewicht om haar de ruimte te geven terwijl hij haar vrouwelijke geheimen op zijn gemak verder onderzocht.

'Alsjeblieft,' hijgde ze weer in zijn oor toen ze eindelijk zijn broek los had, 'mag ik je daar beneden vastpakken? Alsjeblieft?'

Ze was zo hitsig dat ze haar waardigheid volkomen vergat. Maar hij moest toegeven dat hem dat niet tegenstond. Terwijl hij in haar nek beet, gaf hij haar grommend toestemming om haar gang te gaan.

Oba tilde zijn heupen op, zodat ze bij de voorwerpen van haar wellustige verlangen kon. Hij kreunde van genot toen ze haar soepele lijf strekte om naar beneden te reiken. Hij voelde hoe ze met haar lange, koele vingers zijn edele delen in haar lieftallige hand nam.

Gedreven door zijn ongebreidelde passie voor haar beet Oba weer in haar prachtige nek. Ze kermde bij het voelen van zijn tanden, terwijl ze zijn balzak haastig in haar gretige hand nam. Hij zou haar belonen met de langzaamste dood die hij haar kon geven.

Plotseling draaide ze haar volle hand hard rond, met zo'n abrupte kracht dat Oba werd verblind van de schok terwijl hij met een ruk omhoogkwam.

De flitsende steek van pijn was zo hevig dat hij geen adem kon krijgen. Terwijl hij tijdelijk was uitgeschakeld door de kwetsuur, boog ze zich naar voren en greep hem nog wat steviger vast. Zonder adempauze draaide ze haar hand voor een tweede keer nog harder om. Zijn ogen puilden uit hun kassen terwijl hij slechts één stuiptrekking had en daarna als een tent over haar heen bleef staan; door die kramp waren zijn spieren vastgeslagen in een starre verstijving. Zijn gedachten waren verward. Hij kon niet horen, zien, ademen of zelfs maar schreeuwen. Hij was verstijfd, versteend van ondraaglijke pijn.

Alles was één lange, messcherpe, ronddraaiende pijnscheut. Die ging oneindig lang door. Hij opende zijn mond in een poging te schreeuwen, maar er kwam geen geluid. Het leek een eeuwigheid te duren voordat zijn gezichtsvermogen weer enigszins terugkwam, samen met een wirwar aan geluiden die zijn tuitende oren vulde.

Plotseling draaide de kamer wild om hem heen. Terwijl hij over de stenen vloer rolde, besefte Oba dat hij zo hard in zijn zij was getrapt dat de resterende lucht uit zijn longen was gedreven. Hij begreep er helemaal niets van. Hij sloeg tegen de muur en bleef stil liggen. Hij moest een paar maal zijn best doen voordat hij erin slaagde lucht naar binnen te zuigen. De stekende pijn in zijn zij voelde aan alsof hij door een koe was geschopt, maar die was niets in vergelijking met de vurige vlammenzee in zijn kruis.

Toen zag Oba de bewaarder. De man was teruggekomen. Hij was degene die hem in de zij had getrapt. Hij, niet zij. Zij lag nog languit op de grond, haar prachtige lijf uitdagend tentoongesteld.

De bewaarder had een zwaard in zijn hand. Hij liet zich op één knie naast de vrouw zakken en bekeek haar met enkele korte blikken.

'Vrouwe Nyda! Vrouwe Nyda, bent u in orde?'

Ze kreunde terwijl ze zich wankelend op haar handen en knieën oprichtte. De man stond door zijn knieën gezakt en met zijn voeten een stuk uiteen naar Oba te kijken. Hij leek bang te zijn om haar te helpen of zelfs maar naar haar te kijken, maar hij leek niet bang te zijn voor Oba. Oba lag tegen de muur en probeerde zijn gedachten te ordenen terwijl hij naar de twee keek.

Ze deed geen pogingen haar heupen en haar naakte borsten te bedekken. Oba wist dat ze nog steeds zin in hem had, maar nu de bewaarder er was, kon ze haar gevoelens niet tonen. Ze moest wel krankzinnig van begeerte voor hem zijn om hem zo op te hitsen als ze had gedaan.

Oba duwde zich een beetje omhoog en begon weer op adem te komen, terwijl ook het gevoel in zijn tintelende geslachtsdelen terug begon te keren. Hij keek hoe de vrouw – vrouwe Nyda had de bewaarder haar genoemd – wankelend overeind kwam.

Oba lag stil en luisterde naar wat de stem hem influisterde, terwijl hij het zweet over haar huid zag lopen. Ze was goddelijk. Hij kon nog veel leren van een vrouw als deze. Er zouden nog onvermoede genoegens komen.

Nog steeds bezig op krachten te komen, stond Oba op en leunde tegen de muur, en keek toe hoe ze uitdagend met de rug van haar hand het bloed van haar mond veegde. Met haar andere hand trok ze aan haar leren pak in een poging zich te bedekken. Ze was duizelig, ongetwijfeld door haar bedwelmende schermutseling met de wellust, en haar bevende handen deden niet precies wat ze wilde. Ze kon haar evenwicht niet goed bewaren en wankelde een paar passen opzij. Het leek alsof ze zich maar nauwelijks staande kon houden. Oba was verbaasd dat haar botten niet waren gebroken, gezien hun korte maar krachtige liefdesspel. Daar zou nog tijd genoeg voor zijn.

Er druppelde bloed uit de liefdesbeetjes in haar hals. Hij zag dat er bloed in haar blonde haar zat, van toen hij haar hoofd tegen de stenen vloer had geslagen. Oba hield zichzelf voor niet te vergeten hoe sterk hij was, omdat hij er anders voortijdig een einde aan zou maken. Dat was al eens eerder gebeurd. Hij moest voorzichtig zijn; vrouwen waren breekbaar.

Oba hijgde nog na en kon nog steeds niet lopen door de kloppende pijn tussen zijn benen. Hij vestigde zijn blik op de bewaarder. De man had een opmerkelijke zelfbeheersing, om daar zo zelfverzekerd te staan, in aanmerking genomen dat hij in de aanwezigheid van een Rahl was.

Hun blikken ontmoetten elkaar. De man deed een stap naar voren.

De ogen van de stem gingen open en keken de man ook aan.

Hij verstijfde.

Oba grijnsde.

'Vrouwe Nyda,' fluisterde de bewaarder met zijn blik strak op Oba gericht, 'ik denk dat u hier beter weg kunt gaan.'

Ze fronste naar hem terwijl ze probeerde haar leren broek op te hijsen over haar welgevormde heupen. Ze kon nog steeds haar evenwicht niet goed bewaren, en dat ze probeerde haar pak op zijn plaats te sjorren, maakte het er niet beter op.

'We willen niet dat ze weggaat,' zei Oba.

De bewaarder staarde hem met grote ogen aan.

'We willen niet dat ze weggaat,' zei Oba opnieuw, gelijktijdig met de stem. 'We kunnen allebei van haar genieten.'

'We willen niet dat ze weggaat...' herhaalde de bewaarder.

Vrouwe Nyda onderbrak haar pogingen om zich aan te kleden en keek van de bewaarder naar Oba.

'Breng haar bij me,' beval Oba, verbaasd over wat de stem allemaal kon bedenken en opgetogen over het idee. 'Breng haar hierheen, dan kunnen we haar allebei bezitten.'

De vrouw, die nog steeds onvast op haar benen stond, volgde met haar ogen Oba's blik naar de bewaarder. Toen ze zijn gezicht zag, probeerde ze haar bungelende rode staafje te grijpen. De bewaarder pakte haar pols en voorkwam dat ze erbij kon. Hij sloeg zijn andere hand om haar middel. Ze verzette zich tegen hem, maar hij was een grote man en ze was al versuft.

Oba grijnsde toen hij de bewaarder de worstelende Nyda dichterbij zag sleuren. De vingers van de man dwaalden op dezelfde manier over haar blote huid als die van Oba hadden gedaan.

'Ze voelt heerlijk aan, vind je niet?' vroeg Oba.

De bewaarder glimlachte en knikte terwijl hij de vrouw tegen haar zin meevoerde naar de achtermuur van de cel, waar Oba en de stem wachtten.

Toen ze dichtbij genoeg waren, stak Oba zijn hand naar haar uit. Het werd tijd dat hij afmaakte waaraan hij begonnen was. Het definitief afmaakte.

Ze greep de kleding van de bewaarder in haar vuisten om zich aan vast te houden. Met een verbluffende snelheid draaide haar hele lijf door de lucht. Uit het niets zag Oba een fractie van een seconde lang de hak van haar laars als een bliksemschicht op zijn gezicht af vliegen. Voordat hij kon reageren, voelde hij een overweldigende pijn en werd de wereld om hem heen zwart.

43

Oba opende zijn ogen in het donker. Hij lag op zijn rug op een stenen vloer. Zijn gezicht klopte pijnlijk. Hij trok zijn knieën op om de pijn in zijn kruis te verlichten.

Die feeks, Nyda, was net zo lastig gebleken als alle andere vrouwen die hij had gekend. Het leek wel alsof hij altijd gekweld werd door lastige vrouwen. Ze waren allemaal jaloers op hem, omdat hij zo belangrijk was. Ze probeerden hem allemaal onder de duim te houden.

Oba kreeg er ook genoeg van om wakker te worden op plaatsen waar het koud en donker was. Hij had er een hekel aan dat hij zijn hele leven lang altijd wakker werd in een of andere krappe ruimte. Het was er altijd warm of koud. Geen enkele ruimte waarin hij was opgesloten, had ooit een aangename temperatuur gehad.

Hij vroeg zich af of zijn krankzinnige moeder, die lastige tovenares, Lathea, en haar zus de moerasheks er iets mee te maken hadden. Ze waren zelfzuchtig en zouden zeker op wraak zinnen. Dit had alle kenmerken van een wraakactie door dat pretentieuze trio.

Ze waren wel dood, maar Oba was er niet helemaal zeker van dat de dood hem beschermde tegen die drie harpijen. Tijdens hun leven waren ze onbetrouwbaar geweest, en er was geen reden om aan te nemen dat ze door de dood waren veranderd.

Maar hoe meer hij erover nadacht, des te waarschijnlijker leek het hem dat dit helemaal het werk was van die feeks in rood leer, Nyda. Ze was zo slim geweest om te doen alsof ze duizelig en gedesoriënteerd was totdat de bewaarder haar dicht genoeg bij hem had gebracht om toe te slaan, en toen had ze hem geschopt. Ze was me er een. Het was moeilijk om wrok te koesteren jegens een vrouw die zo naar hem verlangde. Waarschijnlijk had de gedachte dat ze Oba niet alleen voor zichzelf had, haar ertoe gebracht. Ze wilde alleen met hem zijn. Dat kon hij haar eigenlijk niet kwalijk nemen.

Nu hij zijn koninklijke status in het openbaar had erkend, moest hij accepteren dat er vrouwen zouden zijn die hartstochtelijk verlangden naar wat hij te bieden had. Hij moest erop voorbereid zijn dat hij moest voldoen aan de eisen die aan een echte Rahl werden gesteld.

Kreunend van de pijn rolde Oba op zijn zij. Door zich met zijn handen op te drukken van de vloer en daarna tegen een muur, slaagde hij er uiteindelijk in om zichzelf overeind te duwen. Zijn eigen ongemak zou het genot van de uiteindelijke verovering van zijn concubine alleen maar vergroten. Dat had hij ergens gehoord. Misschien had de stem hem dat verteld.

Hij zag een smal spleetje licht, veel kleiner dan de opening in de deur van zijn vorige cel, maar het maakte het hem mogelijk zijn positie te bepalen. Tastend langs de koude stenen muur begon hij poolshoogte te nemen. Hij kwam bijna onmiddellijk bij een hoek. Hij liet zijn hand vanuit de hoek opzij glijden, langs het ruwe steen van de muur, en voelde tot zijn schrik dat hij heel snel bij de volgende hoek kwam. Met groeiende haast tastte hij de muren af en hij was ontzet toen hij ontdekte hoe klein de ruimte was. Hij moest er diagonaal in gelegen hebben, want er was niet genoeg ruimte voor hem om in een andere richting languit te liggen.

Er welde een verstikkende paniek in hem op, doordat hij opgesloten zat in zo'n kleine ruimte. Hij kon geen lucht krijgen. Hij greep naar zijn keel en spande zich in om adem te halen. Hij wist zeker dat hij gek zou worden als hij in dit kleine hok opgesloten bleef.

Misschien was het toch niet het werk van Nyda. Dit had er alle kenmerken van dat het bekokstoofd was door zijn geniepige moeder. Misschien had ze vanuit de wereld van de doden toe zitten kijken, vrolijk complotterend hoe ze hem een loer kon draaien. Die lastige tovenares had haar waarschijnlijk geholpen. De moerasheks had ongetwijfeld ook haar steentje bijgedragen. Samen waren de drie vrouwen erin geslaagd om vanuit de wereld van de doden invloed uit te oefenen en de feeks Nyda te helpen om hem weer in een kleine ruimte op te sluiten.

Hij snelde rond door de nauwe cel en bleef maar aan de muren voelen, doodsbang dat ze op hem af zouden komen. Hij was te groot om in zo'n kleine ruimte te zitten, waar hij niet eens adem kon halen. Uit angst dat hij alle zuurstof in de ruimte zou verbruiken en dan langzaam zou stikken, wierp Oba zich tegen de deur en drukte hij zijn gezicht tegen de kier, in een poging lucht van buiten op te zuigen.

Oba huilde van zelfmedelijden en wilde op dat moment niets liever dan het hoofd van zijn krankzinnige moeder opnieuw inslaan. Na een tijdje ging hij luisteren naar de stem, die hem raad gaf, geruststelde en kalmeerde, en begon hij wat helderder na te denken. Hij was slim. Hij had getriomfeerd over iedereen die tegen hem had samengespannen, hoe doortrapt ze ook waren. Hij zou eruit komen. Dat was zeker. Hij moest zich vermannen en zich gedragen zoals hij aan zijn stand verplicht was.

Hij was Oba Rahl. Hij was onoverwinnelijk.

Oba probeerde door de kier naar buiten te gluren, maar hij zag niet veel meer dan een andere schemerige ruimte. Hij vroeg zich af of hij misschien in een soort doos zat met nog een doos eromheen, en hij bonkte een tijdje op de deur, schreeuwend en jammerend om de verschrikking van zo'n kwaadaardige foltering.

Hoe konden ze zo wreed zijn? Hij was een Rahl. Hoe konden ze een belangrijk persoon dit aandoen? Waarom behandelden ze hem zo? Eerst sloten ze hem op als een ordinaire misdadiger, bij het schorem, omdat hij het juiste had gedaan en het land had bevrijd van een tuchteloze dief, en nu deze boosaardige kwelling weer.

Oba concentreerde zich op iets anders. Hij herinnerde zich de uitdrukking op Nyda's gezicht toen ze voor het eerst in zijn ogen had gekeken. Ze had hem herkend. Nyda had de waarheid gezien – dat hij de zoon van Darken Rahl was – enkel en alleen door in zijn ogen te kijken. Geen wonder dat ze vreselijk naar hem hunkerde. Hij was belangrijk. Zo waren zelfzuchtige mensen; ze wilden in het gezelschap verkeren van de waarlijk groten, en dan wilden ze die onder de duim houden. Ze was jaloers. Daarom was hij opgesloten, uit bekrompen jaloezie. Zo eenvoudig was het.

Oba peinsde over die blik in Nyda's ogen toen ze hem voor het eerst had gezien. De blik van herkenning op haar gezicht had herinneringen wakker geroepen, waardoor hij losse stukjes in elkaar kon passen. Hij piekerde over wat hij te weten was gekomen.

Jennsen was zijn zus. Ze waren allebei een gat in de wereld.

Het was jammer dat ze familie van hem was; ze was onweerstaanbaar mooi. Hij vond haar rode krullen zeer bekoorlijk, ook al vermoedde hij dat ze misschien op de een of andere magische kracht duidden. Oba zuchtte toen hij haar in gedachten voor de geest haalde. Zijn principes waren te hoogstaand om te overwegen haar als minnares te nemen. Per slot van rekening hadden ze dezelfde vader. Ondanks haar betoverende uiterlijk en het feit dat de gedachte aan haar zijn kruis deed opleven, zij het pijnlijk, stond zijn integriteit hem niet toe iets zo onfatsoenlijks te doen. Hij was Oba Rahl, geen bronstig beest.

Darken Rahl was ook háár vader. Dat was een wonder. Oba wist niet precies wat hij ervan dacht. Ze hadden een band. Zij tweeën stonden tegenover een wereld van jaloerse mensen die hen van hun ware grootsheid wilden afhouden. Meester Rahl stuurde viermanschappen om jacht op haar te maken, dus van die kant ondervond ze geen loyaliteit. Oba vroeg zich af of ze misschien een waardevolle bondgenoot kon zijn.

Aan de andere kant herinnerde hij zich de verontrusting in haar ogen toen ze hem had aangekeken. Misschien had ze aan zijn ogen gezien wie hij was, dat hij ook een kind van Darken Rahl was, net als zij. Misschien had ze zelf al plannen waar hij niet in paste. Misschien stoorde het haar dat hij bestond. Misschien was ook zij een tegenstandster, die vastbesloten was alles voor zichzelf te houden.

Meester Rahl, hun eigen broer, wilde hen onder de duim houden omdat ze allebei belangrijk waren, dat leek wel waarschijnlijk. Meester Rahl wilde de rijkdommen die Jennsen en Oba rechtmatig toekwamen, niet met hen delen. Oba vroeg zich af of Jennsen net zo zelfzuchtig was. Per slot van rekening kon die zelfzuchtigheid wel in de familie zitten. Het was een wonder dat Oba aan die slechte karaktertrek was ontsnapt.

Oba voelde in zijn zakken, en terwijl hij dat aan het doen was, herinnerde hij zich dat hij dat in de cel met de misdadigers ook had gedaan. Zijn zakken waren leeg. De mensen van Meester Rahl hadden hem zijn fortuin afgenomen voordat ze hem hadden opgesloten. Waarschijnlijk hadden ze zich dat toegeëigend. De wereld was vol dieven, die allemaal achter Oba's zuurverdiende vermogen aan zaten.

Oba ijsbeerde heen en weer, voor zover dat mogelijk was in zo'n krappe ruimte, en probeerde er niet aan te denken hoe klein die was. Al die tijd luisterde hij naar de stem, die hem raad gaf. Hoe langer hij luisterde, des te logischer alles leek te worden. Er vielen steeds meer dingen van de lijstjes in zijn hoofd op hun plaats. Alle leugens en bedrog die hem zo hadden geteisterd, bleken één groot geheel te vormen. En er begonnen zich oplossingen aan te dienen.

Zijn moeder had natuurlijk altijd al geweten hoe belangrijk Oba eigenlijk was. Ze had hem van het begin af aan onder de duim willen houden. Ze had hem in zijn hok opgesloten omdat ze jaloers op hem was. Ze was jaloers op haar eigen zoontje. Ze was duidelijk geestesziek geweest.

Ook Lathea had het geweten en ze had met zijn moeder samengespannen om hem te vergiftigen. Geen van tweeën had het lef gehad om hem gewoon uit de weg te ruimen. Zo waren ze niet. Ze haatten hem allebei vanwege zijn grootsheid en genoten ervan hem te doen lijden, dus hun plan was van het begin af aan geweest om hem langzaam te vergiftigen. Ze noemden het gif een 'medicijn' om hun geweten te sussen.

Zijn moeder had hem al die tijd afgemat met zware klussen, hem minachtend behandeld, hem eindeloos bespot en hem regelmatig naar Lathea gestuurd om zijn eigen vergif te gaan halen. En hij, liefhebbende zoon die hij was, had meegewerkt aan hun sluwe plannen, geloofd wat ze zeiden, hun instructies opgevolgd, en had geen moment vermoed dat zijn moeders liefde een gemene leugen was of dat ze een geheim plan konden hebben.

De krengen. De achterbakse krengen. Ze hadden allebei hun verdiende loon gekregen.

En nu probeerde Meester Rahl hem voor de wereld te verbergen, te ontkennen dat hij bestond. Oba ijsbeerde piekerend heen en weer. Er was nog veel dat hij niet wist.

Na een tijdje kalmeerde hij en deed hij wat de stem hem had gezegd: hij liep naar de deur en bracht zijn mond bij de kier. Hij was per slot van rekening onoverwinnelijk.

'Ik heb jullie nodig,' zei hij tegen de duisternis aan de andere kant. Hij schreeuwde niet; dat hoefde niet, want de stem binnen in hem voegde zich bij de zijne en zou ervoor zorgen dat het geluid ver droeg.

'Kom naar me toe,' zei hij in de stille leegte aan de andere kant van de deur.

Oba was verrast door het kalme zelfvertrouwen, het gezag in zijn eigen stem. Zijn ontelbare talenten verbaasden hem. Het was alleen maar logisch dat minder begiftigden een hekel aan hem hadden.

'Kom naar me toe,' zeiden hij en de stem opnieuw in de duisternis.

Ze hoefden niet te roepen. De duisternis droeg hun stemmen moeiteloos verder, als schaduwen die op donkere wieken dreven.

'Kom naar me toe,' zei hij, en hij legde nietsvermoedende, inferieure geesten zijn wil op.

Hij was Oba Rahl. Hij was belangrijk. Hij had belangrijke dingen te doen. Hij kon hier niet blijven om hun kinderachtige spelletjes mee te spelen. Hij had genoeg van deze onzin. Het was tijd om zich te hullen in de mantel die hem niet alleen vanwege zijn afkomst toekwam, maar ook vanwege zijn bijzondere aard.

'Kom naar me toe,' zei hij, en de stemmen vloeiden door de donkere kiertjes van de ondergrondse kerker.

Hij bleef dat herhalen. Niet hard, want hij wist dat ze hem konden horen. Niet met aandrang, want hij wist dat ze zouden komen. Niet vertwijfeld, want hij wist dat ze zouden gehoorzamen. De tijd vergleed, maar dat gaf niet, want hij wist dat ze onderweg waren.

'Kom naar me toe,' mompelde hij in de roerloze duisternis, want hij wist dat een nog zachtere stem hen juist zou lokken.

In de verte hoorde hij het zwakke antwoord van voetstappen.

'Kom naar me toe,' fluisterde hij, en hij verplichtte degenen aan de andere kant van de deur om te luisteren.

Hij hoorde in de verte een deur openknarsen. De voetstappen klonken luider, dichterbij.

'Kom naar me toe,' lispelden de stem en hij.

Nog dichterbij hoorde hij mannen over een stenen vloer schuifelen. In het schemerige licht zag hij een schaduw over de smalle kier in de tweede deur vallen.

'Wat is er?' vroeg een man, en zijn echoënde stem klonk weifelend.

'Je moet naar me toe komen,' zei Oba tegen hem.

De man aarzelde bij die oprechte en onschuldige mededeling.

'Kom meteen naar me toe,' geboden Oba en de stem met immens gezag.

Oba luisterde, en de sleutel in het slot van de verste deur werd omgedraaid. De zware deur ging schrapend open. Er stapte een bewaarder in de ruimte tussen de deuren. De schaduw van de andere bewaarder vulde de buitenste deuropening. De bewaarder kwam voorzichtig naar het smalle kiertje waarachter Oba stond te wachten. Hij gluurde met grote ogen naar binnen.

'Wat wilt u?' vroeg de man op aarzelende toon.

'We willen meteen vertrekken,' zeiden Oba en de stem. 'Maak de deur open. Het is tijd voor ons om te gaan.'

De man bukte en frunnikte aan het slot totdat de schoot terugklapte met een metalig geluid dat weerkaatste door het donker. De deur werd opengetrokken. Hij piepte vanwege de roestige scharnieren. De andere man kwam achter de eerste staan en keek met dezelfde wezenloze uitdrukking naar binnen.

'Wat wilt u dat we doen?' vroeg de bewaarder, terwijl hij strak in Oba's ogen keek.

'We moeten gaan,' zeiden Oba en de stem. 'Jullie tweeën zullen ons de weg naar buiten wijzen.'

De twee bewaarders knikten en draaiden zich om, om Oba mee te nemen het donkere hok uit. Hij zou nooit meer in kleine, donkere ruimtes worden opgesloten. Hij had de stem om hem te helpen. Hij was onoverwinnelijk. Hij was blij dat hem dat te binnen was geschoten.

Althea had ongelijk gehad over de stem; ze was alleen maar jaloers geweest, net als alle anderen. Hij leefde nog, en de stem had hem geholpen. Zij was dood. Hij vroeg zich af wat ze daarvan vond.

Oba zei de twee bewaarders de deur van zijn lege cel op slot te draaien. Dat zou de kans groter maken dat het een tijdje duurde voordat zijn verdwijning werd ontdekt. Dan zou hij een kleine voorsprong hebben om te ontkomen aan de begerige greep van Meester Rahl.

De bewaarders namen Oba mee door een labyrint van smalle, donkere gangen. De twee mannen liepen stevig door, kozen hun weg vastberaden en meden systematisch de gangen waarin Oba in de verte mensen hoorde praten. Hij wilde niet dat ook maar iemand wist dat hij vertrok. Het was voor hem een stuk gemakkelijker als hij eenvoudig weg kon glippen, zonder confrontatie.

'Ik heb mijn geld nodig,' zei Oba. 'Weten jullie waar dat is?'

'Ja,' zei een van de bewaarders met toonloze stem.

Ze passeerden ijzeren deuren en liepen verder door gangen met muren van grove blokken steen. Ze sloegen een gang in waar aan weerszijden mannen in cellen zaten, wier gehoest, gegniffel en gevloek te horen waren door de openingen in de deuren. Toen ze bij de deuren kwamen, werden er vuile armen naar buiten gestoken, die door de lucht klauwden.

Toen de wezenloze bewakers, die allebei een lamp droegen, in het midden van de brede gang voorop gingen, waren er mannen die naar hen grepen, naar hen spogen of hen vervloekten. Toen Oba langskwam, werden ze allemaal stil. De armen werden teruggetrokken. Achter Oba aan wapperden schaduwen als een donkere cape.

Oba en zijn escorte van twee bewaarders kwamen bij een klein vertrek onder aan een smalle wenteltrap. De ene bewaarder ging voor Oba de trap op, de andere liep achter hem. Bovenaan namen ze hem mee naar een afgesloten kamer, en toen door een andere deur die op slot had gezeten.

De lampen van de bewaarders wierpen hoekige schaduwen tussen de rijen planken waarop van alles opgestapeld lag: kleding, wapens en allerlei persoonlijke bezittingen, van wandelstokken en fluiten tot marionetten. Oba liet zijn blik langs de planken met al die spullen gaan, bukte zich om op de onderste te kijken en ging op zijn tenen staan om op de bovenste planken te kunnen zien. Hij veronderstelde dat al deze spullen van gevangenen waren afgenomen voordat ze waren opgesloten.

Bijna aan het eind van een plank zag hij het heft van zijn mes. Achter het mes lag een stapel haveloze kleren die hij uit Althea's huis had meegenomen om de Vlakten van Azrith over te steken. Het mes dat hij altijd in zijn laars droeg, lag er ook. Ervoor lagen de stoffen en leren buideltjes opgetast, met zijn aanzienlijke fortuin erin.

Hij was opgelucht dat hij zijn geld terug had. Hij was nog opgeluchter toen hij zijn vingers weer om het gladde houten heft van zijn mes kon slaan.

'Jullie zullen mijn escorte zijn,' vertelde Oba de bewaarders.

'Waarheen moeten we u escorteren?' vroeg een van hen.

Oba dacht na. 'Dit is de eerste keer dat ik hier ben. Ik wil iets van het paleis zien.' Hij weerhield zichzelf ervan om het zijn paleis te noemen. Dat zou later wel komen. Voorlopig waren er dringender zaken.

Hij liep achter hen aan door een stenen trappenhuis omhoog, door gangen, langs kruisingen en over ontelbare trappen. Patrouillerende soldaten zagen uit de verte zijn bewaarders en besteedden weinig aandacht aan de man tussen hen in.

Toen ze bij een ijzeren deur kwamen, draaide een van zijn bewaarders die van het slot, en ze stapten een gang in met een glanzende marmeren vloer. Oba was aangenaam getroffen door de pracht van de gang, de gecanneleerde zuilen aan weerszijden ervan en het gewelfde plafond. Ze liepen met z'n drieën verder, sloegen een paar hoeken om, bij het licht van indrukwekkende zilveren lampen die in het midden van marmeren panelen hingen.

De gang maakte weer een bocht en kwam uit op een grote binnenplaats, die zo verbluffend mooi was dat de gang waardoor ze hadden gelopen en die de mooiste plek was geweest die Oba ooit had gezien, erdoor gedegradeerd werd tot nauwelijks meer dan een varkensstal. Hij bleef roerloos staan en staarde met open mond naar een vijver met de blote hemel erboven en met bomen – bomen – aan de overkant ervan, alsof het een bosvijvertje was. Behalve dat ze binnen waren, en dat er om de vijver heen een lage rand van glanzend, roestkleurig marmer liep, als een soort bank, en dat de binnenzijde van de vijver bedekt was met blauwe geglazuurde tegeltjes. Er gleden oranje vissen door het water. Echte vissen. Echte oranje vissen. Binnen.

In zijn hele leven was Oba nog nooit zo verbluft geweest door de grootsheid, de schoonheid, de regelrechte luister van een plek.

'Is dit het paleis?' vroeg hij aan zijn begeleiders.

'Een klein stukje ervan,' antwoordde de een.

'Een klein stukje,' herhaalde Oba verbijsterd. 'Is de rest net als dit?'

'Nee. De meeste delen zijn veel indrukwekkender, met hoge plafonds en bogen, en brede pilaren tussen balkons in.'

'Balkons? Binnen?'

'Ja. Zo kunnen mensen op verschillende verdiepingen uitkijken over de lager gelegen etages, over grote binnenplaatsen en vierkante pleinen.'

'Op sommige verdiepingen brengen kooplieden hun waren aan de man,' zei de ander. 'Sommige delen zijn toegankelijk voor het publiek. Andere delen zijn secties voor soldaten of voor de staf. Er zijn delen waar bezoekers kamers kunnen huren.'

Oba liet dat allemaal tot zich doordringen terwijl hij naar de goed geklede mensen stond te staren die overal rondliepen, en naar het glas, het marmer en het glanzende hout.

'Nadat ik nog wat meer van het paleis heb gezien,' deelde hij zijn twee grote, geüniformeerde D'Haraanse begeleiders mee, 'wil ik een rustige en afgelegen kamer huren; wel luxueus natuurlijk, maar ergens achteraf, waar ik niet opval. Dan wil ik eerst wat behoorlijke kleren en proviand aanschaffen. Jullie tweeën zullen de wacht houden en ervoor zorgen dat niemand weet dat ik hier ben, terwijl ik een bad neem en een nacht goed slaap.'

'Hoe lang moeten we u bewaken?' vroeg de andere man. 'We zullen gemist worden als we te lang wegblijven. En als het dan nog langer duurt, zullen ze naar ons op zoek gaan en ontdekken dat uw cel leeg is. Dan zullen ze naar u gaan zoeken. Ze zullen u hier snel vinden.'

Oba dacht na. 'Hopelijk kan ik morgen vertrekken. Zullen jullie voor die tijd gemist worden?'

'Nee,' zei de een, en in zijn ogen was geen enkele uitdrukking te lezen, behalve het verlangen om te doen wat Oba wilde. 'Onze wacht was net voorbij en we stonden op het punt te vertrekken. Niemand zal ons voor morgen missen.'

Oba glimlachte. De stem had de juiste mannen gekozen. 'Tegen die tijd ben ik al op weg. Maar tot die tijd wil ik van mijn bezoek genieten en iets van het paleis zien.'

Oba's vingers gleden over het heft van zijn mes. 'Misschien wil ik vanavond bij het diner zelfs wel gezelschap van een vrouw hebben. Een discrete vrouw.'

De twee mannen bogen. Voordat hij vertrok, zou Oba ervoor zorgen dat er van de twee niet meer over was dan een asvlek op de vloer van een verlaten gang. Ze zouden nooit iemand kunnen vertellen waarom zijn cel leeg was.

En dan... Ach, het was bijna lente, en wie wist waar hij in de lente zin in zou krijgen?
Eén ding was zeker: hij moest Jennsen zien te vinden.

44

Jennsens verbazing begon te slijten. Ze begon ongevoelig te raken voor de aanblik van de eindeloze massa manschappen, die als een donkere zee van mensen over het lage land was gestroomd. Het enorme leger had de grote vlakte tussen de glooiende heuvels omgeploegd tot die vaalbruin was. Tussen de soldaten stonden ontelbare tenten, wagens en paarden. Het gegons van de mensenmassa, met daarbovenuit gegil, geschreeuw, gelach en gefluit, het gekletter van wapens en harnassen, het getrappel van hoeven, het geratel van wagens, de ritmische klappen van hamers op staal, het briesen van paarden en zelfs af en toe een kreet of een gil van wat Jennsen als een vrouw in de oren klonk, was kilometers in de omtrek te horen.

Het was alsof je uitkeek over een onwaarschijnlijk grote stad, maar zonder gebouwen of wegennet; alsof alle vernuft, orde en werken van de mensheid op magische wijze waren verdwenen en alleen de mensen zelf waren achtergebleven, gereduceerd tot halve wilden, die zich onder de zich opeenhopende donkere wolken maar moesten zien te verweren tegen het natuurgeweld en het daar niet gemakkelijk mee hadden.

En dit waren nog niet eens de slechtste omstandigheden die Jennsen had meegemaakt. Een paar weken eerder, verder naar het zuiden, waren Sebastiaan en zij door het gebied getrokken waar het leger van de Imperiale Orde had overwinterd. Een leger van deze omvang pleegde altijd een grote aanslag op het land, maar het schokte haar om te zien hoeveel erger dat was als het wat langer op één plek bleef. Het zou jaren duren voordat die grote, etterende wond in het landschap genezen zou zijn.

Erger nog, gedurende de lange, strenge winter waren er duizenden mannen ziek geworden. Dat troosteloze gebied zou voor altijd getekend zijn door een oneindig aantal lukraak geplaatste graven die de plekken markeerden waar mannen waren achtergebleven toen de levenden verder waren getrokken. Het was afschuwelijk om te zien hoe ontstellend groot de verliezen ten gevolge van ziekte waren geweest; Jennsen durfde niet te denken aan de veel ergere slachting die zou plaatsvinden in de strijd om de vrijheid.

Toen de vorst eindelijk uit de grond was, was de modderige aarde opgedroogd en steviger geworden, zodat het leger eindelijk het bevuilde winterkwartier achter zich had kunnen laten en had kunnen beginnen aan de opmars naar Aydindril, de zetel van de macht in het Middenland. Sebastiaan had haar verteld dat de krijgsmacht die uit de Oude Wereld naar het noorden was getrokken zo enorm was, dat als de voorhoede ergens haar kamp ging opslaan, het nog uren zou duren voordat de achterhoede ver genoeg gevorderd was om te stoppen voor de nacht. 's Ochtends moest het voorste deel van het grote leger op weg gaan en een flinke afstand afleggen voordat het achterste deel de ruimte had om in beweging te komen.

Hoewel hun mars naar het noorden nog niet snel verliep, rukten ze toch langzaam maar zeker op. En als de mannen hun prooi eenmaal roken, zouden hun hartslag en hun tempo stijgen, voorspelde Sebastiaan.

Het was zeer betreurenswaardig dat Meester Rahls hang naar verovering en heerschappij dit allemaal noodzakelijk maakte, dat zo'n vredige vallei ten prooi moest vallen aan mannen die oorlog voerden. Nu het lente was, begonnen de grassen eindelijk weer tot leven te komen, zodat de heuvels die aan weerszijden van de vallei oprezen, eruitzagen alsof ze bedekt waren met levend groen fluweel. Op de steilere hellingen achter de heuvels had het bos de overhand. In het westen en in het noorden waren er in de verte bergtoppen zichtbaar waar nog een dikke laag sneeuw op lag. Beekjes die gezwollen waren van het smeltwater, bulderden langs de rotsige hellingen naar beneden en mondden verder naar het oosten uit in een grote rivier die door een uitgestrekte, welige vlakte meanderde. De aarde daar was zo zwart, zo vruchtbaar, dat Jennsen vermoedde dat zelfs stenen die daar geplant werden wortels zouden krijgen en zouden gaan groeien.

Voordat Sebastiaan en zij de grote, vuile vlek hadden bereikt die het leger was, was het landschap het mooiste geweest dat Jennsen ooit had gezien. Ze verlangde ernaar om die betoverende wouden te verkennen en stelde zich voor dat ze de rest van haar leven tevreden tussen die bomen kon doorbrengen. Het viel haar zwaar zich het Middenland voor te stellen als een plek van kwade magie.

Sebastiaan had haar verteld dat die wouden gevaarlijk waren, omdat er beesten rondzworven en mensen met magie zich er schuilhielden. Toch was de verleiding groot die gevaren te trotseren. Maar ze wist dat Meester Rahl haar zelfs in die ongerepte en schijnbaar eindeloze wouden zou vinden. Zijn mannen hadden hun vermogen om haar zelfs in de meest afgelegen gebieden te vinden al getoond; de moord op haar moeder was er het bewijs voor. En sinds die afschuwelijke dag waren die genadeloze moordenaars er op de een of andere manier in geslaagd haar door D'Hara en tot halverwege het Middenland achterna te zitten.

Als de mannen van Meester Rahl haar te pakken kregen, zouden ze haar terugbrengen naar de kerkers waar ze Sebastiaan hadden opgesloten, en dan zou Meester Rahl haar eindeloos laten martelen voordat hij haar een langzame en pijnlijke dood zou laten bezorgen. Jennsen zou geen veiligheid en geen rust kennen zolang Meester Rahl haar achtervolgde. Ze was van plan in plaats daarvan met hem af te rekenen en voor zichzelf een leven te bevechten.

Een groepje wachters zag Sebastiaan en haar over het open terrein rijden en kwam vanaf hun wachtpost op een heuvel de helling af om hen te onderscheppen. Toen Sebastiaan en zij dichterbij kwamen en de mannen zijn witte stekeltjeshaar zagen, en de nonchalante groet die hij hun bracht, draaiden ze zich om en zwermden weer de heuvel op naar hun kampvuur, om hun avondeten klaar te maken.

Net als de andere soldaten van het leger van de Imperiale Orde die ze had gezien, zagen ook deze mannen er ruig uit, in haveloze kleren, vachten en huiden. In de brede vallei onder hen zaten er velen rond kampvuurtjes bij hun tentjes, gemaakt van huiden of geolied canvas. De meeste leken ergens te zijn opgezet waar hun eigenaar maar voldoende ruimte had gevonden en niet volgens een of ander plan. Op willekeurige plekken tussen de tenten waren plaatselijke commandoposten, eettafels, wapenopslag-plaatsen, wagens met proviand, omheinde terreintjes vol vee of paarden, neringdoenden die aan het werk waren en zelfs hoef-smeden, die met verrijdbare ovens werkten. Hier en daar waren marktjes waar mannen bijeenkwamen om kleine goederen te rui-len of te kopen.

Er stonden zelfs geagiteerde, toornige, broodmagere mannen tus-sen de mensenmassa te preken tegen kleine groepjes wezenloze toeschouwers. Wat de mannen precies preekten, kon Jennsen niet horen, maar ze had vroeger ook weleens mannen zien preken. Vol-gens haar moeder was de onstuimige lichaamstaal waarmee ver-doemenis werd voorspeld en verlossing werd gepredikt even on-miskenbaar als onveranderlijk.

Toen ze dichter naar het immense kampement reden, zag ze man-nen die voor hun tenten van alles zaten te doen, van lachen en drinken tot het schoonmaken van hun wapens en uitrusting. Som-mige mannen stonden in slordige rijen met hun armen over de schouders van de mannen naast hen geslagen samen liedjes te zin-gen. Anderen kookten alleen, of verdrongen zich rond de geza-menlijke eettafels en wachtten totdat ze eten kregen. Sommige mannen waren bezig met karweitjes en het verzorgen van dieren. Ze zag mannen dobbelen en ruzie maken. Overal was het vuil, stonk het en was het een herrie, en het geheel was beangstigend en verwarrend.

Ze had zich altijd al slecht op haar gemak gevoeld in menigtes, maar dit zag er angstaanjagender uit dan een nare koortsdroom. Toen ze afdaalden in de richting van de kolkende mensenmassa, wilde ze het liefst in de tegenovergestelde richting wegrennen. Al-leen die ene, dringende reden om hier te zijn, en niets anders, weer-hield haar daarvan.

Ze had een innerlijke grens bereikt en was die overgegaan. Ze had de noodzaak om te doden aanvaard en met koele, weloverwogen berekening besloten dat te doen. Ze kon niet meer terug.

De uniformen die de soldaten droegen, deden die naam geen eer aan, want ze waren verre van uniform. Ze leken eerder een bij-eengeraapte verzameling van leer met spijkers, bont, maliën, wol-len mantels, huiden en vuile tunieken. Bijna alle mannen die ze zag, waren potig, ongeschoren, groezelig en grimmig. Het werd haar al snel duidelijk waarom Sebastiaan zo gemakkelijk herkend

477

werd en waarom niemand hem vroeg wat hij kwam doen, hoewel het haar ontzag bleef inboezemen dat elke man die hem zag, zonder uitzondering, voor hem salueerde. Sebastiaan viel op als een zwaan tussen maden.

Sebastiaan had uitgelegd hoe moeilijk het was om een enorm leger op de been te brengen om hun vaderland te verdedigen en wat een zware onderneming het was om het op zo'n lange reis te sturen. Hij zei dat het mannen waren die ver van huis waren en een akelig karwei moesten klaren; je kon niet van hen verwachten dat ze er fatsoenlijk uitzagen of dat ze hun gevechten op leven en dood onderbraken om goede manieren te tonen en hun kampement netjes te houden. Dit waren mannen die moesten vechten.

Dat waren D'Haraanse soldaten ook. Deze mannen zagen er in de verste verte niet uit als D'Haraanse soldaten, en ze waren ook lang niet zo gedisciplineerd, maar dat zei ze niet.

Toch begreep Jennsen het wel. Tijdens de snelle reis die Sebastiaan en zij hadden gemaakt, waarbij ze er steeds voor moesten zorgen dat ze Meester Rahls mannen voor bleven door te blijven rijden totdat ze bijna omvielen van uitputting, en vaak een stuk terug moesten om misleidende sporen te maken, had zij ook weinig tijd gehad om zich druk te maken over haar uiterlijk. Bovendien was het een lange en zware tocht geweest, over de bergen in de winter. Het zat haar vaak dwars dat Sebastiaan haar zag met haar haar helemaal in de war, en net zo vuil en bezweet als haar paard, terwijl ze al niet veel beter rook. Maar haar vaak zo onverzorgde uiterlijk leek hem nooit af te schrikken. Meestal leek hij juist op te leven als hij haar zag, en vaak wilde hij alles doen wat hij kon om haar te behagen.

De voorgaande dag hadden ze een kortere weg genomen door heuvelachtig landschap om bij de voorhoede van het leger uit te komen, en waren ze langs een verlaten boerderij gekomen. Sebastiaan had toegegeven aan haar wens om daar de nacht door te brengen, hoewel het nog vroeg was om hun kamp op te slaan. Nadat ze een bad had genomen en haar lange haar had gewassen in de oude tobbe in het kleine badkamertje, benutte ze het water om haar kleren in te wassen. Terwijl ze voor het warme vuur zat dat Sebastiaan in de haard had gestookt, borstelde en droogde Jennsen haar haar. Ze was zenuwachtig over haar komende ontmoeting met de keizer en wilde er netjes uitzien. Sebastiaan had, op een elleboog geleund, naar haar gekeken bij de flakkerende gloed van de haard; hij had haar die heerlijke glimlach van hem geschonken en gezegd dat ze, zelfs als ze ongewassen en met haar haar in de war zou gaan, de mooiste vrouw zou zijn die keizer Jagang ooit had gezien.

Nu ze langs de randen van het kampement van de Imperiale Orde reden, zat haar maag in de knoop, ook al zat haar haar dat niet. Te oordelen naar de onstuimige wolken die uit het westen over de bergen kwamen aandrijven, was er een voorjaarsstorm op komst. Boven valleien in de verte flikkerde de bliksem tussen de donkere wolken. Ze hoopte dat de regen niet zou komen en haar haar en jurk zou doorweken voordat ze de keizer had ontmoet.

'Daar,' zei Sebastiaan, en hij boog zich voorover in zijn zadel om te wijzen. 'Dat zijn de tenten van de keizer en van zijn belangrijke adviseurs en officieren. Niet ver daarachter, verderop in het dal, ligt Aydindril zelf.' Hij keek haar met een grijns aan. 'Keizer Jagang heeft de stad nog niet ingenomen. We zijn op tijd.'

De enorme tenten boden een imposante aanblik. De grootste was ovaal en had drie punten, waardoor drie hoge middenpalen staken. Tegen de zijkanten van de tent hingen vrolijk gekleurde panelen. Aan de dakrand hingen vlaggen en kwasten. Hoog aan de drie palen wapperden felgekleurde gele en rode banieren in de wind, en golfden lange wimpels door de lucht als vliegende slangen. De groep tenten van de keizer contrasteerde met de vale tentjes van de gewone soldaten als het paleis van een koning dat boven de hutjes eromheen uittorende.

Jennsens hart hamerde toen ze hun paarden het kampement in stuurden. Rusty en Pete hadden allebei hun oren recht overeind en briesten onrustig, omdat ze het lawaai en de drukte in moesten. Ze spoorde Rusty aan naar voren te lopen, zodat ze Sebastiaans hand kon pakken, die hij naar haar uitstak.

'Je hand is helemaal klam,' zei hij met een glimlach. 'Je bent toch niet zenuwachtig, hè?'

Ze voelde zich als water dat stond te koken, als een galopperend paard. 'Misschien een beetje,' zei ze.

Maar de reden dat ze hier was, gaf haar wilskracht.

'Dat hoef je niet te zijn. Keizer Jagang zal zelf zenuwachtig zijn als hij zo'n mooie vrouw ontmoet.'

Jennsen voelde dat ze bloosde. Ze stond op het punt een keizer te ontmoeten. Wat zou haar moeder daarvan denken? Onder het rijden dacht ze erover na hoe haar moeder, als jong dienstmeisje in het paleis, een onbeduidende vrouw, zich moest hebben gevoeld toen ze Darken Rahl ontmoette. Voor het eerst kon Jennsen zich echt indenken wat een enorme gebeurtenis dat was geweest in haar moeders leven.

Toen Sebastiaan en zij hun paarden het kamp in lieten draven, gluurden er overal mannen in Jennsens richting. Groepen mannen kwamen dichterbij om de vrouw te zien die aan kwam rijden. Ze zag dat een aantal soldaten met pieken een onregelmatige rij vormde langs hun route, om de dringende mannen tegen te houden. Ze besefte dat de wachters de weg voor hen vrijmaakten en voorkwamen dat al te enthousiaste mannen te dichtbij kwamen.

Sebastiaan keek naar haar toen ze zag dat de soldaten een pad voor hen vrijmaakten.

'De keizer weet dat we eraan komen,' vertelde hij haar.

'Hoe dan?'

'De verkenners die we een paar dagen geleden tegenkwamen en de wachtposten van vanochtend hebben mannen vooruitgestuurd om keizer Jagang te vertellen dat ik terug ben en dat ik niet alleen ben. Als ik een bezoeker meeneem, wil keizer Jagang natuurlijk zijn of haar veiligheid garanderen.'

Volgens Jennsen hadden de wachters de taak om de grote massa gewone soldaten bij hen vandaan te houden. Dat vond ze vreemd, maar gezien de beschonkenheid van sommige soldaten en de ongure blikken en wellustige grijnzen van anderen, kon ze niet zeggen dat ze het erg vond.

'De soldaten zien er zo... ik weet niet... liederlijk uit.'

'Als jij op het punt staat je mes in Richard Rahls hart te drijven,' antwoordde Sebastiaan ogenblikkelijk, 'ben je dan van plan een revérence te maken en alstublieft en dank u wel te zeggen, zodat hij kan zien hoe welgemanierd je bent?'

'Natuurlijk niet, maar...'

Hij keek haar met zijn opvallend blauwe ogen aan. 'Toen die bruten je huis binnendrongen en je moeder afslachtten, wat voor soort mannen had je daar toen willen hebben om haar te beschermen?'

Jennsen was van haar stuk gebracht. 'Sebastiaan, ik weet niet wat dat te maken heeft met...'

'Zou je erop vertrouwen dat opgedofte soldaten met gepoetst leer en gladde manieren – die van een of andere pretentieuze koning bij een chic diner – zich wanhopig zouden verzetten om je geliefde moeder te verdedigen tegen de aanval van wrede moordenaars? Of zou je willen dat mannen die nog ergere bruten waren tussen je moeder en haar aanvallers stonden om haar leven te beschermen? Zou je niet willen dat mannen die zeer ervaren waren in de hardste gevechtstechnieken haar beschermden tegen die wrede mannen die haar wilden doden?'

'Ik begrijp wat je bedoelt,' gaf Jennsen toe.

'Deze mannen vervullen die rol voor al hun naasten die ze in de Oude Wereld hebben achtergelaten.'

De onverwachte confrontatie met die vreselijke herinnering was zo huiveringwekkend, zo pijnlijk, dat ze moeite moest doen om de gebeurtenis weer uit haar gedachten te zetten. Ze voelde zich ook deemoedig door wat Sebastiaan zo vurig had betoogd. Ze was hier met een reden. Die reden was het enige dat ertoe deed. Des te beter als de mannen die tegen Meester Rahl werden ingezet ruw en gewelddadig waren.

Pas toen ze het zwaar verdedigde terrein rond de tenten van de keizer bereikten, zag Jennsen andere vrouwen. Het was een vreemde mengelmoes, van vrouwen die er jong uitzagen tot gebogen oudjes. De meesten namen haar nieuwsgierig op, sommigen fronsten en een paar leken zelfs verontrust, maar ze keken allemaal naar Jennsen toen ze naderbij reed.

'Waarom hebben de vrouwen allemaal een ring door hun onderlip?' fluisterde ze tegen Sebastiaan.

Zijn blik gleed over de vrouwen bij de tenten. 'Als teken van trouw aan de Imperiale Orde, aan keizer Jagang.'

Jennsen vond dat niet alleen een vreemde manier om trouw te tonen, maar ook een onrustbarende. De meeste vrouwen droegen vaalbruine jurken en de meesten hadden ongekamd haar. Sommigen waren iets beter gekleed, maar het verschil was klein.

Soldaten namen de teugels over toen ze afstegen. Jennsen aaide Rusty over haar oor en fluisterde geruststellend tegen het nerveuze dier dat het goed was om met de vreemde mee te gaan. Toen Rustig gekalmeerd was, volgde Pete haar zonder problemen naar de stallen. Nu ze gescheiden werd van het dier dat haar lange tijd gezelschap had gehouden, voelde Jennsen plotseling hoezeer ze Betty miste.

De vrouwen trokken zich, al toekijkend, wat verder terug. Daar was Jennsen aan gewend; mensen waren bang voor haar rode haar. Het was een ongewoon warme lentedag, die Jennsen had opgevrolijkt met de belofte van meer van zulke dagen. Ze was vergeten haar kap op te zetten toen ze het kampement naderden. Nu wilde ze die omhoogtrekken, maar Sebastiaan legde zijn hand op haar arm.

'Dat hoeft niet.' Met een knikje wees hij naar de vrouwen. 'Veel van hen zijn Zusters van het Licht. Die zijn niet bang voor magie, alleen voor vreemden die het terrein van de keizer op komen.'

Toen besefte Jennsen wat de reden was van de eigenaardige blikken van sommige vrouwen: ze hadden de gave en zagen haar als een gat in de wereld. Ze zagen haar met hun ogen, maar niet met hun gave.

Sebastiaan was zich daar niet van bewust. Ze had hem nooit precies verteld wat Althea had uitgelegd over de mensen met de gave en de nakomelingen van een Meester Rahl. Sebastiaan had meer dan eens blijk gegeven van een laatdunkende afkeer van magie. Dat had Jennsen ervan weerhouden om uitgebreid in te gaan op de details die ze van de tovenares had gehoord, en de nog belangrijker zaken die ze op eigen houtje had beredeneerd. Het was al ingewikkeld genoeg om het allemaal voor zichzelf op een rijtje te krijgen en het leek te persoonlijk om aan hem te onthullen, tenzij de tijd en de omstandigheden daar rijp voor waren. Maar dat leken ze nooit te zijn.

Jennsen dwong zich te glimlachen naar de vrouwen die vanuit de schaduwen van de tent naar haar keken. Ze staarden terug.

'Waarom is de keizer afgeschermd van zijn manschappen en wordt hij bewaakt?' vroeg ze aan Sebastiaan.

'Met zoveel mannen kun je nooit helemaal zeker weten of er een infiltrant tussen zit, of een geestelijk gestoorde, die bekend wil worden door keizer Jagang kwaad te doen. Zo'n krankzinnige daad zou ons van onze grote leider beroven. Er staat zoveel op het spel, dat we voorzorgsmaatregelen moeten nemen.'

Dat kon Jennsen zich wel voorstellen. Per slot van rekening was Sebastiaan zelf een infiltrant geweest in het Volkspaleis. Als hij daar een belangrijk man tegen het lijf was gelopen, had hij die kwaad kunnen doen. De D'Haranen waren beducht voor dat gevaar. Ze hadden zelfs de juiste man gearresteerd.

Gelukkig had Jennsen hem vrij kunnen krijgen. Hoe ze erin was geslaagd om zoiets te bewerkstelligen, maakte deel uit van wat ze eindelijk onder ogen durfde te zien, maar ze kon nooit het juiste moment vinden om er met Sebastiaan over te praten. Ze dacht trouwens toch niet dat hij het zou begrijpen. Waarschijnlijk zou hij zo'n vergezochte theorie niet eens geloven.

Sebastiaan legde zijn arm om haar middel en nam haar mee naar twee enorme, zwijgende mannen die de wacht hielden voor de tent van de keizer. Nadat ze hun hoofd voor hem hadden gebogen, stapte Sebastiaan tussen de twee door en tilde een zwaar deurgordijn opzij, dat bedekt was met gouden en zilveren ronde plaatjes.

Jennsen had nooit gedacht dat een tent zo luxueus kon zijn, maar wat ze zag toen ze er binnenstapte, was nog veel weelderiger dan de buitenkant al suggereerde. Ze had nog nooit zoiets gezien. De grond was helemaal bedekt met een verscheidenheid aan dikke tapijten. Het vertrek werd afgebakend met een reeks geweven wandtapijten, met daarop uitheemse taferelen en ingewikkelde patronen. Mooie glazen schalen, fijn aardewerk en hoge beschilderde vazen stonden op glanzende tafels en kasten, die overal in het vertrek stonden. Tegen een van de wanden stond zelfs een hoge kast met glazen deuren, waarin beschilderde borden op standaards waren uitgestald. Langs de randen van de vloer lagen kleurrijke kussens in allerlei afmetingen. Boven hun hoofd lieten openingen die afgedekt waren met dunne zijde een zacht licht binnen. Overal stonden geurkaarsen te flakkeren, en de vele tapijten en draperieën brachten een sfeer van rust en stilte. Het was net een heiligdom.

Binnen waren ook vrouwen, die allemaal een ring door hun onderlip droegen en druk bezig waren met hun werk. Hoewel de meesten schijnbaar in beslag werden genomen door hun taken, nam een van de vrouwen, die op methodische wijze een verzameling hoge, tere vazen poetste, Jennsen vanuit haar ooghoeken koeltjes op. Ze was van middelbare leeftijd, had brede schouders en droeg een eenvoudige, donkergrijze jurk die tot op de grond kwam en een knoopsluiting bij de hals had. Haar grijs met zwarte haar was losjes naar achteren gebonden. Het was een weinig opvallende vrouw, afgezien van het veelbetekenende, zelfvoldane lachje dat in haar gezicht gegroefd leek te staan. Dat lachje gaf Jennsen te denken.

Toen hun blikken elkaar kruisten, kwam de stem tot leven, zei Jennsens naam op die obsederende, levenloze fluistertoon en riep haar op zich over te geven. Om de een of andere reden had Jennsen een ogenblik het ijzige gevoel dat de vrouw wist dat de stem had gesproken. Jennsen zette dat rare idee van zich af en besloot dat het alleen kwam door de gelaatsuitdrukking van de vrouw, die een sterk gevoel van superioriteit uitstraalde.

Een andere vrouw was bezig met een kleine handveger de kleden te borstelen. Weer een ander verving kaarsen die opgebrand waren. Vrouwen, van wie sommigen ongetwijfeld Zusters van het Licht waren, liepen haastig de andere kamers in en uit en hielden zich bezig met de kussens, de lampen, en zelfs met bloemen in vazen. Een magere jongeman, die alleen een wijde katoenen broek droeg, fatsoeneerde met een kam de franje van de tapijten die voor de deuropeningen naar andere kamers lagen. Afgezien van de vrouw met de bruine ogen die de hoge vazen poetste, waren ze allemaal geconcentreerd op hun werk en besteedde niemand speciale aandacht aan de bezoekers die de tent van de keizer waren binnengekomen.

Sebastiaan hield zijn arm stevig om haar heen terwijl hij haar meevoerde dieper het flauw verlichte vertrek in. De muren en het plafond bewogen en bolden lichtjes op in de wind. Jennsens hart zou niet harder hebben gebonsd als ze op weg was geweest naar haar eigen executie. Toen ze besefte dat haar vingers zich om het heft van haar mes sloten om te controleren of dat vrij in de schede zat, dwong ze zichzelf om haar hand langs haar zij te laten hangen.

Vrijwel achter in het vertrek stond een sierlijk bewerkte en vergulde stoel met linten van rode zijde eromheen. Jennsen slikte toen ze zichzelf er eindelijk toe dwong om te kijken naar de man die daar zat, met zijn elleboog op de armleuning, zijn duim onder zijn kin en zijn wijsvinger langs zijn wang.

Het was een beer van een man met een stierennek. Doordat het flakkerende kaarslicht werd gereflecteerd door zijn kaalgeschoren schedel, leek het alsof hij een kroon van kleine vlammetjes droeg. Vanuit zijn mondhoeken groeide een snor van twee lange, dunne vlechtjes, en er hing een derde vlecht vanuit het midden van zijn kin naar beneden. Een dun gouden kettinkje verbond de gouden ringetjes door zijn linker neusgat en zijn linker oor, en een verzameling veel zwaardere kettingen met edelstenen rustte in de holte tussen zijn grote borstspieren. Zijn vlezige vingers waren elk voorzien van een grote ring. Het lamswollen vest dat hij droeg had geen mouwen, waardoor zijn brede schouders en gespierde armen zichtbaar waren. Hoewel hij niet lang leek te zijn, was hij imposant door zijn breedte.

Maar het waren zijn ogen die, ondanks Sebastiaans waarschuwende beschrijving, haar adem deden stokken. Niets dat hij had kunnen zeggen, had haar kunnen voorbereiden op de werkelijkheid.

Zijn inktzwarte ogen hadden geen wit, geen irissen en geen pupillen, maar waren alleen glinsterende, donkere leegtes. Toch bewogen er donkere vormen over die leegtes, als donderwolken in het holst van de nacht. Ondanks het feit dat hij geen irissen of pupillen had, wist ze heel zeker dat hij strak en aandachtig naar haar keek.

Jennsen was bang dat ze door haar knieën zou zakken.

Toen hij naar haar glimlachte, wist ze het zeker.

Sebastiaan verstevigde zijn greep op haar en hield haar overeind. Hij maakte een kleine buiging vanuit zijn middel.

'Keizer, ik ben blij dat de Schepper over u heeft gewaakt en u heeft beschermd.'

De glimlach werd breder. 'Insgelijks, Sebastiaan.' Jagangs stem paste bij zijn uiterlijk: schor, krachtig en dreigend. Hij klonk als een man die geen zwakheden of excuses duldde. 'Het is lang geleden. Veel te lang. Ik ben blij dat je terug bent.'

Sebastiaan boog zijn hoofd in de richting van Jennsen. 'Excellentie, ik heb een belangrijke gast meegebracht. Dit is Jennsen.'

Ze glipte weg uit de greep van Sebastiaans arm en liet zich uit eigen beweging op haar knieën zakken, voordat ze er door haar beverigheid toe werd gedwongen. Ze greep de gelegenheid aan om zich naar voren te buigen totdat haar hoofd de vloer bijna raakte. Sebastiaan had haar niet verteld dat ze dat hoorde te doen, maar ze werd overvallen door de angst dat ze dat moest doen. En het ontsloeg haar even van de plicht om in die nachtmerrieachtige ogen te kijken.

Ze veronderstelde dat een man als hij, een strijder die hoopte te zegevieren over het aanvalsleger van D'Hara, wel een man van brute kracht, ijzeren gezag en een grimmige vasthoudendheid moest zijn. Keizer zijn van een volk dat gered wilde worden van de dreigende schaduw van de slavernij, was een karwei dat alleen iemand van het kaliber van de man voor wie ze nu knielde, aan zou kunnen.

'Uwe Excellentie,' zei ze met bevende stem in de richting van de grond. 'Ik ben geheel tot uw dienst.'

Ze hoorde een bulderende lach. 'Kom, kom, Jennsen, dat is niet nodig.'

Jennsen voelde dat ze vuurrood werd terwijl ze op vriendelijke aandrang en met de hulp van Sebastiaan overeind kwam. Noch de keizer, noch Sebastiaan sloeg acht op haar gêne.

'Sebastiaan, waar heb je zo'n lieftallige jonge vrouw weten te vinden?'

Sebastiaans blauwe ogen keken vol trots naar haar. 'Dat is een lang verhaal voor een andere keer, Excellentie. Het enige dat u nu moet weten, is dat Jennsen tot een belangrijk besluit is gekomen, een besluit dat invloed op ons allemaal zal hebben.'

Jagangs inktzwarte blik ging weer naar Jennsen en hij keek haar aan op een manier waar haar hart van in haar keel leek te springen. Hij glimlachte flauwtjes, het zelfgenoegzame lachje van een keizer die toegeeflijk neerkijkt op een onbeduidend persoon.

'En wat is dat besluit dan wel, jongedame?'

Jennsen.

Jennsen zag in een flits haar moeder voor zich, bloedend op de grond van hun huisje, stervend. Ze zou die laatste, waardevolle ogenblikken van haar moeders leven nooit vergeten. Het hartverscheurende verdriet te moeten vluchten zonder zelfs maar de tijd te kunnen nemen haar moeders lichaam te verzorgen en te begraven, brandde onverminderd in haar ziel.

Jennsen.

Er overviel haar een razernij, die al haar nervositeit om een keizer antwoord te moeten geven overstemde.

'Ik ben van plan Meester Rahl te doden,' zei Jennsen. 'Ik ben gekomen om uw hulp te vragen.'

In de doodse stilte verdween elk spoor van vrolijkheid van keizer Jagangs gezicht. Hij keek haar met koude, donkere, meedogenloze ogen aan, en zijn gezicht stond gealarmeerd. Dit was duidelijk geen onderwerp waar grapjes over gemaakt konden worden. Meester Rahl was het vaderland van deze man binnengevallen, had wie weet hoeveel duizenden van zijn mensen vermoord en had de hele wereld in oorlog en lijden gedompeld.

Keizer Jagang de Rechtvaardige wachtte af tot ze zich nader zou verklaren, terwijl de spieren in zijn kaak bewogen.

'Ik ben Jennsen Rahl,' zei ze in antwoord op zijn duistere blik. Ze trok haar mes, greep het lemmet met vaste hand en stak het heft recht omhoog in zijn richting, om hem de sierlijke letter R te laten zien, het symbool van het Huis Rahl.

'Ik ben Jennsen Rahl,' herhaalde ze, 'een zus van Richard Rahl. Ik ben van plan hem te doden. Sebastiaan heeft me verteld dat u me daar misschien bij zou kunnen helpen. Als u dat kunt, zal ik u eeuwig mijn dank verschuldigd zijn. Als u dat niet kunt, vertelt u me dat dan nu, want ook dan blijf ik vasthouden aan mijn plan hem te doden, en dan moet ik op weg gaan.'

Met zijn ellebogen op de armleuningen van zijn met rode zijde omhangen troon, boog hij zich naar haar toe terwijl hij zijn nachtmerrieachtige blik op haar gevestigd hield.

'Mijn beste Jennsen Rahl, zus van Richard Rahl, als je een dergelijke taak wilt uitvoeren, zou ik de wereld aan je voeten leggen. Je hoeft het maar te vragen en alles wat binnen mijn macht ligt, zal van jou zijn.'

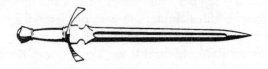

45

Jennsen zat dicht naast Sebastiaan en putte steun uit zijn vertrouwde aanwezigheid, maar ze wenste dat ze alleen bij een kampvuur zaten en vis roosterden of bonen kookten. Ze voelde zich aan de tafel van de keizer, met bedienden overal om zich heen, eenzamer dan ze zich ooit had gevoeld als ze alleen was geweest in de stilte van een bos. Als Sebastiaan, die zat te praten en te lachen, er niet was geweest, had ze niet geweten wat ze moest beginnen, hoe ze zich had moeten gedragen. Ze voelde zich al slecht op haar gemak met gewone mensen om zich heen, laat staan in deze situatie.

Keizer Jagang was een man die moeiteloos de ruimte domineerde. Hoewel hij zich voortdurend minzaam en hoffelijk tegenover haar gedroeg, gaf hij haar op een ondoorgrondelijke manier het gevoel dat elke inademing van haar een gunst was die hij haar verleende. Hij sprak achteloos over gewichtige zaken zonder dat te beseffen, zo alledaags waren die verantwoordelijkheden, zo vanzelfsprekend zijn ferme heerschappij. Hij was een rustende poema, welgedaan en evenwichtig, die lui met zijn staart sloeg en zijn lippen likte.

Dit was geen keizer die zich ertoe beperkte ergens veilig op een afgelegen plek af te wachten en rapporten te ontvangen; dit was een keizer die zijn mannen aanvoerde in de strijd. Dit was een keizer die zijn handen diep in de bloedige smeerboel van leven en dood stak en eruit te voorschijn trok wat hij wilde hebben.

Hoewel het een extravagant diner leek voor wat per slot van rekening een oprukkend leger was, was het wel de tent en de tafel van de keizer, en dat was merkbaar. Er was een overvloed aan eten en drinken, alles van gevogelte tot vis, van rundvlees tot lamsvlees, van wijn tot water.

Terwijl bedienden koortsachtig af en aan draafden met dampende schalen vol schitterend opgemaakte gerechten en haar behandelden als een prinses, werd Jennsen plotseling getroffen door een hartverscheurend beeld van hoe haar moeder, een bescheiden jonge vrouw van lage afkomst, zich gevoeld moest hebben toen ze aan de tafel van Meester Rahl zat en een variëteit en overvloed aan voedsel zag die ze zich nooit had kunnen voorstellen, terwijl ze tegelijkertijd huiverde bij de gedachte dat ze in het gezelschap was van een man met de macht om iemand ter dood te veroordelen zonder zijn maaltijd ervoor te onderbreken.

Jennsen had niet veel eetlust. Ze trok smalle reepjes van het sappige stuk varkensvlees dat voor haar op een dikke snee brood lag, en nam er kleine hapjes van terwijl ze luisterde naar de twee mannen, die zaten te praten. Hun gesprek ging over trivialiteiten. Jennsen had het gevoel dat de twee, als zij er niet was geweest, elkaar veel meer te zeggen hadden gehad. Nu spraken ze over kennissen en stelden elkaar op de hoogte van onbelangrijke zaken die hadden plaatsgevonden nadat Sebastiaan de vorige zomer het leger had verlaten.

'En hoe zit het met Aydindril?' vroeg Sebastiaan uiteindelijk, terwijl hij een stuk vlees aan de punt van zijn mes prikte.

De keizer draaide een poot van een knapperige gans af. Hij zette zijn ellebogen op de rand van de tafel, boog zich naar voren en gebaarde vaag met zijn buit. 'Ik weet het niet.'

Sebastiaan liet zijn mes zakken. 'Hoe bedoelt u? Ik herinner me de ligging van het gebied. U bent er maar een dag of twee vanaf.' Zijn toon was eerbiedig, maar tegelijk bezorgd. 'Hoe kunt u oprukken zonder te weten wat u in Aydindril wacht?'

Jagang nam een flinke hap van het dikke uiteinde van de ganzenpoot, terwijl hij het bot tussen de vingers van beide handen geklemd hield. Er droop vet van het vlees en van zijn vingers.

'Nou,' zei hij ten slotte, terwijl hij met het bot over zijn schouder gebaarde voordat hij het op een bord legde, 'we hebben verkenners en patrouilles gestuurd om een kijkje te nemen, maar er is niemand teruggekomen.'

'Niemand?' Sebastiaans toon was scherp van ongerustheid.

Jagang pakte een mes op en sneed een stuk lam af van een schotel die naast hen stond. 'Niemand,' zei hij terwijl hij het stuk vlees aan zijn mes reeg.

Met zijn tanden pakte Sebastiaan het stuk vlees van zijn mes en daarna legde hij het mes neer. Hij zette zijn ellebogen op de rand van de tafel en vouwde zijn vingers tegen elkaar aan terwijl hij nadacht.

'De Tovenaarsburcht is in Aydindril,' zei Sebastiaan uiteindelijk met zachte stem. 'Die heb ik gezien, toen ik vorig jaar de stad verkende. Ze ligt tegen een bergwand en kijkt uit over de stad.'

'Ik herinner me je rapport,' antwoordde Jagang.

Jennsen wilde vragen wat de 'Tovenaarsburcht' was, maar aan de andere kant wilde ze haar zwijgen niet verbreken terwijl de mannen aan het praten waren. Bovendien leek het eigenlijk nogal vanzelfsprekend, vooral door de onheilspellende klank in Sebastiaans stem toen hij het woord uitsprak.

Sebastiaan wreef zijn handpalmen tegen elkaar. 'Mag ik dan vragen wat uw plan is?'

De keizer knipte gebiedend met zijn vingers. Alle bedienden verdwenen. Jennsen wilde dat ze met hen mee kon gaan, zich kon verstoppen onder haar deken en weer gewoon een onbeduidend persoon kon zijn. Buiten rommelde de donder, en af en toe joeg een windvlaag de regen tegen de tent aan. De kaarsen en lampen die op tafel stonden, verlichtten de twee mannen en de ruimte om hen heen, maar de zachte tapijten en muren waren bijna in duisternis gehuld.

Keizer Jagang keek even naar Jennsen voordat hij zijn blik op Sebastiaan vestigde. 'Ik ben van plan de stad snel binnen te trekken. Niet met het hele leger, wat ze vermoedelijk zullen verwachten, maar met een cavalerie-eenheid die klein genoeg is om wendbaar te zijn, maar groot genoeg om de situatie onder controle te houden. En we zullen natuurlijk een aanzienlijke hoeveelheid begiftigden meenemen.'

Terwijl die paar zinnen gesproken werden, was de sfeer uiterst serieus geworden. Jennsen had het gevoel dat ze een stille getuige was van de cruciale ogenblikken van een gedenkwaardige gebeurtenis. Het was beangstigend om te denken aan alle levens die afhingen van wat deze twee mannen bespraken.

Sebastiaan woog de woorden van de keizer even af voordat hij iets zei. 'Hebt u enig idee hoe Aydindril de winter is doorgekomen?'

Jagang schudde zijn hoofd. Hij trok een stuk lamsvlees van de punt van zijn mes en sprak met zijn mond vol.

'Je kunt veel van de Biechtmoeder zeggen, maar niet dat ze dom is. Door de richting van onze opmars, de bewegingen die ze heeft gadegeslagen, de steden die al gevallen zijn, de route die we hebben gekozen en alle rapporten en informatie die ze verzameld zal hebben, weet ze al heel lang dat ik Aydindril in het voorjaar zal aanvallen. Ik heb ze flink de tijd gegeven om angstig over hun lot te piekeren. Ik vermoed dat ze nu allemaal bibberend in een hoekje zitten, maar ik denk niet dat ze het hart heeft om te vluchten.'

'Denkt u dat de vrouw van Meester Rahl er is?' flapte Jennsen er verbaasd uit. 'In de stad? De Biechtmoeder zelf?'

De beide mannen keken haar zwijgend aan. Het was doodstil in de tent.

Jennsen krabbelde terug. 'Neemt u me niet kwalijk.'

De keizer grinnikte. 'Wat zou ik je kwalijk moeten nemen? Je hebt net de spijker op zijn kop geslagen.' Met zijn mes gebaarde hij naar Sebastiaan. 'Je hebt een bijzondere vrouw meegebracht, een vrouw met een goed hoofd op haar schouders.'

Sebastiaan wreef Jennsen over haar rug. 'En ook nog een mooi hoofd.'

Jagang keek haar met glinsterende, zwarte ogen aan. 'Ja, inderdaad.' Hij schepte blindelings met zijn vingers wat olijven uit een glazen schaal die naast hem stond. 'Vertel eens, Jennsen Rahl, hoe denk jij over dit alles?'

Aangezien ze haar mond al open had gedaan, moest ze nu wel antwoord geven. Ze vermande zich en dacht over de vraag na.

'Als ik me voor Meester Rahl verborg, probeerde ik altijd niets te doen waaraan hij zou merken waar ik was. Ik deed alles wat ik kon om hem onwetend te houden. Misschien is dat wat zij nu ook doen. Proberen u ontwetend te houden.'

'Dat dacht ik ook,' zei Sebastiaan. 'Als ze doodsbang zijn, proberen ze misschien elke verkenner of patrouille te elimineren om bij ons de indruk te wekken dat ze sterker zijn dan ze in wezen zijn, en om eventuele verdedigingsplannen geheim te houden.'

'Zodat ze in elk geval iets van een verrassingselement behouden,' vulde Jennsen aan.

'Dat is ook mijn idee,' zei Jagang. Hij grijnsde naar Sebastiaan. 'Geen wonder dat je zo'n vrouw voor me meebrengt; ze is nog een strateeg ook.' Jagang knipoogde naar Jennsen en toen luidde hij een bel die naast hem stond.

In een deuropening aan de andere kant verscheen een vrouw, degene met de grijze jurk en het naar achteren gebonden grijs-met-zwarte haar. 'Ja, Excellentie?'

'Breng de jongedame wat fruit en zoetigheden.'

Nadat ze gebogen had en was vertrokken, werd de keizer weer ernstig. 'Daarom denk ik dat het beter is om binnen te vallen met een kleinere eenheid dan ze verwachten, een die snel kan manoeuvreren in reactie op de verdediging die ze voor ons in petto hebben. Ze kunnen misschien onze kleine patrouilles overmeesteren, maar dat zal ze niet lukken met een flinke eenheid cavalerie en begiftigden. Als het nodig is, kunnen we altijd meer manschappen de stad in laten trekken. Nadat ze een winter lang op hun achterste hebben gezeten, zullen ze allang blij zijn als ze losgelaten worden. Maar ik wil eigenlijk niet beginnen met precies datgene te doen wat de mensen in Aydindril verwachten.'

Sebastiaan prikte afwezig met zijn mes in een dikke plak rosbief terwijl hij nadacht. 'Ze zou in het Paleis van de Belijdsters kunnen zijn.' Hij keek de keizer weer aan. 'De Biechtmoeder kan best besloten hebben om eindelijk stelling te nemen.'

'Dat denk ik ook,' zei keizer Jagang. Buiten was de voorjaarsstorm aangewakkerd, en de koude wind huilde rond de tenten.

Jennsen kon zich niet inhouden. 'Denkt u echt dat ze daar zal zijn?' vroeg ze. 'Gelooft u echt dat ze daar zou blijven, als ze weet dat u er met een enorm leger aan komt?'

Jagang haalde zijn schouders op. 'Ik weet het natuurlijk niet zeker, maar ik heb haar het hele Middenland door naar het noorden gedreven. In het verleden had ze nog opties, keuzemogelijkheden, hoewel die soms niet eenvoudig te realiseren waren. We hebben haar leger vlak voor de winter Aydindril in gedreven en zijn toen op haar stoep blijven zitten. Nu hebben zij en haar leger geen keuzes meer en, met overal om hen heen bergen, ook geen plaatsen om naartoe te vluchten. Zelfs zij weet dat er een moment komt dat je de waarheid onder ogen moet zien. Ik denk dat dit misschien de plek is die ze kiest om definitief stelling te nemen en het uit te vechten.'

Sebastiaan reeg een stuk vlees aan zijn mes. 'Het klinkt te eenvoudig.'

'Natuurlijk,' zei Jagang, 'daarom moet ik rekening houden met de mogelijkheid dat ze daartoe heeft besloten.'

Sebastiaan gebaarde met het rode vlees op de punt van zijn mes naar het noorden. 'Misschien heeft ze zich teruggetrokken in de bergen en alleen genoeg manschappen achtergelaten om verkenners en patrouilles uit te schakelen, om u onwetend te houden, zoals Jennsen suggereerde.'

Jagang haalde zijn schouders op. 'Mogelijk. Ze is een zeer onvoorspelbare vrouw. Maar haar plaatsen om zich terug te trekken beginnen op te raken. Vroeg of laat is er geen terrein meer over. Misschien is dit niet haar plan, maar misschien ook wel.'

Jennsen had niet beseft dat de Oude Wereld de vijand zo ver terug had gedreven. Ook Sebastiaan was lang weggeweest. Het zag er voor de Oude Wereld niet zo somber uit als ze had gedacht. Maar toch leek het haar een groot risico om te nemen op grond van zulke magere aanwijzingen.

'Dus u bent bereid de gok te wagen en de levens van uw mannen op het spel te zetten, in de hoop dat ze daar zal zijn?'

'De gok te wagen?' Jagang klonk geamuseerd bij die suggestie. 'Het is eigenlijk helemaal geen gok, snap je dat niet? We hebben hoe dan ook niets te verliezen. We zullen hoe dan ook Aydindril innemen. Daarmee klieven we eindelijk het Middenland in tweeën, en dus de hele Nieuwe Wereld. Verdeel en heers, dat is de weg naar de overwinning.'

Sebastiaan likte het bloed van zijn mes. 'U kent haar tactiek beter dan ik en bent beter in staat te voorspellen wat haar volgende zet zal zijn. Maar, zoals u zegt, of ze nu besluit om stelling te nemen met haar mensen of die aan hun lot overlaat, we zullen Aydindril en de zetel van de macht in het Middenland in handen krijgen.'

De keizer staarde in de verte. 'Dat kreng heeft honderdduizenden van mijn manschappen vermoord. Ze is er altijd in geslaagd om me één stap voor te blijven, om uit mijn handen te blijven, maar al die tijd heeft ze zich teruggetrokken in de richting van een muur... deze muur.' Hij keek met ijzige woede op. 'De Schepper geve dat ik haar eindelijk te pakken krijg.' De knokkels van de hand die hij om zijn mes had geslagen, waren wit en zijn stem

zwoer een dodelijke eed. 'Ik zal haar krijgen en met haar afrekenen. Persoonlijk.'

Sebastiaan peilde de blik in de donkere ogen van de keizer. 'Dan
zijn we misschien dicht bij de eindoverwinning... In het Middenland, tenminste. Als het Middenland overwonnen is, is het lot van
D'Hara bezegeld.' Hij stak zijn mes op. 'En als de Biechtmoeder
er is, dan is Meester Rahl er misschien ook wel.'

Jennsens gedachten buitelden over elkaar heen en ze keek van Sebastiaan naar de keizer. 'Bedoelt u dat u denkt dat haar man,
Meester Rahl, er ook is?'

Jagang vestigde zijn nachtmerrieachtige blik op haar en grinnikte boosaardig. 'Precies, schatje.'

Jennsen voelde een rilling langs haar rug gaan bij de moordzuchtige uitdrukking in zijn ogen. Ze was de goede geesten dankbaar
dat ze aan dezelfde kant stond als deze man en niet zijn vijand
was. Toch moest ze hem de belangrijke informatie geven die ze
van Tom had. Ze voelde een steek van verdriet en wilde dat ze
het van iemand anders dan Tom had gehoord, maar het was Sebastiaan zelf geweest die haar er het eerst over had verteld.

'Meester Rahl kan niet hier, in Aydindril, zijn.' De twee mannen
staarden haar aan. 'Meester Rahl is ver in het zuiden.'

Jagang fronste. 'In het zuiden? Hoe bedoel je?'

'Hij is in de Oude Wereld.'

'Weet je dat zeker?' vroeg Sebastiaan.

Jennsen keek hem verbaasd aan. 'Dat heb je me zelf verteld. Dat
hij aan het hoofd van zijn invasieleger de Oude Wereld was in-
getrokken.'

Er gleed een blik van herinnering over Sebastiaans gezicht. 'Ja, dat
is ook zo, Jenn, maar die berichten had ik gehoord lang voordat
ik jou tegenkwam, voordat ik bij ons leger wegging. Dat is heel
lang geleden.'

'Maar ik weet dat hij na die tijd ook nog in de Oude Wereld was.'

'Hoe bedoel je?' vroeg Jagang met een schorre grauw.

Jennsen schraapte haar keel. 'De band. Het D'Haraanse volk heeft
een band met de Meester Rahl...'

'En voel jij die band?' vroeg Jagang.

'Nee, dat niet. In mij is die niet sterk genoeg. Maar toen Sebastiaan
en ik in het Volkspaleis waren, heb ik daar mensen ontmoet die
zeiden dat Meester Rahl ver in het zuiden was, in de Oude Wereld.'

De keizer overpeinsde haar woorden terwijl hij een blik wierp op een vrouw die was binnengekomen met schotels gedroogd fruit, zoetigheden en noten. Ze ging aan een wandtafel een stuk bij hen vandaan aan de slag; blijkbaar wilde ze niet dichterbij komen en de keizer en zijn gasten storen.

'Maar Jenn, dat heb je afgelopen winter gehoord, toen we in het paleis waren. Heb je dat sinds die tijd horen bevestigen door iemand die de band voelt?'

Jennsen schudde haar hoofd. 'Nee, dat niet.'

'Als de Biechtmoeder van plan is om stelling te nemen in Aydindril,' zei Sebastiaan peinzend, 'dan is het mogelijk dat hij, sinds we voor het laatst hebben gehoord dat hij in het zuiden was, naar het noorden is gekomen om de Biechtmoeder bij te staan.'

Jagang leunde naar voren over het bloederige vlees heen. 'Zo zijn die twee. Slecht tot het bittere einde. Ik heb nu al een flinke tijd met hen allebei te maken. Ik weet uit ervaring dat als er een manier is waarop ze samen kunnen zijn, ze dat zullen zijn, ook al is het in de dood.'

De implicaties waren onthutsend. 'Dan... hebben we hem misschien,' fluisterde Jennsen, bijna in zichzelf. 'Dan hebben we Richard Rahl misschien ook. De nachtmerrie is misschien bijna voorbij. We zouden aan de vooravond van een overwinning voor ons allen kunnen staan.'

Jagang leunde achterover, trommelde met zijn vingers op tafel en keek van de een naar de ander. 'Hoewel ik me nauwelijks kan voorstellen dat Richard Rahl daar ook zou zijn, zou het wel kloppen met wat ik over hem weet, als hij besluit samen met haar stelling te nemen en te verliezen, in plaats van in leven te blijven en te zien hoe alles langzaam door zijn vingers glipt.'

Jennsen voelde een onverwachte steek bij de gedachte aan die twee, zij aan zij, als het einde kwam. Het paste helemaal niet bij een Meester Rahl om iets om een vrouw te geven, laat staan om aan haar zijde te staan als ze op het punt stond de oorlog om haar vaderland te verliezen, en daarbij haar leven. Een Meester Rahl zou zich meer zorgen maken over het behoud van zijn eigen leven en land.

Maar de gedachte dat hij misschien zo dichtbij was, was te verleidelijk om te verwerpen, en haar hart ging er sneller van kloppen. 'Als hij zo dichtbij is, dan heb ik de hulp van de Zusters van het Licht niet nodig. Dan heb ik geen toverformule nodig. Ik zou alleen nog wat dichterbij moeten komen, bij u zijn als u de stad binnenvalt.'

Jagangs grimmige, vreugdeloze glimlach was terug. 'Je zult met mij meegaan; ik zal je afleveren bij het Paleis van de Belijdsters.' Zijn knokkels waren weer wit. 'Ik wil ze allebei dood hebben. Ik zal persoonlijk afrekenen met de Biechtmoeder. Ik geef jou toestemming om je mes in Richard Rahl te drijven.'

Jennsen werd woest heen en weer geslingerd tussen verschillende emoties, van duizelingwekkende opgetogenheid dat het bijna zo ver was tot een ziekmakend afgrijzen. Even betwijfelde ze of ze zo'n weerzinwekkende, koelbloedige daad wel zou kunnen begaan.

Jennsen.

Maar toen zag ze haar moeder voor zich, in een plas bloed op de vloer van hun huisje, doodbloedend uit die afschuwelijke, gapende snijwonden, haar afgehakte arm, een huis vol bruten van Meester Rahl om haar heen. Jennsen herinnerde zich haar moeders ogen toen ze stervende was. Ze herinnerde zich hoe machteloos ze zich had gevoeld toen haar moeders leven wegglipte. De verschrikking ervan was nog vers. Ze was nog net zo witheet van woede als in het begin. Jennsen hunkerde ernaar om haar mes in het hart van haar halfbroer te drijven.

Dat was het enige dat ze wilde.

In de brandende greep van die gerechtigde razernij zag ze zichzelf het mes in Richard Rahls borst rammen en hoorde ze de stem van Jagang van heel ver weg.

'Maar waarom wil je je broer doden? Wat is je reden, je doel?'

'*Grushdeva*,' siste ze.

Achter zich hoorde Jennsen een glazen vaas op de grond in stukken vallen. Het geluid bracht haar met een schok terug in de werkelijkheid.

De keizer keek met een frons naar de vrouw in het schemerdonker. Haar bruine ogen waren op Jennsen gericht.

'Mijn verontschuldigingen voor de onhandigheid van Zuster Perdita,' zei Jagang terwijl hij de vrouw dreigend aankeek.

'Vergeeft u mij, Excellentie,' zei de vrouw in de donkergrijze jurk, en ze liep achteruit weg tussen de wandtapijten door, buigend als een knipmes.

De keizer richtte zijn frons nu op Jennsen.

'Wat zei je nu precies?'

Jennsen had geen flauw idee. Ze wist dat ze iets had gezegd, maar ze wist niet wat. Ze dacht dat ze door haar verdriet misschien niet uit haar woorden had kunnen komen. Haar droefheid kwam terug en rustte als een groot, macaber gewicht op haar schouders.

'Ziet u, Excellentie,' zei Jennsen, terwijl ze naar haar bord vol eten staarde, 'mijn vader, Darken Rahl, heeft mijn hele leven geprobeerd me te vermoorden omdat ik een nakomeling van hem was die niet over de gave beschikte. Toen Richard Rahl hem doodde en de heerschappij over D'Hara overnam, nam hij de plaats van zijn vader in, en een van de taken die hij overnam, was het vermoorden van zijn broers en zusters zonder de gave. Maar hij kweet zich nog fanatieker van die taak dan zijn vader had gedaan.'

Jennsen keek door een waas van tranen op. 'Vlak nadat ik Sebastiaan had ontmoet, kwamen de mannen van mijn broer ons eindelijk op het spoor. Ze hebben mijn moeder op wrede wijze vermoord. Als Sebastiaan er niet was geweest, zouden ze mij ook hebben afgemaakt. Sebastiaan heeft mijn leven gered. Ik ben van plan Richard Rahl te doden, want als ik dat niet doe, zal ik nooit vrij zijn. Hij zal altijd mannen achter me aan sturen. Behalve dat Sebastiaan mijn leven heeft gered, heeft hij me dat ook doen inzien.

En wat misschien nog belangrijker is: ik moet de moord op mijn moeder wreken om ooit rust te kennen.'

'Ons gaat het om het welzijn van onze medemensen. Jouw verhaal bedroeft me, en juist om die redenen strijden we om die verderfelijke magie uit te roeien.' Eindelijk keek de keizer weer naar Sebastiaan. 'Ik ben trots op je, dat je deze voortreffelijke jonge vrouw hebt geholpen.'

Sebastiaan was kregelig geworden. Ze wist hoe slecht op zijn gemak hij zich voelde als hij werd geprezen. Ze wilde dat hij trots kon zijn op wat hij had bereikt, hoe belangrijk hij was, zijn aanzien bij de keizer.

Hij legde zijn mes neer over de resten van zijn maaltijd. 'Ik doe alleen mijn plicht, Excellentie.'

'Nou,' zei Jagang met een bemoedigende glimlach, 'ik ben blij dat je op tijd bent teruggekomen om het hoogtepunt van je strategie mee te maken.'

Sebastiaan leunde naar achteren met een kroes bier in zijn hand. 'Wilt u niet op broeder Narev wachten? Zou hij er niet bij moeten zijn, als dit de beslissende slag blijkt te zijn?'

Met een dikke vinger duwde Jagang een olijf over de tafel rond in een cirkeltje. Het duurde een tijdje voordat hij, zonder op te kijken, met zachte stem sprak.

'Ik heb nog niets van broeder Narev gehoord sinds Altur'Rang is gevallen.'

Sebastiaan boog zich plotseling naar voren, tegen de tafel aan. 'Wat? Is Altur'Rang gevallen? Hoe bedoelt u? Hoe? Wanneer?'

Jennsen wist dat Altur'Rang in het vaderland van de keizer lag en dat het de stad was waar hij vandaan kwam. Sebastiaan had haar verteld dat broeder Narev en het Genootschap van Orde zich daar bevonden, in die grote, schitterende stad van hoop voor de mensheid. Er zou daar een groot paleis worden gebouwd als eerbetoon aan de Schepper en als symbool voor de eenheid van de Oude Wereld.

'Ik heb onlangs bericht ontvangen dat de stad is ingenomen door vijandelijke troepen. Altur'Rang ligt erg afgelegen, en het was afgesneden. Door de winter heeft het erg lang geduurd voordat de berichten me hebben bereikt. Ik wacht op nieuws.

Vanwege die ongunstige wending lijkt het me niet verstandig om te wachten totdat broeder Narev hier is. Hij zal zijn handen vol hebben aan het verdrijven van de vijand. Als de Biechtmoeder en Richard Rahl in Aydindril zijn, moeten we niet wachten; we moeten snel terugslaan, en met vernietigende kracht.'

Jennsen legde medelevend een hand op Sebastiaans onderarm. 'Dat is vast waarover je me hebt verteld toen ik je voor het eerst ontmoette en jij zei dat Meester Rahl je vaderland binnenviel. Dat is vast waar hij zijn zinnen op had gezet: Altur'Rang.'

Sebastiaan keek haar strak aan. 'Het kan zijn dat hij niet in Aydindril is. Misschien blijkt hij nog in het zuiden te zijn, Jenn, in de Oude Wereld. Hou dat in gedachten. Ik wil niet dat je al je hoop hierop vestigt en dat die dan de bodem in wordt geslagen.'

'Ik hoop dat hij hier is en dat er eindelijk een eind aan kan komen, maar zoals Zijne Excellentie al zei over het oprukken naar Aydindril: er valt niets te verliezen. Ik had niet verwacht hem hier te vinden. Als hij niet in Aydindril is, dan krijg ik toch de hulp waarvoor je me hierheen hebt gebracht.'

'En wat zou die hulp moeten inhouden?' vroeg Jagang.

Sebastiaan antwoordde voor haar. 'Ik heb haar verteld dat de Zusters haar misschien konden helpen met een bezwering, zodat ze langs alle bescherming rond Meester Rahl kan komen en dicht genoeg bij hem zal zijn om iets te beginnen.'

'Goed, een van tweeën dan. Als hij in Aydindril is, mag jij hem hebben.' Jagang pakte de olijf die hij rond had gerold en stopte die in zijn mond. 'Zo niet, dan heb je de tovenaressen tot je beschikking. Welke hulp je ook nodig hebt van de Zusters, die kun je krijgen. Je hoeft maar te kikken en ze zullen je helpen, daar heb je mijn woord op.'

Zijn ravenzwarte ogen stonden dodelijk ernstig.

Buiten rommelde de donder. Het was harder gaan regenen. De bliksem flitste en verlichtte de tent van buiten met een spookachtig licht, waardoor het bij het kaarslicht nog donkerder leek elke keer dat een bliksemschicht weer was verdwenen en hen achterliet in de schemering, wachtend op het rollen van de donder.

'Ze hoeven alleen maar een toverformule uit te spreken om de mensen die hem beschermen af te leiden, zodat ik dicht genoeg bij hem kan komen,' zei Jennsen nadat de donder was weggestorven. Ze trok haar mes uit de schede en hield het op om naar de sierlijke R op het zilveren heft te kijken. 'Dan kan ik mijn mes door zijn kwade hart steken. Dit mes, zijn eigen mes. Sebastiaan heeft me uitgelegd hoe belangrijk het is om terug te slaan met iets uit de directe omgeving van je vijand.'

'Dat was wijs gesproken van Sebastiaan. Dat is onze manier van handelen, en de reden dat wij, met de hulp van de Schepper, zullen overwinnen. Laten we bidden dat we ze nu eindelijk allebei te pakken krijgen en dat er een einde aan gemaakt kan worden, dat de gesel van de magie eindelijk zal verdwijnen en dat de mensheid eindelijk in vrede zal kunnen leven, zoals de Schepper dat bedoeld heeft.'

Jennsen en Sebastiaan knikten instemmend.

'Als we ze in Aydindril te pakken krijgen,' zei Jagang, terwijl hij haar in de ogen keek, 'beloof ik je dat jij degene zult zijn die een mes door zijn hart steekt, zodat je moeder in vrede kan rusten.'

'Dank u,' fluisterde Jennsen dankbaar.

Hij vroeg niet hoe ze zoiets voor elkaar kon krijgen. Misschien had de overtuiging die doorklonk in haar stem hem duidelijk gemaakt dat er meer achter zat dan hij wist, dat ze een of ander speciaal voordeel had waardoor ze zoiets zou kunnen klaarspelen. En er zat inderdaad meer achter dan hij wist, of Sebastiaan.

Jennsen had er lang en diep over nagedacht en alle verschillende stukjes in elkaar gepast. Haar hele leven had ze al over dit probleem kunnen nadenken. Maar in het verleden hadden haar gedachten altijd gedraaid om hoe onoplosbaar het was, hoe het alleen een kwestie van tijd was totdat Meester Rahl haar te pakken kreeg en de nachtmerrie werkelijk zou beginnen.

Ze had zich altijd op het probleem geconcentreerd.

Maar sinds ze Sebastiaan had ontmoet en sinds de dood van haar moeder hadden de gebeurtenissen elkaar steeds sneller opgevolgd, en die gebeurtenissen hadden ook, stukje bij beetje, bijgedragen aan haar inzicht in het grotere geheel. Vragen begonnen antwoorden te krijgen, antwoorden die nu zo eenvoudig leken, als ze erop terugkeek. Ze had bijna het gevoel dat ze die, diep in haar hart, altijd al gekend moest hebben.

Nu concentreerde ze zich minder op het probleem en meer op mogelijke oplossingen ervan.

Jennsen had veel van Althea geleerd; uiteindelijk zelfs meer dan de tovenares bewust had onthuld. Een zo machtige tovenares als Althea zou daar niet al die jaren vastzitten als wat ze had verteld over de beesten in het moeras niet waar was geweest. De slang was een ander verhaal. Friedrich had gezegd dat de slang gewoon een slang was.

Maar de beesten waren magisch.

Die beesten hielden zelfs een zo machtige tovenares als Althea opgesloten in haar gevangenis. Friedrich had gezegd dat niemand, zelfs hij niet, achterom bij het huis kon komen. Tom had ook gezegd dat hij nooit had gehoord dat iemand aan de achterkant het moeras in was gegaan en dat later had kunnen navertellen. Ook de weide werd door niemand gebruikt, vanwege de wezens die uit het moeras kwamen. De wezens in het moeras waren echt en ze waren levensgevaarlijk. Alle feiten wezen daarop, op een na.

Jennsen was het moeras ingegaan en was er weer uitgekomen zonder ook maar eenmaal benaderd te worden, laat staan aangevallen of gedeerd. Ze had helemaal niets gezien van beesten die geschapen waren uit de materie van de gave. Dat was het ene stukje dat destijds niet in de puzzel had gepast. Maar nu deed het dat wel.

Er waren ook andere aanwijzingen geweest, zoals in het Volks-paleis, toen Jennsen Nyda's Agiel had aangeraakt zonder dat dat haar deerde. Het wapen had Sebastiaan en kapitein Lerner heel veel pijn bezorgd. Nyda was sprakeloos van verbazing geweest. Ze had gezegd dat zelfs Meester Rahl niet ongevoelig was voor de aanraking van een Agiel. Maar Jennsen was dat wel.

En Jennsen was in staat geweest Nyda zover te krijgen dat ze haar hielp, in plaats van te doen wat ze eigenlijk had moeten doen, na-melijk die onbekende tegenhouden die niet gevoelig was voor de aanraking van een Agiel, de vrouw tegenhouden die zoveel onbe-antwoorde vragen opwierp, totdat alles kon worden uitgezocht en bevestigd. Zelfs toen Nathan Rahl haar probeerde tegen te hou-den, was Jennsen erin geslaagd Nyda over te halen haar te be-schermen... Tegen een Rahl met de gave. Jennsen wist nu dat dat meer was geweest dan knap bluffen. Misleiding was misschien wel de kern geweest, maar er zat veel meer omheen.

In de loop van de lange en zware reis naar Aydindril waren al die dingen en meer één geheel gaan vormen in haar geest, zodat ze nu uiteindelijk inzag hoe uniek haar positie was en waarom zij de-gene was die Richard Rahl moest doden.

Jennsen was gaan begrijpen dat zij de enige was die dat kon, dat zij geboren was om het te doen, omdat zij op een essentiële, cru-ciale, fundamentele manier... onoverwinnelijk was.

Ze wist nu dat ze altijd onoverwinnelijk was geweest.

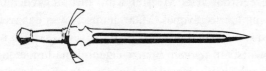

46

Gezeten op Rusty keek Jennsen naar het schitterende Paleis van de Belijdsters, dat op een heuvel in de verte stond, terwijl de koude wind met vlagen door haar haar blies. Sebastiaan zat naast haar op een nerveuze Pete. Keizer Jagang, wiens prachtige, appelgrauwe hengst met zijn voorhoeven over de weg schraapte, wachtte aan de andere kant van Sebastiaan, en dicht om hem heen stond een groep officieren en adviseurs. Iedereen zweeg. Jagangs grimmige blik was op het paleis gericht. Donkere, onheilspellende vormen dreven, als zich samenpakkende donderwolken, over het oppervlak van zijn zwarte ogen.

De opmars naar Aydindril was tot dan toe volkomen anders verlopen dan ze hadden verwacht, zodat iedereen gespannen en nerveus was.

Achter hen bevond zich een eenheid Zusters van het Licht, die zich met niemand bemoeiden en zich blijkbaar concentreerden op magische zaken. Hoewel tot op dat moment nog geen van de Zusters de kans had gekregen om met Jennsen te praten, waren ze zich allemaal zeer van haar aanwezigheid bewust en hielden ze haar nauwlettend in de gaten. Andere Zusters waren in verschillende richtingen weggereden terwijl de keizer het detachement cavalerie van de Imperiale Orde had aangevoerd en het als een donkere vloed over akkergrond, wegen en heuvels had geleid, om huizen en schuren heen, weer verder over wegen en daarna om gebouwen heen de rand van Aydindril in. Nu lag de grote stad stil en bewegingloos voor hen.

De voorgaande nacht had Sebastiaan onrustig geslapen. Dat wist

Jennsen, doordat ze zelf, aan de vooravond van de bepalende strijd, ook bijna helemaal niet had geslapen. Toch was ze nu klaarwakker door de gedachte dat ze het mes dat aan haar riem hing eindelijk zou kunnen gebruiken.

Achter de Zusters stonden meer dan veertigduizend man van de elitetroepen van de cavalerie te wachten, sommigen met hun piek of lans geheven, anderen met een zwaard of een bijl in hun hand. Ze droegen allemaal een ringetje door hun linker neusvleugel. Hoewel de meesten een baard hadden en sommigen lang, donker, vet haar met geluksamuletten erin gebonden, waren er vrij veel met een kaalgeschoren hoofd, blijkbaar om hun trouw aan keizer Jagang te tonen. Ze waren als een strak gespannen veer, vernietigers die klaarstonden om de stad binnen te stormen.

Behalve dat ze behoorden tot de elitetroepen van de cavalerie, of hooggeplaatste vertrouwelingen of Zusters van het Licht waren, hadden alle aanwezigen, met uitzondering van Jennsen en Sebastiaan, één essentieel ding gemeen: ze wisten hoe de Biechtmoeder eruitzag. Jennsen had begrepen dat de Biechtmoeder verrassingsaanvallen op het kamp van de Orde had geleid en aanwezig was geweest bij veldslagen, waar ze door een aantal van de manschappen en de Zusters was gezien. Iedereen die uitgekozen was om samen met de keizer Aydindril binnen te trekken, moest de Biechtmoeder kunnen herkennen. Jagang wilde niet dat ze tussen hun vingers door zou glippen door zich te verbergen in een mensenmenigte of te ontkomen door te doen alsof ze een eenvoudige wasvrouw was. Maar in het licht van wat ze tot nu toe hadden aangetroffen, was die zorg verdampt.

Niet alleen huiverend door de kille wind, maar ook door de strijdlust in de ogen van de soldaten, greep Jennsen haar zadelknop stevig vast in een poging het beven van haar handen te stoppen.

Jennsen.

Voor de zoveelste keer die ochtend controleerde ze of haar mes vrij in zijn schede hing. Nadat ze zich daarvan had vergewist, duwde ze het weer naar beneden totdat ze de voldoening schenkende, metalige klik hoorde toen het op zijn plaats schoof. Ze was hier, bij het leger, omdat ze hier deel van uitmaakte en een taak te vervullen had.

Geef je over.

Ze bedacht hoe ironisch het was dat Meester Rahl dit mes aan een man had gegeven die hij op pad had gestuurd om haar te doden, en dat zij nu datzelfde mes, een voorwerp dat uit zijn omgeving kwam, terugbracht om hem ermee te verslaan.

Eindelijk was zij de jager, en niet de prooi.

Als ze merkte dat ze de moed begon te verliezen, hoefde ze alleen maar aan haar moeder te denken, of aan Althea en Friedrich, of aan Althea's zus, Lathea, of zelfs aan Jennsens onbekende half-broer, Drefan, de genezer van de Raug'Moss. Er waren zoveel levens verwoest door het Huis Rahl, door Meester Rahl; eerst door haar vader, Darken Rahl, en nu door haar halfbroer, Richard Rahl.

Geef je wil over, Jennsen. Geef je lichaam over.

'Laat me met rust,' snauwde ze, geërgerd dat de stem haar maar bleef lastig vallen en dat ze dat zo vaak moest herhalen, terwijl ze belangrijke dingen aan haar hoofd had.

Sebastiaan keek haar met een frons aan. 'Wat?'

Geïrriteerd omdat ze het deze keer per ongeluk hardop had gezegd, schudde Jennsen zwijgend haar hoofd om aan te geven dat er niets was. Sebastiaan verzonk weer in zijn eigen gedachten terwijl hij naar de stad keek die voor hen lag, en de imponerende doolhof van dicht op elkaar gepakte gebouwen, straten en stegen in ogenschouw nam. Er ontbrak maar één ding aan de stad, en dat maakte iedereen gespannen en nerveus.

Vanuit haar ooghoeken zag Jennsen dat de Zusters met elkaar fluisterden. Behalve een van hen, Zuster Perdita, die met de donkergrijze jurk en het losjes naar achteren gebonden haar. Toen hun blikken elkaar kruisten, glimlachte de vrouw dat veelbetekenende, zelfvoldane lachje van haar waarmee ze recht in Jennsens ziel leek te kunnen kijken. Jennsen dacht dat die blik waarschijnlijk anders bedoeld was dan hij op haar overkwam, dus knikte ze haar even toe en glimlachte ze zo vriendelijk als ze maar kon opbrengen, voordat ze haar gezicht afwendde.

Samen met alle anderen keek Jennsen naar het paleis in de verte, op een heuvel boven de stad. Het was moeilijk om er niet naar te kijken, want het stak af tegen de grijze bergwanden als sneeuw tegen leisteen. De gevel van het gebouw had hoge ramen tussen grote, witte, marmeren pilaren met gouden kapitelen erop. In het midden was verder naar achteren, boven de muren uit, een koepeldak te zien met een ring van ramen erin. Jennsen vond het moeilijk om de pracht van dit schitterende bouwwerk te rijmen met de ontaarde heerschappij van de Biechtmoeder.

De donkere, onheilspellende Tovenaarsburcht, hoog op een berg achter het paleis, leek meer te passen bij de Biechtmoeder. Het viel Jennsen op dat niemand graag naar dat sinistere bouwwerk keek; alle ogen dwaalden al snel naar minder afschrikwekkende vergezichten.

De Burcht, die hoog boven hen uittorende, was het grootste door mensenhanden gemaakte gebouw dat Jennsen ooit had gezien, afgezien van het Volkspaleis in D'Hara. Er dreven grijze wolkenflarden langs de donkere stenen buitenmuren, die tot duizelingwekkende hoogte oprezen. De Burcht zelf, die achter die imposante muren lag, leek een complexe verzameling muren met kantelen, borstweringen, torens en spitsen te zijn, onderling verbonden door bruggen en gangen. Jennsen had nooit kunnen denken dat iets dat van steen was gemaakt, zo'n levendige dreiging kon uitstralen.

In de stilte zocht haar blik de steun van Sebastiaans witte stekeltjeshaar, zijn verstandige ogen en de vertrouwde omtrek van zijn gezicht. Zijn knappe gelaatstrekken waren geruststellend voor haar, zelfs als hij niet haar kant op keek. Welke vrouw zou zich niet vereerd voelen door de liefde van een man als hij? Als hij niet bij haar was geweest sinds de dood van haar moeder, had Jennsen niet geweten wat ze had moeten beginnen, hoe ze zich had moeten redden.

Sebastiaan had zijn mantel opengeslagen, zodat een deel van zijn wapens zichtbaar was. Hij nam de omgeving met weloverwogen kalmte op. Ze wilde dat zij zo kalm kon zijn. De gedachte dat hij die wapens zou moeten trekken, dat hij zou moeten vechten voor zijn leven, beangstigde haar plotseling.

'Wat denk je?' fluisterde ze terwijl ze zich dichter naar hem toe boog. 'Wat zou het kunnen betekenen?'

Hij schudde even snel met zijn hoofd en wierp haar een scherpe blik toe. Dat bruuske gebaar zei haar dat ze stil moest zijn. Ze had, door de stilte van de tienduizenden mannen vlak achter zich, natuurlijk wel geweten dat het de bedoeling was dat ze stil was, maar ze was zo zenuwachtig dat haar ingewanden ervan verkrampten. Ze had alleen maar een beetje geruststelling van hem verwacht. Maar zijn korte terechtwijzing gaf haar het gevoel dat ze op haar plaats werd gezet, dat ze klein en onbetekenend was.

Ze wist dat hij belangrijke dingen aan zijn hoofd had, maar toch ervoer ze zijn bitse afwijzing als een klap in haar gezicht, vooral na de voorgaande avond, toen hij had gehunkerd naar haar troost en heviger naar haar had verlangd dan ooit tevoren. Dat had ze begrepen. Ze had hem niet afgewezen, hoewel ze het niet prettig vond dat ze niet alleen waren, maar dat er bewakers vlak buiten de tent stonden, van wie ze vermoedde dat ze alles konden horen. Ze wist natuurlijk wel dat dit niet de juiste tijd of plaats was om troost van hem te verwachten; ze stonden op het punt de strijd aan te gaan. Maar toch deed het pijn.

Boven het geluid van de wind uit, die door de kale takken huilde van de majestueuze, volgroeide esdoorns die langs de weg stonden, hoorde ze het hoefgetrappel van galopperende paarden. Iedereen keek naar de ruiters; ze hadden lang haar en baarden, en er wapperden flappen bont en huiden achter hen aan toen ze, voorovergebogen over de schoft van hun paard, aan kwamen stormen van de weg rechts van hen. Jennsen herkende hen aan de witte vlekken van het bonte paard dat voorop liep. Het was een van de kleine verkenningspatrouilles die de keizer uren geleden vooruit had gestuurd. In het westen kwam in de verte een andere groep terug, vanuit de tegenovergestelde richting, maar dat waren nog maar kleine stipjes die zich door de heuvels bewogen.

Toen de eerste groep ruiters naar de keizer en zijn adviseurs kwam stuiven, sloeg Jennsen de rand van haar mantel voor haar mond om te verdoezelen dat ze moest hoesten van de stofwolk.

De potige aanvoerder van de ruiters liet zijn gevlekte paard keren. Zijn vettige haarslierten zwiepten net zo rond als de witte staart van het paard. 'Niets, Excellentie.'

Jagang, die eruitzag alsof hij in een slecht humeur was en zijn geduld bijna op was, verschoof in het zadel. 'Niets.'

'Nee, Excellentie, niets. Geen spoor van troepen in oostelijke richting, noch aan de andere kant van de stad, noch tegen de berghellingen. Niets. De wegen, de paden... Allemaal verlaten. Geen mensen, geen sporen, geen paardenmest, geen voren van wagens... Niets. We hebben geen enkel teken gevonden dat hier in de afgelopen tijd nog iemand is geweest.'

De man vervolgde met een gedetailleerd verslag van waar ze vergeefs hadden gezocht, terwijl het andere groepje mannen uit het westen kwam aandenderen, hun paarden bezweet en zeer opge-wonden.

'Niemand!' riep de voorste man uit, terwijl hij aan de teugels ruk-te en het hoofd van zijn paard opzij trok. Het paard, dat een wil-de blik in de ogen had en geagiteerd was, kwam zwenkend tot stilstand voor de keizer en brieste met wijd opengesperde neus-gaten. 'Excellentie, er zijn geen soldaten en ook geen andere men-sen in het westen.'

Jagang keek dreigend naar het Paleis van de Belijdsters. 'En hoe zit het met de weg omhoog naar de Burcht?' vroeg hij met zach-te, grommende stem. 'Of ga je me nu vertellen dat mijn verken-ners en patrouilles in een hinderlaag zijn gelokt door de geesten van alle verdwenen mensen?'

Jennsen had nog nooit iemand gezien met zo'n woest uiterlijk als deze gespierde man, die in vele lagen huiden gehuld was. Hij mis-te zijn boventanden, waardoor hij er nog barbaarser uitzag. Hij wierp behoedzaam een blik achterom naar het brede lint van de weg dat vanaf de stad kronkelend naar boven liep, naar de To-venaarsburcht. Hij wendde zich weer tot de keizer.

'Excellentie, er waren ook geen sporen op de weg naar de Burcht.'

'Zijn jullie helemaal tot aan de Burcht geweest om dat te contro-leren?' vroeg hij, en hij keek de man duister aan.

De man slikte onder de kritische blik van Jagang. 'Niet ver van de top is een stenen brug over een brede kloof. Tot daar zijn we gegaan, Excellentie, maar toen zagen we nog steeds niemand, en helemaal geen sporen. Het valhek was naar beneden. Erachter was bij de Burcht ook geen teken van leven te bekennen.'

'Dat zegt niets,' zei een vrouw achter hen spottend.

Jennsen draaide zich naar haar om, net als Sebastiaan, de meeste adviseurs en officieren, en Jagang. Het was Zuster Perdita. Ze slaagde er in elk geval in om haar superieure lachje grotendeels van haar gezicht te houden toen iedereen haar aanstaarde.

'Dat zegt niets,' herhaalde ze. 'Ik kan u wel zeggen, Excellentie, dat dit me niets bevalt. Er is iets mis.'

'Iets? Wat voor iets?' vroeg Jagang zacht maar bars.

Zuster Perdita kwam tussen een tiental Zusters van het Licht van-daan en liet haar paard naar voren komen om vertrouwelijker met de keizer te kunnen praten.

'Excellentie,' zei ze, toen ze hem genaderd was, 'hebt u weleens door een bos gelopen en beseft dat er geen geluiden waren, terwijl die er wel hoorden te zijn? Dat het plotseling helemaal stil was geworden?'

Jennsen had dat weleens meegemaakt. Het trof haar dat de Zuster precies het vreemde, ongemakkelijke gevoel had beschreven dat zij had, een soort gevoel van naderend onheil, maar zonder duidelijke aanleiding, waar haar nekhaartjes van overeind gingen staan, net als ze zouden doen als ze tussen de dekens lag, bijna in slaap was, en plotseling alle insecten tegelijk zouden zwijgen.

Jagang keek Zuster Perdita dreigend aan. 'Als ik in een bos loop, of waar dan ook, wordt het altijd stil.'

De Zuster sprak hem niet tegen, maar begon eenvoudigweg opnieuw. 'Excellentie, we hebben lang en hard tegen deze mensen gevochten. De begiftigden onder ons kennen hun magische trucjes. We weten wanneer ze hun gave gebruiken. We zijn het gaan herkennen als ze magie gebruiken om valstrikken te zetten, zelfs als die valstrikken zelf niet magisch zijn. Maar dit is anders. Er is iets mis.'

'Je hebt me nog steeds niet verteld wat,' zei Jagang met ingehouden, ongeduldige ergernis, alsof hij geen tijd had voor iemand die niet terzake kwam.

De vrouw, die zijn irritatie merkte, boog haar hoofd. 'Excellentie, ik zou het u vertellen als ik het wist. Het is mijn plicht u op de hoogte te stellen van wat ik weet. We kunnen niet voelen dat er magie is gebruikt, helemaal niet. We voelen geen valstrikken die ooit zijn aangeraakt door de gave. Maar dat stelt me niet gerust. Er is iets mis. Daarom waarschuw ik u, ook al moet ik toegeven dat ik niet weet waardoor ik zo ongerust ben. U kunt zelf in mijn geest kijken en zien dat ik de waarheid spreek.'

Jennsen had geen idee wat de Zuster bedoelde, maar nadat hij haar even strak had aangekeken, kalmeerde Jagang zichtbaar. Hij bromde iets en keek weer naar het paleis. 'Ik denk dat je gewoon nerveus bent na een lange winter van nietsdoen, Zuster. Zoals je al zei, kennen jullie hun tactieken en trucjes met magie, dus als er echt iets aan de hand was, zouden je Zusters en jij het weten en ook de oorzaak kennen.'

'Ik ben er niet zeker van dat dat waar is,' hield Zuster Perdita vol. Ze wierp een snelle, bezorgde blik op de Tovenaarsburcht, hoog op de berg. 'Excellentie, we weten heel veel van magie. Maar de

Burcht is duizenden jaren oud. Doordat ik uit de Oude Wereld kom, heb ik geen ervaring met die plek. Ik weet praktisch niets over de speciale soorten magie die daar waarschijnlijk opgeslagen zijn, behalve dat het ongetwijfeld zeer gevaarlijke magie zal zijn. Dat is een van de functies van een Burcht: om er dat soort zaken veilig in te kunnen onderbrengen.'

'Daarom wil ik ook dat de Burcht wordt ingenomen,' kaatste Jagang terug. 'Die gevaarlijke zaken mogen niet in handen van de vijand blijven om ons later fataal te worden.'

Met haar vingertoppen wreef Zuster Perdita geduldig over de rimpels in haar voorhoofd. 'De Burcht is sterk beveiligd. Ik weet niet hoe; de beveiligingen zijn door tovenaars aangebracht, niet door tovenaressen. Zulke beveiligingen kunnen heel goed onbewaakt worden achtergelaten; er hoeft niemand de wacht bij te houden. Ze kunnen geactiveerd worden doordat iemand op verboden terrein komt, net als elke niet-magische valstrik. Zulke beveiligingen kunnen waarschuwend van aard zijn, maar ze kunnen net zo goed dodelijk zijn. Ook al is het gebouw verlaten, dan nog kunnen die beveiligingen iedereen doden – om het even wie – die probeert in de buurt te komen, laat staan het gebouw in te nemen. Dat soort defensieve maatregelen is tijdloos; ze zijn niet aan slijtage onderhevig. Ze blijven even effectief, of ze nu een maand of duizend jaar oud zijn. Juist de poging om een gebouw in te nemen dat op die manier beveiligd is, zou ons fataal kunnen worden.'

Jagang knikte. 'Toch moeten we die beveiligingen uitschakelen, zodat we de Burcht kunnen innemen.'

Zuster Perdita wierp een blik over haar schouder op de donkere stenen Burcht hoog tegen de bergwand voordat ze antwoord gaf. 'Excellentie, zoals ik al vaak heb geprobeerd uit te leggen, zegt het niveau van onze vermogens en onze verzamelde kracht niet dat we in staat zijn die beveiligingen te ontwarren of uit te schakelen. Het een houdt geen rechtstreeks verband met het ander. Een beer, hoe sterk hij ook is, kan het slot van een brandkast niet openmaken. Kracht is niet altijd de sleutel tot alles. Ik zeg u dat dit me niet bevalt, dat er iets mis is.'

'Je hebt me alleen maar verteld dat je bang bent. Van alle mensen met magie zijn de Zusters wel erg goed bewapend. Dat is de reden dat jullie hier zijn.' Jagang boog zich naar de vrouw toe;

zijn geduld leek nu echt op te zijn. 'Ik verwacht dat de Zusters elk gevaar, afkomstig van magie, afwenden. Moet ik mezelf nog duidelijker maken?'

Zuster Perdita verbleekte. 'Nee, Excellentie.' Na een buiging te hebben gemaakt in haar zadel, keerde ze haar paard om zich weer bij haar Zusters te voegen.

'Zuster Perdita,' riep Jagang haar achterna. Hij wachtte totdat ze zich naar hem had omgedraaid. 'Zoals ik je al eerder heb gezegd, moeten we de Tovenaarsburcht innemen. Het kan me niet schelen met hoevelen jullie dat moeten doen, als het maar gebeurt.'

Terwijl ze zich tot haar Zusters wendde om de zaak te bespreken, zagen Jagang en alle anderen hoe een eenzame ruiter vanuit de stad kwam aanstuiven. Er was iets aan zijn gelaatsuitdrukking dat iedereen ertoe bracht zijn wapens te controleren. Ze wachtten allemaal in een gespannen stilte af totdat zijn paard glijdend tot stilstand kwam voor de keizer. De man was doornat van het zweet en zijn dicht bij elkaar staande ogen waren groot van opwinding, maar hij hield zijn stem onder controle.

'Excellentie, ik heb niemand – helemaal niemand – gezien in de stad. Maar ik rook paarden.'

Jennsen zag de ongerustheid op het gezicht van de officieren bij deze nieuwe bevestiging van het absurde, ongelooflijke idee dat de stad verlaten was. De Orde had de vijandelijke troepen bij het invallen van de winter naar Aydindril gedreven en niet alleen het leger, maar ook de inwoners van de stad daar ingesloten. Hoe een stad van deze omvang hartje winter geëvacueerd kon zijn, konden ze zich niet voorstellen. Toch leek niemand bereid die overtuiging uit te spreken tegen de keizer, die uitkeek over een lege stad.

'Paarden?' Jagang fronste. 'Misschien was er een stal.'

'Nee, Excellentie. Ik kon ze niet vinden en ook niet horen, maar ik rook ze wel. Het was niet de geur van een stal, maar van paarden. Er zijn daar paarden.'

'Dan is de vijand hier, precies zoals we dachten,' zei een van de officieren tegen Jagang. 'Ze verbergen zich, maar ze zijn er wel.'

Jagang zei niets en wachtte tot de verkenner verder ging.

'Excellentie, er is nog iets,' zei de potige soldaat, die bijna uit elkaar barstte van opwinding. 'Toen ik de paarden nergens kon vinden, besloot ik terug te gaan om meer mannen te halen, om te helpen bij het opsporen van de laffe vijand.

Toen ik op de terugweg was, zag ik iemand voor een raam van het paleis.'

Jagangs blik ging razendsnel naar de man. 'Wat?'

De soldaat wees. 'In het witte paleis, Excellentie. Toen ik aan de rand van de stad achter een muur vandaan reed, tegenover het terrein van het paleis, zag ik op de eerste verdieping iemand bij een raam weglopen.'

Met een boze ruk aan de teugels maakte Jagang een eind aan de ongeduldige zijstapjes die zijn hengst zette. 'Weet je dat zeker?'

De man knikte nadrukkelijk. 'Ja, Excellentie. De ramen zijn hoog. Ik durf mijn leven erom te verwedden; toen ik achter de muur vandaan kwam en opkeek, zag iemand me en diegene liep weg van het raam.'

De keizer tuurde ingespannen de weg met de esdoorns af naar het paleis, terwijl hij nadacht over deze nieuwe ontwikkeling.

'Een man of een vrouw?' vroeg Sebastiaan.

De ruiter wiste het zweet uit zijn ogen en slikte in een poging op adem te komen. Daarna zei hij: 'Het ging allemaal heel snel, maar ik geloof dat het een vrouw was.'

Jagang keek de man met zijn duistere blik aan. 'Was zij het?'

De esdoorntakken klepperden tegen elkaar in de windvlagen, terwijl alle ogen op de man waren gericht.

'Excellentie, ik weet het niet zeker. Het kan een weerkaatsing van het licht in het raam zijn geweest, maar in dat korte moment dacht ik te zien dat ze een lange, witte jurk droeg.'

De Biechtmoeder droeg een witte jurk. Jennsen vond het nogal vergezocht om te geloven dat er toevallig een weerkaatsing van het licht was geweest, precies op het moment dat iemand wegliep bij het raam, zodat het leek alsof diegene de witte jurk van de Biechtmoeder droeg.

Aan de andere kant vond Jennsen het niet logisch. Waarom zou de Biechtmoeder alleen in haar paleis zijn? Een laatste verdedigingsstelling innemen was één ding, maar dat helemaal alleen doen was een heel ander verhaal. Zou de man gelijk hebben met zijn veronderstelling en zou de vijand inderdaad laf zijn en zich verbergen?

Sebastiaan tikte afwezig met een vinger op zijn dij. 'Ik vraag me af wat ze in hun schild voeren.'

Jagang trok zijn zwaard. 'Daar zullen we wel achter komen.' Toen keek hij naar Jennsen. 'Hou dat mes van je bij de hand, meid. Dit zou weleens de dag kunnen zijn waarvoor je hebt gebeden.'

'Maar Excellentie, hoe zou het kunnen...'

De keizer ging in zijn stijgbeugels staan en keek met een kwaadaardige grijns om naar zijn cavalerie. Hij beschreef met zijn zwaard grote cirkels door de lucht.

De gespannen veer werd losgelaten.

Met een oorverdovend gebrul, een opgekropte strijdkreet van veertigduizend man, stormden ze weg. Jennsens adem stokte in haar keel en ze klemde zich uit alle macht aan Rusty vast toen het paard voor de cavalerie uit naar het paleis galoppeerde.

47

Bijna buiten adem boog Jennsen zich diep over Rusty heen en ze strekte haar armen aan weerszijden van de hals van het paard uit om haar de vrije teugel te geven, terwijl ze in volle galop vanaf de rand van de stad het uitgestrekte Aydindril in stoven. Het lawaai van veertigduizend brullende mannen en het gedreun van de hoeven waren angstaanjagend en oorverdovend. Maar tegelijk was de opwinding, het gevoel van wilde uitgelatenheid, ook bedwelmend. Niet dat ze de gruwelijkheid van de gebeurtenissen niet inzag, maar iets in haar werd onwillekeurig toch meegesleept door het intense gevoel om deel van dat alles uit te maken.

Woeste mannen met bloeddorstige gezichten waaierden naar opzij uit terwijl ze verder stormden. Om zich heen zag ze licht flitsen in alle zwaarden en bijlen die hoog in de lucht werden gehouden, en in de scherpe punten van lansen en pieken die in de stille ochtendlucht prikten. Die tintelende aanblik, de aanzwellende geluiden en de hoog oplopende emoties vervulden Jennsen met de lust om haar mes te trekken, maar dat deed ze niet; ze wist dat haar tijd nog zou komen.

Sebastiaan reed naast haar, om ervoor te zorgen dat ze veilig was en niet verdwaald raakte in de krankzinnige, onstuimige, roekeloze stormloop. Ook de stem reed met haar mee en weigerde te zwijgen, ondanks haar pogingen die te negeren en haar inwendige smeekbedes om haar met rust te laten. Ze moest zich concentreren op wat er gebeurde, op wat er zo meteen misschien zou gebeuren. Ze mocht zich niet laten afleiden. Niet nu.

Toen de stem haar naam riep, haar opriep om haar wil en haar lichaam over te geven, mysterieuze maar eigenaardig verleidelijke woorden tegen haar zei, bood de herrie om haar heen Jennsen de gelegenheid om eindelijk zo hard mogelijk te schreeuwen: 'Laat me met rust! Ga weg!' zonder dat iemand het merkte. Het gaf haar een heerlijk gevoel van bevrijding om de stem met onbeteugelde kracht en beslistheid uit te bannen.

Na wat een oogwenk leek, doken ze plotseling de stad in en sprongen ze over hekken, ontweken ze palen en vlogen ze met een verbijsterende snelheid langs gebouwen. Het feit dat ze eerst in open gebied waren geweest en daarna plotseling rekening moesten houden met alles om hen heen, deed haar denken aan hoe het was om in galop een bos in te duiken.

De wilde charge was niet wat ze zich ervan had voorgesteld – een ordelijke tocht door open terrein – maar eerder een krankzinnige spurt door een grote stad; langs brede hoofdstraten met schitterende gebouwen erlangs, dan plotseling donkere steegjes in, met hoge stenen muren die soms het smalle streepje lucht boven hun hoofd nog overspanden, zodat het leek alsof je een ravijn in reed, en dan abrupte, roekeloze sprints door doolhoven van smalle, bochtige straatjes langs oeroude gebouwen zonder ramen die kriskras waren neergezet. Er werd geen vaart geminderd om te overleggen of beslissingen te nemen; het was één lange, roekeloze stormloop.

Die werd nog onwerkelijker door het feit dat nergens mensen waren. Er hoorden massa's mensen in paniek weg te vluchten en schreeuwend opzij te duiken. Ze dacht terug aan taferelen die ze eerder in steden had gezien: marskramers die handkarren duwden met van alles erop, van vis tot fijn linnengoed, winkeliers die voor hun winkel achter tafels met brood, kaas, vlees of wijn stonden, ambachtslieden die schoenen, kleren, pruiken en lederwaren hadden uitgestald, etalages vol koopwaar.

Nu waren al die etalages eigenaardig leeg; sommige waren dichtgespijkerd, andere gewoon achtergelaten alsof de winkel elk moment weer open kon gaan. Maar achter geen enkel raam langs hun route was een levende ziel te bekennen. Straten, banken en parken waren de stille getuigen van de oprukkende cavalerie.

Het was beangstigend om op volle snelheid door de ingewikkelde wirwar van straten te rijden, huizen en andere obstakels te vermijden, onverharde steegjes door te stormen, over bochtige, met keitjes geplaveide wegen te vliegen en hellingen op te stuiven om vervolgens aan de andere kant weer naar beneden te suizen, als- of je met een slee halsoverkop een met ijs bedekte heuvel af dook, tussen de bomen door en zonder je slee goed onder controle te hebben. Het was ook net zo gevaarlijk. Soms galoppeerden ze met zijn zessen naast elkaar en werd de weg plotseling smaller door een muur of de hoek van een huis dat uitstak. Meer dan eens ging er een ruiter onderuit, met rampzalige gevolgen. Huizen, kleuren, hekken, palen en zijstraten flitsten in een duizelingwekkende vaart voorbij.

Zonder de tegenstand van een vijandelijk leger gaf de ongebrei- delde stormloop Jennsen het gevoel dat die volkomen uit de hand liep, maar ze wist dat dit de elite van de cavalerie was, dus een grillige charge was hun specialiteit. Bovendien maakte keizer Ja- gang op zijn schitterende hengst de indruk de zaken volledig on- der controle te hebben.

De paarden trapten een regen van graspollen op toen ze plotse- ling via een brede opening in een muur het uitgestrekte gazon van het Paleis van de Belijdsters op stormden. De horde brullende rui- ters verspreidde zich alle kanten op; hun paarden vernielden de schilderachtige omgeving en de onbehouwen, vieze, bloeddorsti- ge aanvallers bezoedelden de bedrieglijk serene schoonheid van het terrein. Jennsen reed naast Sebastiaan, niet ver achter de kei- zer en een aantal van zijn officieren, tussen brede flanken van schreeuwende mannen in, recht over de brede promenade met gro- te esdoorns erlangs, waarvan de kale takken, zwaar van knoppen, boven hun hoofden verstrengeld waren.

Ondanks alles wat ze had gehoord, alles wat ze wist, alles waar ze waarde aan hechtte, had Jennsen tot haar verbazing toch de in- druk dat ze deelnam aan de ontwijding van een heilige plek.

Dat gevoel verdween toen ze zich concentreerde op iets dat ze voor zich uit zag. Het stond niet ver van de brede marmeren trap die omhoogliep naar de weidse entree van het Paleis van de Belijdsters. Het zag eruit als één enkele paal met iets erop. Dicht onder de top van de paal was een lange rode lap geknoopt, die wapperde in de wind alsof hij naar hen zwaaide, alsof hij hun aandacht vroeg en hun allemaal eindelijk een bestemming gaf. Keizer Jagang leidde de charge rechtstreeks naar die paal met de rode vlag eraan.

Terwijl ze over de grasvelden stoven, concentreerde ze zich op de warmte van Rusty's sterke, gehoorzaam bewegende lijf onder zich en putte geruststelling uit de vertrouwde bewegingen van haar paard. Jennsen kon zich er niet van weerhouden omhoog te kijken naar de witte marmeren pilaren die boven hen uittorenden. Het was een majestueuze entree, imposant, maar toch sierlijk en verwelkomend. Vandaag zou de Imperiale Orde eindelijk het paleis innemen waar het kwaad zo lang ongehinderd had geheerst. Keizer Jagang stak zijn zwaard hoog in de lucht, ten teken dat de cavalerie tot stilstand moest komen. Het gejuich, het gebrul en de strijdkreten stierven weg toen tienduizenden mannen allemaal tegelijk hun opgewonden paarden uit een wilde galop tot stilstand brachten. Het verbaasde haar dat dat, met zoveel mannen met hun wapen in de hand, maar een paar seconden kostte en geen gewonden opleverde.

Jennsen klopte Rusty op haar bezwete hals voordat ze zich van haar paard liet glijden. Ze stond temidden van een wirwar van mannen, voornamelijk officieren en adviseurs, maar ook gewone cavaleristen, die allemaal kwamen aanzwermen om de keizer te beschermen. Ze had nog nooit zo dicht tussen de gewone soldaten gestaan. Ze waren intimiderend, zoals ze haar opnamen. Ze leken allemaal vol ongeduld uit te kijken naar een vijand om tegen te vechten. Het was een vuil, smoezelig stelletje en ze stonken erger dan hun paarden. Om de een of andere reden was het die verstikkende, zweterige, vieze stank die haar de meeste angst aanjoeg.

Sebastiaan pakte haar arm en trok haar naar zich toe. 'Is alles goed met je?'

Jennsen knikte en probeerde de keizer te zien, en dat wat hem had doen stilhouden. Sebastiaan probeerde hetzelfde en trok haar met zich mee toen hij tussen de potige officieren door stapte die de keizer afschermden. Toen ze zagen dat hij het was, lieten ze hem erlangs.

Sebastiaan en zij bleven even staan toen ze de keizer op een paar passen afstand zagen staan, alleen, met zijn rug naar hen toe en met gebogen schouders, terwijl zijn zwaard in zijn hand langs zijn zijde bungelde. Blijkbaar waren al zijn manschappen bang om hem te benaderen.

Jennsen zette de laatste stappen naar keizer Jagang, met Sebastiaan op haar hielen. De keizer stond als verstijfd voor de speer, die met de achterkant in de grond was geplant. Hij staarde met die volledig zwarte ogen van hem omhoog alsof hij een geestverschijning zag. Onder de lange, van weerhaken voorziene, vlijmscherpe metalen punt van de speer wapperde de lange, rode lap in de verder doodse stilte.

Op de speer stond het hoofd van een man.

Jennsen deinsde achteruit bij de afschrikwekkende aanblik. Het hoekige hoofd, dat halverwege de nek recht was afgehakt, zag er bijna uit alsof het nog leefde. De donkere ogen, die diep lagen onder de zware wenkbrauwen, staarden zonder te knipperen recht vooruit. Tot halverwege het voorhoofd reikte een donkere, geplooide kap. Op de een of andere manier leek de sobere kap goed te passen bij het strenge gezicht van de man. Boven zijn oren krulden lokken weerbarstig haar onder de kap vandaan en die bewogen in de wind. Het leek alsof de dunne lippen elk ogenblik dreigend vanuit de wereld van de doden naar hen konden glimlachen. Het gezicht zag eruit alsof de man tijdens zijn leven net zo meedogenloos was geweest als de dood.

Door de manier waarop keizer Jagang als aan de grond genageld naar het hoofd stond te kijken en de manier waarop niet een van de duizenden mannen ook maar durfde te hoesten, bonsde Jennsens hart sneller dan toen ze in een roekeloze galop op Rusty had gereden.

Jennsen gluurde voorzichtig opzij naar Sebastiaan. Ook hij was verbijsterd. Ze verstevigde de greep op zijn arm om haar medeleven uit te drukken toen ze de blik in zijn wijd opengesperde ogen zag, waar de tranen in stonden. Ten slotte boog hij zich een stukje naar haar toe om met verstikte stem te fluisteren: 'Broeder Narev.'

De schok van die twee nauwelijks verstaanbare woorden was als een klap in haar gezicht. Het was de grote man zelf, de geestelijk leider van de hele Oude Wereld, keizer Jagangs vriend en belangrijkste persoonlijke raadsman; een man die volgens Sebastiaan dichter bij de Schepper stond dan enig ander, een man aan wiens leer Sebastiaan zich nauwgezet hield, en nu was hij dood en was zijn hoofd op een speer gespietst.

De keizer stak zijn hand uit en trok een klein, opgevouwen stukje papier los dat in de zijkant van de kap van broeder Narev was gestoken. Toen Jennsen zag hoe Jagang met zijn dikke vingers het zorgvuldig opgevouwen velletje papier openvouwde, deed dat haar plotseling denken aan het moment dat ze het papiertje had opengevouwen dat ze op die noodlottige dag in de zak van de dode D'Haraanse soldaat had gevonden die ze in het ravijn had ontdekt, de dag dat ze Sebastiaan had ontmoet. De dag dat de mannen van Meester Rahl haar uiteindelijk gevonden hadden en haar moeder hadden vermoord.

Keizer Jagang las zwijgend wat er op het papiertje stond. Beangstigend lang bleef hij alleen maar naar het papier staren. Ten slotte liet hij zijn armen omlaag zakken. Zijn borst ging hevig op en neer terwijl hij langzaam in razernij ontstak en opnieuw naar broeder Narevs hoofd op de punt van de speer staarde. Met gesmoorde stem, bitter van verbolgenheid, herhaalde Jagang de woorden op het briefje net hard genoeg voor de mensen vlak om hem heen.

'Groeten van Richard Rahl.'

De straffe wind huilde door een groepje bomen. Niemand zei een woord en iedereen wachtte op bevelen van keizer Jagang.

Jennsen rook een vieze lucht en trok haar neus op. Ze keek op en zag dat het hoofd, dat nog maar enkele ogenblikken geleden volledig intact was geweest, voor haar ogen begon te vergaan. Het vlees zakte naar beneden. De onderste oogleden hingen open, waardoor hun rode binnenkant zichtbaar was. De kaak zakte. De smalle streep die de mond was geweest, ging open, zodat het bijna leek alsof het hoofd schreeuwde.

Jennsen en alle anderen, onder wie keizer Jagang, deden een stap achteruit terwijl het vlees van het gezicht wegrotte en op allerlei plekken plotseling openscheurde, waardoor de rottende weefsels daaronder te zien waren. De tong zwol op en de kaak viel verder open. De oogbollen zakten naar voren, uit hun kassen, en verschrompelden. Stinkend vlees viel in stukken naar beneden.

De ontbinding, die normaal gesproken lange maanden in beslag nam, voltrok zich nu in een paar seconden, waarna de schedel onder die geplooide kap naar hen grijnsde, tussen flarden vlees door.

'Er was een web van magie rond geweven, Excellentie,' zei Zuster Perdita, bijna alsof ze een onuitgesproken vraag beantwoordde. Jennsen had haar niet aan horen komen. 'De bezwering zorgde ervoor dat het in goede staat bleef totdat u het briefje uit de kap trok, waarmee de magie die het intact hield, werd onderbroken. Toen die magie eenmaal werd uitgeschakeld, zijn de... de resten tot de ontbinding overgegaan die normaal plaatsgevonden zou hebben.'

Keizer Jagang staarde haar met koude, donkere ogen aan. Wat hij dacht, wist Jennsen niet precies, maar ze zag dat de razernij groeide in die nachtmerrieachtige ogen.

'Het was een zeer ingewikkelde en krachtige beveiliging, die het intact heeft gehouden tot de juiste persoon het briefje los zou trekken,' zei Zuster Perdita met zachte stem. 'Waarschijnlijk was de beveiliging afgestemd op uw aanraking, Excellentie.'

Een lang, angstig ogenblik was Jennsen bang dat keizer Jagang met een woeste kreet zijn zwaard door de lucht zou zwaaien en de vrouw zou onthoofden.

Naast haar wees een officier plotseling naar het Paleis van de Belijdsters.

'Kijk! Daar is ze!'

'Goede Schepper,' fluisterde Sebastiaan, terwijl ook hij opkeek en iemand in het raam zag staan.

Andere mannen riepen ook dat ze haar zagen. Jennsen ging op haar tenen staan om over de grote soldaten die naar voren renden en de wijzende officieren heen te kijken en, door de weerspiegelingen in het glas, naar degene die ze in de schemerige ruimte zag, te turen. Ze beschermde haar ogen om het beter te kunnen zien. Mannen fluisterden opgewonden.

'Daar!' riep een andere officier, aan de andere kant van Jagang. 'Kijk! Het is Meester Rahl! Het is Meester Rahl!'

Jennsen verstijfde toen ze die woorden hoorde. Het leek onwerkelijk. Ze liet de woorden nog eens door haar hoofd gaan, want ze waren zo schokkend dat ze de behoefte voelde te controleren of ze wel echt had gehoord wat ze gehoord dacht te hebben.

'Daar!' schreeuwde een andere man. 'Ze gaan die kant op! Ze zijn het!'

'Ik zie ze,' gromde Jagang terwijl hij de twee vluchtende gestaltes met zijn zwarte, dreigende blik volgde. 'Dat kreng zou ik in de verste uithoeken van de onderwereld nog herkennen. En daar! Meester Rahl is bij haar!'

Jennsen zag alleen maar in een flits twee gestaltes langs de ramen wegrennen.

Keizer Jagang doorkliefde de lucht met zijn zwaard om zijn manschappen een teken te geven. 'Omsingel het paleis, zodat ze niet kunnen ontsnappen!' Hij wendde zich tot zijn officieren. 'Ik wil dat de stormtroepen met mij meekomen! En een stuk of tien Zusters! Zuster Perdita, blijf met de andere Zusters hier. Zorg dat niemand langs jullie komt!'

Hij zocht Sebastiaan en Jennsen. Toen hij zag dat ze vlak bij hem stonden, keek hij Jennsen met zijn gloeiende blik strak aan.

'Als je je kans wilt, meid, kom dan met me mee!'

Toen Sebastiaan en zij achter keizer Jagang aan stormden, besefte Jennsen dat ze haar mes in haar hand had geklemd.

48

Dicht achter Jagang aan rende Jennsen in de schaduw van hoog oprijzende, marmeren pilaren de brede, witte marmeren trap op. Sebastiaans hand lag voortdurend geruststellend op haar rug. Op de gezichten van de woeste mannen die overal om haar heen de treden op sprongen, stond een felle vastberadenheid te lezen.

De mannen van de stormtroepen, gehuld in lagen leer, maliënkolders en taaie huiden, zwaaiden met een kort zwaard, een enorme sikkelvormige bijl of een formidabele vlegel in hun ene hand, terwijl ze aan de andere arm allemaal een rond, metalen schild droegen om zich mee te beschermen, maar die schilden hadden in het midden ook een lange, scherpe pin, zodat het tegelijkertijd wapens waren. De mannen hadden zelfs riemen en banden om die waren bezet met scherpe spijkers, zodat met hen worstelen op zijn minst verraderlijk was. Jennsen kon zich niet voorstellen dat iemand het lef zou hebben om tegenstand te bieden aan zulke gewelddadige mannen.

De brede soldaten stormden grommend als beesten de trap op en braken door de dubbele deuren van bewerkt hout heen alsof die van twijgjes waren gemaakt, zonder ook maar te controleren of de deuren wel of niet op slot zaten. Jennsen schermde met een arm haar gezicht af toen ze door de regen van houtsplinters rende.

Het gedreun van de laarzen van de mannen echode door de grote hal aan de andere kant van de deuren. Door hoge ramen van bleek, blauw glas, tussen glanzende, witte marmeren pilaren in, vielen bundels licht over de marmeren vloer waar de stormtroepen overheen denderden. Mannen sloegen hun grote handen om de marmeren leuning en slingerden zich de eerste trap op, op weg naar de hogere verdiepingen, waar ze de Biechtmoeder en Meester Rahl hadden gezien. Het geluid van de soldatenlaarzen op het steen echode omhoog door het trappenhuis met het hoge plafond, dat was versierd met barokke reliëfs.

Jennsen was buiten zichzelf van opwinding dat dit misschien de dag was waarop het allemaal afgelopen zou zijn. Ze was maar één krachtige messteek van haar vrijheid verwijderd. Zij was degene die het moest doen. Zij was de enige die het kon. Ze was onoverwinnelijk.

Het feit dat ze een mens ging doden, speelde alleen op de achtergrond een rol voor haar. Terwijl ze de trap op stoof, dacht ze alleen aan de gruwelen die Meester Rahl in haar leven en dat van anderen had gebracht. Ze was vol gerechtigde woede en wilde daar voor eens en voor altijd een einde aan maken.

Sebastiaan, die naast haar rende, had zijn zwaard getrokken. Een stuk of tien grote bruten holden voor haar uit, onder aanvoering van keizer Jagang zelf. Achter hen renden nog honderden meedogenloze soldaten van het aanvalsleger, allemaal vastbesloten om de vijand met genadeloos geweld uit te schakelen. Tussen haar en die oprukkende soldaten renden Zusters van het Licht de trap op, met als enige wapen hun gave.

Boven aan de trap kwamen ze dicht opeengepakt tot stilstand op een gladde, eiken vloer. Keizer Jagang keek naar links en naar rechts de gang in.

Een van de hijgende Zusters baande zich een weg naar voren. 'Excellentie! Dit is niet logisch!'

Zijn enige antwoord was een dreigende blik terwijl hij op adem stond te komen, en daarna dwaalde die blik af, op zoek naar zijn prooi.

'Excellentie,' hield de Zuster aan, hoewel ze nu wat zachter sprak, 'waarom zouden twee mensen die zo belangrijk zijn, hier alleen in het paleis zijn? Alleen, zonder bewakers bij de deur? Het is niet logisch. Ze zouden hier nooit alleen zijn.'

Hoezeer Jennsen Meester Rahl ook aan haar mes wilde rijgen, ze moest het hier wel mee eens zijn. Het klopte niet.

'Wie zegt dat ze alleen zijn?' vroeg Jagang. 'Voel je of er magie is gebruikt?'

Hij had natuurlijk gelijk. Ze konden een deur doorgaan en verrast worden door duizend zwaardvechters die hen stonden op te wachten. Maar die kans leek heel klein. Het leek logischer dat een eventuele beschermingsmacht zou willen voorkomen dat ze allemaal binnenkwamen.

'Nee,' antwoordde de Zuster. 'Ik voel geen magie. Maar dat betekent niet dat die niet in een oogwenk kan worden opgeroepen. Excellentie, u brengt uzelf nodeloos in gevaar. Het is gevaarlijk om achter zulke mensen aan te gaan jagen als er zoveel dingen omheen spelen die niet lijken te kloppen.'

Ze schrok ervoor terug om het dom te noemen. Jagang leek nauwelijks aandacht aan de woorden van de Zuster te besteden en gaf zijn mannen een teken; hij stuurde er een stuk of tien door de gang de ene kant op en een vergelijkbaar aantal de andere kant op. Door met zijn vingers te knippen en een snel gebaar te maken, stuurde hij met elke groep een Zuster mee.

'Jij denkt als een onervaren officier,' zei Jagang tegen de Zuster. 'De Biechtmoeder is veel geslepener en tienmaal zo doortrapt als je denkt. Ze is te slim om in zulke eenvoudige begrippen te denken. Je hebt gezien wat voor dingen ze heeft klaargespeeld. Deze keer laat ik haar niet ontsnappen.'

'Waarom zouden zij en Meester Rahl hier dan alleen zijn?' vroeg Jennsen toen ze zag dat de Zuster niets meer durfde te zeggen. 'Waarom zouden ze zichzelf zo kwetsbaar maken?'

'Waar kun je je beter verbergen dan in een lege stad?' vroeg Jagang. 'Een leeg paleis? Als er bewakers zouden zijn, zou er een indicatie van hun aanwezigheid zijn.'

'Maar waarom zouden ze zich nu juist hier verbergen, van alle mogelijke plekken?'

'Omdat ze weten dat hun zaak gevaar loopt. Het zijn lafaards en ze willen voorkomen dat ze gevangen worden genomen. Als mensen wanhopig en in paniek zijn, vluchten ze vaak naar hun huis om zich te verbergen op een plek die ze kennen.' Jagang haakte een duim achter zijn riem terwijl hij de indeling van de gangen om zich heen bestudeerde. 'Dit is hun huis. Uiteindelijk denken ze alleen aan hun eigen hachje, niet aan dat van hun medemensen.'

Jennsen kon zich er niet van weerhouden om aan te dringen, ook al trok Sebastiaan haar naar achteren en spoorde hij haar aan haar mond te houden. Ze stak haar hand uit naar de hoge ramen. 'Waarom zouden ze zichzelf dan laten zien? Als ze zich proberen te verbergen, zoals u veronderstelt, waarom zouden ze ons dan de kans geven hen in het oog te krijgen?'

'Omdat ze slecht zijn!' Hij keek haar met zijn afschuwelijke ogen recht aan. 'Ze wilden met hun eigen ogen zien dat ik broeder Narev vond. Ze wilden zien dat ik hun profane en gruwelijke afslachting van een groot man ontdekte. Ze konden gewoon geen weerstand bieden aan zo'n sadistisch genoegen!'

'Maar...'

'Laten we gaan!' riep hij tegen zijn mannen.

Terwijl de keizer wegstoof, pakte Jennsen Sebastiaan geërgerd bij zijn arm om hem tegen te houden. 'Denk je echt dat ze het kunnen zijn? Jij bent strateeg; vind jij dat dit logisch is?'

Hij keek de keizer na, gevolgd door een stroom mannen die achter hem aan renden, en keek haar toen verhit aan.

'Jennsen, je wilde Meester Rahl doden. Misschien is dit je kans.'

'Maar ik snap niet waarom...'

'Spreek me niet tegen! Wie ben jij om te denken dat je het beter weet?'

'Sebastiaan, ik...'

'Ik heb niet alle antwoorden! Daarom zijn we hier!'

Jennsen slikte het brok in haar keel weg. 'Ik maak me alleen maar zorgen om jou, Sebastiaan, en om keizer Jagang. Ik wil niet dat jullie hoofden ook op de punt van een speer belanden.'

'In een oorlog moet je handelen, niet alleen na zorgvuldige planning, maar ook als je een gelegenheid ziet. Zo is oorlog; in oorlog doen mensen soms domme of zelfs schijnbaar krankzinnige dingen. Misschien hebben Meester Rahl en zij gewoon iets doms gedaan. Je moet profiteren van de vergissingen van je vijand. In een oorlog is de overwinnaar vaak degene die hoe dan ook aanvalt en elk voordeel aangrijpt. Er is niet altijd tijd om alles langdurig te beredeneren.'

Jennsen kon hem alleen maar aanstaren. Wie was zij, een onbeduidend persoon, om de strateeg van een keizer te vertellen hoe hij oorlog moest voeren?

'Sebastiaan, ik wilde alleen maar...'

Hij greep haar bij haar jurk en rukte haar naar zich toe. Zijn gezicht was rood en vertrokken van woede. 'Wil je echt misschien wel je enige kans verspelen om de moord op je moeder te wreken? Hoe zou je het vinden als Richard Rahl krankzinnig genoeg is om hier te zijn? Of als hij een of ander plan heeft waar wij geen idee van hebben? En jij staat er hier alleen maar over te ruziën!' Jennsen was verbluft. Kon hij gelijk hebben? Stel je voor dat het echt waar was!

'Daar zijn ze!' klonk het van veel verder in de gang. Het was de stem van Jagang. Ze zag hem in de verte, temidden van een groepje soldaten, met zijn zwaard wijzen terwijl ze zich allemaal een hoek om haastten. 'Grijp ze! Grijp ze!'

Sebastiaan pakte haar arm, draaide haar om haar as en duwde haar de gang in. Jennsen hervond haar evenwicht en rende zo hard mogelijk de gang in. Ze schaamde zich, omdat ze had staan redetwisten met mensen die verstand hadden van oorlog voeren, terwijl zij dat niet had. Wie dacht ze eigenlijk dat ze was? Ze was onbeduidend. Grote mannen hadden haar een kans gegeven, en zij bleef op de drempel van iets groots staan argumenteren. Ze voelde zich dom.

Toen ze langs hoge ramen renden – de ramen waarachter de Biechtmoeder en Meester Rahl kort tevoren waren gezien – trok iets buiten haar aandacht. Er ging een collectieve kreet op aan de andere kant van de glazen ruiten. Jennsen kwam glijdend tot stilstand en stak haar handen uit om Sebastiaan ook tegen te houden.

'Kijk!'

Sebastiaan wierp een ongeduldige blik in de richting van de anderen, die wegstormden, en stapte daarna naar het raam toe om naar buiten te kijken terwijl Jennsen verwoed stond te wijzen.

Tienduizenden cavaleristen hadden dwars over het terrein van het paleis een enorme slaglinie gevormd, die zich helemaal tot beneden aan de heuvel uitstrekte, en leken de vijand aan te vallen voor een grote slag. Ze zwaaiden allemaal met zwaarden, bijlen en pieken terwijl ze als één man oprukten en ijzingwekkende strijdkreten schreeuwden.

Jennsen keek verbluft toe, want ze zag nog niets waartegen ze konden vechten. Maar toch renden de mannen met hun wapens geheven en als één man schreeuwend naar voren. Ze verwachtte dat ze hen de heuvel zou zien afrennen naar iets aan de andere kant van de muur. Misschien konden zij een vijand zien naderen die

Jennsen, boven in het paleis, nog niet kon zien.

Maar toen, terwijl ze nog midden op het terrein waren, weerklonk er een galmende klap en ging er een grote schok door de hele linie, die tegen de muur van een onzichtbare vijand opliep.

Jennsen kon haar ogen niet geloven. Ze probeerde de afschuwelijke dingen die ze buiten zag met elkaar in overeenstemming te brengen, maar dat lukte niet. Ze zou niet hebben geloofd wat ze zag, als het plotselinge bloedbad niet zo schokkend was geweest. Lichamen, van mannen en paarden, werden opengereten. Paarden steigerden. Andere zakten met gebroken benen ineen. Hoofden en armen vlogen tollend door de lucht, alsof ze waren afgehakt door zwaarden of bijlen. Langs de hele linie spatte bloed door de lucht. Mannen werden achteruitgedreven door explosies waar hun lichamen van openbarstten. De donkere, smoezelige cavalerie van de Imperiale Orde was plotseling helder rood in het flauwe daglicht. De slachtpartij was zo afschuwelijk dat het groene gras over een hele strook heuvelafwaarts rood kleurde.

Waar strijdkreten hadden geklonken, klonk nu het doordringende gegil van afgrijselijk lijden en pijn, terwijl mannen die in stukken waren gehakt, ledematen misten en dodelijk gewond waren, probeerden zichzelf naar een veilige plek te slepen. Maar op dat veld was zo'n plek er niet, er was alleen maar chaos en dood.

Ontzet keek Jennsen naar Sebastiaans verbijsterde gezicht. Voordat een van hen een woord kon zeggen, schudde het gebouw alsof het door de bliksem werd getroffen. Vlak na de donderende dreun vulde de gang zich met rookwolken. Vlammen kwamen kolkend op hen af. Sebastiaan greep haar arm en dook met haar een zijgang in, tegenover het raam.

De schokgolf bulderde door de gang en dreef stukken hout, hele stoelen en brandende draperieën voor zich uit. Scherven glas en metaal vlogen fluitend voorbij en sneden door muren heen.

Toen de rook en de vlammen voorbij waren getrokken, renden Jennsen en Sebastiaan, allebei met hun wapen in de hand, de gang in en holden in de richting waarin keizer Jagang verdwenen was. Al haar mogelijke vragen en tegenwerpingen waren vergeten; zulke vragen waren plotseling irrelevant. Het enige dat ertoe deed, was dat Richard Rahl hier was, om welke reden dan ook. Ze moest hem tegenhouden. Nu had ze eindelijk de kans. Ook de stem spoorde haar aan. Deze keer probeerde ze niet de stem weg te

drukken. Deze keer liet ze die het vuur opstoken van haar brandende wraaklust. Deze keer liet ze zich door de stem vervullen van
de overweldigende drang om te doden.

Ze stoven langs hoge deuren aan weerszijden van de gang. In elk
van de diepe nissen van de ramen die langsflitsten, was een klein
zitje. De muren waren bekleed met houten lijstwerk en panelen,
die in een warme tint wit met een beetje roze erin waren geverfd.
Toen ze bij het kruispunt van gangen kwamen en de hoek om-
sloegen, merkte Jennsen de sierlijke, zilveren reflectorlampen in
het midden van elk paneel eigenlijk niet op; ze zag alleen de bloederige handafdrukken en smeren over de muren, de lange bloedspetters op de gepoetste eikenhouten vloer en de wirwar van roerloze lichamen.

Er lagen minstens vijftig potige soldaten willekeurig door de gang
verspreid, allemaal verbrand, vele opengereten door rondvliegend
glas en versplinterd hout. De meeste gezichten waren onherken-
baar geworden. Versplinterde ribben staken door bloederige maliën of leer heen. Behalve dat overal wapens lagen, lag de gang
ook vol met geronnen bloed en losse ingewanden, zodat het leek
alsof iemand emmers vol bloederige, dode aal leeg had gekiept.

Temidden van de lichamen lag een vrouw, een van de Zusters. Ze
was bijna in tweeën gescheurd, net als een paar van de mannen,
en haar gespleten gezicht was in een geschrokken uitdrukking blijven staan.

Jennsen kokhalsde van de stank van bloed en was nauwelijks in
staat te ademen; ze liep achter Sebastiaan aan, die van de ene vrije
plek naar de volgende sprong en probeerde niet uit te glijden over
de menselijke ingewanden. Wat Jennsen zag, was zo gruwelijk dat
het niet echt tot haar doordrong, in elk geval niet tot haar gevoelens. Ze handelde alleen maar, als in een droom, en was eigenlijk niet in staat na te denken over wat ze zag.

Toen ze eenmaal langs de lijken waren, volgden ze een spoor van
bloed door een doolhof van statige gangen. In de verte hoorden
ze mannen schreeuwen. Jennsen was opgelucht toen ze de stem
van de keizer ertussen hoorde. Ze klonken als jachthonden die het
spoor van een vos te pakken hadden en onophoudelijk blaffend
achter hun prooi aan zaten.

'Meneer!' riep een man vanuit een deuropening ver achter hen.
'Meneer! Deze kant op!'

Sebastiaan bleef even staan en keek naar de man en zijn paniekerige gewenk, en daarna trok hij Jennsen mee een schitterende kamer in. Aan de andere kant van de vloer met een smaakvol tapijt met een goud- en roestkleurig diamantpatroon en ramen waar prachtige groene gordijnen voor hingen, stond een soldaat in een deuropening naar een andere gang. Er waren sofa's zoals Jennsen nog nooit had gezien, en tafels en stoelen met poten van fraai houtsnijwerk. Hoewel de kamer smaakvol was ingericht, was die niet imponerend, zodat het een kamer leek waar mensen bijeen konden komen om zomaar wat te praten. Ze holde achter Sebastiaan aan, die naar de soldaat in de deuropening aan de andere kant van de kamer rende.

'Ze is het!' riep de man naar Sebastiaan. 'Snel! Ze is het! Ik zag haar net langskomen!'

De kolossale soldaat, die met zijn zwaard in de hand langs zijn zijde bungelend nog stond te hijgen, tuurde opnieuw door de deuropening. Net voordat ze bij hem waren, toen hij de gang in keek, hoorde Jennsen een doffe dreun. De soldaat liet zijn zwaard vallen en greep naar zijn borst, terwijl zijn ogen groot werden en zijn mond openging. Hij viel dood neer aan hun voeten, zonder dat er een spoor van een wond was.

Jennsen duwde Sebastiaan tegen de muur voordat hij de deur door kon gaan. Ze wilde niet dat hij datgene tegen het lijf liep wat zojuist de soldaat had gevloerd.

Bijna tegelijkertijd hoorde ze uit de richting waaruit ze waren gekomen het knetterende gesis van iets bovennatuurlijks. Jennsen liet zich op de grond vallen en strekte zich uit voor Sebastiaan, die ze in de hoek tussen de vloer en de muur drukte, alsof hij een kind was dat ze moest beschermen. Ze kneep haar ogen stijf dicht en gilde van angst voor de dreunende klap achter haar, waar de vloer van schudde. Er raasde een spervuur van puin door de kamer.

Toen het eindelijk stil werd en ze haar ogen opende, dreef er stof temidden van de puinhopen. De muur om hen heen was doorzeefd. Op de een of andere manier waren Sebastiaan en zij ongedeerd gebleven. Dat bevestigde alleen maar wat ze al dacht.

'Hij was het!' Sebastiaans arm schoot onder haar vandaan om naar de andere kant van de kamer te wijzen. 'Hij was het!'

Jennsen draaide zich om, maar zag niemand. 'Wat?'

Sebastiaan wees opnieuw. 'Het was Meester Rahl. Ik heb hem gezien. Toen hij langs de deur rende, gooide hij een of andere bezwering naar binnen, een snufje glinsterend stof, op het moment dat jij me tegen de muur drukte. Toen explodeerde het. Ik snap niet hoe we hebben kunnen overleven in een kamer vol rondvliegende troep.'

'Die heeft ons blijkbaar gemist,' zei Jennsen.

De kamer was in een chaos veranderd. De gordijnen hingen aan flarden, de muren zaten vol gaten. Het meubilair, dat kort daarvoor nog zo mooi was geweest, was nu wrakhout, een verzameling splinters en gescheurde bekleding.

Een loshangend stuk pleisterkalk brak af en stortte op de grond, waardoor er een nieuwe stofwolk ontstond, terwijl Jennsen zich een weg baande door de restanten van de kamer naar de deur waardoor ze binnen waren gekomen, de deur waarnaar Sebastiaan had gewezen, de deuropening waarin Meester Rahl nog maar een paar seconden geleden had gestaan. Sebastiaan pakte zijn zwaard en kwam snel achter haar aan.

De gang met het smaakvol geverfde houtwerk was nu besmeurd met bloed. Niet ver bij hen vandaan lag het ineengezakte lichaam van een andere Zuster. Toen ze bij haar kwamen, zagen ze haar dode ogen verbaasd naar het plafond staren.

'Wat gebeurt er in naam van de Schepping?' fluisterde Sebastiaan zacht. Aan de uitdrukking op het gezicht van de dode Zuster dacht Jennsen te zien dat zij zich in de laatste seconde van haar leven hetzelfde had afgevraagd.

Ze wierp een blik uit het raam en zag een executieplaats, bezaaid met duizenden lijken.

'Je moet ervoor zorgen dat de keizer hier wegkomt,' zei Jennsen.

'Dit is niet zo eenvoudig als het leek.'

'Ik denk dat het een valstrik is. Maar misschien kunnen we ons doel nog bereiken. Dat zou het tot een succes maken, dat zou maken dat het de moeite waard is geweest.'

Wat er zich ook afspeelde, het was niet iets waarmee ze ervaring had en het ging haar boven de pet. Jennsen wist alleen dat zij van plan was haar missie te volbrengen. Ze renden door de gangen achter de geluiden aan en volgden het spoor van lijken, en zo drongen ze steeds dieper door in het mysterieuze Paleis van de Belijdsters; er waren hier geen ramen meer, en het was stil en schemerig. De diepe schaduwen in de gangen en kamers, waar weinig licht doordrong, voegden een angstaanjagende dimensie toe aan de afschuwelijke gebeurtenissen.

Jennsen was de schrik, de ontzetting en zelfs de angst voorbij. Ze had het gevoel dat ze van een afstandje naar zichzelf keek. Zelfs haar eigen stem leek van ver weg te komen. Ze verwonderde zich over de dingen die ze deed, over haar vermogen om verder te gaan. Toen ze behoedzaam bij een kruising van gangen een hoek omgingen, zagen ze enkele tientallen soldaten ineengedoken in het schemerdonker in een klein kamertje zitten; bebloed, maar in leven. Er waren ook vier Zusters. Jennsen zag keizer Jagang hijgend tegen een muur geleund zitten, met zijn zwaard stevig in zijn bebloede vuist geklemd. Toen ze naar hem toe rende, keek hij haar aan, en in zijn zwarte ogen zag ze niet de angst of ongerustheid die ze verwachtte, maar razernij en vastberadenheid.

'We hebben ze bijna te pakken, meid. Hou dat mes bij de hand, dan zul je je kans krijgen.'

Sebastiaan liep weg om door andere deuropeningen te kijken en de directe omgeving te controleren, en een paar mannen deden op zijn bevel hetzelfde toen hij zwijgend naar hen gebaarde.

Ze geloofde haar oren en haar ogen niet. 'Keizer, u moet zorgen dat u hier wegkomt.'

Hij keek haar met een frons aan. 'Ben je gek geworden?'

'We worden in de pan gehakt! Overal liggen dode soldaten. Ik heb daar Zusters zien liggen, opengereten door iets...'

'Magie,' zei hij met een kwaadaardige grijns.

Ze knipperde met haar ogen. 'Excellentie, u moet maken dat u hier wegkomt voordat ze u ook te pakken krijgen.'

Zijn grijns verdween en hij werd rood van woede. 'Dit is een oorlog! Wat denk je dat er in een oorlog gebeurt? Dan vallen er doden. Zij hebben mensen gedood, en ik ben van plan er minstens net zoveel van hen te doden! Als je het lef niet hebt om dat mes te gebruiken, ga er dan maar met je staart tussen de benen vandoor! Maar kom me dan nooit meer om hulp vragen.'

Jennsen liet zich niet uit het veld slaan. 'Ik ga er niet vandoor. Ik ben hier met een reden. Ik wilde alleen dat u hier wegging, zodat de Orde u niet ook nog zou verliezen, na broeder Narev.'

Hij snoof vol weerzin. 'Roerend.' Hij wendde zich tot zijn mannen en verzekerde zich van hun aandacht. 'De helft neemt de kamer rechts, vlak voor ons. De rest blijft bij mij. Ik wil dat ze uit hun dekking worden gedreven.' Hij maaide met zijn zwaard voor de gezichten van de vier Zusters langs. 'Twee met hen mee, twee met mij. Stel me deze keer niet teleur.'

Na die woorden splitsten de mannen en de Zusters zich in twee groepen en liepen haastig weg, de helft naar de kamer rechts en de andere helft achter de keizer aan. Sebastiaan wenkte Jennsen. Ze rende naast hem mee de rokerige gang in, achter de keizer aan. 'Daar is hij!' hoorde ze Jagang roepen, voor haar uit. 'Hier! Deze kant op! Hier!'

En toen was er een dreunende klap, zo hard dat Jennsens benen onder haar vandaan werden geslagen en ze languit op de grond viel. Plotseling was de gang vol vuur en allerlei rondvliegende brokstukken, die tegen de muren sloegen en op hen af kwamen suizen. Sebastiaan greep haar arm en rukte haar net op tijd een terugwijkende deuropening in, zodat de grote massa van langsvliegende voorwerpen hen miste.

Verderop in de gang schreeuwden mannen in doodsnood. Die onbeheerste kreten bezorgden Jennsen de rillingen. Ze rende achter Sebastiaan aan door de dikke rook naar het geschreeuw toe. Doordat het behalve rokerig ook nog donker was, konden ze niet erg ver voor zich uit zien, maar ze vonden al snel lichamen. Voorbij de doden lagen ook nog wat levende mannen, maar met hun verschrikkelijke verwondingen zouden ze niet lang meer in leven blijven. Ze zouden in hun laatste ogenblikken gruwelijke pijn lijden. Jennsen en Sebastiaan zochten zich een weg langs de stervenden en door de chaos en het puin dat tot kniehoogte van muur tot muur lag, op zoek naar keizer Jagang.

En daar, tussen versplinterd hout, scheef staande planken, omgevallen stoelen en tafels, glasscherven en naar beneden gevallen pleisterwerk, zagen ze hem. Jagangs dijbeen lag tot op het bot open. Naast hem stond een Zuster met haar rug tegen de muur gedrukt. Vlak onder haar borstbeen was een grote, versplinterde eiken plank door haar heen gedreven, waarmee ze aan de muur stond vastgepind. Ze leefde nog, maar het was duidelijk dat ze niet meer te redden was.

'Goede Schepper, vergeef me. Goede Schepper, vergeef me,' fluisterde ze voortdurend met bevende lippen. Haar blik draaide naar hen toe toen ze aan kwamen lopen. 'Alstublieft,' fluisterde ze, terwijl er bloed uit haar neus schuimde, 'alstublieft, help me.'

Ze was dicht bij de keizer geweest. Waarschijnlijk had ze hem afgeschermd met haar gave, had ze de ontketende kracht, wat het ook was, doen afbuigen en had ze zijn leven gered. Nu sidderde ze in ondraaglijke pijn.

Sebastiaan pakte iets onder zijn mantel vandaan, achter zijn rug. Met een grote zwaai bracht hij zijn bijl naar voren. Het blad sloeg met een weerklinkende klap in de muur en bleef daar zitten. Het hoofd van de Zuster tuimelde naar beneden en stuiterde door het stoffige puin.

Sebastiaan trok met één ruk zijn bijl los. Terwijl hij die weer achter zijn rug aan zijn riem hing, draaide hij zich om en hij keek Jennsen recht aan. Ze kon alleen maar vol ontzetting in zijn ijsblauwe ogen staren.

'Als jij het was geweest,' zei hij, 'zou je dan willen dat ik je zo zou laten lijden?'

Oncontroleerbaar bevend en niet in staat hem te antwoorden, keerde Jennsen zich af en liet zich op haar knieën naast keizer Jagang vallen. Ze veronderstelde dat hij vreselijke pijn moest hebben, maar hij leek de gapende wond nauwelijks op te merken, behalve dat hij wist dat hij daardoor niet kon lopen. Hij hield de wond zo goed mogelijk met één hand dicht, maar hij verloor toch veel bloed. Met zijn andere hand had hij zich naar de muur gesleept, waar hij tegenaan leunde. Jennsen was geen genezer en wist niet precies wat ze moest doen, maar ze besefte wel dat er nodig iets gedaan moest worden om het bloeden te stelpen.

Jagang, over wiens gezicht strepen zweet en vuil liepen, wees met zijn zwaard naar een zijgang. 'Sebastiaan, ze is het! Ze was hier, daarnet. Ik had haar bijna. Laat haar niet ontsnappen!'

Er kwam een andere Zuster, in een stoffige, bruine wollen jurk, aangeklauterd over het puin; ze stommelde in het donker naar hen toe, langs alle kermende soldaten. 'Excellentie! Ik hoorde u! Ik ben hier. Ik ben hier. Ik kan u helpen.'

Jagang knikte, met één hand op zijn zwoegende borst. 'Sebastiaan... Laat haar niet ontsnappen. Ga achter haar aan!'

'Ja, Excellentie.' Sebastiaan keek toe hoe de Zuster moeizaam over de restanten van een wandtafel klom en legde toen een hand op Jennsens schouder. 'Blijf hier, bij hen. Zij zal jou en de keizer beschermen. Ik kom hierheen terug.'

Jennsen wilde zijn mouw grijpen, maar hij was al weggestormd en nam alle overblijvende mannen mee. Hij ging hen voor door de gang en verdween in het donker. Jennsen was plotseling alleen met de gewonde keizer, een Zuster van het Licht en de stem.

Ze pakte het uiteinde van een strook vitrage en trok die onder het puin vandaan. 'U verliest veel bloed. Ik moet dit zo goed mogelijk dichtbinden.' Ze keek op in de nachtmerrieachtige ogen van keizer Jagang. 'Kunt u de wond dichthouden terwijl ik die verbind?'

Hij grijnsde. Het zweet stroomde langs zijn gezicht en trok strepen door het groezelige stof. 'Het doet geen pijn, meid. Doe het nou maar. Ik heb wel erger meegemaakt dan dit. Maar schiet een beetje op.'

Jennsen haalde het vieze gordijn onder zijn been door, sloeg het eroverheen en er weer onderdoor, terwijl Jagang de gapende wond zo goed mogelijk dichthield. De witte dunne stof kleurde bijna onmiddellijk rood door al het bloed dat erin trok. De Zuster legde een hand op Jennsens schouder toen ze neerknielde om te helpen. Terwijl Jennsen de stof om het been bleef wikkelen, legde de Zuster haar handen plat aan weerszijden van de grote jaap in zijn dijbeen.

Jagang slaakte een kreet van pijn.

'Het spijt me, Excellentie,' zei de Zuster. 'Ik moet het bloeden stelpen, anders bloedt u dood.'

'Doe dat dan, stom mens! Praat niet tegen me aan totdat ik van verveling sterf!'

De Zuster knikte met tranen in haar ogen, kennelijk doodsbenauwd voor wat ze moest doen, maar zich ervan bewust dat ze geen keuze had. Ze sloot haar ogen en drukte opnieuw haar bevende handen tegen Jagangs harige, bloederige been. Jennsen ging een stukje achteruit om haar de ruimte te geven om haar werk te doen, en keek in het schemerige licht toe hoe de vrouw blijkbaar magie verweefde met de wond van de keizer.

In het begin was er niets te zien. Jagang zette zijn kiezen op elkaar en kreunde van pijn toen de magie van de Zuster haar werk begon te doen. Jennsen keek gefascineerd toe hoe de gave nu eens werd gebruikt om iemand te helpen, in plaats van lijden te veroorzaken. Ze vroeg zich even af of de Imperiale Orde vond dat zelfs deze magie, die werd gebruikt om het leven van de keizer te redden, slecht was. In het halfdonker zag Jennsen het bloed, dat in grote hoeveelheden uit de wond werd gepompt, plotseling afnemen tot een druppelend straaltje.

Jennsen boog zich met een frons naar voren om meer te kunnen zien in de schemering, terwijl de Zuster, nu het bloeden bijna was gestelpt, haar handen verplaatste, waarschijnlijk om de vreselijke wond van de keizer te gaan sluiten. Jennsen, die zich dicht naar Jagang toe had gebogen, hoorde hem plotseling fluisteren.

'Daar is hij.' Jennsen keek op. Hij keek strak de gang in. 'Richard Rahl. Jennsen, daar is hij. Hij is het.'

Met haar hand om haar mes geslagen volgde Jennsen de blik van keizer Jagang. Het was donker in de gang, maar aan het einde ervan was rokerig licht, en daartegen was het silhouet afgetekend van een man die naar hen stond te kijken.

Hij hief zijn armen. Tussen zijn uitgestoken handen ontstond vuur. Het was geen gewoon vuur, geen vuur zoals in een haard, maar vuur als in een droom. Het was er, maar tegelijk ook weer niet; het was echt, maar tegelijk onecht. Jennsen had het gevoel dat ze zich in een grensgebied tussen twee werelden bevond, de werkelijke wereld en de wereld van de fantasie.

Maar het was duidelijk dat de flakkerende vlam een zeer reëel gevaar vormde.

Verstijfd van angst zat Jennsen naast keizer Jagang gehurkt. Ze kon alleen maar toekijken hoe de gestalte aan het eind van de gang zijn handen hief en de langzaam draaiende bal van blauw en geel vuur optilde. Tussen die trefzekere handen groeide het roterende vuur aan, totdat het er angstaanjagend effectief uitzag. Jennsen wist dat ze de manifestatie zag van de bedoeling om te doden.

En toen gooide hij die meedogenloze vlammenzee naar hen toe.

Jagang had gezegd dat het Richard Rahl was, die aan het einde van de gang stond. Zij zag alleen het silhouet van een gestalte, die dat ontzagwekkende vuur met zijn handen naar hen toe wierp. Hoewel het vuur de muren verlichtte, bleef de schepper ervan vreemd genoeg in de schaduw.

De bol van kolkend vuur groeide terwijl hij met steeds grotere snelheid naar hen toe vloog. Het vloeibare blauwe en gele vuur zag eruit alsof het brandde van verlangen te doden.

En tegelijk was het op de een of andere vreemde manier ook onwerkelijk.

'Tovenaarsvuur!' gilde de Zuster terwijl ze opsprong. 'Goede Schepper! Nee!'

De Zuster rende de donkere gang in naar de naderende vlammen. Met grote overgave wierp ze haar armen omhoog, met haar handpalmen naar het naderende vuur, alsof ze een magisch schild opwierp om hen te beschermen, maar Jennsen zag niets.

Het vuur groeide terwijl het op hen af schoot, en verlichtte de muren, het plafond en het puin terwijl het er huilend langs vloog. De Zuster stak haar handen weer in de lucht.

Het vuur raakte de vrouw met een vreselijke dreun en ze stond als een silhouet afgetekend tegen een opvlammend geel licht, dat zo fel was dat Jennsen een arm voor haar gezicht sloeg. In een oogwenk omhulde het vuur de vrouw, smoorde haar schreeuw en verteerde haar in een verblindende flits. Er flakkerde een blauwe gloed terwijl het vuur even midden in de lucht rondwervelde en daarna doofde; toen hing er alleen nog maar een sliert rook in de gang, en de lucht van verbrand vlees.

Jennsen keek strak de gang in, als door de bliksem getroffen door wat ze zojuist had gezien, een leven waaraan zo onbarmhartig een einde was gemaakt.

Aan het eind van de gang riep Meester Rahl een nieuwe bal van het afschuwelijke tovenaarsvuur op, die hij tussen zijn handen koesterde en liet groeien. Opnieuw gooide hij die met geheven armen naar hen toe.

Jennsen wist niet wat ze moest doen. Haar benen wilden niet bewegen. Ze wist dat ze geen kans maakte om zoiets achter zich te laten door hard weg te rennen.

De gierende bol van kolkende vlammen vloog door de gang, kwam huilend op hen af en verlichtte in het voorbijgaan de muren, totdat de brandende dood van muur tot muur reikte, van vloer tot plafond, en er geen plaats meer was om te schuilen.

Meester Rahl liep weg en liet hen aan hun lot over, terwijl de dood bulderend op Jennsen en keizer Jagang af kwam.

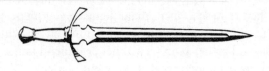

49

De herrie was ontstellend. De aanblik ervan was verlammend.
Dit was een wapen dat was opgeroepen met als enige reden te doden. Dit was dodelijke magie. De magie van Meester Rahl.

Deze keer was er geen Zuster van het Licht om die op te vangen. Magie. Meester Rahls magie. Aanwezig, maar toch ook weer niet. Op het laatste ogenblik wist Jennsen wat ze moest doen. Ze wierp zichzelf over keizer Jagang. In die fractie van een seconde voordat het vuur haar had bereikt, dekte ze hem af met haar lichaam, waar hij aan de rand van de kamer tegen de muur lag, en beschermde hem zoals ze met een kind zou doen.

Zelfs met stijf dichtgeknepen ogen zag ze het stralende licht. Ze hoorde het afschuwelijke gieren van de rondtollende vlammen die langs haar heen schoten.

Maar Jennsen voelde niets.

Ze hoorde het vuur langs zich heen bulderen en door de gang verder denderen. Ze deed één oog open om te kijken. Aan het einde van de gang spatte de bol levend vuur in een regen van vloeibare vlammen uiteen tegen de muur, terwijl er een stortvloed brandend hout op het gazon ver in de diepte werd geblazen.

Nu de muur weg was, was het lichter in de gang. Jennsen drukte zichzelf omhoog.

'Keizer... Leeft u nog?' fluisterde ze.

'Dankzij jou...' Hij klonk verbluft. 'Wat heb je gedaan? Hoe kan het dat jij niet...'

'Sst,' fluisterde ze doordringend. 'Blijf laag, anders ziet hij u.'

Er was geen tijd te verliezen. Er moest een einde aan komen. Jennsen sprong op en rende de gang door, met haar mes in de hand. Ze kon de man nu zien staan aan het einde van de gang, in het rokerige licht. Hij was blijven staan en had zich omgedraaid om naar haar te kijken. Toen ze op hem af rende, besefte ze dat het niet haar halfbroer kon zijn. Dit was een oude man, een verzameling botten in een donker kastanjebruin met zwart gewaad, met zilveren banden langs de manchetten. Zijn golvende witte haar stond slordig alle kanten op, maar dat deed geen afbreuk aan het gezag dat hij uitstraalde.

Toch staarde hij haar geschokt aan terwijl ze naar hem toe rende, alsof hij het nauwelijks kon geloven dat ze zijn tovenaarsvuur had overleefd. Ze was een gat in de wereld voor hem. Plotseling zag ze aan zijn lichtbruine ogen dat de waarheid tot hem aan het doordringen was.

Ondanks zijn vriendelijke uiterlijk was dit een man die zojuist talloze mensen had gedood. Dit was een man die in opdracht van Meester Rahl handelde. Dit was een man die meer mensen zou doden, tenzij hij werd tegengehouden. Hij was een tovenaar, een monster. Ze moest hem tegenhouden.

Jennsen hief haar mes. Ze was er bijna. Ze hoorde zichzelf een woedende schreeuw geven, als de strijdkreten die ze van de soldaten had gehoord, terwijl ze zich naar voren stortte. Nu begreep ze die strijdkreten. Ze wilde zijn bloed zien.

'Nee...' riep de oude man naar haar. 'Kind, je begrijpt niet wat je doet. We hebben geen tijd... Ik heb geen moment te verliezen! Stop! Ik kan niet langer wachten! Laat me...'

Zijn woorden betekenden niet meer voor haar dan die van de stem. Ze rende zo snel als haar benen haar konden dragen door het puin waarmee de gang bezaaid lag en had hetzelfde gevoel van woeste maar weloverwogen razernij dat ze in haar huis had gehad, toen de mannen haar moeder hadden aangevallen, en daarna haar; diezelfde felle beslistheid.

Jennsen wist wat haar te doen stond, en ze wist dat zij degene was die het moest doen.

Ze was onoverwinnelijk.

Voordat ze hem had bereikt, stak hij één hand naar haar uit, maar lager dan hij eerder had gedaan. Deze keer ontbrandde er geen vuur. Het had haar niets kunnen schelen als dat wel was gebeurd. Ze zou zich niet laten tegenhouden. Ze kon niet worden tegengehouden. Ze was onoverwinnelijk.

Ze wist niet precies wat hij deed, maar het zorgde ervoor dat het puin aan haar voeten plotseling ging schuiven, alsof hij alles een flinke duw had gegeven. Voordat ze eroverheen kon springen, bleef ze met één voet in het puin haken, achter de stukken pleisterwerk en latten. Verfrommelde tapijten en restanten van meubilair sloegen zich rond haar enkel. Met een verraste kreet viel Jennsen hard voorover. Stukken hout en pleisterwerk deden stof en gruis opstuiven toen ze tegen de grond sloeg. Ze kwam hard op haar gezicht neer en was even versuft.

Kleine brokjes en scherfjes regenden op haar rug neer. Het stof ging langzaam weer liggen. Haar gezicht brandde met een duizelingwekkende, felle pijn.

Jennsen luisterde naar de stem, die haar vertelde dat ze moest opstaan en in beweging moest blijven. Maar haar gezichtsveld was vernauwd tot een klein stipje, alsof ze door een wazige buis keek. De wereld zag eruit als in een droom, door die tunnel waardoor ze keek. Ze lag roerloos en ademde het neerdalende stof in totdat dat een laagje in haar keel had gevormd; ze was zelfs niet in staat te hoesten.

Kreunend kon Jennsen zich uiteindelijk overeind duwen. Haar gezichtsvermogen verbeterde snel. Ze begon te hoesten en te kuchen in een poging het verstikkende stof uit haar luchtpijp te krijgen. Haar been zat vast onder het puin. Ten slotte slaagde ze erin een plank opzij te wrikken, zodat ze ruimte had om haar voet los te trekken. Gelukkig had haar laars ervoor gezorgd dat het versplinterde hout zich niet door haar been had geboord.

Jennsen besefte dat haar handen leeg waren. Haar mes was weg. Op handen en knieën zocht ze als een bezetene door de ravage van hout en pleisterwerk en de wirwar van gordijnstof en gooide ze dingen opzij om haar mes maar te vinden. Ze stak haar arm onder een omgevallen tafel die vlak bij haar lag en tastte blindelings rond.

Met haar vingertoppen voelde ze iets glads. Ze tastte langs het voorwerp totdat ze de sierlijke letter R voelde. Grommend van inspanning duwde ze met haar schouder tegen de poot van de omgevallen tafel totdat de hele troep knarsend een stukje verschoof.

Eindelijk kon ze haar arm er ver genoeg onder steken om haar mes los te trekken.

Toen Jennsen ten slotte weer overeind kon krabbelen, was de man allang verdwenen. Ze ging toch achter hem aan. Toen ze bij een kruising van gangen kwam, zag ze naar alle kanten alleen maar lege gangen. Ze rende de gang in waarvan ze dacht dat hij die had genomen, keek in kamers, doorzocht nissen en drong nog dieper door in het donkere paleis.

In de verte hoorde ze mensen, soldaten, die naar anderen riepen dat ze hen moesten volgen. Ze luisterde of ze Sebastiaans stem ontdekte, maar die hoorde ze niet. Wel hoorde ze het geluid van magie die werd ontketend, als een donderslag, maar dan binnenshuis. Soms schudde het hele paleis ervan. Ook hoorde ze soms de kreten van stervenden.

Jennsen joeg achter de geluiden aan en probeerde de man te vinden die het tovenaarsvuur had gegooid, maar ze vond alleen nog meer lege kamers en gangen. Op sommige plekken lag het vol dode soldaten. Ze wist niet of die er al langer lagen of dat ze waren achtergebleven in het spoor van de vluchtende tovenaar.

Jennsen hoorde het geluid van rennende soldaten; hun laarzen dreunden door de gangen. En toen hoorde ze Sebastiaan roepen: 'Die kant op! Daar is ze!'

Jennsen rende naar een kruising van gangen en sloeg een gang in die in de richting liep van waaruit ze Sebastiaans stem had gehoord. Haar voetstappen werden gedempt door een lang, groen tapijt met gouden franje, dat in de lengte van een statige gang lag. Die leek des te mooier door het contrast met de vernielde delen van het paleis waaruit ze net kwam. Door een raam hoog boven haar hoofd viel licht naar binnen over de bruin met wit gevlekte marmeren pilaren die aan weerszijden bogen ondersteunden, als schildwachten die zwijgend toekeken hoe ze langsrende.

Het paleis was een doolhof van gangen en schitterende vertrekken. Sommige kamers waar Jennsen doorheen holde, waren overdadig gemeubileerd in rustige kleuren, terwijl andere waren gedecoreerd met tapijten, stoelen en gordijnen in uitbundige kleuren. Ze was zich er vaag van bewust dat ze prachtige dingen zag, terwijl ze zich erop concentreerde niet te verdwalen. Ze stelde zich het gebouw voor als een uitgestrekt woud en lette onderweg op oriëntatiepunten, zodat ze haar weg terug zou kunnen vinden. Ze moest helpen keizer Jagang in veiligheid te brengen.

Nadat ze door de brede gang was gestormd, langs granieten nissen in de muren aan weerszijden, met in elk daarvan een siervoorwerp, vloog Jennsen door dubbele deuren met gouden randen een enorm vertrek binnen. Het geluid van de dichtslaande deuren echode door de ruimte. Het vertrek was zo groot en zo schitterend, dat ze als aan de grond genageld bleef staan. Boven haar hoofd strekten kleurrijke schilderingen van gestaltes in gewaden zich uit over de binnenkant van een groot koepeldak. Onder de majestueuze figuren viel door een ring van ronde ramen overvloedig licht naar binnen. Aan de zijkant was een halfrond podium, en er stonden stoelen achter een imposant, met houtsnijwerk versierd bureau. Achter boogvormige openingen rondom het vertrek gingen trappen schuil, die naar gewelfde balkons liepen met golvende, glanzende mahoniehouten balustrades erlangs.

Jennsen maakte uit de imposante bouwstijl op dat dit de plek moest zijn van waaruit de Biechtmoeder het Middenland bestuurde. De zitruimte op de balkons was waarschijnlijk bedoeld voor bezoekers of hoogwaardigheidsbekleders, die van daaraf de gebeurtenissen konden volgen.

Jennsen zag iemand tussen de pilaren aan de andere kant van het vertrek lopen. Op dat moment kwam Sebastiaan door een andere deur binnenstormen, rechts van Jennsen. Een compagnie soldaten stroomde achter hem door de deur naar binnen.

Sebastiaan hief zijn zwaard en wees. 'Daar is ze!' Hij was buiten adem. Zijn blauwe ogen fonkelden van woede.

'Sebastiaan!' Jennsen rende naar hem toe. 'We moeten maken dat we hier wegkomen. We moeten de keizer in veiligheid brengen. Er kwam een tovenaar en de Zuster is dood. Hij is alleen. Kom snel!'

De mannen waaierden uit, een rinkelende donkere massa voorzien van maliënkolders, harnassen en glimmende wapens, die zich langs de rand van het grote vertrek verspreidde als een troep wolven die een reekalf besloop.

Sebastiaan wees verhit met zijn zwaard naar de andere kant van het vertrek. 'Niet voordat ik haar heb. Dan heeft Jagang in elk geval de Biechtmoeder.'

Jennsen tuurde in de richting waarin hij wees en zag toen de lange vrouw aan de andere kant van de kamer. Ze droeg een eenvoudig gewaad van grof geweven vlas, aan de hals versierd met wat rood en geel. Haar zwart met grijze haar had een scheiding in het midden en was recht afgeknipt ter hoogte van haar sterke kaak.

'De Biechtmoeder,' fluisterde Sebastiaan, terwijl hij als aan de grond genageld naar haar staarde.

Jennsen keek hem met een frons aan. 'De Biechtmoeder?' Jennsen kon zich niet voorstellen dat Meester Rahl zou trouwen met een vrouw die zo oud was als zijn overgrootmoeder. 'Sebastiaan, wat zie je dan?'

Hij wierp haar een zelfvoldane blik toe. 'De Biechtmoeder.'

'Hoe ziet ze eruit? Wat heeft ze aan?'

'Ze heeft die witte jurk van haar aan.' Zijn gelaatsuitdrukking was weer verhit. 'Hoe kan het dat jij haar niet ziet?'

'Het is een lekker stuk,' zei een soldaat naast Sebastiaan met een grijns; hij kon zijn ogen niet van de vrouw aan de andere kant van het vertrek afhouden. 'Maar ze is voor de keizer.'

Ook de andere mannen staarden met diezelfde verontrustende, wellustige blik naar de andere kant van de zaal. Jennsen greep Sebastiaan bij zijn arm en rukte hem naar zich toe.

'Nee!' fluisterde ze scherp. 'Sebastiaan, ze is het niet.'

'Ben je gek geworden?' vroeg hij terwijl hij haar dreigend aankeek. 'Denk je dat ik niet weet hoe de Biechtmoeder eruitziet?'

'Ik heb haar eerder gezien,' zei de soldaat naast hem. 'Ik weet zeker dat ze het is.'

'Nee, ze is het niet,' fluisterde Jennsen doordringend, onderwijl voortdurend aan Sebastiaans arm trekkend om hem ertoe te brengen achteruit te gaan. 'Het moet een betovering zijn. Sebastiaan, het is een oude vrouw. Dit gaat helemaal mis. We moeten hier weg...'

De soldaat aan de andere kant van Sebastiaan kreunde. Zijn zwaard kletterde op de marmeren vloer toen hij naar zijn borst greep. Hij viel om als een gevelde boom en kwam met een dreun op de grond terecht. Er viel nog een soldaat, en toen nog een en nog een. Met doffe dreunen raakten ze een voor een de vloer. Jennsen sprong voor Sebastiaan en sloeg haar armen om hem heen ter bescherming.

Met een hevige explosie flitste er een verblindende bliksemschicht door de ruimte. De sissende boog kronkelde door de lucht, maar vond feilloos zijn doel en maaide de mannen neer die in een rij langs de rand van het vertrek renden; ze vielen bij bosjes. Jennsen keek over haar schouder en zag de oude vrouw een hand uitsteken naar de andere kant, naar de mannen en één Zuster die door de kamer heen recht op haar af stormden. De soldaten werden door een onzichtbare kracht geraakt en vielen stuk voor stuk neer op de plek waar ze liepen. Doordat ze rennend ineenzakten, gleden hun zware lijven nog een stukje over de gladde vloer.

De Zuster stak haar handen uit. Jennsen veronderstelde dat ze dat deed om zich met een vorm van magie te beschermen, hoewel ze er niets van zag. Maar toen de Zuster opnieuw een arm uitstak, zag Jennsen niet alleen dat er licht verscheen bij haar vingertoppen, ze hoorde het ook.

Nu alle soldaten uitgeschakeld waren – allemaal dood, behalve Sebastiaan – richtte de oude tovenares haar volle aandacht op de aanvallende Zuster. Met verweerde handen sloeg de oude vrouw de aanval af en stuurde het gonzende licht terug naar de Zuster. 'Je weet dat je alleen maar trouw hoeft te zweren, Zuster,' zei de oude vrouw met een rasperige stem, 'en je zult vrij zijn van de droomwandelaar.'

Jennsen begreep het niet, maar de Zuster wel. 'Dat werkt niet! Dat risico neem ik niet! Moge de Schepper me vergeven, maar het is voor ons allemaal makkelijker als ik je dood.'

'Als dat je keuze is,' kraste de oude vrouw, 'dan zij dat zo.'

De jongere vrouw wilde opnieuw haar magie gebruiken, maar viel met een plotselinge kreet op de grond. Ze klauwde naar het gladde marmer en probeerde gebeden te fluisteren tussen haar gekreun van vreselijke pijn door. Ze liet een veeg bloed op het marmer achter, maar voordat ze ver kon komen, verstilde ze. Haar hoofd zakte op de grond en ze blies nog één lange, reutelende zucht uit.

Met haar mes in de hand rende Jennsen op de moordzuchtige oude vrouw af. Sebastiaan volgde haar, maar had pas een paar passen gedaan toen de vrouw zich omdraaide en een flakkerend licht op hem af stuurde, precies toen Jennsen in haar gezichtslijn stapte. Alleen dat voorkwam dat de flits van flikkerend licht hem vol raakte. Het licht schampte van zijn zij af in een regen van vonken. Sebastiaan viel met een kreet neer.

'Nee! Sebastiaan!' Jennsen rende naar hem toe. Hij drukte zijn handen tegen zijn ribben en had duidelijk pijn. Maar hij leefde in elk geval nog.

Jennsen draaide zich met een ruk terug naar de oude vrouw. Die stond roerloos, met haar hoofd schuin, te luisteren. Er sprak verwarring uit haar houding, en een eigenaardige, onhandige hulpeloosheid.

De tovenares keek niet naar haar, maar had een oor in haar richting gedraaid. Nu Jennsen wat dichter bij haar was, zag ze voor het eerst dat de oude vrouw volkomen witte ogen had. Jennsen staarde ernaar, eerst verrast en toen plotseling met herkenning.

'Adie?' bracht ze fluisterend uit, zonder de bedoeling dat hardop te zeggen.

Geschrokken hield de vrouw haar hoofd schuin de andere kant op, om met haar andere oor te luisteren. 'Wie is daar?' vroeg ze met rasperige stem. 'Wie is daar?'

Jennsen gaf geen antwoord, uit angst haar precieze positie te verraden. Het was stil geworden in het vertrek. Er stond grote bezorgdheid te lezen op het verweerde gezicht van de oude tovenares. Maar ze had ook een vastberaden trek om haar mond toen ze haar hand opstak.

Jennsen stond met haar mes in de hand en wist niet wat ze moest doen. Als dit echt Adie was, de vrouw over wie Althea haar had verteld, dan was ze volgens Althea volkomen blind voor Jennsen. Maar ze was niet blind voor Sebastiaan. Jennsen sloop een stap dichterbij.

De oude vrouw draaide haar hoofd naar het geluid. 'Kind? Ben jij een zus van Richard? Waarom ben je dan bij de Orde?'

'Misschien omdat ik wil leven!'

'Nee.' De vrouw schudde in strenge afkeuring haar hoofd. 'Nee. Als je bij de Orde bent, heb je voor de dood gekozen, niet voor het leven.'

'Jullie zijn degenen die eropuit zijn dood te brengen!'

'Dat is een leugen. Jullie zijn naar mij toe gekomen met wapens en de bedoeling te moorden,' zei ze. 'Ik ben niet naar jullie toe gekomen.'

'Natuurlijk! Omdat jullie de wereld bezoedelen met jullie verdorven magie!' riep Sebastiaan van achter haar. 'Jullie willen de mensheid onderdrukken en ons allemaal tot slaaf maken met jullie ontaarde oeroude gebruiken!'

'Aha,' zei Adie, en ze knikte bij zichzelf. 'Dus jij bent degene die dit kind heeft misleid.'

'Hij heeft mijn leven gered! Zonder Sebastiaan zou ik niets zijn! Ik zou niets hebben! Ik zou dood zijn! Net als mijn moeder!'

'Kind,' zei Adie zacht en schor, 'ook dat is een leugen. Kom bij hen vandaan. Kom met mij mee.'

'Dat zou je wel willen, hè?' gilde Jennsen. 'Mijn moeder is in mijn armen gestorven door die Meester Rahl van jullie. Ik ken de waarheid. De waarheid is dat je dolgraag eindelijk deze belangrijke prooi aan Meester Rahl zou uitleveren.'

Adie schudde haar hoofd. 'Kind, ik weet niet wat voor leugens je allemaal in je hoofd hebt, maar ik heb hier geen tijd voor. Je moet met me meekomen, anders kan ik je niet helpen. Ik kan geen moment langer wachten. Er was weinig tijd en die heb ik allemaal al gebruikt.'

Terwijl de vrouw sprak, maakte Jennsen gebruik van de gelegenheid om geluidloos een paar kleine stapjes naar voren te zetten. Ze moest deze kans aangrijpen om een einde te maken aan het gevaar. Ze wist dat ze deze vrouw aankon. Als het alleen een kwestie van spierkracht en behendigheid met een mes was, dan was Jennsen veruit in het voordeel. De magie van een tovenares kon niets uitrichten tegen iemand die onoverwinnelijk was, tegen een Zuil der Schepping.

'Jenn, neem haar te pakken! Je kunt het! Wreek je moeder!'

Jennsen had nog maar een kwart van de afstand tussen Sebastiaan en Adie afgelegd. Met haar mes in de hand geklemd zette ze nog een stap.

'Als dat je keuze is,' kraste Adie toen ze het zachte geschuifel had gehoord, 'dan zij dat zo.'

Toen de tovenares haar hand opstak naar Sebastiaan, besefte Jennsen vol afgrijzen wat ze bedoelde: de tol voor haar keuze was dat Sebastiaan verloren was.

50

Sebastiaan lag niet ver bij haar vandaan op één arm leunend op de grond. Jennsen zag bloed op de marmeren vloer onder hem. Aangezien Adie Jennsen niet kon tegenhouden, was ze van plan hem te doden. De verschrikking om Sebastiaan pijn te zien lijden, om te weten dat hij op het punt stond vermoord te worden, schokte Jennsen tot in haar vezels.

Sebastiaan was het enige dat ze had.

De tovenares zou in een oogwenk dodelijke magie op hem loslaten. Jennsen was veel dichter bij Sebastiaan dan bij de tovenares. Jennsen wist dat ze nooit op tijd bij de tovenares zou komen om haar tegen te houden, maar ze zou wel op tijd bij Sebastiaan kunnen zijn om hem te beschermen. Ze kon de tovenares alleen doden als ze bereid was Sebastiaan ervoor op te offeren. Dat was de keuze waarvoor Adie haar had gesteld.

Jennsen brak haar aanval af en dook in plaats daarvan naar Sebastiaan; ze zorgde ervoor dat ze zich tussen de tovenares en Sebastiaan in bevond, zodat ze een gat in de wereld maakte op de plek waarop de vrouw haar afschuwelijke, magische vuur wilde richten. De magie die de tovenares ontketende, miste Sebastiaan, en de lichtflits maaide met een krakende klap over de glanzende marmeren vloer en scheurde die in een rechte lijn open, vlak langs hem heen. De lucht was vol rondvliegende scherfjes marmer.

Jennsen sloeg beschermend haar armen om Sebastiaan heen terwijl ze zich naast hem liet vallen. 'Sebastiaan! Kun je bewegen? Kun je rennen? We moeten hier weg.'

Hij knikte. 'Help me overeind.' Zijn stem klonk amechtig en zijn ademhaling was oppervlakkig.

Jennsen dook onder zijn arm en hees hem met moeite overeind. Met haar hulp strompelde hij haastig in de richting van de deur. Achter hen hief Adie haar handen opnieuw, en ze volgde met haar witte ogen Sebastiaans bewegingen, maar niet die van Jennsen. Jennsen draaide zich zijwaarts, zodat ze in de weg stond. Een bliksemschicht vloog vlak langs hen heen, op een paar centimeter afstand, en blies de zware, met metaal beklede deur uit haar scharnieren. De deur stuiterde de gang in.

Jennsen en Sebastiaan vluchtten door de rokerige opening en haastten zich de brede gang door. Toen Jennsen de zware deuren door de gang zag vliegen, tegen muren zag stuiteren en daar grote happen steen uit zag wegslaan, besefte ze dat ze, als ze door zoiets zou worden geraakt, verpletterd zou worden. Ze zag ook dat haar arm bloedde uit kleine sneetjes van de scherfjes marmer die haar hadden geraakt. Het was niet de magie die haar had verwond, maar scherp steen, ook al had de magie er dan voor gezorgd dat dat door de lucht vloog.

Ze mocht dan in sommige opzichten onoverwinnelijk zijn, als er door toedoen van magie een zware stenen zuil op haar viel, zou ze net zo dood zijn als wanneer die met brute kracht was omgeduwd. Dood was dood.

Jennsen voelde zich plotseling een stuk minder onoverwinnelijk. Bij de eerste kruising trok ze Sebastiaan naar rechts om hem zo snel mogelijk buiten het bereik van Adies gave en haar magische wapens te hebben. Jennsen voelde zijn warme bloed over de arm lopen die ze om hem heen had geslagen. Ondanks zijn verwonding vroeg Sebastiaan haar niet langzamer te lopen om hem pijn te besparen. Samen renden ze door gangen en kamers, zo snel als hij maar kon, dwars door het paleis, terug naar de plek waar Jennsen de keizer had achtergelaten.

'Ben je ernstig gewond?' vroeg ze, bang voor het antwoord.

'Weet ik niet,' zei hij, buiten adem en kennelijk pijn lijdend. 'Het voelt alsof er een vuur in mijn ribben brandt. Als jij niet had voorkomen dat ze me vol raakte, was ik nu zeker dood geweest.'

Op hun weg door het paleis stuitten ze op een eenheid van hun soldaten. Jennsen liet zich hijgend en uitgeput naast hen op de grond zakken, niet in staat om Sebastiaan nog één stap langer overeind te houden. Haar beenspieren trilden van de inspanning. 'We gaan,' zei Sebastiaan tegen de mannen; hij ademde moeizaam van de pijn. 'We moeten maken dat we wegkomen. De keizer is gewond. We moeten hem hier weg zien te krijgen.' Hij gebaarde in verschillende richtingen. 'Verspreid je. Verzamel al onze mannen. We hebben zoveel mogelijk mensen nodig om de keizer te beschermen en dan moeten we hem in veiligheid brengen. Jullie tweeën, jullie moeten mij helpen.'

De mannen renden onmiddellijk weg om hun opdracht uit te voeren. De twee die achterbleven, hingen Sebastiaans armen over hun schouders en tilden hem moeiteloos op. Hij vertrok zijn gezicht van pijn. Jennsen leidde hen door het paleis, langs de oriëntatiepunten die ze zich herinnerde, om zo snel mogelijk bij keizer Jagang te komen en het levensgevaarlijke paleis te verlaten.

Het Paleis van de Belijdsters was een wirwar van brede en smalle gangen en vertrekken. Sommige vertrekken waren enorm groot, maar als ze die tegenkwamen, gingen ze eromheen en bleven in de doolhof van gangen; Sebastiaan zei dat ze niet in een van die grote ruimtes verrast moesten worden, waar ze een gemakkelijker doelwit zouden vormen. Met tussenpozen hoorde Jennsen het ontzaglijke gedreun van magie. Elke keer schudde het hele paleis van de klap.

'Deze kant op,' zei ze, toen ze het gapende gat in de muur herkende bij de hoek van een gang die vol puin lag. Dat gapende gat in de buitenmuur, waardoor je het daglicht zag en kon uitkijken over de gazons ver in de diepte, was de plek waar het tovenaarsvuur dat voor keizer Jagang en haar was bedoeld door de muur was gevlogen.

Er kwamen vijf soldaten over het puin heen klauterend vanuit de andere richting de gang door, en ze hadden een Zuster van het Licht bij zich. Van achter hen verschenen nog een stuk of tien mannen. Twee Zusters met vuile strepen over hun gezicht kwamen aanlopen door een kamer die aan de gang lag, gevolgd door nog een deel van het aanvalsleger. De helft van de mannen bloedde, maar ze waren allemaal in staat zonder hulp te lopen.

Keizer Jagang zat tegen de muur waar Jennsen hem had achtergelaten. De diepe, grillige jaap werd gedeeltelijk dichtgehouden door het gordijn dat Jennsen om zijn been had gewikkeld, maar delen van zijn gescheurde spier lagen niet goed tegen elkaar en het was duidelijk dat de afschuwelijke wond verzorgd moest worden. Blijkbaar had de genezende magie die de Zuster had toegepast vlak voordat ze gedood was, wel standgehouden, want de keizer verloor niet zoveel bloed als in het begin.

Door zijn bloedverlies oogde hij verzwakt en bleek, maar niet zo bleek als degenen die voor het eerst zagen hoe ernstig hij gewond was.

Een van de Zusters knielde bij hem neer om de wond te bekijken. Jagang vertrok zijn gezicht toen ze probeerde de twee helften van zijn uiteengereten been beter tegen elkaar te leggen.

'Er is nu geen tijd om het te genezen,' zei ze. 'We moeten hem eerst in veiligheid brengen.'

Ze begon onmiddellijk het met bloed doordrenkte gordijn dat Jennsen als verband had gebruikt steviger om zijn been te trekken. Ze viste nog wat stof tussen de puinhopen uit.

'Hebben jullie haar te pakken gekregen?' vroeg Jagang terwijl de Zuster de wond dichttrok met de vuile strook stof. 'Waar is ze? Sebastiaan!' Hij gebruikte een plank om zich mee overeind te duwen en keek om zich heen naar de soldaten, terwijl die Sebastiaan hielpen om naar de keizer toe te komen. 'Daar ben je. Waar is de Biechtmoeder? Heb je haar te pakken gekregen?'

'Ze was het niet,' antwoordde Jennsen in zijn plaats.

'Wat?' De keizer keek kwaad om zich heen naar de mensen die hem aankeken. 'Ik heb het kreng gezien. Ik herken heus de Biechtmoeder wel als ik haar zie! Waarom hebben jullie haar niet te pakken gekregen?'

'U zag een tovenaar en een tovenares,' vertelde Jennsen hem. 'Ze gebruikten magie om u te doen geloven dat u Meester Rahl en de Biechtmoeder zag. Het was een truc.'

'Ik denk dat ze gelijk heeft,' zei Sebastiaan voordat Jagang tegen haar kon gaan schreeuwen. 'Ik stond vlak naast haar en ik zag de Biechtmoeder, maar Jennsen niet.'

Jagang keek haar met een dreigende frons aan. 'Maar als de anderen haar hebben gezien, hoe kan het dan dat jij...'

Plotseling leek hem iets te dagen. Om een reden die Jennsen niet precies kon bevatten, erkende hij de waarheid van wat ze zei.

'Maar waarom?' vroeg de Zuster, en ze keek op van de wond die ze aan het verbinden was.

'De tovenaar en de tovenares wekten allebei de indruk dat ze haast hadden,' zei Jennsen. 'Ze moeten iets van plan zijn.'

'Het is een afleidingsmanoeuvre,' fluisterde Jagang, en hij staarde de verlaten gang in, die vol lag met puin. 'Ze wilden ons bezighouden. Ons weghouden, en zorgen dat we ergens anders aan dachten.'

'Ons weghouden waarvan?' vroeg Jennsen.

'Van de rest van het leger,' zei Sebastiaan, die Jagangs gedachtegang begreep.

Een andere Zuster wierp haar mede-Zusters steelse blikken toe nadat ze Sebastiaans wond had bekeken, drukte snel een verband tegen zijn ribben en wond toen een lange strook stof om zijn borst om het op zijn plaats te houden.

'Dit helpt maar even,' mompelde ze, half in zichzelf. 'Het ziet er niet goed uit.' Ze keek weer even naar de andere Zusters. 'We moeten hier iets aan doen. Maar dat kan nu niet.'

Sebastiaan vertrok zijn gezicht van pijn, negeerde haar en zei: 'Het is een list. Ze houden ons hier en zorgen ervoor dat we ons het hoofd breken over waar ze kunnen zijn, en laten ons achter illusies aanjagen terwijl zij ons leger aanvallen.'

Jagang gromde een vloek. Hij keek door het gat dat het tovenaarsvuur in de muur had geslagen naar buiten, in de richting van het leger dat ze op een flink stuk rijden achter zich hadden gelaten in het rivierdal. Hij balde zijn vuist en knarsetandde.

'Dat kreng! Ze wilde dat wij onze handen hier vol hadden zodat de rest van ons leger rustig op één plaats zou blijven zitten terwijl zij zouden aanvallen. Dat smerige, doortrapte kreng! We moeten als de bliksem terug!'

Het groepje snelde door de gangen. Jagang en Sebastiaan werden allebei aan weerszijden ondersteund, zodat ze vlug het Paleis van de Belijdsters konden verlaten. Sebastiaan ging er slechter uitzien. Onderweg verzamelden ze nog wat manschappen. Het verbaasde Jennsen dat er nog anderen in leven waren. Maar als je hun aantal vergeleek met de groep waarmee ze binnen waren gekomen, waren ze in de pan gehakt. Als ze allemaal bij elkaar waren gebleven, in plaats van zich steeds in kleine groepjes op te splitsen, zoals de keizer en Sebastiaan hun hadden opgedragen, waren ze misschien allemaal in één klap omgekomen. Maar ook nu liet de Orde heel wat gesneuvelden achter.

Toen ze eenmaal op de begane grond waren, zochten ze zich een weg door dienstgangen naar de zijkant van het paleis, want het leek Sebastiaan beter om niet naar buiten te gaan door de hoofdingang, waardoor ze binnen waren gekomen, voor het geval dat ze daar werden opgewacht en misschien aangevallen zouden worden voordat ze weg konden komen. Ze liepen zo geluidloos mogelijk door de lege keukens en kwamen uit op een binnenplaatsje aan de zijkant in het grijze daglicht. Het lag afgezonderd en een muur scheidde het van de stad.

Toen ze om het paleis heen liepen, wachtte hun een schokkende aanblik. Het zag eruit alsof de hele eenheid was neergemaaid, alsof er geen enkele cavalerist meer in leven kon zijn. Jennsen vond de aanblik van dat bloedbad onverdraaglijk, maar tegelijk zo overweldigend dat ze haar ogen niet kon afwenden. De doden, paarden en mannen, lagen kriskras langs een slordige lijn de heuvel af; ze waren neergevallen op de plek waar ze in een volle charge op hun tegenstander waren gestuit. In de verte, bij de bomen, stond hier en daar een paard waarvan de ruiter ongetwijfeld dood was, van het gras te peuzelen.

'Er zijn geen doden bij de vijand,' zei Jagang, die het slagveld opnam terwijl hij zich hinkend voortbewoog met behulp van een piek die een soldaat hem had gegeven. 'Wat kan hier de oorzaak van zijn?'

'Niet iets levends,' zei een Zuster.

Toen ze snel de heuvel af liepen, langs de zwijgende frontlinie, vlak voor de stapels lijken langs, kregen andere cavaleristen, die zich onder aan de heuvel aan de andere kant van een muur tussen kleine tuinhuisjes en bomen bevonden, de keizer in het oog, en ze kwamen aanstormen om hem te beschermen. Soldaten te paard – hooguit duizend van de ruim veertigduizend waarmee ze waren aangekomen – kwamen aanrijden en omsloten de eenheid die terugkeerde van het paleis. Een aantal Zusters ging dicht om de keizer heen rijden om een binnenste verdedigingsring te vormen.

Rusty kwam, gevolgd door Pete, over de grasvelden aandraven, samen met de gehavende overgeblevenen van de cavalerie. Toen Jennsen floot, herkende Rusty dat teken en kwam snel naar haar toe. De merrie duwde haar hoofd tegen Jennsens schouder en hinnikte klaaglijk; ze had behoefte aan geruststelling. Rusty en Pete waren geen oorlogspaarden en waren niet gewend aan dit soort verschrikkingen. Jennsen aaide het paard kalmerend over haar bevende hals en wreef over haar oren. Ze troostte Pete op dezelfde manier toen hij zijn voorhoofd tegen de achterkant van haar schouder duwde.

'Wat is er gebeurd?' riep Jagang woedend uit. 'Hoe konden jullie je zo in de pan laten hakken?'

De officier die de leiding had over de mannen te paard keek wanhopig om zich heen. 'Excellentie, het kwam... als een donderslag bij heldere hemel. We konden er niet tegen vechten.'

'Wil je me nu vertellen dat het spoken waren?' brulde Jagang.

'Ik denk dat het de paarden waren die de verkenner rook,' zei een andere officier. Zijn arm was verbonden, maar toch doorweekt van het bloed.

'Ik wil weten wat er aan de hand is,' zei Jagang, en hij keek boos rond naar iedereen om zich heen. 'Hoe kan dit gebeurd zijn?'

Terwijl mannen extra paarden brachten, steeg vlak bij hen Zuster Perdita af. 'Excellentie, het was een aanval waar op de een of andere manier magie bij betrokken was; spookruiters opgeroepen door toverkracht, dat is de enige verklaring die ik heb.'

Hij keek haar zo dreigend aan dat zelfs Jennsen er bang van werd. 'Waarom hebben je Zusters en jij er dan niets tegen gedaan?'

'Het leek in de verste verte niet op de opgeroepen magie die we meestal tegenkomen. Ik denk dat het een vorm van geconstrueerde magie was, anders hadden we haar niet alleen gevoeld, maar ook kunnen tegenhouden. Tenminste, dat is mijn veronderstelling. Ik heb nooit eerder geconstrueerde magie gezien, maar ik heb er wel van gehoord. Wat het ook was dat ons aanviel, het reageerde op niets van wat we hebben geprobeerd.'

De keizer fronste nog steeds onheilspellend naar haar. 'Magie is magie. Jullie hadden er iets tegen moeten doen. Daar zijn jullie voor.'

'Geconstrueerde magie is anders dan opgeroepen magie, Excellentie.'

'Anders? Hoezo?'

'In plaats van dat de gave ter plekke wordt gebruikt, is geconstrueerde magie al van tevoren tot stand gebracht. Die kan dan heel lang worden bewaard; duizenden jaren, misschien zelfs wel voorgoed. Als ze nodig is, wordt de bezwering geactiveerd en wordt de magie losgelaten.'

'Waardoor wordt die dan geactiveerd?' vroeg Sebastiaan.

Zuster Perdita schudde gefrustreerd haar hoofd. 'Dat kan door zo ongeveer alles gebeuren, heb ik gehoord. Het hangt er maar van af hoe ze is geconstrueerd. Tegenwoordig is geen enkele tovenaar in staat zo'n bezwering te construeren. We weten niet veel over de tovenaars van vroeger en wat ze konden, maar een van de weinige dingen die we wel weten, is dat een geconstrueerde bezwering iets kan zijn dat droog wordt gehouden en dat wordt geactiveerd als het nat wordt, bijvoorbeeld iets dat de grond vruchtbaarder maakt als de voorjaarsregens komen. De magie kan ook worden geactiveerd door warmte, zoals een geneesmiddel tegen koorts; het geneesmiddel bevat een constructie die wordt geactiveerd door de koorts. Andere constructies kunnen worden geactiveerd door een heel klein beetje magie, of door een zorgvuldig gebruik van ongelooflijk ingewikkelde tovenarij en grote kracht.'

'Dus het moet iemand met magie zijn geweest die zoiets krachtigs als die spookruiters op ons leger af heeft kunnen sturen?' vroeg Jennsen. 'Een tovenaar, een tovenares of zo iemand?'

Zuster Perdita schudde haar hoofd. 'Het zou die vorm van geconstrueerde magie kunnen zijn, maar het kan net zo goed een toverformule zijn geweest – weliswaar een ongelooflijk sterke – die in een vingerhoedje bewaard werd en is geactiveerd door de constructie bloot te stellen aan... om het even wat, aan paardenmest, bijvoorbeeld.'

Keizer Jagang wimpelde dat idee weg. 'Maar iets dat zo klein is en zo gemakkelijk geactiveerd kan worden, kan nooit zo'n vernietigende kracht hebben.'

'Excellentie,' zei de Zuster, 'er is geen rechtstreeks verband tussen de stoffelijke afmetingen van de constructie of de activering ervan en de gevolgen die ze kan hebben; die staan niet in verhouding tot elkaar, althans niet op de manier zoals de meeste mensen denken. De manier van activeren zegt niets over de kracht van de constructie. De constructie en de manier van activeren hoeven zelfs niets met elkaar te maken te hebben. Er zijn gewoon geen regels voor.'

De keizer maakte een weids armgebaar naar de tienduizenden manschappen en paarden die dood op de grond lagen. 'Maar iets van deze omvang moet toch zeker meer dan dat zijn geweest?'

'Het leger van spookruiters dat deze aanval heeft uitgevoerd, kan zijn geactiveerd door een tovenaar die met magisch stof toverformules tekende terwijl hij een ongelooflijk ingewikkelde bezwering uitsprak, maar het kan net zo goed een boek zijn geweest met een ingebouwde teller voor cavaleristen, dat op de juiste bladzijde is opengeslagen en is opgehouden voor het aanvallende leger, misschien zelfs op kilometers afstand. Zelfs de angst van iemand die zo'n constructie vasthoudt, zou datgene kunnen zijn wat haar activeert.'

'Bedoelt u dat iedereen zo'n constructie per ongeluk zou kunnen activeren?' vroeg Jennsen.

'Natuurlijk. Daarom zijn ze zo gevaarlijk. Maar ik heb gelezen dat die soort zeer zeldzaam is. Juist omdat ze zo gevaarlijk kunnen zijn, zijn de meeste ingebed in allerlei ingewikkelde voorzorgsmaatregelen en beveiligingsmechanismen waarbij een zeer grote kennis van de toepassing van magie komt kijken.'

'Maar als iemand – een tovenaar – met die grote kennis die lagen van voorzorgsmaatregelen en beveiligingsmechanismen verwijdert, kan zo'n constructie dan geactiveerd worden door één laatste, eenvoudige gebeurtenis?' vroeg Jennsen.

Zuster Perdita keek Jennsen veelbetekenend aan. 'Precies.'

Jagang gebaarde om zich heen naar de duizenden lijken. 'Dus dat leger van spookruiters kan elk moment weer op ons af worden gestuurd om ons af te slachten.'

De Zuster schudde haar hoofd. 'Voor zover ik heb begrepen is een geconstrueerde bezwering meestal maar eenmaal werkzaam. Ze wordt verbruikt door te doen waarvoor ze was geconstrueerd. Dat is een van de redenen dat ze zeldzaam zijn: als ze eenmaal gebruikt zijn, zijn ze voorgoed verdwenen, en er zijn geen tovenaars meer die nieuwe kunnen maken.'

'Waarom zijn we nooit eerder van die geconstrueerde bezweringen tegengekomen?' vroeg Sebastiaan met groeiend ongeduld. 'En waarom gebeurt dat nu plotseling wel?'

Zuster Perdita keek hem even strak aan, vol opgekropte woede waarvan Jennsen wist dat ze die nooit rechtstreeks op de keizer zou durven richten, ook al had de aanval op het Paleis van de Belijdsters, waartoe hij opdracht had gegeven, geleid tot de dood van een groot aantal van haar Zusters van het Licht.

Overdreven kalm wees Zuster Perdita naar boven, naar de donkere Burcht die afstak tegen de berg boven hen. 'Er zijn zeker duizend kamers in de Tovenaarsburcht,' zei ze met zachte stem. 'Een groot deel daarvan zal volgepropt zijn met akelige dingen. Het is waarschijnlijk dat die tovenaar van hen – tovenaar Zorander – nadat we hen hierheen hebben gedreven om te overwinteren, eindelijk de tijd had om de Burcht te doorzoeken, en op zoek is gegaan naar de dingen die hij nog miste, zodat hij klaar voor ons zou zijn als het lente werd en wij naar Aydindril oprukten. Ik durf niet te denken aan de catastrofale verrassingen die hij nog voor ons in petto kan hebben. Die Burcht is duizenden jaren onneembaar geweest.'

Sebastiaan keek nu net zo lelijk als Jagang. 'Waarom heb je ons hier niet voor gewaarschuwd? Ik heb je er nooit iets over horen zeggen.'

'Dat heb ik wel gedaan. Jij was er niet bij.'

'Je hebt ook allerlei andere dingen afgeraden, en die zijn ook gelukt,' beet Jagang haar toe. 'Als je een oorlog te voeren hebt, moet je bereid zijn risico's te nemen en verliezen te lijden. Alleen als je lef hebt, kun je winnen.'

Sebastiaan gebaarde naar de Burcht. 'Wat kunnen we verder nog verwachten?'

'Geconstrueerde bezweringen vormen maar één groep gevaren in de strijd tegen deze mensen. Wij, Zusters, hadden geconstrueerde bezweringen niet echt als een groot gevaar beschouwd omdat ze zo zeldzaam zijn, maar nu blijkt dat zelfs één geconstrueerde bezwering al rampzalig kan zijn. Wie weet wat er ons nog meer voor dodelijks boven het hoofd hangt.

Bovendien zijn er allerlei gevaren waar we ons niet eens van bewust zijn. Alleen al hun koude winter heeft honderdduizenden van onze manschappen het leven gekost zonder dat de vijand een vinger heeft hoeven uitsteken of het leven van één enkele soldaat op het spel heeft hoeven zetten. Alleen al de winter heeft ons meer schade toegebracht dan enige slag of magische rampspoed. Hadden we verwacht dat we zulke verliezen zouden lijden door zoiets eenvoudigs als sneeuw en kou? Hebben onze omvang en kracht ons ertegen beschermd? Vormen die honderdduizenden een minder groot verlies omdat ze aan koorts gestorven zijn, en niet ten gevolge van een of andere slimme toepassing van magie? Wat maakt het uit voor de doden? Of voor degenen die zijn overgebleven om te vechten?

Ik geef toe dat het voor een soldaat niet zo bevredigend of heroïsch is om te winnen doordat je vijand ziek wordt, maar dood is dood. Ons leger is vele malen groter dan dat van hen, maar die honderdduizenden hebben we gewoon door de kou verloren, niet ten gevolge van de magie waarvan jullie het zo belangrijk vinden dat we jullie ertegen beschermen.'

'Maar in een echte slag,' wierp Sebastiaan tegen, 'betekenen onze aantallen wel iets en zullen we erdoor winnen.'

'Vertel dat maar aan degenen die aan koorts zijn gestorven. Aantallen bepalen niet altijd wie er wint.'

'Dat is onzin,' snauwde Sebastiaan.

Zuster Perdita wees naar de rij doden. 'Vertel dat maar aan hen.'

'We moeten risico's nemen om te winnen,' zei Jagang, waarmee hij een einde maakte aan de discussie. 'Wat ik wil weten, is of we kunnen verwachten dat de vijand nog meer van die geconstrueerde bezweringen op ons af zal sturen.'

Zuster Perdita schudde haar hoofd om aan te geven dat ze geen idee had. 'Ik betwijfel of tovenaar Zorander veel weet van de geconstrueerde bezweringen die hier worden bewaard. Dat soort magie wordt niet goed meer begrepen.'

'Blijkbaar was er in elk geval één bij die hij wel vrij goed begreep,' zei Sebastiaan.

'En dat kan de enige zijn geweest die hij goed genoeg begreep om te gebruiken. Zoals ik al zei, zijn geconstrueerde bezweringen maar éénmaal te gebruiken.'

'Maar het is ook mogelijk,' merkte Jennsen op, 'dat er meer geconstrueerde bezweringen zijn die hij begrijpt.'

'Ja. Of dit kan de laatste geconstrueerde bezwering zijn geweest die nog bestond. Aan de andere kant kan hij daar nu ook zitten met honderd van die dingen op zijn schoot, allemaal nog veel erger dan deze. Het is gewoon onmogelijk om daarachter te komen.'

Jagang keek met zijn zwarte ogen naar zijn gesneuvelde elitetroepen. 'Nou, hij heeft deze in elk geval gebruikt om...'

Er was plotseling een verblindende flits aan de horizon.

De wereld om hen heen lichtte op als door een bliksemflits, maar dit licht stierf niet weg. Jennsen pakte de teugels van Rusty en Pete vlak onder hun bit vast om te voorkomen dat ze op hol zouden slaan. Andere paarden steigerden van schrik.

Een witgloeiend licht vlamde op vanuit het rivierdal aan de andere kant van de heuvels... In de richting waar het leger zich bevond. Het licht was zo wit, zo zuiver, zo heet dat het de wolken tot aan de tegenoverliggende horizon vanaf de onderkant verlichtte. Het was een licht dat zo sterk en intens was, dat veel mannen zich geschrokken op hun knieën lieten vallen.

De witte gloed breidde zich met een ongelooflijke snelheid over een groter gebied uit en deed de heuvels in het niet verzinken, maar de bron ervan was zo ver weg dat ze niets hoorden. De rotsige berghellingen om de stad heen werden allemaal verlicht door de felle gloed.

En toen hoorde Jennsen eindelijk een laag, rommelend gedreun dat in haar borst vibreerde. De grond onder haar voeten schudde ervan. De krachtige, resonerende dreun ging over in een aanzwellend, ratelend gebulder.

Er kwam een donkere paddestoelwolk opzetten in het hart van het licht. Jennsen besefte dat datgene wat er door de afstand voor haar als een stofwolk uitzag, in werkelijkheid moest bestaan uit brokstukken die minstens zo groot waren als bomen. Of wagens. Naarmate de donkere wolk zich door het licht heen naar boven uitbreidde, loste ze op, alsof ze verdampte in het geweld van die verterende hitte en dat licht. Jennsen zag dat er zich naar alle kanten een golf verspreidde, zoals er kringen ontstonden als je een steen in een vijver gooide, alleen was dit maar één golf, die over de grond voortsnelde.

Terwijl iedereen als aan de grond genageld stond van de schrik, kwam er plotseling een muur van wind, die rommel en zand voor zich uit dreef, heuvel opwaarts naar hen toe. Het was de schokgolf, die hen eindelijk bereikte. Die kwam zo abrupt en was zo hevig dat de boomtakken, als ze niet al kaal waren geweest, van al hun bladeren ontdaan zouden zijn. Takken knapten af en bomen stonden te schudden in de windstoot.

Nog meer paarden raakten in paniek en bokten of sloegen op hol. Mannen lieten zich op de grond vallen om dekking te zoeken tegen wat er nog meer zou komen. Jennsen stond te wankelen door de windstoot en beschermde haar ogen met één hand, terwijl grote soldaten gebeden opdreunden die ze in hun kindertijd hadden geleerd en de Schepper smeekten hen te redden.

Jagang stond in een boze, opstandige houding naar het gebeuren te kijken.

'Goede geesten,' zei Jennsen uiteindelijk toen het ergste achter de rug leek te zijn, en ze knipperde het stof uit haar ogen. 'Wat kan dat geweest zijn?'

Zuster Perdita was asgrauw geworden. 'Een lichtweb.' Haar stem was zacht en doordrenkt van iets dat Jennsen nooit eerder bij haar had bespeurd: vrees.

'Onmogelijk!' brulde keizer Jagang. 'Er zijn daar Zusters die de boel beveiligen tegen lichtbezweringen!'

Zuster Perdita zei niets. Ze leek haar blik niet van het fascinerende tafereel los te kunnen rukken.

Jennsen kon zien dat Sebastiaan veel pijn had, maar hij sprak met krachtige stem. 'Ik heb gehoord dat een lichtweb niet meer schade kan aanrichten dan' – hij gebaarde achter zich naar het paleis – 'het vernietigen van een gebouw, of zoiets.'

Zuster Perdita zei niets, maar het was duidelijk dat ze met dat zwijgen wees op het bewijs van het tegendeel, dat duidelijk zichtbaar was.

Jennsen pakte de teugels van de beide paarden in één hand en legde de andere troostend op Sebastiaans rug. Ze maakte zich zorgen over hem en wilde dat hij op een veilige plek zou zijn, waar zijn wond verzorgd kon worden. De Zusters hadden gezegd dat die ernstig was en zorg vereiste. Jennsen vermoedde dat de wond die de tovenares hem had toegebracht met behulp van magie genezen moest worden.

'Hoe kan het een lichtweb zijn?' wilde Jagang weten. 'Er is hier niemand! Geen troepen, geen leger, helemaal niets, behalve misschien een paar mensen met de gave.'

'Meer is ook niet nodig,' zei Zuster Perdita. 'Voor zoiets heb je geen troepen nodig. Ik heb u gezegd dat er iets mis was. Met de Burcht hier, in Aydindril, is niet te voorspellen wat slechts één tovenaar kan doen om een leger af te slaan, zelfs ons leger.'

'Bedoel je,' vroeg Sebastiaan, 'dat het vergelijkbaar is met de manier waarop een kleine eenheid in een hoge pas bijvoorbeeld een heel leger kan afslaan?'

'Precies.'

Jagang keek ongelovig. 'Wil je zeggen dat zelfs die magere ouwe tovenaar dit in zijn eentje vanuit de Burcht allemaal zou kunnen aanrichten?'

Zuster Perdita keek de keizer aan. 'Die magere ouwe tovenaar, zoals u hem noemt, heeft zojuist het onmogelijke voor elkaar gekregen. Hij heeft niet alleen een lichtweb gevonden dat waarschijnlijk duizenden jaren geleden geconstrueerd is, maar, en dat is nog ongelooflijker, hij is er ook nog in geslaagd het te ontsteken.'

Jagang draaide zich om en keek in de richting waar het licht eindelijk begon weg te sterven. 'Goede Schepper,' fluisterde hij, 'dat is precies de plek waar het leger zich bevindt.' Hij streek met een hand over zijn geschoren hoofd terwijl hij dacht aan de vreselijke gevolgen. 'Hoe is het mogelijk dat ze midden tussen ons leger een lichtweb hebben kunnen ontsteken? Daar zijn we toch tegen beveiligd? Hoe kan dat?'

Zuster Perdita sloeg haar ogen neer. 'Daar zullen we nooit achter komen, Excellentie. Het kan zoiets eenvoudigs zijn als een kistje met een eeuwenoud lichtweb erin, waarvan hij alle beveiligingen heeft verwijderd en dat hij daarna heeft achtergelaten, opdat onze mannen het zouden vinden. Toen die hun kamp opsloegen, heeft iemand het misschien inderdaad gevonden, zich afgevraagd wat er in dat onschuldig ogende kistje zat en het geopend, en het daglicht was misschien het laatste activeringsmechanisme. Het kan ook iets heel anders zijn geweest, dat we nooit kunnen bedenken, laat staan dat we het hadden kunnen voorkomen. We zullen het nooit weten. Wie het ook heeft geactiveerd, diegene maakt nu deel uit van de wolk die boven het rivierdal hangt.'

'Excellentie,' zei Sebastiaan, 'ik raad u ten zeerste aan het leger hier weg te halen... en terug te trekken.' Hij zweeg even en kromp ineen van pijn. 'Als ze in staat zijn een dergelijke verdediging te voeren, en dat ondanks de bescherming van alle begiftigden die we bij ons hebben, dan is het misschien wel onmogelijk om de Burcht in te nemen.'

'Maar we moeten de Burcht innemen!' brulde Jagang.

Sebastiaan liet zichzelf even voorover hangen en wachtte totdat een pijnscheut wegtrok. 'Excellentie, als we het leger verliezen, zal Meester Rahl zegevieren. Zo eenvoudig is het. Aydindril is het risico niet waard dat het nu blijkt te zijn.' Dit was niet de Sebastiaan die Jennsen kende, maar Sebastiaan de strateeg van de Orde. 'Het is beter om ons terug te trekken en een andere keer te vechten, op onze voorwaarden, niet op die van hen. Wij hebben de tijd aan onze kant.'

Inwendig ziedend van woede staarde de keizer in de richting van zijn leger, dat in gevaar was, terwijl hij nadacht over Sebastiaans advies. Het was onmogelijk te zeggen hoeveel manschappen er zojuist waren gedood.

'Dit is de schuld van Meester Rahl,' fluisterde Jagang ten slotte. 'Hij moet gedood worden. In naam van de Schepper, hij moet gedood worden.'

Jennsen wist dat zij de enige was die dat voor elkaar zou kunnen krijgen.

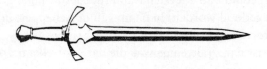

51

Jennsen ijsbeerde in de schemerige tent heen en weer, maar haar voetstappen maakten geen geluid op de dikke tapijten van de keizer. Er stond een Zuster op wacht bij de doorgang naar buiten, om ervoor te zorgen dat niemand de tent binnen kon komen om de keizer te storen, of, wat belangrijker was, om hem kwaad te doen. Buiten patrouilleerde een enorm contingent bewakers, onder wie meer Zusters. Af en toe wierp de Zuster bij de ingang een snelle blik op de ijsberende Jennsen.

IJsberen was het enige dat ze kon doen. Haar ingewanden waren verkrampt van ongerustheid over Sebastiaan. Gedurende de lange rit terug naar het kampement had hij het bewustzijn verloren. Zuster Perdita had gezegd dat hij levensgevaarlijk gewond was. Jennsen kon de gedachte niet verdragen hem kwijt te raken. Hij was het enige dat ze had.

Keizer Jagangs toestand was ook kritiek, na al dat bloedverlies en de zware rit terug met de gehavende restanten van de elitetroepen, maar hij had geweigerd om zijn terugkeer om welke reden dan ook uit te stellen, zelfs niet in verband met zijn gezondheid. Hij dacht geen moment aan zichzelf, alleen aan het feit dat hij terug moest naar zijn leger. Nu lagen de twee mannen in elk geval veilig in de tent van de keizer en werden ze verzorgd door Zusters van het Licht. Jennsen had bij Sebastiaan willen blijven, maar de Zusters hadden haar weggestuurd.

De toestand van de keizer was er niet beter op geworden toen hij het leger zag. Hij was in staat geweest iedereen te wurgen die hem daar enig excuus voor bood. Jennsen kon zich zijn woede wel voorstellen.

Het lichtweb was dicht bij het midden van het kampement afgegaan. Zelfs toen zij aankwamen, was de chaos nog compleet. Veel eenheden hadden zich verspreid om zich voor te bereiden op de mogelijkheid van een grootschalige aanval. Anderen waren vermoedelijk gewoon de heuvels in gevlucht. In het gebied waar het lichtweb was afgegaan, was alleen nog maar een groot gat in de zwart geblakerde grond zichtbaar. In de verwarring die op de klap was gevolgd, had nog niemand kunnen vaststellen hoeveel mannen er waren omgekomen. Met zoveel doden en mannen die verspreid waren geraakt, was het vrijwel onmogelijk om een betrouwbare telling te maken van het aantal omgekomen eenheden, laat staan van individuen, maar het was duidelijk dat de verwoesting duizelingwekkend was.

Jennsen had horen fluisteren dat er meer dan een half miljoen mannen in een oogwenk tot stof waren vergaan, en misschien zelfs wel tweemaal zoveel. Uiteindelijk zou het aantal gesneuvelden nog veel hoger kunnen uitvallen, want er waren talloze ernstig gewonde soldaten: mannen die verbrand of verblind waren, mannen met ernstige snijwonden of ledematen die waren afgerukt door rondvliegend puin, mannen die gedeeltelijk verpletterd waren onder zware wagens en installaties die op hen waren gevallen, mannen die doof waren geworden en mannen die helemaal versuft waren van de klap en alleen nog maar voor zich uit konden staren. Er waren niet genoeg legerartsen of Zusters van het Licht om zelfs maar een fractie van de gewonden te behandelen. Met elk uur dat verstreek, stierven er duizenden die het lichtweb in eerste instantie hadden overleefd.

Hoe duizelingwekkend de klap ook was die de Imperiale Orde was toegebracht, ze was niet fataal voor haar kolossale leger. Het kampement was immens en daardoor hadden velen het overleefd. Volgens de keizer was het alleen een kwestie van tijd voordat ze de doden hadden vervangen door nieuwe soldaten, en dan zou hij zijn mannen op de mensen van de Nieuwe Wereld afsturen om wraak te nemen.

Jennsen begon te begrijpen waarom Sebastiaan er altijd zo op had gehamerd dat alle magie uiteindelijk moest worden geëlimineerd. Ze kon niets goeds verzinnen dat kon opwegen tegen deze ellende. Ze hoopte dat de magie in elk geval zijn leven kon redden.

Ondanks de overtuiging van keizer Jagang dat hun leger zich snel zou herstellen, hadden ze een zware tijd voor de boeg. Veel van de voedselvoorraad was vernietigd, en grote hoeveelheden uitrusting en wapens. Alle tenten in het hele kampement waren op z'n minst weggeblazen. Het was een koude nacht en veel mannen zouden onder de blote hemel moeten slapen. Ook de tent van de keizer was tegen de grond gegaan, maar gelukkig waren de mannen in staat geweest die weer op te zetten voor de gewonde keizer en Sebastiaan.

Jennsen ijsbeerde, ongerust, maar ook witheet van woede. Ze betwijfelde of er ooit een groter onmens dan Richard Rahl had bestaan. In elk geval had geen enkele man ooit zoveel lijden in de wereld veroorzaakt. Ze vond het onvoorstelbaar dat iemand zo naar macht kon hongeren dat hij er zoveel mensen voor zou doden. Ze snapte niet hoe Richard Rahl een deel van de Schepping kon zijn; hij moest wel een volgeling van de Wachter zijn.

Er liepen tranen van ongerustheid over Jennsens wangen. Ze bad vurig tot de goede geesten dat Sebastiaan niet zou sterven, dat de Zusters hem konden genezen.

Gek van zorgen bleef ze staan en leunde op een tafel die ze bij haar vorige bezoek aan de tent niet had gezien. Toen de tent was ingestort, was ze haastig weer opgezet, en deze tafel, die waarschijnlijk in de privévertrekken van de keizer hoorde, was blijkbaar niet op de juiste plek teruggezet. Er stond een klein boekenkastje op.

Op zoek naar iets dat haar wat afleiding zou kunnen bezorgen van haar knagende onzekerheid terwijl ze wachtte op nieuws over Sebastiaan, liet Jennsen haar blik over de oude boeken dwalen. Er was er niet een bij waarvan de woorden in de titel haar iets zeiden. Maar om de een of andere reden werd haar aandacht door een ervan getrokken; het zat hem in het ritme van de vreemde woorden. Ze trok het boek tussen de andere vandaan en draaide het naar het kaarslicht om te proberen de titel te lezen. Ze liet haar vingertoppen over de vier vergulde woorden op de kaft gaan. Ze zeiden haar niets, maar toch leken ze bijna bekend.

Jennsens adem stokte van schrik toen de Zuster die bij de ingang had gestaan het boek uit haar handen pakte. 'Deze zijn van keizer Jagang. Behalve dat ze heel oud en kwetsbaar zijn, zijn ze ook erg kostbaar. Zijne Excellentie heeft niet graag dat iemand zijn boeken aanraakt.'

Jennsen keek toe hoe de vrouw het boek controleerde op eventuele schade. 'Het spijt me. Ik had geen kwaad in de zin.'

'Je bent een heel speciale gast en we hebben instructies gekregen je ieder denkbaar voorrecht te verlenen, maar dit zijn de meest gekoesterde boeken van de keizer. Hij is een zeer geleerd man. Hij verzamelt boeken. Ik vind dat je als gast zijn wens hoort te respecteren dat niemand behalve hij ze aanraakt.'

'Natuurlijk. Ik wist het niet. Het spijt me.' Jennsen beet op haar onderlip terwijl ze omkeek naar het dichtgetrokken gordijn voor de deuropening naar de achterkamer, waar Sebastiaan werd verzorgd. Ze wilde dat ze iets hoorde. Ze wendde zich weer tot de Zuster. 'Ik was alleen verbaasd, omdat ik nooit eerder zulke woorden heb gezien.'

'Ze zijn in de moedertaal van de keizer.'

'O ja?' Jennsen gebaarde naar het boek dat de Zuster weer op zijn plaats zette. 'Weet u wat het betekent?'

'Ik ken de taal niet erg goed, maar... Even kijken of ik er iets van kan maken.' In het flauwe licht kneep de Zuster haar ogen tot spleetjes en tuurde een tijdje naar het boek, terwijl haar lippen geluidloos bewogen en ze naar de vertaling zocht, voordat ze het boek ten slotte weer op zijn plaats liet glijden.

'Er staat: *De Zuilen der Schepping*.'

'*De Zuilen der Schepping*... Wat kunt u me over dat boek vertellen?'

De vrouw haalde haar schouders op. 'Er is een plek in de Oude Wereld die zo wordt genoemd. Ik vermoed dat het boek daarover gaat.'

Voordat Jennsen nog iets kon vragen, kwam Zuster Perdita plotseling van achter uit de tent te voorschijn; de kaarsen wierpen harde schaduwen over haar sombere gezicht.

Jennsen rende naar haar toe. 'Hoe gaat het met ze?' vroeg ze, doordringend fluisterend. 'Ze worden toch allebei wel weer beter?'

Zuster Perdita's blik ging naar de Zuster die zojuist het boek had teruggezet. 'Zuster, de anderen hebben je nodig. Ga hen alsjeblieft helpen.'

'Maar Zijne Excellentie heeft me gezegd de wacht te houden...'

'Zijne Excellentie is degene die de hulp nodig heeft. De genezing verloopt niet voorspoedig. Ga de Zusters helpen.'

De vrouw knikte en haastte zich naar het achterdeel van de tent.

'Waardoor verloopt de genezing niet voorspoedig?' vroeg Jennsen nadat de Zuster achter het zware gordijn was verdwenen.

'Een genezing die begonnen is en dan onderbroken, zoals bij keizer Jagang is gebeurd, stelt ons voor speciale problemen, en vooral nu de Zuster die eraan is begonnen dood is. Iedereen heeft unieke talenten, die hij of zij gebruikt, dus als je later moet proberen te ontrafelen hoe de genezing precies is begonnen en daarop voort moet borduren, is het een veel moeilijker en kwetsbaarder proces.' Ze schonk Jennsen een klein glimlachje. 'Maar we hebben er vertrouwen in dat alles goed zal komen met Zijne Excellentie. Het is alleen een kwestie van geconcentreerd werken voor de Zusters van het Licht. Ik denk dat ze er wel het grootste deel van de nacht mee bezig zullen zijn. Tegen de ochtend zal alles ongetwijfeld onder controle zijn en zal de keizer net zo sterk zijn als voorheen.'

Jennsen slikte. 'En hoe is het met Sebastiaan?'

Zuster Perdita nam haar met een koele, raadselachtige blik op. 'Ik zou zeggen dat dat van jou afhangt.'

'Van mij? Hoe bedoelt u? Wat heb ik met zijn genezing te maken?'

'Alles.'

'Maar wat wilt u dan van mij? U hoeft het maar te vragen. Ik zal alles doen wat ik kan. Alstublieft, u moet Sebastiaan redden.'

De Zuster tuitte haar lippen en sloeg haar handen ineen. 'Zijn herstel hangt af van jouw bereidheid je te verplichten Richard Rahl te elimineren.'

Jennsen was verbluft. 'Maar natuurlijk wil ik Richard Rahl elimineren...'

'Je te verplichten, zei ik. Ik heb meer nodig dan mooie woorden.'

Jennsen keek haar even strak aan. 'Ik begrijp het niet. Ik heb een lange en moeizame reis gemaakt om hier te komen, zodat ik de hulp van de Zusters van het Licht zou kunnen krijgen om dicht genoeg bij Meester Rahl te komen om mijn mes in zijn hart te kunnen steken.'

Zuster Perdita lachte dat vreselijke glimlachje van haar. 'Nou, als dat waar is, heeft Sebastiaan niets om zich zorgen over te maken.'

'Alstublieft, Zuster, vertel me wat u van me wilt.'

'Ik wil dat je Richard Rahl doodt.'

'Dan hebben we hetzelfde doel. Ik durf zelfs te stellen dat mijn gevoelens daarover nog sterker zijn dan die van u.'

De Zuster trok één wenkbrauw op. 'Is het heus? Keizer Jagang zei dat de Zuster die hem in het paleis probeerde te genezen, is gedood door tovenaarsvuur.'

'Dat klopt.'

'En heb jij de man gezien die dat heeft gedaan?'

Jennsen vond het vreemd dat Zuster Perdita niet vroeg hoe het mogelijk was dat zij niet was gedood door het tovenaarsvuur. 'Het was een oude man. Mager, met golvend wit haar dat alle kanten op stond.'

'Eerste Tovenaar Zeddicus Zu'l Zorander,' siste de Zuster venijnig.

'Ja,' zei Jennsen, 'ik heb gehoord dat iemand hem tovenaar Zorander noemde. Ik ken hem niet.'

Zuster Perdita trok een lelijk gezicht. 'Tovenaar Zorander is Richard Rahls grootvader.'

Jennsens mond viel open. 'Dat wist ik niet.'

'Dus er was een tovenaar die grote schade aanrichtte en keizer Jagang bijna heeft gedood, en jij – die beweert zo goed te weten wat je wilt – hebt hem niet uitgeschakeld.'

Jennsen hield gefrustreerd haar handen op. 'Maar, maar, ik heb het geprobeerd, heus waar. Hij is me ontsnapt. Er gebeurde zoveel tegelijk...'

'En denk je dat het eenvoudiger is om Richard Rahl te doden? Woorden zijn makkelijk. Toen het erop aankwam, kon je zelfs die seniele ouwe grootvader van hem niet tegenhouden!'

Jennsen weigerde zichzelf toe te staan in huilen uit te barsten. Dat kostte moeite. Ze voelde zich dom en schaamde zich. 'Maar ik...'

'Je bent hier gekomen om hulp te krijgen van de Zusters. Je zei dat je Richard Rahl wilde doden.'

'Dat is ook zo, maar wat heeft dat te maken met Sebastiaan?'

Zuster Perdita stak een vinger op om haar tot zwijgen te brengen. 'Sebastiaan is in levensgevaar. Hij is geraakt door een gevaarlijke vorm van magie, afkomstig van een zeer machtige tovenares. Die scherven magie zitten nog in zijn lichaam. Als ze daar blijven zitten, zullen ze hem zijn leven kosten.'

'Haast u zich dan alstublieft...'

Een woedende blik legde Jennsen het zwijgen op. 'Die magie is ook gevaarlijk voor ons, voor degenen die proberen hem te genezen. Als wij, Zusters, proberen die scherven magie uit hem te verwijderen, brengt dat ons leven ook in gevaar, net zo goed als het zijne. Als we het leven van de Zusters op het spel moeten zetten, wil ik in ruil daarvoor jouw volle bereidheid om Richard Rahl te doden.'

'Hoe kunt u een voorwaarde stellen om het leven van een mens te redden?'

De Zuster rechtte met een minachtende blik haar rug. 'We zullen vele anderen moeten laten sterven om met het benodigde aantal mensen voldoende tijd te besteden aan het genezen van deze ene man. Hoe durf je dat van ons te vragen? Hoe durf je ons te vragen om anderen te laten sterven zodat jouw minnaar in leven kan blijven?'

Op zo'n afschuwelijke vraag had Jennsen geen antwoord.

'Als we dit doen, moet het meer waard zijn dan de levens die verloren zullen gaan zonder onze hulp. Het moet iets opleveren om deze ene man te helpen. Zou jij dat zelf niet verwachten? Zou je dat zelf ook niet willen? In ruil voor het redden van deze man, die zo belangrijk voor jou is...'

'Hij is ook belangrijk voor jullie! Voor de Imperiale Orde! Voor jullie zaak! Voor jullie keizer!'

Zuster Perdita wachtte tot Jennsen uitgepraat was. Toen Jennsen bedaarde en uiteindelijk haar kwade blik neersloeg, ging de Zuster verder.

'Geen enkel individu is belangrijk, afgezien van wat hij kan bijdragen voor anderen. Alleen jij kunt een bijdrage voor hem leveren. In ruil voor het redden van deze man, die jou zo dierbaar is, heb ik je onvoorwaardelijke bereidheid nodig om Richard Rahl voor eens en voor altijd uit te schakelen. Je moet de verplichting aangaan hem te doden.'

'Zuster Perdita, u hebt geen idee hoe graag ik Richard Rahl wil doden.' Jennsen balde haar handen tot vuisten langs haar zijden. 'Hij heeft opdracht gegeven tot de moord op mijn moeder. Ze is in mijn armen gestorven. Zijn bewind heeft bijna tot de dood van keizer Jagang geleid. Richard is verantwoordelijk voor de verwonding van Sebastiaan! Voor een onvoorstelbaar lijden! Voor talloze moorden! Ik wil Richard Rahl dood!'

'Laten we dan de stem bevrijden.'

Jennsen stapte geschrokken achteruit. 'Wat?'

'*Grushdeva*.'

Jennsens ogen werden groot toen ze dat woord hardop hoorde uitspreken.

'Waar hebt u dat gehoord?'

Een zelfvoldane grijns verspreidde zich over Zuster Perdita's gezicht. 'Van jou, kind.'

'Ik heb nooit...'

'Aan tafel met Zijne Excellentie. Hij vroeg je waarom je je broer wilde doden, wat je beweegreden was, je doel. Jij zei *Grushdeva*.'

'Zoiets heb ik nooit gezegd.'

De grijns verzuurde tot laatdunkendheid. 'O, jawel, hoor. Ga je nu tegen me staan liegen? Ontkennen dat je dat woord in je hoofd hebt horen fluisteren?' Toen Jennsen zweeg, vervolgde Zuster Perdita: 'Weet je wat het betekent? Dat woord, *Grushdeva*?'

'Nee,' zei Jennsen met een klein stemmetje.

'Wraak.'

'Hoe weet u dat?'

'Ik ken die taal.'

Jennsen stond als verstijfd, met opgetrokken schouders. 'Wat is uw voorstel precies?'

'Nou, ik stel voor om Sebastiaans leven te redden.'

'Maar wat nog meer?'

Zuster Perdita haalde haar schouders op. 'Een paar Zusters zullen je meenemen naar een rustige plek, waar we alleen kunnen zijn, terwijl anderen hier blijven en Sebastiaans leven redden, zoals je wilt. Morgenochtend zal hij hersteld zijn, en dan kunnen hij en jij op weg gaan om Richard Rahl te doden. Je bent hier gekomen om hulp van ons te krijgen. Ik stel voor je die hulp te geven. Met wat we voor je doen, zul je je taak kunnen volbrengen.'

Jennsen slikte. De stem was eigenaardig stil. Geen woord. Het was op de een of andere manier beangstigend dat die precies op dat ogenblik zweeg.

'Sebastiaan is stervende. Hij heeft nog maar enkele ogenblikken voordat het te laat voor ons zal zijn om hem te redden. Ja of nee, Jennsen Rahl?'

'Maar wat gebeurt er als...'

'Ja of nee? Je tijd is op. Als je Richard Rahl wilt doden, als je Sebastiaan wilt redden, dan hoef je maar één woord te zeggen. Zeg het, of je zult er voor altijd spijt van hebben.'

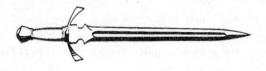

52

Nadat ze hun paarden hadden vastgezet, aaide Jennsen Rusty over haar voorhoofd. Met trillende vingers streek ze met haar andere hand onder de kaak van het paard, terwijl ze haar wang tegen de neus van het dier drukte.

'Braaf zijn totdat ik terugkom,' fluisterde ze.

Rusty hinnikte zacht als reactie op de teder uitgesproken woorden. Jennsen mocht graag denken dat het paard haar verstond. Door de manier waarop Betty, haar geit, haar altijd met haar kop schuin had aangekeken en haar kleine, rechtopstaande staartje stil had gehouden als Jennsen haar haar diepste angsten had toevertrouwd, was ze ervan overtuigd geweest dat haar harige vriendin elk woord van haar had begrepen.

Jennsen tuurde omhoog, naar de klauwvormige takken die heen en weer bewogen in het flauwe licht van de volle maan, die werd verduisterd door een melkachtige sluier van wolken die langs de hemel dreef, alsof ze zich verzamelden om de zwijgende getuigen te zijn van wat er ging gebeuren.

'Kom je?'

'Ja, Zuster Perdita.'

'Schiet op, dan. De anderen wachten op ons.'

Jennsen liep achter de vrouw aan een aardwal op. De mossige grond was bezaaid met leerachtige, verdroogde eikenbladeren en een laag dunne twijgjes. Wortels die hier en daar omhoogstaken uit het losse leem boden genoeg houvast voor haar voeten om de steile helling te beklimmen. Bovenaan werd de grond vlak. Door haar donkergrijze jurk leek de Zuster bijna te verdwijnen toen ze het dichte kreupelhout in stapte. Het viel Jennsen op dat de Zuster verontrustend lichtvoetig was voor een vrouw met zulke zware botten.

De stem bleef zwijgen. In tijden van spanning, zoals nu, fluisterde de stem altijd tegen haar. Nu zweeg ze. Jennsen had altijd gehoopt dat de stem haar met rust liet. Nu was ze gaan begrijpen hoe beangstigend dat zwijgen kon zijn.

Doordat er slechts dunne wolkenslierten voor de maan langs trokken, gaf die genoeg licht om hun pad te verlichten. Jennsen zag haar adem in de koude lucht terwijl ze achter de Zuster aan het bos in liep, tussen de lage takken van balsemdennen en sparren door. Ze had zich altijd thuis gevoeld in bossen, maar deze keer gaf het haar niet hetzelfde prettige gevoel.

Ze zou liever alleen zijn dan in het gezelschap van deze strenge vrouw. Vanaf het moment dat Jennsen het ene woord had gezegd dat Sebastiaans leven zou redden, had Zuster Perdita zich een houding van kille superioriteit aangemeten en alle verdraagzaamheid laten varen. Ze had de touwtjes nu stevig in handen en was er zeker van dat Jennsen dat wist.

Maar ze had in elk geval woord gehouden. Meteen nadat Jennsen het hare had gegeven, had Zuster Perdita haar mede-Zusters met spoed aan het werk gezet om Sebastiaans leven te redden. Terwijl ze andere Zusters vooruit had gestuurd om voor te bereiden wat er gedaan moest worden, had Jennsen toestemming gekregen om even bij Sebastiaan te kijken en zich ervan te vergewissen dat al het mogelijke werd gedaan om hem te redden.

Voordat ze bij hem weg was gegaan, had Jennsen zich over hem heen gebogen en zachtjes zijn mooie lippen gekust, haar hand teder door zijn witte stekeltjeshaar laten glijden en met haar lippen zijn gesloten, hemelsblauwe ogen aangeraakt. Ze had een gebed gefluisterd waarin ze haar moeder vroeg om samen met de goede geesten over hem te waken.

Zuster Perdita had haar niet tegengehouden of opgejaagd, maar uiteindelijk had ze Jennsen toch achteruitgetrokken en gefluisterd dat de Zusters, die om hem heen zaten, verder moesten gaan met hun werk.

Op weg naar buiten had Jennsen haar hoofd even om de hoek mogen steken van het privévertrek van de keizer, en ze had vier Zusters diep over zijn gewonde been gebogen zien zitten. De keizer was buiten bewustzijn. De vier Zusters die koortsachtig met de keizer in de weer waren, leken zelf pijn te lijden; soms drukten ze hun handen met vertrokken gezicht tegen hun hoofd. Totdat ze die vier Zusters zag en Zuster Perdita het had uitgelegd, had Jennsen niet geweten hoe onaangenaam en moeilijk genezen kon zijn. Maar de Zusters dachten dat de keizer, in tegenstelling tot Sebastiaan, niet in levensgevaar verkeerde.

Jennsen trok een dennentak uit de weg en volgde de Zuster dieper het onheilspellende bos in.

'Waarom gaan we zo ver bij het kampement vandaan?' fluisterde Jennsen. De rit te paard had naar haar gevoel uren geduurd.

Zuster Perdita's paardenstaart viel over haar schouder naar voren toen ze omkeek met een gezicht alsof dat een bijzonder onnozele vraag was. 'Zodat we alleen kunnen zijn om te doen wat er gedaan moet worden.'

Jennsen wilde vragen wat er gedaan moest worden, maar ze wist dat de Zuster haar dat niet zou vertellen. De vrouw had zich met zeer vage antwoorden van alle vragen afgemaakt. Ze had gezegd dat Jennsen haar woord had gegeven en dat het nu haar plicht was om zich aan haar deel van de afspraak te houden en te doen wat haar gezegd werd totdat alles was afgerond.

Jennsen probeerde niet te denken aan wat er zou komen. In plaats daarvan stelde ze zich voor hoe het zou zijn om de volgende ochtend te vertrekken met een gezonde Sebastiaan, om weer onderweg te zijn, onder de blote hemel, weg van al die mensen. Weg van de grimmig ogende soldaten van de Imperiale Orde.

Ze wist wel dat de soldaten werk van onschatbare waarde verrichtten door tegen Meester Rahl te vechten, maar ze kon er niets aan doen dat ze kippenvel kreeg van die mannen. In hun aanwezigheid was ze zo nerveus als een reekalf dat wordt bekeken door een troep kwijlende wolven. Sebastiaan begreep haar gewoon niet als ze probeerde het onder woorden te brengen. Hij was een man; ze veronderstelde dat hij niet kon begrijpen hoe het was om verlekkerd te worden bekeken. Hoe kon ze hem uitleggen dat het zeer intimiderend was om te worden bekeken door dat soort mannen, mannen met zo'n wellustige grijns en zo'n woest gezicht?

Als ze deed wat Zuster Perdita zei, dan zouden Sebastiaan en zij de volgende ochtend kunnen vertrekken. Welke hulp de Zusters ook van plan waren haar te bieden, ze zou dan in elk geval beter toegerust zijn om Richard Rahl te doden. Dat was het enige waar Jennsen zich nu nog om bekommerde. Als ze Meester Rahl eindelijk kon doden, zou ze vrij zijn. Dan zou ze zeggenschap hebben over haar eigen leven. En als het nooit zover zou komen, zou in elk geval de rest van de wereld zijn bevrijd van de grootste moordenaar die je je kon voorstellen.

Ze hadden de paarden achtergelaten tussen bomen met kale takken, voornamelijk eiken. Aangezien de bomen nog moesten uitlopen, was het bos in eerste instantie open geweest, maar nu liepen ze een steeds dichter woud van balsemdennen, sparren en pijnbomen in, veel ervan met dikke takken tot laag boven de grond. Hoewel de hoog oprijzende pijnbomen geen lage takken hadden, hielden hun brede kruinen het zwakke maanlicht tegen. Jennsen liep achter de Zuster aan en zag haar steeds dieper het stille, donkere bos in schrijden.

Jennsen had een groot deel van haar leven in wouden doorgebracht. Ze kon het spoor van een eekhoorntje volgen. Zuster Perdita bewoog zich voort met de zekerheid van iemand die over een weg liep, maar toch kon Jennsen geen enkel spoor of pad ontdekken. De grond was bedekt met het typische afval van het woud en niets ervan was verschoven doordat er iemand had gelopen. Ze zag twijgjes liggen die door niemand waren aangeraakt, verdroogde bladeren die intact waren, kwetsbare mossen waar nooit iemand een voet op had gezet. Voor zover Jennsen kon zien, baanden de Zuster en zij zich zonder enig doel een weg door een maagdelijk woud, maar aan de welbewuste manier waarop de Zuster bewoog, zag Jennsen dat ze dat wel degelijk had, ook al was zij dan de enige die het kende.

En toen ving Jennsen een zwak geluid op, dat kwam aandrijven door het dichte bos. Ze zag een roze gloed tegen de onderkant van de takken vóór zich. In de koude lucht hing een eigenaardige geur van verrotting, maar met een zweem van iets weerzinwekkend zoets.

Terwijl ze achter Zuster Perdita tussen de dicht opeenstaande groenblijvende bomen door liep, begon ze individuele stemmen te horen, die verenigd waren in een laag, ritmisch gezang met veel keelklanken. Ze verstond de woorden niet, maar ze resoneerden diep in haar borst, en de ongebruikelijke cadans kwam haar heel in de verte verontrustend bekend voor. Zelfs zonder dat ze de afzonderlijke woorden kon horen, leek het opdreunen ervan wel de oorzaak te zijn van de stank die in de lucht hing. De woorden, die vreemd waren, maar toch tergend bekend, deden haar maag verkrampen van misselijkheid.

Zuster Perdita bleef staan om achterom te kijken en zich ervan te vergewissen dat Jennsen haar nog volgde. Jennsen zag het zwakke maanlicht weerkaatsen in het ringetje door de onderlip van de Zuster. Alle Zusters droegen er een. Jennsen vond het een weerzinwekkend gebruik, ook al was het om loyaliteit te tonen.

Toen Zuster Perdita een lage dennentak voor haar opzij hield, stapte Jennsen door de opening. Haar hart bonsde, want ze hoorde de zingende stemmen vlak voor zich. Ze zag een open plek in het bos, van waaraf je de hemel en de maan boven je kon zien.

Jennsen keek even naar het strenge gezicht van de Zuster en liep toen verder, naar de rand van de open plek. Voor haar was een grote kring van kaarsen. De kaarsen waren zo dicht bij elkaar gezet, dat ze een ring van vuur leken te vormen om demonen op een afstand te houden. Net binnen de kring van kaarsen was op de kale grond een cirkel getrokken met wat eruitzag als wit zand, dat zacht schitterde in het maanlicht. Net binnen die cirkel waren met hetzelfde vreemde, witte zand helemaal rondom geometrische symbolen getekend, die Jennsen niet herkende.

Er zaten zeven vrouwen in een kring binnen de tekeningen van glinsterend zand. Er was nog één plek leeg, ongetwijfeld bedoeld voor Zuster Perdita. De vrouwen hadden hun ogen gesloten terwijl ze in de vreemde taal zaten te zingen. Het maanlicht weerkaatste in de ringetjes in hun onderlip toen ze de woorden met de raspende keelklanken opdreunden.

'Jij moet in het midden van de kring gaan zitten,' zei Zuster Perdita met zachte stem. 'Laat je kleren hier achter.'

Jennsen keek in haar ogen, die hard stonden. 'Wat?'

'Trek je kleren uit en ga in het midden zitten, met je gezicht naar de opening in de kring.'

Het bevel werd met zoveel koel gezag uitgesproken dat Jennsen wist dat ze geen keuze had en moest gehoorzamen. De Zuster nam haar mantel aan en keek toen zwijgend toe. Nadat haar jurk op de grond was gegleden, sloeg Jennsen haar armen voor haar lijf en legde ze haar handen om haar schouders, die bedekt waren met kippenvel. Haar tanden klapperden, maar dat kwam niet alleen van de kou. Toen ze de zwijgende, dreigende blik van de Zuster zag, slikte Jennsen vol weerzin en ze trok haastig de rest van haar kleren uit.

Zuster Perdita prikte haar met een vinger. 'Vooruit.'

'Wat doe ik hier?' Haar eigen stem klonk Jennsen verbazend krachtig in de oren.

Zuster Perdita dacht even over die vraag na voordat ze antwoord gaf. 'Je gaat Richard Rahl doden. Om je te helpen, maken we een gat in de sluier naar de onderwereld.'

Jennsen schudde haar hoofd. 'Nee. Nee, dat doe ik niet.'

'Dat doet iedereen. Als je sterft, ga je naar de andere kant van de sluier. De dood is een deel van het leven. Je hebt hulp nodig om Meester Rahl te kunnen doden. Wij bieden je die hulp.'

'Maar de onderwereld is de wereld van de doden. Ik kan niet...'

'Dat kun je wel, en dat zul je ook. Je hebt je woord al gegeven. Als je dit niet doet, hoeveel mensen zal Meester Rahl dan nog vermoorden? Je zult dit doen, of het bloed van al die slachtoffers zal aan je handen kleven. Door te weigeren, zul je de dood van talloze mensen op je geweten hebben. Jij, Jennsen Rahl, zult je broer helpen. Jij, Jennsen Rahl, zult de deuren van de dood opengooien en het mogelijk maken dat al die mensen sterven. Jij, Jennsen Rahl, zult het werk van de Wachter doen. We vragen je de moed te hebben die keuze af te wijzen en in plaats daarvan voor de dood van Richard Rahl te zorgen.'

Jennsen huiverde en de tranen liepen langs haar gezicht terwijl ze nadacht over de afschuwelijke opdracht van Zuster Perdita, haar afschuwelijke keuze. Jennsen bad tot haar moeder en vroeg haar wat ze moest doen, maar er kwam geen teken waar ze iets aan had. Zelfs de stem zweeg.

Jennsen stapte over de kaarsen heen.

Ze moest dit doen. Ze moest een einde maken aan de heerschappij van Richard Rahl.

Gelukkig zag het er in het midden van de zorgvuldige opstelling donker uit. Jennsen vond het vreselijk om zich naakt aan vreemden te laten zien, ook al waren het vrouwen, maar dat was in dit ogenblik de minste van haar angsten.

Toen ze over het glinsterende witte zand heen stapte, werd het beangstigend koud, alsof ze in de greep van de winter stapte. Ze huiverde en rilde, en sloeg haar armen om zich heen terwijl ze naar het midden van de kring vrouwen liep.

In het midden was met hetzelfde witte zand een Gratie getekend, die schitterde in het maanlicht. Ze bleef ernaar staan staren, een symbool dat ze zelf vaak had getekend, maar haar hand werd niet geleid door de gave.

'Ga zitten,' zei Zuster Perdita.

Jennsens adem stokte. De vrouw stond vlak achter haar. Toen ze met haar handen op Jennsens schouders duwde, liet Jennsen zich zakken en ging ze in kleermakerszit in het midden van de achtpuntige ster in de Gratie zitten. Toen zag ze dat er in het verlengde van elke straal die vanaf een punt van de ster naar buiten liep een Zuster zat, behalve recht voor haar. Die plek was leeg.

Jennsen zat naakt en huiverend in het midden van de kring terwijl de Zusters van het Licht weer zacht begonnen te zingen.

Het bos was donker en somber, en de bomen waren kaal. De takken tikten tegen elkaar in de wind als de botten van de doden, van wie Jennsen vreesde dat de Zusters hen opriepen.

Plotseling hield het gezang op. In plaats van op de enige lege plek in de kring van Zusters te gaan zitten, zoals Jennsen had verwacht, bleef Zuster Perdita achter haar staan en sprak ze korte, scherpe woorden in de vreemde taal.

Op bepaalde momenten in de lange, monotone voordracht beklemtoonde Zuster Perdita een woord – *Grushdeva* – en stak ze haar hand uit boven Jennsens hoofd om wat stof uit te strooien. Het stof vatte met een bulderend gesuis vlam, waar Jennsen elke keer weer van schrok, en zette de Zusters even in het harde licht van de rollende vlam.

Als het vuur oprees, zeiden de zeven Zusters in koor: '*Tu vash misht. Tu vask misht. Grushdeva du kalt misht.*'

Niet alleen waren dat woorden die ze kende, maar Jennsen besefte dat de stem in haar hoofd de woorden samen met de Zusters zei. Het was tegelijkertijd beangstigend en geruststellend om de stem weer te horen. Toen de stem onverwacht stil was gevallen, was haar onrust ondraaglijk geweest.

'*Tu vash misht. Tu vask misht. Grushdeva du kalt misht.*'

Jennsen kalmeerde door de opgedreunde woorden en werd er na verloop van tijd door tot rust gebracht. Ze dacht aan de dingen die haar hier hadden gebracht, de verschrikking die haar leven was geweest sinds ze op haar zesde met haar moeder het Volkspaleis was ontvlucht, alle keren dat Meester Rahl dichtbij was gekomen en ze hadden moeten rennen voor hun leven, tot die afschuwelijke regenachtige avond toen de mannen van Meester Rahl hun huisje waren binnengedrongen. Jennsen voelde tranen over haar wangen stromen toen ze dacht aan haar moeder en hoe ze daar op de vloer was gestorven. Toen ze dacht aan Sebastiaan, die zo moedig had gevochten. Toen ze dacht aan de laatste woorden van haar moeder, en hoe ze haar moeder daar op de bloederige vloer had moeten achterlaten om te vluchten. Jennsen schreeuwde het uit van verdriet en angst.

'*Tu vash misht. Tu vask misht. Grushdeva du kalt misht.*'

Jennsen snikte hartverscheurend. Ze miste haar moeder. Ze zat in angst om Sebastiaan. Ze voelde zich zo verschrikkelijk alleen. Ze had zoveel mensen zien sterven. Ze wilde dat er een einde aan kwam. Ze wilde dat het ophield.

'*Tu vash misht. Tu vask misht. Grushdeva du kalt misht.*'

Toen ze opkeek, zag ze door haar tranen heen iets donkers zitten op de plek tegenover haar, die kort daarvoor nog leeg was geweest. De ogen ervan gloeiden als het kaarslicht. Jennsen staarde in die ogen alsof ze in de stem zelf staarde.

'*Tu vash misht, Jennsen. Tu vask misht, Jennsen,*' zeiden de stem tegenover haar en die in haar hoofd op lage, grommende toon. 'Stel jezelf voor me open, Jennsen. Stel jezelf voor me open, Jennsen.'

Jennsen kon zich niet verroeren onder de gloeiende blik van die ogen. Het was de stem, alleen niet in haar hoofd. De stem zat tegenover haar.

Zuster Perdita, die achter haar stond, wierp haar stof weer in de lucht, en toen het deze keer ontbrandde, verlichtte het degene die daar zat, met de gloeiende ogen.

Het was haar moeder.

'Jennsen,' zei haar moeder op liefkozende toon. '*Surangie.*'

'Wat?' jammerde Jennsen geschrokken.

'Geef je over.'

Haar tranen kwamen nu in een onbeheersbare stroom. 'Mama! O, mama!'

Jennsen wilde opstaan, wilde naar haar moeder lopen, maar Zuster Perdita duwde haar bij haar schouders naar beneden, zodat ze bleef zitten.

Toen de rollende vlammen omhoogrezen en vervlogen, toen het licht doofde, verdween haar moeder in de duisternis, en voor haar zat het wezen weer met de ogen als kaarsvlammen.

'*Grushdeva du kalt misht*,' grauwde de stem.

'Wat?' bracht Jennsen huilend uit.

'Wraak loopt via mij,' vertaalde de stem grommend. '*Surangie*, Jennsen. Geef je over, en wraak zal je loon zijn.'

'Ja!' jammerde Jennsen, ontroostbaar van verdriet. 'Ja! Ik geef me over aan de wraak!'

Het wezen grijnsde, en het was alsof er een deur naar de onderwereld openging.

Het stond op, een flakkerende schaduw die zich naar voren boog, naar haar toe. Het maanlicht glinsterde op zijn gespannen spieren toen het zich uitstrekte en naar haar toe kwam, bijna als een kat, glimlachend zodat zijn afschrikwekkende snijtanden zichtbaar waren.

Jennsen had geen idee wat ze moest doen, behalve dat ze er niet meer tegen kon en wilde dat het afgelopen was. Ze kon het allemaal niet meer verdragen. Ze wilde Richard Rahl doden. Ze wilde wraak. Ze wilde haar moeder terug.

Het wezen was vlak voor haar, een flakkerende kracht en vorm die er was, maar tegelijk ook niet, gedeeltelijk in deze wereld en gedeeltelijk in een andere.

Toen zag Jennsen achter het wezen, achter de kring van Zusters en de cirkels van wit zand en van kaarsen, enorme vormen in de duisternis, wezens op vier poten. Het waren er honderden, en hun ogen gloeiden allemaal geel op in het donker. Hun adem vormde wolkjes als ze grauwden. Ze zagen eruit alsof ze misschien wel uit een andere wereld gekomen waren, maar nu zonder enige twijfel volledig in deze aanwezig waren.

'Jennsen,' fluisterde de stem dicht boven haar, 'Jennsen,' vleide die, 'Jennsen.' Het wezen schonk haar een glimlach zo donker als de ogen van keizer Jagang, zo donker als een nacht zonder maan.

'Wat...' fluisterde ze door haar tranen heen, 'wat zijn dat voor beesten, daar?'

'De honden der wrake, natuurlijk,' fluisterde de stem haar vertrouwelijk toe. 'Omhels me, dan zal ik ze loslaten.'

Haar ogen werden groot. 'Wat?'

'Geef je aan me over, Jennsen. Omhels me, en ik zal de honden in jouw naam loslaten.'

Jennsen kon niet met haar ogen knipperen en liet zich achteruitzakken, weg van het wezen. Ze kon nauwelijks ademhalen. Er klonk een laag geluid op uit de keel van het wezen, een soort snorrend gereutel, terwijl het zich over haar heen strekte en in haar ogen keek.

Ze probeerde zich dat ene woordje te herinneren, dat belangrijke woordje. Ze wist dat ze het kende, maar terwijl ze omhoogstaarde in die gloeiende ogen, kon ze er niet opkomen. Haar hersens leken verstard. Ze wilde dat woord vinden, maar het lukte niet. '*Grushdeva du kalt misht*,' lispelde de stem hees, resonerend en grommend. 'Wraak loopt via mij.'

'Wraak,' fluisterde Jennsen als verdoofd.

'Stel jezelf voor me open, stel jezelf voor me open. Geef je over. Wreek je moeder.'

Het wezen streek met een lange vinger over haar gezicht, en ze voelde waar Richard Rahl was, alsof ze de band kon voelen waardoor anderen wisten waar hij was. In het zuiden. Ver weg, in het zuiden. Nu kon ze hem vinden.

'Omhels me,' fluisterde de stem op een paar centimeter afstand van haar gezicht.

Jennsen lag plat op haar rug. Toen ze dat besefte, was ze verrast en geschrokken. Ze herinnerde zich niet dat ze was gaan liggen. Het was alsof ze naar iemand anders keek, die die dingen deed. Ze besefte dat het wezen dat de stem was tussen haar gespreide benen knielde.

'Geef je wil over, Jennsen. Geef je lichaam over,' lispelde de stem, 'dan zal ik de honden voor je loslaten. Ik zal je helpen Richard Rahl te doden.'

Het woord was verdwenen. Verloren. Net als zij... verloren.

'Ik... ik,' stamelde ze, en de tranen stroomden uit haar opengesperde ogen.

'Omhels me, en je zult wraak kunnen nemen. Je zult Richard Rahl kunnen doden. Omhels me. Geef je lichaam over, en daarmee je wil.'

Ze was Jennsen Rahl. Het was haar leven.

'Nee.'

De Zusters in de kring jammerden alsof ze een plotselinge pijnscheut kregen. Ze drukten hun handen tegen hun oren en kermden van pijn, jankend als honden.

De gloeiende kaarsvlam-ogen tuurden naar haar. De glimlach kwam terug, en deze keer siste er damp tussen de vochtige snijtanden door naar buiten.

'Geef je over, Jennsen,' gromde de stem met zoveel gezag dat Jennsen vreesde dat ze erdoor vermorzeld zou worden. 'Geef je lichaam over. Geef je wil over. En dan zul je je wraak krijgen. Je zult Richard Rahl krijgen.'

'Nee,' zei ze, en ze krabbelde achteruit toen het wezen zich dichter naar haar gezicht uitstrekte. Ze duwde haar vingers in de aarde. 'Nee! Ik zal mijn lichaam en mijn wil overgeven, als dat de prijs is, als dat is wat ik moet doen om de wereld te bevrijden van Richard Rahl, die vuile moordenaar, maar dat zal ik pas doen nadat u me dat hebt gegeven.'

'Een akkoordje?' siste de stem. De gloed in de ogen werd rood. 'Wil je het met me op een akkoordje gooien?'

'Dat is mijn prijs. Laat uw honden los. Help me Richard Rahl te doden. Als ik wraak heb genomen, zal ik me overgeven.'

Het wezen grijnsde een grijns uit een nachtmerrie.

Er kronkelde een lange, smalle tong naar buiten, en die likte haar als een afschuwelijk intieme belofte van haar naakte kruis helemaal naar boven, tussen haar borsten. Dat bezorgde haar een hevige rilling, tot in het diepst van haar ziel.

'Afgesproken, Jennsen Rahl.'

53

Friedrich liep zigzaggend tussen de dikke kluiten gras langs het meertje door en probeerde er niet aan te denken hoeveel honger hij had. Zijn maag rammelde zo hard, dat dat niet erg lukte. Vis zou lekker zijn, voor de verandering, maar vis moest op een vuur worden bereid, en eerst moest hij er een zien te vangen. Hij liet zijn blik langs de rand van het water dwalen. Kikkerbilletjes zouden hem ook wel smaken. Maar een maaltijd van gedroogd vlees zou sneller zijn. Hij wilde dat hij de laatste keer dat hij een rustpauze had genomen een harde kaak uit zijn ransel had gepakt. Dan had hij nu in elk geval iets te knabbelen gehad. Op sommige plekken stond korter gras, dat het meer als een groene vacht omzoomde. Op andere plekken stonden roerloze groepjes hoge rietpluimen. Naarmate de zon verder achter de lage heuvels aan de andere kant van het meer zonk, begon het schemeriger te worden tussen de imposante bomen aan de andere kant van het pad, die kronkelig waren van ouderdom. De lucht was roerloos en het spiegelende wateroppervlak werd verguld door de gouden gloed aan de westelijke hemel.

Friedrich bleef even staan om zich uit te rekken en tuurde in de schaduwen tussen de bomen. Hij had een korte pauze nodig om zijn vermoeide benen rust te gunnen en hij overwoog of hij wel of niet zijn kamp zou opslaan voor de nacht, of in elk geval een kaak te voorschijn zou halen. Hij zag donkere poelen stilstaand water tussen bomen waarin lange slierten gaasachtig mos hingen. Het reizen door het heuvelachtige landschap was gemakkelijk, zolang het pad maar niet door de laagtes ging. Die lage gebieden waren meestal drassig en moeilijk begaanbaar; bovendien brachten ze akelige herinneringen bij hem boven.

Friedrich sloeg naar een wolkje muggen dat om zijn hoofd zwermde en liet de riemen van zijn ransel van zijn schouders glijden terwijl hij probeerde te beslissen wat hij zou doen: zijn kamp opslaan of verder trekken. Hoewel hij moe was en spierpijn had van een lange dag reizen, was hij sterker geworden in de loop van zijn lange tocht en kon hij nu beter tegen de ontberingen van zijn nieuwe leven, in elk geval veel beter dan in het begin.

Onder het lopen praatte Friedrich vaak in gedachten tegen Althea. Hij beschreef haar alles wat hij zag, het landschap, de begroeiing, de hemel, in de hoop dat ze hem in de volgende wereld kon horen en haar gouden glimlach lachte.

Nu de dag ten einde liep, moest hij besluiten wat hij zou doen. Hij wilde niet meer onderweg zijn als het te donker werd. Het was nieuwe maan, dus hij wist dat het bijna volledig donker zou zijn als het avondrood verdwenen was. Er waren geen wolken, dus het licht van de sterren zou in elk geval voorkomen dat het volkomen, verstikkend zwart werd, het soort duisternis waar hij een hekel aan had, waarbij je niet eens meer kon zien wat boven of onder was; die was het ergste. Dan was hij het eenzaamst.

Maar zelfs als de sterren schenen, was het moeilijk om bij alleen hun licht door onbekend gebied te reizen. In het donker raakte je gemakkelijk van het pad en verdwaalde je snel. Als hij verdwaalde, betekende dat dat hij waarschijnlijk de volgende ochtend dezelfde weg terug zou moeten nemen om een doorgang te vinden door een onbegaanbaar gebied of om het pad terug te vinden, en uiteindelijk had hij dan alleen maar tijd verspild.

Het zou verstandig zijn om zijn kamp op te slaan. Het was warm, dus hij had eigenlijk geen vuur nodig, hoewel hij er om de een of andere reden wel naar verlangde. Maar met een vuur zou hij de aandacht op zich vestigen. Hij had geen idee wie er in de buurt kon zijn en een kampvuur was in de wijde omtrek te zien. Het was beter om geen vuur te maken, hoeveel troost hem dat ook zou bieden, en te kiezen voor de veiligheid. In elk geval zouden de sterren schijnen.

Hij overdacht ook de mogelijkheid dat het pad misschien verderop omhoog zou lopen, het moerassige terrein uit, en dat hij een betere plek zou vinden om de nacht door te brengen als hij verder liep, een plek waar waarschijnlijk minder slangen zouden zijn. Slangen zochten de warmte op en hadden de neiging om naar je toe te glijden als je op de grond lag te slapen. Hij vond het niet aangenaam om bij het ontwaken te merken dat er een slang onder zijn deken tegen hem aan was gekropen. Friedrich hees zijn ransel wat hoger op zijn rug. Het was nog licht genoeg om een tijdje door te lopen.

Voordat hij zich weer in beweging kon zetten, hoorde hij een geluidje. Het was niet hard, maar zo raadselachtig dat hij zich omdraaide en achteromkeek, langs het pad naar het noorden, in de richting waaruit hij was gekomen. Hij kon het geluid niet thuisbrengen; het was geen kikker, eekhoorn of vogel. Nu hij stond te luisteren, was het weer doodstil.

'Ik word te oud voor dit soort dingen,' mompelde hij en hij ging op pad.

De andere reden die hij had om te blijven lopen, de reden die eigenlijk de belangrijkste was, was dat hij er een hekel aan had om te stoppen als hij er bijna was. Het kon natuurlijk best zijn dat hij nog een paar dagen moest lopen – zo precies kon hij het niet zeggen – maar het was ook mogelijk dat hij al veel dichterbij was. Als dat het geval was, zou het dom zijn om te stoppen voor de nacht. Tijd was van wezenlijk belang.

Hij kon in elk geval een stukje verder lopen. Er was nog genoeg tijd om zijn kamp op te slaan, als dat nodig was, voordat het te donker zou zijn. Hij kon natuurlijk verder lopen totdat hij het pad niet goed genoeg meer zag om het te volgen en dan een slaapplaats zoeken in het gras langs het meer, maar Friedrich was er niet echt dol op om in de openlucht vlak naast een pad te slapen, niet nu hij zo diep in de Oude Wereld was en wist dat er nachtelijke patrouilles konden zijn. Hij had de afgelopen dagen steeds meer patrouillerende troepen van de Orde gezien.

Hij had steden en dorpen gemeden en had een zo recht mogelijke koers door de Oude Wereld gevolgd. Die koers had hij een paar maal moeten veranderen, als zijn bestemming was veranderd. Tijdens zijn hele reis had Friedrich zich grote moeite getroost soldaten te ontlopen. Als hij in de buurt van soldaten van de Orde kwam, was er altijd het risico dat hij zou worden aangehouden voor ondervraging. Maar hoewel hij niet zo onschuldig was als een boer op zijn eigen land, wist hij dat een oudere man die alleen reisde geen erg bedreigende indruk maakte op grote, jonge soldaten en waarschijnlijk geen achterdocht zou wekken.

Aan de andere kant wist hij ook, van flarden van gesprekken die hij had opgevangen in de dorpen waar hij wel was geweest, dat de Imperiale Orde er niet voor terugdeinsde mensen te martelen als ze daar zin in hadden. Marteling had het grote voordeel dat je altijd een schuldbekentenis los kon krijgen, die bewees dat de verdenkingen van de ondervrager terecht waren geweest, en als dat gewenst was, kon je aan namen komen van meer samenzweerders met 'verkeerde gedachten', zoals hij dat had horen noemen. Een onbarmhartige ondervrager hoefde nooit zonder werk te zitten, of zonder mensen die gestraft dienden te worden.

Toen hij een knappend geluid hoorde, draaide Friedrich zich om en bleef stokstijf staan luisteren en kijken. De hemel en het meer waren elkaars paarsblauwe spiegelbeeld. Takken staken roerloos omhoog of hingen over het pad heen als klauwen die erop wachtten reizigers weg te grissen als het donker genoeg werd.

In het bos wemelde het waarschijnlijk van de dieren die net wakker werden na een lange dag slapen en op jacht gingen. Uilen, veldmuizen, opossums, wasberen en andere dieren werden actief als het donker werd. Hij keek om zich heen en wachtte af of hij het geluid weer hoorde. Niets bewoog in de stilte van de schemering.

Friedrich draaide zich weer om en liep snel het pad af. Het moest een of ander dier zijn geweest dat over de bosbodem had gescharreld op zoek naar eten. Zijn ademhaling versnelde nu hij zich meer inspande. Hij probeerde door zijn tong te bewegen zijn mond wat vochtiger te maken, maar dat hielp niet echt. Ondanks zijn dorst wilde hij niet blijven staan om water te drinken.

Hij wist dat hij zich dingen in zijn hoofd haalde. Hij was in een vreemd land, aan de rand van een vreemd bos, en het begon donker te worden. Meestal schrok hij niet zo snel van de bosgeluiden die andere mensen angst aanjoegen. Hij had lang samen met Althea in het moeras gewoond en hij wist dat er echt angstaanjagende beesten waren; hij had ook verstand van de verscheidenheid aan dieren die tamelijk onschuldig waren en alleen hun eigen gang wilden gaan. Dit was ongetwijfeld iets onschuldigs geweest. Toch was zijn vermoeidheid verdwenen en wilde hij geen kamp meer opslaan voor de nacht.

Friedrich keek over zijn schouder terwijl hij zich over het flauw verlichte pad haastte. Hij had het griezelige gevoel dat er iets achter hem was. Iets dat naar hem keek. Bij de gedachte dat hij in de gaten werd gehouden, ging zijn nekhaar overeind staan.

Hij keek steeds weer om, maar hij zag niets. Het bleef stil achter hem. Hij wist dat het te stil was, of zijn fantasie was te levendig. Snel ademend en met bonzend hart versnelde Friedrich zijn pas. Als hij opschoot, kwam hij misschien eindelijk aan waar hij wezen moest en hoefde hij de nacht niet alleen in het bos door te brengen.

Hij wierp weer een blik over zijn schouder.

Ogen keken naar hem.

Daar schrok hij zo van, dat hij over zijn eigen voeten struikelde en languit op de grond viel. Hij krabbelde overeind totdat hij op handen en knieën zat, met zijn gezicht naar het pad, en kroop achterwaarts.

De loerende ogen waren er nog steeds. Hij had het zich niet verbeeld. Twee glimmende, gele ogen keken naar hem vanuit de duisternis van het bos.

In de stilte hoorde hij een laag gegrom toen het beest van het donker naar het schemerlicht tussen het bos en het meer sloop. Het was enorm, ongeveer tweemaal zo groot als een wolf, en het had een brede borst en een stierennek. Het kwam omzichtig naderbij, met de kop laag boven de grond, en de glimmende ogen bleven op hem gericht.

Het wezen besloop hem.

Met een kreet krabbelde Friedrich overeind en hij zette het op een lopen, zo snel zijn benen hem konden dragen. Zijn leeftijd deed weinig ter zake nu hij door zo'n grote angst werd gedreven. Met een snelle blik over zijn schouder zag hij dat het beest met grote sprongen over het pad achter hem aan kwam en zijn achterstand moeiteloos inliep.

Bovendien zag Friedrich met die korte blik achterom nog meer paren glimmende, gele ogen te voorschijn komen uit het bos om de achtervolging in te zetten.

Ze kwamen het bos uit voor de nachtelijke jacht.

Friedrich was hun prooi.

Het jankende beest sprong met zo'n kracht tegen zijn rug aan dat het de lucht uit zijn longen dreef. Hij viel plat voorover op de grond, kwam met een grom neer en gleed door de aarde. Toen hij probeerde weg te komen, besprong het sterke beest hem weer. Woest bijtend en happend viel het naar hem uit en het greep zijn ransel, die het openscheurde in een verwoede poging om bij zijn botten en spieren te komen.

Friedrich zag levendig voor zich hoe hij aan stukken zou worden gescheurd.

Hij wist dat hij op het punt stond te sterven.

54

Friedrich schreeuwde van angst terwijl hij als een razende vocht om los te komen. Vlak boven zijn schouder jankte het beest met een woeste razernij terwijl happende tanden aan zijn ransel trokken om die aan stukken te rukken. Zijn ransel, die vol zat met spullen, was nu een laatste verdedigingsmuur tussen Friedrich en de gigantische tanden die naar hem hapten. Het gewicht van het wilde beest hield hem tegen de grond gedrukt en de klauwende poten zorgden ervoor dat hij zich niet onder het beest vandaan kon wurmen, laat staan dat hij kon opstaan en wegrennen.

Gedreven door wanhoop wrong Friedrich zijn hand onder zijn buik in een poging zijn mes te pakken te krijgen. Zijn vingers sloten zich om het heft en trokken het los. Onmiddellijk haalde hij uit en stak het lemmet met kracht in het beest. Het raakte een schouderblad en richtte weinig schade aan. Hij stak opnieuw toe, maar raakte het beest niet. Hij vocht uit alle macht, haalde uit terwijl hij zich omrolde, miste het beest en probeerde weg te komen toen het wegdook voor zijn mes.

Net toen hij op het punt stond naar de kant te springen, al was het alleen maar om even op adem te komen, mengden zich nog een paar honden in de strijd. Friedrich schreeuwde weer, hakte met zijn mes om zich heen en probeerde tegelijkertijd met zijn andere arm zijn gezicht te beschermen. Hij slaagde erin om op handen en knieën overeind te komen, maar toen werd hij door een ander beest besprongen en lag hij weer languit.

Friedrich zag het boek uit de binnenzak vallen die hij in zijn ransel had genaaid. Ze hadden het afgesloten vak met hun tanden opengescheurd. De beesten deden een uitval naar het boek. Degene die het met zijn bek weggriste, gromde en schudde zijn kop als een hond met een haas.

Net toen een van de andere jankende beesten op hem afkwam, de vochtige bek wijd opengesperd, draaide de kop plotseling op een rare manier weg. Er spatte warm bloed in Friedrichs gezicht en hals. Dat was totaal onverwacht en zeer verwarrend.

'Het water in!' riep een man naar hem. 'Spring het water in!'

Friedrich kon alleen maar heen en weer rollen in pogingen uit de buurt te blijven van de bijtende, grauwende beesten. Hij was absoluut niet van plan om het water in te gaan; hij wilde niet door die woeste dieren in het water worden aangevallen. Dat was een geliefd trucje van dieren in het moeras: zorgen dat je in het water terecht kwam, want dan hadden ze je te pakken. Het water in springen was wel het laatste dat Friedrich wilde.

De wereld om hem heen veranderde in een chaos van flitsend staal, dat rakelings langs zijn gezicht, net over zijn hoofd en langs zijn zijde ging; het floot door de lucht, sneed met elke krachtige zwaai beesten in stukken en verdedigde hem net voordat ze hem te pakken hadden. Stinkende, glibberige ingewanden gleden over de grond en klotsten rond zijn benen.

De man boven Friedrich stapte over hem heen, zodat hij met gespreide benen aan weerskanten van hem stond. Zijn zwaard hakte en sneed met een snelle, vloeiende gratie die Friedrich fascinerend vond. De vreemdeling verdedigde zijn positie boven Friedrich en stak de wezens neer zodra ze aanvielen; het leken er wel tientallen te zijn, allemaal grauwend en jankend.

Friedrich zag nog meer woeste beesten rennend uit het bos te voorschijn komen. Met een beangstigende snelheid en een afschrikwekkende vastbeslotenheid sprongen ze naar de man die boven hem stond; ze wierpen zich ongeremd op hem. Friedrich zag nog een zwaardvechter van de zijkant aankomen en zich in het bloedbad mengen. Hij dacht dat hij een derde persoon achter hem zag, maar in het pandemonium van de felle strijd wist hij niet precies hoeveel mensen hem te hulp waren gekomen. Het schelle gegrauw, het galmende gejank en het bulderende gegrom, allemaal zo dichtbij, waren oorverdovend. Toen een van de zware beesten van opzij tegen hem aan botste, stak Friedrich het met zijn mes, om daarna pas te ontdekken dat het al geen kop meer had.

Toen de tweede persoon aan was komen rennen en vlak bij Friedrich met de honden stond te vechten, stapte de man die boven Friedrich stond over hem heen, stak één hand uit, greep hem bij zijn overhemd, hees hem overeind en gooide hem met een grom van inspanning in het meer. Friedrich had geen tijd om zijn evenwicht te zoeken en maar een ogenblik om naar lucht te happen voordat hij het water raakte. Hij ging kopje-onder en kon in de donkere diepte boven niet van onder onderscheiden.

Nadat hij, naar adem happend en rondspetterend op zoek naar de oever, boven water was gekomen, vond Friedrich eindelijk houvast voor zijn voeten op de modderige bodem en bleek hij zijn hoofd net boven het wateroppervlak te kunnen houden. Tot zijn verrassing kwam geen van de beesten hem achterna. Er renden er een paar naar de oever, maar daar bleven ze staan; hoe graag ze hem ook te pakken wilden krijgen, ze weigerden het water in te gaan. Toen ze zagen dat hij buiten hun bereik was, draaiden ze zich om, keerden terug naar het gevecht en werden gedood zodra ze de grote man besprongen.

De beesten kwamen van alle kanten op de drie af en de felle strijd woedde met beangstigende hevigheid voort. Zodra de dieren aanvielen, werd er efficiënt met ze afgerekend: ze werden met krachtige zwiepen van een zwaard onthoofd, doodgestoken of opengereten.

Met een laatste klap zwaaide de donkere gestalte zijn zwaard omhoog en hakte de kop af van een beest dat door de lucht op de tweede persoon afsprong. Toen werd het plotseling stil, afgezien van het geluid van het gehijg van de drie mensen op het pad.

De drie stapten tussen de stapels roerloze kadavers uit en gingen vermoeid op de oever zitten; ze lieten hun hoofd uitgeput hangen terwijl ze op adem kwamen.

'Is alles goed met u?' vroeg de eerste van de drie, degene die Friedrichs leven had gered. In zijn stem klonk nog de razernij van de strijd door. Zijn zwaard, dat nat van het bloed was en dat hij nog in zijn hand had, glinsterde in het licht van de sterren.

Friedrich, die verbijsterd huiverde en plotseling stond te trillen op zijn benen van opluchting, deed een paar passen naar de oever totdat hij tot aan zijn middel in het meer stond, tegenover de man; het water droop van hem af.

'Ja, dankzij u. Waarom gooide u me in het water?'

De man haalde zijn vingers door zijn dikke haar. 'Omdat,' zei hij tussen diepe ademhalingen door, die niet voortkwamen uit uitputting, maar uit toorn, 'harthonden nooit het water in gaan. Het was de veiligste plek voor u.'

Friedrich slikte terwijl zijn blik over de donkere stapels honden dwaalde. 'Ik weet niet hoe ik u moet bedanken. U hebt mijn leven gered.'

'Ach,' zei de man, nog steeds hijgend, 'ik hou nu eenmaal niet van harthonden. Ze hebben me meer dan eens de stuipen op het lijf gejaagd.'

Friedrich durfde niet te vragen waar de man zulke afschrikwekkende wezens eerder gezien kon hebben.

'We waren nog een heel eind achter u op het pad toen we ze achter u aan zagen gaan.' Het was de stem van een vrouw. Friedrich tuurde naar de gestalte in het midden, die hijgend had gesproken. Hij kon net haar lange haar onderscheiden. 'We waren bang dat we niet bij u konden komen voordat de harthonden u te pakken hadden,' vervolgde ze.

'Maar... wat zijn harthonden?'

De drie mensen staarden hem aan.

'Een belangrijker vraag,' zei de eerste man ten slotte op kalme, beheerste, maar gebiedende toon, 'is waarom er hier harthonden zijn. Hebt u enig idee waarom ze achter u aan zaten?'

'Nee, meneer. Ik heb nooit eerder zulke wezens gezien.'

'Het was voor mij ook lang geleden dat ik ze had gezien,' zei de man, en hij klonk bezorgd. Friedrich dacht even dat hij meer ging zeggen over de honden, maar in plaats daarvan vroeg hij: 'Hoe heet u?'

'Friedrich Vergulder, meneer, en ik zal u altijd dankbaar blijven, u alle drie. Ik ben niet zo bang geweest sinds... Nou, ik weet niet meer sinds wanneer.' Hij keek naar de drie gezichten die naar hem toe waren gekeerd, maar het was te donker om hun gelaatstrekken te zien.

De eerste man legde een arm om de vrouw in het midden heen en vroeg haar fluisterend of alles goed met haar was. Ze antwoordde met het soort knikje tegen zijn schouder waarin Friedrich oprechte bezorgdheid en intimiteit herkende. Toen de man zijn hand uitstrekte en met zijn vingers de schouder van de derde gestalte aanraakte, knikte die.

Het was zeer onwaarschijnlijk dat dit soldaten van de Imperiale Orde waren. Maar in een vreemd land waren er altijd andere gevaren. Friedrich nam het risico.

'Mag ik u vragen hoe u heet, meneer?'

'Richard.'

Friedrich deed voorzichtig een pas naderbij, maar de manier waarop de derde persoon naar hem keek, weerhield hem er om de een of andere reden van om het water uit te stappen, dichter naar Richard en de vrouw toe.

Richard spoelde zijn zwaard schoon in het water en ging staan. Nadat hij beide kanten aan zijn broekspijp droog had geveegd, liet hij het zwaard in de schede aan zijn heup glijden. Bij het flauwe licht zag Friedrich dat de flonkerende, met goud en zilver smeedwerk versierde schede aan een bandelier over Richards rechterschouder hing. Friedrich was er vrij zeker van dat hij die bandelier en schede herkende. Friedrich had bijna zijn hele leven houtsnijwerk gemaakt en herkende ook een zekere moeiteloze gratie bij het hanteren van een snijwerktuig, of dat nu een mes of een zwaard was. Er was een grote vaardigheid voor nodig om geslepen staal met meesterschap te hanteren. Als Richard het zwaard in zijn handen had, leek hij in zijn element te zijn. Friedrich herinnerde zich het zwaard nog goed dat de man die dag droeg. Hij vroeg zich af of dit mogelijkerwijze hetzelfde opmerkelijke wapen kon zijn.

Richard duwde met zijn voet tegen een paar van de harthonden, op zoek naar iets. Hij bukte zich en tilde een afgehakte hondenkop op. Toen zag Friedrich dat het beest iets tussen zijn kaken had geklemd. Richard trok eraan, maar het zat vast tussen de scherpe hoektanden. Toen hij het van de tanden af wrikte, werden Friedrichs ogen groot: hij besefte dat het het boek was. De hond had het uit de ransel getrokken.

'Alstublieft.' Friedrich stak zijn hand uit. 'Is het... is het nog intact?'

Richard wierp de zware kop opzij, en die viel met een dreun op de grond en rolde tussen de bomen weg. Hij tuurde bij het zwakke licht van dichtbij naar het boek. Hij liet zijn hand zakken en keek Friedrich aan, die nog steeds tot zijn middel in het water stond.

'Ik denk dat u me beter kunt vertellen wie u bent en wat u hier doet,' zei Richard. De vrouw stond op bij de dreigende toon in Richards stem.

Friedrich schraapte zijn keel en slikte zijn ongerustheid weg. 'Zoals ik al zei, ben ik Friedrich Vergulder.' Hij nam een groot risico. 'Ik ben op zoek naar een man die familie is van een heel oude man die ik ken en die Nathan heet.'

Richard keek hem even strak aan. 'Nathan. Grote man? Lang, en met lang wit haar tot op zijn schouders? Vindt zichzelf heel wat?' Hij klonk niet alleen verrast, maar ook achterdochtig. 'Nathan de onruststoker?'

Friedrich glimlachte om die laatste kwalificatie, en van opluchting. Zijn band had goed gewerkt. Hij boog zo goed en zo kwaad als dat ging, tot aan zijn middel in het water.

'Meester Rahl leidt ons. Meester Rahl leert ons. Meester Rahl beschermt ons. In uw licht gedijen we. In uw genade zijn we beschut. In uw wijsheid zijn we nederig. Wij leven slechts om te dienen. Ons leven behoort u toe.'

Meester Rahl keek toe hoe Friedrich zich uiteindelijk weer oprichtte en stak toen zijn hand naar hem uit. 'Kom het water uit, meester Vergulder,' zei hij op vriendelijke toon.

Het bracht Friedrich enigszins in verwarring om de helpende hand aangeboden te krijgen door Meester Rahl zelf, maar hij wist niet hoe hij iets kon weigeren dat je als een bevel kon opvatten. Hij pakte de hand en trok zichzelf het water uit.

Friedrich liet zich op een knie zakken en boog voorover. 'Meester Rahl, mijn leven behoort u toe.'

'Dank u, meester Vergulder. Ik ben vereerd door uw gebaar en waardeer de oprechtheid ervan, maar uw leven behoort uzelf toe, en niemand anders. Ook mij niet.'

Friedrich staarde verwonderd naar hem op. Hij had nog nooit iemand zoiets opmerkelijks, zoiets onvoorstelbaars horen zeggen, en al helemaal geen Meester Rahl. 'Meneer, wilt u me alstublieft Friedrich noemen?'

Meester Rahl lachte. Het was een van de meest ongedwongen en aangename lachjes die Friedrich ooit had gehoord. Hij moest er zelf ook van glimlachen.

'Als jij mij Richard noemt.'

'Het spijt me, Meester Rahl, maar... Ik ben bang dat ik mezelf er niet toe zou kunnen zetten om dat te doen. Ik heb mijn hele leven met een Meester Rahl geleefd en ik ben te oud om dat nu nog te veranderen.'

Meester Rahl haakte een duim achter zijn brede riem. 'Dat snap ik, Friedrich, maar we zijn diep in de Oude Wereld. Als je de woorden "Meester Rahl" zegt en iemand hoort je, raken we waarschijnlijk allemaal tot over onze oren in de problemen, dus ik zou het zeer waarderen als je je best zou doen om je aan te wennen me Richard te noemen.'

'Ik zal het proberen, Meester Rahl.'

Meester Rahl wees naar de vrouw. 'Dit is de Biechtmoeder, Kahlan, mijn vrouw.'

Friedrich liet zich opnieuw op een knie zakken en boog zijn hoofd. 'Biechtmoeder.' Hij wist niet precies hoe hij deze vrouw hoorde te begroeten.

'Kom, Friedrich,' zei ze op net zo'n berispende toon als Meester Rahl had gedaan, maar met een stem die naar zijn idee onthulde dat dit een vrouw was van een uitzonderlijke goedheid, met een groot gezag en een groot hart, 'ook die titel zal ons hier moeilijkheden opleveren.' Het was de mooiste stem die Friedrich ooit had gehoord, en de helderheid ervan betoverde hem. Hij had de vrouw eenmaal eerder gezien, in het paleis, en de stem paste precies bij zijn herinnering aan haar.

Friedrich knikte. 'Ja, mevrouw.' Hij dacht dat hij misschien nog wel zou kunnen leren om Meester Rahl 'Richard' te noemen, maar hij wist bijna zeker dat hij deze vrouw nooit anders dan 'Biechtmoeder' zou kunnen noemen. Het informele 'Kahlan' leek hem iets dat niet voor hem was weggelegd.

Meester Rahl gebaarde langs de Biechtmoeder heen. 'En dit is onze vriendin, Cara. Laat je door haar geen angst aanjagen. Ze zal het zeker proberen. Behalve dat ze, in de eerste plaats, onze vriendin is, is ze ook een gewaardeerde beschermer, die altijd waakt over onze veiligheid en die boven alles stelt.' Hij keek even naar haar. 'Hoewel ze ons de laatste tijd eerder tot last dan tot hulp is.'

'Meester Rahl,' gromde Cara, 'ik heb u verteld dat het niet mijn schuld was. Ik had er niets mee te maken.'

'Jij bent degene die het heeft aangeraakt.'

'Ja... maar hoe moest ik dat dan weten?'

'Ik had je gezegd het met rust te laten, maar jij moest het zo nodig aanraken.'

'Ik kon het toch niet zomaar achterlaten?'

Friedrich begreep geen woord van wat ze zeiden. Maar zelfs in deze duisternis kon hij zien dat de Biechtmoeder glimlachte en Cara op haar schouder klopte.

'Het geeft niet, Cara,' fluisterde ze geruststellend.

'We vinden er wel iets op, Cara,' voegde Meester Rahl er met een zucht aan toe. 'We hebben nog tijd.' Hij werd plotseling ernstig en schakelde net zo snel over op een ander onderwerp als hij met dat zwaard van hem van richting veranderde. Hij zwaaide het boek heen en weer. 'Hier waren de honden op uit.'

Friedrich trok zijn wenkbrauwen op van verbazing. 'O ja?'

'Ja. Jij was alleen de beloning voor als ze hun werk goed gedaan hadden.'

'Hoe weet u dat?'

'Harthonden zouden nooit een boek aanvallen. Ze zouden eerst op leven en dood hebben gevochten om je hart, als ze niet met een ander doel waren gestuurd.'

'Dus daarom heten ze harthonden,' zei Friedrich.

'Dat is één theorie. De andere is dat ze met die grote, ronde oren hun slachtoffers kunnen vinden door het geluid van hun kloppende hart. Hoe dan ook, ik heb nog nooit gehoord dat een harthond op een boek afging als er een menselijk hart in de buurt was.'

Friedrich gebaarde naar het boek. 'Meester... Sorry, Richard... Nathan heeft me met dit boek op pad gestuurd. Hij vond het erg belangrijk. Blijkbaar had hij gelijk.'

Meester Rahl had naar de harthonden staan staren, die languit op de grond lagen, maar nu draaide hij zich om. Friedrich was er zeker van dat hij een frons had gezien als het niet zo donker was geweest, want hij kon de onderdrukte woede in de stem van de man horen. 'Nathan vindt veel dingen belangrijk... Vooral profetieën.'

'Maar hier was Nathan zeker van.'

'Dat is hij altijd. Hij heeft me wel eerder geholpen, dat wil ik niet ontkennen.' Meester Rahl schudde vastberaden zijn hoofd. 'Maar profetieën zijn van het begin af aan zo'n grote bron van problemen voor ons geweest dat ik er liever niet meer aan denk. Dat hier harthonden zijn, betekent dat we plotseling in een levensgevaarlijke situatie verkeren. Ik heb geen behoefte aan Nathans profetieën om me nog meer problemen te laten bezorgen. Ik weet dat sommige mensen het vermogen tot profeteren een gave vinden, maar ik zie het als een vloek, die je maar beter kunt mijden.'

'Dat begrijp ik,' zei Friedrich met een weemoedige glimlach. 'Mijn vrouw was tovenares. Haar gave was het profeteren. Soms noemde ze het haar vloek.' Zijn glimlach verflauwde. 'Soms huilde ze in mijn armen over een voorspelling die ze wel zag, maar niet kon veranderen.'

Meester Rahl keek hem in de ongemakkelijke stilte aan. 'Is ze overleden?'

Friedrich kon alleen maar knikken en zijn schouders kromden zich onder de verdrietige herinneringen.

'Dat spijt me, Friedrich,' zei Meester Rahl met zachte stem.

'Mij ook,' fluisterde de Biechtmoeder op oprecht bedroefde en meelevende toon. Ze wendde zich tot haar man en pakte hem bij zijn bovenarm. 'Richard, we hebben natuurlijk weinig op met Nathans profetieën, maar we kunnen de betekenis van de harthonden toch echt niet negeren.'

Er klonk een grote droefheid door in Meester Rahls zucht. 'Dat weet ik.'

'Wat zullen we nu doen?'

Friedrich zag hem in het flauwe licht zijn hoofd schudden. 'We moeten maar hopen dat ze het voorlopig aankunnen. Dit is dringender. We moeten Nicci zien te vinden, en snel ook. Laten we hopen dat zij wat ideeën heeft.'

De Biechtmoeder leek het met hem eens te zijn. Zelfs Cara knikte zwijgend.

'Hoor eens, Friedrich,' zei de Biechtmoeder op vastberaden toon, die van karakter getuigde, 'we wilden net ons kamp gaan opslaan voor de nacht. Nu de harthonden hier rondlopen, kun je maar beter bij ons blijven totdat we ons over een dag of twee bij wat vrienden van ons voegen, zodat we allemaal veiliger zijn. Dan kun je ons vanavond vertellen over Nathan.'

'Ik wil wel luisteren naar wat Nathan wil,' zei Meester Rahl, 'maar meer kan ik niet beloven. Nathan is tovenaar; hij moet zijn eigen problemen maar oplossen. Wij hebben er zelf al genoeg. Laten we eerst een veilige plek zoeken om de nacht door te brengen. Dan zal ik in elk geval eens naar dat boek kijken, als het tenminste nog leesbaar is. En dan kun jij me vertellen waarom Nathan het zo belangrijk vindt. Als je me de profetieën maar bespaart.'

'Geen profetieën, Meester Rahl. Eigenlijk is het gebrek aan profetieën juist het probleem.'

Meester Rahl gebaarde om zich heen naar de kadavers. 'Dit is het dringendste probleem. We kunnen het beste een plekje laag in het moeras zoeken, met water om ons heen, als we de ochtend willen halen. Er zijn er vast nog meer op de plek waar deze vandaan zijn gekomen.'

Friedrich tuurde nerveus om zich heen in het donker. 'Waar komen ze vandaan?'

'Uit de onderwereld,' zei Meester Rahl.

Friedrichs mond viel open. 'De onderwereld? Hoe is dat mogelijk?'

'Maar op één manier,' zei Meester Rahl met zachte stem, waarin een vreselijke wetenschap doorklonk. 'Harthonden zijn in zekere zin de bewakers van de onderwereld, de honden van de Wachter. Ze kunnen hier alleen komen als er een gat is gemaakt in de sluier tussen leven en dood.'

55

De vier liepen het pad af in de richting van het donkere, laaggelegen bos, terwijl Friedrich nadacht over de onthutsende consequenties die een gat in de sluier tussen de wereld van het leven en de wereld van de doden zou hebben. Het laatste deel van Althea's leven had gedraaid om de Gratie die ze bij haar voorspellingen gebruikte, dus hij wist wel iets over de sluier tussen de werelden. In de loop der jaren had Althea er vaak met hem over gesproken. Vooral in de tijd kort voor haar dood had ze hem veel verteld over haar overtuigingen rond de wisselwerking tussen die werelden.

'Meester Rahl,' zei Friedrich, 'ik denk dat wat u zei, over een gat in de sluier tussen de wereld van de levenden en die van de doden, misschien iets te maken heeft met de reden dat Nathan het zo essentieel vond dat ik u dit boek bracht. Hij wil niet dat u hem helpt, dat is niet de reden dat hij me met het boek op pad heeft gestuurd; hij wilde u helpen.'

Meester Rahl lachte snuivend. 'Precies. Zo stelt hij het altijd: dat hij je alleen maar wil helpen.'

'Maar ik geloof dat dit over uw zus gaat.'

Iedereen bleef als aan de grond genageld staan.

Meester Rahl en de Biechtmoeder draaiden zich abrupt naar hem om. Zelfs in het donker kon Friedrich zien dat hun ogen groot waren.

'Heb ik een zus?' fluisterde Meester Rahl.

'Ja, Meester Rahl,' zei Friedrich, verrast dat de man dat niet wist. 'Of eigenlijk een halfzus. Ze is ook een kind van Darken Rahl.'

Meester Rahl greep hem bij zijn bovenarmen. 'Heb ik een zus? Weet je iets over haar?'

'Ja, Meester Rahl. Een paar dingen, in elk geval. Ik heb haar ontmoet.'

'Haar ontmoet! Friedrich, dat is fantastisch! Wat is het voor iemand? Hoe oud is ze?'

'Niet veel jonger dan u, Meester Rahl. Begin twintig, zou ik zeggen.'

'Is ze slim?' vroeg hij met een grijns.

'Slimmer dan goed voor haar is, vrees ik.'

Meester Rahl lachte opgetogen. 'Ongelooflijk! Kahlan, is dat niet geweldig? Ik heb een zus.'

'Ik vind het helemaal niet zo geweldig klinken,' gromde Cara voordat de Biechtmoeder antwoord kon geven. 'Helemaal niet!'

'Cara, hoe kun je dat zeggen?' vroeg de Biechtmoeder.

Cara boog zich naar hen toe. 'Moet ik u beiden herinneren aan de problemen die we hebben gehad toen Meester Rahls halfbroer, Drefan, plotseling op het toneel verscheen?'

'Nee...' zei Meester Rahl, duidelijk gekweld door de herinnering. Iedereen zweeg. 'Wat is er toen gebeurd?' waagde Friedrich ten slotte te vragen.

Zijn adem stokte toen Cara hem bij de kraag greep, hem dicht naar zich toe trok en hem zeer dreigend aankeek. 'Die bastaardzoon van Darken Rahl heeft de Biechtmoeder bijna gedood! En Meester Rahl! Hij heeft mij bijna gedood! Hij heeft een heleboel andere mensen werkelijk gedood. Hij heeft bijna kans gezien om iedereen de dood in te jagen. Ik hoop dat de Wachter van de doden Drefan Rahl voor eeuwig in een koud, donker gat heeft gestopt. Als je eens wist wat hij de Biechtmoeder heeft aangedaan...'

'Zo is het genoeg, Cara,' zei de Biechtmoeder op kalme, gebiedende toon terwijl ze een hand op de arm van de vrouw legde en haar vriendelijk aanspoorde Friedrichs kraag los te laten.

Cara gehoorzaamde, maar in de hitte van haar woede slechts met grote tegenzin. Friedrich begreep wel waarom deze vrouw lijfwacht van de Meester Rahl en de Biechtmoeder was. Hoewel hij haar ogen niet kon zien, kon hij ze voelen, strak op hem gericht als die van een havik, zelfs in het donker. Dit was een vrouw die met haar doordringende blik de ziel van een man kon beoordelen, en dan over zijn lot kon beslissen. Dit was een vrouw die niet alleen het gezag, maar ook het vermogen had om te doen wat naar haar oordeel noodzakelijk was.

Dat wist Friedrich, want hij had vaak vrouwen als zij in het Volkspaleis gezien. Toen haar hand onder haar mantel uit was gekomen om hem bij de kraag te grijpen, had hij haar Agiel aan een kettinkje rond haar pols zien bungelen. Dit was een Mord-Sith.

'Het spijt me van uw halfbroer,' zei Friedrich. 'Maar ik geloof niet dat Jennsen u kwaad wil doen.'

'Jennsen,' fluisterde hij, en hij proefde de naam van iemand van wier bestaan hij niet had geweten.

'Om u de waarheid te zeggen, is Jennsen doodsbang voor u, Meester Rahl.'

'Bang voor mij? Waarom zou ze bang voor mij zijn?'

'Ze denkt dat u achter haar aan zit.'

Meester Rahl staarde hem ongelovig aan. 'Achter haar aan? Hoe kan ik achter haar aan zitten? Ik heb een hele tijd hier in de Oude Wereld vastgezeten.'

'Ze denkt dat u haar wilt doden, dat u mannen achter haar aan hebt gestuurd.'

Hij zweeg even verbluft, alsof elk nieuw feit dat hij hoorde nog ongelooflijker was dan het vorige. 'Maar... ik ken haar niet eens. Waarom zou ik haar willen doden?'

'Omdat ze niet over de gave beschikt.'

Meester Rahl deed een stap achteruit en probeerde te bevatten wat Friedrich hem vertelde. 'Wat maakt dat nou uit? Dat geldt voor een heleboel mensen.'

Friedrich wees naar het boek in Meester Rahls hand. 'Ik geloof dat Nathan dat boek heeft gestuurd om het duidelijk te maken.'

'Profetieën zullen niets duidelijk maken.'

'Nee, Meester Rahl. Ik geloof dat dit niet zozeer met profetieën te maken heeft, als wel met vrije wil. Ziet u, mijn vrouw heeft me het een en ander over profetieën verteld. Nathan heeft uitgelegd dat er bij profetie ook vrije wil nodig is, en dat u zo sterk tegen profetie gekant bent omdat u een man bent die vrije wil inbrengt in het evenwicht van de magie van de profetieën. Hij zei dat het niet de profetieën waren die hadden bepaald dat ik dit boek naar u moest brengen, maar dat ik het uit eigen vrije wil moest doen.'

Meester Rahl staarde in het donker naar het boek. Zijn toon werd vriendelijker. 'Nathan kan soms erg lastig zijn, maar ik weet dat hij een vriend is die me al eerder heeft geholpen. Zijn hulp zadelt me soms met heel wat problemen op, maar ook al ben ik het niet altijd eens met de dingen die hij doet, ik weet dat hij altijd een goede reden heeft om ze te doen.'

'Ik heb het grootste deel van mijn leven van een tovenares gehouden, Meester Rahl. Ik weet hoe ingewikkeld dit soort dingen kunnen zijn. Ik zou deze hele reis niet hebben gemaakt als ik Nathan in deze kwestie niet geloofde.'

Meester Rahl keek hem even onderzoekend aan. 'Heeft Nathan gezegd wat er in dit boek stond?'

'Hij heeft me verteld dat het boek stamt uit de tijd van een grote oorlog, duizenden jaren geleden. Hij zei dat hij het in het Volkspaleis had gevonden na als een gek te hebben gezocht tussen de duizenden boeken daar, en dat hij er meteen mee naar mij was gekomen zodra hij het gevonden had, om me te vragen het naar u te brengen. Hij zei dat er geen minuut te verliezen was en dat hij dus geen tijd had om het boek te vertalen. Daardoor wist hij niet wat erin stond.'

Meester Rahl keek met aanzienlijk meer belangstelling naar het boek in zijn hand. 'Nou, ik weet niet wat we er nog aan zullen hebben. De honden hebben het flink beschadigd. Ik begin te vrezen dat dat een reden had.'

'Richard, kun je nog lezen wat er op de kaft staat?' vroeg de Biechtmoeder.

'Ik heb het maar net lang genoeg in het licht bekeken om te zien dat het in het Hoog-D'Haraans was. Ik heb niet geprobeerd het te vertalen. Het had iets met de Schepping te maken.'

'Dat klopt, Meester Rahl. Nathan heeft me verteld hoe het heet.' Friedrich klopte op het boek. 'Daar, op de kaft, staat in vergulde letters *De Zuilen der Schepping*.'

'Geweldig,' bromde Meester Rahl weinig enthousiast; blijkbaar herkende hij de titel. 'Nou, laten we maar een veilige plek gaan zoeken om de nacht door te brengen. Ik wil niet dat de harthonden ons onbeschermd in het donker aantreffen. Dan maken we een klein vuurtje en kan ik misschien zien of het boek ons iets nuttigs te melden heeft.'

'Dus u weet van de Zuilen der Schepping?' vroeg Friedrich, terwijl hij achter de drie anderen aan over het pad liep.

'Ja,' zei Meester Rahl op bezorgde toon over zijn schouder. 'Ik heb ervan gehoord. Nathan komt uit de Oude Wereld, dus ik veronderstel dat hij er ook van weet.'

Friedrich krabde in verwarring aan zijn kin terwijl ze de top van een kleine glooiing in het pad bereikten. 'Wat hebben de Zuilen der Schepping met de Oude Wereld te maken?'

'De Zuilen der Schepping staan midden in een verlaten woestenij.' Meester Rahl wees voor zich uit, naar het zuiden. 'Het is helemaal niet zo ver hiervandaan, die kant op. We zijn er kort geleden langs gekomen. We moesten de rand van het gebied doorkruisen; er zaten zeer onaangename types achter ons aan.'

'Hun bloederige botten liggen te drogen in de woestenij,' zei Cara met duidelijk plezier.

'Helaas,' zei Meester Rahl, 'heeft het ons onze paarden gekost; daarom zijn we te voet. Maar we hebben het er in elk geval levend afgebracht.'

'Woestenij... Maar Meester Rahl, de Zuilen der Schepping, zo noemde mijn vrouw...'

Friedrich bleef staan toen iets naast het pad zijn aandacht trok. Zelfs in het schaarse licht deed de bekende donkere vorm die afstak tegen de lichte kleur van het stoffige pad hem plotseling stilstaan.

Hij hurkte om het aan te raken. Tot zijn verrassing voelde het aan zoals hij had gedacht. Toen hij het oppakte, wist hij het zeker. Het had dezelfde scheve opening voor het trekkoordje en dezelfde keep in het soepele leer op de plek waar hij het per ongeluk had beschadigd met een scherpe gutsbeitel toen hij eens haast had gehad.

'Wat is er?' vroeg Meester Rahl op wantrouwende toon, terwijl hij de nu bijna volledig donkere omgeving afspeurde. 'Waarom blijf je staan?'

'Wat heb je gevonden?' vroeg de Biechtmoeder. 'Ik heb daar niets gezien toen ik erlangs liep.'

'Ik ook niet,' zei Meester Rahl.

Friedrich slikte en legde het leren zakje in zijn handpalm. Zo te voelen zaten er munten in, en te oordelen naar het gewicht waren die van goud.

'Dit is van mij,' fluisterde Friedrich verbijsterd. 'Hoe kan het hier terecht zijn gekomen?'

Hij kon niet hardmaken dat het goud van hem was, hoewel dat

heel goed mogelijk was, maar hij had het leren zakje tientallen jaren lang bijna dagelijks in zijn handen gehad. Hij had het gebruikt
om een stuk gereedschap in op te bergen: een kleine guts die hij
vaak gebruikte.

'Wat doet het hier?' vroeg Cara, terwijl ze om zich heen keek. Ze
had haar Agiel stevig in haar vuist.

Friedrich stond nog steeds naar zijn gereedschapszakje te staren.
'Het is gestolen door de man van wie ik denk dat hij de dood van
mijn vrouw op zijn geweten heeft.'

56

Wel had je ooit.
Oba kon nauwelijks geloven dat hij zijn geldbeurs had laten vallen. Hij was altijd zo voorzichtig. Hij snoof geërgerd. Het was ook altijd wat. Of het was een sluw beurzensnijdertje, of een diefachtige vrouw, maar iedereen zat altijd achter zijn geld aan. Was dat alles waar die kleinzielige mensjes om gaven? Geld? Na alles wat hij had doorgemaakt, alle afgunstige, hebzuchtige samenzweerders die hadden geprobeerd hem zijn zuurverdiende fortuin af te nemen, had Oba geleerd dat een man van zijn standing altijd voorzichtig moest zijn. Hij kon bijna niet geloven dat hij het zichzelf deze keer had aangedaan.

Hij controleerde haastig zijn zakken en de binnenkant van zijn overhemd en zijn broek. Al zijn beurzen met zijn aanzienlijke rijkdom waren er, precies op de plek waar ze hoorden. Die ene op het pad hoefde natuurlijk niet van hem te zijn, maar hoe groot was de kans dat iemand anders nu juist daar een beurs had laten vallen?

Toen hij in de bovenkant van zijn laarzen voelde, ontdekte hij dat een van zijn geldbeurzen weg was. Ziedend controleerde Oba het leren koordje dat hij altijd om zijn enkel geknoopt had en merkte dat het los was geraakt.

Iemand had zijn geldbeurs losgeknoopt.

Hij gluurde tussen de bomen door en sloeg het roerende tafereeltje gade. Zijn broer, Richard, en zijn lieve vrouwtje spraken tegen de man die de beurs had gevonden; Oba's beurs, vol met zijn geld.

'Het is gestolen door de man van wie ik denk dat hij de dood van mijn vrouw op zijn geweten heeft,' hoorde Oba de man uitroepen.

Oba's mond viel open. Het was de man van de moerasheks, die verfoeilijke, zelfzuchtige tovenares die Oba's vragen niet wilde beantwoorden.

Dit kon geen grappig toeval zijn; Oba wist wel beter. Oba wist zeker beter!

'Raak het niet aan!' riepen Richard Rahl en de Biechtmoeder gelijktijdig.

'Rennen!' schreeuwde de andere vrouw.

Oba zag hen als geschrokken herten wegstuiven. Hij besefte dat de stem iets van plan was. Hij wist dat de stem bezittingen van mensen gebruikte om invloed op hen uit te oefenen. Oba keek naar links en naar rechts, naar de glimmende gele ogen die naar hem keken, en grijnsde.

De lucht schokte alsof de grond op de plek waar de geldbeurs neerkwam door de bliksem werd getroffen. De honden jankten en deinsden achteruit. Oba stopte zijn vingers in zijn oren en keek hoe de violette schokgolf zich in een steeds groter wordende kring verspreidde, als de rimpelingen in een vijver wanneer hij er een dood dier in gooide.

In een genadeloze oogwenk, sneller dan een gedachte, werden de mensen tegen de grond geworpen, terwijl de ring van violet licht zich sneller naar buiten toe verspreidde dan het oog kon waarnemen. Oba's haar waaide naar achteren toen de pulserende schokgolf hem passeerde. Die liet een stil hangende, donzige laag van spookachtig violette rook boven de grond achter.

Oba's vermoedens waren juist gebleken: de stem was iets groots van plan. Hij vroeg zich opgetogen af wat het kon zijn.

Er bewoog nu niets meer, maar Oba bleef een tijdje afwachten om er zeker van te zijn dat de vier mensen niet zouden opstaan. Pas toen hij ervan overtuigd was dat het veilig was, kwam hij overeind uit zijn schuilplaats, de plaats waar de stem hem had gezegd te wachten.

Nu spoorde de stem hem aan voort te maken. De honden bleven achter en keken toe hoe Oba door de laaghangende rook snelde. Het was de vreemdste rook die hij ooit had gezien – zacht gloeiend blauwig violet – maar het raarste was dat hij niet ging kolken toen Oba erdoorheen rende. Zijn benen gingen door de roerloze damp zonder die in beweging te brengen, alsof die zich in een heel andere wereld bevond en hij weliswaar op dezelfde plek liep, maar dan in deze wereld.

De vier lagen languit op de grond. Oba boog zich behoedzaam naar hen toe terwijl hij toch probeerde een veilige afstand te bewaren, en constateerde dat ze allemaal ademden, al was het dan langzaam. Hun ogen waren niet dicht. Hij vroeg zich af of ze hem konden zien. Hij zwaaide met zijn armen, maar geen van de vier reageerde.

Oba boog zich over Richard Rahl heen en tuurde in zijn bewegingloze gezicht. Hij zwaaide met een hand vlak voor de starende ogen van zijn broer. Er kwam geen reactie.

Het was moeilijk te zien bij het licht van de sterren, maar Oba was er zeker van dat hij in die ogen iets van de fascinerende familiegelijkenis zag. Het was griezelig om een man te zien die een zekere gelijkenis met hem vertoonde. Maar Oba leek meer op zijn moeder. Dat was echt iets voor haar, om te willen dat hij meer op haar leek dan op zijn vader. Die vrouw dacht altijd alleen maar aan zichzelf. Ze had bij elke gelegenheid geprobeerd hem te onthouden wat hem toekwam, zelfs zijn uiterlijk. Het zelfzuchtige kreng.

Maar nu was Richard degene die Oba onthield wat hem toekwam, de plaats die hun vader Oba zou hebben willen geven. Per slot van rekening bezaten Oba en Darken Rahl bepaalde kwaliteiten waarvan Oba zeker wist dat zijn broer ze niet had.

Bij controle bleek dat ook de oude echtgenoot van de moerasheks nog ademde. Oba pakte zijn geldbeurs op van de grond dicht bij de man en schudde die vlak voor zijn starende ogen heen en weer, maar ook hij vertoonde geen reactie. Oba knoopte het koordje van de beurs weer om zijn enkel, nu de stem er klaar mee was.

Oba was er niet echt blij mee dat de stem zijn geld voor dit soort kunstjes gebruikte, maar na alles wat de stem voor hem had gedaan – hem onoverwinnelijk maken en dat soort dingen – veronderstelde hij dat hij ook af en tot een wederdienst bereid moest zijn. Zolang het maar geen gewoonte werd.

De vrouw die ze bij zich hadden, droeg haar haar in een lange vlecht, die in een rechte lijn in het gras lag. Ze had zo'n eigenaardig staafje aan een kettinkje om haar pols. Hij besefte dat ze een Mord-Sith was. Hij kneep in haar borsten. Ze reageerde niet. Hij grinnikte en deed het nog eens. Ze was zo bereidwillig dat hij overwoog wat hij verder nog kon doen. Het idee was verrassend opwindend.

Toen besefte Oba dat er iemand binnen bereik was die nog geschikter was dan een Mord-Sith. Hij tuurde naar haar. Zijn broers vrouw, die ze de Biechtmoeder noemden, lag vlakbij, zo voor het grijpen. Wat kon er rechtvaardiger zijn dan dat hij haar nam?

Oba kroop naar haar toe, en zijn grijns verflauwde van ontzag toen hij zag hoe mooi ze was. Ze lag op haar rug met één arm uitgestrekt opzij en haar vingers open en slap, alsof ze de weg naar het zuiden wees. Haar andere arm lag achteloos over haar buik. Haar ogen staarden omhoog in het niets.

Oba stak behoedzaam een hand uit en streek met de achterkant van zijn vinger langs haar wang. Die was zo zacht als een zijden rozenblaadje. Hij duwde een lange haarlok uit haar gezicht naar achteren om haar trekken beter te zien. Haar lippen weken enigszins uiteen.

Oba boog zich voorover en bracht zijn lippen dicht bij de hare, terwijl hij zijn hand langs haar lijf omhoog liet glijden en haar weelderige vormen betastte. Zijn hand gleed over de welving van haar borst. Hij liefkoosde die zachtjes in zijn grote hand om haar te laten zien dat hij teder kon zijn. Toen kneep hij in haar andere borst, maar ze weigerde te laten merken hoe opgewonden ze werd van zijn liefkozende, verleidelijke aanraking.

Razendsnel blies Oba in haar geopende mond. Ze reageerde totaal niet. Hij vermoedde dat ze een spelletje met hem speelde en hem wilde plagen. Het arrogante kreng.

Maar ze kon nu nergens heen. Ze kon niet wegrennen. De stem had hem blijkbaar een cadeautje gegeven. Oba wierp zijn hoofd in de nek en keek lachend op naar de hemel. Terwijl de honden vanuit de schaduwen toekeken, huilde hij van verrukking naar de sterren.

Met een glimlach boog Oba zich weer over de vrouw van Meester Rahl en keek haar in de ogen. Waarschijnlijk had ze zo langzamerhand genoeg van die man van haar, die Meester Rahl, en had ze wel zin in een avontuurlijk stoeipartijtje. Hoe langer Oba erover nadacht, des te meer ging hij beseffen dat deze vrouw van hem hoorde te zijn. Ze behoorde de Meester Rahl toe. Het zou alleen maar terecht zijn als Oba haar als zijn vrouw hield wanneer hij de nieuwe Meester Rahl werd.

En hij zou de Meester Rahl worden; de stem had hem verteld dat dat binnen zijn bereik lag.

Oba staarde naar de trekken van haar gelaat en de welvingen van haar lichaam. Hij verlangde naar deze vrouw. Hij was steeds maar bezig geweest met het plezieren van de stem en had al in geen tijden meer een vrouw gehad. De stem had hem voortdurend opgejaagd. Het werd tijd dat Oba het genot van een vrouw had. Zijn hand dwaalde lichtjes over het lichaam van de Biechtmoeder, terwijl hij dacht aan de bevrediging die hij zou ervaren.

Maar hij vond het niet prettig dat de anderen naar hem keken. Ze weigerden allemaal hun ogen dicht te doen om de dame en hem wat privacy te gunnen. Bemoeiallen waren het, allemaal. Oba grijnsde. Het zou natuurlijk wel een sensatie zijn om haar man te laten toekijken hoe zijn vrouw een nieuwe meester kreeg. Toen verdween de grijns. Wat ging het Richard aan als ze een nieuwe man wilde, een betere man?

Oba boog zich over zijn broer en duwde zijn oogleden dicht. Hij deed hetzelfde bij de oude man. Hij dacht even na en besloot de andere vrouw te laten toekijken. Het zou haar ongetwijfeld opwinden om Oba in actie te zien. Daarmee deed hij haar natuurlijk een plezier, maar Oba was altijd bereid om knappe vrouwen een plezier te doen.

Bevend van verwachting, in de wetenschap dat hij haar de sensatie kon bezorgen waarnaar ze hunkerde, bukte Oba zich om de kleren van de Biechtmoeder open te scheuren. Voordat hij haar kon aanraken, werd hij door een felle, violette lichtflits naar achteren geworpen. Oba ging versuft en verward zitten en drukte zijn handen tegen de zenuwslopende pijn die door zijn hoofd gierde. De stem verpulverde zijn geest met een nietsontziende pijn.

Oba schuifelde met zijn voeten over de grond om zichzelf weg te duwen van de Biechtmoeder, en uiteindelijk werd de pijn minder. Hij zakte hijgend van uitputting ineen. Hij was terneergeslagen dat de stem hem strafte, verdrietig dat de stem zo wreed was om hem zo'n simpel pleziertje te ontzeggen, en dat na alle goede dingen die hij had gedaan.

Toen veranderde de stem en sprak hem vleiend toe, fluisterend over de belangrijke roeping die hij had, over grote werken die al-

leen Oba kon verrichten. Ondanks zijn zwaarmoedigheid luisterde Oba.

Oba was belangrijk, anders zou de stem niet op hem vertrouwen.
Wie behalve Oba zou de dingen kunnen klaarspelen die de stem
van hem vroeg? Op wie anders kon de stem vertrouwen om de
zaken te regelen?

Nu, in de doodstille nacht, maakte de stem duidelijk wat Oba
moest doen. Als hij zou doen wat hem werd gevraagd, zouden er
beloningen volgen. Oba grijnsde om de beloften. Eerst moest hij
de stem een dienst bewijzen, daarna zou de Biechtmoeder van hem
zijn. Dat was niet zo moeilijk. Als ze eenmaal van hem was, kon
hij met haar doen wat hij wilde, met de zegen van de stem, en niemand zou zich ermee bemoeien. Hij zag het al voor zich, en ook
de geuren, het gevoel en haar kreten van genot stelde hij zich voor,
en hij viel bijna flauw bij het vooruitzicht van die vervoering. Een
dergelijke gebeurtenis was het waard om uit te stellen.

Hij keek even naar de Mord-Sith. Ondertussen kon zij hem wat
afleiding bezorgen. Een man als hij, een man van de daad, van
groot intellect en van zware verantwoordelijkheden, moest zijn
opgekropte spanningen af en toe kwijt kunnen. Dit soort verzet-
jes waren een noodzakelijke uitlaatklep voor een man die zo belangrijk was als Oba.

Hij boog zich over de Mord-Sith en grijnsde in haar open ogen.
Haar zou de eer te beurt vallen als eerste de zijne te zijn. De Biechtmoeder zou op haar beurt moeten wachten. Hij stak zijn hand uit
om haar kleren los te rukken.

Plotseling laaide er een krijsende, verblindende pijn op in Oba's
hoofd. Hij drukte zijn handen tegen zijn oren totdat die wegtrok...
nadat hij akkoord was gegaan.

De stem had gelijk. Natuurlijk, dat zag hij nu wel in. Pas als Richard Rahl dood was, kon Oba zijn rechtmatige plaats innemen.
Dat was logisch. Het was het beste om alles in de juiste volgorde
te doen. Het zou zelfs verkeerd zijn om deze vrouwen genot te
verschaffen voordat hij had gedaan wat er gedaan moest worden.
Wat mankeerde hem? Ze verdienden hem nog niet. Ze moesten
hem eerst zien als de belangrijke man die hij binnenkort zou worden, en daarna zouden ze om hem moeten smeken. Ze verdienden hem niet totdat ze om hem smeekten.

Hij moest vlug zijn. De stem zei dat ze al snel wakker zouden worden, dat Meester Rahl snel een manier zou verzinnen om de betovering van de slaap te verbreken.

Oba trok zijn mes en kroop naar zijn broer. Meester Rahl staarde nog steeds wezenloos naar de sterren.

'Wie is hier nu de grote oen?' vroeg hij zijn broer.

Meester Rahl gaf geen antwoord. Oba zette het mes op Richards keel, maar de stem berispte hem en vulde zijn hoofd met wat hij wel moest doen. Hij moest het goed doen. Hij moest opschieten. Er was geen tijd voor zulke alledaagse vergelding. Er waren veel betere manieren om zulke dingen aan te pakken; manieren die de man zouden straffen voor alle jaren dat hij Oba had onthouden wat hem toekwam. Ja, dat was wat Richard Rahl nodig had: een echte straf.

Oba stak zijn mes weg en rende zo snel als zijn benen hem konden dragen terug over de heuvel. Toen hij terugkwam met zijn paard, lagen de vier daar nog steeds in de blauwe nevel omhoog te staren naar de sterren.

Oba deed wat de stem vroeg en nam de Biechtmoeder in zijn armen. Ze was hem beloofd. Hij zou haar krijgen als de stem haar niet langer hoefde te lenen. Oba kon wachten. De stem had hem verrukkingen beloofd die Oba in zijn eentje nooit had kunnen verzinnen. Dit begon een zeer nuttig bondgenootschap te worden. Voor het kleine beetje werk dat ermee gemoeid was en het korte oponthoud, zou Oba alles krijgen dat hem toebehoorde: de heerschappij over D'Hara en de vrouw die zijn koningin zou zijn.

Koningin. Daar peinsde Oba over terwijl hij haar lichaam achter zijn zadel over zijn paard hing. Koningin. Als zij koningin was, zou hij koning moeten zijn. Hij veronderstelde dat dat beter was dan 'Meester' Rahl. Koning Oba Rahl. Ja, dat klonk beter. Hij snoerde haar snel met riemen vast.

Voordat hij zijn paard besteeg, keek Oba nog een keer naar zijn broer. Hij kon hem niet doden. Nog niet. De stem had plannen. En Oba was altijd inschikkelijk geweest; hij zou de stem gehoorzamen. Hij zette een voet in de stijgbeugel. De stem opperde iets. Hij draaide zich om en keek achter zich.

Hij vroeg zich af...

Behoedzaam liep hij terug naar Richard. Voorzichtig stak Oba een hand uit en raakte zachtjes het zwaard aan. De stem mompelde toegeeflijk.

Een koning hoorde een fatsoenlijk zwaard te hebben. Oba grijnsde. Hij had wel een kleine beloning verdiend voor al dat harde werken.

Hij trok de bandelier over Richard Rahls hoofd. Hij bracht de schede dicht bij zijn gezicht en inspecteerde zijn blinkende, nieuwe zwaard. In het met metaaldraad omwonden gevest was aan beide kanten een woord verweven.

'WAARHEID'

Wel had je ooit.

Hij stak zijn hoofd door de bandelier en hing de schede aan zijn heup. Hij gaf zijn nieuwe vrouw een tikje op de billen voordat hij zijn paard besteeg. Op zijn zadel gezeten keek Oba grijnzend om zich heen de nacht in. Hij liet zijn paard rondjes lopen totdat de stem hem in de juiste richting wees.

Snel, snel, voordat Meester Rahl wakker werd. Snel, snel, voordat iemand hem te pakken kreeg. Snel, snel, wegwezen met zijn nieuwe bruid.

Hij drukte zijn hielen in de flanken van zijn paard en ze stormden weg. De honden kwamen het bos uit springen, de trouwe escorte van een koning.

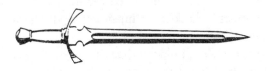

57

Jennsen stond voor de lage gebouwtjes van in de zon gebakken stenen en keek uit over het kale landschap dat onder een felblauwe lucht lag te smoren. De rotsen, de schijnbaar eindeloze uitgestrektheid van vlakke, harde grond rechts van haar en de ruige bergketen die links van haar in de verte scherp daalde en overging in een zacht glinsterende vallei, waren allemaal gevlekt met variaties van dezelfde rood-grijze tint als de paar vierkante gebouwtjes die dicht bij elkaar vlak achter haar stonden.

De kurkdroge lucht was zo warm dat ze het gevoel had dat ze over een kampvuur gebogen stond en probeerde adem te halen. De rotsen en gebouwen om haar heen straalden een verzengende hitte uit, en die rees ook op vanaf de grond onder haar voeten, alsof er zich een heteluchtoven onder bevond. Als je met je blote handen iets aanraakte dat lag te bakken in de meedogenloze zon, was dat een pijnlijke ervaring. Zelfs het heft van haar mes, dat toch in de schaduw van haar lichaam hing, was zo warm dat het koortsig aanvoelde.

Jennsen leunde vermoeid met een heup tegen een laag muurtje, versuft van de lange en zware reis. Ze klopte Rusty op haar hals en aaide haar toen over een oor, terwijl het paard zachtjes hinnikte en haar hoofd dichterbij bracht. In elk geval was Jennsen nu bijna aan het einde van haar reis. Ze had het gevoel dat de dag dat het allemaal was begonnen, toen ze de dode soldaat in het ravijn had gevonden en Sebastiaan toevallig langs was gekomen, een eeuwigheid geleden was.

Die dag had ze onmogelijk kunnen vermoeden wat een lange en

moeizame tocht het lot voor haar in petto had. Ze herkende zichzelf nauwelijks meer. Indertijd had ze nooit kunnen vermoeden hoezeer haar leven zou veranderen, of hoezeer zij zelf zou veranderen. Sebastiaan, die Pete achter zich aan trok, stak een hand uit en pakte haar bij de arm. 'Is alles goed, Jenn?' Pete duwde met zijn snuit tegen Rusty's flank alsof hij dezelfde vraag aan de merrie wilde stellen.

'Ja,' zei Jennsen. Ze glimlachte naar hem en gebaarde naar het groepje mannen in zwarte gewaden dat in de deuropening van een van de gebouwtjes stond. 'Enig succes?'

'Hij vraagt het aan de anderen.' Sebastiaan zuchtte geërgerd. 'Het is een vreemd volkje.'

Hoewel ze zich in de Oude Wereld bevonden, op het terrein van de Imperiale Orde, waren de kooplui die door de uitgestrekte steenwoestijn trokken en soms de desolate handelsbuitenpost aandeden waar Sebastiaan hen had gevonden, een vrijgevochten stelletje. Blijkbaar waren ze niet talrijk genoeg om de Orde zorgen te baren, dus deed die er niets aan.

Sebastiaan ging naast haar tegen de muur geleund staan en keek uit over de uitgestorven woestenij. Ook hij was moe van de lange reis terug naar zijn vaderland, de Oude Wereld. Maar hij was in elk geval weer gezond, zoals Zuster Perdita had beloofd.

De reis was echter heel anders verlopen dan Jennsen had verwacht. Ze had zich voorgesteld dat Sebastiaan en zij weer met zijn tweeën op pad zouden gaan, zoals ze voorheen naar het leger van de Imperiale Orde waren getrokken. Maar ze werden gevolgd door een stoet van duizend soldaten van de Imperiale Orde. Een kleine escorte, had Sebastiaan dat genoemd. Ze had hem verteld dat ze liever alleen met hem wilde gaan, maar hij had gezegd dat er belangrijker punten van overweging waren.

Met een duimnagel peuterde Jennsen doelloos aan de leren teugels, terwijl ze naar de gestaltes in het zwart keek. 'De mannen zijn bang voor al die soldaten,' zei ze tegen Sebastiaan. 'Daarom willen ze niet met ons praten.'

'Waarom denk je dat?'

'Dat kan ik gewoon zien aan de manier waarop ze steeds weer naar buiten gluren. Ze proberen in te schatten of ze misschien moeilijkheden met de soldaten zullen krijgen als ze ons iets vertellen.'

Ze begreep de gevoelens van het kleine groepje kooplui, dat de kritische blik op zich voelde rusten van al die woest ogende mannen op hun grote legerpaarden; ze begreep hoe het voelde om bekeken te worden door die grimmige soldaten, gekleed in lagen leer en maliën en uitgerust met allerlei wapens. De mannen in het zwart, met hun pakezeltjes, waren kooplui en geen soldaten, en ze waren ook niet gewend om contact met soldaten te hebben. Ze voelden zich onveilig, waren bang dat als ze iets verkeerds zeiden de krijgers zouden besluiten hen hier in deze woestenij af te slachten. Aan de andere kant wilden de kooplui, hoewel ze verreweg in de minderheid waren, zich niet laten intimideren om geen precedent te scheppen voor hoe ze in het vervolg behandeld zouden worden. Ze waren nu aan het beraadslagen om te bepalen wat de veiligste methode zou zijn.

Sebastiaan duwde zich van de muur weg. 'Misschien heb je gelijk. Ik ga met hen praten, in hun gebouwtje, en niet hier onder de ogen van het leger.'

'Ik ga met je mee,' zei ze.

'Wat is er? Wat denk je?' vroeg Zuster Perdita aan Sebastiaan terwijl ze kwam aanlopen.

Met een achteloos handgebaar wuifde Sebastiaan haar bezorgdheid weg. 'Ik denk dat ze gewoon willen onderhandelen. Het zijn kooplui. Dat zijn ze gewend: onderhandelen. Het zou een averechts effect kunnen hebben om te proberen hen te dwingen.'

'Ik ga naar binnen, en dan zorg ik er wel voor dat ze van gedachten veranderen,' zei de Zuster met duistere bedoelingen.

'Nee,' zei Sebastiaan. 'Dit is niet het moment om een eenvoudige zaak te compliceren. We kunnen altijd meer druk uitoefenen als dat nodig is. Laat Jennsen en mij eerst maar met hen gaan praten.'

Jennsen liep bij de nors kijkende Zuster Perdita vandaan en bleef dicht bij Sebastiaan, terwijl ze Rusty achter zich aan trok. Een ander onverwacht aspect aan de reis – afgezien van de escorte van duizend soldaten – was geweest dat Zuster Perdita had besloten mee te gaan. Ze zei dat dat noodzakelijk was, voor het geval dat Jennsen nog hulp nodig had om dicht bij Meester Rahl te komen. Jennsen wilde alleen maar haar mes in die moordzuchtige bastaardzoon van Darken Rahl zetten en alles achter de rug hebben. Ze had de hoop dat dat haar zou bevrijden en een eigen leven zou geven allang opgegeven. Die nacht in het bos met Zuster Perdita en de zeven andere Zusters had alles veranderd. Jennsen had een akkoord gesloten waarvan ze wist dat het betekende dat ze geen leven meer zou hebben nadat ze eindelijk Richard Rahl had gedood. Maar in elk geval zouden dan alle andere mensen hun leven terugkrijgen. De wereld zou eindelijk bevrijd zijn van haar halfbroer en zijn kwade heerschappij.

En ze zou wraak genomen hebben. Haar moeder, die zelfs geen fatsoenlijke begrafenis had gekregen, kon dan eindelijk in vrede rusten in de wetenschap dat haar moordenaar zijn gerechtigde straf had ondergaan. Dat was het enige dat Jennsen voor haar moeder kon doen.

Jennsen en Sebastiaan namen Rusty en Pete mee naar de plek waar het paard van de Zuster stond te wachten, op een klein omheind veldje naast de bebouwing. Rusty en Pete waren blij met de schaduw en de trog water.

Nadat ze het gammele hekje van het veldje achter zich had dichtgetrokken, liep Jennsen achter Sebastiaan aan naar de beschaduwde deuropening van het lage huisje. De stemmen van de druk pratende mannen, die door het ene vertrek echoden, verstomden. Alle mannen waren gehuld in het traditionele zwarte gewaad van de nomadische kooplui die in dit deel van de wereld woonden.

'Laat ons alleen,' zei hun leider, en hij wuifde naar zijn kameraden dat ze naar buiten moesten gaan, toen hij Sebastiaan en Jennsen binnen zag komen.

De mannen, die hun zwarte doeken voor hun mond en neus trokken, keken naar haar door de opening die ze voor hun ogen vrijlieten en knikten terwijl ze achter elkaar aan naar buiten liepen. Te oordelen naar de rimpeltjes rond hun ogen glimlachten de mannen haar vriendelijk toe van onder hun doeken, maar dat wist ze niet zeker. Voor het geval dat inderdaad zo was, en met in haar achterhoofd de gedachte aan wat er op het spel stond, knikte ze glimlachend terug.

De stilstaande lucht in het vertrek was smoorheet, maar het was toch een opluchting om uit de zon te zijn. De ene man die binnen bleef, had de losse flappen van zwarte stof niet omhooggetrokken, zodat ze geplooid om zijn hals lagen en zijn glimlachende, verweerde, leerachtige gezicht zichtbaar was.

'Kom binnen, alstublieft,' zei hij tegen Jennsen. 'U ziet er brandend uit.'

'Brandend?' vroeg ze.

'Heet,' zei hij. 'U bent niet gekleed op dit weer.' Hij slofte naar de ruwe planken aan de zijmuur en kwam terug met een van de zwarte bundeltjes die daar lagen. 'Gebruik dit, alstublieft.' Hij tilde het een paar keer naar haar op om haar over te halen het aan te pakken. 'Dat is beter. Het beschermt u tegen de zon en houdt het zweet binnen, zodat u niet uitdroogt als het gesteente.'

Jennsen boog haar hoofd naar de kleine, pezige man en glimlachte blij. 'Dank u wel.'

'Nou?' vroeg Sebastiaan toen de man zich van Jennsen afdraaide. Sebastiaan trok vermoeid zijn ransel van zijn rug. 'Bent u nog wat te weten gekomen van die andere mannen?'

De man in het zwarte gewaad schraapte aarzelend zijn keel. 'Nou, ze zeggen dat er misschien...'

Sebastiaan rolde ongeduldig met zijn ogen toen hij de versluierde bedoeling van de man doorkreeg, en zocht daarna in zijn zak totdat hij een zilveren munt opdiepte. 'Aanvaard alstublieft dit teken van mijn dankbaarheid voor de moeite die uw mannen zich getroosten.'

De man nam de munt eerbiedig aan, maar het was duidelijk dat het zilveren muntstuk niet de beloning was waarop hij had gehoopt. Aan de andere kant leek hij ervoor terug te deinzen te zeggen dat hij het bedrag onvoldoende vond. Jennsen kon nauwelijks geloven dat Sebastiaan op een moment als dit zo op de penning was. Ze haalde een zware, gouden munt uit haar zak en zonder Sebastiaan te vragen of het goed was, wierp ze de man die toe. De man plukte de munt uit de lucht en opende zijn vuist toen net genoeg om te kunnen zien of zijn vermoeden juist was. Hij grijnsde waarderend naar haar. Sebastiaan wierp haar een ontstemde blik toe.

Het was het bloedgeld van Meester Rahl, het geld dat hij de mannen had gegeven die hij op pad had gestuurd om haar moeder en haar te doden. Ze kon er geen betere bestemming voor bedenken. 'Ik heb het niet nodig,' zei ze voordat hij haar de les kon lezen. 'Was jij bovendien niet degene die zei dat het jullie gewoonte was om iets dat van de vijand afkomstig is tegen hem te gebruiken?'

Sebastiaan onthield zich van commentaar en wendde zich tot de man. 'Nou, hoe zit het?'

'Gisteren, laat op de dag,' zei de man, eindelijk wat mededeelzamer, 'hebben een paar van onze mannen twee mensen zien afdalen naar de Zuilen der Schepping.' Hij liep naar een kleine raamopening zonder gordijnen, naast planken waarop, behalve meer zwarte gewaden, eenvoudige voedingsmiddelen lagen. Hij wees. 'Via die route. Er is daar een soort pad.'

'Hebben uw mannen hen gesproken?' vroeg Jennsen, en ze stapte ongeduldig naar voren. 'Weten uw mannen wie het waren?'

De man keek aarzelend van haar naar Sebastiaan, er blijkbaar verlegen mee om zulke rechtstreekse vragen van een vrouw te beantwoorden, ook al was zij degene geweest die hem zijn beloning had gegeven. Sebastiaan wierp haar een blik toe die zei dat ze hem dit moest laten afhandelen. Jennsen liep in de richting van de deuropening, keek naar buiten en gedroeg zich ongeïnteresseerd, zodat Sebastiaan de antwoorden kon krijgen die ze nodig hadden. Jennsens hart bonsde toen ze in gedachten voor zich zag hoe ze Meester Rahl dood zou steken. De schaduw van de vreselijke tol die ze moest betalen om haar broer naar deze plek te lokken, waar ze hem zou doden, hing over het tafereel dat ze in gedachten zag. Sebastiaan wiste het zweet van zijn voorhoofd en wierp zijn zware ransel in een hoek. Die kwam met een klap neer en viel om. Er rolden wat spullen uit. Geërgerd maakte hij aanstalten om die op te rapen, maar Jennsen hield hem tegen.

'Dat doe ik wel,' fluisterde ze, en ze gebaarde hem de ondervraging van de kleine man in het zwart voort te zetten.

Sebastiaan leunde tegen de zware, ogenschijnlijk zeer oude planken tafel en sloeg zijn armen over elkaar. 'En hebben je mannen de kans gehad om een praatje met die twee mensen te maken?'

'Nee, meneer. De mannen waren niet dicht genoeg bij hen, maar ze stonden aan de rand en zagen de paarden beneden hen langskomen.'

Jennsen pakte een stuk zeep op en stopte het terug in de ransel. Ze vouwde het scheermes dicht en deed het er weer in, samen met een extra waterzak die eruit was getuimeld. Ze pakte wat kleine spulletjes op, een vuursteen, in doek gewikkelde reepjes gedroogd vlees en een wetsteen. Een busje dat ze nooit eerder had gezien, was uit de ransel onder een lage plank gerold.

'Hoe zagen die twee mensen te paard eruit?' vroeg Sebastiaan terwijl hij met een vinger op de tafel tikte.

Terwijl ze haar arm onder de plank stak, luisterde Jennsen aandachtig om te horen of het Richard Rahl geweest kon zijn. Ze kon zich niet goed voorstellen wie het anders had kunnen zijn. Ze geloofde niet dat zoiets toeval kon zijn.

'Het waren een man en een vrouw. Maar ze reden op één paard.'

Jennsen vond het vreemd dat ze samen één paard bereden. Het leek waarschijnlijk dat het de mensen waren die ze verwachtte, Meester Rahl en zijn vrouw, maar het was eigenaardig dat ze maar één paard hadden. Er kon natuurlijk iets met het andere paard zijn gebeurd. In dit gevaarlijke landschap was dat niet onvoorstelbaar.

'De vrouw, ze...' De man trok een gezicht, niet op zijn gemak met wat hij moest zeggen. 'Ze zat niet rechtop, maar ze lag plat' – hij gebaarde alsof hij iets over een paard hing – 'achter op het paard. Ze was met touw vastgebonden.'

Toen Jennsen verrast het busje naar voren trok, bleef het deksel achter een uitstekende rand van de houten plank hangen en floepte los. De inhoud rolde over de vloer voor haar.

'Hoe zag de man eruit?' vroeg Sebastiaan.

Een stukje hout, omwonden met twijn dat met vishaakjes was vastgezet, was eerst uit het busje komen vallen. Jennsen staarde naar het donkere hoopje gedroogde bergkoortsroosjes, die vervolgens eruit waren gerold. Het leken wel tientallen kleine Gratiën.

'De man was groot en jong. Hij had een zeer opvallend zwaard, zeggen mijn mannen, en de blinkende schede hing aan een bandelier over zijn schouder.'

'Dat klinkt als Richard Rahl,' zei Zuster Perdita vanuit de deuropening, en Jennsen schrok op.

'Er zijn meer mannen die een bandelier voor hun zwaard gebruiken,' zei Sebastiaan.

Hoewel ze zich niet kon voorstellen waarom hij zijn vrouw achter op zijn paard zou hebben vastgebonden, was de gedachte dat Richard Rahl gesignaleerd was bedwelmend, en Jennsen schepte de gedroogde bergkoortsroosjes gehaast met trillende vingers op en liet ze terugglijden in het busje, gevolgd door de twijn. Ze duwde de deksel er weer op en schoof het busje snel in de ransel, en daarna de andere spullen die eruit waren gevallen.

Ze controleerde of haar mes goed in de schede aan haar riem zat, terwijl ze snel naast Sebastiaan ging staan om te horen wat de pezige man in het zwart verder nog te vertellen had. Zuster Perdita was naar buiten gelopen en wikkelde zich in de beschermende zwarte kleding.

'Kom mee,' riep de Zuster. 'We moeten snel naar beneden.'

Jennsen wilde achter haar aan gaan, maar Sebastiaan stond nog met de man te praten. Ze wilde Sebastiaan niet achterlaten en alleen met Zuster Perdita meegaan, maar de vrouw liep al in de richting van het pad dat de man had aangewezen.

Van buiten, aan de andere kant van de gebouwtjes, klonken de opgewonden stemmen van de kooplui. Jennsen keek om de hoek van het huisje en zag hen in de verte wijzen, over de vlakke, droge grond.

'Wat is er?' vroeg Sebastiaan, die achter de man aan de deur uit kwam.

'Er komt iemand aan,' zei de man.

'Wie zou het kunnen zijn?' fluisterde Jennsen tegen Sebastiaan toen hij naast haar kwam staan.

'Ik weet het niet. Misschien gewoon een koopman.'

De pezige, kleine man boog en wilde, nu hij de vragen had beantwoord, naar zijn mannen lopen, die dicht bij elkaar in de schaduw van een ander huisje stonden. Sebastiaan gebaarde hem dat hij moest wachten en liep terug naar binnen om een zwarte bundel van een plank te trekken.

'We kunnen maar beter achter Zuster Perdita aan gaan,' zei hij toen hij de vrouw op het pad over de rand zag verdwijnen, de diepte in, naar het gebied waar de Zuilen der Schepping waren en waarboven de lucht trilde. 'Zij zal je beschermen tegen de magie van Richard Rahl en je helpen bij wat je moet doen.'

Jennsen wilde zeggen dat ze Zuster Perdita's bescherming niet nodig had, dat de magie van Meester Rahl haar geen kwaad kon doen, maar dit was niet het moment om dat onderwerp aan te snijden en hem alles uit te leggen. Op de een of andere manier leek het nooit het juiste moment te zijn. Het was trouwens niet belangrijk hoe ze volgens Sebastiaan dicht bij Richard Rahl kon komen, als het haar maar lukte.

Ze stonden met zijn tweeën in de brandende zon te kijken naar een klein stipje dat door het onafzienbare, vlakke landschap aan kwam stuiven. In de verzengende hitte leek de grond in de verte zachtjes te golven, alsof daar ergens een meer was. Achter de eenzame ruiter rees een ijl stofwolkje op. De duizend soldaten van hun escorte controleerden rusteloos hun wapens.

'Is het een van uw mannen?' vroeg Sebastiaan aan de pezige leider van de gestaltes in het zwart.

'De grond hier zorgt voor gezichtsbedrog,' zei de man. 'Hij is nog ver weg; door de warmte lijkt hij dichterbij. Het duurt nog wel een tijdje voordat de hij zo dichtbij is dat we kunnen zien wie het is.' Hij glimlachte naar Jennsen en gebaarde bemoedigend. 'Trek de kleren aan, dan bent u beschut tegen de zon.'

Jennsen sprak hem niet tegen, maar sloeg het gaasachtige kledingstuk, dat min of meer de vorm van een cape had, om haar schouders. Ze wond de lange sjaal over en rond haar hoofd, zoals ze de mannen had zien doen, trok hem voor haar neus en mond langs en stopte het uiteinde toen onder de zijkant weg. Ze voelde tot haar verrassing onmiddellijk hoe de zwarte stof de hete stralen van de zon tegenhield. Het was een verademing, bijna alsof ze in de schaduw stond.

De ogen van de man glimlachten toen hij de uitdrukking op haar gezicht zag. 'Dat is beter, hè?' vroeg hij van achter zijn eigen dunne zwarte masker.

'Ja,' zei Jennsen. 'Dank u voor uw hulp. Maar we moeten u betalen voor de gewaden die u ons hebt gegeven.'

Met een twinkeling in zijn ogen zei hij: 'Dat hebt u al gedaan.'

De man wendde zich tot Sebastiaan, die nog bezig was zijn zwarte sjaal over zijn hoofd te trekken. 'Ik heb u alles verteld wat ik kan, alles wat we weten. Nu moeten mijn mannen en ik gaan.'

Voordat Sebastiaan antwoord kon geven, snelde de man al over de uitgedroogde grond naar het donkere groepje mannen dat met hun stoffige ezeltjes stond te wachten. De mannen gingen op weg en trokken hun ezels aan de leidsels achter zich aan, erop gebrand uit de buurt van de soldaten te komen.

Ze gingen naar het zuiden, in de tegenovergestelde richting als die waaruit de ruiter naderde.

'Als het een van hun mannen kan zijn,' zei Sebastiaan, bijna in zichzelf, 'waarom gaan ze dan weg?'

Hij keek ongeduldig naar het smalle pad waarover Zuster Perdita was verdwenen en wenkte toen zijn colonne, die nog steeds te paard stond te wachten. De grimmig ogende troep mannen kwam naar voren over de harde grond en wierp een trage sluier van stof op.

'Wij moeten daar beneden zijn,' zei Sebastiaan, terwijl hij naar het dal gebaarde waarin de Zuilen der Schepping zich bevonden. 'Wacht hier totdat we terugkomen.'

De officier aan het hoofd van de colonne legde zijn polsen kruiselings op zijn zadelknop. 'Wat wilt u dat we daaraan doen?' vroeg hij. Zijn vettige slierten haar vielen over zijn schouder naar voren toen hij met zijn kin naar de eenzame ruiter wees.

Sebastiaan draaide zich om en keek naar het paard in de verte, dat in hun richting galoppeerde. 'Als hij om wat voor reden dan ook verdacht lijkt te zijn, dood hem dan. Dit is te belangrijk om te riskeren dat er iets misgaat.'

De officier knikte kort naar Sebastiaan. Jennsen zag aan de verlangende blikken en vreugdeloze grijnzen van de mannen achter hem dat ze tevreden waren met de bevelen.

'Laten we gaan,' zei Sebastiaan. 'Ik wil Zuster Perdita inhalen voordat ze een te grote voorsprong op ons heeft.'

'Maak je geen zorgen,' zei Jennsen. 'Ik verlang er meer naar Meester Rahl te vinden dan Zuster Perdita.'

58

De hitte was op de kale vlakte al verzengend geweest, maar als je langs het pad naar beneden ging, was het alsof je afdaalde in een heteluchtoven. Met elke ademhaling kwam de gloeiend hete lucht Jennsens longen in, waardoor ze het gevoel kreeg dat ze ook van binnen uit werd geroosterd. De lucht die voor de steile wanden oprees, flakkerde als de trillende hitte boven een vuur.

Er waren plekken waar het pad gewoon verdween onder losse rotsblokken, of er misschien onderdoor liep. Op andere plekken was er een uitholling in het zachte zandsteen gesleten, zodat de route duidelijk zichtbaar was. Er waren ook stukken waar het pad de natuurlijke loop van het land volgde, zodat het zichzelf grotendeels wees en er weinig mogelijkheden waren om verkeerd te gaan. Af en toe moesten ze een helling oversteken met losse stenen, die elk spoor van het pad hadden uitgewist, en dan moesten ze maar hopen dat ze het verderop weer konden oppikken. Jennsen had genoeg ervaring om te weten dat dit pad oeroud en weinig gebruikt was.

Hoewel niets de schroeiende hitte kon temperen, waren de zwarte gewaden die de kooplui hun hadden gegeven in elk geval een verbetering. De zwarte stof rond haar ogen hield een deel van het pijnlijk felle licht tegen en absorbeerde het, waardoor ze beter kon zien. Het was een opluchting dat de donkere stof haar gezicht beschutte. In plaats van dat ze het er warmer van kreeg, zoals ze had gedacht, zorgde de dunne stof die de blote huid van haar armen en hals bedekte ervoor dat ze niet verbrandde en hield die op de een of andere manier ook nog wat warmte buiten.

Terwijl Sebastiaan en zij zich steeds verder over het pad naar beneden haastten, zag ze tot haar teleurstelling dat het verderop weer omhoogliep, over een van de uitlopers van de bergketen heen, die zich uitstrekten het dal in. De rotsachtige grond was zo onregelmatig dat het moeilijk, zo niet onmogelijk zou zijn om de afdaling in één keer te maken, dus liep het pad over de uitlopers van de bergen heen om niet zo steil te hoeven dalen. Het nadeel daarvan was dat je, nadat je een berghelling was afgedaald, de volgende weer moest beklimmen. Maar ze hadden geen andere keuze en moesten het pad wel volgen, eerst naar beneden en daarna weer omhoog. De afdaling vergde veel van de spieren in haar dijen en schenen, maar de daaropvolgende klim, in die hitte, was pas echt een kwelling.

Jennsen wist nog goed dat Sebastiaan haar eens had verteld dat niemand zich ooit in het dal waagde waar de Zuilen der Schepping stonden. Ze snapte nu waarom dat zo was. Aan het feit dat het pad al zo lang niet gebruikt was, kon ze zien dat het waar was, in elk geval voor dit deel. Ze herinnerde zich ook dat hij had gezegd dat als er al iemand het centraal gelegen dal in was gegaan, die in elk geval nooit was teruggekomen om het na te vertellen. Maar daar hoefde zij zich geen zorgen over te maken.

Naarmate ze lager kwamen, openden zich gapende kloven en diepe spleten in het woeste landschap, waardoor er rotswanden alleen kwamen te staan, alsof ze afgedankt en opzijgezet waren. Toen ze langs de randen van diepe afgronden liepen, rezen sommige pieken, restanten van die splijtingen, van diep onder hen op tot bijna hun niveau, aan de rand van het dal. Het was duizelingwekkend om neer te kijken op zulke hoge torens van steen. Er waren plekken waar Sebastiaan en zij over diepe spleten heen moesten springen. Jennsens hart stond bijna stil als ze af en toe uitzicht had op een verderop gelegen deel van het pad dat diep onder hen lag.

Zuster Perdita stond op de top van een van de hoogtes in de kronkelige afdaling van het pad op hen te wachten en bekeek hen met een zwijgend ongenoegen dat blijvend in de trekken van haar onverbiddelijke gezicht leek te zijn geëtst. De langer wordende schaduwen voegden een vreemde, nieuwe dimensie toe aan het landschap. De zakkende zon verlichtte de ruige, karakteristieke aspecten op een manier die benadrukte hoe imponerend het landschap was. Sebastiaan legde een hand op Jennsens rug en nam haar snel mee over een open, vlak stuk van het pad, waarna ze zich tussen de spookachtige rotspilaren begaven die erbij stonden als gigantische, dode boomstammen die hun kruin en al hun takken kwijt waren.

Vanaf het moment dat ze bij de kooplui waren vertrokken, had Jennsen het gevoel gehad dat er iets mis was, maar terwijl Sebastiaan haar haastig meevoerde, kon ze niet precies bedenken wat haar dwarszat. Zuster Perdita stond met een geërgerde frons te wachten.

Jennsen controleerde of haar mes er nog was, zoals ze al talloze malen had gedaan. Soms streek ze alleen maar lichtjes met haar vingertoppen langs het zilveren heft. Deze keer tilde ze het op om zich ervan te vergewissen dat het los in de schede hing, en daarna duwde ze het weer naar beneden totdat het met de geruststellende metalige klik op zijn plaats schoof.

De eerste keer dat ze het mes had gezien, toen ze de dode D'-Haraanse soldaat had gevonden, had ze het een bijzonder wapen gevonden. Dat vond ze nog steeds. Die eerste keer had de sierlijke letter R haar vrees ingeboezemd – en met reden – maar nu stelde het haar gerust om het bewerkte heft aan te raken, nu gaf het haar de hoop dat ze eindelijk een einde kon maken aan de dreiging. Dit was de dag dat ze kon doen wat Sebastiaan haar die eerste avond had gezegd. Ze zou iets gebruiken dat van haar vijand afkomstig was om terug te slaan.

Sebastiaan had ook een zware tijd gehad, sinds die eerste avond, toen hij met die mannen had moeten vechten terwijl hij koorts had. Ze zou nooit vergeten hoe moedig hij die dag was geweest en hoe hij had gevochten, ondanks zijn koorts. Maar wat veel erger was geweest dan die koorts, was dat hij was geraakt door de magie van tovenares Adie en daar bijna door was gedood. Jennsen was blij dat hij was hersteld en dat hij weer gezond was, dat hij nog een leven voor zich had, ook al was het dan zonder haar. 'Sebastiaan…' zei ze, toen ze plotseling besefte dat ze geen afscheid van hem had genomen. Dat wilde ze niet doen waar Zuster Perdita bij was. Ze bleef staan, draaide zich om en trok de zwarte sjaal voor haar mond weg. 'Sebastiaan, ik wil je bedanken voor alles wat je hebt gedaan om me te helpen.'

Hij lachte een beetje achter het masker van zwarte stof. 'Jenn, je klinkt alsof je op het punt staat dood te gaan.'

Hoe kon ze hem vertellen dat dat ook zo was?

'We weten niet wat er gaat gebeuren.'

'Maak je geen zorgen,' zei hij vrolijk. 'Er zal je niets overkomen. De Zusters hebben je geholpen met hun magie toen ze mij genazen, en nu is Zuster Perdita bij je. Ik ben er ook. Je zult eindelijk je moeder kunnen wreken.'

Hij wist niet welke prijs de Zusters hadden gevraagd voor hun hulp, en voor haar wraak. Jennsen kon het niet opbrengen het hem te vertellen, maar ze moest hem toch nog iets zeggen.

'Sebastiaan, als er iets met mij gebeurt...'

'Jenn,' zei hij, en hij pakte haar bij de armen en keek haar in de ogen, 'zo moet je niet praten.' Hij werd plotseling somber. 'Jenn, zeg zoiets niet. Ik moet er niet aan denken zonder jou te leven. Ik hou van je. Alleen van jou. Je weet niet wat je voor me betekent, hoezeer je mijn leven hebt veranderd, meer dan ik ooit voor mogelijk had gehouden. Ik zou niet verder kunnen leven zonder jou. Ik zou het leven niet meer kunnen verdragen. Jij zorgt ervoor dat de wereld goed is, zolang ik jou bij me heb. Ik ben hopeloos en reddeloos verliefd op je. Kwel me alsjeblieft niet met de gedachte dat ik je ooit zal moeten missen.'

Jennsen keek in zijn blauwe ogen, blauw zoals de ogen van haar moordzuchtige vader naar verluidt waren geweest, en ze kon geen woorden vinden om uit te leggen hoe ze zich voelde, om hem te vertellen dat ze hem afgenomen zou worden en dat hij het leven in zijn eentje onder ogen zou moeten zien. Ze wist hoe afschuwelijk het was om je alleen te voelen. Ze knikte, draaide zich terug naar het pad en sloeg de zwarte sjaal weer voor haar gezicht. 'Kom mee,' zei ze. 'Zuster Perdita wacht op ons.'

De vrouw keek Jennsen lelijk aan van achter haar eigen donkere masker, terwijl ze in de wind op een breed, plat rotsblok stond te wachten. Jennsen zag dat het pad achter de Zuster in de schaduw steil naar beneden liep, naar het gebied van de Zuilen der Schepping zelf. Toen ze naderbij kwamen, besefte Jennsen dat Zuster Perdita niet fronsend naar haar keek, maar langs haar heen, in de richting van waaruit ze waren gekomen.

Voordat ze haar bereikten, op de platte rots waar haar zwarte gewaad wapperde in de verschroeiende windvlagen, draaiden ook zij zich om om te zien waar ze zo ingespannen naar tuurde. Vanuit hun hoge gezichtspunt kon Jennsen zien dat ze een top hadden bereikt van waaruit het pad snel langs de helling ging dalen naar de bodem van de vallei. Maar toen ze omkeek over de brede kloven en rotsachtige hoogtes die ze al waren overgestoken, zag ze dat ze zich weer bijna ter hoogte van de rand van het dal bevonden. Daar zag ze in de verte, piepklein, het groepje lage gebouwtjes staan.

De ruiter had die bijna bereikt; zijn paard kwam kaarsrecht naar het begin van het pad stormen. De eenheid van duizend soldaten had zich in een dichte slagorde voor het begin van het pad opgesteld en wachtte hem op. Achter het galopperende paard steeg een lange pluim stof op.

Voordat het dier, dat op volle snelheid kwam aanstuiven, de mannen had bereikt, zag Jennsen een hapering in zijn tred. Het paard zakte plotseling door zijn voorbenen. Het arme dier viel met een smak op de rotsachtige grond, gestorven van uitputting.

Toen het paard ineenzakte, stapte de ruiter er in een vloeiende beweging vanaf. Schijnbaar zonder vaart te verliezen, rende hij verder naar het pad. Hij droeg donkere kleren, maar niet dezelfde als de nomadische kooplui. Er wapperde een goudkleurige cape achter hem aan. En hij leek veel groter te zijn dan de kooplui.

Toen hij recht op het pad af kwam, riep de commandant van de cavalerie de man toe dat hij moest blijven staan. Hij leek niets terug te zeggen. Hij negeerde hen gewoon en beende resoluut langs de gebouwtjes naar het begin van het pad. De duizend mannen hieven een schrille strijdkreet aan en vielen aan.

De arme man had geen wapen in zijn handen en maakte geen dreigende beweging naar de soldaten. Toen de cavalerie van de Orde op hem afstormde, stak hij een hand naar hen op, alsof hij hen wilde waarschuwen niet verder te gaan. Maar Jennsen wist, zowel door de bevelen die Sebastiaan had gegeven als door de manier waarop ze op de eenzame man afstormden, dat ze niet van plan waren om te stoppen voordat ze hem hadden uitgeschakeld. Jennsen zag vol afgrijzen dat de man op het punt stond gedood te worden, en ze keek gefascineerd toe hoe de duizend soldaten zich op hem wierpen.

Plotseling lichtte de rand van het dal met een donderende klap op. Ondanks haar donkere omslagdoek bracht Jennsen een hand naar haar ogen om die te beschutten, terwijl haar adem stokte van schrik. De felle flits en zijn afschuwelijke tegenhanger hadden zich vervlochten: een withete bliksemflits, verstrengeld met een knetterende zwarte streep die een leegte in de wereld leek te zijn, een vreselijke kracht die in één explosief moment werd samengevoegd en zich ontlaadde.

Even leek het alsof alle verblindende helderheid van de kale vlakte en de felle hitte van de Zuilen der Schepping in één punt waren samengebracht en losgelaten. In een oogwenk vaagde de explosie van die krachtige bliksemflits het leger van duizend man weg in een stralend verlichte rode wolk. Toen het verblindende licht, het denderende gebulder en de hevige schokgolf plotseling verdwenen waren, gold dat ook voor de duizend mannen; ze waren allemaal neergemaaid.

Tussen de rokende resten van paarden en mannen door, stapte die ene man nog steeds verder in de richting van het pad, alsof hij geen moment had gehaperd in zijn tred.

Aan die vastbesloten bewegingen van de man zag Jennsen, meer nog dan aan de verwoestingen die hij had aangericht, de ware reikwijdte van zijn vreselijke woede.

'Goede geesten,' fluisterde Jennsen. 'Wat is er gebeurd?'

'Verlossing kan alleen bereikt worden door zelfopoffering,' zei Zuster Perdita. 'Die mannen zijn gestorven in dienst van de Orde en dus van de Schepper. Dat is het hoogste waartoe de Schepper iemand kan roepen. We hoeven niet om hen te rouwen, want ze hebben door hun trouwe plichtsbesef verlossing bereikt.'

Jennsen kon haar alleen maar aanstaren.

'Wie is dat?' vroeg Sebastiaan, terwijl hij naar de eenzame man keek, die de rand van het dal van de Zuilen der Schepping bereikte en zonder onderbreking op weg naar beneden ging. 'Hebben jullie enig idee?'

'Het doet er niet toe.' Zuster Perdita wendde zich weer naar het pad. 'We hebben een opdracht te vervullen.'

'Dan kunnen we maar beter opschieten,' zei Sebastiaan op bezorgde toon, terwijl hij achteromkeek naar de gestalte die in de verte met een snelle, gelijkmatige tred het pad afkwam.

59

Jennsen en Sebastiaan haastten zich achter Zuster Perdita aan, die over de top van de berg was verdwenen. Toen ze de rand bereikten, zagen ze haar, al ver onder hen. Jennsen keek om naar het begin van het pad, maar zag de eenzame man niet. Ze zag wel dat er over de uitgestrekte kale vlakte een wolkenbank was komen aandrijven.

'Schiet op!' riep Zuster Perdita achterom naar hen.

Met Sebastiaans hand tegen haar onderrug om haar aan te sporen, snelde Jennsen het steile pad af. De Zuster bewoog zo snel als de wind, en het zwarte gewaad wapperde achter haar aan terwijl ze een pad afrende dat in de steile helling was uitgehakt. Jennsen had nog nooit zo haar best moeten doen om iemand bij te houden. Ze vermoedde dat de vrouw magie gebruikte om sneller vooruit te komen.

Elke keer dat Jennsen haar evenwicht verloor op de losse stenen en haar hand uitstak om steun te zoeken, schaafde ze haar vingers en handpalmen aan het ruwe gesteente. Het pad was het lastigste dat ze ooit af was geklommen. Losse stenen die op een ondergrond van vast gesteente lagen, gleden voortdurend weg onder haar voeten, en ze wist dat de rotsen, die op veel plekken zo scherp waren als versplinterd glas, haar handen open zouden snijden als ze ze op de verkeerde plek vastgreep.

Jennsen was al snel buiten adem door haar poging de Zuster in te halen. Sebastiaan, vlak achter haar, hijgde al net zo hard. Ook hij verloor een paar keer zijn evenwicht, en eenmaal gaf Jennsen een gil en greep zijn arm net voordat hij over de rand van een steile afgrond honderden meters de diepte in viel.

De opluchting die hij door zijn ademnood niet onder woorden kon brengen, stond in zijn ogen te lezen.

Toen Jennsen na een schijnbaar oneindige, zware afdaling zag dat ze dichter bij de bodem van het dal was gekomen, merkte ze tot haar opluchting dat de wanden en torens van gesteente het brandende zonlicht tegenhielden. Ze keek even op naar de hemel, iets waarvoor ze al een hele tijd geen gelegenheid meer had gehad, en besefte dat het niet alleen de schaduwen van de rotsen waren die het donkerder maakten. De hemel, die een paar uur eerder nog helder en felblauw was geweest, was nu overdekt met een kolkende, donkere laag wolken, alsof het hele dal van de Zuilen der Schepping werd afgesloten van de rest van de wereld.

Ze vervolgde haar weg, zich haastend om Zuster Perdita bij te houden. Er was geen tijd om zich zorgen te maken over wolken. Hoe uitgeput Jennsen ook was, ze wist dat ze, als de tijd daar was, de kracht zou vinden om haar mes in Richard Rahl te drijven. Het was bijna zover. Ze wist dat haar moeder, die bij de goede geesten was, haar zou inspireren en kracht zou geven. Ze wist ook dat er andere kracht was beloofd.

In plaats van haar met angst te vervullen, gaf de wetenschap dat het einde van haar leven nabij was Jennsen een vreemd, afstandelijk gevoel van kalmte. Het leek bijna een mooie belofte, de belofte dat er een eind zou komen aan de strijd, aan de angst, dat ze zich nergens meer druk over hoefde te maken. Binnenkort zouden er geen uitputting, ondraaglijke hitte, verdriet en leed meer zijn.

Desalniettemin drong af en toe heel even het ontstellende besef tot haar door dat ze weldra zou sterven, en dan was er alleen nog maar een overweldigende paniek. Het was haar leven, het enige leven dat ze had en dat nu onverbiddelijk ten einde liep, dat weldra zou eindigen in de koude omhelzing van de dood.

Er schoot een flikkerende bliksemschicht door de donker wordende lucht, onder de wolken. In de verte waren meer felle flitsen, tussen de dikke wolken door, en ze verlichtten die vanbinnen met een spectaculair groen licht. In de verte rommelde de donder en het geluid rolde voort door de grote, verlaten vallei. Dat aarzelende, rollende geluid leek te passen bij de manier waarop het landschap lag te stoven in de hitte.

Naarmate ze verder afdaalden, werden de hoog oprijzende pilaren van gesteente die ze passeerden steeds groter; in het begin staken ze omhoog uit scheuren in de bergkammen, maar beneden leken ze geworteld te zijn in de bodem van de vallei zelf. Nu ze zich eindelijk steeds verder van de rotswanden verwijderden en de vallei zelf in liepen, rezen die pilaren op als een oeroud stenen bos. Jennsen voelde zich zo nietig als een mier toen ze ertussen liep.

Terwijl hun voetstappen weerklonken tussen de rotswanden, holtes en torens, verwonderde ze zich ondanks alles over de gladde, geribbelde zijkanten van de pilaren, die eruitzagen alsof het gesteente glad was gesleten, als keien in een rivier. Het gesteente leek uit verschillende lagen te bestaan, die niet dezelfde hardheid hadden, zodat ze in een verschillend tempo wegsleten en de stenen torens over hun hele lengte varieerden in dikte. Op sommige plekken rustte een enorm breed stuk van een pilaar op een smalle hals. Al die tijd hing de hitte over haar heen als een zware last en sleepte ze zich voort door het scherpe grind in het dal. Het licht wierp spookachtige schaduwen tussen de pilaren en creëerde donkere hoeken verder weg tussen de torens. Op andere plekken leek het licht van achter het gesteente te komen. Als ze opkeek, was het alsof ze vanuit het diepste punt van de wereld omhoogkeek; ze zag het gesteente zelf, dat af en toe groen oplichtte door de flikkerende bliksem tussen de wolken, omhoogreiken alsof het smeekte om verlossing.

Zuster Perdita gleed als de geest van een dode door de doolhof van gesteente, terwijl haar zwarte gewaad achter haar aan wapperde. Zelfs de aanwezigheid van Sebastiaan achter haar was voor Jennsen geen geruststelling tussen deze zwijgende wachters van de kracht der Schepping.

De bliksem vormde een boog boven hun hoofd, boven de hoge rotspilaren, alsof hij het stenen bos doorzocht. Donder deed de vallei schudden, en de schokken waren zo hevig dat er afbrokkelende keien naar beneden vielen, zodat ze moesten wegrennen of opzij springen om er niet onder bedolven te worden. Jennsen zag dat er in het verleden hier en daar al eens enorme zuilen waren ingestort. Die lagen nu als gevallen reuzen op de grond. Op sommige plekken lagen de monumentale stukken steen over het pad en moesten ze eronderdoor lopen, door openingen waar de kolossale keien uitgesleten gaten overspanden. Ze hoopte dat de bliksem die aan alle kanten door de hemel schoot, niet besloot om een stenen pilaar vlak boven hen te raken en een immens gewicht op hen te doen neerstorten.

Net toen Jennsen dacht dat ze voorgoed verdwaald waren in de nauwe ruimten tussen het hoog oprijzende gesteente, zag ze tussen twee torens door een opening en daarachter de rest van het grote dal. Tussen de samengepakte stenen pilaren op de bodem van het dal door slingerend, baanden ze zich langzamerhand een weg naar wat opener terrein, waar de zuilen eerder individuele monumenten waren dan dat ze dicht opeenstonden.

Nu ze eenmaal beneden waren, bleek dat de vallei, die er van bovenaf zo vlak had uitgezien, een wirwar was van golvende, lage rotsen en losse stenen, doorsneden met getande rotsformaties en hoger liggende, platte stukken glad steen die zich kilometers ver uitstrekten. In het verlengde van de uitlopers van taps toelopende bergkammen die vanaf de zijkanten het dal in liepen, stonden hoge zuilen, sommige geïsoleerd en andere in groepjes.

De donder begon angstaanjagend te worden; hij kraakte, dreunde en rommelde nu bijna voortdurend door het woud van steen. De kolkende wolken waren steeds lager komen te hangen, totdat ze de rotswanden om hen heen bijna raakten. Aan de andere kant van het dal waren er onder de donkerste wolken bijna voortdurend flitsen en schichten te zien, sommige ontstellend fel, gevolgd door keiharde donderklappen.

Toen ze langs een brede stenen toren liep, zag Jennsen tot haar schrik in de verte een wagen door de vallei rijden.

Jennsen wendde zich naar Sebastiaan om hem op de wagen te wijzen, en daar, achter hen, torende de vreemdeling boven hen uit. Ze keek naar zijn zwarte overhemd, zijn zwarte tuniek, die aan de zijkanten open was en was versierd met oeroude symbolen langs een brede gouden band die helemaal langs de randen en rechte hoeken liep. De tuniek werd om zijn middel bijeengehouden met een brede leren riem van meerdere lagen, waar aan weerszijden leren gordeltassen aan hingen. De kleine, met goud bewerkte vakjes op de riem droegen zilveren emblemen van aaneengeschakelde ringen, net als de brede, met leer gevoerde zilveren banden om zijn polsen. Zijn broek en laarzen waren zwart. In contrast daarmee droeg hij een cape om zijn brede schouders die wel van gesponnen goud leek te zijn.

Zijn enige wapen was een mes aan zijn riem, maar hij had geen wapen nodig om de belichaming van gevaar te zijn.

Toen ze in zijn grijze ogen keek, wist Jennsen onmiddellijk en zonder twijfel dat ze in de roofvogelblik van Richard Rahl staarde.

Ze had het gevoel dat er een vuist van angst om haar hart werd geslagen en werd dichtgeknepen. Ze trok haar mes en hield het zo stijf vast dat haar knokkels om het zilveren heft wit werden. Ze voelde de sierlijke letter R van het Huis Rahl in haar handpalm en vingers drukken terwijl de Meester Rahl zelf tegenover haar stond.

Sebastiaan draaide zich snel om, zag hem en kwam achter haar staan.

Jennsens emoties tuimelden over elkaar, en ze stond als aan de grond genageld voor haar broer.

'Jenn,' fluisterde Sebastiaan achter haar, 'maak je geen zorgen. Je kunt het. Je moeder kijkt toe. Stel haar niet teleur.'

Richard Rahl nam haar met een kritische blik op en leek Sebastiaan of Zuster Perdita, die verder weg stond, niet op te merken. Jennsen staarde haar halfbroer aan, zich net zomin bewust van de andere twee.

'Waar is Kahlan?' vroeg Richard.

Zijn stem was niet zoals ze had verwacht. Die was wel gebiedend, dat zeker, maar met nog veel meer emoties, variërend van kille woede en vastberadenheid tot wanhoop. Ook in zijn ogen stond eenzelfde oprechte en afschrikwekkende onverschrokkenheid te lezen.

Jennsen kon haar ogen niet van hem afhouden. 'Wie is Kahlan?'

'De Biechtmoeder. Mijn vrouw.'

Jennsen kon zich niet verroeren, zo strijdig waren haar ideeën met wat ze zag en hoorde. Dit was geen onmens op zoek naar een ander onmens, een hardvochtige Belijdster die met ijzeren vuist en kwade wil over het Middenland heerste. Dit was een man die gedreven werd door zijn liefde voor deze vrouw. Jennsen kon duidelijk zien dat niets anders voor hem echt belangrijk was. Als ze niet uit de weg gingen, zou hij door hen heen lopen zoals hij door die duizend man was gelopen. Zo eenvoudig was het gewoon.

Behalve dat Jennsen, in tegenstelling tot die duizend man, onoverwinnelijk was.

'Waar is Kahlan?' herhaalde Richard, en het was duidelijk dat zijn geduld op begon te raken.

'Jij hebt mijn moeder vermoord,' zei Jennsen, op bijna verdedigende toon.

Zijn wenkbrauwen gingen omhoog. Hij leek oprecht verbaasd te zijn. 'Ik heb nog maar pas gehoord dat ik een zus heb. Friedrich Vergulder heeft het me kortgeleden verteld, en ook dat je Jennsen heet.'

Jennsen besefte dat ze knikte; ze was niet in staat haar blik van hem af te wenden en zag haar eigen ogen in de zijne.

'Dood hem, Jenn!' fluisterde Sebastiaan doordringend in haar oor. 'Dood hem! Je kunt het. Zijn magie kan je geen kwaad doen! Doe het.'

Jennsen voelde een tinteling van schrik door haar benen naar boven trekken. Er klopte iets niet. Met het mes stevig in haar hand verzamelde ze al haar moed, terwijl de stem haar hoofd vulde totdat er geen ruimte meer was voor iets anders.

'De Meester Rahl heeft mijn hele leven geprobeerd me te vermoorden. Nadat jij je vader hebt gedood, heb je zijn plaats ingenomen. Je hebt mannen achter me aan gestuurd. Je hebt jacht op me gemaakt, net als je vader. Je hebt viermanschappen achter ons aan gestuurd. Smeerlap, jij hebt die mannen gestuurd die mijn moeder hebben vermoord!'

Richard luisterde zonder tegenwerpingen te maken en antwoordde toen op kalme, weloverwogen toon: 'Hang het boetekleed niet om mijn schouders omdat anderen slecht zijn.'

Jennsen besefte met een schok dat dat bijna dezelfde woorden waren als die haar moeder had gebruikt de avond voordat ze stierf. *'Trek nooit het boetekleed aan omdat zij slecht zijn.'*

De spieren in zijn kaak trokken toen hij zijn kiezen op elkaar zette. 'Wat hebben jullie met Kahlan gedaan?'

'Ze is nu mijn koningin!' weerklonk het tussen de pilaren door.

Jennsen herkende de stem vaag. Toen ze om zich heen keek, zag ze Zuster Perdita nergens.

Richard liep langs haar heen in de richting van de stem, als een schaduw die langskwam, en toen was hij plotseling weg. Ze had haar kans om hem dood te steken gemist. Ze kon niet geloven dat hij recht voor haar had gestaan en dat ze haar kans had laten lopen.

'Jenn!' riep Sebastiaan, en hij trok aan haar arm. 'Wat mankeert je? Kom mee! Je kunt hem nog te pakken krijgen!'

Ze wist niet wat er mis was. Er was wel iets. Ze drukte haar handen tegen haar hoofd in een poging de monotone stem te onderdrukken. Dat lukte niet meer. Ze had een akkoord gesloten, en nu eiste de stem genadeloos van haar dat ze zich daaraan hield en vermorzelde haar geest met een pijn zoals ze nooit eerder had gevoeld.

Toen Jennsen door het woud van stenen zuilen gelach hoorde weerklinken, kwam ze snel in beweging, de hitte en haar uitputting vergetend. Sebastiaan en zij renden naar het geluid toe, tussen de wirwar van hoog oprijzend gesteente door. Ze wist niet meer waar ze was en was elk gevoel voor richting kwijt. Ze stormde door kronkelige gangen van steen die uitkwamen op andere, onder bogen van gesteente door, tussen pilaren door en door schaduw en licht. Het was alsof ze door een vreemde en verwarrende combinatie van gangen en een bos rende, behalve dat deze muren van gesteente waren, niet van pleisterwerk, en de bomen ook.

Toen ze om een enorme zuil heen liepen, zagen ze tussen andere pilaren die er als wachters stonden een open plek van golvend, glad gesteente dat allerlei welvingen had, met lagere stenen pilaren eromheen die zo dik waren als eeuwenoude pijnbomen.

Aan een van die pilaren was een vrouw vastgebonden.

Jennsen twijfelde er geen moment aan dat dit Richards vrouw was, Kahlan, de Biechtmoeder.

Vanuit een andere richting kwam het galmende gelach, dat Richard plagerig weglokte van wat hij zocht.

De Biechtmoeder zag er niet uit als het onmens dat Jennsen zich had voorgesteld. Ze was er zichtbaar slecht aan toe, en ze hing slap in het touw rond de pilaar. Ze was niet stevig vastgebonden, maar heel simpel, met een touw rond haar middel, zoals een kind een speelkameraadje aan een boom zou binden.

Blijkbaar was ze buiten bewustzijn; haar lange haar hing gedeeltelijk voor haar gezicht en haar armen bungelden los naar voren. Ze droeg eenvoudige reiskleding, maar noch die, noch de gedeeltelijke sluier van haar kon verbergen wat een mooie vrouw ze was. Ze leek maar een paar jaar ouder dan Jennsen. Het zag er niet naar uit dat ze veel ouder zou worden.

Zuster Perdita verscheen plotseling naast de Biechtmoeder, tilde het hoofd van de vrouw op bij haar haar, keek even naar haar gezicht en liet haar hoofd toen weer vallen.

Sebastiaan kwam aanrennen en wees. 'Dat is ze. Kom mee.'

Jennsen liep achter hem aan; de stem in haar hoofd hoefde haar niet te vertellen dat dit het aas was dat bedoeld was om Richard Rahl hierheen te lokken, zodat hij gedood kon worden. De stem had zich aan zijn deel van de afspraak gehouden.

Jennsen vermande zich en rende, met haar mes stevig in de hand, naar de Zuster toe. Ze keerde haar rug naar de bewusteloze vrouw, aan wie ze niet wilde denken en die ze niet wilde zien, en concentreerde zich op de taak die voor haar lag. Dit was haar kans om er een einde aan te maken.

Plotseling kwam de lachende man vanachter een nabije pilaar te voorschijn, ongetwijfeld om hen te helpen de prooi te lokken. Jennsen herkende zijn afschuwelijke grijns. Het was de man die ze had gezien op de avond dat Lathea, de tovenares, was vermoord. Het was de man die Betty, haar geit, zo'n angst had aangejaagd. De man van wie Jennsen dacht dat ze hem herkende uit haar nachtmerries.

'Ik zie dat jullie mijn koningin hebben gevonden,' zei de man uit de nachtmerries.

'Wat?' vroeg Sebastiaan.

'Mijn koningin,' zei de man, nog steeds met die vreselijke grijns. 'Ik ben koning Oba Rahl. Zij zal mijn koningin zijn.'

Toen zag Jennsen dat zijn ogen inderdaad enige gelijkenis vertoonden met die van Nathan Rahl, van Richard en van haarzelf. Hij had niet die sterke overeenkomst met hen die Jennsen tussen haarzelf en Richard zag, maar ze zag er genoeg van om te weten dat hij de waarheid sprak, dat ook hij een kind van Darken Rahl was.

'Daar komt hij,' zei hij, terwijl hij zich omdraaide en zijn arm uitstak als om iemand voor te stellen, 'mijn broer, de oude Meester Rahl.'

Richard kwam met grote stappen uit de schaduw.

'Wees niet bang, Jenn,' fluisterde Sebastiaan in haar oor, 'hij kan je geen kwaad doen. Nu kun je hem te grazen nemen.'

Dit was haar kans; die zou ze niet nog eens voorbij laten gaan.

Ergens opzij van haar, tussen het woud van pilaren door, ving ze een glimp op van een wagen die kwam aanrijden. Ze dacht de paarden te herkennen: allebei grijs met zwarte manen en een zwarte staart. Ze had verder nooit zulke grote paarden gezien. Vanuit haar ooghoek zag ze dat de menner groot en blond was.

Jennsen draaide zich om en staarde ongelovig naar de wagen toen ze Betty's vertrouwde gemekker hoorde. De geit stond op haar achterpoten, met haar voorhoeven op de zitplaats naast de menner. De grote blonde man aaide haar even liefkozend over haar oren. Het leek Tom wel.

'Jennsen,' zei Richard, 'ga weg bij Kahlan.'

'Niet doen, zusje!' riep Oba. Hij bulderde van het lachen.

Met haar mes in de hand liep Jennsen achteruit naar de bewusteloze vrouw toe, die aan de pilaar achter haar hing. Richard zou op haar af moeten komen om Kahlan te bereiken; dan zou Jennsen hem te pakken nemen.

'Jennsen,' zei Richard, 'waarom kies je de kant van een Zuster van de Duisternis?'

Ze keek even met een verbaasde frons naar Zuster Perdita. 'Een Zuster van het Licht,' verbeterde ze.

Richard schudde langzaam zijn hoofd, terwijl zijn blik naar Zuster Perdita ging. 'Nee. Ze is een Zuster van de Duisternis. Jagang heeft wel Zusters van het Licht, maar hij heeft die andere ook. Ze zijn allemaal slavinnen van de droomwandelaar; daarom hebben ze die ring door hun onderlip.'

Dat woord had Jennsen eerder gehoord, droomwandelaar. Ze probeerde zich uit alle macht te herinneren waar. Ze dacht ook aan het wezen dat de Zusters die nacht in het bos hadden opgeroepen. Haar gedachten buitelden met een enorme snelheid over elkaar. Het hielp niet erg dat de stem er ook was en haar voortdurend aanspoorde. Inwendig voelde ze een schreeuwende drang deze man te doden, maar er was iets dat haar ervan weerhield toe te steken. Ze wist dat het niet zijn magie kon zijn.

'Je zult door Jennsen heen moeten als je Kahlan wilt redden,' zei Zuster Perdita op haar koele, hooghartige toon. 'Je tijd en je keuzemogelijkheden zijn op, Meester Rahl. Je kunt maar beter je vrouw redden, voordat haar tijd ook op is.'

Opzij van haar, in de verte, zag Jennsen de bruine geit door het woud van steen aan komen springen; ze had al een grote voorsprong op Tom.

'Betty?' fluisterde Jennsen verstikt door tranen, en ze wikkelde de zwarte sluier los van haar hoofd, zodat de geit haar zou herkennen.

De geit mekkerde toen ze haar naam hoorde, en haar rechtopstaande staartje kwispelde razendsnel heen en weer terwijl ze kwam aanrennen. Achter haar, in de buurt van Tom, bewoog nog iets, iets kleiners. Voordat de geit haar bereikte, moest ze langs Oba. Toen ze om de zuil heen kwam en hem in het oog kreeg, slaakte Betty een klaaglijk kreetje en ze stapte snel bij hem vandaan. Jennsen herkende het geluidje waarmee Betty haar angst en schrik uitte en om hulp en troost vroeg.

Boven hun hoofden barstte de hemel los in een pandemonium van bliksem en donder, wat het arme dier nog angstiger maakte.

'Betty?' riep Jennsen, die haar ogen nauwelijks kon geloven en zich afvroeg of het een illusie kon zijn, een sadistische truc. Maar die uitwerking kon de magie van Meester Rahl niet op haar hebben.

Toen ze haar stem hoorde, sprong de geit op Jennsen af, haar levenslange vriendin. Maar toen ze nog maar een klein stukje bij haar vandaan was, keek Betty naar Jennsen op en bleef als aan de grond genageld staan. Het kwispelende staartje verstijfde. Betty mekkerde geschrokken. Het gemekker begon paniekerig te klinken, paniek om iets wat ze zag.

'Betty,' riep Jennsen uit, 'het is in orde. Kom maar, ik ben het.'

Bevend van angst deinsde Betty achteruit terwijl ze naar Jennsen bleef kijken. De geit reageerde op dezelfde manier als ze vlak daarvoor bij Oba had gedaan, en net als die avond dat ze hem voor het eerst zag.

Betty draaide zich om en rende weg.

Recht op Richard af.

Hij ging op zijn hurken zitten terwijl de overduidelijk angstige geit naar hem toe rende op zoek naar geruststelling, die ze vond onder een beschermende hand.

Toen hoorde de verblufte Jennsen nog meer zacht gemekker. Temidden van al die mensen, van een levensgevaarlijke confrontatie, kwamen twee kleine witte geitjes aan dartelen. Ze schrokken toen ze de man zagen, draaiden zich om en krompen ineen bij de aanblik van Jennsen, terwijl ze om hun moeder riepen.

Betty mekkerde naar hen. Ze keerden zich razendsnel om en renden naar haar toe voor bescherming. Bij hun moeder voelden ze zich veilig, en ze sprongen tegen Richard op, omdat ook zij geruststellend wilden worden aangehaald.

Tom was op flinke afstand blijven staan en stond bij een zuil toe te kijken, blijkbaar van plan zich er niet mee te bemoeien.

Jennsen dacht dat de wereld op zijn kop stond.

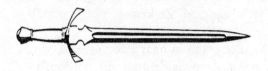

60

'Betty, wat doe je nou?' vroeg Jennsen, die niet kon bevatten wat er gebeurde.

'Magie,' fluisterde Zuster Perdita achter Jennsen, in antwoord op haar verbaasde toon. 'Het komt door hem.'

Was het mogelijk dat Richard Rahl zelfs haar geit had behekst en tegen haar had opgezet?

Richard deed een stap naar haar toe. Betty en haar kleintjes dartelden rond zijn benen, zonder enig besef te hebben van de kwesties van leven of dood die zich voor hun ogen afspeelden.

'Jennsen, gebruik je verstand,' zei Richard. 'Denk zelf na. Je moet me helpen. Ga bij Kahlan vandaan.'

'Dood hem!' fluisterde Sebastiaan fel en beslist. 'Doe het, Jenn! Magie kan je niet deren! Doe het!'

Jennsen hief haar mes terwijl Richard rustig toekeek. Ze voelde dat ze naar hem toe stapte. Als ze hem doodde, zou zijn magie ook sterven en dan zou Betty haar weer herkennen.

Jennsen verstijfde. Er klopte iets niet. Ze wendde zich tot Sebastiaan.

'Hoe weet je dat? Hoe kun je dat weten? Ik heb je nooit verteld dat magie me niet kan deren.'

'Heb jij dat ook?' riep Oba. Hij was dichterbij gekomen. 'Dan zijn we allebei onoverwinnelijk! We kunnen D'Hara samen regeren... Ik word natuurlijk koning. Koning Oba Rahl. Maar ik ben niet eerzuchtig. Jij zou misschien prinses kunnen worden. Ja, ik zou jou wel prinses kunnen laten zijn, als je gehoorzaam bent.'

Jennsen keek weer naar Sebastiaans verraste gezicht. 'Hoe weet je dat?'

'Jenn... Ik... ik dacht gewoon...' stamelde hij, op zoek naar een antwoord.

'Richard...' Het was Kahlan, die bijkwam, maar nog versuft was. 'Richard, waar zijn we?' Ze kromp ineen van pijn en jammerde, hoewel niemand haar aanraakte.

Toen Richard een stap in haar richting zette, ging Jennsen weer voor haar staan. Ze zwaaide dreigend met haar mes.

'Als je bij haar wilt komen, zul je door Jennsen heen moeten,' zei Zuster Perdita.

Richard keek haar enige tijd aan zonder een spoor van enige emotie. 'Nee.'

'Je moet wel!' grauwde de Zuster. 'Je zult Jennsen moeten doden, anders zal Kahlan sterven!'

'Ben je gek geworden?' riep Sebastiaan naar de Zuster.

'Beheers je, Sebastiaan,' snauwde de Zuster. 'Verlossing wordt alleen bereikt door opoffering. De hele mensheid is verdorven. Eén individu is onbelangrijk, één leven heeft geen betekenis. Het is niet van belang wat er met haar gebeurt, alleen haar offer is van belang.'

Sebastiaan staarde haar aan en was niet in staat een antwoord te formuleren, niet in staat een reden te geven waarom Jennsens leven wel belangrijk was.

'Je zult Jennsen moeten doden!' gilde Zuster Perdita terwijl ze zich weer naar Richard wendde. 'Anders dood ik Kahlan!'

'Richard...' kermde Kahlan, die kennelijk niet begreep waar ze was of wat er gebeurde.

'Kahlan,' zei Richard op kalme toon, 'verroer je niet.'

'Je laatste kans!' schreeuwde Zuster Perdita. 'Je laatste kans om het kostbare leven van de Biechtmoeder te redden! Je laatste kans voordat de Wachter haar krijgt! Hou hem tegen, Jennsen, dan dood ik zijn vrouw!'

Het verbijsterde Jennsen dat de Zuster hem aanmoedigde haar te doden. Dat was niet logisch. De Zuster wilde Meester Rahl dood hebben. Ze wilden allemaal Meester Rahl dood hebben.

Jennsen wist dat ze er een einde aan moest maken. Hij kon haar geen kwaad doen met zijn magie. Ze had geen flauw idee hoe Sebastiaan dat wist, maar ze moest er nu een einde aan maken, nu ze de kans had. Maar waarom de Zuster dit deed, was haar een raadsel.

Tenzij Zuster Perdita probeerde Richard zo kwaad te maken dat hij met zijn magie zou uithalen, dat hij Jennsen met zijn kracht zou aanvallen, en haar zo de gelegenheid zou bieden die ze nodig had. Dat moest het zijn. Jennsen durfde niet langer te wachten.

Met een woedende kreet, waarin een levenslange haat, het brandende verdriet om de moord op haar moeder en de gigantische razernij van de stem in haar hoofd doorklonken, wierp Jennsen zich op Richard.

Ze wist dat hij zijn magie naar haar zou slingeren om zich te redden, magie tegen haar zou gebruiken zoals hij die tegen de duizend soldaten had gebruikt. Het zou een schok voor hem zijn dat die niet werkte, en ze zou op het laatste moment door zijn levensgevaarlijke bezweringen heen breken en plotseling haar mes in zijn kwade hart drijven. Hij zou te laat ontdekken dat ze onoverwinnelijk was.

Krijsend van woede vloog Jennsen op hem af.

Ze verwachtte een vreselijke klap, verwachtte dat ze door bliksem, donder en rook zou vliegen, maar die kwamen niet. Hij greep haar pols in zijn vuist. Heel eenvoudig. Hij gebruikte geen magie. Hij sprak geen toverformule uit. Hij deed geen beroep op zijn tovenaarskracht.

Jennsen was niet immuun voor spierkracht, en daar bezat hij een ruime hoeveelheid van.

'Kalmeer,' zei Richard.

Ze vocht als een uitzinnige met hem, een razende storm die al haar haat en verdriet in haar aanval stopte. Hij hield haar hand met het mes stevig vast terwijl ze uitraasde en met haar andere vuist tegen zijn borst beukte. Hij had haar met zijn blote handen in tweeën kunnen breken, maar hij liet haar krijsen en naar hem uithalen, en daarna liet hij toe dat ze zich losrukte en op enige afstand van hem ging staan hijgen, met haar mes geheven, terwijl er tranen van woede en haat over haar wangen stroomden.

'Dood haar of Kahlan sterft!' krijste Zuster Perdita opnieuw.

Sebastiaan duwde de Zuster weg. 'Ben je gek geworden? Ze kan het! Hij is niet eens gewapend!'

Richard trok een boekje uit een van zijn gordeltassen en hield het omhoog.

'Jawel, hoor.'

'Hoe bedoel je?' vroeg Jennsen.

Zijn roofvogelblik vestigde zich op haar. 'Dit is een eeuwenoud boek dat *De Zuilen der Schepping* heet. Het is geschreven door onze voorouders, Jennsen, door de eerste mensen die Meester Rahl werden, de eersten die de volle betekenis beseften van wat er in gang was gezet door de allereerste van de lijn, Alric Rahl, die onder andere de band heeft gecreëerd. Het is heel interessant om te lezen.'

'Er staat vast in dat je als Meester Rahl mensen zoals ik moet doden,' zei Jennsen.

Richard glimlachte. 'Je hebt gelijk. Dat staat er inderdaad in.'

'Wat?' Ze kon nauwelijks geloven dat hij dat toegaf. 'Staat dat er echt in?'

Hij knikte. 'Er wordt in uitgelegd waarom alle nakomelingen van de Meester Rahl – de Meester Rahl die de gave van de band doorgeeft aan zijn volk – die echt geen sprankje van de gave hebben, gedood moeten worden.'

'Ik wist het wel!' riep Jennsen. 'Je probeerde te liegen! Maar het is waar! Het staat daar allemaal in!'

'Ik heb niet gezegd dat ik de raad zou opvolgen. Ik zei alleen dat er in het boek staat dat mensen zoals jij gedood moeten worden.'

'Waarom?' vroeg Jennsen.

'Jenn, dat doet er niet toe,' fluisterde Sebastiaan. 'Luister niet naar hem.'

Richard gebaarde naar Sebastiaan. 'Hij weet waarom. Zo weet hij ook dat mijn magie jou geen kwaad kan doen. Dat weet hij, omdat hij weet wat er in het boek staat.'

Jennsen draaide zich om naar Sebastiaan, en haar ogen werden groot toen ze het plotseling begreep. 'Keizer Jagang heeft dat boek ook.'

'Jenn, nu sla je nonsens uit.'

'Ik heb het gezien, Sebastiaan. *De Zuilen der Schepping*. Ik heb het in zijn tent gezien. Het is een heel oud boek, in zijn moedertaal geschreven. Het is een van zijn dierbaarste boeken. Hij weet wat erin staat. Jij bent een van zijn meest gewaardeerde strategen. Hij heeft het jou verteld. Jij hebt al die tijd geweten wat erin staat.'

'Jenn... Ik...'

'Jij was het,' fluisterde ze.

'Hoe kun je aan me twijfelen? Ik hou van je.'

Toen begon alles zich, boven het vreselijke tumult van de stem uit, in haar hoofd te ontwarren. De verpletterende pijn van haar inzichten daalde op haar neer. De ware omvang van het verraad werd afschuwelijk duidelijk.

'Goede geesten, jij was het van het begin af aan.'

Sebastiaans gezicht werd bijna net zo wit als zijn stekeltjeshaar, en zijn stem was dodelijk kalm. 'Jenn, dat verandert niets.'

'Jij was het,' fluisterde ze met grote ogen. 'Je hebt één berg-koortsroos ingenomen...'

'Wat? Die heb ik niet eens.'

'Ik heb ze gezien, in een busje in je ransel. Er lag twijn bovenop om ze te verbergen. Ze vielen eruit.'

'O, die. Die... die heb ik van de genezer gekocht bij wie we zijn geweest.'

'Leugenaar! Je had ze al die tijd al. Je hebt er een ingenomen om jezelf koorts te bezorgen.'

'Jenn, nu draaf je echt door.'

Bevend wees Jennsen met haar mes naar hem. 'Jij was het, van het begin af aan. Die eerste avond heb je me verteld: "Waar ik vandaan kom, geloven we erin om dat wat de vijand het meest na staat of van hem afkomstig is, als wapen tegen hem te gebruiken." Je wilde dat ik het mes hield. Je wilde mij, omdat ik het dichtst bij je vijand stond. Je wilde me gebruiken. Hoe had je ervoor ge-zorgd dat die soldaat het mes bij zich had?'

'Jenn...'

'Je beweert dat je van me houdt. Bewijs dat dan! Lieg niet tegen me! Vertel me de waarheid!'

Sebastiaan staarde even voor zich uit, voordat hij opkeek en ant-woordde. 'Ik wilde alleen je vertrouwen winnen. Ik dacht dat je me wel mee naar huis zou nemen als ik koorts had.'

'En de dode soldaat die ik heb gevonden?'

'Dat was een van mijn mannen. We hadden de man die het mes droeg gevangengenomen. Ik heb het aan een van mijn mannen ge-geven, hem opgedragen een D'Haraans uniform aan te trekken, en daarna, nadat we je beneden langs zagen komen, heb ik hem van de rots geduwd.'

'Heb je je eigen man gedood?'

'Soms is een offer noodzakelijk voor het algemeen belang. Verlossing wordt bereikt door opoffering,' zei hij op verdedigende toon.

'Hoe wist je waar ik was?'

'Keizer Jagang is een droomwandelaar. Hij heeft jaren geleden in het boek over mensen als jij gelezen. Hij heeft zijn gave gebruikt om te zoeken naar iedereen die misschien van je bestaan zou weten. In de loop der tijd heeft hij bewijs verzameld waarmee hij je heeft kunnen opsporen.'

'En het briefje dat ik gevonden heb?'

'Dat heb ik in zijn zak gestopt. Jagang had met behulp van zijn gave ontdekt dat je die naam eens had gebruikt.'

'De band voorkomt dat de droomwandelaar in je geest kan binnendringen,' zei Richard. 'Hij moet lang gezocht hebben naar de mensen die geen band hadden met de Meester Rahl.'

Sebastiaan knikte voldaan. 'Dat klopt. En met succes.'

Jennsen, die kookte van blinde woede vanwege het enorme verraad, slikte. 'En de rest? Mijn... moeder? Was dat ook een van je noodzakelijke offers?'

Sebastiaan bevochtigde zijn lippen. 'Jenn, je begrijpt het niet. Toen kende ik je nog nauwelijks...'

'Het waren jouw mannen. Daardoor kon je ze zo makkelijk doden. Ze verwachtten niet dat je ze zou aanvallen; ze dachten dat je aan hun zijde zou vechten. En daarom was je in verwarring gebracht toen ik je vertelde over de viermanschappen, over hoeveel mannen ik dacht dat er nog moesten zijn. Het waren helemaal geen viermanschappen. Onderweg moest je af en toe een onschuldige doden om mij te doen denken dat het een van de overige leden van een viermanschap was. Al die keren dat je 's avonds de omgeving ging verkennen en terugkwam met de mededeling dat ze ons vlak op de hielen zaten, en dat we de hele nacht verder moesten trekken; dat heb je allemaal verzonnen.'

'Voor een goed doel,' zei Sebastiaan kalm.

Jennsen verslikte zich bijna in haar tranen, haar razernij. 'Een goed doel! Je hebt mijn moeder gedood! Jij was het, al die tijd! Goede geesten... En dan te bedenken dat ik... o, goede geesten, ik heb met de moordenaar van mijn moeder geslapen. Jij smerige...'

'Jenn, beheers je. Het was noodzakelijk.' Hij wees naar Richard. 'Hij is de oorzaak van alles! Nu hebben we hem! Dit was allemaal noodzakelijk! Verlossing wordt alleen bereikt door onbaatzuchtige opoffering. Jouw opoffering – het offer van je moeder – heeft ons Richard Rahl opgeleverd, de man die je hele leven jacht op je heeft gemaakt.'

Tranen van woede stroomden over haar gezicht. 'Ik kan niet geloven dat je me zulke dingen hebt aangedaan en beweert van me te houden.'

'Maar dat doe ik heus, Jenn. Toen kende ik je nog niet. Ik heb je al verteld dat ik nooit van plan ben geweest om verliefd op je te worden, maar dat is anders gelopen. Het gebeurde gewoon. Nu ben jij mijn leven. Nu hou ik van je.'

Ze drukte haar handen tegen de stem die schreeuwde in haar hoofd. 'Je bent slecht! Ik zou nooit van je kunnen houden!'

'Broeder Narev leert ons dat de hele mensheid slecht is. We kunnen geen deugdzaam leven leiden, want de mensheid is een smet op de wereld van het leven. Broeder Narev is nu in elk geval op een betere plek. Hij is nu bij de Schepper.'

'Bedoel je dat zelfs Broeder Narev slecht was? Omdat hij deel uitmaakte van de mensheid? Was zelfs je dierbare, heilige Broeder Narev slecht?'

Sebastiaan keek haar boos aan. Hij wees. 'Degene die echt door en door slecht is, staat daar: Richard Rahl, omdat hij een groot man heeft vermoord. Richard Rahl moet ter dood worden gebracht voor zijn misdaden.'

'Als de mensheid slecht is en als Broeder Narev nu op een betere plek is – bij de Schepper – dan heeft Richard toch een goede daad verricht door hem te doden en naar de Schepper te sturen? En als de mensheid slecht is, hoe kan Richard Rahl dan slecht zijn vanwege het doden van mannen van de Orde?'

Sebastiaans gezicht was rood geworden. 'We zijn allemaal slecht, maar sommigen zijn slechter dan anderen! Wij hebben tenminste de nederigheid tegenover de Schepper om onze slechtheid te erkennen en alleen de Schepper te verheerlijken.' Hij zweeg even en kalmeerde zichtbaar. 'Ik weet dat het een teken van zwakte is, maar ik hou van je.' Hij glimlachte naar haar. 'Jij bent het enige waarvoor ik leef, Jenn.'

Ze kon hem alleen maar aanstaren. 'Jij houdt niet van me, Sebastiaan. Je hebt geen idee wat liefde is. Je kunt van niemand en niets houden, zolang je niet van je eigen bestaan houdt. Liefde kan alleen groeien uit respect voor je eigen leven. Als je van jezelf houdt, van je eigen bestaan, dan hou je van iemand die je bestaan mooier kan maken, het met je kan delen en het aangenamer kan maken. Als je een hekel hebt aan jezelf en denkt dat je bestaan slecht is, dan kun je alleen maar haten, dan kun je alleen maar het omhulsel van liefde ervaren, dat verlangen naar iets goeds, maar je hebt niets om als basis te laten dienen, behalve haat. Je bezoedelt het begrip liefde, Sebastiaan, met je verdorven verlangen ernaar. Je wilt alleen maar dat ik je haat rechtvaardig, dat ik je bevestig in de afkeer van jezelf.

Om echt van iemand te houden, Sebastiaan, moet je genieten van het bestaan van diegene, omdat die het leven nog mooier maakt dan het al is. Als je denkt dat het bestaan verdorven is, ben je afgesneden van de vreugde van zo'n relatie, van wat liefde werkelijk is.'

'Je hebt het mis! Je begrijpt het gewoon niet!'

'Ik begrijp het maar al te goed. Ik wilde alleen dat ik het wat eerder door had gehad.'

'Maar ik hou van je, Jenn. Je hebt het mis. Ik hou echt van je!'

'Dat kun je alleen maar wensen. Het zijn de loze woorden van een man die een lege huls is. Er is niets in jou waarvan ik zou kunnen houden, niets dat het waard is om van te houden. Je hebt zo weinig menselijks in je dat het zelfs moeilijk voor me is om je te haten, Sebastiaan, behalve op de manier waarop je een open riool zou haten.'

Met een krakende klap sloeg de bliksem in de zuilen om hen heen. Jennsens hoofd voelde aan alsof het door de stem werd verscheurd.

'Jenn, dat meen je allemaal niet. Dat kun je niet menen. Ik kan niet zonder je leven.'

Jennsen richtte haar kille woede op hem. 'Het enige ter wereld dat je voor me zou kunnen doen, Sebastiaan, is doodgaan!'

'Ik heb lang genoeg naar dit aandoenlijke gekibbel tussen gelieven geluisterd,' gromde Zuster Perdita. 'Sebastiaan, wees een man en hou je mond, of ik zorg ervoor dat die dicht blijft. Jouw leven betekent net zo weinig als dat van willekeurig wie. Richard, aan jou de keuze. Jennsen of de Biechtmoeder.'

'Je hoeft de Wachter niet te dienen, Zuster,' zei Richard. 'Je hoeft de droomwandelaar ook niet te dienen. Je hebt een keuze.'

Zuster Perdita wees naar hem. 'Jij hebt een keuze! Ik vraag je dit maar eenmaal! Je tijd is om! Kahlans tijd is om! Jennsen of Kahlan... Kies!'

'Je regels bevallen me niet,' zei Richard. 'Ik kies geen van beiden.'

'Dan kies ik voor je! Je geliefde vrouw zal sterven!'

Op het moment dat Jennsen op haar af dook om haar tegen te houden, greep Zuster Perdita Kahlan al bij haar haar en tilde haar hoofd op. Het gezicht van de Biechtmoeder was uitdrukkingsloos. Jennsen pakte Zuster Perdita's arm en zwaaide het mes met de sierlijke R zo snel mogelijk door de lucht, met alle kracht die ze in zich had; ze hoopte tegen beter weten in dat ze op tijd was om Kahlans leven te redden, maar ze wist eigenlijk al dat ze te laat was.

Er was een kristalhelder ogenblik dat de wereld leek stil te staan, te bevriezen.

En daarna ging er een hevige schokgolf door de lucht, een geluidloze donderklap.

De ontzagwekkende schok dreef een ring van stof en gesteente vanaf de Biechtmoeder in een steeds groter wordende cirkel naar buiten. De hoge zuilen in de buurt stonden te schudden van de klap. Sommige, die al in wankel evenwicht hadden gestaan, vielen om. In hun val raakten ze andere, die daardoor ook omvielen. Het leek wel of de enorme stukken steen er een eeuwigheid over deden om door de smoorhete lucht met een spoor van stof achter zich aan naar beneden te tuimelen en met een donderend geraas neer te storten. Toen het gesteente op de grond neerkwam, leek het hele dal te schudden door de enorme klappen. Verblindend stof wervelde de lucht in.

De wereld werd zwart, alsof al het licht verdwenen was, en in dat angstaanjagende moment, in de totale duisternis, leek er geen wereld meer te zijn, leek er helemaal niets meer te zijn.

De wereld kwam terug, alsof er een schaduw optrok.

Jennsen zag dat ze een dode vrouw bij de arm vasthield. De Zuster tuimelde om als een van de stenen zuilen. Jennsen zag haar mes uit de borst van de Zuster steken.

Richard was al bij Kahlan en hield haar in zijn armen terwijl hij het touw doorsneed en haar voorzichtig op de grond liet zakken. Ze zag er volkomen uitgeput uit, maar afgezien daarvan leek ze in orde te zijn.

'Wat is er gebeurd?' vroeg Jennsen verbaasd.

Richard glimlachte naar haar. 'De Zuster beging een vergissing. Ik had haar gewaarschuwd. De Biechtmoeder heeft haar kracht ontketend in Zuster Perdita.'

'Vond je het nodig om haar te waarschuwen?' vroeg Kahlan, die plotseling heel helder klonk. 'Ze had wel naar je kunnen luisteren.'

'Nee, het moedigde haar alleen maar aan om het te doen.'

Jennsen besefte dat de stem weg was. 'Wat is er gebeurd? Heb ik haar gedood?'

'Nee. Ze was al dood voordat je mes haar raakte,' zei Kahlan. 'Richard leidde haar aandacht af, zodat ik mijn kracht kon gebruiken. Jij probeerde het, maar was een fractie van een seconde te laat. Ik had haar al te pakken.'

Richard legde troostend zijn hand op Jennsens schouder. 'Je hebt haar niet gedood, maar je hebt een keuze gemaakt waarmee je je eigen leven hebt gered. De schaduw die over ons heen gleed toen de Zuster stierf, was de Wachter van de doden die iemand kwam ophalen die trouw aan hem had gezworen. Als je de verkeerde keuze had gemaakt, zou jij ook zijn meegenomen.'

Jennsens knieën knikten. 'De stem is weg,' fluisterde ze hardop. 'Verdwenen.'

'De Wachter heeft onopzettelijk zijn bedoeling prijsgegeven,' zei Richard. 'Dat de honden los waren, betekende dat de sluier – de verbinding tussen de verschillende werelden – open was geweest.'

'Ik begrijp het niet.'

Richard gebaarde met het boek voordat hij het terugstopte in een van zijn gordeltassen. 'Nou, ik heb geen tijd gehad om het helemaal te lezen, maar ik heb er genoeg in gekeken om er iets van te snappen. Jij bent een nakomeling van een Meester Rahl en je beschikt niet over de gave. Dat betekent dat jij het tegenwicht bent tegen de Rahl met de gave, tegen de magie. Niet alleen heb jij die niet, maar je wordt er ook niet door geraakt. In een tijd dat er een grote oorlog heerste, is het Huis Rahl gecreëerd om een lijn krachtige tovenaars voort te brengen, maar daarmee zijn tegelijk ook de zaden gezaaid die het einde van de magie in de wereld kunnen betekenen. De Imperiale Orde mag dan een wereld zonder magie nastreven, het is het Huis Rahl dat die misschien uiteindelijk zal verwezenlijken.

Jij, Jennsen Rahl, bent potentieel de gevaarlijkste persoon ter wereld, omdat jij, net als elke waarlijk onbegiftigde Rahl, het zaad bent waaruit een nieuwe wereld zonder magie kan ontspruiten.'

Jennsen staarde in zijn grijze ogen. 'Waarom wil je me dan niet doden, zoals elke Meester Rahl vóór jou gewild zou hebben?'

Richard glimlachte. 'Jij hebt net zoveel recht op je leven als ieder ander, als iedere Meester Rahl ooit heeft gehad. Er is niet één juiste toestand waarin de wereld dient te verkeren. Het enige dat vaststaat, is dat mensen hun eigen leven moeten kunnen leiden.'

Kahlan trok het mes uit Zuster Perdita's borst en veegde het schoon aan het zwarte gewaad voordat ze het aan Jennsen gaf. 'Zuster Perdita had het mis. Verlossing wordt niet bereikt door opoffering. Je eerste verantwoordelijkheid is jegens jezelf.'

'Je leven is van jezelf,' zei Richard, 'en van niemand anders. Ik was trots op je toen ik hoorde wat je allemaal tegen Sebastiaan zei.'

Jennsen keek strak naar het mes in haar hand, nog steeds beduusd en verward door alles wat er gebeurde. Ze keek om zich heen in de invallende schemering, maar ze zag Sebastiaan nergens. Ook Oba was verdwenen.

Toen ze om zich heen keek, zag Jennsen tot haar schrik een Mord-Sith vlak bij hen staan. 'Leuk, hoor,' zei de vrouw klagend tegen de Biechtmoeder terwijl ze haar handen hief. 'Ze klinkt precies als Meester Rahl. Nu moet ik naar twee van die portretten luisteren.'

Kahlan glimlachte en ging zitten met haar rug tegen de pilaar waar ze aan vastgebonden had gestaan. Ze keek naar Richard, luisterde en aaide de oren van de twee kleintjes van Betty.

Betty keek naar haar kleintjes en toen ze zag dat die veilig waren, keek ze met een hoopvolle blik op naar Jennsen. Haar staartje begon razendsnel te kwispelen.

'Betty?'

Betty sprong enthousiast tegen haar op, blij met de hereniging. Jennsen knuffelde met tranen in haar ogen de geit voordat ze zich weer oprichtte en haar broer aankeek.

'Maar waarom doe jij niet hetzelfde als je voorgangers? Waarom niet? Hoe kun je alles in de wind slaan wat in dat boek staat?'

Richard haakte zijn duimen achter zijn riem en ademde diep in. 'Het leven is de toekomst, niet het verleden. Van het verleden kunnen we, door onze ervaringen, leren hoe we in de toekomst dingen kunnen bereiken; het verleden kan ons troost bieden in de vorm van mooie herinneringen en de basis vormen van wat er al is bereikt. Maar alleen de toekomst biedt plaats aan het leven. Als je in het verleden leeft, omhels je wat dood is. Om het leven ten volle te leven, moet elke dag opnieuw geschapen worden. Als redelijke, denkende wezens moeten we rationele keuzes maken en ons laten leiden door ons intellect, niet door een blinde toewijding aan wat er is geweest.'

'Het leven is de toekomst, niet het verleden,' fluisterde Jennsen voor zich uit, en ze dacht aan alles wat het leven nu voor haar in petto had. 'Waar heb je dat gehoord?'

Richard grijnsde. 'Het is de Zevende Wet van de Magie.'

Jennsen keek door haar tranen heen naar hem op. 'Je hebt me een toekomst, een leven gegeven. Dank je wel.'

Toen omhelsde hij haar, en plotseling voelde Jennsen zich niet meer alleen op de wereld. Ze voelde zich weer compleet. Het was heerlijk om te worden vastgehouden terwijl ze huilde om haar moeder, en om de toekomst, van blijdschap dat er een leven en een toekomst was.

Kahlan wreef over Jennsens rug. 'Welkom in de familie.'

Toen Jennsen haar ogen droogde en om alles en niets lachte terwijl ze met haar andere hand achter Betty's oren krabde, zag ze dat Tom vlak bij hen stond.

Jennsen rende naar hem toe en viel hem om de hals. 'O, Tom. Je hebt geen idee hoe blij ik ben om je te zien! Bedankt dat je me Betty hebt gebracht.'

'Zo ben ik. Als ik beloof een geit terug te brengen, doe ik dat ook. Het bleek dat Irma, de worstverkoopster, je geit alleen maar wilde lenen om een jonkie te krijgen. Zij heeft een bok en wilde daar graag een jong van. Ze heeft er een gehouden en geeft de andere twee aan jou.'

'Heeft Betty er drie gekregen?'

Tom knikte. 'Ik vrees dat ik erg gehecht ben geraakt aan Betty en haar twee kleintjes.'

'Ongelooflijk dat je dat voor me hebt gedaan. Tom, je bent geweldig.'

'Dat zei mijn moeder ook altijd. Vergeet niet dat je hebt beloofd dat tegen Meester Rahl te zeggen.'

Jennsen lachte vrolijk. 'Dat zal ik zeker doen! Maar hoe heb je me ooit kunnen vinden?'

Tom glimlachte en trok een mes achter zijn rug vandaan. Tot haar verbazing zag Jennsen dat het identiek was aan het hare.

'Ik draag het mes in dienst van Meester Rahl,' legde hij uit.

'O ja?' vroeg Richard. 'En ik heb je zelfs nog nooit ontmoet.'

'O,' zei de Mord-Sith, 'Tom hier is in orde, Meester Rahl. Ik kan persoonlijk voor hem instaan.'

'Dank je, Cara,' zei Tom met een twinkeling in zijn ogen.

'Dus jij wist al die tijd,' vroeg Jennsen, 'dat ik je iets op de mouw speldde?'

Tom haalde zijn schouders op. 'Ik zou geen goede beschermer van Meester Rahl zijn als ik zo'n verdacht persoon als jij zomaar liet rondwandelen met kwaad in de zin, zonder dat ik mijn best deed om erachter te komen wat je van plan was. Ik heb je in de gaten gehouden en heb je een groot deel van je reis gevolgd.'

Jennsen stompte hem tegen zijn schouder. 'Je hebt me bespioneerd!'

'Als beschermer van Meester Rahl moest ik weten wat je in je schild voerde en ervoor zorgen dat je Meester Rahl geen kwaad zou doen.'

'Nou,' zei ze, 'dan vind ik niet dat je dat erg goed hebt gedaan.'

'Hoe bedoel je?' vroeg Tom gespeeld verontwaardigd.

'Ik had hem wel echt kunnen neersteken. Jij stond de hele tijd te ver weg om er iets tegen te doen.'

Tom glimlachte die jongensachtige grijns van hem, maar deze keer was die nog wat ondeugender dan anders.

'O, maar ik zou echt wel gezorgd hebben dat je Meester Rahl niets deed.'

Tom draaide zich om en hief zijn mes. Met een verblindende snelheid, sneller dan ze ooit had gezien, vloog het mes door het dal en boorde zich met een klap in een van de omgevallen stenen zuilen verderop. Jennsen kneep haar ogen tot spleetjes en zag dat het door iets donkers heen was gestoken.

Ze liep achter Tom, Richard, Kahlan en de Mord-Sith aan tussen de hoge pilaren en het puin door naar waar het mes in de zuil stak. Tot Jennsens verbazing had het een leren beurs vastgespietst, precies door het midden, die werd vastgehouden door een hand die onder een enorm brok gevallen gesteente uitstak.

'Alsjeblieft,' klonk het gedempt vanonder de kei, 'laat me er alsjeblieft uit. Ik zal jullie betalen. Ik kan betalen. Ik heb geld.'

Het was Oba. De kei was op hem gevallen terwijl hij wegrende. Het brokstuk, dat zo groot was dat twintig mensen die in een kring stonden het niet hadden kunnen omspannen, was op een paar stenen neergekomen die ervoor zorgden dat het middendeel ervan de grond net niet raakte, zodat er een kleine ruimte was overgebleven waarin de man levend gevangen zat.

Tom trok zijn mes uit het zachte gesteente en pakte de leren beurs. Hij zwaaide ermee in de lucht.

'Friedrich!' riep hij naar de wagen. Er kwam iemand overeind. 'Friedrich! Is dit van jou?'

Weer was Jennsen verbaasd, op deze verbazingwekkende dag, toen ze Friedrich Vergulder, de man van Althea, van de wagen zag klimmen en naar hen toe zag komen.

'Die is van mij,' zei hij. Hij gluurde onder de kei. 'Je hebt er nog meer.'

Na een ogenblik begon de hand meer zakjes van leer en textiel aan te geven. 'Zo, nu hebben jullie al mijn geld. Laat me er nu maar uit.'

'O,' zei Friedrich, 'ik geloof nooit dat ik die kei kan optillen. En al helemaal niet voor de man die verantwoordelijk is voor de dood van mijn vrouw.'

'Is Althea gestorven?' vroeg Jennsen geschrokken.

'Ik ben bang van wel. De zon is uit mijn leven verdwenen.'

'Dat vind ik heel erg,' fluisterde ze. 'Ze was een goed mens.'

Friedrich glimlachte. 'Ja, dat was ze.' Hij haalde een glad steentje uit zijn zak te voorschijn. 'Maar ze heeft me dit nagelaten, en daar ben ik dankbaar voor.'

'Wat eigenaardig,' zei Tom verwonderd. Hij zocht in zijn zak totdat hij iets vond dat hij eruit haalde. Hij opende zijn hand en er lag een glad steentje in zijn handpalm. 'Zo een heb ik er ook. Dat heb ik altijd bij me, het brengt geluk.'

'Ik krijg geen lucht,' klonk het gedempt van onder de steen. 'Het doet pijn. Ik kan me niet bewegen. Laat me er alsjeblieft uit.'

Richard stak zijn hand uit naar de kei. Er klonk een schurend geluid en toen kwam er een zwaard van onder de kei te voorschijn zweven. Hij bukte zich en trok de schede en vervolgens de bandelier eronder vandaan. Hij veegde het stof eraf en hing de bandelier over zijn schouder met de schede aan zijn heup. Het was een schitterend zwaard, een passend wapen voor de Meester Rahl.

Jennsen zag in glanzend goud het woord WAARHEID op het gevest staan.

'Je stond tegenover al die soldaten en je had niet eens je zwaard bij je,' zei Jennsen. 'Waarschijnlijk was je magie een betere verdediging.'

Richard glimlachte en schudde zijn hoofd. 'Mijn gave wordt geactiveerd door een zekere noodzaak en door mijn woede. Doordat Kahlan was meegenomen, was die noodzaak in ruime mate aanwezig, en mijn razernij ook.' Hij tilde het gevest uit de schede totdat ze het woord in de gouden letters weer helemaal kon zien. 'Dit wapen werkt altijd.'

'Hoe wist je waar we waren?' vroeg Jennsen hem. 'Hoe wist je waar Kahlan was?'

Richard wreef met een duim over het ene gouden woord op het gevest van zijn zwaard. 'Mijn grootvader heeft me dit gegeven. Koning Oba daar heeft het gestolen toen hij met hulp van de Wachter Kahlan heeft ontvoerd. Dit zwaard is nogal bijzonder. Ik heb er een band mee; ik kan voelen waar het is. De Wachter heeft Oba er ongetwijfeld toe aangezet om het mee te nemen, om mij hierheen te lokken.'

'Alsjeblieft,' riep Oba, 'ik kan geen lucht krijgen.'

'Je grootvader?' vroeg Jennsen, die Oba's gesmeek en gejammer negeerde. 'Bedoel je tovenaar Zorander?'

Richards hele gezicht ging stralen. 'Dus je hebt Zedd ontmoet. Hij is fantastisch, hè?'

'Hij probeerde me te doden,' mompelde Jennsen.

'Zedd?' vroeg Richard lachend. 'Zedd doet geen vlieg kwaad.'

'Geen vlieg kwaad? Hij...'

De Mord-Sith, Cara, porde Jennsen in de ribben met dat rode staafje van haar, haar Agiel.

'Wat doe je?' vroeg Jennsen. 'Hou op.'

'Dat doet je helemaal niets?'

'Nee,' zei Jennsen met een kwade blik. 'Net zomin als toen Nyda dat deed.'

Cara trok haar wenkbrauwen op. 'Heb je Nyda ontmoet?' Ze keek naar Richard. 'En ze kan nog lopen. Ik ben onder de indruk.'

'Ze is ongevoelig voor magie,' zei Richard. 'Daarom werkt je Agiel ook niet op haar.'

Cara keek met een geslepen glimlach naar Kahlan.

'Denk jij wat ik denk?' vroeg Kahlan.

'Zij is misschien in staat ons probleempje op te lossen,' zei Cara, en haar ondeugende grijns werd breder.

'Nu ga je haar het zeker ook weer laten aanraken,' zei Richard op zure toon.

'Nou ja,' zei Cara verdedigend, 'iemand moet het doen. U wilt toch niet dat ik het nog een keer doe?'

'Nee!'

'Waar hebben jullie drieën het over?' vroeg Jennsen.

'We hebben een paar dringende problemen,' zei Richard. 'Als je zou willen helpen, denk ik dat jij over precies de juiste talenten beschikt om ons uit de nesten te helpen.'

'Heus waar? Bedoel je dat je wilt dat ik met jullie meega?'

'Als je daartoe bereid bent,' zei Kahlan. Ze leunde op Richard en zag eruit alsof ze aan het eind van haar krachten was.

'Tom,' zei Richard, 'kunnen we misschien...'

'Natuurlijk!' zei Tom, en hij kwam aanrennen om Kahlan zijn arm aan te bieden. 'Kom maar mee. Ik heb een paar lekkere dekens achterin, waar je op kunt liggen. Ze zijn heel gerieflijk, vraag maar aan Jennsen. Ik rij jullie via de makkelijke weg terug naar boven.'

'Dat zouden we zeer waarderen,' zei Richard. 'Het is bijna donker. We kunnen vannacht beter hier blijven en op weg gaan zodra het licht wordt. Hopelijk is het dan nog niet al te warm.'

'De anderen willen waarschijnlijk achterin zitten, bij de Biechtmoeder,' fluisterde Tom tegen Jennsen. 'Als je het niet erg vindt, zou je bij mij op de bok kunnen komen zitten.'

'Eerst wil ik iets weten, en je moet me eerlijk antwoord geven,' zei Jennsen. 'Als je een beschermer van Meester Rahl bent, wat had je dan gedaan als je daar had gestaan en ik had Meester Rahl kwaad gedaan?'

Tom keek haar ernstig aan. 'Jennsen, als ik echt had gedacht dat je dat zou doen of dat je dat kon, zou ik je met dit mes hebben doorboord voordat je er de kans toe had.'

Jennsen glimlachte. 'Mooi zo. Dan kom ik naast je zitten. Mijn paard is daar boven,' zei ze, en ze wees langs de Zuilen der Schepping omhoog. 'Ik ben goede vriendjes geworden met Rusty.'

Betty mekkerde toen ze de naam van het paard hoorde. Jennsen lachte en krabde Betty's dikke middel. 'Herinner je je Rusty nog?'

Betty mekkerde beamend terwijl haar kleintjes om haar heen dartelden.

Achter zich hoorde Jennsen in de verte de moordzuchtige Oba Rahl eisen te worden bevrijd. Ze bleef staan en keek om, in het besef dat ook hij een halfbroer van haar was. Een heel slechte halfbroer.

'Het spijt me dat ik van die vreselijke dingen over je dacht,' zei ze, en ze keek op naar Richard.

Hij glimlachte, sloeg één arm om Kahlan heen en trok Jennsen toen met zijn andere arm tegen zich aan. 'Je hebt je verstand gebruikt toen je met de waarheid werd geconfronteerd. Meer kan ik niet verlangen.'

De keien van zandsteen die het stuk pilaar omhooghielden waaronder Oba lag, verpulverden langzaam onder het gewicht ervan. Het zou een kwestie van uren zijn voordat Oba werd verpletterd in de gevangenis waaruit hij onmogelijk kon ontsnappen, en anders zou hij wel van uitdroging sterven.

Na Oba's nederlaag zou de Wachter hem niet belonen met enige vorm van hulp. De Wachter zou de eeuwigheid hebben om Oba te doen lijden voor zijn falen.

Oba was een moordenaar. Jennsen vermoedde dat Richard Rahl geen greintje mededogen had met zo iemand, of met iemand die Kahlan kwaad had gedaan. Dat betoonde hij Oba dan ook niet.

Oba Rahl zou voorgoed begraven worden bij de Zuilen der Schepping.

61

De volgende ochtend reed Tom hen tussen de hoog oprijzende Zuilen der Schepping door het dal uit. Zo vroeg in
de morgen, als de zon lange schaduwen wierp en het landschap schitterende kleuren gaf, was het uitzicht spectaculair. Niemand anders was ooit levend het dal uit gekomen om te kunnen
navertellen wat hij had gezien.

Rusty was blij Jennsen weer te zien en werd zelfs dartel toen ze
Betty en haar twee jonkies zag.

Jennsen ging met Richard en Kahlan het lage gebouwtje in waar
ze eerder was geweest en ontdekte dat Sebastiaan, die zijn overtuigingen niet had kunnen verzoenen met zijn gevoelens, Jennsens
laatste wens had vervuld.

Hij had alle bergkoortsroosjes uit zijn busje ingenomen. Hij zat
dood aan de tafel.

Jennsen zat naast Tom en luisterde naar Richard en Kahlan, die
het hele verhaal vertelden van hoe ze elkaar hadden leren kennen.
Jennsen kon nauwelijks geloven dat hij zo anders was dan ze had
gedacht. Zijn moeder was, nadat ze door Darken Rahl was ver-
kracht, samen met Zedd gevlucht om Richard te beschermen. Richard was ver weg, in Westland, opgegroeid zonder ook maar iets
te weten van D'Hara, het Huis Rahl of magie. Richard had een
einde gemaakt aan het wrede bewind van Darken Rahl. Kahlan,
die door echte viermanschappen achterna was gezeten, had hun
commandant gedood. Nu Richard Meester Rahl was, waren er
geen viermanschappen meer.

Jennsen was trots en vereerd dat Richard haar had gevraagd om het mes met de sierlijke R te houden. Hij zei dat ze het recht had verdiend om het te dragen. Ze was van plan het ware doel ervan in ere te houden. Nu was ze ook een beschermer, net als Tom.

Onder het rijden kwam Betty in de wagen naast Friedrich staan en zette haar voorhoeven op de bok tussen Tom en Jennsen in, die allebei een slapend geitje op schoot hadden. Rusty was achter de wagen gebonden en Betty liep regelmatig naar achteren om haar een bezoekje te brengen. Richard, Kahlan en Cara reden naast de wagen mee.

Jennsen wendde zich naar haar broer nadat ze had nagedacht over wat hij haar zojuist had verteld. 'Dus dat verzin je niet? Dat stond er echt, over mij, in dat boek, *De Zuilen der Schepping*?'

'Het ging over mensen zoals jij: "de gevaarlijkste wezens in de wereld van het leven zijn de kinderen van een Meester Rahl die niet over de gave beschikken, want die zijn volledig ongevoelig voor magie. Magie kan hun geen kwaad doen, heeft geen invloed op hen, en zelfs de profetieën zijn blind voor hen." Maar je kunt stellen dat jij hebt bewezen dat die tekst niet klopt.'

Ze dacht erover na. Sommige dingen begreep ze nog steeds niet. 'Ik snap niet waarom de Wachter me gebruikte. Waarom zat zijn stem in mijn hoofd?'

'Nou, ik heb nog maar een klein stukje van het boek kunnen lezen, en sommige delen zijn beschadigd. Maar ik heb begrepen dat een kind zonder de gave, omdat het niet over magie beschikt, volgens het boek een "gat in de wereld" is,' verklaarde Richard, 'dus is het ook een gat in de sluier; dat betekent dat jij een mogelijke verbinding vormt tussen de wereld van het leven en de wereld van de doden. Om de wereld van het leven te kunnen verwoesten, had de Wachter zo'n doorgang nodig. De behoefte aan wraak was de laatste sleutel. Jouw overgave aan zijn wensen – die nacht in het bos, met de Zusters van de Duisternis – moest worden voltooid met jouw dood, zodat jij je akkoord met de dood nakwam door te sterven.'

'Dus als iemand me had gedood – Zuster Perdita, bijvoorbeeld – nadat ik met die Zusters van de Duisternis in het bos was geweest, zou dat dan zo'n doorgang hebben geopend?'

'Nee. Je moest gedood worden door een beschermer van de wereld van het leven. De Wachter had tegenwicht nodig tegen het ontbreken van de gave bij jou. Er was een begiftigde Rahl voor nodig, de Meester Rahl, om zoiets te bereiken,' zei Richard. 'Als ik je had gedood om mezelf of Kahlan te verdedigen, had de Wachter door het ontstane gat deze wereld binnen kunnen komen. Ik moest je dwingen om het leven te kiezen en niet de dood, om te zorgen dat jij in leven bleef en de Wachter in de onderwereld zou blijven.'

'Ik had... het leven wel kunnen vernietigen,' zei Jennsen, geschrokken nu ze werkelijk begreep hoe weinig het had gescheeld of ze had een rampzalige vernietiging bewerkstelligd.

'Dat had ik niet toegestaan,' zei Tom blijmoedig.

Jennsen legde haar hand op zijn arm en besefte dat ze voor hem gevoelens had die ze nooit eerder voor iemand had gehad. Hij vrolijkte haar altijd weer op. Zijn glimlach maakte het leven voor haar de moeite waard. Betty stak haar snuit tussen hen in; ze verlangde aandacht en wilde haar slapende kleintjes zien.

'Je kunt het leven niet erger verraden dan door onschuldigen uit te leveren aan de Wachter van de doden,' zei Cara.

'Maar dat heeft ze niet gedaan,' zei Richard. 'Ze heeft haar gezonde verstand gebruikt om de waarheid te ontdekken, en de waarheid om voor het leven te kiezen.'

'Je weet wel heel veel van magie,' zei Jennsen tegen Richard.

Kahlan en Cara lachten zo hard dat Jennsen bang was dat ze van hun paard zouden vallen.

'Ik snap niet wat er zo grappig is,' mopperde Richard.

De twee gingen nog harder lachen.